日本書紀 全訳

宮澤 豊穂 訳

ほおずき書籍

序

日本の古代史学習において、『古事記』・『日本書紀』は、最も基礎的・基本的な文献資料である。このうち、『古事記』は、現代訳の出版も普及し、手軽で、内容がかなり広く理解されているように思われる。

一方、『日本書紀』は、分量が多く、また難解な点も多いということで、なかなか近寄り難いイメージがある。しかし、もし『日本書紀』を読まなかったら、聖徳太子の憲法十七条は理解できない。同じように、大化の改新・壬申の乱というような大きな事件の全貌は、見えてこないのである。とすれば、もっと『日本書紀』を簡便で身近なものにすれば、奥の深い、幅の広い追究がさらに進展していくだろうと考えた。

そこで、できるだけ現代風に意訳を試みてみた。そこには、政争があり、恋愛があり、嫉妬があり、ロマンがあり、ミステリーがあり、教えがある。百二十八首の歌も詠み込まれている。それらを通して、古代の人々の生き様が、今、眼の前によみがえってくるような気がする。それは、現代人が忘れかけている、まさに日本人の原点なのかもしれない。

そのような息吹を感じてみたいものだと思う。

平成二十年十二月

訳　者

日本書紀　全訳　◎目次

凡例

本書は黒板勝美・國史大系編修會編『新訂増補 國史大系 第一巻上・下』〔日本書紀前篇・後篇〕（吉川弘文館・一九六六）を底本としている。（以下、凡例中では「原典」と表記）

〔一〕原典に加添した内容・項目

一、歴代天皇に関して

㈠ 御肖像画の掲載

㈡ 初代天皇よりの代数

㈢ 後世に定められた天皇号

二、原典で指定されている読みがなの他に、人物名を中心に、現代かな遣いを用いた。

三、文に句読点を付け、適宜改行した。

四、会話部分は「　」として、改行した。

五、内容の把握の参考のため、小見出しをつけた。

六、「神代〔上〕」では、段を設け、始めに取り上げられた文を撰文とし、次に続く一書に番号をつけた。

七、歌謡に通し番号をつけた。特に歌謡は難解なため、現代表記に改めた上で、現代語訳を試みた。枕詞は〔　〕で示した。

八、地名の比定は、確実性のあると思われるものに限り記入した。

九、必要により、訳者註を記入し、難語句などの理解のため（　）に意味を記入した。
十、内容の理解の参考となるように、適宜図・表などの資料を挿入した。

〔二〕原典から切り換えた項目

一、天皇の呼称に関しては、当時のものでなく、後世の諡号《しごう》とした。
二、月・日の数え方に関して、原典には数字による記載はないが、迅速な把握のために数字を用いた。
三、原典は二冊であるが、歴史の継続性や系統性を考え、一冊にまとめた。
四、旧字・旧かな遣いは、新字・新かな遣いとした。
五、文字は同じ大きさで統一した。

〔三〕原典を省略した箇所

一、読み方に関する註は、読みがなを付すことにより省略した。
二、月の前に記載されている季節は、特に必要のある場合以外は省略した。

日本書紀　全訳

巻第一　神　代〔上〕

第一段の撰書（多くの資料の中から特に撰ばれた書）

天地開闢《かいびゃく》と神々の出現

太古《たいこ》、天と地がまだ分かれず、陰と陽も分かれず、鶏卵《けいらん》の中身のようにぐるぐる回転して形が定まらず、自然の気の漂いの中に兆しを含んでいた。やがて清明なものは薄くたなびいて天となり、重濁なものは積み重なって地となる時がきた。しかし、清明なものが集合するのはたやすく、重濁なものが凝固するのはむずかしかった。それで、天が先にでき、地が後に定まった。その後、神が天と地の中間に生まれた。

このような定まりと生じの理に従い、次のような神々の出現がみられた。天地の開けた初めに、国土が浮かび漂ったのは、たとえていうと、遊ぶ魚が水上に浮いているようであった。その時、天地の中間に一つの物が生じた。形は葦《あし》の芽のようで、すぐに神となった。国常立尊《くにのとこたちのみこと》と申す［たいへん貴い方は尊という。その他を命と書き、いずれも「みこと」と読む］。次に国狭槌尊《くにのさつちのみこと》。次に豊斟渟尊《とよくむぬのみこと》。合わせて三神である。この三神は、陽気のみを受けて生まれた神で、まったく陰気を受けない男神となった。

第一段の一書群（撰書以外の資料を掲載。この段では六書あり。）

【第一】天と地が初めて分かれた時、一つの物が空中にあった。形は表現するのがむずかしいが、その中におのずと生じた神がいた。国常立尊《くにのとこたちのみこと》と申すが、国底立尊《くにのそこたちのみこと》とも申す。次に国狭槌尊《くにのさつちのみこと》、または国狭立尊《くにのさたちのみこと》とも申す。次に、豊国主尊《とよくにぬしのみこと》または、豊組野尊《とよくむののみこと》と申し、または豊香節野尊《とよかぶののみこと》と申し、または浮経野豊買尊《うかぶののとよかいのみこと》と申し、または豊国野尊《とよくにののみこと》、または豊齧野尊《とよくうののみこと》または葉《は》木《こ》国野尊《くにののみこと》、または見野尊《みののみこと》と申す。

【第二】　昔、国土が若かった時、この国土はたとえていうと、水の上に脂肪が浮くようにして漂っていた。その時、国の中に物が生じた。形は葦の芽が泥から抜け出たようであった。この物によって生じた神を可美葦《うましあし》牙彦舅尊《かびひこじのみこと》と申す。次に国常立尊《くにのとこたちのみこと》。次に国狭槌尊《くにのさつちのみこと》。

【第三】　天と地が混成した時、神人《かみ》ができた。可美葦牙彦舅尊と申す。次に国底立尊。

【第四】　天と地が初めて分かれた時、初めてともに生じた神があった。国常立尊と申す。次に国狭槌尊。または、高天原《たかまのはら》に生じられた神の名を、天御中主尊《あまのみなかぬしのみこと》と申す。次に高皇産霊尊《たかみむすひのみこと》。次に神皇産霊尊《かむみむすひのみこと》。

【第五】　天と地がまだ生じない時、たとえていうと、海上に浮かんでいる雲をつなぐ根のないような状態だった。その中に一つの物が生じた。葦の芽が初めて泥の中に生じたように、すぐに人となった。国常立尊と申す。

【第六】　天と地が初めて分かれる時、物があった。葦の芽のようで空中に生じた。これを天常立尊《あまのとこたちのみこと》と申す。次に可美葦牙彦舅尊《うましあしかびひこじのみこと》。また物があり、水の上に浮いている脂肪の塊のようで、空中に生じた。これを国常立尊と申す。

第二段の撰書

四対偶の八神

次に神がある。埿土煑尊《ういじにのみこと》・沙土煑尊《すいじにのみこと》［または、埿土根尊《ういじねのみこと》・沙土根尊《すいじねのみこと》と申す］。次に神があり、大戸之道尊《おおとのじのみこと》［一説に、大戸之辺《おおとのべ》と申す］・大苫辺尊《おおとまべのみこと》［または大戸摩彦尊《おおとまひこのみこと》・大戸摩姫尊《おおとまひめのみこと》と申し、または大富道尊《おおとみじのみこと》・大富辺《おおとみべの》尊《みこと》と申す］。次に神がある。面足尊《おもだるのみこと》・惶根尊《かしこねのみこと》［または吾屋惶根尊《あやかしこねのみこと》と申し、または忌橿城尊《いみかしきのみこと》と申し、または青《あお》橿城根尊《かしきねのみこと》と申し、または吾屋橿城尊《あやかしきのみこと》と申す］。次に神がある。伊奘諾尊《いざなきのみこと》・伊奘冉尊《いざなみのみこと》。

第二段の一書群（二書あり）

【第一】　伊奘諾尊・伊奘冉尊の二神は、青橿根尊《あおかしきねのみこと》の御子である。

【第二】　国常立尊《くにのとこたちのみこと》は、天鏡尊《あまのかがみのみこと》をお生みになった。天鏡尊は、天万尊《あまのよろずのみこと》をお生みになった。天万尊は、沫《あわ》蕩尊《なぎのみこと》をお生みになった。沫蕩尊は、伊奘諾尊《いざなきのみこと》をお生みになった。

第三段の撰書

神世七代

第二段で生じた神は、すべて八神である。陰陽の二つの道が交じわりあって神々が生まれたので、この男女となった。国常立尊《くにのとこたちのみこと》から伊奘諾尊《いざなきのみこと》・伊奘冉尊《いざなみのみこと》にいたるまで、これを神代七代《かむよななよ》という。

第三段の一書

【第一】　男女が並んで生じた神は、まず埿土煑尊《ういじにのみこと》・沙土煑尊《すいじにのみこと》であった。次に角樴尊《つのくいのみこと》・活樴尊《いくくいのみこと》であった。次に面足尊《おもだるのみこと》・惶根尊《かしこねのみこと》であった。次に伊奘諾尊《いざなきのみこと》・伊奘冉尊《いざなみのみこと》であった。檝は橛（くい）である。

第四段の撰書

伊奘《いざ》諾尊《なきのみこと》・伊奘《いざ》冉尊《なみのみこと》の国生み

伊奘諾尊・伊奘冉尊は、天浮橋《あまのうきはし》に立たれ、共に相談されて、

「下界の底の方には、きっと国があるだろう。」

と仰せられ、天之瓊矛《あまのぬほこ》［瓊は玉のことで、ぬという］をさし下して探られると、青海原があった。その矛の先からしたたった海水が凝固し、一つの島となった。名付けて磤馭慮島《おのごろしま》という。二神は、その島にお降りになり、夫婦の契りを結び、国土を生もうとされた。

こうして磤馭慮島を国の真中の柱として、男神は左、女神は右から回られた。柱をめぐって顔を合わせた時、女神がまず、

「何とうれしいこと。りっぱな男性に出会うことができて。」

と仰せられた。ところが男神は喜ばず、

「私は男である。男が先に声をかけるのが道理なのに、なぜ女性が先に言葉を発するのか。これは、よくない。もう一度改めて、回り直すことにしよう。」

と仰せられた。

そこで、二神は再び回り直して出会われた。今度は男神が先に、

「何とうれしいことだ。美しい女性に出会うことができた。」

と仰せられた。そして、女神に、

「お前の身体は、どのようになっているのか。」

と尋ねられた。女神は、

「私の身体には、雌《め》の根元というところがあります。」

と答えられた。男神は、

「私の身体には、雄《お》の根元というところがある。私の根元のところを、お前の根元のところに合わせようと思う」

と仰せられた。こうして男女が初めて交わりあい夫婦となられた。

出産の時になり、まず淡路洲《あわじしま》を胞《こん》（胎児を包む膜）として生んだ。しかし、二神の心には、不快なところがあった。それで、淡路洲（吾・恥じ）という。そこですぐ、大日本豊秋津洲《おおやまととよあきづしま》を生んだ。次に伊予二名洲《いよのふたなのしま》を生んだ。次に筑紫洲《つくしのしま》を生んだ。次に億岐洲《おきのしま》と佐度洲《さどのしま》とを双子に生んだ。世間の人が、双子を生むことがあるのは、これにならってのことである。次に越洲《こしのしま》を生んだ。次に大洲《おおしま》を生んだ。次に吉備子洲《きびこのしま》を生んだ。これによって、初めて大八洲国《おおやしまくに》の名が起こった。この他の対馬島《つしま》、壱岐島《いきのしま》と諸所の小島は、みな潮の泡が凝固してできた〔または、水の泡が凝固してできたともいう〕。

第四段の一書群（十書あり）

【第一】　天神《あまつかみ》が、伊《い》奘《ざ》諾尊《なぎのみこと》と伊《い》奘《ざ》冉尊《なみのみこと》に、

「豊葦原《とよあしはらの》千《ち》五《い》百《ほ》秋瑞穂《あきのみずほ》の国（豊かな葦原に、永久に神の威によって栄える稲穂のできる土地）がある。そこへ行って、治めなさい。」

と仰せられて、天瓊戈《あまのぬほこ》を授けられた。二神は、天上浮橋《あまのうきはし》に立たれて、戈を差し下ろして、土地を求められた。

そして青海原をかきまぜて引き上げた時に、戈の先からしたたり落ちた潮が凝固して、島となった。名付けて磤馭慮島《おのごろしま》という。二神はその島にお下りになり、広大な御殿を建て、また天御柱《あまのみはしら》をお立てになった。そして男神が女神に、

「お前の身体には何が備わっているのか。」

と尋ねられた。女神は、

「我が身にだんだん備わっていって、陰《め》の根元というところがあります。」

と答えられた。男神は、

「我が身にもだんだん備わっていって、陽《お》の根元というものが一か所ある。我が身の陽の根元のところをお前の陰の根元のところに合わせようと思う。」

と仰せられた。そこで天御柱《あまのみはしら》を巡ろうとして約束し、

「お前は左から巡れ。私は右から巡ろう。」

と仰せられた。巡り終え、御柱の向こう側で出会われ女神がまず、

「おやまあ、いとしいお方ですこと。」

と唱えられた。続いて男神が、

「ああ、美しい。」

と仰せられた。こうしてついに夫婦として交わりをして、まず蛭児《ひるこ》をお生みになったが、葦の船に乗せて流し棄てた。次に淡洲《あわのしま》を生んだ。これもまた、子の数には入れない。

そこで神は天に上がって、天神《あまつかみ》に今までの有様を申し上げた。その時天神は太占《ふとまに》（鹿の骨を焼いて占う方法）で占われ、

「婦人が先に言葉を発したからであろう。帰ってやりなおしなさい。」

と教えられた。さらに天神は、よき日よき時よき方法を占い定め、下の土地に天降らせられた。

こうして二神は、改めて柱を巡られた。男神は左から巡り、女神は右から巡り、出会われた時に、男神がまず、

「ああ、美しい。」

と唱えられた。続いて女神が、

「おやまあ、いとしいお方ですこと。」

と仰せられた。

その後に宮殿に共に住んで子をお生みになり、それを大日本豊秋津洲《おおやまととよあきづしま》と申す。次に淡路洲《あわじのしま》。次に伊予二名洲《いよのふたなのしま》。次に筑紫洲《つくしのしま》。次に億岐三子洲《おきのみつごのしま》。次に佐度洲《さどのしま》。次に越洲《こしのしま》。次に吉備子洲《きびこのしま》。これによってこれらを、大八洲国《おおやしまくに》という。

【第二】伊奘諾尊《いざなきのみこと》・伊奘冉尊《いざなみのみこと》の二神は、天の霧の中に立たれて、

「私は国を得たいものだ。」

と仰せられ、天瓊矛《あまのぬほこ》を差し下して探したところ、磤馭慮島《おのごろしま》を得ることができた。すぐに矛を抜き上げて喜んで、

「よかった、国土があった。」

と仰せられた。

【第三】伊奘諾《いざなき》・伊奘冉《いざなみ》の二神は、高天原《たかまのはら》におられて、

「国土があるはずだが。」

と仰せられ、天瓊矛《あまのぬほこ》で磤馭慮島《おのごろしま》をかき探られて造られた。


【第四】　伊奘諾《いざなき》・伊奘冉《いざなみ》の二神は、相談して、

「物があって、氷の上に浮いている脂肪の塊のようだ。その中にきっと国土があるだろう。」

と仰せられ、天瓊矛《あまのぬほこ》で一つの島を探り造られた。名付けて磤馭慮島《おのごろしま》という。

【第五】　女神がまず、

「おやまあ、すばらしいお方ですこと。」

と声をかけられた。その時、女神が先に声を発したということはよくないということで、もう一度改めて巡り直された。今度は男神がまず、

「ああ、すばらしい女性だ。」

と唱えられた。このようにして夫婦の交わりをしようとされたが、その方法をご存じなかった。その時に鶺鴒《せきれい》が飛びおりてきて、その首と尾を揺すった。二神はその動きをご覧になって真似をして、交わり方の方法がお分かりになった。

【第六】　二神は夫婦としての交わりをもち、まず淡路洲《あわじのしま》・淡洲《あわのしま》を胞《え》として、大日本豊秋津洲《おおやまととよあきづしま》を生んだ。次に伊予洲《いよのしま》。次に筑紫洲《つくしのしま》。次に億岐洲《おきのしま》と佐度洲《さどのしま》とを双子に生んだ。次に越洲《こしのしま》。次に大洲《おおしま》。次に子洲《こしま》。

【第七】まず淡路洲《あわじのしま》を生んだ。次に大日本豊秋津洲《おおやまととよあきづしま》。次に伊予二名洲《いよのふたなのしま》。次に億岐洲《おきのしま》。次に佐度洲《さどのしま》。次に筑紫《つくしの》洲《しま》。次に壱岐洲《いきのしま》。次に対馬洲《つしま》。

【第八】磤馭慮島《おのごろしま》を胞《え》とし、淡路洲《あわじのしま》を生んだ。次に大日本豊秋津洲《おおやまととよあきづしま》。次に伊予二名洲《いよのふたなのしま》。次に筑紫洲《つくしのしま》。次に吉《き》備子洲《びこのしま》。次に億岐洲《おきのしま》と佐渡洲《さどのしま》とを双子に生んだ。次に越洲《こしのしま》。

【第九】淡路洲《あわじのしま》を胞《え》として、大日本豊秋津洲《おおやまととよあきづしま》を生んだ。次に淡洲《あわのしま》。次に伊予二名洲《いよのふたなのしま》。次に億岐三子洲《おきのみつごのしま》。次に佐度洲《さどのしま》。次に筑紫洲《つくしのしま》。次に吉備子洲《きびこのしま》。次に大洲《おおしま》。

【第十】女神がまず、

「おやまあ、いとしいお方ですこと。」

と唱えられた。そして男神の手をとり、夫婦となり、淡路洲《あわじのしま》を生んだ。次に蛭児《ひるこ》。

第五段の撰書

大日孁貴《おおひるめのむち》（天照大神《あまてらすおおみかみ》）・月夜見尊《つくよみのみこと》・素戔嗚尊《すさのおのみこと》の誕生

次に海を生んだ。次に川を生んだ。次に木の祖句句廼馳《くくのち》を生んだ。次に草の祖草野姫《かやのひめ》を生んだ。または野槌《のつち》と申す。

このような生成の後に、伊奘諾尊《いざなきのみこと》・伊奘冉尊《いざなみのみこと》は、相談して、

「我々は、すでに大八洲国《おおやしまくに》及び山川草木《さんせんそうもく》を生んだ。次には、天下の主になる者を生むべきだろう。」

大日孁貴
（天照大神・天照大日孁尊）

と仰せられた。

こうして、日の神をお生みになった。これを大日孁貴《おおひるめのむち》と申す［一書では、天照大神《あまてらすおおみかみ》という。一書では、天照大日孁尊《あまてらすおおひるめのみこと》という］。この御子は、明るい光が輝き（原典「光華明彩」）あまねく世界を照りとおした。二神はたいそう喜ばれ、

「我々の子は、たくさんいるが、これまでこのように霊妙な御子はなかった。長い間この国に留めておくことはできない。すみやかに天上に送って天界の政事を授けるべきだ。」

と仰せられた。この時、天と地とはまだそれほど遠隔《えんかく》ではなかった。それで天の御柱によって天上に送り申し上げられた。

次に月の神をお生みになった［一書では、月弓尊《つくゆみのみこと》、月夜見尊《つくよみのみこと》、月読尊《つくよみのみこと》という］。その光の輝きは、日の神に次いでいた。そこで日の神に配して天上を統治すべきだとして、天に送られた。

次に蛭児《ひるこ》をお生みになった。生後三年たっても、なお足が立たなかった。それで天磐櫲樟船《あまのいわくすぶね》に乗せて、風の吹くままに流してしまわれた。

次に素戔嗚尊《すさのおのみこと》をお生みになった［一書では神素戔嗚尊《かむすさのおのみこと》、速素戔嗚尊《はやすさのおのみこと》という］。この神は、勇猛であり、残忍なことをして平気であった。また常に泣き叫ぶことが多かった。それで国内の人民を、多く若死にさせ、また青々とした山を枯山《かれやま》に変えてしまった。そこで父母の二神は、素戔嗚尊に勅《みことのり》して、

「お前は本当に非情で、手がつけられない。天下に君臨してはならない。必ず遠く、根国《ねのくに》に行くべきである。」

と仰せられ、ついに追放なされた。

第五段の一書群（十一書あり）

【第一】伊奘諾尊《いざなきのみこと》が、

「私は天下を統治する尊貴な御子を生もうと思う。」

と仰せられ、左手で白銅鏡《ますみのかがみ》を持たれた時、すぐ自然にできた神があった。これを大日孁尊《おおひるめのみこと》と申す。右手で白銅鏡を持たれた時、自然にできた神があった。これを月弓尊《つくゆみのみこと》と申す。また首をまわして、顧みるちょうどその時、すぐ自然にできた神があった。これを素戔鳴尊《すさのおのみこと》と申す。

ところで、大日孁尊と月弓尊は、ともに性質が明るく麗しいので、天地を治めさせられた。素戔鳴尊は、性格が残忍で殺傷を好んだので、下らせて根国を治めさせられた。

【第二】日・月がすでにお生まれになっていた。次に蛭児《ひるこ》をお生みになった。この子は、三歳になっても、なお足が立たなかった。初め、伊奘諾尊《いざなきのみこと》・伊奘冉尊《いざなみのみこと》が御柱を回られた時、女神がまず喜びの言葉を発せられた。このことは、陰陽の理に反していた。これにより、今蛭児をお生みになった。次に素戔鳴尊《すさのおのみこと》をお生みになった。この神は、性悪で、常に泣き怒ることを好んだ。このために、国民が多く死に、青山は枯れてしまった。それで父母の二神は勅《みことのり》して、

「もしお前がこの国を統治すれば、必ず殺傷が多くなることだろう。だからお前は、遥かに遠い根国《ねのくに》を統治するのがよい。」

と仰せられた。次に鳥磐櫲樟船《とりのいわくすぶね》をお生みになった。この船に蛭児を乗せて、流れのままに放棄してしまわれた。

次に火の神軻遇突智《かぐつち》をお生みになった。この時、伊奘冉尊は、軻遇突智のために身を焼かれて亡くなられた。その亡くなられようとする間に、臥しながら土の神埴山姫《はにやまひめ》と水の神罔象女《みつはのめ》をお生みになった。軻遇突智は、埴山姫と結婚して稚産霊《わくむすひ》を生んだ。この神の頭の上に、蚕と桑とが生じた。臍《へそ》の中に、五穀が生じた。

【第三】伊奘冉尊《いざなみのみこと》は、火産霊《ほむすひ》をお生みになった時、子のために身を焼かれて、亡くなられた。そのまさに神《かむ》退《さ》られ［神避られ］ようとする時、水の神罔象女《みつはのめ》と土の神埴山姫《はにやまひめ》とを生み、また天吉葛《あまのよさずら》をお生みになった［一説によそづらという］。

【第四】伊奘冉尊《いざなみのみこと》は、火の神軻遇突智《かぐつち》を生もうとされた時、熱によって苦しみわずらい嘔吐をされた。これが神となり、金山彦《かなやまひこ》と申す。次に小便をされたが、これが神となり、罔象女《みつはのめ》と申す。次に大便をされたが、これが神となり、埴山媛《はにやまひめ》と申す。

【第五】伊奘冉尊《いざなみのみこと》は、火の神をお生みになった時、身を焼かれて亡くなられた。それで紀伊国《きのくに》の熊野の有間村（三重県熊野市有間町上地）に葬り申し上げた。その土地の人々は、この霊魂を祭るのに、花の時期には花を供えて祭る。また、鼓、笛、幡旗《はた》を立て、歌い、舞って祭る。

【第六】伊奘諾尊《いざなきのみこと》と伊奘冉尊《いざなみのみこと》とは、大八洲国《おおやしまくに》をお生みになった。その後に伊奘諾尊が、

「我々が生んだ国は、ただ朝霧におおわれ、かすんで立ちこめている。」

と仰せられ、吹き払われた息が自然に神となった。級長戸辺命《しなとべのみこと》と申す［または級長津彦命《しなつひこのみこと》と申す］。これは風

の神である。また飢えた時に御子をお生みになり倉稲魂命《うかのみたまのみこと》と申す。また、海の神等をお生みになり少童命《わたつみのみこと》と申す。山の神等を山祇《やまつみ》と申す。水門《みなと》の神等を速秋津日命《はやあきつひのみこと》と申す。木の神等を句句廼馳《くくのち》と申す。土の神を埴《はに》安神《やすのかみ》と申す。その後に、すべての万物をお生みになった。火の神軻遇突智《かぐつち》が生まれる時に、その母伊奘《いざ》冉《なみの》尊《みこと》は身を焼かれて亡くなられた。その時、伊奘諾尊《いざなきのみこと》は恨んで、

「ただ一人の子によって、私のいとしの妻を失ってしまったのか。」

と仰せられ、頭の方に腹ばい、足元に腹ばい、大声で泣き、嘆き悲しまれた。その涙が落ちて神となった。これは、畝丘《うねお》の樹の下に鎮まります神で、啼沢女命《なきさわめのみこと》と申す。

その後に伊奘諾尊《いざなきのみこと》は、身につけていた長剣を抜いて、軻遇突智《かぐつち》を三つに斬ってしまわれた。これが自然に、それぞれ神となった。また、剣の刃からしたたり落ちる血が、天安河辺《あまのやすのかわら》にある数多くの岩石となった。これが、経津主神《ふつぬしのかみ》の祖である。また、剣の鐔《つば》からしたたり落ちる血がほとばしって神となった。甕速日神《みかはやひのかみ》と申す。次に熯速日神《ひのはやひのかみ》。この甕速日神は、武甕槌神《たけみかづちのかみ》の祖である［一説には、甕速日命《みかはやひのみこと》、次に熯速日命《ひのはやひのみこと》、次に武甕槌神《たけみかづちのかみ》と申す。また、剣の先からしたたり落ちる血がほとばしって神となった。磐裂神《いわさくのかみ》と申す。次に根裂神《ねさくのかみ》。次に磐筒男命《いわつつのおのみこと》［一説には、磐筒男命《いわつつのおのみこと》と磐筒女命《いわつつのめのみこと》という］。また、剣の柄《つか》からしたたり落ちる血が、ほとばしって神となった。闇龗《くらおかみ》と申す。次に闇山祇《くらやまつみ》。次に闇罔象《くらみつは》。

さてその後、伊奘諾尊《いざなきのみこと》は、伊奘冉尊《いざなみのみこと》を追って黄泉国《よみのくに》に入り、追い着いて共に語られた。その時、伊奘冉尊が、

「いとしいお方、どうして来るのが遅くなったのでしょう。私はもう黄泉国の食べ物を食べてしまい、再び現世には戻れません。私は、こちらで休もうと思います。どうか、私の姿をご覧にならないで下さい。」

と仰せられた。伊奘諾尊は、その言葉に従われず、ひそかに神聖な櫛をとり、その両端の大きい歯を引き折っ

て松明《たいまつ》として、ご覧になると、身には膿《うみ》がわき、うじがたかっていた。これが今世の人が、夜、一つ火を避け、櫛を投げるのを避けることの起源である。その時、伊奘諾尊はたいそう驚いて、

「私は、思いもかけず、つい嫌な汚れたきたない国にきてしまった。」

と仰せられ、急いで逃げ帰られた。その時、伊奘冉尊は恨んで、

「どうして、のぞき見してはいけないという約束を守らず、私に恥をかかせたのですか。」

と仰せられ、すぐに泉津醜女《よもつしこめ》（冥界の鬼女）［一説に泉津日狭女《よもつひさめ》という］八人を遣わして、追ってお留め申し上げた。それで伊奘諾尊は剣を抜いて後ろ手に振りながらお逃げになった。さらにすきを見て、黒い鬘《かずら》の髪飾りをお投げになると、たちまちぶどうの実になった。醜女《しこめ》は採って食べた。食べ終わって、さらにまた追って来た。伊奘諾尊は、また神聖な櫛をお投げになると、たちまち筍《たけのこ》になった。醜女は、また抜いて食べた。食べ終わってさらにまた追って来た。今度は、伊奘冉尊もみずから追って来られた。この時、伊奘諾尊はすでに泉《よも》津平坂《つひらさか》に到着しておられた［一説によると、伊奘諾尊は大樹に向かって放尿された。これが大きな川となった。泉津日狭女《よもつひさめ》がその川を渡ろうとする間に、伊奘諾尊はすでに泉津平坂に着いておられたという］。そこで、千人で引くような大きな岩で、その坂道をふさいで、伊奘冉尊と相向きに立って、ついに離縁の誓言を言い渡された。その時に伊奘冉尊は、

「いとしいお方、そのようにおっしゃるならば、私はあなたがお治めになる国の人民を一日に千人縊《くび》り殺すでしょう。」

と仰せられた。伊奘諾尊《いざなきのみこと》は、

「いとしい妻よ、あなたがそのようにおっしゃるならば、私は一日に千五百人生もう。」

と答えられた。続けて、

「ここより来てはならない。」

と仰せられ、杖をお投げになった。これを岐神《ふなとのかみ》と申す。また、その帯をお投げになった。これを長道磐神《ながちわのかみ》と申す。また、その衣をお投げになった。これを煩神《わずらいのかみ》と申す。また、その褌《はかま》をお投げになった。これを開囓《あきぐいの》神《かみ》と申す。また、その履《くつ》をお投げになった。これを道敷神《ちしきのかみ》と申す。その泉津平坂《よもつひらさか》に［あるいは、泉津平坂は特定の場所をいうのでなく、ただ死に臨んで息の絶える、その境をいうのではないか、という］、ふさがる磐《い》石《わ》というのは、泉門塞之大神《よみどにさやりますおおかみ》と申す［またの名は道返大神《ちかえしのおおかみ》と申す］。

伊奘諾尊《いざなきのみこと》は、死者の世界からようやく帰還し、深く後悔して、

「私は、先に思いもかけず、つい嫌な汚れたきたない所に行ってしまった。それゆえ、私の身の穢れを洗い去ろう。」

と仰せられ、筑紫《つくし》の日向《ひむか》の小戸《おど》の橘《たちばな》の檍原《あわきはら》へ行かれ、禊祓《みそぎはら》えをされた。身の汚れをすすごうとして、

「上の瀬は、流れがたいそう速く、下の瀬はたいそう弱い。」

と仰せられ、中の瀬ですすがれた。これによって神をお生みになり、八十枉津日神《やそまがつひのかみ》と申す。その枉《まが》りをなおそうとして神をお生みになり、神直日神《かむなおひのかみ》と申す。次に大直日神《おおなおひのかみ》。

また、海の底に沈んですすがれた。これによって神をお生みになり、底津少童命《そこつわたつみのみこと》と申す。次に底筒男命《そこつつのおのみこと》。

また、潮の中に潜ってすすがれた。これによって神をお生みになり、中津少童命《なかつわたつみのみこと》と申す。次に中筒男命《なかつつのおのみこと》。また、潮の上に浮いてすすがれた。これによって神をお生みになり、表津少童命《うわつわたつみのみこと》と申す。次に表筒男命《うわつつのおのみこと》。すべて九神ということになる。その底筒男命《そこつつのおのみこと》・中筒男命《なかつつのおのみこと》・表筒男命《うわつつのおのみこと》は、住吉大神《すみのえのおおかみ》である。底津少童命《そこつわたつみのみこと》・中津少《なかつわた》童命《つみのみこと》・表津少童命《うわつわたつみのみこと》は、阿曇連《あずみのむらじ》等が祭る神である。

その後に、左の眼を洗われた。これによって神をお生みになり、天照大神《あまてらすおおみかみ》と申す。また、右の眼を洗われ

た。これによって神をお生みになり、月読命《つくよみのみこと》と申す。また、鼻を洗われた。これによって神をお生みになり、素戔嗚尊《すさのおのみこと》と申す。合わせて三神である。

さて、伊奘諾尊《いざなきのみこと》は、三柱の御子に命じられて、

「天照大神《あまてらすおおみかみ》は、高天原を統治するがよい。月読命《つくよみのみこと》は、潮の八百に重なる青海原を統治せよ。素戔嗚尊《すさのおのみこと》は、天下を統治せよ。」

と仰せられた。この時、素戔嗚尊は、年はすでに長じており、またあごひげが長く伸びていた。しかし、天下を治めずに、常に大声で泣き、憤っていた。それで伊奘諾尊は、

「お前は、どうしてそのようにいつも泣いてばかりいるのか。」

と問われた。素戔嗚尊は、

「私は、母なる大地の根国《ねのくに》に参りたいと思い、ただもう泣いているのです。」

と答えられた。伊奘諾尊は、この言葉を聞くやいなや機嫌を悪くされて、

「お前の心のままに行くがよい。」

と仰せられ、追放された。

【第七】伊奘諾尊《いざなきのみこと》は、剣を抜いて軻遇突智《かぐつち》を三つに斬ってしまわれた。その一つは、雷神《いかずちのかみ》となり、一つは大山祇神《おおやまつみのかみ》となり、一つは高龗《たかおかみ》となった［また伝えていう。軻遇突智《かぐつち》をお斬りになった時、その血がほとばしって天八十河原《あまのやそのかわら》にある多くの磐石《いわ》を染めた。これによって生じた神を、磐裂神《いわさくのかみ》と申す］。次に根裂神《ねさくのかみ》、その子磐筒男神《いわつつのおのかみ》。次に磐筒女神《いわつつのめのかみ》、その子経津主神《ふつぬしのかみ》。

【第八】伊奘諾尊《いざなきのみこと》は、軻遇突智命《かぐつちのみこと》を五つに斬ってしまわれた。これらは、それぞれ五つの山祇《やまつみ》になった。一つは首で、大山祇となった。二つは胴体で、中山祇《なかやまつみ》となった。三つは手で、麓山祇《はやまつみ》となった。四つは腰で、正《まさ》勝山祇《かやまつみ》となった。五つは足で、䨄山祇《しぎやまつみ》となった。この時、斬った血がほとばしって、石、礫、樹、草を染めた。これが草木・砂石が自然に火を含んでいる起源である。

【第九】伊奘諾尊《いざなきのみこと》は、その妻に会いたいと思い、殯斂《もがり》（死後埋葬するまでの間に仮に安置して弔うこと）の場所に着かれた。この時、伊奘冉尊《いざなみのみこと》は、まだ生きている時のように出迎え、共に語られた。しばらくして後に、伊奘諾尊に、

「いとしいお方、お願いですから私をご覧にならないで下さい。」

と仰せられた。言い終わるやいなや、たちまち見えなくなった。その時、辺りは暗闇になった。伊奘諾尊は、一つ火をともして、ご覧になった。すると伊奘冉尊の身はふくれあがっており、その上には八種類の雷《いかずち》がいた。伊奘諾尊は、驚いて逃げ帰られた。すると、雷等は皆起きて追ってきた。時に、道のかたわらに大きな桃の樹があった。そこで伊奘諾尊は、その樹の下に隠れて、桃の実をとって雷に投げらると、雷等は皆逃走した。これが、桃によって鬼を追い払うことの起源である。

この時、伊奘諾尊《いざなきのみこと》は、その桃の木の杖を投げて、

「この場所からは、雷は決して来るまい。」

と仰せられた。この杖を岐神《ふなとのかみ》と申す。本の名は、来《く》名《な》戸《と》之《の》祖神《さえのかみ》と申す。八種類の雷とは、首にいるのは、大《おお》雷《いかずち》、胸にいるのは、火雷《ほのいかずち》、腹にいるのは土雷《つちのいかずち》、背にいるのは稚雷《わかいかずち》、尻にいるのは黒雷《くろいかずち》、手にいるのは山《やまの》雷《いかずち》、足にいるのは野雷《ののいかずち》、陰部にいるのは裂雷《さくいかずち》という。

【第十】　伊奘諾尊《いざなきのみこと》は、追いかけて伊奘冉尊《いざなみのみこと》のおられる場所にお着きになり、

「お前を失い、悲しいから来たのだ。」

と仰せられた。伊奘冉尊は、

「あなたは、私をご覧にならないで下さい。」

と仰せられた。ところが伊奘諾尊は、その言葉に従わず、ご覧になった。そのため伊奘冉尊は、恥じ恨まれ、

「あなたは、すでに私の実情を見てしまわれた。私もまた、あなたの本当の姿を見ましょう。」

と仰せられた。それで伊奘諾尊は、自分を恥じて、出て帰ろうとされた。その時、ただ黙ってお帰りにならないで、誓って、

「離婚しよう。」

と仰せられた。また、

「お前には負けない。」

とも仰せられたという。この約束を固めるために唾《つば》を吐かれた時に生じた神を、速玉之男《はやたまのお》と申す。次に黄泉《よみ》との関わりを断つために掃《はら》われた時に生じた神を泉津事解之男《よもつことさかのお》と申す。合わせて二神である。

その妻と、泉津平坂《よもつひらさか》でお互いに争われた時、伊奘諾尊《いざなきのみこと》は、

「私がはじめあなたの為に悲しみ、また慕ったのは、私が弱かったからだ。」

と仰せられた。時に泉守道者《よもつちもりひと》が、

「伊奘冉尊《いざなみのみこと》が、

『私は、あなたとすでに国生みをしました。どうしてさらに生きることを求めましょう。私はこの国に留まって、ご一緒に地上に帰ることはいたしません』

と仰せられました。」

と申し上げた。この時、菊理媛神《くくりひめのかみ》もまた申し上げることがあり、伊奘諾尊はそれをお聞きになっておほめになった。こうして伊奘諾尊は離れ去って行かれた。ただしみずから泉国《よもつくに》を見てしまわれた。これはまったくよくないことであった。

そこで、その穢《けが》れをすすぎ払おうと思われ、粟門《あわのと》（鳴門海峡）と速吸名戸《はやすいなと》（豊予海峡）をご覧になった。ところがこの二つの海峡は、潮の流れがはなはだ速かった。そこで橘《たちばな》の小門《おど》に帰り、穢れを払いすすがれた。その時水に入って磐土命《いわつちのみこと》を吹き生《な》し、水を出て大直日神《おおなおひのかみ》を吹き生《な》された。また水に入って底土命《そこつちのみこと》を吹き生《な》し、水を出て、大綾津日神《おおあやつひのかみ》を吹き生《な》された。また水に入って、赤土命《あかつちのみこと》を吹き生し、水を出て、大地海原の諸神を吹き生《な》された。

【第十一】伊奘諾尊《いざなきのみこと》は、三柱の御子神に、

「天照大神《あまてらすおおみかみ》は、高天原を統治しなさい。月夜見尊《つくよみのみこと》は、日と並んで天界の事を治めなさい。素戔嗚尊《すさのおのみこと》は、青海原を統治しなさい。」

と命じられた。

天照大神は、すでに天上におられ、

「葦原中国《あしはらのなかつくに》に保守神《うけもちのかみ》がいると聞いている。どうか月夜見尊《つくよみのみこと》よ、行って見てきてほしい。」

と仰せられた。月夜見尊は、勅命を受けて葦原中国に降り、保守神《うけもちのかみ》のもとにお着きになった。保守神は、首をまわして陸に向かうと、口から飯が出た。また海に向かうと、大小の魚が口から出た。また山に向かうと毛のあらい動物や、毛のやわらかい動物が口から出た。それらのさまざまの物をすべて備えて、数多くの机に積

み上げておもてなしされた。この時、月夜見尊は、怒りをおもてに出して、

「穢《けが》らわしく卑しいことだ。どうして口から吐いた物を私にさし出すのか。」

と仰せられて、剣を抜いて打ち殺してしまわれた。その後に復命して、それまでのことを申し上げられた。すると、天照大神はたいそう怒り、

「お前は悪い神だ。もう顔も見たくない。」

と仰せられて、月夜見尊と昼夜の距離を隔ててお住みになった。

この後、天照大神は、また天熊人《あまのくまひと》を遣わして保守神を看護させられたが、すでに息絶えていた。しかし、その神の頭に牛馬が生じ、額の上には粟が生え、眉の上には繭《まゆ》が生え、眼の中には稗《ひえ》が生え、腹の中には稲が生え陰部には麦と大豆・小豆が生えていた。天熊人《あまのくまひと》は、これらすべてを取り持ち、天照大神に献上した。天照大神はお喜びになり、

「これらの物は、この世に生きて存在する人々が、食べて生命を支えるべきものである。」

と仰せられ、粟・稗・麦・豆を畑の種とされ、稲を水田の種とされた。また村の首長を定められた。そこでその稲種を、初めて天狭田《あまのさだ》と長田《ながた》に植えた。

やがて秋になり、垂れた稲穂は長く茂り、たいそう気持ちがすこやかだった。また、口の中に繭《まゆ》を含んで、糸をとり出すことができた。これより初めて養蚕《ようさん》の道がおこった。

第六段の撰書

天照大神《あまてらすおおみかみ》と素戔嗚尊《すさのおのみこと》の誓約《うけい》

さて、素戔嗚尊《すさのおのみこと》は願い出て、

「私は今、勅命の通り根国《ねのくに》に行きたいと存じます。その前に、高天原《たかまのはら》に参上して、姉上に会い、それから永遠に根国に退去したいと思います。」

と申し上げた。伊奘諾尊《いざなきのみこと》は、お許しになった。そこで素戔嗚尊は高天原に昇り、天照大神のもとに参上された。

この後に、伊奘諾尊は神としての仕事を終えられ、あの世に行かれることになった。それで、隠れ住む御殿を淡路国《あわじのくに》に構えて、静かに永遠にお隠れになった［またある伝えによると、伊奘諾尊は、功績を重ね、神徳も偉大であった。そこで天に昇って報告された。そのことによって、日の少宮《わかみや》に留まりお住みになったという］。

初め素戔嗚尊が、天に昇られる時に、大海は激しく揺れ動き、山岳はすさまじく鳴り響いた。これは、素戔嗚尊の神性が猛々《たけだけ》しいからであった。天照大神は、もとよりその神の荒々しく悪いことを知っておられた。やがて素戔嗚尊がやって来るようすを聞かれるに及んで、顔色を変えて驚かれ、

「私の弟が来るというのは、おそらく善い心からではあるまい。きっと、国を奪おうとする意志があるのだろうか。私の父母は、すでに子供たちにご委任になって、それぞれその領分を所有せしめられた。どうして赴くべき国を棄てておいて、しいてこの高天原《たかまのはら》をねらっているのか。」

と仰せられた。すぐに髪を結んで髻《みずら》とし、裳の裾をひきしぼって袴《はかま》にし、八坂瓊《やさかに》の五百箇御統《いおつみすまる》（大きいたくさんの玉をつらねた飾り）を、その頭や腕に巻き付けられた。

また背には、千本、五百本も入るような矢入れを負い、臂《ひじ》には聖にして清浄な力のある高い音を立てる鞆《とも》（弓を射る時、左の臂にはめる皮の道具）を着け、弓筈《ゆはず》を振り立て、剣の柄《つか》をしっかりと握り、堅い庭を股まで踏み抜き、雪のように蹴散らし、厳しく責め激しく問いつめられた。素戔嗚尊《すさのおのみこと》は、

「私は、初めから邪心など持っていません。ただし前から父母の厳しいご命令がありましたので、永久に根《ねの》

国《くに》に行こうと存じます。もし姉上と会うことができなければどうして去ることができましょうか。このような気持ちで雲や霧を踏み渡り、遠くから参上いたしました。ところが、姉上がこのように激怒しているとは思いもよりませんでした。」

と仰せられた。そこで天照大神は、

「もしそうなら、いったい何をもってお前の潔白な心を明らかにするのか。」

と尋ねられた。素戔嗚尊は、

「どうか、姉上と一緒に、誓約《うけい》をいたしましょう。その誓約というのは、必ず御子を生むことにして、もしわたしが生んだ子が女ならば、邪心があると思って下さい。もし男なら、潔白な心であるとお思い下さい。」

と仰せられた。

そこで天照大神は、素戔嗚尊の長剣を求め取られて三つに折り、天真名井《あまのまない》にすすいでがりがりと嚙《か》み砕き、吹き棄てる息吹《いぶき》の霧で生んだ神を、田心姫《たこりひめ》と申す。次に湍津姫《たぎつひめ》。次に市杵島姫《いちきしまひめ》。合わせて三柱の女神である。素戔嗚尊《すさのおのみこと》は、天照大神の髻《みずら》・鬘《かずら》や腕に巻き付けておられる、八坂瓊《やさかに》の五百箇御統《いおつみすまる》を求め取って、天真名井《あまのまない》にすすいで、がりがりと嚙み砕き、吹き棄てる息吹の霧で生んだ神を、正哉吾勝勝速日天忍穂耳尊《まさやあかつかちはやひあまのおしほみみのみこと》と申す。次に天穂日命《あまのほひのみこと》［これは出雲臣《いずものおみ》・土師連《はじのむらじ》等の祖先である］。次に天津彦根命《あまつひこねのみこと》［これは凡川内直《おおしこうちのあたい》・山代直《やましろのあたい》等の祖先である］。次に活津彦根命《いくつひこねのみこと》。次に熊野櫲樟日命《くまのくすひのみこと》。合わせて五柱の男神である。

この時、天照大神は、勅《みことのり》して、

「その子たちの生まれたもとの物を考えてみると、八坂瓊《やさかに》の五百箇御統《いおつみすまる》は、私の物である。それゆえ、その五柱の男神は、すべて私の子である。」

と仰せられ、すぐに引き取って養育された。また勅《みことのり》して、

「その長剣は、素戔嗚尊《すさのおのみこと》の物である。それゆえこの三柱の女神はすべてお前の子である。」

と仰せられ、その場で素戔嗚尊にお授けになった。この女神たちは、筑紫《つくし》の胸肩君《むなかたのきみ》等が祭る神である。

第六段の一書群（三書あり）

【第一】　日神《ひのかみ》は、もとより素戔嗚尊《すさのおのみこと》が勇猛で暴逆な性質であることを知っておられた。その素戔嗚尊が天上に昇って到着するに及んで、すぐに、

「弟がやってきた理由は、きっと善い心ではなく、我が天原《あまのはら》を奪おうとしているのだろう。」

とお思いになって、直ちに武人としての雄々しい準備を調えられ、身には十握剣《とつかつるぎ》・九握剣《ここのつかつるぎ》・八握剣《やつかつるぎ》を帯び、また背に靫《ゆき》（矢入れ）を負い、また臂《ひじ》には聖にして清浄な力のある高い音をたてる鞆《とも》を着け、手に弓矢を取り、自ら素戔嗚尊を迎えて防御なされた。この時に素戔嗚尊は、

「私はもとより悪い心は持っていません。ただ姉上に会いたいと思い、ほんの少しの間参上しただけです。」

と申し上げた。そこで日神は、素戔嗚尊と向かい合われ、誓約《うけい》を立て、

「もしお前の心が潔白で、天原を押し分けて奪おうという心がないのならば、お前が生む子は必ず男神であろう。」

と仰せられた。言い終わって、まず身に帯びておられる十握剣《とつかつるぎ》を食べてお生みになった御子を、瀛津島姫《おきつしまひめ》と申す。また、九握剣《ここのつかつるぎ》を食べてお生みになった御子を湍津姫《たぎつひめ》と申す。また、八握剣《やつかつるぎ》を食べてお生みになった御子を、田心姫《たこりひめ》と申す。合わせて三柱の女神である。

次に素戔嗚尊《すさのおのみこと》は、その首に掛けられた五百箇御統《いおつみすまる》の瓊《に》を天渟名井《あまのぬない》［またの名は去来真名井《いざのまない》］にすすいで食べてお生みになった御子を、正哉吾勝勝速日天忍骨尊《まさやあかつかちはやひあまのおしほねのみこと》と申す。次に天津彦根命《あまつひこねのみこと》。次に活津彦根命《いくつひこねのみこと》。次に天穂日《あまのほひの》

命《みこと》。次に熊野忍蹈命《くまのおしほみのみこと》。合わせて五柱の男神である。

このようにして、素戔嗚尊《すさのおのみこと》はすっかり勝った証明を得られた。ここに日神《ひのかみ》は、素戔嗚尊にもとより悪い心がなかったことを知られ、日神のお生みになった三柱の女神を筑紫洲《つくしのくに》にお降《くだ》しになった。その時に、教えて、

「三神は、韓国《からくに》への海路の途中に降《くだ》って鎮まり、天孫をお助け申し上げて天孫によって祭られなさい。」

と仰せられた。

【第二】　素戔嗚尊《すさのおのみこと》が、天に昇ろうとされる時に、一柱の神がいた。名を羽明玉《はあかるたま》と申す。この神が素戔嗚尊をお迎え申し上げて、瑞八坂瓊《みずのやさかに》の曲玉《まがたま》（清らかな美しい大きな玉でつくった曲玉）を献上した。そこで素戔嗚尊は、その玉を持って天上に到着された。この時、天照大神は、弟に悪い心があるのではないかとお疑いになり、兵を動員して、厳しく問いつめられた。素戔嗚尊は、

「私が参上しましたのは、本当に姉上にお目にかかりたいと思ったからです。また、めずらしい宝である瑞八坂瓊の曲玉を献上しようと思ったからだけです。決して他意はありません。」

と申し上げた。天照大神は、再び

「お前の言っていることが嘘なのか本当なのか。いったいどのようにして証明するのか。」

と尋ねられた。素戔嗚尊は、

「どうか、私と姉上と共に、誓約《うけい》を立てましょう。誓約の間に、私が女を生んだら、邪心があるとして下さい。もし男を生んだら、真心があるとして下さい。」

と申し上げた。そこで、天真名井《あまのまない》を三か所掘って、向かい合って立たれた。この時、天照大神は素戔嗚尊に、

「私の身に帯びている剣を、今お前に上げよう。お前は、自分が持っている八坂瓊の曲玉を私に下さい。」

と仰せられた。このように約束して、交換された。

まず天照大神は、八坂瓊の曲玉を天真名井に浮かべ手許に寄せて、瓊の端を嚙み切って吹き出した息吹の中に生じた神を市杵島姫命《いちきしまひめのみこと》と申す。これは、遠い沖に鎮まります神である。また瓊の中を嚙み切って吹き出した息吹の中に生じた神を、田心姫命《たこりひめのみこと》と申す。これは、中津宮に鎮まります神である。また瓊の尾を嚙み切って吹き出した息吹の中に生じた神を湍津姫命《たぎつひめのみこと》と申す。これは、辺津宮《へつみや》に鎮まります神である。合わせて三柱の女神である。

次に、素戔嗚尊《すさのおのみこと》が持たれている剣を天真名井《あまのまない》に浮かべ手許に寄せて、剣の先を嚙み切って吹き出した息吹の中に生じた神を、天穂日命《あまのほひのみこと》と申す。次に正哉吾勝勝速日天忍骨尊《まさやあかつかちはやひあまのおしほねのみこと》。次に天津彦根命《あまつひこねのみこと》。次に活津彦根命《いくつひこねのみこと》。次に熊野櫲樟日命《くまののくすひのみこと》。合わせて五柱の男神であると、以上のように言っている。

【第三】日神《ひのかみ》は、素戔嗚尊《すさのおのみこと》と天安河《あまのやすのかわ》を隔てて向かい合い、誓約《うけい》を立てて、

「お前にもし危害を加える心がないならば、お前が生む子は必ず男だろう。もし男を生むなら、私の子として天原《あまのはら》を統治させよう。」

と仰せられた。ここに日神がまずその十握剣《とつかつるぎ》を食べて、御子の瀛津島姫命《おきつしまひめのみこと》を化生された［またの名を、市杵《いちき》島姫命《しまひめのみこと》と申す］。また九握剣《ここのつかつるぎ》を食べて、御子の湍津姫命《たぎつひめのみこと》を化生された。また八握剣《やつかつるぎ》を食べて、御子の田霧姫《たきりひめの》命《みこと》を化生された。

次に素戔嗚尊は、その左の髻《みずら》に巻いた五百箇御統《いおつみすまる》の瓊《に》を口に含み、左の手のひらに置いて、男を化生された。

そして宣言して、

「まさに今、私は勝った。」

と仰せられた。それゆえに勝速日天忍穂耳尊《かちはやひあまのおしほみみのみこと》と申す。また右の髻《みずら》の瓊《に》を口に含んで、右の手のひらに置いて、天穂日命《あまのほひのみこと》を化生された。また首に掛けている瓊《に》を口に含んで、左の肘《ひじ》の中に置いて、天津彦根命《あまつひこねのみこと》を化生された。また、右の肘《ひじ》の中から活津彦根命《いくつひこねのみこと》を化生された。また、左の足の中から熯速日命《ひのはやひのみこと》を化生された。また、右の足の中から、熊野忍蹈命《くまののおしほみのみこと》を化生された［またの名は、熊野忍隅命《くまののおしくまのみこと》と申す］。このように、素戔嗚尊がお生みになった御子は、すべて男だった。

こうして日神《ひのかみ》は、素戔嗚尊が初めから潔白な心であったことをお知りになり、その六柱の男神を引き取って、日神の御子として、天原を統治させられた。

一方、日神のお生みになった三柱の女神を、葦原中国《あしはらのなかつくに》の宇佐島《うさのしま》に降《くだ》し鎮まらせた。今は海の北の道中に鎮座されており、道主貴《みちぬしのむち》と申す。これは、筑紫《つくし》の水沼君《みぬまのきみ》等が祭る神である。

第七段の撰書

天照大神《あまてらすおおみかみ》の磐戸《いわと》隠れ

この後に、素戔嗚尊《すさのおのみこと》の行為は、たいへん非情で手がつけられなかった。その事例として、天照大神は天狭《あまのさ》田《だ》・長田《ながた》を御田とされていたが、時に素戔嗚尊《すさのおのみこと》は、春は一度まいた上に種子を重ねてまき、また畦《あぜ》を壊した。秋は天斑駒《あまのふちこま》を放して、田の中に入れて稲を倒した。また天照大神が新穀を召される新嘗《にいなえ》のちょうどその時を見て、ひそかに新宮に大便をした。また天照大神が神衣を織り、斎服殿《いみはたどの》におられるのを見て、天斑駒《あまのふちこま》の皮を尾の方からはぎ、御殿の屋根瓦に穴をあけて投げ入れた。この時、天照大神は驚かれ、機織《はたおり》に使う梭《ひ》という道具で身を傷つけられた。これらのことが重なり、天照大神は立腹し、天石窟《あまのいわや》に入られ、磐戸《いわと》を閉じてこもってしまわれた。そのために、国中がまっ暗となり、昼夜の交替もわからなくなった。

この時、八十万《やそよろず》の神々は天安河辺《あまのやすのかわら》で会合し、その祈るべき方法を協議した。ここに思兼神《おもいかねのかみ》は、深く考え遠く思いをこらして（原典「深謀遠慮」）ついに常世《とこよ》（常住不変の国）の長鳴鳥《ながなきどり》を集めて、互いに長鳴きをさせた。また、手力雄神《たちからおのかみ》を磐戸の側に隠れ立たせ、中臣連《なかとみのむらじ》の祖先天児屋命《あまのこやねのみこと》と忌部《いみべ》の祖先太玉命《ふとたまのみこと》は、天香山《あまのかぐやま》のたくさんの榊《さかき》を根ごと掘り起こし、上の枝には八坂瓊《やさかに》の五百箇御統《いおつみすまる》をとりかけ、中の枝には八咫鏡《やたかがみ》〔一説には、真経《まふ》津鏡《つのかがみ》ともいう〕をとりかけ、下の枝には麻や木綿でつくった青や白の幣をかけて、皆一緒にご祈禱申し上げた。また、猿女君《さるめのきみ》の祖先天鈿女命《あまのうずめのみこと》は、手に、茅を巻いた矛を持ち、天石窟戸《あまのいわやと》の前に立って、巧妙な演技をみせた。また、天香山の榊を頭に巻く飾りとし、さがりごけをたすきとして庭火をたき、桶を伏せ神懸かりした。

この時、天照大神がお聞きになり、

「私はこのごろ、石窟《いわや》にこもっている。きっと、豊葦原中国《とよあしはらのなかつくに》はいつまでも夜が続いていることだろうと思っていた。それなのに天鈿女命《あまのうずめのみこと》はどうしてこのように歓喜して楽しみ笑うのか。」

と仰せられ、御手で細目に磐戸《いわと》を開いて様子をうかがわれた。その時、手力雄神《たちからおのかみ》はすぐに天照大神の御手をお取りし、引いてお出し申し上げた。ここに中臣神《なかとみのかみ》・忌部神《いみべのかみ》は直ちにしめ縄〔「縄」はまた左の端を出してあるのをいう〕を張って境界とした。そして天照大神にお願いして、

「もう決して中にはお入りになりませぬように。」

と申し上げた。

その後、諸神は罪を素戔嗚尊《すさのおのみこと》に帰して、たくさんの捧げ物をお供えする罪を科し、厳しく督促して徴収した。さらに髪を抜いて、その罪をつぐなわせた〔別の伝えによると、その手足の爪を抜いてつぐないをさせたという〕。このようにして、ついに天上から下界へ追放してしまわれた。

第七段の一書群（三書あり）

【第一】 誓約《うけい》の後、稚日女尊《わかひるめのみこと》が斎服殿《いみはたどの》におられて、神の御服を織っておられた。素戔嗚尊《すさのおのみこと》がそれを見て、すぐに斑駒《ふちこま》の皮を尾の方からはぎ、御殿の内に投げ入れた。稚日女尊は、驚いて機《はた》より落ち、持っていた梭《ひ》で身を傷つけられて亡くなられた。天照大神《あまてらすおおみかみ》は、素戔嗚尊に、

「お前には、やはり邪心がある。もう、お前とは会わない。」

と仰せられて、すぐに天石窟《あまのいわや》に入り、磐戸《いわと》を閉じてしまわれた。そのため、天下は常闇となり、昼夜の違いがまったくなくなった。

そこで八十万《やそよろず》の神等を天高市《あまのたけち》に集めて、解決策を話し合われた。時に高皇産霊尊《たかみむすひのみこと》の御子の思兼神《おもいかねのかみ》という神がいて、思慮深く智恵に富んでいた。すぐに思いをこらして、

「天照大神の御像すなわち鏡を作り、招き寄せ申し上げましょう。」

と申し上げた。そこで石凝姥《いしこりどめ》を細工師とし、天香山《あまのかぐやま》の鉱物をとり、日矛《ひほこ》を作らせた。また、立派な鹿の皮を丸はぎにし、天羽鞴《あまのはぶき》（ふいご）を作らせた。これを用いてお造り申し上げた神が紀伊国《きのくに》に鎮まります日前神《ひのくまのかみ》（和歌山市秋月鎮座）である。

【第二】 日神尊《ひのかみのみこと》は、天垣田《あまのかきた》を御田とされていた。時に素戔嗚尊《すさのおのみこと》は、春は田の溝を埋め、畦《あぜ》を壊した。また秋になって、稲が豊かに実った頃、縄を引き渡して田を占有した。また、日神《ひのかみ》が機殿《はたどの》におられた時、斑駒《ふちこま》を生きたまま皮をはぎ、その御殿の内に投げ入れた。すべてこれらのことは、たいへん非情なことの極みであった。しかし日神は、弟を思う親愛の情で、おとがめもせず、お恨みにもならずに、すべて穏やかな御心でお許しになった。

ところが日神が新嘗祭《にいなめさい》をなされる時、素戔嗚尊は日神の御座の下に、ひそかに大便をしておいた。日神は、そのようなことはまったくご存じなく、そのまま御座の上に座られた。これによって日神は御身がすっかり病気になられた。これには日神も怒りをおさえきれず、天石窟《あまのいわや》に入られ、その磐戸《いわと》を閉じてしまわれた。その時諸神が心配して、鏡作部《かがみつくり》の祖先天糠戸《あまのあらと》という神に命じて鏡を作らせ、忌部《いみべ》の祖先太玉《ふとたま》という神には幣《にきて》を作らせ、玉作部《たますりべ》の祖先豊玉《とよたま》という神には玉を作らせた。また、山雷《やまつち》という神に命じてたくさんの榊から多くの玉串《たまくし》を採らせ、野槌《のつち》という神に命じて、たくさんの野の萱草から多くの玉串を採らせた。これらのものすべてが集められた。その時、中臣《なかとみ》の祖先天児屋命《あまのこやねのみこと》が、神々しい祝言を述べた。すると日神は、磐戸《いわと》を開けてお出になられた。この時に、鏡をその石窟《いわや》に入れたところ、戸に触れて小さな瑕《きず》がついた。その瑕は今もなお残っている。これが伊勢に斎き祭る大神である。

その後、罪を素戔嗚尊《すさのおのみこと》に科して、その科料となる品物を求めた。こうして吉を招くことに使う手の爪、凶を除くために使う足の爪をとった。また唾《つば》を白和幣《しろにきて》とし、鼻水を青和幣《あおにきて》とし、これをもって祓《はら》え終わり、ついに追放の理をもって祓えをされた。

【第三】 この後、日神《ひのかみ》の御田は三か所あった。名付けて、天安田《あまのやすだ》・天平田《あまのひらた》・天邑并田《あまのむらあわせだ》という。これらは、みな良田であり、長雨や日照りにあっても、被害にあうことはなかった。素戔嗚尊《すさのおのみこと》の田もまた、三か所あった。名付けて、天樴田《あまのくいだ》・天川依田《あまのかわよりだ》・天口鋭田《あまのくちとだ》という。これらはみな悪田であり、雨が降れば流れ、日照りにあえば焼けた。

素戔嗚尊はねたみを起こし、姉の御田作りを妨害した。春には用水の設備を壊し、溝を埋め、畦《あぜ》を壊し、また二重に種まきをした。秋には他人の作る田に串をさし、自分の田であると主張したり、馬を放って、実った稲を倒したりした。すべてこれらの悪行は、少しもやむ時がなかった。しかしながら、日神はとがめられることもなくつねに穏やかな、寛大な心でお許しになった。以下略。

日神《ひのかみ》が、天石窟《あまのいわや》にこもってしまわれたので、諸神は中臣連《なかとみのむらじ》の祖興台産霊《こごとむすひ》の子天児屋命《あまのこやねのみこと》を遣わして祈らせた。ここに天児屋命は、天香山《あまのかぐやま》の榊を根ごと掘り、上の枝には鏡作《かがみつくり》の祖先天抜戸《あまのぬかと》の子石凝戸辺《いしこりとべ》が作った八咫鏡《やたかがみ》（大きな鏡）をとりかけ、中の枝には玉作《たますり》の祖先伊奘諾尊《いざなきのみこと》の御子天明玉《あまのあかるたま》が作った八坂瓊《やさかに》の曲玉《まがたま》をとりかけ、下の枝には粟国《あわのくに》の忌部《いみべ》の祖先天日鷲《あまのひわし》が作った木綿《ゆう》をかけて、忌部首《いみべのおびと》の祖先太玉命《ふとたまのみこと》に取り持たせて、広く厚い懇《ねんご》ろな祝詞《のりと》を祈り申し上げさせた。

その時、日神《ひのかみ》はこれをお聞きになり、

「このごろ、多くの人が祝詞《のりと》を申しているが、いまだこのような整った美しい言葉を聞いたことはなかった。」

と仰せられた。そこで細めに磐戸《いわと》を開いて外をうかがわれた。この時、側に控えていた天手力雄神《あまのたちからおのかみ》は、すぐに引き開けたので、日神の光が天地に充満した。諸神は大いに喜び、すぐ素戔嗚尊《すさのおのみこと》に数多くの賠償を科し、手の爪を吉事の祓え、足の爪を凶事の祓《はら》えとした。さらに、天児屋命《あまのこやねのみこと》にその解除《はらえ》のおごそかな祝詞《のりと》を唱えさせた。世の人が、慎んで自分の爪を納め隠しておくのは、これがその起源である。このようにして、諸神は素戔嗚尊を責め、

「お前の行為は、たいへん無法である。それゆえ天上に住んではならない。また葦原中国《あしはらのなかつくに》にも住んではならない。すみやかに底根之国《そこつねのくに》に行け。」

と言って、追放してしまった。

その時、長雨が降っていた。素戔嗚尊は、青草を結び束ねて笠と蓑《みの》を作り、宿を神々に乞うた。神々は、

「お前は、身の行いが穢《けが》らわしくて、追放され責められた者だ。どうして宿を我に乞うのか。」と言って、申し出を拒否した。このようにして、風雨が激しくおそったが、留まり休むこともできず、つらい苦しみを味わいながら、降っていった。それ以来、世間では笠蓑を着て、他人の家の中に入ることを嫌うのである。また、束ねた草を背負って、他人の家に入ることを忌むのである。もしこれに違反する者があれば、必ず賠償を科す。これが太古の遺法である。

この後に素戔嗚尊は、

「諸神は私を追放した。私は今まさに永久に去ろう。しかし我が姉上にお目にかからないまま、どうして勝手に去ることができようか。」

と仰せられて、また天を動かし地を響かせて、天に上がって行かれた。その時、天鈿女《あまのうずめ》が見て、日神に報告申し上げた。日神は、

「弟が上がってくるのは、きっと善心からではないだろう。必ず我が国を奪おうという野心だろう。私は婦女ではあるが、どうしてこれを避けたりしようか。」

と仰せられて、すぐに身に武装された。以下略。

そこで素戔嗚尊《すさのおのみこと》は誓約《うけい》をして、

「私がもし善からぬことを思い、再び天上に来たというならば、私が今、玉をかんで生む子は、必ず女でしょう。もしそうなら、女の子を葦原中国《あしはらのなかつくに》にお降《くだ》し下さい。もし清い心ならば、必ず男を生むでしょう。もしそうなら、男の子に天上を統治させて下さい。また姉上のお生みになるのも、この誓約と同じようにいたしましょう。」

と仰せられた。そこで日神《ひのかみ》が、まず十握剣《とつかつるぎ》をかまれた。以下略。

素戔嗚尊《すさのおのみこと》は、くるくるとその左の髻《みずら》に巻いた五百箇御統《いおつみすまる》の瓊《に》のひもを解き、玉の音もさやさやと天渟名井《あまのぬない》にすすぎ浮かべた。そしてその瓊の端を噛み、左の手のひらに置いて、御子正哉吾勝勝速日天忍穂根尊《まさかあかつかちはやひあまのおしほねのみこと》をお生みになった。また右の瓊を噛み、右の手のひらに置いて、御子天穂日命《あまのほひのみこと》をお生みになった。これは、出雲臣《いずものおみ》・武蔵国造《むさしのくにのみやつこ》・土師連《はじのむらじ》等の祖先である。次に天津彦根命《あまつひこねのみこと》。これは、茨城国造《うばらきのくにのみやつこ》・額田部連《ぬかたべのむらじ》等の祖先である。次に活目津彦根命《いくめつひこねのみこと》。次に熯速日命《ひのはやひのみこと》。次に熊野大角命《くまののおおすみのみこと》。合わせて六柱の男神である。

そこで素戔嗚尊《すさのおのみこと》は日神《ひのかみ》に、

「私が再び昇ってきましたのは、神々が私を根国《ねのくに》へ追放するという処分をしたので、今まさに去ろうとしています。もし姉上にお目にかかれなかったなら、離れがたいものがあります。ですから、本当に清い心で、再び天上に来ただけです。今はすでにお目にかかることができました。神々の意向のままに、ここから永久に根国に参りたいと思います。どうか姉上は高天原《たかまのはら》をお照らしになり、十分に平安にお過ごし下さい。また、私が清い心をもって生みました子供等もまた、姉上に献上いたします。」

と申し上げた。そして、再び根国に帰り降って行かれた。

第八段の撰書

素戔嗚尊《すさのおのみこと》の八岐大蛇《やまたのおろち》退治

さて、素戔嗚尊《すさのおのみこと》は天上から出雲国《いずものくに》の斐伊川《ひいかわ》の川上（島根県仁多郡奥出雲町鳥上）に降り着かれた。すると、そこで泣き声が聞こえた。その声を尋ね求めて行かれると、一人の老爺と老婆が、間に一人の少女を坐らせて撫《な》で慈《いつく》しみながら泣いていた。素戔嗚尊は、

「お前たちは誰か。どうしてそのように泣いているのか。」

と尋ねられた。すると、

「私は国神《くにつかみ》で、名は脚摩乳《あしなずち》、妻の名は手摩乳《てなずち》、この童女《おとめ》は私の子で、名は奇稲田姫《くしいなだひめ》と申します。泣いている訳は、もともと私には八人の少女がいました。ところが、年ごとに八岐大蛇《やまたのおろち》のために呑《の》まれてしまったのです。今年はこの娘が呑まれようとしています。まぬがれることはとうていできないでしょう。そこでこのように悲しみ嘆いているのです。」

と申し上げた。素戔嗚尊は勅《みことのり》して、

「そういうことならば、お前は娘を私に献上しないか。」

と仰せられた。答えて、

「仰せのままに献上いたします。」

と申し上げた。

そこで素戔嗚尊《すさのおのみこと》は、すぐに奇稲田姫《くしいなだひめ》を神聖な爪櫛《つまぐし》に変えて、御髻《みみずら》にお挿《さ》しになった。そして、脚摩乳《あしなずち》・手摩《てなず》乳《ち》に命じて幾重にも発酵させた上等な酒を醸造させ、合わせて八面の棚を仮に作らせ、その一つ一つに酒桶《さかおけ》を置き、酒をたっぷり入れて待っておられた。

その時になって、はたして大蛇がやって来た。頭と尾がそれぞれ八つある。眼は、ほおずきのように赤く、松や柏《かや》が背中に生え、八つの丘、八つの谷の間に這いわたっていた。酒を見つけると、頭をそれぞれの酒桶に入れて飲み、すっかり酔って眠り込んでしまった。その時をのがさず、素戔嗚尊《すさのおのみこと》は身につけておられた十握《とつか》剣《つるぎ》を抜き、ずたずたに大蛇を斬ってしまわれた。尾の部分になって、剣の刃が少し欠けた。不思議に思い、その尾を割いてご覧になると、中に一つの剣があった。これがいわゆる草薙剣《くさなぎのつるぎ》なのである〔一書によると、本の名は天叢雲剣《あまのむらくものつるぎ》という。思うに大蛇がいる上には、常に雲の気が漂っていたので、そのように名付けたので

あろう。日本武皇子《やまとたけるのみこと》の時、名を改めて草薙剣というようになったという」。素戔嗚尊は、

「これは霊剣だ。どうしてこれを私のものとして保持することができようか。」

と仰せられ、天神《あまつかみ》に献上された。

その後素戔嗚尊は結婚する場所を求め、ついに出雲の清地《すが》（島根県雲南市大東町須賀）にお着きになった。

そこで素戔嗚尊は、

「ああ、何と清々《すがすが》しことか。」

と仰せられた「それで今、この地を呼んで清《すが》という」。そこに宮殿を建てられた「ある伝えによると、その時武素戔嗚尊《たけすさのおのみこと》は歌を詠《よ》まれたという」。

歌謡一　や雲立つ　出雲八重垣《いずもやえがき》　妻ごめに　八重垣作る　その八重垣え

〔八雲《やくも》立つ〕出雲《いずも》の八重垣《やえがき》作りの家よ。妻をこもらせるために八重垣作る。その八重垣作りの家よ。


やがて御子の大己貴神《おおあなむちのかみ》をお生みになった。尊は詔《みことのり》して、

「我が子の宮の宮司《つかさ》は、脚摩乳《あしなずち》・手摩乳《てなずち》である。」

と仰せられた。そこで二柱の神に名をお与えになり、稲田宮主神《いなだのみやぬしのかみ》という。こうして、素戔嗚尊《すさのおのみこと》はついに根国《ねのくに》に行かれた。

第八段の一書群（六書あり）

【第一】　素戔嗚尊《すさのおのみこと》は、天から降って出雲《いずも》の斐伊川《ひいかわ》の川上に着かれた。そこで稲田宮主簀狭之八箇耳《いなだのみやぬしすさのやつみみ》の娘稲田《いなだ》姫《ひめ》をご覧になって、結婚して子を生み、清湯山主三名狭漏彦八島篠《すがのゆやまぬしみなさもるひこやしましの》と申す［一説では清繋名坂軽彦八島手命《すがのゆいなさかかるひこやしまでのみこと》という。または、清湯山主三名狭漏彦八島野《すがのゆやまぬしみなさもるひこやしまの》ともいう］。この神の五世の御孫が、すなわち大国主神である。

【第二】　この時、素戔嗚尊《すさのおのみこと》は安芸国《あきのくに》の可愛川《えかわ》の川上に下り着かれた。そこに脚摩手摩《あしなずてなず》という神がいた。妻は稲田宮主簀狭之八箇耳《いなだのみやぬしすさのやつみみ》といい、出産間近であった。夫婦の神は心配して、素戔嗚尊に、

「私どもが生んだ子は多くいたのですが、生むたびに八岐大蛇《やまたのおろち》が来て呑《の》んでしまい、一人も生存することができません。今、私どもは子を生もうとしていますが、また呑まれてしまうことを恐れています。それで悲しみ嘆いているのです。」

と申し上げた。素戔嗚尊は、

「お前たちは、多くの果実で酒を八甕《やかめ》醸《かも》せ。私はお前たちのために、必ず大蛇を殺してやろう。」

と教えられた。二神はその通りに酒の準備をした。

やがて子を産む時になってまさにその大蛇が戸口に来て、子を呑もうとした。素戔嗚尊は、大蛇に勅《みことのり》して、

「お前は、恐れ多い神である。ご馳走しないわけにはいかない。」

と仰せられて、八甕《やかめ》の酒を口ごとに注ぎ込まれた。すると大蛇は、酒を飲んで眠ってしまった。素戔嗚尊は剣を抜いて斬ってしまわれた。尾を斬る時になって、剣の刃が少し欠けたので割《さ》いてご覧になると、中に剣があった。これを草薙剣《くさなぎのつるぎ》と申す。これは今、尾張国《おわりのくに》の吾湯市《あゆち》村すなわち、熱田《あつた》の祝部《はふり》がお祀りしている神（熱田神宮。愛知県名古屋市熱田区鎮座）がこれである。その大蛇を斬った剣を、蛇《おろち》の麁正《あらまさ》という。これは今、石上《いそのかみ》

（石上神宮。奈良県天理市鎮座）にある。

この後、稲田宮主簀狭之八箇耳《いなだのみやぬしすさのやつみみ》が、子の真髪触奇稲田媛《まかみふるくしいなだひめ》を生んだので、出雲国《いずものくに》の簸伊川《ひいかわ》の川上に遷し住まわせて養育された。その後に、素戔嗚尊がこの姫を妃としてお生みになった御子の六世の御孫を大己貴命《おおあなむちのみこと》と申し上げる。

【第三】　素戔嗚尊《すさのおのみこと》は、奇稲田姫《くしいなだひめ》を愛し、自分の妻にしようと乞われた。脚摩乳《あしなずち》・手摩乳《てなずち》は、

「どうかまずあの大蛇《おろち》を殺して下さい。その後に召されるならよいでしょう。あの大蛇は、頭ごとそれぞれ岩松があり、たいへんに恐ろしいのです。いったいどのようにして殺されますか。」

と申し上げた。素戔嗚尊はすぐに計略をねり、毒酒を醸《かも》して飲ませた。大蛇は酔って眠ってしまった。素戔嗚尊は、大蛇をも倒すという韓から伝来した鋭利な剣で、大蛇の頭と腹を斬られた。尾を斬られた時に、剣の刃が少し欠けた。それで尾を裂いてご覧になると、別に一振の剣があった。名を草薙剣《くさなぎのつるぎ》という。この剣は、昔素戔嗚尊の許にあったが、今は尾張国《おわりのくに》にある。素戔嗚尊が蛇を斬られた剣は、今吉備《きび》の神職（石上市都之神社。岡山県赤磐市鎮座）の許にある。（蛇を斬られた場所は）出雲《いずも》の簸伊川《ひいかわ》の川上の山がこれである。

【第四】　素戔嗚尊《すさのおのみこと》の行為は非情の極みだった。そこで諸神は、多くの賠償を科し、ついに高天原から追放した。そこで、素戔嗚尊はその御子五十猛神《いたけるのかみ》を率いて、新羅国《しらぎのくに》に天降り、曽尸茂梨《そしもり》という所におられた。素戔嗚尊は、

「この地に、私はいたくない。」

と仰せられて、赤土で船を作り、それに乗って東に渡り、出雲国《いずものくに》の簸伊川《ひいかわ》の川上にある、鳥上峰《とりかみのたけ》にお着きに

なった。
たまたまそこに、人を呑む大蛇がいた。素戔嗚尊は、天蠅斫剣《あまのははきりのつるぎ》（天上界の大蛇を斬った利剣）で、その大蛇を斬られた。その時、大蛇の尾を斬ると、刃が欠けた。そこで尾を裂いてご覧になると、一振の霊剣があった。素戔嗚尊は、

「これは、私物として用いるべきではない。」

と仰せられて、五世の御孫の天之葺根神《あまのふきねのかみ》を遣わして、天に献上した。これが今の草薙剣《くさなぎのつるぎ》である。初め、五十《い》猛神《たけるのかみ》が天降った時に、多くの樹木の種子を持って下られた。しかし、韓の地には植えないで、すべて故国に持ち帰った。そして、筑紫《つくし》から始めて、すっかり大八洲国《おおやしまくに》の中に種を蒔《ま》き生えさせて、青山にされた。こういうわけで、五十猛命を賞賛して、有功《いさおし》の神とするのである。すなわち、紀伊国《きのくに》に鎮座します大神がこれである。

【第五】　素戔嗚尊《すさのおのみこと》は、

「韓郷《からくに》の島には、金や銀がある。もし我が子の治める日本に船がないとすれば、良くないことだ。」

と仰せられて、すぐにひげを抜いて散らされると杉になった。また胸の毛を抜いて散らされると檜《ひのき》になった。尻の毛は柀《まき》になった。眉の毛は、櫲樟《くすのき》になった。そして、それぞれの木材の用途を定められて、

「杉と櫲樟は、船材とせよ。檜は、立派な宮殿を造る木材とせよ。柀は、死者の棺にする材料とせよ。また、食料とすべき多くの木の種は、すべて蒔《ま》いて植えた。」

と仰せられた。

さてこの素戔嗚尊の御子を五十《い》猛命《たけるのみこと》と申す。その妹は大屋津姫命《おおやつひめのみこと》。次に柧津姫命《つまつひめのみこと》。この三神もよく木の種を分けて蒔かれた。それで、紀伊国《きのくに》にお渡し申し上げた。その後、素戔嗚尊《すさのおのみこと》は熊成峰《くまなりのたけ》（慶尚南道の熊川か）

におられたが、ついに根国《ねのくに》に入られた。

【第六】　大国主神《おおくにぬしのかみ》は［またの名は大物主神《おおものぬしのかみ》と申す。または国作大己貴命《くにつくりのおおあなむちのみこと》と申し、または葦原醜男《あしはらのしこお》と申し、または八千戈神《やちほこのかみ》と申し、または大国玉神《おおくにたまのかみ》と申し、または顕国玉神《うつしくにたまのかみ》と申す］、その御子は合わせて百八十一神であった。

さて大己貴命《おおあなむちのみこと》は、少彦名命《すくなひこなのみこと》と力を合わせ心を一つにして、天下を経営された。また、この世の人民と家畜のために病気の治療方法を定め、また鳥獣や昆虫の災害を払い除くために、まじないの方法を定められた。これによって、人民は今に至るまでことごとくこの神の恩恵をこうむっているのである。

昔、大己貴命が少彦名命に、

「我々が造った国は、立派にできたといえるだろうか。」

と尋ねられた。少彦名命は、

「できた所もあり、またできてない所もある。」

と答えられた。この話には、思うに深遠な意味がこめられているようだ。

その後、少彦名神は熊野《くまの》の岬に行き着き、ついに常世郷《とこよのくに》に行ってしまわれた［一説によると、淡島《あわのしま》に行って粟の茎にのぼられたところ、はじかれて常世郷に到着されたという］。

その後、国の中でまだ国造りが完成していない所は、大己貴神がひとりよく巡って造っていかれた。そしてついに出雲国に着かれ、

「そもそも葦原中国《あしはらのなかつくに》は、もとより荒れた国であり、磐石《いわお》や草木に至るまですべて強暴だった。しかし私はすっかりたたき伏せて、服従しない者はなくなった。」

と仰せられた。さらに語気を強めて、

「今この国を平定したのは、私唯一人である。私と共に天下を治める者は、いったいいるのだろうか。」

と仰せられた。

その時、神《あや》しい光が海を照らし、たちまちのうちに浮かんで来る者があった。そして、

「もし私がいなかったら、あなたはどうしてよくこの国を平定することができたであろうか。私がいたからこそ、あなたは国を平定するという大きな功績を立てることができたのだ。」

と言われた。そこで大己貴神《おおあなむちのかみ》は、

「そういうあなたはいったい誰なのですか。」

と尋ねられた。答えて、

「私は、あなたの幸魂《さきみたま》（幸福をもたらす魂）奇魂《くしみたま》（奇徳によって万事を知り識別できる魂）である。」

と言われた。大己貴神は、

「まったくそのとおりだ。あなたは私の幸魂奇魂ということがすぐに分かった。それで今、どこに住みたいと思うのか。」

と尋ねられた。答えて、

「私は日本国《やまとのくに》の三諸山《みもろのやま》（三輪山）に住みたいと思う。」

と言われた。

そこでその神の宮殿を造営し、そこに住まわせた。これが大三輪《おおみわ》の神（大神神社）である。この神の子は、甘茂君等《かものきみたち》・大三輪君等《おおみわのきみたち》・また姫踏鞴五十鈴姫命《ひめたたらいすずひめのみこと》である。別伝によると、事代主神《ことしろぬしのかみ》が八尋《やひろ》（大きな）熊鰐《くまわに》（さめ）に化身し、三島（大阪府茨木市・高槻市）の溝樴姫《みぞくいひめ》［あるいは玉櫛姫《たまくしひめ》という］の許にお通いになり、御子姫《ひめ》

踏鞴五十鈴姫命《たたらいすずひめのみこと》をお生みになった。この命が、神日本磐余彦火火出見天皇《かむやまといわれひこほほでみのすめらみこと》（神武天皇）の后である。

初め、大己貴神《おおあなむちのかみ》が国を平定された時、出雲国《いずものくに》の五十狭狭《いささ》の小汀《おはま》（島根県出雲市大社町稲佐の浜）に着いて、食事をしようとされた。この時、海上から突然人の声がした。驚いて探してみたが、何も見えない。しばらくして、一人の小さな男が、やまかがみの皮で舟を造り、鷦鷯《みそさざい》の羽を衣服にして、潮流に乗り浮かび着いた。大己貴神は見つけて取り上げ、手のひらに置いて、もてあそんでおられると、飛び跳ねて、その頬にかみついた。大己貴神は、その姿かたちを怪しんで、使いを遣わして天神《あまつかみ》に尋ねられた。その時、高皇産霊尊《たかみむすひのみこと》はお聞きになって、

「私が生んだ子は、すべて千五百柱である。その中の一柱はたいそう悪く、教えにも従わない。指の間からもれ落ちてしまったが、きっとその子だろう。慈《いつく》しみをもって養育してほしい。」

と仰せられた。これがすなわち、少彦名命《すくなひこなのみこと》である。

巻第二　神　代〔下〕

第九段の撰書

葦原中国の平定

天照大神《あまてらすおおみかみ》の御子正哉吾勝勝速日天忍穂耳尊《まさやあかつかちはやひあまのおしほみみのみこと》は、高皇産霊尊《たかみむすひのみこと》の御娘栲幡千千姫《たくはたちぢひめ》を妻に迎え、天津彦彦火瓊《あまつひこひこほのに》瓊杵尊《にぎのみこと》をお生みになった。皇祖高皇産霊尊は、特に寵愛し、心をこめてあがめ教育された。そしてついに、皇孫天津彦彦火瓊瓊杵尊を立てて、葦原中国《あしはらのなかつくに》の君主にしようと思われた。

しかしその国には、螢火《ほたるび》のように妖《あや》しく光る神や、騒がしくて従わない邪神がいた。また草や木もそれぞれに精霊を持ち、物を言っておびやかした。そこで高皇産霊尊は多くの神々を召集して、

「私は、葦原中国《あしはらのなかつくに》の邪神をはらい平定しようと思う。さて誰を派遣すればよいだろうか。諸神よ、知っているところを隠さずに語ってほしい。」

と仰せられた。諸神は、

「天穂日命《あまのほひのみこと》は、まことに傑出した神です。この神を派遣したらいかがでしょうか。」

と申し上げた。

そこで高皇産霊尊は、天穂日命を葦原中国の平定のために遣わされた。しかし、この神は大己貴神《おおあなむちのかみ》にとりいって、三年たってもなおご報告申し上げなかった。次は、その子大背飯三熊之大人《おおせいみくまのうし》［またの名は武三熊之大人《たけみくまのうし》］を遣わされた。ところが、これもまたその父に従い、とうとうご報告申し上げなかった。

高皇産霊尊は、再び諸神を集めて、次に派遣すべき者を尋ねられた。諸神は、

「天国玉《あまつくにたま》の子天稚彦《あめわかひこ》は、剛健な神です。試みてごらんになったらいかがでしょうか。」と申し上げた。そこで高皇産霊尊は、天稚彦に天鹿児弓《あまのかごゆみ》（鹿のような獲物を射る大きな弓）と天羽羽矢《あまのははや》（大蛇をも射殺せる矢）を授けて派遣された。ところが、この神もまた忠誠ではなかった。葦原中国に着くと、まず顕国玉《うつしくにたま》（大己貴神の別名）の娘下照姫《したでるひめ》［またの名は高姫、またの名は稚国玉《わかくにたま》］を妻として、その地に留まり、

「私もまた葦原中国を統治したいと思う。」

と言って、とうとう復命申し上げなかった。

この時、高皇産霊尊は久しく報告に来ないのを不審に思われ、名のない雉を遣わして様子をうかがわせられた。その雉は飛び降って、天稚彦の門前にある神聖な杜木《かつら》の梢に止まった。そこを天探女《あまのさぐめ》が見て、天稚彦に、

「不思議な鳥が杜《かつら》の梢にとまっています。」

と言った。天稚彦は、すぐに高皇産霊尊からたまわった天鹿児弓・天羽羽矢を取って、雉を射殺した。その矢は、雉の胸を貫通し、高皇産霊尊の御前に達した。高皇産霊尊は、その矢をご覧になって、

「この矢は、昔私が天稚彦に授けたものである。見ると、血がその矢を染めている。これはきっと、国神《くにつかみ》と戦い、このようになったのであろう。」

と仰せられた。そして矢を取り、下界に投げおろされた。その矢は落下して、天稚彦の胸に命中した。天稚彦は、新嘗《にいなめ》の行事を終え、あおむきに寝ているところだったが、たちどころに死んだ。これが世の人がいう「反矢《かえしや》恐るべし」（こちらで射た矢を拾われると、矢の持つ霊力がとられ、それを逆に射返されると必ずこちらにあたって害をうけるので恐ろしいことである）ということの起源である。

天稚彦の妻下照姫《したでるひめ》は、大声で泣き悲しみ、その声は天上にまで届いた。この時、天国玉《あまつくにたま》はその泣き声を聞いて、天稚彦がすでに死んでしまったことを知り、すぐに疾風《はやち》を遣わして、死体を天上に持ってこさせた。そ

して喪屋《もや》（葬儀を行う場所）を造って、殯《もがり》（死んでから、墓へ送るまでの葬儀）を行った。川雁《かわかり》を持傾頭者《きさりもち》（死者の食物を持つ者）と持箒者《ははきもち》（葬儀の後に喪屋を清める箒を持つ者）とし［一説に、鶏を持傾頭者《きさりもち》とし、川雁を持箒者《ははきもち》としたという］、また、雀《すずめ》を舂女《つきめ》（葬儀用の米をつく女）とした［一説に、川雁を持傾頭者・持箒者とし、しょうびんを尸者《ものまさ》（死者の霊の代わりに立って祭を受ける者）とし、雀を舂女とし、みそさざいを哭女《なきめ》（葬儀にあたって泣く役）とし、とびを造綿者《わたつくり》（死者に着せる衣服を造る者）とし、烏《からす》を宍人者《ししひと》（死者に食べ物を調理して供える役）とし、すべて諸々の鳥にまかせたという］。このようにして、八日八夜にわたり、大声で泣き、悲しみ、歌舞をしてしのんだ。

　これより先、天稚彦が葦原中国にいた時に、味耜高彦根神《あじすきたかひこねのかみ》と親しかった。それで、味耜高彦根神は天に昇り、友人の喪をとむらった。この神の容貌は、天稚彦によく似ていた。それで天稚彦の親族や妻子は、

「我が君は死なず、まだ生きておられた。」

と言って、衣服や帯にとりすがり、喜んだり感涙《かんるい》にむせんだ。味耜高彦根神は、怒りをあらわにして、

「朋友の道として、弔《とむら》うのが道理だ。だから死の穢《けが》れをはばからずに、遠くからきて友の死を悲しんだ。それなのにどうして私を死人と間違えてしまうのか。」

と言って、腰に帯びた剣の大葉刈《おおはがり》［またの名は神戸剣《かむどのつるぎ》］を抜き、喪屋を切り倒してしまった。これが落ちて山となった。今美濃国の藍見川《あいみがわ》の川上にある喪山《もやま》がこれである。世の人が、生者を死者と間違えることを忌み嫌うのは、これが起源である。

　この後、高皇産霊尊はさらに諸神を集めて、葦原中国に派遣すべき者を選定された。神々は、

「磐裂《いわさく》・根裂神《ねさくのかみ》の孫で、磐筒男《いわつつのお》・磐筒女《いわつつのめ》の子経津主神《ふつぬしのかみ》がよいでしょう。」

と申し上げた。この時、天石窟《あまのいわや》に住んでいる神で、稜威雄走神《いつのおはしりのかみ》の曾孫、甕速日神《みかはやひのかみ》の孫、熯速日神《ひのはやひのかみ》の子武甕《たけみか》

槌神《づちのかみ》が進み出て、

「どうしてただ経津主神《ふつぬしのかみ》だけが丈夫《ますらお》（勇士）であろうか。この私もいる。」

と申し上げた。その語気は鋭く、激しかった。それで、武甕槌神を経津主神にそえて、葦原中国の平定にお遣わしになった。

二神は、出雲国の五十田狭《いたさ》の小汀《おはま》に降ってきて、十握剣《とつかつるぎ》を抜き、逆さまに地に突き立て、その切っ先にあぐらをかき、大己貴神《おおあなむちのかみ》に、

「高皇産霊尊は皇孫を降《くだ》らせ、この国に君臨させたいと思っておられます。そこで、まず我々二神を遣わされ、邪神を駆逐し、平定せしめんとされました。ところであなたの考えはどうか。国を譲るのかどうか。」

と言われた。大己貴神は、

「重大なことなので、私の子に問い、その後に返事をいたしましょう。」

と申し上げた。

この時、その子事代主神《ことしろぬしのかみ》は、出雲国の三穂の碕で釣りを楽しんでいた［ある伝えに、鳥猟を楽しんでいたともいう］。そこで熊野の諸手船《もろたぶね》［または天鴿船《あまのはとふね》］に使者の稲背脛《いなせはぎ》を乗せて遣わし、高皇産霊尊の勅《みことのり》を伝え、また返答を求めた。事代主神は使者に、

「今、天神《あまつかみ》からこのような勅がありました。我が父は、お譲り申し上げるでしょう。私もまた、異存はございません。」

と言った。そして海中に、八重《やえ》の青葉の柴垣を造り、船枻《ふなだな》（船に接した縁）を踏み傾けて去っていった。使者は戻り、報告した。大己貴神は、我が子の言葉通り二神に、

「私が頼りにしていた子も、すでに国をお譲り申し上げました。私もまたそのようにいたしましょう。もし

私が戦って防いだなら、国内の諸神も、必ず同じ志で戦うことでしょう。今私がお譲り申し上げるならば、すべて私に従うことでしょう。」

と申し上げた。そして、国を平定した時に杖として広矛《ひろほこ》を二神にお授けして、

「この矛は、諸々の功績の証です。天孫が、もしこの矛で国を統治すれば、必ず平安にことがはこぶでしょう。今私は深遠の幽界に隠れ去ることにいたします。」

と仰せられた。こうしてついに隠れてしまわれた。そこで二神は、多くの服従しない鬼神等を誅殺して［一説に、二神はついに邪神と物を言う不気味な草木・石の類を誅殺して、すっかり平定した。ただ服従しない神は、星の神の香香背男《かかせお》だけであった。そこでさらに倭文神《しとりがみ》の建葉槌命《たけはつちのみこと》を遣わしたところ服従した。それで二神は天に昇ったという］、復命した。

皇孫降臨《こうそんこうりん》

時いたり、高皇産霊尊《たかみむすひのみこと》は、真床追衾《まとこおうふすま》（床をおおうかけぶとん）で皇孫天津彦火瓊瓊杵尊《あまつひこほのににぎのみこと》をおおわれ、降臨させられた。皇孫は、天磐座《あまのいわくら》（高い磐の台）を離れ、また天八重雲《あまのやえくも》を押し分けて、稜威《いつ》の道別《ちわ》きに道別きて（神聖で霊威ある道をかき分けかき分けて）日向《ひむか》の襲《そ》の高千穂峰《たかちほのたけ》に天降《あまくだ》られた。このようにして、皇孫のいでます姿は槵日《くしひ》の二上《ふたかみ》（霊奇な峰の二つ並び立つ山）の天浮橋《あまのうきはし》から、浮島があって平らな所に立たれ、荒れてやせた不毛の国のずっと丘続きに良い国を求め、吾田《あた》（鹿児島県薩摩半島南西部の南さつま市加世田付近）の長屋（長屋山）の笠狭《かささ》の碕（野間岬）にお着きになった。

その地にある人がおり、自分から事勝国勝長狭《ことかつくにかつながさ》と名乗った。皇孫が、

「国はあるのかないのか。」

と尋ねられた。すると、

「ここに国があります。どうか御心のままにごゆっくりして下さい。」

と申し上げた。皇孫は、滞在されることになった。

時にその国に美しい女性がいた。名を鹿葦津姫《かしつひめ》といった［またの名は、神吾田津姫《かむあたつひめ》。またの名は木花之開耶《このはなのさくや》姫《ひめ》という］。皇孫は、この美人に

「お前は、誰の子か。」

と尋ねられた。女性は、

「私は、天神《あまつかみ》が大山祇神《おおやまつみのかみ》をめとってお生みになった子です。」

と申し上げた。皇孫はそれを聞き、寝所にお召しになった。すると鹿葦津姫は一夜で懐妊した。皇孫は疑われ、

「いったい天神といえども、どうして一夜にして身重にさせることができようか。お前が身ごもったのは、私の子ではあるまい。」

と仰せられた。鹿葦津姫は、怒り恨んで周囲一面を土で塗りつぶした、出入口のない産室を造り、その内に入りこもり、誓約《うけい》をして、

「私の身ごもった子が、もし天孫の御子でなかったら、必ず焼け死ぬことでしょう。もし本当に天孫の御子ならば、火も害《そこな》うことはできないでしょう。」

と言った。そして火をつけて産室を焼いた。初め燃え上がった煙の先から生まれた御子は、火闌降命《ほのすそりのみこと》と申し上げる［これは、隼人《はやひと》等の始祖である］。次に熱を避けておられた時に生まれた御子は、彦火火出見尊《ひこほほでみのみこと》と申し上げる。次に生まれた御子は、火明命《ほのあかりのみこと》と申し上げる［これは、尾張連《おわりのむらじ》等の始祖である］。合わせて三柱の御子である。

久しくして、天津彦彦火瓊瓊杵尊《あまつひこひこほのににぎのみこと》が崩御された。そこで、筑紫《つくし》の日向《ひむか》の可愛《え》の山稜に葬りまつった。

第九段の一書群（八書あり）

【第一】　天照大神《あまてらすおおみかみ》は天稚彦《あめわかひこ》に勅《みことのり》して、

「豊葦原中国《とよあしはらのなかつくに》は、我が子が君主たるべき国である。しかしながら今その地においては、残忍で強暴な悪虐な神がいる。そこで、お前がまず行って平定せよ。」

と仰せられた。そこで天鹿児弓《あまのかごゆみ》と天真鹿児矢《あまのまかごや》を授けて派遣された。天稚彦は、勅を受けて降りてきたが、多くの国神の娘を妻として、八年を過ぎても復命しなかった。天照大神は、思兼神《おもいかねのかみ》を召して、その事情を聞かれた。思兼神は深く思いをこらして、

「それでは、雉《きじ》を遣わしてうかがわせましょう。」

と申し上げた。さっそく雉を遣わせて様子をうかがわせられた。雉が飛び下り、天稚彦の門前の神聖な杜樹《かつら》の先にとまり、

「天稚彦よ、どうして八年もたったのに、いまだ復命しないのか。」

と鳴いた。時に国神で、天探女《あまのさぐめ》という名の者がいた。その雉を見て、

「鳴き声の悪い鳥が、この樹の上にいます。射殺しなさい。」

と言った。天稚彦は、すぐに天神《あまつかみ》から授けられた天鹿児弓・天真鹿児矢を取り、たちまち射殺した。その矢は雉の胸を貫き、天神の御前まで達した。天神は、その矢をご覧になって、

「これは昔、私が天稚彦に授けた矢である。今ごろになって、どうして飛んできたのか。」

と仰せられ、すぐに矢を取って、呪いをかけ、

「もし、悪心をもって射たのなら、天稚彦は、必ず災害にあうだろう。もし正しい心をもって射たのなら、何のさわりもないであろう。」

と仰せられた。そして、矢を投げ返された。矢は落下して、天稚彦の胸に命中し、たちどころに死んでしまった。これが、世間の人のいわゆる「返矢《かえしや》恐るべし」ということの起源である。

そこで、天稚彦の妻子等が天より降ってきて、柩を持って天井に昇り、喪屋《もや》を造り殯《もがり》をして泣いた。これより先、天稚彦と味耜高彦根神《あじすきたかひこねのかみ》とは親友であった。それで味耜高彦根神は天に昇って喪を弔い、大声をあげて泣いた。ところでこの神の容姿は、天稚彦とたいへんよく似ていた。それで天稚彦の妻子等は見て喜び、

「我が君は死なず、なお生きておられた」

と言った。そして衣服や帯にとりすがりついたままであった。味耜高彦根神は怒って、

「親友が亡くなったのだ。だから私が天まで弔いにやって来た。しかし、生きている私をどうして死人と間違えるのか。」

と言って、十握剣《とつかつるぎ》を抜いて、喪屋を切り倒した。その喪屋は落ちて山となった。これが美濃国《みののくに》の喪山《もやま》である。世間の人が、死人を自分と間違えるのを嫌うのは、これがその起源である。

さて、味耜高彦根神《あじすきたかひこねのかみ》は容姿端麗で、二つの丘や谷の間に照り輝いた。そこで喪に集まった人々が歌を詠んだ［一説によると、味耜高彦根神の妹下照姫《したでるひめ》が、集まった人々に丘や谷に照り輝くのは味耜高彦根神であることを知らせようと思って歌を詠んだという］。

歌謡二　天《あめ》なるや　弟織女《おとたなばた》の　頸《うな》がせる　玉の御統《みすまる》の　穴《あな》玉はや

み谷　二渡《ふたわた》らす　味耜高彦根《あじすきたかひこね》

天にいる機織女《はたおりひめ》が、首にかけておられる連珠の美しい穴玉よ。そのように麗しく丘や谷二つに渡って輝いておられる味耜高彦根神《あじすきたかひこねのかみ》よ。

続けて歌を詠んだ。

歌謡三

天離《あまさか》る　夷《ひな》つ女《め》の　い渡らす迫門《せと》　石川片淵《いしかわかたふち》　片淵に　網張《あみは》り渡し　目《め》ろ寄《よ》しに

寄し寄り来《こ》ね　石川片淵

〔天離《あまさか》る〕田舎娘が渡りなさる　狭門《せと》の石川の片淵。その片淵に鳥網を張り渡し、その網目に引き寄せられるように、鳥たちはこちらに寄せられ、そのように寄っておいで。この石川の片淵で。

この二首の歌は今、夷曲《ひなぶり》と名付ける。

こういう次第で、天照大神《あまてらすおおみかみ》は思兼神《おもいかねのかみ》の妹万幡豊秋津媛命《よろずはたとよあきつひめのみこと》を、正哉吾勝勝速日天忍穂耳尊《まさかあかつかちはやひあまのおしほみみのみこと》に見合わせて妃とし、葦原中国《あしはらのなかつくに》にお降しになった。この時、勝速日天忍穂耳尊は天浮橋《あまのうきはし》に立たれ、見下ろして、

「あの国は、まだ平定されていない。気に入らず、心に染まない醜い国だ。」

と仰せられ、天上に戻り、天降りされない状況を詳しく申し述べられた。

そこで天照大神は、今度は武甕槌神《たけみかづちのかみ》と経津主神《ふつぬしのかみ》とを遣わして、先に行かせ、邪神をとり除かせられた。こ

うして二神は直ちに出雲《いずも》に降り着き、大己貴神《おおあなむちのかみ》に対して、

「お前は、この国を天神《あまつかみ》に献上するかどうか。」

と尋ねられた。答えて、

「我が子事代主《ことしろぬし》が、鳥猟に行って三津《みつ》の崎にいます。今すぐ聞いて、返答いたします。」

と申し上げた。そこで使者を遣わして、訪問させた。事代主は、

「天神《あまつかみ》が求めておられるのに、どうして奉らないことがありましょうか。」

と申し上げた。大己貴神は、その子の言葉通り二神に返答した。二神はすぐに天に昇り、復命して、

「葦原中国は、みなすっかり平定いたしました。」

と申し上げた。

その時、天照大神は勅を下して、

「もしそうならば、私の子を降臨させ申そう。」

と仰せられた。そして今まさに天忍穂耳尊《あまのおしほみみのみこと》が天降ろうとされる間に、皇孫がお生まれになった。御名を天津《あまつ》彦彦火瓊瓊杵尊《ひこひこほのににぎのみこと》と申し上げる。その時、天忍穂耳尊が奏上して、

「この皇孫を、私に代えて降臨させようと思う。」

と仰せられた。

そこで天照大神は、天津彦彦火瓊瓊杵尊に、八坂瓊曲玉《やさかにのまがたま》と八咫鏡《やたのかがみ》・草薙剣《くさなぎのつるぎ》の三種の宝物を授けられた。また、中臣氏の祖天児屋命《あまのこやねのみこと》・忌部《いみべ》氏の祖太玉命《ふとたまのみこと》・猨女《さるめ》の祖天鈿女命《あまのうずめのみこと》・鏡作《かがみつくり》の祖石凝姥命《いしこりどめのみこと》・玉作《たますり》の祖玉屋命《たまやのみこと》、合わせて五部神《いつとものおの》をお供として付き従わしめられた。そのうえで、皇孫に勅《みことのり》して、

「葦原千五百秋瑞穂国《あしはらのちいほあきのみずほのくに》（葦原に永久に神の威によって栄える稲穂のできる国）は、我が子孫が君主として臨

むべき地である。皇孫よ、行って統治せよ。行けよ。皇孫の地位が栄えることは、まさに天地とともに永久不動、窮まることがないであろう。」

と仰せられた。

このようにして、皇孫が降られようとしている間に、先駆の者が戻って来て、

「天の道の多く分かれるところに神がいます。その鼻の長さは七咫《あた》（一咫は約十八センチメートル）、座高は七尺《さか》（一尺は約三十・三センチメートル）余り、身長はまさに七尋《ひろ》（尋は両手を広げた長さ）というべきでしょう。また、口と尻とが赤く光っています。眼は八咫鏡《やたかがみ》のように照り輝き、赤いほおずきのような色をしています。」

と申し上げた。すぐに使者の神を遣わして、行って誰なのかを尋ねさせた。八十万《やそよろず》の神がお供をしていたが、皆眼力で相手を圧倒して尋ねることができなかった。そこで、特に天鈿女《あまのうずめ》に勅して、

「お前は、眼力が優れている。行って誰なのかを尋ねて来い。」

と仰せられた。天鈿女は、胸の乳房をあらわにし裳《も》の帯を臍《へそ》の下まで押し垂らして、大きな笑い声を上げ、その神に向き合って立った。衢神《ちまたのかみ》は、

「天鈿女《あまのうずめ》よ、そのようなことをするのは、いったい何のためか。」

と問うた。答えて、

「天照大神《あまてらすおおみかみ》の御子がお通りになる道に、このように現れたのは誰か。こちらからあえて問う。」

と言った。衢神は、

「天照大神の御子が今降臨されると伺った。それゆえ、お迎え申し上げお待ちしているのだ。私の名は猿田《さるた》彦大神《ひこのおおかみ》だ。」

と答えた。天鈿女は続けて、

「お前は、私より先に行くのか、それとも私が先に行くのか。」

と問うた。すると、

「私が先に立って、ご案内しよう。」

と答えた。天鈿女はさらに続けて、

「いったいどこへ行こうとしているのか。皇孫は、どこにお着きになられるのか。」

と問うた。答えて、

「天神《あまつかみ》の御子は、まさに筑紫《つくし》の日向《ひむか》の高千穂《たかちほ》の槵触峰《くしふるのたけ》にお着きになるだろう。私は、伊勢《いせ》の狭長田《さながた》の五十《いす》鈴川《ずがわ》の川上に着くことになる。」

と言った。さらに続けて、

「私の存在を明らかにしたのはお前である。そこで、お前は私を送って行くべきである。」

と言った。

天鈿女《あまのうずめ》は、天に戻って来て委細を報告した。皇孫は、天磐座《あまのいわくら》を押し離し、天八重雲《あまのやえくも》を押し分け、稜威《いつ》の道別《ちわ》きに道別きて、天降られた。はたして先の約束のように、皇孫は筑紫の日向の高千穂の槵触峰にお着きになった。その猿田彦神は、伊勢の狭長田の五十鈴川の川上に着いた。天鈿女命は、猿田彦神の願い通り、ついに伊勢まで送っていった。その時、皇孫は天鈿女命に勅《みことのり》して、

「お前が明らかにした神の名を、姓氏とせよ。」

と仰せられた。それで、猿女君《さるめのきみ》の名を賜った。それ以後、猿女君等の男女は皆君と呼ぶのは、これが起源である。

【第二】天神《あまつかみ》は、経津主神《ふつぬしのかみ》と武甕槌神《たけみかづちのかみ》を派遣して、葦原中国《あしはらのなかつくに》を平定させられた。その時二神は、「天に悪神がいます。名を天津甕星《あまつみかほし》と言います［またの名は、天香香背男《あまのかかせお》と言う］。どうか、まずこの神を誅殺して、その後に降って葦原中国を平定いたしたく存じます。」と申し上げた。この時、戦いに際して神祇を斎き祭ったが、この神を斎の大人《いわいうし》と申し上げる。この神は今、東国の檝取《かとり》（香取神宮。千葉県香取市香取鎮座）の地に鎮座されている。

こういう次第で、二神は出雲の五十田狭《いたさ》の小汀《おはま》に天降って来て、大己貴神《おおあなむちのかみ》に、

「お前は、この国を天神に献上するのか。」

と尋ねられた。すると、

「何を言うか。あなた方二神は、私の支配している地に来たのではないか、勝手なことは許しませんぞ。」

と申し上げた。この言葉を経津主神は天上に還り昇って報告した。高皇産霊尊《たかみむすひのみこと》は、二神を再び遣わして、大己貴神に勅して、

「今、お前が申すところを聞いたが、なるほど深くその理があることがわかった。そこで箇条にして勅する。よいか、お前が統治している現世の政事は、我が皇孫が治めることにする。お前は、幽界の神事をつかさどれ。また、お前が住むべき天日隅宮《あまのひすみのみや》は、今お造りいたすが、千尋《ちひろ》もある栲縄《たくなわ》（楮の樹皮で作った縄）でしっかり結び百八十結び《ももやそむすび》（幾結びもして強く構築する）に造ろう。その宮を建てる基準は、柱は太く、板は広く厚くしよう。

また、御料田を作って与えよう。また、お前が行き来して、海で遊ぶための備えとして、高橋・浮橋および天鳥船《あまのとりふね》も造ろう。また、天安河《あまのやすのかわ》に、打橋（簡単に取り外し、またかける橋）を造ろう。また、百八十縫《ももやそぬい》（繰り返し縫い合わせた）の白楯を造ろう。また、お前の祭祀をつかさどる者は、天穂日命《あまのほひのみこと》である。」

と仰せられた。

大己貴神《おおあなむちのかみ》が答えて、

「天神《あまつかみ》の仰せは、このように念入りでございます。どうして勅命に従わないことがありましょうか。私が統治している現世の政事につきましては、皇孫がお治めになって下さい。私はこの世を去り、神事をつかさどることにします。」

と申し上げた。そして、岐神《ふなとのかみ》を二神にすすめて、

「この神が、私に代わって皇孫にお仕えまつるようにいたします。私はここより去ることにしましょう。」

と申して、身に瑞《みず》の八坂瓊《やさかに》をつけて、永遠にお隠れになった。

そこで、経津主神《ふつぬしのかみ》は岐神を土地の導き役として、巡り歩きつつ平定していった。もし従わぬ者があれば、たちまちに斬り殺し、帰順する者は、おおいにほめられた。この時に帰順した首領は、大物主神《おおものぬしのかみ》・事代主神《ことしろぬしのかみ》であった。この二神は、八十万《やそよろず》の神を天高市《あまのたかち》に集め、その神々を率いて天に昇り、その至誠の心を申し述べられた。その時、高皇産霊尊《たかみむすひのみこと》は大物主神《おおものぬしのかみ》に勅《みことのり》して、

「お前がもし国神《くにつかみ》を妻とするならば、私はなおお前が私に心から信従してはいないと思う。そこで、今我が娘の三穂津姫《みほつひめ》をお前の妻とさせよう。八十万の神を率いて、永遠に皇孫のために護りお仕え申し上げよ。」

と仰せられて、地上に還り降らせられた。

そこで紀伊国《きのくに》の忌部《いみべ》の遠祖手置帆負神《たおきほおいのかみ》を、笠作りと定めた。彦狭知神《ひこさしりのかみ》を盾作りとし、天目一箇神《あまのめひとつのかみ》を金作りとし、天日鷲神《あまのひわしのかみ》を木綿《ゆう》作《つく》りとし、櫛明玉神《くしあかるたまのかみ》を玉作りとした。太玉命《ふとたまのみこと》を弱肩《よわかた》（弱い身に重い任務を負う、あるいは、神々に対する謙退の気持ちをあらわす）に太いたすきを取り付けて、皇孫に代わって大己貴神《おおあなむちのかみ》を祭らせるのは、この時に始まったのである。また、天児屋命《あまのこやねのみこと》は神事をつかさどる本家である。そこで、太占《ふとまに》（鹿の骨

を焼き、その裂け目の形を見て占う方法）の占い事によってお仕え申し上げさせた。

高皇産霊尊《たかみむすひのみこと》は、これらすべての統治を終え、勅《みことのり》して、

「私は、天津神籬《あまつひもろき》（天上界から神の降臨する依《よ》り代《しろ》）と天津磐境《あまついわさか》（天上界の神霊が降り立つ岩で囲った神域）とを設立し、我が子孫のために斎《いつ》きまつろう。お前たち天児屋命《あまのこやねのみこと》・太玉命《ふとたまのみこと》は、天津神籬《あまつひもろき》を奉持して、葦原《あしはらの》中国《なかつくに》に天降《あまくだ》り、また我が子孫のためにお祭り申し上げよ。」

と仰せられた。そして二神を天忍穂耳尊《あまのおしほみみのみこと》のお供として天降らせられた。

この時、天照大神《あまてらすおおみかみ》は、手に宝鏡を持ち、天忍穂耳尊に授けて祝福し、

「我が御子よ、この宝鏡をご覧になることは、まさに私を見ることと同じに考えよ。この宝鏡とともに床を同じくし、殿を共にして、お祭り申し上げる鏡とせよ。」

と仰せられた。また天児屋命《あまのこやねのみこと》・太玉命《ふとたまのみこと》に勅《みことのり》して、

「汝ら二神もまた、殿内に侍して、よく防ぎお護り申し上げよ。」

と仰せられた。また勅して、

「我が高天原《たかまのはら》に作る、神に捧げる稲を育てる神聖な田の稲穂を、また我が子に授けよう。」

と仰せられた。そして、高皇産霊尊《たかみむすひのみこと》の娘万幡姫《よろずはたひめ》を天忍穂耳尊《あまのおしほみみのみこと》にめあわせて妃とし、天降らせられた。

ところが、中空で御子をお生みになった。天津彦火瓊瓊杵尊《あまつひこほのににぎのみこと》と申し上げる。そのため天照大神《あまてらすおおみかみ》は、この皇孫を親に代えて降臨させようと思われた。そこで、天児屋命・太玉命、および諸部の神々を、すべてお供として授けられた。また、衣服や車馬なども天忍穂耳尊と同じように授けられた。こうして後、天忍穂耳尊は再び天に戻られた。

このようにして、天津彦火瓊瓊杵尊《あまつひこほのににぎのみこと》は、日向《ひむか》の槵日《くしひ》の高千穂峰《たかちほのたけ》に天降られ、荒れてやせた不毛の国から、

ずっと丘続きに良い国を求められ、浮島があって平らな所に立たれ、その国の主の事勝国勝長狭《ことかつくにかつながさ》を召してお尋ねになった。すると、

「ここに国があります。取るのも捨てるのも勅のままに従います。」

と申し上げた。それで皇孫は、宮殿を建て、ここにゆっくりとくつろがれた。

その後、海浜に出かけられ、一人の美人と出会われた。皇孫は、

「お前は誰の娘か。」

と尋ねられた。答えて、

「私は大山祇神《おおやまつみのかみ》の子で、名は神吾田鹿葦津姫《かむあたかしつひめ》［またの名は木花開耶姫《このはなのさくやひめ》］と申します。」

と申し上げた。さらに続けて、

「私の姉に磐長姫《いわながひめ》がおります。」

と申し上げた。皇孫は、

「私は、お前を妻にしたい。お前の気持ちはどうか。」

と仰せられた。答えて、

「私の父大山祇神がいます。どうか父にお聞き下さい。」

と申し上げた。そこで皇孫は大山祇神に、

「私はお前の娘を見初《みそ》めた。どうか私の妻にしたいと思う。」

と仰せられた。そこで大山祇神は、二人の娘に、数多くの台にたっぷりの飲み物や食べ物を持たせて、献上した。皇孫は、姉は醜いと思われお召しにならず、妹は美人としてお召しになり、交わりを結ばれた。すると一夜で懐妊《かいにん》した。

さて、磐長姫《いわながひめ》は、たいそう恥じて呪《のろ》いをかけ、

「もし天孫が、私を退けられずお召しになっておられたら、生まれる御子は寿命が長く、磐石《ばんじゃく》のように永久に生存したことでしょう。今はそうでなく、ただ妹だけお召しになった。そのため、生まれる御子は、必ず木の花のように短い生命で散り落ちてしまうでしょう。」

と言った［一説によると、磐長姫は恥じ恨み、唾を吐いて泣き、「この世に生きている人々は、木の花のようにたちまちに移り変わって、生命が衰えるでしょう。」と言ったという］。これが、世の人の生命が短くはかなく終わってしまう起源である、と伝えられている。

この後に、神吾田鹿葦津姫《かむあたかしつひめ》は皇孫にお目にかかって、

「私は、天孫の御子を身ごもりました。勝手にお生み申し上げるわけにはまいりません。」

と申し上げた。皇孫は、

「私がいくら天神《あまつかみ》の御子といっても、どうして一夜にして人を妊娠させることができようか。もしや、我が子ではないのではないか。」

と仰せられた。木花開耶姫《このはなのさくやひめ》は、たいそう恥じ恨んで、すぐに戸口のない産室を造り、誓約《うけい》をして、

「私の身ごもった御子が、もし他の神の子なら、必ず不幸なことが起こるでしょう。まことに天孫の御子ならば、必ず元気に生まれることでしょう。」

と言って、その産室の中に入り、火をつけて焼いた。やがて、炎が初めに起こる時に御子を生んで、火酢芹命《ほのすせりのみこと》と申し上げる。次に火の盛んな時に御子を生んで、火明命《ほのあかりのみこと》と申し上げる。次に御子を生んで、彦火火出見尊《ひこほほでみのみこと》と申し上げる。またの名は、火折尊《ほのおりのみこと》と申し上げる。

【第三】初めに、炎が明るくなった時、御子火明命《ほのあかりのみこと》を生んだ。次に炎が盛んになった時に、御子火進命《ほのすすみのみこと》を生んだ［または火酢芹命《ほのすせりのみこと》と申し上げる］。次に炎が弱くなった時に、御子火折彦火火出見尊《ほのおりひこほほでみのみこと》を生んだ。すべてこの三柱の御子は、火も害《そこな》うことができなかった。また母神も少しも傷つくことはなかった。この時、竹の刀でその御子の臍《へそ》の緒《お》を切った。その時に棄てた竹の刀は、後に竹林になった。そこでその場所を竹屋《たかや》といった。

さて、神吾田鹿葦津姫《かむあたかしつひめ》は、神に供える稲を作るための神聖な田を占いによって定め、狭名田《さなだ》といった。その田の稲で天甜酒《あまのたむさけ》（美酒）を醸造して、神と共飲した。また、渟浪田《ぬなた》（水田）の米を炊いて、神と共食した。

【第四】高皇産霊尊《たかみむすひのみこと》は、真床追衾《まとこおうふすま》（床をおおうかけぶとん）を天津彦国光彦火瓊瓊杵尊《あまつひこくにてるひこほのににぎのみこと》にお着せ申して、天磐戸《あまのいわと》を引き開き天八重雲《あまのやえくも》を押し分けて天降らせ申し上げた。その時、大伴連《おおとものむらじ》の遠祖天忍日命《あまのおしひのみこと》は、来目部《くめべ》の遠祖天槵津大来目《あまのくしつおおくめ》を率いて、背には天磐靫《あまのいわゆき》（頑丈な矢入れ）を負い、腕には稜威《いつ》の高鞆《たかとも》（聖にして清浄な力のある高い音をたてる鞆）を着け、手には天梔弓《あまのはじゆみ》（はぜの木で作った弓）天羽羽矢《あまのははや》（大蛇をもよく射殺せる矢）を取り、八《や》目鳴鏑《めのなりかぶら》（穴の多くある鳴り鏑）を添え持ち、さらに頭槌剣《かぶつちのつるぎ》（柄頭が槌のような形をした剣）を帯びて、天孫の先払いをした。進み降られて、日向《ひむか》の襲《そ》の高千穂《たかちほ》の槵日《くしひ》の二上峰《ふたかみのたけ》の天浮橋《あまのうきはし》に着き、浮島があって平らなところに立たれて、荒れてやせた不毛の国からずっと丘続きに良い国を求められ、吾田《あた》の長屋《ながや》の笠狭《かささ》の御崎に着かれた。そこに一柱の神がいて、名を事勝国勝長狭《ことかつくにかつながさ》といった。天孫は、その神に、

「国はあるのか。」

と尋ねられた。答えて、

「ございます。勅《みことのり》のままに献上いたしましょう。」

塩土老翁《しおつちのおじ》という]。

と申し上げた。それで天孫は、そこに留まられた。その事勝国勝神《ことかつくにかつのかみ》は、伊奘諾尊《いざなきのみこと》の御子である[またの名は、

【第五】天孫は、大山祇神《おおやまつみのかみ》の娘吾田鹿葦津姫《あたかしつひめ》をお召しになった。すると姫は一夜で懐妊し、四柱の御子を生んだ。そこで吾田鹿葦津姫は、子を抱いて進み出て、

「天神《あまつかみ》の御子を、どうして私のところだけで養育することができましょう。それゆえ、事情をお知らせいたします。」

と申し上げた。この時、天孫はその御子たちをご覧になってあざわらって、

「なんと、私の子どもたちが本当にこんなに生まれたのなら、うれしいことだ。」

と仰せられた。吾田鹿葦津姫は怒って、

「どうして私をあざけられるのですか。」

と言った。天孫は、

「疑わしい。よいか、いかに天神の御子といっても、どうして一夜にして、女を身ごもらせることができよう。もともと我が子ではあるまい。」

と仰せられた。この言葉を聞いて、吾田鹿葦津姫はますます恨んで、戸のない産室を造り、その内に入りこもり、誓約《うけい》をして、

「私の身ごもった子が、もし天神の御子でなかったら、必ず焼け死ぬことでしょう。もし天神の御子ならば、火によって害《そこな》われることはないでしょう。」

と言った。そして、すぐに火を放って産室を焼いた。その火が初めに明るくなった時に、足を踏みならし、雄

叫びをして出てきた御子が自ら名のりをあげ、

「我は天神《あまつかみ》の御子。名は火明命《ほのあかりのみこと》。我が父上は、どこにおられますか。」

と仰せられた。次に火が盛りになる時に、足を踏みならし、雄叫びをして出てきた御子が、また名のりをあげ、

「我は天神の御子。名は火進命《ほのすすみのみこと》。我が父上と兄上は、どこにおられますか。」

と仰せられた。次に炎が衰える時に、足を踏みならして、雄叫びをあげて出てきた御子も、また名のりをあげ、

「我は天神の御子。名は火折尊《ほのおりのみこと》。我が父上と二人の兄上等は、どこにおられますか。」

と仰せられた。次に、火の熱が去っていく時に、足を踏みならし、雄叫びをして出てきた御子も、また名のりをあげ、

「我は天神の御子。名は彦火火出見尊《ひこほほでみのみこと》。我が父上と三人の兄上等は、どこにおられますか。」

と仰せられた。

その後、母の吾田鹿葦津姫《あたかしつひめ》が燃えがらの中から出てきて、願いが成就したことを伝え、

「私が生んだ御子と私の身とは、当然火の難にあたりましたが、少しも損《そこ》なうところはありませんでした。どうです、天孫はご覧になられましたか。」

と言った。天孫は、

「私は、もとから我が御子であると知っていた。ただお前は、一夜にして身ごもった。そのことを疑う者があるだろうと思い、すべての人々にこれは私の子であり、天神《あまつかみ》はよく一夜にして身ごもらせることができることを知らしめようと思った。また、お前が霊性に優れ、威力に富み、御子等もまた人を超えた意気があることを明らかにしようと思った。そのために、先日はあざける言葉を発したのだ。」

と仰せられた。

【第六】　天忍穂根尊《あまのおしほねのみこと》は、高皇産霊尊《たかみむすひのみこと》の御娘栲幡千千姫万幡姫命《たくはたちぢひめよろずはたひめのみこと》［または高皇産霊尊の御娘火戸幡姫《ほのとはたひめ》の子千千姫命という］をめとって、御子天火明命《あまのほあかりのみこと》をお生みになった。次に天津彦根火瓊瓊杵根尊《あまつひこねほのににぎねのみこと》をお生みになった。その天火明命の子の天香山《あまのかぐやま》は、尾張連《おわりのむらじ》等の遠祖である。

皇孫火瓊瓊杵尊《ほのににぎのみこと》を、葦原中国《あしはらのなかつくに》に天降らせ申し上げるに及んで、高皇産霊尊《たかみむすひのみこと》は多くの神々に勅《みことのり》して、

「葦原中国は、岩の根、木の株、草の葉までもが、よく物を言うことができる。夜は瓮《かめ》の中で焚《た》く火のように邪神が音を立て騒がしく、昼は五月の蠅のようにうるさくわきあがっている。」

と仰せられた。以下略。

時に高皇産霊尊《たかみむすひのみこと》は勅《みことのり》して、

「昔、天稚彦《あめわかひこ》を葦原中国《あしはらのなかつくに》に派遣した。しかし、今に至るまで久しく戻ってこないのは、きっと国神《くにつかみ》が強く抵抗しているからだろうか。」

と仰せられた。そこで、名なしの雄雉を遣わし、ようすを見させられた。この雉は天から飛び降って、粟田《あわた》・豆田《まめた》を見て、そこに留まって返らなかった。これが世間でいう、「雉の行ったきりの使い」の起源である。そこで今度は、名なしの雌雉を遣わされた。この鳥は飛び降ってきて、天稚彦に射られ、その矢が命中して天に上って報告した。以下略。

さて高皇産霊尊は、真床追衾《まとこおうふすま》を皇孫天津彦根火瓊瓊杵根尊《あまつひこねほのににぎねのみこと》にお着せして、天八重雲《あまのやえぐも》を押し開いて、天降らせ申し上げた。そこでこの神を称えて、天国饒石彦火瓊瓊杵尊《あめくににぎしひこほのににぎのみこと》と申し上げる。降り着いた場所を、日向《ひむか》の襲《そ》の高《たか》千穂《ちほ》の添山峰《そおりのやまのたけ》という。この後移動して進んでいく時にいたって、以下略。

吾田《あた》の笠狭《かささ》の御碕に着かれた。そして、長屋の竹島《たかしま》に登られた。その地に巡りご覧になると、そこに人がいた。名は、事勝国勝長狭《ことかつくにかつながさ》という。天孫は、

「ここは誰の国か。」

と尋ねられた。答えて、

「ここは、長狭が住んでいる国です。しかし、今はすぐに天孫に献上いたします。」

と申し上げた。天孫は再び、

「あの波頭の高く立っている上に、大きな殿舎を建てて、手玉もゆらゆらと鳴らして機を織っている乙女は、誰の娘か。」

と尋ねられた。答えて、

「大山祇神《おおやまつみのかみ》の娘等で、姉は磐長姫《いわながひめ》、妹は木花開耶姫《このはなのさくやひめ》と申します［またの名は、豊吾田津姫《とよあたつひめ》と申します］。」

と申し上げた。以下略。

皇孫は、豊吾田津姫をお召しになった。姫は、一夜にして身ごもった。これに対して、皇孫は疑いをもたれた。以下略。

ついに、火酢芹命《ほのすせりのみこと》を生んだ。次に火折命《ほのおりのみこと》を生んだ［またの名は、彦火火出見尊《ひこほほでみのみこと》という］。母神の誓約《うけい》は、すべてがかなえられた。まことに皇孫の御子だということが、はっきりとわかった。しかし豊吾田津姫は皇孫を恨んで、話を交わされようともされなかった。皇孫は深く憂い、歌を詠まれた。

歌謡四

沖つ藻《も》は　辺には寄れども　さ寝床《ねどこ》も　あたわぬかもよ　浜つ千鳥よ

沖の藻は浜辺に寄るけれども、わが思う妻は、（私に寄らず）私に寝床さえも与えないことだ。浜千鳥よ。
（いっしょにいるお前たちが何とうらやましいことか）

【第七】高皇産霊尊《たかみむすひのみこと》の御娘天万栲幡千幡姫《あめよろずたくはたちはたひめ》［一説によると、高皇産霊尊の御娘万幡姫《よろずはたひめ》の子玉依姫命《たまよりひめのみこと》という］、この神は、天忍骨命《あまのおしほねのみこと》の妃となって、御子天之杵火火置瀬尊《あまのぎほほきせのみこと》を生んだ［一説によると、勝速日命《かちはやひのみこと》の御子天大耳尊《あまのおおみみのみこと》、この神は丹舄姫《にくつひめ》をめとって、御子火瓊瓊杵尊《ほのににぎのみこと》を生んだという。一説によると、神皇産霊尊《かむみむすひのみこと》の娘栲《たく》幡千幡姫《はたちはたひめ》は、御子の火瓊瓊杵尊《ほのににぎのみこと》を生んだという。一説によると、天杵瀬命《あまのきせのみこと》は吾田津姫《あたつひめ》をめとって、御子火明命《ほのあかりのみこと》を生んだ。次に火夜織命《ほのよりのみこと》。次に彦火火出見尊《ひこほほでみのみこと》という］。

【第八】正哉吾勝勝速日天忍穂耳尊《まさかあかつかちはやひあまのおしほみみのみこと》は、高皇産霊尊《たかみむすひのみこと》の娘天万栲幡千幡姫《あめよろずたくはたちはたひめ》を妃として御子を生んだ。天照国照彦火明命《あまてるくにてるひこほのあかりのみこと》と申し上げる。この神は、尾張連《おわりのむらじ》等の遠祖である。次に天饒石国饒石天津彦火瓊瓊杵尊《あまにぎしくににぎしあまつひこほのににぎのみこと》。この神は、大山祇神《おおやまつみのかみ》の娘木花開耶姫《このはなのさくやひめ》を妃として御子を生んだ。火酢芹命《ほのすせりのみこと》と申し上げる。次に彦火火出見尊《ひこほほでみのみこと》。

第十段の撰書

海幸《うみさち》・山幸《やまさち》と鸕鷀草葺不合尊《うがやふきあえずのみこと》の誕生

兄の火闌降命《ほのすそりのみこと》は、もとから海の幸を得る霊力を持ち、弟の彦火火出見尊《ひこほほでみのみこと》は、もとから山の幸を得る霊力を持っていた。初めに兄と弟は相談して、

「ためしに、お互いの幸を変えてみたらどうか。」

と仰せられ、交換した。しかし、二人とも獲物を得ることができなかった。兄は後悔して、すぐに弟の弓矢を返して、自分の釣り針を求めた。弟はこの時、すでに兄の釣り針を紛失しており、まったくあてがなかった。そこで、別に新しい釣り針を作って兄に与えた。しかし兄は承服せず、元の釣り針を返すよう責めた。弟は憂いて、今度は自分の太刀を鋳つぶして新しい釣り針に鍛えあげ、箕《み》一杯に盛って兄に与えた。ところ

が兄は怒って、

「私の元の釣り針でなければ、どんなに多くても取らない。」

と言って、ますます責めた。

このために、彦火火出見尊は、憂い深い苦しみに襲われ、海辺に行ってうめき声を発せられた。その時、塩土老翁《しおつちのおじ》に出会った。老翁は、

「なぜこんな所で、そのように悲しまれておられるのじゃ。」

と申し上げた。彦火火出見尊は、ことのすべてをお話しされた。老翁は、

「どうかご心配なさらないで下さい。私が今あなたのために、取り計らいましょう。」

と申し上げ、すぐに隙間のない籠を作り、彦火火出見尊を入れ、海に沈めた。

しばらくすると、美しい浜に着いた。ここで籠《かご》を捨てて進んでいくと、たちまちに海神の宮殿に着かれた。その宮殿は、垣根が整然と備えられており、高楼は光り輝いていた。門前には一つの井戸があった。井戸のほとりには、一本の神聖な杜《かつら》の樹があり、枝葉は四方に広がっていた。

彦火火出見尊は、その樹の下に行き、立ちさまよい、行きつ戻りつしておられた。かなりたってから、一人の美女が脇の小門を押し開いて出てきた。そして、美しい碗《わん》で水を汲もうとした。その時水影を見て、振り仰いで尊を見つけ、その姿に驚き、宮殿に戻った。そして父母に、

「一人の珍しい客人が、門前の樹の下におられます。」

と申し上げた。海神は、八重の畳を敷いて、尊を宮殿の中に案内した。座が定まった時、ご来意のほどをお尋ね申し上げた。彦火火出見尊は、今までの事情を詳しく話された。

海神は、すぐに大小の魚を集めて詰問した。魚達は、

「存じません。ただ赤女《あかめ》［これは鯛《たい》の名である］が、このごろ口の病気のため来ていません。」

と申し上げた。すぐに呼び寄せてその口を探ると、はたせるかな、失くした釣り針を得ることができた。

その後、彦火火出見尊《ひこほほでみのみこと》は海神の娘豊玉姫《とよたまひめ》をめとられた。そして海神の宮殿に滞留されること、三年を経過した。そこは安らかで楽しかったが、なお故郷を恋しく慕う心がおありであった。それで時に、大きなため息をつかれた。豊玉姫は父に、

「天孫は悲しくつらいことがあるようで、しばしば嘆いておられます。思うに、郷土をなつかしみ、帰れないことを嘆いておられるのでしょうか。」

と言った。海神は、すぐに彦火火出見尊を自分の部屋に案内して、おもむろに、

「天孫がもし郷土に帰りたいとお思いなら、私がお送りいたしましょう。」

と申し上げた。そして、鯛から得た釣り針を差し上げ、お教えして、

「この釣り針を兄上にお与えになる時に、ひそかに『貧しい針』と仰せられて、その後からお渡しなさい。」

と申し上げた。

また、潮満瓊《しおみつたま》と潮涸瓊《しおふるたま》とを差し上げて、お教えして、

「潮満瓊を水につければ、潮がたちまち満ちてくるでしょう。これで、あなたの兄上を溺れさせなさい。もし兄上が悔いてあやまるなら、今度は潮涸瓊を水の中につければ、潮は自然と引いていくでしょう。これで救っておあげなさい。このようにこらしめ悩ませたなら、あなたの兄上は、従うことでしょう。」

と申し上げた。

このようにして、いよいよお帰りになろうとする時、豊玉姫《とよたまひめ》が天孫に、

「私はすでに身ごもっています。出産はそう遠くないでしょう。私は、風波が激しい日に必ず海浜に出てい

きます。どうか、私のために産屋《うぶや》を造ってお待ち下さい。」

と申し上げた。

彦火火出見尊は、地上の宮に戻られて、ひたすら海神の教えに従っていた。そのため兄の火闌降命《ほのすそりのみこと》は、たいへん苦しめられ、すぐに罪に伏し、

「これからは、私はあなたのために奉仕する芸人の民となりましょう。どうかお助け下さい。」

と申し上げた。それで、その願いのままお許しになられた。その火闌降命は、吾田君小橋《あたのきみおはし》等の本祖である。

後に豊玉姫は、前の約束通り、妹の玉依姫《たまよりひめ》を連れて、まっすぐに風波を乗り越えて海辺にやってきた。いよいよ出産の時が迫り、

「私が子を産む時、どうかご覧にならないで下さい。」

と申し上げた。しかし、天孫はじっと忍んでいることができず、ひそかに産室に行って中をうかがい見てしまった。豊玉姫は子を産む最中に、竜の姿に化身していた。そして、

「もし私を恥ずかしめなさらなかったら、海と陸とを通わせて、永久に隔絶しなかったことでしょう。今はすでにこの願いも消えてしまいました。どうして、夫婦睦まじく暮らすことができましょうや。」

と言って、すぐに草で子を包み、海辺に捨て、海の道を閉じて帰ってしまった。それで、御子の名を彦波瀲武《ひこなぎさたけ》鸕鷀草葺不合尊《うがやふきあえずのみこと》と申し上げる。その後久しくして、彦火火出見尊は崩御された。日向《ひむか》の高屋山上陵《たかやのやまのうえのみささぎ》に葬りまつった。

第十段の一書群（四書あり）

【第一】　兄の火酢芹命《ほのすせりのみこと》は、海の幸をとり、弟の彦火火出見尊《ひこほほでみのみこと》は、山の幸をとっておられた。ある時、兄弟は

互いにその幸を取り換えようと思われた。そこで、兄は弟の幸弓《さちゆみ》を持って山に入り、獣を求めた。しかし、獣の足跡さえ見つけることができなかった。弟は兄の幸鉤《さちち》を持って、海に行って魚を釣った。しかし、まったく獲るところがなかった。その上釣り針まで失ってしまった。

この時、兄は弟に弓矢を渡して、自分の針を返すようにと迫った。弟は心を痛めて、身に帯びていた太刀で釣り針を作り、箕《み》一杯に盛って兄に与えた。しかし兄はこれを受けず、

「やはり私の幸針を返してほしい。」

と言った。彦火火出見尊は、途方に暮れ、ただ憂い苦しんでおられた。そして海辺に行き、たたずみ嘆かれるばかりであった。

その時突然一人の老人が現れ、自ら塩土老翁《しおつちのおじ》となのった。そして、

「あなたはどなたですか。どうしてこのような所で、そのように心をわずらわせておられるのですか。」

と申し上げた。彦火火出見尊は、今までの事情を詳しく話された。老翁は、すぐに袋の中の黒櫛《くろくし》を取って地に投げると、一面の竹林になった。その竹を取って、目のあらい籠《かご》を作り、火火出見尊を籠の中に入れ、海に投げ入れた［一説では、隙間《すきま》のない籠《かご》を作り、細縄で火火出見尊を結いつけて、海の中に沈めた。世間でいわれている「堅間《かたま》」というのは、今の竹籠《たけかご》であるという］。

さて海底には、もともと美しい浜があった。尊は、浜にそって進んで行かれた。すると、海神豊玉彦《とよたまひこ》の宮殿に着かれた。その宮殿は、城門を高く飾り、楼台《ろうだい》は壮麗であった。門の外には井戸があり、そのそばに杜《かつら》の樹があった。尊は、樹の下に行き、立っておられた。しばらくして、一人の美人が現れた。まさしく、絶世の美貌である。大勢の侍女たちが従い、宮殿から出て来た。そして、美しい壺で水を汲もうとし、振り仰いで火火出見尊を見つけた。その途端驚いて、すぐに宮殿に戻り、父神に、

「門前の井戸のそばの樹の下に、一人の高貴な客人がおられます。人相からして、普通ではありません。もし、天から降ってきたのなら、天人らしい顔貌があり、地から来たのであれば、地人らしい顔貌があるはずです。ところがその方は、どちらでもなく、本当に美しい。虚空彦《そらつひこ》という神でしょうか。」

と申し上げた［一説に、豊玉姫の侍女が、美しい釣瓶《つるべ》で水を汲んでいた。しかし、一杯にすることができなかった。かがんで井戸の中を見ると、逆さまに人の笑顔が映っていた。それで振り仰いで見ると、一柱の容貌麗しい神がいて、杜《かつら》の樹に寄りかかっておられた。そこで宮殿に戻り、その王に申し上げたという］。

豊玉姫《とよたまひめ》は、人を遣わし、

「客人はどなたさまですか。どういう事情でここまで来られたのですか。」

と申し上げた。火火出見尊《ほほでみのみこと》は、

「私は、天神《あまつかみ》の子孫です。」

と仰せられた。そして、ここに来るようになった訳を話された。海神は、すぐに迎えに出て天神を拝み、宮殿の中にご案内して、手厚くお慰め申し上げた。そして、娘の豊玉姫を妻に差し上げた。このような訳で、海神の宮殿に滞在されること三年に達した。

この後火火出見尊は、しばしば嘆息されることがあった。豊玉姫が、

「天孫は、もしや故郷に帰ろうとお思いでしょうか。」

と申し上げた。天孫は、

「そのとおりだ。」

と仰せられた。豊玉姫は、すぐに父神に、

「ここにおられる貴い客人は、陸上の国に還りたいと願っておられます。」

と申した。海神は、海の魚をすべて集め、その釣り針を求めて尋ねた。ある魚が答えて、

「赤女《あかめ》が、長い間口を病んでいます［ある伝えによると赤鯛ともいう］。おそらく、赤女が呑んだのではないかと思います。」

と申し上げた。すぐに赤女を召して、その口を見ると、やはり釣り針があった。これを取って、彦火火出見尊に差し上げた。そしてお教えして、

「釣り針をあなたの兄上にお与えになる時に、次の呪い言、『貧しさの本、飢えの始め、苦しみの根』と唱えられ、その後お与えなさいませ。またあなたの兄上が海を渡る時には、私が必ず疾風・大波を起こして、溺れさせ苦しめましょう。」

と申し上げた。そして、火火出見尊を大鰐《わに》（サメ）に乗せて、故郷にお送り申し上げた。

これより先、別れようとする時に、豊玉姫《とよたまひめ》がおもむろに、

「私は、すでに身ごもっています。風波の強い日に、海辺に出ていきます。どうか、私のために産屋《うぶや》を造ってお待ち下さい。」

と申し上げた。この後、豊玉姫はその言葉通りにやって来た。そして、火火出見尊に、

「私は、今夜子を産むでしょう。どうか、産む姿はご覧にならないで下さい。」

と申し上げた。火火出見尊は、その願いをお聞き入れにならないで、櫛《くし》の先に火を灯して見てしまわれた。豊玉姫は、八尋大熊鰐《やひろくまわに》に化身して、体をくねらせながら動いていた。豊玉姫は、恥ずかしめられたのを恨み、直ちに海神の故郷に帰ってしまった。ただし、その妹玉依姫《たまよりひめ》を留めおいて、御子を養育させた。御子の名を、彦《ひこ》波瀲《なぎさ》武《たけ》鸕鷀《う》草葺不合尊《がやふきあえずのみこと》と申し上げるのは、その海浜の産屋は、すべて鵜《う》の羽を葺草《ふきくさ》として用いたが、屋根まで葺き合わせないうちに、御子がお生まれになったので、そのように名付けたのである。

【第二】 門前に一つの良い井戸があった。井戸のそばに、枝葉の繁茂した杜《かつら》の樹があった。彦火火出見尊《ひこほほでみのみこと》は、跳び上がってその樹に登り、枝の上に立たれた。その時、海神の娘豊玉姫《とよたまひめ》は、手に美しい碗《わん》を持って、井戸に来て水を汲もうとした。すると、人影が井戸の中に映り、振り仰いで尊を見つけると、驚いて碗を落とした。碗は割れ砕けたが、振り返りもせずに宮殿に戻り、父母に、

「私は、ある人が井戸のそばの杜の樹の上におられるのを見ました。顔がとても美しく、姿かたちもまた上品で優雅です。とても普通の人とは思えません。」

と話した。父神は不思議に思い、八重の畳を敷いて迎え入れた。尊が定座にお着きになられてから、海神はここにおいでになった心中をお尋ね申し上げた。尊は、事のすべてを答えられた。海神はすっかり同情し、すぐに大小の魚をすべて集めて尋ねた。魚たちは、

「知りません。ただ赤女《あかめ》だけが、口を病んでいて参っておりません。」

と申し上げた［一説によると、口女《くちめ》が口を病んでいる、ということだ］。そこですぐに呼び出し、その口を探ると、失った釣り針を得ることができた。そこで海神は、禁制を定め、

「お前口女よ、今後は釣の餌を食べてはならぬ。また、天孫の召し上がり物になることもできぬ。」

と言った。口女という魚を天皇の御膳に進めないのは、これがその起源である。

彦火火出見尊《ひこほほでみのみこと》が、いよいよ帰ろうとされる時に海神は、

「天神《あまつかみ》の御孫が、かたじけなくも私のもとにおいで下されました。心中の喜びは、永遠に忘れはいたしません。」

と申し上げた。そして、

「願い通り潮が満つ瓊《たま》、願い通り潮の干《ひ》く瓊《たま》」

をその釣り針に添えて奉り、

「皇孫よ、たとえ幾重もの曲がり角を隔てるほど遠く離れてしまおうとも、どうか時々はまた思い出して、決してお見捨てにならないで下さい。」

と申し上げた。そしてお教えして、

「この釣り針をあなたの兄上にお与えになる時、『貧しい針、滅びる針、落ちぶれる針』とお唱え下さい。唱え終ったら、後ろ手で投げ捨て与えなさい。決して向かい合って授けてはいけません。

もし兄上が怒りをおこして、傷つけるような心があれば、潮溢瓊《しおみつたま》を出して、溺れさせなさい。もし溺れそうになって助けを求めたなら、潮涸瓊《しおふるたま》を出してお救いなさい。このようにこらしめ悩ませられたら、従うようになるでしょう。」

と申し上げた。

このようにして彦火火出見尊は、その瓊と釣り針とをもらい受けて、地上の宮殿に帰ってこられた。そしてもっぱら海神の教え通り、まずその釣り針を兄にお与えになった。ところが、兄は怒って受け取らなかった。

そこで弟は潮溢瓊《しおみつたま》を出すと、潮がみるみる溢ちてきた。兄は、

「私は、あなたにお仕え申し上げて家来になります。どうかお助け下さい。」

と申し上げた。弟が潮涸瓊《しおふるたま》を出すと、潮は自然に引いて、兄は窮地を脱することができた。

しばらくして、兄は前言をひるがえして、

「私は、あくまでもお前の兄だ。どうして、人の兄として弟に仕えることができようか。」

と言った。弟は潮溢瓊《しおみつたま》を出された。兄はそれを見て、すばやく高山に走り登ったが、潮はたちまち山に達した。兄はさらに、高い樹によじ登った。すると、潮はすぐに樹を沈めた。兄は進退きわまり、逃げる所はなかった。

こうしてついに罪に伏し、

「私はまったく間違っていた。今後は、私の子孫の続く限り、変わることなくあなたの芸人の民となりましょう［一説では、犬のように吠える人という］。どうか哀れみをかけて下さい。」

と申し上げた。

弟が再び潮涸瓊《しおふるたま》を出されると、潮は自然に引いていった。兄は、弟に呪力を備えた神徳があることを知り、ついにその弟に服従した。このような事情で、火酢芹命《ほのすせりのみこと》の子孫の隼人《はやひと》諸族は、今に至るまで天皇の宮垣《みやがき》のもとを離れず、代々番犬に代わって奉仕しているのである。世の人が、なくした針を返せとせまらないのは、これがその起源である。

【第三】　兄の火酢芹命《ほのすせりのみこと》は、海の幸を得ることができた。それで海幸彦《うみさちひこ》と申し上げる。弟の彦火火出見尊《ひこほほでみのみこと》は、山の幸を得ることができた。それで山幸彦《やまさちひこ》と申し上げる。兄は風が吹き雨が降るたびに、その幸を失ったが、弟はその幸に変わりはなかった。

ある時兄が弟に、

「私は、こころみにお前と幸を換えてみようと思う。」

と言った。弟はこれを承諾して、お互いに猟具を交換した。兄は弟の弓矢を持ち、山に入って獣を狩った。弟は兄の釣り針を持ち、海に行って魚を釣った。しかし、二人ともに幸が得られなかった。兄は弟の弓矢を返して自分の釣り針を返せと責めたてた。ところが、弟はすでに釣り針を海中に失い、捜すあてはなかった。そこで、別に新しい釣り針を数千本も作って返そうとした。しかし、兄は怒って受け取らず、元の釣り針を返せと執拗にせまった、以下略。

この時弟は海浜に行き、うなだれ憂いてうめき声を発せられた。すると川雁《かわかり》がいて、わなにかかって苦しんでいた。弟はかわいそうに思い、放してやった。間もなく塩土老翁《しおつちのおじ》が来て、隙間《すきま》のない籠《かご》の小船を作り、火《ほ》火出見尊《ほでみのみこと》をお乗せして、海中に押し放った。すると自然に沈み、やがて美しい神の通路が現れた。その通路に沿って進んで行かれた。

しばらくすると、海神の宮殿に到着された。この時、海神は自ら迎えて中へ案内し、海驢《みち》（あしか）の皮を八重に敷き、その上に座らせ申し上げた。更に、数多くの台に食物をのせ、主人としての礼をお尽しした。そしておもむろに、

「天神《あまつかみ》の御孫が、どのような理由でかたじけなくもおいでなさったのでしょうか。」

と申し上げた〔一説では、「このごろ、私の娘が『天孫が海浜で憂いておられるといいますが、本当なのでしょうか。』と言いました。あるいはそのようなことがあったのでしょうか。」と言う〕。彦火火出見尊《ひこほほでみのみこと》は、詳しく今までの経過をお話しになった。そして、そこに留まりゆっくりと休まれた。海神は、娘の豊玉姫《とよたまひめ》を妻として差し上げた。二人はぴったりと寄り添い、深く愛し合い、早くも三年の月日が流れた。

ついに彦火火出見尊が、地上に帰ろうとされる時、海神は鯛女《たいめ》を召して、その口を探ると、釣り針が見つかった。そこで、この釣り針を彦火火出見尊に献上した。その時お教えして、

「この釣り針を兄上にお与えになる時に、『ぼんやり針、あわて針、おろか針』とお唱え下さい。唱え終わったら、後ろ手に投げてお与え下さい。」

と申し上げた。

こういう次第で鰐《わに》を召し集めて、

「天神《あまつかみ》の御孫が、今お戻りになろうとしている。お前たちは、何日のうちにお送り申し上げるか。」

と尋ねた。すべての鰐たちは、それぞれ自分の身体の長短に合わせて日数を定めた。中に一尋鰐《ひとひろわに》がいて、

「一日のうちに、お送りいたしましょう。」

と言った。そこで一尋鰐を遣わして、尊をお送り申し上げた。また、潮満瓊《しおみつたま》・潮涸瓊《しおふるたま》の二個の宝物を献上し、それぞれの瓊《たま》の用法を教え申し上げた。またお教えして、

「兄上が高田《あげた》を作ったら、あなたは洿田《くぼた》をお作りなさい。兄上が洿田を作ったなら、高田をお作りなさい。」

と申し上げた。海神が、誠を尽くしてお助け申すさまは、このようであった。

こうして、彦火火出見尊は地上に帰ってこられて、もっぱら海神の教えに従い行動されていた。その後、火酢芹命《ほのすせりのみこと》は日に日にやつれてゆき、憂いて、

「私はすっかり貧しくなった。」

と言われた。それでついに、弟に帰服した。弟がある時に潮満瓊《しおみつたま》を出すと、兄は手を挙げて溺れ苦しんだ。潮涸瓊《しおふるたま》を出すと、救われた。

これより先、豊玉姫《とよたまひめ》は天孫に、

「私は、すでに身ごもっています。天孫の御子を、どうして海中でお産み申し上げてよいでしょうか。出産の時には、必ずあなたのみ許《もと》に参ります。どうか産室を海辺に造ってお待ちいただければ、というのが私の望みです。」

と申し上げた。そこで彦火火出見尊は、故郷に帰って、すぐに鵜《う》の羽で屋根を葺《ふ》いて産室をお造りになった。屋根がまだ葺き終らないのに、豊玉姫は自ら大亀に乗り、妹の玉依姫《たまよりひめ》を連れて、海を照らしてやってきた。やがて臨月になり、子を産む時が切迫していた。それで屋根がすっかり葺き上がるのを待たないで、急いで中に入られた。そしてやおら天孫に、

「私が子を産む時、どうかその姿をご覧にならないで下さい。」

と申し上げた。天孫は、不思議に思い、ひそかにのぞいて見られた。すると豊玉姫は八尋大鰐《やひろわに》に化身していた。そして、天孫がのぞき見されたことを知って、深く恥じお恨み申し上げる気持ちを抱いた。やがて御子が生まれた後、天孫が豊玉姫のもとに行かれ、

「御子の名は、何と名付けたらよいであろうか。」

とお尋ねになった。豊玉姫は、

「彦波瀲武鸕鷀草葺不合尊《ひこなぎさたけうがやふきあえずのみこと》と名付けなさいませ。」

と申し上げた。言い終わるやいなや、海を渡ってさっといなくなってしまった。その時、彦火火出見尊は歌を詠まれた。

歌謡五

沖《おき》つ鳥《とり》　鴨著《かもづ》く島に　我が率寝《いね》し　妹《いも》は忘らじ　世の尽《ことごと》も

沖にいる鴨《かも》の寄り付く島で、私が一緒に寝た妻のことは、世の限り忘れることができないだろう。

［一説によると、彦火火出見尊《ひこほほでみのみこと》は婦人を選んで、乳母《ちおも》（乳のみ子に乳を与える）・湯母《ゆおも》（湯を飲ませる）・飯嚼《いいかみ》（乾飯をかんで乳幼児に食べさせる）・湯坐《ゆえ》（湯を用意して、入浴の準備をする）とされた。すべての諸職業の部族の人々を配備して、養い申し上げた。これが、世の中で乳母《うば》を雇って、子を養うということの起源であるという。］

この後、豊玉姫《とよたまひめ》はその御子の容姿が端正であることを聞き、たいそういとおしく大切に思い、再び地上に

帰って育てたいと思われた。しかし、それは道理にかなうことではなかった。そこで妹の玉依姫《たまよりひめ》を遣わし、育て申し上げた。その時、豊玉姫命は玉依姫に託して、彦火火出見尊に返歌を奉った。

歌謡六　赤玉《あかだま》の　光はありと　人は言えど　君が装《よそ》いし　貴《とうと》くありけり

赤珠の光はすばらしいと人は言うけれども、それにもまして、あなたの御姿は貴く御立派だと、つくづく思います。

この贈答歌二首は、挙歌《あげうた》（高い調子で歌う歌）という。

【第四】　兄の火酢芹命《ほのすせりのみこと》は山の幸利《さち》を得、弟の火折尊《ほのおりのみこと》は海の幸利《さち》を得ておられた、以下略。弟は、憂いさまよって海浜におられた。その時、塩筒老翁《しおつつのおじ》に出会われた。老翁は、

「どうして、そのように思い悩んでおられるのですか。」

と尋ねた。火折尊《ほのおりのみこと》が答えて仰せられることに、以下略。老翁は、

「決して心配しないで下さい。私が取り計らいましょう。」

と申し上げた。そして方策を立てて、

「海神の乗る駿馬《しゅんめ》は、八尋鰐《やひろわに》です。これは、背びれを立てて、橘之小戸《たちばなのおど》におります。私は、その鰐魚《わに》とともに、計略を練りましょう。」

と申し上げた。そして火折尊をご案内し、八尋鰐に会った。この時鰐魚が考えをめぐらして、

「私は、八日の後に、確かに天孫を海神の宮殿にお連れ申し上げましょう。ただし、我が君の駿馬は、一尋《ひとひろ》鰐魚《わに》です。これは一日のうちに、必ずお連れ申し上げますので、私が帰って彼に出て来させましょう。そこへ乗って海にお入り下さい。そうすれば、美しい浜があります。その浜に沿って進まれると、我が君の宮殿にお着きになるでしょう。宮殿の門の井戸のそばには、大きな杜《かつら》の樹があります。その樹の上に登ってお待ち下さい。」

と申し上げた。

天孫は、鰐《わに》が言った通りに留まり、すでに八日となった。久しくして、まさに一尋鰐《ひとひろわに》がやってきた。それに乗って海にお入りになった。すべては、先の八尋鰐《やひろわに》の教え通りにされた。

時に、豊玉姫《とよたまひめ》の侍女が美しい鋺《わん》を持って、井戸の水を汲もうとすると、人影が水底に映っているのが見えて、汲み取ることができなかった。すぐに振り仰いで天孫を見つけると、宮殿の王に告げ、

「私は、我が王お一人だけがたいそうすぐれて、立派なお方だと思っておりました。しかし、今一人の客人がおられます。その姿は、王よりもはるかにすばらしいお方です。」

と言った。海神は、

「それでは、ためしに会ってみよう。」

と言って、三つの床を準備し、内へ入れ申した。天孫は、入口の床では両足をふき、中の床では両手を押し、奥の床では、床をおおう衾《ふすま》の上にゆったりとあぐらをかいて座られた。海神は、それらの所作を見て、この客人こそ天神《あまつかみ》の御孫であることを知り、ますます崇敬した。以下略。

海神は、赤女《あかめ》・口女《くちめ》を召して尋ねた。その時、口女が口から釣り針を出して奉った。赤女は赤鯛、口女は鯔《ぼら》である。

海神は、釣り針を彦火火出見尊《ひこほほでみのみこと》に差し上げ、お教えして、

『兄上の釣り針をお返しになる時に、『あなたの生みの子の子々孫々の末代まで、貧しい針・小さく狭く貧しい針』と唱えなされませ。唱え終わったなら、三度唾《つば》を吐いてお与えなさい。（唾を吐くのは、言葉や約束を固めるための動作）また、兄上が海に行って釣りをする時に、天孫は海浜におられて、風を招く動作をなされませ。それは、口をすぼめて息を強く吹き出すことです。そのようになされば、私は沖の風や岸辺の風を起こし、ほとばしる高い波で溺れさせ、悩ませましょう。」

と申し上げた。

火折尊《ほのおりのみこと》は、地上に帰り、すべて海神の教え通りにされた。兄が釣りをする日に、弟は浜辺に出て口をすぼめて息を吹き出された。すると、疾風がたちまち起こり、兄は溺れ苦しみ助かる手立てはなかった。そこで、はるか岸にいる弟に助けをこい、

「あなたは、長いこと海原におられた。必ずよい手段があるはずだ。どうか助けて下さい。もし私を救ってくれたなら、私は生みの子の子々孫々の末代まで、あなたの宮殿の垣のそばを離れず、芸人の民となりましょう。」

と申し上げた。弟は吹きだすことをお止めになると、風もすっかり止んだ。

こうして、兄は弟にはかりがたい呪力があることを知り、罪に服そうとした。ところが弟は怒ったまま何も言われなかった。すると兄はふんどしをして、赤土を手のひらや顔に塗り、弟に、

「私は、このように身を汚しました。この上は、永久にあなたの芸人の民となりましょう。」

と申し上げた。そして、足を挙げて踏み歩き、溺れ苦しむようすを真似した。初め、潮が足まで達した時には爪先立ちをし、膝までの時には足を上げ、股《もも》までの時には跳ねあがりまわり、腰までの時には腰をなで、脇ま

での時には手を胸に置き、首までの時には手を挙げて、手のひらをひらひらと振った。それ以来この演技は、やむことなく続いている。

これより先、豊玉姫は地上に出てきて出産しようとする時、皇孫に願い出て申すには、以下略。皇孫は、この言葉に従われなかった。豊玉姫《とよたまひめ》はおおいに恨んで、

「私の言うことをお聞きにならないで、私に恥をかかせられました。ですから、今後私の奴婢《ぬひ》があなたの御許に参りましたなら、お返しにならないで下さい。あなたの奴婢《ぬひ》が私の許に来ても、お返しいたしません。」と申し上げた。そしてついに、床をおおう衾《ふすま》と草で子を包み、波打ち際に置き、海中に入ってしまった。これが、海と陸とが隔てられ、通いあわなくなったことの起源である［一説によると、御子を波打ち際に置くのはよくない。豊玉姫は、自ら抱いて海に帰って行った。久しくして、「天孫の御子を、この海中に置き申すべきではない。」と言って、玉依姫に抱かせて送り出し申し上げたという］。

初め豊玉姫は天孫と別れる時、切々と恨み言を述べた。それを聞いて、火折尊《ほのおりのみこと》は二度と会えないと思い御歌を贈られた。これはすでに、前に出ている。

第十一段の撰書

神日本磐余彦尊《かむやまといわれびこのみこと》の誕生

彦波瀲武鸕鷀草葺不合尊《ひこなぎさたけうがやふきあえずのみこと》は、その叔母《おば》の玉依姫《たまよりひめ》を后に迎え、彦五瀬命《ひこいつせのみこと》をお生みになった。次に稲飯命《いないのみこと》。次に三毛入野命《みけいりののみこと》。次に神日本磐余彦尊《かむやまといわれびこのみこと》。合わせて四柱の男神をお生みになった。久しくして、彦波瀲武鸕鷀草葺不合尊は、西国の宮で崩御された。そこで、日向《ひむか》の吾平山上陵《あひらのやまのうえのみささぎ》に葬りまつった。

第十一段の一書群（四書あり）

【第一】まず彦五瀬命《ひこいつせのみこと》をお生みになった。次に稲飯命《いないのみこと》。次に狭野尊《さののみこと》。またの御名は、神日本磐余彦尊《かむやまといわれびこのみこと》と申し上げる。狭野と申すのは、年少の時の御名である。後に天下を平定して、日本全国を統治された。それで、もう一つの御名を加えて、神日本磐余彦尊と申し上げるのである。

【第二】まず五瀬命《いつせのみこと》をお生みになった。次に三毛野命《みけののみこと》。次に稲飯命《いないのみこと》。次に磐余彦尊《いわれびこのみこと》。またの御名は、神日本《かむやまと》磐余彦火火出見尊《いわれびこほほでみのみこと》と申し上げる。

【第三】まず彦五瀬命《ひこいつせのみこと》をお生みになった。次に稲飯命《いないのみこと》。次に神日本磐余彦火火出見尊《かむやまといわれびこほほでみのみこと》。次に稚三毛野命《わかみけののみこと》。

【第四】まず彦五瀬命《ひこいつせのみこと》をお生みになった。次に磐余彦火火出見尊《いわれびこほほでみのみこと》。次に彦稲飯命《ひこいないのみこと》。次に三毛入野命《みけいりののみこと》。

巻第三　第一代　神日本磐余彦天皇《かむやまといわれびこのすめらみこと》　神武天皇《じんむてんのう》

神武天皇の東征

神武天皇は、諱《いみな》（実名）を彦火火出見《ひこほほでみ》という。彦波瀲武鸕鷀草葺不合尊《ひこなぎさたけうがやふきあえずのみこと》の第四子である。母は玉依姫《たまよりひめ》と申し、海神《わたつみ》の次女である。

天皇は、生まれながらご賢明で道理に達せられ、強固たる意志の持ち主であられた。十五歳で皇太子となられた。長じては、日向国《ひむかのくに》の吾田邑《あたのむら》（鹿児島県加世田市周辺）の吾平津媛《あひらつひめ》を妃とされ、手研耳命《たぎしみみのみこと》をお生みになった。

四十五歳の時、兄君等や御子等に、

「昔、我が天神《あまつかみ》、高皇産霊尊《たかみむすひのみこと》・大日孁尊《おおひるめのみこと》は、この豊葦原瑞穂国《とよあしはらのみずほのくに》をすべて、我が天祖の彦火瓊瓊杵尊《ひこほのににぎのみこと》にお授けになった。火瓊瓊杵尊《ほのににぎのみこと》は、天の門を押し開き、雲路を押し分け、先払いの神を行かせて地上に天降《あまくだ》られた。

この時、世は太古《たいこ》に属し草創の時期で、闇のような状態であった。その暗い世の中にあって、自ら正しい道を養われ、この西の果ての地をお治めになった。皇祖や皇父も、神にして聖であり、慶事を積み、瑞祥《ずいしょう》を重ねて多くの年月を経た。天祖が降臨されてから今日まで、百七十九万二千四百七十余年である。遠くはるかな国は、今なお皇恩に浴していない。大きな村には君がおり、小さな村には長がいて、それぞれ境界を区切り、互いに攻争している。さて、塩土老翁《しおつちのおじ》に聞いてみると、

『東方に美しい国があり、四方を青山が囲んでいます。その中に、天磐船《あまのいわふね》に乗って飛び降った者がおります。』

と言った。私が思うに、その国は必ず天つ日嗣《ひつぎ》の大業を弘め、天下に君臨するのに十分な土地である。まさしく我が国の中心地ではあるまいか。天から飛び降ったという者は、饒速日《にぎはやひ》であろうか。その地へ行き、都を定めることにしようではないか。」

と仰せられた。諸皇子は、

「道理は、まことに明白です。私どもも常にそのように思っておりました。速やかに実行なさいますように。」

と申し上げた。この年、太歳《たいさい》（木星の運行による干支《かんし》）は甲寅《こういん》であった。

その年の十月五日に、天皇は自ら諸皇子・水軍を率いて、東征に出発された。速吸之門《はやすいなと》（豊予海峡）に着かれた時、一人の魚夫が小舟に乗ってやってきた。天皇はお召しになり、

「お前は誰か。」

と尋ねられた。すると、

「私は国神《くにつかみ》で、名を珍彦《うずひこ》と申します。曲浦《わだのうら》で釣りをしておりますと、天神《あまつかみ》の御子がおいでになると承《うけたまわ》りましたので、お迎えに参上いたしました。」

と申し上げた。天皇は再び、

「お前は、私のために先導してくれるか。」

と尋ねられた。答えて、

「お導きいたしましょう。」

と申し上げた。天皇は勅《みことのり》して、漁師に椎竿《しいさお》の先をつかまえさせ、皇舟《みふね》に引き入れて、水先案内とされた。そして特別に、椎根津彦《しいねつひこ》という名を与えられた。これは、倭直《やまとのあたいら》部の始祖である。

天皇は軍を進められ、筑紫国《つくしのくに》の菟狭《うさ》（大分県宇佐市）に到着された。そこには、菟狭国造《うさのくにのみやつこ》の祖がいた。名を菟狭津彦《うさつひこ》・菟狭津媛《うさつひめ》といった。二人は、菟狭川（駅館川）の川上に一柱騰宮《あしひとつあがりのみや》を造り、御馳走を差し上げた。天皇は勅《みことのり》して、菟狭津媛を侍臣の天種子命《あまのたねこのみこと》に妻として与えられた。天種子命は、中臣氏の遠祖である。

十一月九日に、天皇は筑紫国の岡水門《おかのみなと》（福岡県遠賀郡遠賀川河口付近）に到着された。

十二月二十七日に、安芸国《あきのくに》（広島県）に至り、埃宮《えのみや》（広島県安芸郡府中町）に滞在された。

乙卯《いつぼう》の年の三月六日に、吉備国《きびのくに》（岡山県）に移り、行宮《かりみや》を建てて滞在された。これを高島宮という。その後三年の間に、船団を整え、武器や食糧を蓄え、一挙に天下を平定しようと願われた。

戊午《ぼご》の年の二月十一日に、皇軍はついに東征の途につき、多くの船で出発した。難波《なにわ》の碕《みさき》（大阪市上町台地北方）まで来ると、たいそう速い潮流に出会った。そこで、浪速国《なみはやのくに》といい、また、浪花《なみはな》ともいう。今、難波《なにわ》というのは、それが訛《なま》ったのである。

三月十日に、川をさかのぼって、まっすぐに河内国《こうちのくに》（大阪府）の草香邑《くさかのむら》（東大阪市日下町付近）の青雲《あおくも》の白《しら》肩津《かたのつ》に到着した。

兄の死と霊鳥・霊剣

四月九日に、皇軍は兵を整え、徒歩で竜田《たつた》（奈良県生駒郡斑鳩町竜田）に向かった。しかし、その道は狭く険しく、隊列を組んで行くことができなかった。そこでいったん後退し、胆駒山《いこまのやま》を越えて国の中部に入ろうとされた。時に長髄彦《ながすねびこ》がその動きを聞いて、

「天神《あまつかみ》の御子等が来るというのは、我が国を奪おうとしているのだ。」

と言って、直ちに全軍を動員し、皇軍の進路を遮り、孔舎衛《くさえ》の坂で合戦となった。その時、敵の放った流れ矢

が五瀬命《いつせのみこと》の肘《ひじ》に当たり、皇軍は進撃の中断に追い込まれた。天皇は憂いて、心中に神策をめぐらされ、

「私は日神《ひのかみ》の子孫でありながら、日に向かって進軍している。これでは、天道にそむくことになる。ここはいったん退いて、天神地祇《てんしんちぎ》をお祭りし、背に日神の威を受けて、影を踏むように敵を襲撃することにしよう。そうすれば、刃に血を濡らすことなく、敵は必ず敗れるだろう。」

と仰せられた。皆は、

「仰せの通りです。」

と申し上げた。そこで軍中に命じて、

「しばらく停止せよ。」

と仰せられた。こうして退却されたが、敵もあえて追撃して来なかった。草香津《くさかのつ》まで引き返し、盾を立て、雄々しく武勇ある様子を示された。それで草香津を改めて、盾津《たてつ》と名付けた。今蓼津《たでつ》というのは、それが訛《なま》ったのである。

これより先、孔舎衛《くさえ》の戦いに、ある人が大樹に隠れて難を免《まぬが》れることができた。そこでその樹を指して、

「この樹の恩は、母のようだ。」

と言った。こうして時の人は、その地を母木邑《おもきのむら》といった。今、飫悶廼奇《おものき》というのは、それが訛ったのである。

五月八日に、皇軍は茅渟《ちぬ》(大阪府泉南市男里)の山城水門《やまきのみなと》[またの名は山井水門]に到着した。その時、五瀬命は、矢傷の痛みが激しくなった。それでも剣の柄を固く握り持ち、雄々しい威勢を示し、

「いかにも嘆かわしい。丈夫《ますらお》でありながら、敵のために手傷を負い、報復もせずに死んでしまうのか。」

と仰せられた。こうして時の人は、その地を雄水門《おのみなと》といった。さらに進んで、紀伊国《きのくに》(和歌山県)の竈山《かまやま》(和歌山市和田)に着いた時、五瀬命は軍中に薨《こう》じられた。それで竈山に葬り申し上げた。

六月二十三日に、皇軍は名草邑《なぐさのむら》（和歌山市名草山付近）に到着し、すぐに名草戸畔《なぐさとべ》を討伐した。そこから狭《さ》野《の》（新宮市佐野）を越えて、熊野（新宮市新宮付近）の神《みわの》（熊野速玉神社）邑《むら》に着き、天磐盾《あまのいわたて》（新宮市神倉山）に登り、さらに軍を率いて、慎重に進んだ。

ところが海上で突然暴風にあい、皇船は揺れ漂った。稲飯命《いないのみこと》は嘆いて、

「ああ、我が祖は天神《あまつかみ》、母は海神《わたつみ》である。それなのに、どうして私を陸で苦しめ、また海で悩ますのか。」

と仰せられた。言い終えて、すぐに剣を抜いて海に入り、鋤持神《さいもちのかみ》（鮫《さめ》）となられた。三毛入野命《みけいりののみこと》もまた恨んで、

「我が母と叔母《おば》（豊玉姫《とよたまひめ》）は、共に海神《わたつみ》である。それなのにどうして波を起こして、溺れさせようとするのか。」

と仰せられて、浪の先を踏んで、常世国《とこよのくに》に行ってしまわれた。

このようにして、天皇は一人で皇子手研耳命《たぎしみみのみこと》と軍を率いて進み、熊野の荒坂津《あらさかのつ》［またの名は丹敷浦《にしきのうら》］に到着された。そこにいる丹敷戸畔《にしきとべ》を誅伐《ちゅうばつ》された。この時、悪神が毒気を吐き、将兵はことごとく力を失い倒れてしまった。時に熊野の高倉下《たかくらじ》は、突然その夜に夢を見た。その夢で天照大神《あまてらすおおみかみ》は武甕雷神《たけみかずちのかみ》に語り、

「葦原中国《あしはらのなかつくに》は、まだざわざわと騒々しいようだ。お前がまた地上に降り、征伐せよ。」

と仰せられた。武甕雷神は、

「私が参らずとも、私が国を平定した時の剣を下《くだ》せば、国は平定するでしょう。」

と申し上げた。天照大神は、

「よろしい。」

と仰せられた。そこで武甕雷神は高倉下に、

「私の剣は、韴霊《ふつのみたま》という。今まさにお前の倉の中に置いておこう。取って、天孫に献上せよ。」

さまして、

板に突き立っていた。それですぐに、天皇に献上した。時に天皇は、ぐっすり寝ておられたが、たちまち目を

とお答えした途端に目がさめた。翌朝、夢の通りに倉の戸を開いてみると、まさに剣があり、逆さまに倉の底

「かしこまりました。」

と言われた。高倉下は、

「私は、どうしてこのように長く眠っていたのか。」

と仰せられた。続いて、毒気にあたっていた将兵たちも目ざめて起き上がった。

このようにして、皇軍は国の内部に向かおうとした。しかし、山中は険しく、行くべき道もなかった。進退が定まらずさまよい、山を越え川を渡る所も分からなかった。その夜、天皇は夢を見られたが、その中で天《あま》照大神《てらすおおみかみ》が、

「私は今、頭八咫烏《やたからす》を遣わそう。それを道案内としなさい。」

と仰せられた。はたして夢の通り、頭八咫烏が大空から翔び降ってきた。天皇は、

「この烏が来たことは、祥《よ》い夢である。皇祖の威徳は何と偉大であり、輝かしく盛んなことか。我が皇祖天照大神は、大業を助け成そうと願っておられるのだ。」

と仰せられた。

この時、大伴氏《おおとも》の遠祖日臣命《ひのおみのみこと》は、大来目《おおくめ》を率い、大軍団の将軍として、山道を踏み分け越えて行き、烏の飛ぶ方向を求め、仰ぎ見ながら追っていった。ついに菟田《うだ》（奈良県宇陀市・宇陀郡）の下県《しもつあがた》にまで達した。道を穿《うが》ちながら進んだので、その地を菟田《うだ》の穿邑《うかちのむら》という。時に天皇は、勅《みことのり》して日臣命《ひのおみのみこと》を誉められて、

「お前は忠誠心があり、また武勇に優れている。そのうえ、よく先導の功績があった。そこで、お前の名を

改めて道臣《みちのおみ》とするがよい。」

と仰せられた。

神武天皇の祈誓

八月二日に、天皇は兄猾《えうかし》と弟猾《おとうかし》を召された。この二人は、菟田県《うだのあがた》の首領である。しかし、兄猾は来なかった。弟猾は軍門で拝礼して、

「私の兄の兄猾《えうかし》は、反逆を企てております。天孫がおいでになると承《うけたまわ》り、兵を起こして襲撃しようとしました。ところが皇軍の威勢をはるかに見て、戦意を喪失し、ひそかにその兵を伏せて、仮の新宮を建て、殿内にしかけを作り、歓待するとみせかけて、討ち取ろうとしています。どうかこの偽りをご承知になり、よくよくお備え下さい。」

と申し上げた。

天皇は道臣命《みちのおみのみこと》を遣わして、そのようすを視察させられた。道臣命は、反逆の心があることを明察し、激怒し、大声で責め問い、

「こざかしいやつめ。うぬが造った建物に、自ら入るのだ。」

と言った。そして、剣の柄を固く握りしめ、弓を引き絞り、追い込んで中へ攻めやった。兄猾は、天からの罪により、言い逃れもできず、とうとう自分のかけた押機を踏んで、圧死してしまった。道臣は、その死体を引き出して斬った。流れる血は、くるぶしまで達した。それでその地を、菟田《うだ》の血原《ちはら》という。

その後、弟猾《おとうかし》は盛大に牛肉と酒を用意し、皇軍のためにねぎらいの宴を設けた。天皇は、それを兵士に分け与え、御歌を詠まれた。

歌謡七

莵田《うだ》の　高城《たかき》に　鴫罥張《しぎわな》る　我が待つや
鴫《しぎ》は障《さや》らず　いすくはし　くじら障り
前妻《こなみ》が　肴乞《なこ》わさば　立稜麥《たちそば》の　実の無けくを　こきしひえね
後妻《うわなり》が　肴乞《なこ》わさば　櫟《いちさかき》　実の多けくを　こきだいえね

莵田の高地の猟場に鴫《しぎ》をとる罠をかけて、私が待っていると、鴫はかからず、鯨《くじら》がかかった。古い妻が獲物をくれと言ったら、やせたそばの木の果肉が少ないように、肉の少ない所をうんと削ってやれ。若い妻が獲物をくれと言ったら、いちいがしの実の果肉が多いように、肉の多い所をうんと削ってやれ。

これを、来目歌《くめうた》という。今、楽府《うたまいのつかさ》でこの歌を演奏する時には、舞の手の広げ方の大小や、音声の太さ細さの別がある。これは、古くからの儀式である。

この後、天皇は吉野の地を視察するために、莵田の穿邑《うかちのむら》からご自分で、軽装の兵士を率いて巡幸された。吉野に到着された時、井の中から人が現れた。身体が光り、尾があった。天皇は、

「お前は何者か。」

と尋ねられた。答えて、

「私は国神《くにつかみ》で、名を井光《いひか》と申します。」

と申し上げた。これは、吉野首部《よしののおびとら》の始祖である。さらに少し進まれると、また尾があって、磐石《いわ》を押し分けて現れた者があった。天皇は、

「お前は、いったい何者か。」

と尋ねられた。答えて、

「私は、磐排別《いわおしわく》の子でございます。」

と申し上げた。これは、吉野の国樔部《くにすら》の始祖である。さらに吉野川の流れに沿って西方に行かれると、梁《やな》を作って魚を捕っている者がいた。天皇が尋ねられると、

「私は、苞苴担《にえもつ》の子でございます。」

と申し上げた。これは、阿太《あだ》（奈良県五條市東部）の養鸕部《うかいら》の始祖である。

九月五日に、天皇は菟田の高倉山の山頂に登り、国見をされた。すると、国見丘《くにみのおか》に八十梟師《やそたける》がいて、女坂《めさか》に女軍《めいくさ》を男坂《おさか》に男軍《おいくさ》を配置し、墨坂《すみさか》に赤くおこした炭を置いて待ち受けていた。これがそれぞれの坂の名の由来である。また、兄磯城《えしき》の軍が磐余邑《いわれのむら》（奈良県桜井市中西部から橿原市東部にかけての古地名）に布陣していた。賊軍の拠点はみな要害の地であり、通行することができなかった。天皇はこれを憎悪され、この夜、自ら祈誓《うけい》をされ床につかれた。夢の中に天神《あまつかみ》が現れ、

「天香山《あまのかぐやま》の社《やしろ》の中の土を取り、天平瓮《あまのひらか》（平皿）と厳瓮《いつへ》（神酒を入れる聖なる瓶）を作り、天神地祇《てんしんちぎ》を敬い祭りなさい。また、潔斎《けっさい》して呪言《じゅごん》を唱えなさい。そうすれば、敵は降伏するであろう。」

と仰せられた。天皇は、謹んで夢の教訓を承《うけたまわ》った。

その時、弟猾《おとうかし》がまた奏上して、

「倭国《やまとのくに》の磯城邑《しきのむら》（奈良県桜井市付近）に、磯城八十梟師《しきのやそたける》がいます。また、高尾張邑《たかおわりのむら》［ある本によると、葛城邑《かずらきのむら》（御所市南西部）］に、赤銅八十梟師《あかがねのやそたける》がいます。この者どもは、みな天皇に抗戦しようとしています。私は、心が痛みます。今天香山《あまのかぐやま》の埴土《はにつち》を取って、天平瓮《あまのひらか》を作り、天社《あまつやしろ》国社《くにつやしろ》の神をお祭りして下さい。その後に敵を撃てば、平定しやすくなるでしょう。」

と申し上げた。天皇は、先の夢の教えの上に、さらに弟猾《おとうかし》の言葉を聞かれ、ますますお喜びになった。そこで、椎根津彦《しいねつひこ》に破れた衣服と蓑笠《みのかさ》を着せて老爺《ろうや》の姿にさせ、また弟猾《おとうかし》に箕を着せて老婆《ろうば》の姿にさせ、勅《みことのり》して、

「お前たち二人は天香山《あまのかぐやま》に行き、ひそかにその山頂の土を取って、帰ってくるように。大業の成否は、まさにお前たちが成功するかどうかで占うことにしよう。慎んで努力せよ。」

と仰せられた。

この時、敵兵が道に充満して、往来することは困難だった。椎根津彦《しいねつひこ》はすぐに祈誓《うけい》をして、

「我が天皇が、よくこの国を平定なさるならば、行く道は通ずることだろう。もし不可能ならば、賊は必ず防ぎ守るだろう。」

と言った。そして直ちに敵陣に向かった。敵兵は二人を見ると大笑いをし、

「何と醜《みにく》いじじいとばばあだ。」

と言って、道を開けて二人を行かせた。二人は無事に山に着き、土を取って帰ることができた。

天皇は、たいそう喜ばれ、すぐにこの埴土《はにつち》でたくさんの平瓮《ひらか》・天手抉《あまのたくじり》（土を丸め、中を手でくじってくぼめて作った土器）・厳瓮《いつへ》を作り、丹生川《にふがわ》の上流にのぼり、天神地祇《てんしんちぎ》を祭られた。その菟田川《うだがわ》の朝原（宇陀市榛原区雨師朝原）で潔斎《けっさい》をし、神に祈って、たとえば水の泡が浮かんでは消えるように、天手抉《あまのたくじり》八十枚に八十梟師《やそたける》の命運を呪いつけて、浮かべ沈ませることをなさった。天皇はさらに祈誓《うけい》されて、

「私は今、多くの平瓮《ひらか》を用いて、水無しで握り固めた飴《たがね》を作ろう。飴ができたら、私は武器の威力を借りず、居ながらにして天下を平定することができるだろう。」

と仰せられた。飴は見事にできた。

天皇は続けて祈誓をされて、

「私は今、厳瓮《いつへ》を丹生川に沈めよう。もし魚が大小となく、ことごとく酔って流れる様子が、たとえば柀《まき》の葉が水に浮いて流れるようであったなら、私は必ずこの国を平定することができるだろう。もしそうでないなら、成功することはないだろう。」

と仰せられて、すぐに厳瓮《いつへ》を川に沈められた。その瓮の口は下に向いていた。しばらくして、魚はみな浮き上がり、流れのままに口をぱくぱくさせた。それを見て、椎根津彦《しいねつひこ》は天皇に奏上した。天皇は大いに喜ばれ、すぐに丹生川の上流のたくさんの真坂樹《まさかき》を根ごと掘り取り、諸神を祭られた。このような由縁で、祭儀に厳瓮《いつへ》を据えることが始まったのである。

天皇はそこで道臣命《みちのおみのみこと》に勅して、

「今、私は自ら高皇産霊尊《たかみむすひのみこと》を顕わし斎《いつ》き祭ることにしよう。祭儀では、高皇産霊尊の霊が私の身に依りついて、現に神と現れることになるのだ。お前は斎主として、厳姫《いつひめ》の名を与えよう。そしてそこに置いた埴瓮《はにへ》を厳瓮《いつへ》という。また火を厳香来雷《いつのかぐつち》、水を厳罔象女《いつのみつはのめ》、食物を厳稲魂女《いつのうかのめ》、薪《たきぎ》を厳山雷《いつのやまつち》、草を厳野椎《いつののつち》という。」

と仰せられた。

十月一日に、天皇はその厳瓮《いつへ》の神饌《しんせん》を召し上がり、神の加護を受け、兵を整えて出陣された。まず、八十《やそ》梟師《たける》を国見丘《くにみのおか》に撃破された。この戦役で、天皇は必勝の志を保持しておられた。そこで御歌を詠まれた。

歌謡八　神風《かむかぜ》の　伊勢《いせ》の海の　大石《おおいし》にや　い這《は》い廻《もとお》る　細螺《しただみ》の　細螺の　吾子《あご》よ　吾子よ
細螺の　い這《は》い廻《もとお》り　撃《う》ちてし止《や》まん　撃ちてし止まん

〔神風の〕伊勢の海の大石に這《は》いまわる小さい巻貝のように、我が軍勢よ、我が軍勢よ、小さい巻貝のように這《は》いまわり、いざ敵を撃破せん、撃破せん。

歌の心は、大きな石をその国見丘《くにみのおか》にたとえたものである。

しかしながら、なおその残党が多く、それぞれの心情を推測するのは困難だった。そこでひそかに道臣命《みちのおみのみこと》に勅《みことのり》して、

「お前は、大来目部《おおくめら》を率いて忍坂邑《おさかのむら》（桜井市忍坂）に大きな室《むろ》を造り、盛大に饗宴を開いて、敵をあざむき誘い寄せて討ち取れ。」

と仰せられた。道臣命は、密命を受けて、忍坂《おさか》に穴倉を掘り、勇猛な兵を選び、敵と入り混じらせ、ひそかに策を練り、

「よいか、酒宴たけなわになった後、私は立って歌う。お前たちは、私の歌声を聞いたら、一気に敵を刺し殺せ。」

と命じた。

いよいよ座も定まり、酒宴が始まった。敵は、こちらに密謀のあることを知らず、存分に飲み酔った。この時、道臣命がすっと立ち上がって歌った。

歌謡九

忍坂《おさか》の　大室屋《おおむろや》に　人多《ひとさわ》に　入居《いりお》りとも　人多《ひとさわ》に　来入《きい》り居《お》りとも

みつみつし　来目《くめ》の子らが　頭椎《くぶつつ》い　石椎《いしつつ》い持ち　撃《う》ちてし止《や》まん

忍坂の大きい室屋に、人が多勢入っていても、敵が多勢入ってきても、天皇の御稜威《みいつ》を負った来目《くめ》の

子らが、頭椎《くぶつつ》の剣、石椎《いしつつ》の剣で撃破せん。

味方の兵はその歌を聞き、一斉に頭椎剣《くぶつちのつるぎ》を抜き、一気に一人残さず斬り殺した。皇軍はおおいに喜び、天を仰いで笑った。そして歌った。

歌謡一〇　今はよ　今はよ　ああしやを　今だにも　吾子《あご》よ　今だにも　吾子よ

今はもう、今はもう、敵はすべて討ち取ったぞ。ああ、あわれな奴め。今こそ皆の者よ、今こそ皆の者よ、喜び合おう。

今、来目《くめ》が歌った後に大笑いをするのは、これがその起源である。さらに歌が続いた。

歌謡一一　蝦夷《えみし》を　一人《ひだり》　百《もも》な人《ひと》　人《ひと》は云《い》えども　抵抗《たむかい》もせず

蝦夷《えみし》を、一騎当千の強兵だと人は言うけれども、来目部《くめら》に対しては、なんの抵抗もしない。

これらはみな、天皇の密旨を奉じて歌ったものである。決して、自分勝手に歌ったものではない。時に天皇は、

「戦いに勝っても驕《おご》ることがないのは、良将の心がけである。今、大賊はすでに滅んだが、同じような賊徒

が十数軍残っている。その実情は、知ることができない。どうして長く一か所に留まり、これを制する手だてをしなくてよかろうか。」

と仰せられた。すぐにその地を離れて、別の場所に軍営を設けられた。

兄磯城《えしき》と弟磯城《おとしき》・頭八咫烏《やたからす》

十一月七日に、皇軍は大挙して磯城津彦《しきつひこ》を攻撃しようとして、まず使者を遣わし、兄磯城《えしき》を召された。ところが、兄磯城は命令に従わなかった。そこでさらに、頭八咫烏《やたからす》を遣わして召された。頭八咫烏は兄磯城の陣営に着き、

「天神《あまつかみ》の御子が、お前をお召しになっている。さあ、さあ。」

と鳴いた。兄磯城はこれを聞いて怒り、

「天上の威圧する神がやって来られたと聞いて、私が憤慨している時に、どうして烏がこのようにいやな声で鳴くのか。」

と言い、弓を引きしぼって矢を射た。烏はすぐさま逃げ去った。次に弟磯城《おとしき》の家に行き、

「天神の御子が、お前をお召しになっている。さあ、さあ。」

と鳴いた。弟磯城は恐れ敬って、

「私は、天上界の威圧する神がやって来られたと聞いて、朝夕恐れかしこまっていました。烏よ、お前がこのように伝えてくれて、うれしく思う。」

と言って、木の葉で編んだ平皿四十八枚を作り、食べ物を盛って振る舞った。その後、烏に導かれて天皇のもとに参上し、

「私の兄の兄磯城《えしき》は、天神《あまつかみ》の御子がおいでになると聞き、八十梟師《やそたける》を集めて、武器を準備し、抗戦しようとしています。早く計略をはかるべきです。」

と申し上げた。天皇は諸将を集めて、

「兄磯城には、やはり逆賊の心がある。どうしたらよいか。」

と尋ねられた。諸将は、

「兄磯城は、悪がしこい賊であります。まず弟磯城《おとしき》を遣わして諭させ、併せて兄倉下《えくらじ》・弟倉下《おとくらじ》をも説得させられたらと存じます。それでも帰順しなかったら、その後に兵を挙げて攻撃しても、遅くはないでしょう。」

と申し上げた。そこで天皇は弟磯城《おとしき》を遣わし、利害を示して諭《さと》させられた。しかし、兄磯城等は、なお愚かな謀りごとを守って、承伏しようとしなかった。その時、椎根津彦《しいねつひこ》が計略を練り、

「まず我が女軍《めいくさ》を派遣して、忍坂《おさか》の道から出陣させましょう。敵はそれを見て必ず鋭兵を動員して対抗してくるでしょう。私は強兵を駆けさせて、まっすぐに墨坂《すみさか》に向かい、菟田川《うだがわ》の水を汲んで、炭火に注いで火を消し、直ちにその不意をつけば、きっと破れることでしょう。」

と申し上げた。天皇はその策を善しとされ、すぐに女軍《めいくさ》を出発させて敵陣の様子をうかがわせた。敵は、大軍が来たと思い、全兵力を挙げて待ち受けた。

これより先、皇軍は攻めては必ず取り、戦っては必ず勝ってきた。しかし、兵士はたいそう疲労していた。それで、天皇は将兵の心を慰められるよう御歌を詠まれた。

歌謡一二　楯並《たたな》めて　伊那瑳《いなさ》の山の　木《こ》の間《ま》ゆも　い行《ゆ》き守《まも》らい　戦えば
我《われ》はや飢《ゑ》ぬ　島《しま》つ鳥《とり》　鵜飼《うかい》が伴《とも》　今助《います》けに来《こ》ね

楯を並べて伊那瑳山《いなさやま》の木の間を通り、相手を見張りながら戦ったので、我らは飢えてしまった。〔島つ鳥〕鵜飼《うかい》の部の民よ、たった今、食糧を持って助けに来てくれ。

はたして男軍《おいくさ》を派遣して墨坂《すみさか》を越え、敵兵の後方から挟み撃ちにして破った。その首領である兄磯城《えしき》等を斬り殺された。

長髄彦《ながすねびこ》との決戦と金鵄《きんし》・饒速日命《にぎはやひのみこと》の帰順

十二月四日に、皇軍はついに長髄彦《ながすねびこ》を攻撃した。しかし手ごわく、何度戦っても勝つことができなかった。すると、忽然として天が曇り、雹《ひょう》が降ってきた。そこにたちまち、金色の鵄《とび》が飛来し、天皇の弓の上に止まった。その鵄は光り輝き、姿は稲妻のようであった。この光に打たれて、長髄彦の軍兵はみな、目がくらんで混乱し、再び戦うことができなかった。長髄というのは、もともと邑《むら》の名であった。それをまた人名ともしたのである。皇軍が、鵄の瑞兆《ずいちょう》を得たことから、時の人は、この地を鵄邑《とびのむら》と名付けた。今鳥見《とみ》（奈良市西部の富雄町付近）というのは、これが訛ったものである。

昔、孔舎衛《くさえ》の戦いで、五瀬命《いつせのみこと》が敵の矢に当たって薨《こう》ぜられた。天皇は、この事を胸にとどめ、常に怒り恨んでおられた。今度の戦役にいたり、長髄彦《ながすねびこ》を殺そうと決意しておられた。そこで御歌を詠まれた。

歌謡一三　みつみつし　来目《くめ》の子等《こら》が　垣本《かきもと》に　粟生《あわふ》には　韮一本《かみらひともと》
其《そ》のが本《もと》　其根芽繋《そねめつな》ぎて　撃《う》ちてし止《や》まん

〔天皇の御稜威《みいつ》を負《お》った〕来目部《くめら》の軍勢の家の垣の本に植えた、粟の畑に、韮《にら》が一本生えている。それを根もとから芽までつないで抜き取るように、敵の軍勢を撃破せん。

また続けて御歌を詠まれた。

歌謡一四　みつみつし　来目《くめ》の子等《こら》が　垣本《かきもと》に　植えし山椒《はじかみ》
　　　　口疼《くちび》く　我《われ》は忘れず　撃《う》ちてし止《や》まん

〔天皇の御稜威《みいつ》を負った〕来目部《くめら》の軍隊の家の垣の本に植えた山椒《さんしょう》は、口の中がひりひりするが、それと同じように相手からの攻撃は鋭く、忘れることができない。きっと敵の軍勢を撃破せん。

こうして再び兵を放って急襲された。さて、これらの御歌はみな、来目歌《くめうた》という。これを歌った来目部《くめら》によって名付けたものである。

時に長髄彦《ながすねびこ》は、天皇に使者を遣わして、

「その昔、天神《あまつかみ》の御子が天磐船《あまのいわふね》に乗って、天より降って来られました。名は櫛玉饒速日命《くしたまにぎはやひのみこと》と申します。命は、私の妹三炊屋媛《みかしきやひめ》［またの名は長髄媛《ながすねびめ》、またの名は鳥見屋媛《とみやびめ》ともいう］を妻とし、御子をお生みになりました。名を可美真手命《うましまでのみこと》と申します。このような事情で、私は饒速日命を主君としてお仕えしてきました。いったい、天神の御子がお二方もおられるはずはありません。どうして、饒速日命の他にさらに天神の御子と名乗って、人の国を奪おうとされるのでしょう。どなたを信じたらよいのでしょう。」

と申し上げた。天皇は、

「天神《あまつかみ》の御子は、大勢いるのだ。お前が主君と崇《あが》める者が、まことに天神の御子なら、必ず表徴《しるし》の物を持っていることだろう。それを示しなさい。」

と仰せられた。長髄彦《ながすねびこ》は、すぐに饒速日命《にぎはやひのみこと》の天羽羽矢《あまのははや》一本と歩靭《かちゆき》（徒歩で弓を射る時に使う矢入れ）を取り出して、天皇にお見せ申した。天皇は、それらをご覧になり、

「まことにもっともである。」

と仰せられて、天皇ご自身がお持ちの天羽羽矢一本と歩靭とを、長髄彦に示された。長髄彦は、その天上界の表徴を見て、ますます畏れ、かしこまった。しかし、すでに軍備を構え、その勢いは中途で止めることはできなかった。


さて饒速日命は、もともと天神《あまつかみ》が深く心にかけて思われているのは、ただ天孫のことだけであるということを、知っていた。その上、かの長髄彦《ながすねびこ》の性格は人に従わず、ねじ曲がっていて、神と人との区別を教えても、まったく理解しそうもないとみて、ついに殺してしまった。そして、多くの兵士を率いて帰順した。天皇は、もともと饒速日命は、天から降ったということを聞いておられた。今饒速日命は、真心を尽くしたのでその功績を褒賞《ほうしょう》して、寵遇《ちょうぐう》された。これは、物部氏の遠祖である。

大和の平定

己未《きび》の年の二月二十日に、諸将に命じて、士卒を調練された。この時、層富県《そほのあがた》（奈良県奈良市・生駒市付近）の波哆《はた》の丘岬《おかさき》に、新城戸畔《にいきとべ》、和珥《わに》の坂本に居勢祝《こせのはふり》、臍見《ほそみ》の長柄《ながら》の丘岬《おかさき》には猪祝《いのはふり》という者がいた。この三か所の土蜘蛛《つちぐも》は、共にその勇猛さを誇り、帰順しなかった。そこで天皇は、軍を分け遣わして、みな誅伐《ちゅうばつ》せしめられ

た。また、高尾張邑《たかおわりのむら》に土蜘蛛がいた。その人の特徴は、身体が低く手足が長く、侏儒《しゅじゅ》（背が著しく低い人）に似ていた。皇軍は、葛《かずら》で網を作り、不意を襲って殺した。それでその邑を改めて、葛城《かずらき》という。

さて、磐余《いわれ》の地の旧名は片居《かたい》、または片立《かたたち》ともいった。我が皇軍が敵を破り、大軍が集まってその地に満ちあふれ（満《いわ》めり）ていた。それで名を改めて、磐余《いわれ》とした。あるいは、

「天皇が昔、厳瓮《いつへ》の神饌《しんせん》を召し上がり、出兵して西方の敵を討滅された。この時、磯城《しき》の八十梟師《やそたける》らがそこに満ちみちていた。（原典「屯聚居《いわみい》」）はたして皇軍と大いに戦い、ついに滅ぼされた。それで磐余邑《いわれのむら》というのである。」という。また、皇軍が雄叫《おたけ》びをあげた所を猛田《たけた》といい、城を造った所を、城田《きた》という。また、賊徒の死体が、隣のひじを枕に累々《るいるい》と転《ころ》がっている所を頬枕田《つらまきた》という。天皇は前年の九月に、ひそかに天香山《あまのかぐやま》の埴土《はにつち》を取って、多くの平瓮《ひらか》を作り、自ら斎戒《さいかい》して諸神をお祭りされた。そしてついに、天下を平定することがおできになった。それで、土を取った所を埴安《はにやす》（橿原市北東部の旧地名）という。

橿原宮《かしはらのみや》の造営

三月七日に、天皇は命令を下されて、

「私は、東征に出兵してから、ここに六年となった。その間に天神《あまつかみ》のご威光を受け、凶徒を誅滅した。辺境の地を見ると、いまだに鎮静しておらず、残りの賊徒がなお荒々しく頑強ではあるが、中央の大和国《やまとのくに》は騒ぎなく治まった。そこでここに都を拡張して、宮殿を建設することにする。察するに、今の世の運行は未開に属し、民の心も純朴である。ある者は巣に住み、穴に住んで、その土地の習わしが変わらずにある。そもそも、聖人は制度を立て、その道理は必ず時に従うものである。かりにも、民に利益があれば、聖の業にどのような妨げが起ころうか。そこで山林を伐り開き、宮殿を造営し、謹んで皇位につき、人民を治めなけ

ればならない。上は天神《あまつかみ》が国をお授けになられた御徳に答え、下は皇孫が正義を育成された御心を広めていこう。その後に、四方の国々を一つにして都を開き、天下を覆って家とすることは、はなはだ良いことではないか。見渡せば、あの畝傍《うねび》山の東南の橿原《かしはら》の地は、思うに国の奥深い安住の地とみられる。そこに都を定めることにする。」

と仰せられた。

この月に、役人に命じて、宮殿を造営し始められた。

庚申《こうしん》の年の八月十六日に、天皇は正妃を立てようとして、改めて広く貴族の子女を求められた。時にある人が奏上して、

「事代主神《ことしろぬしのかみ》が、三島溝橛耳神《みしまのみぞくいみみのかみ》の御娘玉櫛媛《たまくしひめ》をめとってお生みになった子を、媛蹈鞴五十鈴媛命《ひめたたらいすずひめのみこと》と申します。この方は、国中で一番お美しく、ふさわしい方と存じます。」

と申し上げた。天皇は、快い気持ちでお聞きになられた。

九月二十四日に、媛蹈鞴五十鈴媛命《ひめたたらいすずひめのみこと》を迎えて正妃とされた。

神武《じんむ》天皇の即位

辛酉《しんゆう》の年の正月一日に、天皇は橿原宮《かしはらのみや》に即位された。この年を天皇の元年とし、正妃を尊んで皇后とされた。皇后は、皇子の神八井命《かむやいのみこと》と神渟名川耳尊《かむぬなかわみみのみこと》をお生みになった。そこで、古伝承に天皇を讃えて、

「畝傍《うねび》の橿原《かしはら》に、御殿の柱を大地の底の岩にしっかりと立て、高天原《たかまのはら》に千木《ちぎ》をそそり立たせ、初めて国をお治めになったという始馭天下天皇《はつくにしらすすめらみこと》。」

と申し上げ、名付けて神日本磐余彦火火出見尊《かむやまといわれびこほほでみのみこと》と申し上げる。

初めて天皇が、天つ日嗣《ひつぎ》の大業を草創された日に、大伴《おおとも》氏の遠祖道臣命《みちのおみのみこと》が、大来目部《おおくめら》を率いて秘策を承り、諷歌《そえうた》（他の事になぞらえて歌う歌）と倒語《さかしまごと》（味方にだけ通じるように定めて使う言葉）とを使い、妖気《ようき》を掃《はら》って平定した。倒語が用いられるようになったのは、初めてここに起こったのである。

二年の二月二日に、天皇は論功行賞を行われた。道臣命《みちのおみのみこと》に宅地をお与えになり、築坂邑《つきさかのむら》（橿原市鳥屋町付近）に居所を与えられ、ことに恩寵をほどこされた。また、大来目《おおくめ》に畝傍山《うねびやま》より西の川辺（高取川）の地に居所を与えられた。今来目邑《くめのむら》（橿原市久米町付近）と名付けるのは、これがその起源である。珍彦《うずひこ》を倭国造《やまとのくにのみやつこ》とされた。また、弟猾《おとうかし》に猛田邑《たけたのむら》を与えられ、猛田県主《たけたのあがたぬし》とされた。これは、菟田主水部《うだのもひとりら》の遠祖である。弟磯城《おとしき》、名は黒速《くろはや》を磯城県主《しきのあがたぬし》とされた。また剣根《つるぎね》を葛城国造《かずらきのくにのみやつこ》とされた。また、頭八咫烏《やたからす》も恩賞の列に入った。その子孫は、葛野主殿県主部《かどののとのもりのあがたぬしら》である。

四年の二月二十三日に、天皇は勅《みことのり》して、

「我が皇祖の御霊が、天より降りご覧になって、我が身を照らし助けていただいた。今、すでに多くの敵を平定して、天下は無事治まった。そこで、天神《あまつかみ》をお祀りして、皇祖への大孝の志を申し上げたいものだ。」

と仰せられた。そして斎場を鳥見山《とみのやま》（奈良県桜井市外山）の中に築き立て、その地を上小野《うえつおの》の榛原《はりはら》・下小野《したつおの》の榛原《はりはら》といった。そこに、皇祖の天神《あまつかみ》である高皇産霊尊《たかみむすひのみこと》を祭られた。

三十一年の四月一日に、天皇は国内を巡幸された。その時、腋上《わきがみ》（奈良県御所市北東部）の嗛間丘《ほほまのおか》に登って国の状況をながめ回されて、

「何とすばらしい国を得たことか。内木綿《うつゆう》の狭い国というけれども、蜻蛉《あきず》が交尾して飛んで行くように、山々が続いて囲んでいる国のように見える。」

と仰せられた。これによって、初めて秋津洲《あきずしま》の名が起こった。

昔、伊奘諾尊《いざなきのみこと》がこの国を名付けて、

「日本は浦安《うらやす》の国（心安らぐ国）、細戈《くわしほこ》の千足《ちだ》る国（細戈がたくさん備わっている国）磯輪上《しわかみ》の秀真国《ほつまくに》（石で周囲を囲み、中心を高く盛り上げる祭壇をもつ、最も秀れた国）」

と仰せられた。また、大己貴大神《おおあなむちのおおかみ》は名付けて、

「玉牆《たまかき》の内《うち》つ国（美しい垣のような山々に取り囲まれている国）」

と言われた。饒速日命《にぎはやひのみこと》は、天磐船《あまのいわふね》に乗って、大空をめぐり行き、この国を見下ろして天降ってきたので、

「虚空見《そらみ》つ日本《やまと》の国（大空から見て、よい国だと選び定めた日本の国）」

と言われた。

四十二年の正月に、皇子の神渟名川耳尊《かむぬなかわみみのみこと》を皇太子とされた。

七十六年の三月十一日に、天皇は橿原宮《かしはらのみや》で崩御された。時に御年百二十七であった。

翌年の九月十二日に、畝傍山東北陵《うねびやまのうしとらのみささぎ》に葬りまつった。

＊訳者註

神武天皇以降、歴代天皇の御年が長すぎるのは、きわめて不自然といえよう。これは、中国から伝えられた讖《しん》緯《い》の説の影響を受けたと考えられている。

讖緯の説の要点は、次の二点にまとめられる。

㈠　辛酉《しんゆう》の年は、歴史の大きな変わり目であること。

㈡　一二六〇年を単位として、歴史の時代はあらたな大転換をとげること。

さて『日本書紀』の編者（あるいは、それ以前の歴史編纂者）は、この讖緯の説を、日本の歴史に応用して年

立てを確定したものと思われる。それによると、推古天皇九年（六〇一年）の辛酉年を基準としたのであろう。その年から過去をふり返ってみた時に、国家の最大事業として認識されたのは、神武《じんむ》天皇による建国のことであっただろう。

こうして、推古天皇九年（六〇一）年から、一二六〇年前の辛酉《しんゆう》の年を、神武天皇即位元年と定めた。即ち、紀元前六六〇年である。

ところで、中国の『宋書』によると、四七八年に倭王武《わおうぶ》が遣使したという。これは我が国では第二十一代雄略《ゆうりゃく》天皇の時代であったとされている。その前を二十代逆のぼると、神武天皇の時代になる。古代では、一代平均十年の在位（元京都産能大学教授安本美典氏の推算）と想定すると、四七八年から二百年逆のぼった頃が、我が国の建国と考えられる。つまり、神武天皇の即位は、二八〇年頃と推定されるのである。

このように考えてくると、実際どのくらいの年代の延びが生じたかということがわかる。讖緯《しんい》の説によると、神武天皇の即位は、紀元前六六〇年である。ところが実際は、二八〇年頃と推定される。すると何と、九四〇年の開きが生じてくる。

年代は延びたが、歴代天皇の代数は変えるわけにはいかない。つまり、九四〇年の延びを、ほぼ二十代前後の天皇の間で解消しなければならない。そういう理由で、まことに不自然ではあるが、天皇の御年が引き延ばされることになったのである。

古代天皇の崩御年齢

（　）は年紀より計算したもの。〈　〉は別本による。

代	天皇名	『古事記』	『日本書紀』
1	神武	一三七	一二七
2	綏靖	四五	八四
3	安寧	四九	五七
4	懿徳	四五	（七七）
5	孝昭	九三	（一一四）
6	孝安	一二三	（一三七）
7	孝霊	一〇六	（一二八）
8	孝元	五七	（一一六）
9	開化	六三	一一五（一一一）
10	崇神	一六八	一二〇
11	垂仁	一五三	一四〇
12	景行	一三七	一〇六
13	成務	九五	一〇七
14	仲哀	五二	五二
15	応神	一三〇	一一〇
16	仁徳	八三	（一〇九）
17	履中	六四	七〇
18	反正	六〇	
19	允恭	七八	若干
20	安康	五六	
21	雄略	一二四	（六二）
22	清寧		若干
23	顕宗	三八	〈四八〉
24	仁賢		〈五〇〉〈五一〉
25	武烈		〈一八〉〈五七〉〈六一〉
26	継体	四三	八二
27	安閑		七〇
28	宣化		七三
29	欽明		若干〈六三〉〈六二〉〈八一〉
30	敏達		〈四八〉〈二四〉〈六一〉
31	用明		〈六九〉〈四一〉
32	崇峻		
33	推古		七五
34	舒明		〈四九〉

巻第四　第二代　神渟名川耳天皇《かむぬなかわみみのすめらみこと》　綏靖天皇《すいぜいてんのう》

綏靖《すいぜい》天皇は、神武《じんむ》天皇の第三子である。母は、媛蹈鞴五十鈴媛命《ひめたたらいすずひめのみこと》と申し、事《こと》代主神《しろぬしのかみ》の姉娘である。天皇は、風姿が人にぬきん出ておられた。幼少の頃から、雄々しい気性をもっておられた。壮年になってからは、容貌が立派で力にあふれ、武芸も人より優れておられた。しかも、志は高尚で強固であられた。

四十八歳の時、神武天皇が崩御された。時に神渟名川耳尊《かむぬなかわみみのみこと》は、孝敬の気持ちがひたすら厚く、天皇を賞美し慕い続けておられた。殊に先帝の葬儀の事に御心を砕いておられた。

ところで、異腹の兄の手研耳命《たぎしみみのみこと》は、年長で長らく朝廷の政治に関わってきた。それで政事を委任して、親政を行わせた。しかしこの命は、もともと仁義に背くような心をもち、ついに天皇の喪に服する期間にも、権力と幸福とをほしいままにした。邪心を内に包み隠し、二人の弟を殺そうと計画したのである。時に太歳《たいさい》は己《き》卯《ぼう》であった。

十一月に、神渟名川耳尊《かむぬなかわみみのみこと》と兄の神八井耳命《かむやいみみのみこと》とは、ひそかにその手研耳命《たぎしみみのみこと》の陰謀を察知され、よく防がれた。山稜での葬儀が終わってから、すぐに弓削稚彦《ゆげのわかひこ》に弓を作らせ、倭鍛冶部天津真浦《やまとのかぬちあまつまうら》に鹿などを射るための鋭い矢じりを作らせ、矢部《やはぎべ》に矢を作らせせられた。弓矢が完成したので、神渟名川耳尊は、手研耳命を射殺そうと思われた。たまたま手研耳命《たぎしみみのみこと》は、片丘《かたおか》（奈良県北葛城郡王寺町）の大室の中で、一人ぐっすりと寝ていた。その時、神渟名川耳尊は神八井耳命に語って、

「今こそ撃つべき時です。話は内密なのがよく、事を運ぶのは慎重なのがよいでしょう。それで私の秘密の計画は、まだ誰にも相談しておりません。今日の事は、ただ私と兄上とで決行いたしましょう。私がまず室の戸を開けるので、兄上は直ちに射殺して下さい。」

と仰せられた。そして二人はそろって侵入し、神渟名川耳尊《かむぬなかわみみのみこと》は戸を突き開かれた。ところが、神八井耳命《かむやいみみのみこと》は手足が震えおののいて、矢を放つことができなかった。そこで神渟名川耳尊は、兄が持っている弓矢をさっと取り、手研耳命《たぎしみみのみこと》を射られた。最初の矢は胸に、次の矢は背中に当たり、ついに射殺してしまった。

神八井耳命は恥じ煩い、弟に服従した。神渟名川耳尊に皇位を譲り、

「私はあなたの兄であるが、臆病なのでよい結果をあげることができないでしょう。今あなたは、特に優れて神のような武威があり、自ら元凶を誅殺された。これからは、あなたが天皇の位について、皇祖の業を受け継ぐのが至当です。私は、あなたを助け、天神地祇《てんしんちぎ》の事をつかさどり、お祀《まつ》りすることにいたしましょう。」

と申し上げた。この方は、多臣《おおのおみ》の始祖である。

元年の正月八日に、神渟名川耳尊《かむぬなかわみみのみこと》は天皇に即位された。葛城《かずらき》に都を定められ、これを高丘宮《たかおかのみや》という。神武天皇の皇后を尊んで、皇太后と申し上げた。この年、太歳《たいさい》は庚辰《こうしん》であった。

二年の正月に、五十鈴依媛《いすずよりひめ》を皇后とされた［一書では、磯城県主《しきのあがたぬし》の娘川派媛《かわまたひめ》という。一書では、春日県主《かすがのあがたぬし》大日諸《おおひもろ》の娘糸織媛《いとりひめ》という］。皇后は、天皇の叔母にあたる。皇后は、安寧《あんねい》天皇をお生みになった。

四年の四月に、神八井耳命が薨去《こうきょ》された。そこで、畝傍山《うねびやま》の北に葬った。

二十五年の正月七日に、皇子磯城津彦玉手看尊《しきつひこたまてみのみこと》を皇太子にされた。

三十三年の五月に、天皇は病気になられた。

癸酉《きゆう》に、天皇は崩御された。御年八十四であった。

巻第四　第三代　磯城津彦玉手看天皇《しきつひこたまてみのすめらみこと》　安寧天皇《あんねいてんのう》

安寧《あんねい》天皇は、綏靖《すいぜい》天皇の嫡子である。母は五十鈴依媛《いすずよりひめ》命と申し、事代主神《ことしろぬしのかみ》の末娘である。天皇は、綏靖天皇の二十五年に皇太子となられた。御年十一であった。

三十三年の五月に、綏靖天皇は崩御された。

その年の七月に、皇太子は天皇に即位された。

元年の十月十一日に、綏靖天皇を倭《やまと》の桃鳥田丘上陵《つきたのおかのうえのみささぎ》に葬りまつった。綏靖天皇の皇后を尊んで皇太后と申し上げた。この年、太歳《たいさい》は癸丑《きちゅう》であった。

二年に、都を片塩《かたしお》（奈良県大和高田市三倉堂）に遷された。これを浮孔宮《うきあなのみや》という。

三年の正月五日に、渟名底仲媛命《ぬなそこなかつひめのみこと》［または渟名襲媛《ぬなそひめ》という］を皇后とされた［一書では、磯城県主《しきのあがたぬし》葉江《はえ》の娘川津媛《かわつひめ》という。一書では、大間宿祢《おおまのすくね》の娘糸井媛《いといひめ》という］。

これより先に、皇后は二人の皇子をお生みになった。第一子を息石耳命《おきそみみのみこと》と申し、第二子を大日本彦耜友《おおやまとひこすきとも》天皇《すめらみこと》（懿徳天皇《いとくてんのう》）と申し上げる［一説では三人の皇子をお生みになった。第一子を常津彦某兄《とこつひこいろね》と申し、第二子を大日本彦耜友天皇と申し、第三子を磯城津彦命《しきつひこのみこと》と申し上げるという］。

十一年の正月一日に、大日本彦耜友尊を皇太子とされた。弟の磯城津彦命は、猪使連《いつかいのむらじ》の始祖である。

三十八年の十二月六日に、天皇は崩御された。御年五十七であった。

巻第四　第四代　大日本彦耜友天皇《おおやまとひこすきとものすめらみこと》　懿徳天皇《いとくてんのう》

懿徳《いとく》天皇は、安寧《あんねい》天皇の第二子である。母は、渟名底仲媛命《ぬなそこなかつひめのみこと》と申し、事代《ことしろ》主神《ぬしのかみ》の孫である鴨王《かものおおきみ》の御娘である。安寧天皇十一年の正月一日に皇太子となられた。御年十六であった。

三十八年の十二月に、安寧天皇は崩御された。

元年の二月四日に、皇太子は天皇に即位された。

八月一日に、安寧天皇を、畝傍山南御陰井上陵《うねびやまのみなみのみほといのうえのみささぎ》に葬りまつった。

九月十四日に、安寧天皇の皇后を尊んで、皇太后と申し上げた。この年、太歳《たいさい》は辛卯《しんぼう》であった。

二年の正月五日に、都を軽《かる》（橿原市大軽町付近）の地に遷された。これを曲峡宮《まがりおのみや》という。

二月十一日に、天豊津媛命《あまとよつひめのみこと》を皇后とされた［一説に、磯城県主葉江《しきのあがたぬしはえ》の男弟《いろど》猪手《いて》の娘泉媛《いずみひめ》という。また一説に、磯城県主太真稚彦《しきのあがたぬしふとまわかひこ》の娘飯日媛《いいひひめ》という］。皇后は、観松彦香殖稲天皇《みまつひこかえしねのすめらみこと》（孝昭天皇《こうしょうてんのう》）をお生みになった。

［一説に、天皇の同母弟武石彦奇友背命《たけしひこくすともせのみこと》という］。

二十二年の二月十二日に、観松彦香殖稲尊《みまつひこかえしねのみこと》を皇太子とされた。御年十八であった。

三十四年の九月八日に、天皇は崩御された。（七十七歳となる）

巻第四

第五代　観松彦香殖稲天皇《みまつひこかえしねのすめらみこと》　孝昭天皇《こうしょうてんのう》

孝昭天皇は、懿徳《いとく》天皇の嫡子である。母の皇后天豊津媛命《あまとよつひめのみこと》は、息石耳命《おきそみみのみこと》の御娘である。天皇は、懿徳天皇二十二年の二月十二日に、皇太子となられた。

三十四年の九月に、懿徳天皇は崩御された。

翌年の十月十三日に、懿徳天皇を、畝傍山南繊沙谿上陵《うねびやまのみなみのまなごたにのうえのみささぎ》に葬りまつった。

元年の正月九日に、皇太子は天皇に即位された。

四月五日に、懿徳天皇の皇后を尊んで皇太后と申し上げた。

七月に、都を腋上《わきがみ》に遷された。これを池心宮《いけごころのみや》という。この年、太歳《たいさい》は丙寅《へいいん》であった。

二十九年の正月三日に、世襲足媛《よそたらしひめ》を皇后とされた［一説に、磯城県主葉江《しきのあがたぬしはえ》の娘渟名城津媛《ぬなきつひめ》という。また一説に、倭国豊秋狭太媛《やまとのくにとよあきさだひめ》の娘大井媛《おおいひめ》という］。皇后は、天足彦国押人命《あまたらしひこくにおしひとのみこと》と日本足彦国押人天皇《やまとたらしひこくにおしひとのすめらみこと》（孝安《こうあん》天皇）をお生みになった。

六十八年の正月十四日に、日本足彦国押人尊《やまとたらしひこくにおしひとのみこと》を皇太子とされた。御年二十であった。天足彦国押人命《あまたらしひこくにおしひとのみこと》は、和珥臣《わにのおみ》等の始祖である。

八三年の八月五日に、天皇は崩御された。（百十四歳となる）

巻第四　第六代　日本足彦国押人天皇《やまとたらしひこくにおしひとのすめらみこと》　孝安天皇《こうあんてんのう》

孝安天皇は、孝昭《こうしょう》天皇の第二子である。母は、世襲足媛《よそたらしひめ》と申し、尾張連《おわりのむらじ》の遠祖瀛津世襲《おきつよそ》の妹である。天皇は、孝昭天皇六十八年の正月に皇太子となられた。

八十三年の八月に、孝昭天皇は崩御された。

元年の正月二十七日に、皇太子は天皇に即位された。

八月一日に、孝昭天皇の皇后を尊んで、皇太后と申し上げた。この年、太歳《たいさい》は癸丑《きちゅう》であった。

二年の十月に、都を室《むろ》（御所市室）の地に遷された。これを、秋津島宮《あきづしまのみや》という。

二十六年の二月十四日に、天皇の姪《めい》である押媛《おしひめ》を皇后とされた［一説に、磯城県主《しきのあがたぬし》葉江《はえ》の娘長媛《ながひめ》という。また一説に、十市県主《とおちのあがたぬし》五十《い》坂彦《さかひこ》の娘五十《い》坂媛《さかひめ》という］。皇后は、大日本根子彦太瓊天皇《おおやまとねこひこふとにのすめらみこと》（孝霊天皇《こうれいてんのう》）をお生みになった。

三十八年の八月十四日に、孝昭天皇を腋上博多山上陵《わきがみはかたのやまのうえのみささぎ》に葬りまつった。

七十六年の正月五日に大日本根子彦太瓊尊《おおやまとねこひこふとにのみこと》を皇太子とされた。御年二十六であった。

百二年の正月九日に、天皇は崩御された。（百三十七歳となる）

巻第四　第七代　大日本根子彦太瓊天皇《おおやまとねこひこふとにのすめらみこと》　孝霊天皇《こうれいてんのう》

孝霊天皇は、孝安《こうあん》天皇の嫡子である。母は、押媛《おしひめ》と申し上げる［思うに、天《あま》足彦国押人命《たらしひこくにおしひとのみこと》の御娘であろう］。天皇は、孝安天皇七十六年の正月に皇太子となられた。

百二年の正月に、孝安天皇は崩御された。

九月十三日に、孝安天皇を、玉手丘上陵《たまてのおかのうえのみささぎ》に葬りまつった。

十二月四日に、皇太子は都を黒田《くろだ》（奈良県磯城郡田原本町黒田）に遷された。これを、廬戸宮《いおとのみや》という。

元年の正月十二日に、皇太子は天皇に即位された。孝安天皇の皇后を尊んで、皇太后と申し上げた。この年、太歳《たいさい》は辛未《しんび》であった。

二年の二月十一日に、細媛命《くわしひめのみこと》を皇后とされた［一説に、春日千乳早山香媛《かすがのちちはやまかひめ》という。また一説に、十市県主《とおちのあがたぬし》らの祖の娘真舌媛《ましたひめ》であるという］。皇后は、大日本根子彦国牽天皇《おおやまとねこひこくにくるのすめらみこと》（孝元天皇《こうげんてんのう》）をお生みになった。妃の倭《やまと》国香媛《くにかひめ》［またの名は絙某姉《はえいろね》］は、倭迹迹日百襲姫命《やまとととひももそびめのみこと》・彦五十狭芹彦命《ひこいさせりびこのみこと》［またの名は吉備津彦命《きびつひこのみこと》］・倭迹迹稚屋姫命《やまとととわかやひめのみこと》を生んだ。二人めの妃絙某弟《はえいろど》は、彦狭島命《ひこさしまのみこと》・稚武彦命《わかたけひこのみこと》を生んだ。弟の稚武彦命は、吉備臣《きびのおみ》の始祖である。

三十六年の正月一日に、彦国牽尊《ひこくにくるのみこと》を皇太子とされた。

七十六年の二月八日に、天皇は崩御された。（百二十八歳となる）

巻第四　第八代　大日本根子彦国牽天皇《おおやまとねこひこくにくるのすめらみこと》　孝元天皇《こうげんてんのう》

孝元天皇は、孝霊《こうれい》天皇の嫡子である。母は、細媛命《くわしひめのみこと》と申し、磯城県主大目《しきのあがたぬしおおめ》の娘である。天皇は、孝霊天皇三十六年の正月に、皇太子となられた。御年十九であった。

七十六年の二月に、孝霊天皇は崩御された。

元年の正月十四日に、皇太子は天皇に即位された。孝霊天皇の皇后を尊んで、皇太后と申し上げた。この年、太歳《たいさい》は丁亥《ていがい》であった。

四年の三月十一日に、都を軽《かる》の地に遷された。これを、境原宮《さかいはらのみや》という。

六年の九月六日に、孝霊天皇を、片丘馬坂陵《かたおかのうまさかのみささぎ》に葬りまつった。

七年の二月二日に、欝色謎命《うつしこめのみこと》を皇后とされた。皇后は、二男一女をお生みになった。長男を大彦命《おおびこのみこと》と申し、次男を稚日本根子彦大日日天皇《わかやまとねこひこおおびびのすめらみこと》（開化天皇《かいかてんのう》）と申し、長女を倭迹迹姫命《やまとととびめのみこと》と申し上げる「一説に、天皇の同母弟少彦男心命《すくなびこおこころのみこと》という」。妃の伊香色謎命《いかがしこめのみこと》は、彦太忍信命《ひこふつおしのまことのみこと》を生んだ。二人めの妃河内青玉繋《こうちのあおたまかけ》の娘埴安媛《はにやすびめ》は、武埴安彦命《たけはにやすびこのみこと》を生んだ。兄の大彦命《おおびこのみこと》は、阿部臣《あへのおみ》・膳臣《かしわでのおみ》・阿閉臣《あへのおみ》・狭狭城山君《ささきやまのきみ》・筑紫国造《つくしのくにのみやつこ》・越国造《こしのくにのみやつこ》・伊賀臣《いがのおみ》・合わせて七族の始祖である。彦太忍信命《ひこふつおしのまことのみこと》は、武内宿禰《たけうちのすくね》の祖父である。

二十二年の正月十四日に、稚日本根子彦大日日尊《わかやまとねこひこおおびびのみこと》を皇太子とされた。御年十六であった。

五十七年の九月二日に、孝元《こうげん》天皇は崩御された。（百十六歳となる）

巻第四

第九代　稚日本根子彦大日日天皇《わかやまとねこひこおおびびのすめらみこと》　開化天皇《かいかてんのう》

開化天皇は、孝元《こうげん》天皇の第二子である。母は、鬱色謎命《うつしこめのみこと》と申し、穂積臣《ほづみのおみ》の遠祖鬱色雄命《うつしこおのみこと》の妹である。天皇は、孝元天皇二十二年の正月に、皇太子となられた。御年十六であった。

五十七年の九月に、孝元天皇は崩御された。

十一月十二日に、皇太子は天皇に即位された。

元年の正月四日に、孝元天皇の皇后を尊んで、皇太后と申し上げた。

十月十三日に、都を春日《かすが》（奈良市付近）の地に遷された。これを、率川宮《いざかわのみや》という。この年、太歳《たいさい》は甲申《こうしん》であった。

五年の二月六日に、孝元天皇を剣池島上陵《つるぎのいけのしまのうえのみささぎ》に葬りまつった。

六年の正月十四日に、伊香色謎命《いかがしこめのみこと》を皇后とされた［皇后は、天皇の継母である］。皇后は、御間城入彦五十《みまきいりびこい》瓊殖天皇《にえのすめらみこと》（崇神《すじん》天皇）をお生みになった。

これより先、天皇は丹波竹野媛《たにはのたかのひめ》を妃とされた。妃は、彦湯産隅命《ひこゆむすみのみこと》［またの名は彦蒋簀命《ひこもすのみこと》］を生んだ。二人めの妃和珥臣《わにのおみ》の遠祖姥津命《ははつのみこと》の妹姥津媛《ははつひめ》は、彦坐王《ひこいますのみこ》を生んだ。

二十八年の正月五日に、御間城入彦尊《みまきいりびこのみこと》を皇太子とされた。御年十九であった。

六十年の四月九日に、天皇は崩御された。

十月三日に、春日率川坂本陵《かすがのいざかわのさかもとのみささぎ》に葬りまつった［一説に、坂上陵《さかのうえのみささぎ》という。御年百十五であった］。（百十一歳となる）

巻第五　第十代　御間城入彦《みまきいりびこ》五十《い》瓊殖天皇《にえのすめらみこと》　崇神天皇《すじんてんのう》

即位と遷都

崇神天皇は、開化《かいか》天皇の第二子である。母は、伊香色謎命《いかがしこめのみこと》と申し、物部氏の遠祖大綜麻杵《おおへそき》の娘である。天皇は、十九歳で皇太子となられた。生まれながら是非善悪をよく識別され、幼少の頃から雄大な計略を好まれた。壮年になってからは、人には寛容に、自らは慎みの心をもち、天神地祇《てんしんちぎ》を崇敬され、常に国家を治め整えようとする御心をお持ちであった。

六十年の四月に、開化天皇は崩御された。

元年の正月十三日に、皇太子は天皇に即位された。開化天皇の皇后を尊んで、皇太后と申し上げた。

二月十六日に、御間城姫《みまきひめ》を皇后とされた。これより先、皇后は、活目《いくめ》入彦《いりびこ》五十《い》狭茅天皇《さちのすめらみこと》（垂仁《すいにん》天皇）・彦《ひこ》五十《い》狭茅命《さちのみこと》・国方姫命《くにかたひめのみこと》・千千《ちち》衝倭姫命《つくやまとひめのみこと》・倭彦命《やまとひこのみこと》・五十《い》日鶴彦命《かつるひこのみこと》をお生みになった。一人めの妃紀伊国《きのくに》の荒河戸畔《あらかわとべ》の娘遠津《とおつ》年魚《あゆ》眼眼《めま》妙媛《ぐわしひめ》は、豊城入彦命《とよきいりびこのみこと》・豊鍬入姫命《とよすきいりびめのみこと》を生んだ。二人めの妃尾張大海媛《おわりのおおあまひめ》［一説には、大海宿禰《おおあまのすくね》の娘八坂振天某辺《やさかふるあまいちべ》という］は、八坂入彦命《やさかいりびこのみこと》・渟名城入姫命《ぬなきいりびめのみこと》・十市瓊入姫命《とおちにいりびめのみこと》を生んだ。この年、太《たい》歳《さい》は甲申《こうしん》であった。

三年の九月に、都を磯城《しき》に遷された。これを、瑞籬宮《みずかきのみや》という。

四年の十月二十三日に詔《みことのり》して、

「我が皇祖のすべての天皇が、皇位を継ぎ統治されてきたのは、自分一身のための計らいではなかった。それは、神と人とを統御し、天下を治めるためであった。それゆえに、よく世々に深遠な功業を重ね、また高い徳を流布されてきた。今、私は皇位を継承し、人民を愛育することになった。どのようにすればいつまでも皇祖の跡を継承し永くきわまりない皇統を保つことができるだろうか。群卿百僚よ、みなの忠誠を尽くし、共に天下を安らかに治めることが大切であろう。」

と仰せられた。

疫病の流行と諸神の祭祀

五年に、国内に疫病がはやり、死者は人口の過半数に及ぶほどであった。

六年に、百姓の流浪がみられた。中には、背く者があった。その勢いは、皇徳をもってしても治め難かった。

そこで天皇は、早朝より深夜まで政務に謹み励まれて、天神地祇《てんしんちぎ》に謝罪を請い願われた。

これより先、天照大神《あまてらすおおみかみ》・倭大国魂《やまとのおおくにたま》（倭の国土鎮護の神）の二神を、同じように天皇の御殿の内にお祭りしていた。しかし、その神威を恐れ、二神と共に住まわれることに不安があった。そこで、天照大神を豊鍬入《とよすきいり》姫命《びめのみこと》に託して、倭《やまと》の笠縫邑《かさぬいのむら》（奈良県磯城郡田原本町秦庄）に祭り、その地に堅固な神域を築いた。また、日本《やまとの》大国魂神《おおくにたまのかみ》を、渟名城入姫命《ぬなきいりびめのみこと》に託して祭らせた。ところが、渟名城入姫は髪が抜け、身体がやせ細り、祭ることができなかった。

七年の二月一五日に、詔《みことのり》して、

「昔、我が皇祖は、大いに皇位の基を築かれた。その後、神聖な業はいよいよ高く、天皇の徳風も、ますます盛んである。ところが思いがけなくも、今我が世になって、しばしば災害に襲われた。これは、朝廷に善政がないためによる、天神地祇《てんしんちぎ》のお咎《とが》めではないだろうか。ここはぜひとも、神亀の占いを行い、災害の起こるいわれを究めなければなるまい。」

と仰せられた。そこで天皇は、神浅茅原《かむあさじはら》に行幸され、八十万《やそよろず》の神々を集めて占われた。この時、倭迹迹日百襲《やまとととひももそ》姫命《ひめのみこと》に乗り移って、

「天皇よ、どうして国の治まらないことを憂えられるのか。もしよく私を敬い祭られるならば、必ず天下は平穏になることであろう。」

と言われた。天皇は、

「このように教え下さるのは、いずれの神なのでしょうか。」

と尋ねられた。答えて、

「私は、倭国《やまとのくに》にいる神で、名を大物主神《おおものぬしのかみ》という。」

と言われた。こうして神のお言葉を得たので、教えに従って祭祀された。しかし効験はなかった。そこで天皇は、身を清め、心に慎まれ、殿内を清浄にし、

「私のお祈りは、まだ不十分なのでしょうか。どうしてこれほどまでに、祈願を享受いただけないのでしょう。願わくは、もう一度夢の中で教示され、神恩をお与え下さい。」

と仰せられた。その夜の夢に、一人の貴人が現れた。御殿の戸に向かい立ち、自分から大物主神《おおものぬしのかみ》と名乗り、

「天皇よ、もはや愁《うれ》え給うな。国が治まらないのは、我が心によってのことだ。もし、我が子の大田田根子《おおたたねこ》をして私を祭らせたなら、たちどころに平穏になるであろう。また、海外の国までも、帰伏することであろう。」

と言われた。

八月七日に、倭迹速神浅茅原目妙姫《やまととはやかむあさじはらまぐわしひめ》・穂積臣《ほづみのおみ》の遠祖大水口宿禰《おおみなくちのすくね》・伊勢麻積君《いせのおみのきみ》の三人は、共に同じ夢を見て、

「昨夜の夢に、一人の貴人が現れ、

『大田田根子命《おおたたねこのみこと》を、大物主大神《おおものぬしのおおかみ》を祭る神主とし、また市磯長尾市《いちしのながおち》を、倭大国魂神《やまとのおおくにたまのかみ》を祭る神主とすれば、必ず天下太平となるであろう。』

と告げられた。」

と申し上げた。天皇は、夢のお告げを得、前に見た夢と同じなので、ますますお喜びになった。

こうして天皇は、天下に布告して、大田田根子を捜し求められると、茅渟県《ちぬのあがた》（和泉国の古称）の陶邑《すえのむら》（大阪府堺市南東部）で大田田根子を見つけて貢上した。天皇は、直ちに自ら神浅茅原《かむあさじはら》に臨幸され、諸王、群卿と多くの部族の首長を集め、大田田根子に、

「そなたは誰の子か。」

と尋ねられた。答えて、

「父は、大物主大神《おおものぬしのおおかみ》と申します。母は、活玉依媛《いくたまよりびめ》と申し、陶津耳《すえつみみ》の娘です。」

と申し上げた［一説に、奇日方天日方武茅渟祇《くしひかたあまつひかたたけちぬつみ》の娘であるという］。天皇は、

「よかった。これで私は栄えていくことになろう。」

と仰せられた。すぐに、物部連《もののべのむらじ》の祖伊香色雄《いかがしこお》を、神物を班《わか》つ人にしようと占うと、吉と出た。また、併せて他の神を祭ろうと占うと不吉と出た。

十一月十三日に、伊香色雄《いかがしこお》に命じて、物部の多くの人々に祭具を作らせられた。そして、大田田根子を大物主大神を祭る神主とされた。また長尾市《ながおち》を、倭大国魂神《やまとのおおくにたまのかみ》を祭る神主とされた。こうして後、他の神を祭りたいと占うと、吉と出た。そこで、八十万《やそよろず》の神々を祭り、天社《あまつやしろ》・国社《くにつやしろ》と神の料田・神の民戸を定められた。こうして疫病はすっかりおさまり、国内はようやく鎮静した。五穀も豊かに実り、百姓は繁栄した。

八年の四月十六日に、高橋邑《たかはしのむら》の人活日《いくひ》を大神の神酒を管掌する人とした。

十二月二十日に、天皇は大田田根子《おおたたねこ》に、大神を祭らせられた。この日、活日は自分で神酒を捧げて、天皇に献上した。その時に歌を詠んだ。

歌謡一五　此《こ》の神酒《みき》は　我が神酒《みき》ならず　倭《やまと》なす　大物主《おおものぬし》の　醸《か》みし神酒　幾久《いくひさ》　幾久

この神酒は、私が醸造した神酒ではありません。倭国を造成された、大物主が醸造された神酒です。幾世までも、久しく栄えませ。久しく栄えませ。

このように歌って、神社の社殿で祝宴を催した。まもなく酒宴が終わり、諸大夫が歌を詠んだ。

歌謡一六　味酒《うまさけ》　三輪の殿《との》の　朝戸《あさと》にも　出《い》でて行かな　三輪の殿門《とのと》を

一晩中酒宴をして、〈味酒《うまさけ》の〉三輪の社殿の朝開く戸口を通って、帰っていきたいものだ。この三輪の社殿の門を。

そこで、天皇も歌を詠まれた。

歌謡一七　味酒《うまさけ》　三輪の殿の　朝戸にも　押し開かね　三輪の殿門を

〔味酒の〕三輪の社殿の戸を、夜どおし酒宴を続けた後、朝押し開くがよい。この三輪の社殿の門を。

そして、社殿の門を開いて出て行かれた。大田田根子は、今の三輪君《みわのきみ》等の始祖である。

九年の三月十五日に、天皇の夢に神のような人が現れ、

「赤盾《あかたて》八枚・赤矛《あかほこ》八竿《さお》を奉り、墨坂神《すみさかのかみ》を祭りなさい。また、黒盾《くろたて》八枚・黒矛《くろほこ》八竿《さお》を奉り、大坂（奈良県香芝市穴虫）の神を祭りなさい。」

と言われた。

四月十六日に、夢の教えに従って、墨坂神・大坂神をお祭りになった。

四道将軍の派遣と武埴安彦《たけはにやすびこ》の謀反

十年の七月二十四日に、群卿に詔して、

「民を導く本は、教化することにある。今すでに、天神地祇《てんしんちぎ》を崇敬して、災害はすべておさまった。しかしながら、辺境の人どもは、なお臣従していない。これはまだ、天皇の徳が行きわたっていないということである。そこで、群卿を選んで、四方に遣わし、我が教えを知らしめよ。」

と仰せられた。

九月九日に、大彦命《おおびこのみこと》を北陸に、武渟名川別《たけぬなかわわけ》を東海に、吉備津彦《きびつひこ》を西道に、丹羽道主命《たにはのみちぬしのみこと》を丹羽に遣わされた。

その時に詔して、

「もし教えを受けない者があれば、すぐに出兵して討伐せよ。」

と仰せられた。そして、それぞれに印綬を授けて将軍に任命された。

二十七日に、大彦命《おおびこのみこと》は和珥《わに》の坂の辺りに着いた。その時、少女が次のように歌った［一説には、大彦命は山背《やましろ》の平坂《ひらさか》に着いた。その時、道の側に童女がいて歌ったという］。

歌謡一八　御間城入彦《みまきいりびこ》はや　己《おの》が命《お》を　弑《し》せんと　窃《ぬす》まく知らに　姫遊《ひめなそ》びすも［一説には、大き戸より　窺いて　殺さんと　すらくを　知らに　姫遊びすも　という］

御間城入彦《みまきいりびこ》よ。自分の命を殺そうと、時をうかがっていることを知らずに、若い娘と遊んでいることか［一説に、正門から隙《すき》をうかがって、殺そうとしているのも知らずに、若い娘と遊んでいるのか、という］。

大彦命《おおびこのみこと》は不思議に思い、童女に、

「お前が言ったことは、どういうことだ。」

と言われた。童女は、

「何も言ってはおりません。ただ歌を歌っただけです。」

と答えた。そしてもう一度歌を繰り返すと、たちまち姿を消してしまった。大彦命はすぐに戻り、事の次第を天皇に奏上した。

さて、天皇の姑倭迹迹日百襲姫命《おばやまとととひももそびめのみこと》は、聡明で、叡智にあふれ、よく未来のことを識別することができた。それで早速その歌の不吉な前兆を見抜き、天皇に、

「これは、武埴安彦《たけはにやすびこ》（孝元《こうげん》天皇の皇子）が謀反を起こすという前兆でしょう。私が聞くところによりますと、

武埴安彦の妻吾田媛《あたひめ》が、ひそかに倭《やまと》の香山《かぐやま》の土を取り、領巾《ひれ》の端に包んで呪言《のろいごと》を述べて、

『これは、倭国《やまとのくに》そのものを表す土だ。』

と申して、帰って行ったということです。これにより、ただごとではないことを知りました。早急に対応しなければ、必ず手遅れとなるでしょう。」

と申し上げた。

天皇は、すぐに出発予定の諸将軍を留めて、軍議を開かれた。間もなく、武埴安彦《たけはにやすびこ》と妻吾田媛《あたひめ》とが謀反をはかり、攻撃をしかけてきた。軍勢はそれぞれ道を分け、夫は山背《やましろ》から、妻は大坂から、帝京を襲撃しようとした。天皇は、五十狭芹彦命《いさせりびこのみこと》を派遣して、吾田媛の軍を攻撃させられた。そして大坂で遮り、全軍大いに敵を破った。吾田媛を始め、全軍の兵士を斬った。また、大彦《おおびこ》と和珥《わに》の遠祖彦国葺《ひこくにぶく》とを派遣して、山背《やましろ》に向かわせ、埴安彦《はにやすびこ》を攻撃させられた。その時、忌瓮《いわいべ》（神を祭る際、その下部を埋めて地上に据え、軍の発進を祝うための甕《かめ》）を和珥《わに》の武鐰坂《たけすきのさか》の上に据えた。そこで精兵を率い、進んで那羅山《ならやま》（奈良市北部奈良坂付近）に登り、軍陣を張った。その時、皇軍は数多く集まり、草木を踏みならした。それでその山を、那羅山という。

さらに那羅山を下り、進んで輪韓河《わからがわ》（木津川）に到着して、埴安彦《はにやすびこ》と河をはさんで駐営し、それぞれ挑《いど》み合った。それで時の人は、改めてその河を挑河《いどみがわ》といった。今、泉河《いずみがわ》というのは、それが訛ったのである。埴安彦は対岸を望み見て、彦国葺《ひこくにぶく》に、

「なぜお前は、軍を起こしてやって来たのか。」

と尋ねた。答えて、

「お前は天に逆らい、王室を傾けようとしている。それで私は、義兵を起こして、お前を討つのだ。これは、天皇のご命令である。」

と言った。こうして戦いが始まり、二人は先に射ようと争った。まず武埴安彦《たけはにやすびこ》が、彦国葺《ひこくにぶく》を射たが、命中することができなかった。続いて彦国葺が、埴安彦を射た。矢は鋭く、胸に命中して殺した。敵の軍勢は脅えて逃げ去った。彦国葺は追撃し、首を斬り落とした敵兵は半数を超え、多くの死体があふれた。それでそこを、羽振苑《はぶりその》（京都府相楽郡精華町祝園）という。また、敵の兵卒は恐れ逃げていく時、屎《くそ》が褌《はかま》からもれた。それで、甲《かわら》を脱いで逃げた。しかし、進退きわまり、頭を地面につけて命乞いをし、

「我君《あぎ》（我が主君）」

と言った。それで時の人は、甲《かわら》を脱いだ所を伽和羅《かわら》（京都府京田辺市河原付近）という。褌《はかま》から屎《くそ》が落ちた所を、屎褌《くそばかま》といった。今、樟葉《くすば》（大阪府枚方市楠葉）というのは、これが訛ったものである。また、頭を地面につけ助命を乞うた所を我君《あぎ》という。

この後、倭迹迹日百襲姫命《やまとととひももそびめのみこと》は、大物主神《おおものぬしのかみ》の妻となった。しかし、その神はいつも昼は現れず、夜だけ通って来られた。倭迹迹姫命《やまとととひめのみこと》は、夫に、

「あなたはいつも、昼はお見えにならないので、はっきりとお顔を拝見することができません。どうか、しばらくお留り下さい。明日の朝、麗しいお姿を拝見いたしたく思います。」

と語った。大神は、

「まことにもっともなことである。私は明朝、お前の櫛箱《くしばこ》に入っていよう。ただし、私の姿に驚くことのないように。」

と答えられた。倭迹迹姫命は不思議に思い、夜明けを待って櫛箱を見た。するとそこには、美しい小蛇《こおろち》がいた。長さや太さは、着物の紐《ひも》のようだった。倭迹迹姫命はその瞬間、驚き叫び声を上げた。大神は恥辱《ちじょく》を感じ、たちまちに人の姿に化身した。そして妻に、

「お前は我慢できず、私に恥をかかせた。今度は逆に、お前に恥をかかせてやる。」と言われた。そして、大空を踏み分けて御諸山《みもろのやま》（三輪山）に登って行かれた。倭迹迹姫命《やまとととびめのみこと》は、その姿を見ていたが、後悔してその場へすわりこんでしまった。そして、箸《はし》で陰部を突いて死んでしまわれた。そこで大市《おおいち》（桜井市北部）に葬った。このようないわれで時の人は、その墓を箸墓《はしのみはか》（箸墓古墳《はしはかこふん》）といった。この墓は、日中は人が、夜は神が造った。大坂山の石を、山から墓までは人が並んで列をつくり、手渡しで運んだ。時の人は歌を詠んだ。

歌謡一九　　大坂《おおさか》に　継《つ》ぎ登《のぼ》れる　石群《いしむら》を　手逓伝《たごし》に越《こ》さば　越《こ》しかてんかも

大坂山の麓から頂まで続いている多くの石だが、手渡しで運んでいけば、運ぶことができるだろうよ。

十月一日に、群臣に詔して、

「今や、反逆した者はすべて誅に伏し、畿内は平安である。ただし、畿外のすさんだ人々のみが、騒動を起していまだ止まない。どうか四道将軍たちよ、今早急に出達せよ。」

と仰せられた。

二十二日に、将軍等は揃《そろ》って発進した。

十一年の四月二十八日に、四道将軍は、周辺の野蛮な国々を平定したことを奏上した。

この年、異国の人が多く帰順し、国内は安寧であった。

戸口調査と課役

十二年の三月十一日に、天皇は詔して、

「私は、初めて皇位を継承し、国家を保つことができたが、天子の光も蔽《おお》われるところがあり、威徳によっても安らかにすることができなかった。このため、陰陽の理が誤り錯雑して、寒暑の秩序を失った。疫病が多く起こり、百姓は災害をこうむった。

しかし、今や罪を払い過失を改めて、厚く天神地祇《てんしんちぎ》を敬っている。また教を垂れて、荒々しい人々を平げ、兵をあげて服従しない者を討った。このようにして、上は仕事をやめるということなく活気があり、下は世を逃れ隠れている人もいない。教化はよく行き届き、民は生業を楽しんでいる。異俗の人々も通訳を重ねてまで来朝し、海外までもすでに帰順している。この時にあたり、さらに戸口調査を行い、長幼の序や、課役労役の手順を知らしめるのがよかろう。」

と仰せられた。

九月十六日に、初めて戸籍調査し、また課役を科した。これを男の弭調《ゆはずのみつき》、女の手末調《たなすえのみつき》という。租税をまず天神地祇《てんしんちぎ》に奉献したので、神々の心をなごめ、風雨は時に順《したが》い、種々の穀物は成熟した。家々には物が充ち足り人々は満足して、天下は大いに平穏となった。それでこの天皇を讃え御肇国天皇《はつくにしらすすめらみこと》と申し上げる。

十七年の七月一日に、天皇は詔《みことのり》して、

「船は、天下にとって大切なものである。今海辺の民は、船がないので陸路で運搬しているが、たいそう苦しんでいる。そこで諸国に命じて、船舶を造らせるように。」

と仰せられた。

十月に、初めて船舶を建造した。

四十八年の正月十日に、天皇は豊城命《とよきのみこと》・活目尊《いくめのみこと》に勅して、

「お前たち二人に寄せる私の慈悲は、まったく同じである。さて、どちらを皇太子に立てたらよいのか分からない。そこで、それぞれ夢を見るがよい。私は、その夢によって占うことにしよう。」

と仰せられた。

二人の皇子は、天皇の命を受けて、水浴して身髪を洗い清め、お祈りして寝た。すると、それぞれ夢を見た。

夜明けに兄豊城命は、夢のお告げを天皇に奏上して、

「私は御諸山《みもろのやま》に登り、東に向かって八回槍を突き出し、八回刀を撃ち振りました。」

と申し上げた。弟活目尊《いくめのみこと》も、夢のお告げを奏上して、

「私は御諸山の嶺《みね》に登り、縄を四方に引き渡し、粟《あわ》を食べる雀《すずめ》を追い払いました。」

と申し上げた。そこで天皇は夢占いをされて、二人の皇子に、

「兄は、もっぱら東方に向いていた。そこで、東国を統治するがよい。弟は、四方のすべてに臨んでいた。まさに私の位を継ぐのにふさわしい。」

と仰せられた。

四月十九日に、活目尊《いくめのみこと》を皇太子とされた。豊城命《とよきのみこと》に命じて、東国を統治させられた。これが、上毛野君《かみつけののきみ》・下《しも》毛野君《つけののきみ》の始祖である。

出雲《いずも》の神宝と任那《みまな》の朝貢《ちょうこう》

六十年の七月十四日に、天皇は群臣に勅《みことのり》して、

「武日照命《たけひなてりのみこと》［一説に、武夷鳥《たけひなとり》という。また一説には、天夷鳥《あめひなとり》という］が、天上から持ってきた神宝が、出《いず》

雲大神《ものおおかみ》の宮殿に収蔵してある。これを見たいものだ。」

と仰せられた。すぐに矢田部造《やたべのみやつこ》の遠祖武諸隅《たけもろすみ》［一書によると、またの名は大母隅《おおもろすみ》という］を派遣して献上させた。この時、出雲臣《いずものおみ》の遠祖出雲振根《いずものふるね》が、神宝を管掌していたが、筑紫国《つくしのくに》に行っていて会うことができなかった。その弟飯入根《いいいりね》は、天皇の命令を受けて、神宝を弟の甘美韓日狭《うましからひさ》とその子鸕濡渟《うかずくぬ》とに持たせて献上した。

さて、出雲振根は筑紫から戻ってきたところ、神宝を朝廷に献上したことを聞き、その弟飯入根に向かって、

「お前は、数日待つべきであった。どうしてそんなに恐れ、たやすく神宝を献上してしまったのか。」

と責めたてた。これが原因で何年も経たが、兄はなお恨み怒り、弟を殺そうとしていた。ある日弟に、

「この頃、止屋《やむや》の淵《ふち》に多くの萎《も》が生えている。一緒に行って、見てみたいたいものだなあ。」

と欺いて言った。弟は、すぐに兄について行った。これより前、兄はひそかに木刀を作り、形は真剣に似せておいた。その木刀は兄が身につけ、弟は真剣を身につけていた。二人は淵の岸に着いたが、兄は弟に、

「淵の水はきれいだ。どうだ、一緒に水浴びしよう。」

と言った。弟は兄の言葉に従い、それぞれ身に帯びていた刀をはずし、岸に置いて水中に入った。その後、兄は先に陸に上がり、弟の真剣を取って身につけた。弟は驚いて、兄の木刀を取った。そこで互いに撃ち合ったが、木刀では勝てなかった。こうして兄は、飯入根《いいいりね》を撃ち殺した。時の人は歌を詠んだ。

歌謡二〇　八雲立《やくもた》つ　出雲武《いずもたける》が　佩《は》ける太刀《たち》　黒葛《つづら》多巻《さわま》き　さ身無《みな》しに　あはれ

〔八雲立つ〕出雲武が佩いている太刀は、葛《かずら》をたくさん巻いてはあったが、中身がなくて、何ともあわれであった。

そこで、甘美韓日狭《うましからひさ》・鸕濡渟《うかづくぬ》が朝廷に参上して、こと細かにその様子を奏上した。天皇はすぐに、吉備津彦《きびつひこ》と武渟名河別《たけぬなかわわけ》とを派遣して、出雲振根《いずものふるね》を誅殺させられた。出雲臣《いずものおみ》等は、このことに恐れをなし、出雲大神《いずものおおかみ》をしばらく祭らなかった。その時、丹波《たには》の氷上《ひかみ》（兵庫県丹波市氷上町付近）の氷香戸辺《ひかとべ》という者が、皇太子活目尊《いくめのみこと》に言上して、

「私の幼な子が、物を申しますには、

『玉のような水草の中に沈んでいる宝石。出雲の人が祈り祭る、本物の見事な鏡。力強く活力をふるう立派な御神である鏡、水底の宝、御宝の本体。山河の水を潜《もぐ》る人目につかない御魂《みたま》。沈んで掛かっている立派な御神である鏡、水底の宝、御宝の本体。』

と言いました。これは、とても小児の言葉とは思えません。おそらく神が乗り移っての言葉かもしれません。」

と申し上げた。早速皇太子は、天皇に奏上された。天皇は勅《みことのり》して、神宝を出雲臣《いずものおみ》に返却され、出雲大神《いずものおおかみ》を祭らせられた。

六十二年の七月二日に、詔《みことのり》して、

「農業は、国家を支える基礎である。民が生きていくための拠りどころである。今、河内《こうち》の狭山《さやま》（大阪府大阪狭山市付近）の埴田《はにた》は水が不足している。このため、その国の百姓は農事を怠っている。そこで、池・溝を多く掘り、民の生業を広く豊かなものにせよ。」

と仰せられた。

十月に、依網池《よさみのいけ》（大阪市住吉区庭井町）を造った。

十一月に、苅坂池《かりさかのいけ》・反折池《さかおりのいけ》（奈良県橿原市大軽町付近）を造った［一説に、天皇は桑間宮《くわまのみや》におられて、こ

の三つの池を造られたという」。

六十五年の七月に、任那国《みまなのくに》が蘇那曷叱知《そなかしち》を派遣して、朝貢《ちょうこう》してきた。任那《みまな》は、筑紫国《つくしのくに》を去ること二千余里である。筑紫から北方の海を隔てて、新羅《しらぎ》の西南にある。

天皇は、即位以来六十八年の十二月五日に崩御された。御年百二十であった。（百十九歳となる）

翌年の八月十一日に、山辺道上陵《やまのべのみちのえのみささぎ》に葬りまつった。

巻第六　第十一代　活目《いくめ》入彦《いりびこ》五十《い》狭茅《さち》天皇《のすめらみこと》　垂仁天皇《すいにんてんのう》

即位と新都

垂仁天皇は、崇神《すじん》天皇の第三子である。母は御間城姫《みまきひめ》と申し、大彦命《おおびこのみこと》の御娘である。天皇は、崇神天皇の二十九年正月一日に、瑞籬宮《みずかきのみや》にお生まれになった。生まれながら、さっそうとして秀でた姿をしておられた。壮年となっては、人とかけ離れた才気があり、大きな度量をお持ちであった。また天性に従って行動し、偽ったり、飾ったりするところがなかった。それで、崇神天皇はいつもそばに置いて、慈しみ愛された。二十四歳の時に、皇太子となられた。

六十八年の十二月に、崇神天皇が崩御された。

元年の正月二日に、皇太子は天皇に即位された。

十月十一日に、崇神天皇を山辺道上陵《やまのべのみちのえのみささぎ》に葬りまつった。

十一月二日に、崇神天皇の皇后を尊んで、皇太后と申し上げた。この年、太歳《たいさい》は壬辰《じんしん》であった。

二年の二月九日に、狭穂姫《さほびめ》を皇后とされた。皇后は、益津《ほむつ》別命《わけのみこと》をお生みになった。天皇は、いつもそばに寄せて慈しみ愛された。しかし命は、壮年になられても、物が言えなかった。

十月に、さらに纏向《まきむく》（奈良県奈良市北部）に都を造られた。これを、珠城宮《たまきのみや》という。

任那と新羅の対立

この年、任那《みまな》の人蘇那曷叱知《そなかしち》が、

「国に帰りたい。」

と申した［思うに、先の天皇の御代に来朝して、まだ帰還していなかったのだろう］。そこで、蘇那曷叱知に厚く恩賞を与えられた。すなわち、赤絹百匹（匹は二反分《たんぶん》をひと続きとした織物の単位で一反分は一人分の衣服の料）を持たせて、任那の王に与えられた。しかし、新羅《しらぎ》人が道を遮り奪ってしまった。任那と新羅との憎しみは、この時から始まった。

［一説には、次のような伝えがある。崇神《すじん》天皇の御代に、額に角のある人が、一つの船に乗って、越国《こしのくに》の笥飯浦《けひのうら》（福井県敦賀市曙町）に停泊した。それで、その所を角鹿《つぬが》という。その人に、

「どこの国から来たのか。」

と尋ねた。答えて、

「意富加羅《おほから》国の王子で、名は都怒我阿羅斯等《つぬがあらしと》、またの名は、于斯岐阿利叱智干岐《うしきありしちかんき》といいます。聞くところによりますと、日本国に聖皇がおいでになるというので、帰属を願い参上しました。穴門《あなと》（山口県南西部）に着いた時、伊都都比古《いつつひこ》という名の人がいました。私に語って、

『私はこの国の王である。私の他に国王はいない。だから、他の所に行ってはならない。』

と言いました。しかし、私がよくよくその人となりを見ると、決して王ではないということがわかりました。そこですぐに引き返しました。ところが海路を知らないので、島や浦に流浪しながら、北海から廻り出雲国《いづものくに》を経て、ここに到着しました。」

と申し上げた。この時、崇神《すじん》天皇の崩御に遭遇し、そのまま留まって垂仁《すいにん》天皇に仕えて三年となった。天皇

は、都怒我阿羅斯等《つぬがあらしと》に、

「お前は国に帰りたいと思うか。」

と尋ねられた。答えて、

「早く帰りたいと思います。」

と申し上げた。天皇は詔《みことのり》して、

「お前は道に迷わず、もっと早くやって来ていたなら、先帝に拝謁《はいえつ》して、お仕えできたであろう。それで、お前の本国の名を改めて、御間城天皇《みまきのすめらみこと》（崇神《すじん》天皇）の御名にちなんでつけるがよい。」

と仰せられた。そして、赤織の絹を阿羅斯等《あらしと》にお与えになり、本国に返された。その国を弥摩那国《みまなのくに》というのは、これがその起源である。

阿羅斯等《あらしと》は、賜った赤絹を、自分の国の蔵に収めた。そのことを新羅《しらぎ》人が聞き、兵を起こして襲来し、赤絹を奪ってしまった。これが、二国の憎しみ合いの始まりであるという。

また一説には、次のような伝えがある。初め都怒我阿羅斯等《つぬがあらしと》が本国にいた時、黄牛に農具を背負わせて田の中にある家屋に行こうとした。ところが黄牛が、急に消えてしまった。その足跡をたずね求めていくと、ある郡役所の中で留まっていた。その時、一人の老夫が現れて、

「牛は、この郡役所の中に入った。ところが郡公《むらきみ》等が、

『牛の背負っている鋤《すき》から考えると、きっと殺して食べてしまおうとして準備したものである。もし持ち主が牛を捜しに来たら、他のもので弁償すればよい。』

と言って殺して食べてしまった。もし郡公等があなたに、

『牛の代わりに何が欲しいか。』

と聞かれたら、財物を望んではいけませんよ。その代わりに、

『郡内で祭っている神を得たいと思う。』

とこのように言いなさい。」

と言った。間もなく郡公が来て、

「牛の代わりに何が欲しいか。」

と言ったので、老夫の教えのように答えた。祭神は、白い石だった。それを牛の代償とした。

阿羅斯等《あらしと》は、その石を持ち帰って来て、寝室の中に置いた。するとその神石は、美しい乙女と化した。阿羅斯等が心おどらせて、少しの間その場を離れていると、乙女はたちまちのうちに姿を消してしまった。阿羅斯等《あらしと》はたいそう驚いて、自分の妻に、

「ここにいた乙女は、いったいどこへ行ったのか。」

と尋ねた。答えて、

「東の方に向かって行きました。」

と言った。阿羅斯等はすぐに探し追い求めた。そして遠く海を越えて、日本国《やまとのくに》にやってきた。求めていた乙女は、難波《なにわ》に着き、比賣語曾社《ひめごそのやしろ》の神となり、また豊国《とよくに》（大分県）の国前郡に着いて、これもまた比賣語曾《ひめごその》社《やしろ》の神となった。共にこの二か所に祭られたという。」

三年の三月に、新羅《しらぎ》の王子天日槍《あめのひほこ》が帰属を願い来朝した。持ってきた物は、羽太《はふと》の玉一個・足高《あしたか》の玉一個・鵜鹿鹿《うかか》の明石《あかし》の玉一個・出石《いずし》の小刀《かたな》一口《ふり》・出石の杵《ほこ》一枝《さや》・日鏡《ひのかがみ》一面・熊の神籬《ひもろき》一具、合わせて七種類であった。それらを、但馬国《たじまのくに》（兵庫県北部）に納めて神宝とした。

［一説に、次のような伝えがある。初め天日槍《あめのひほこ》が、小船に乗って播磨国《はりまのくに》（兵庫県南部）に停泊し、宍粟邑《しさわのむら》に

いた。その時天皇は、三輪君《みわのきみ》の祖大友主《おおともぬし》と、倭直《やまとのあたい》の祖長尾市《ながおち》とを播磨《はりま》に遣わして、天日槍《あめのひほこ》に、

「お前は誰か。どこの国から来たのか。」

と尋ねられた。答えて、

「私は、新羅《しらぎ》の国王の子です。日本国に聖皇がおられると聞きましたので、自分の国を弟の知古《ちこ》に譲り、帰属を願い参上いたしました。」

と申し上げた。その時に献上した物は、葉細《はほそ》の珠《たま》・足高《あしたか》の珠・鵜鹿《うかか》鹿の赤石の珠・出石《いずし》の短刀・出石の槍《ほこ》・日鏡《ひのかがみ》・熊の神籬《ひもろき》・胆狭浅《いささ》の大刀、合わせて八種類であった。そこで天皇は、天日槍に詔《みことのり》して、

「播磨国《はりまのくに》の宍粟邑《しさわのむら》と、淡路島《あわじのしま》の出浅邑《いでさのむら》に居住してよい。」

と仰せられた。天日槍は、

「私が住もうとする場所は、もし天恩を垂れてお許しいただけるならば、私は自ら諸国を巡り、心にかなう地を賜りたいと存じます。」

と申し上げた。天皇は許可された。

そこで天日槍《あめのひほこ》は、宇治川を遡《さかのぼ》り、北の近江国《おうみのくに》（滋賀県）の吾名邑《あなのむら》に入ってしばらく住んだ。さらに、近江から若狭国《わかさのくに》（福井県西部）を経て、西の但馬国《たじまのくに》に着いて居住地を定めた。このようにして、近江国の鏡村《かがみむら》の谷《はざま》の陶人《すえびと》は、天日槍の従者なのである。

やがて天日槍は、但馬国《たじまのくに》の出島《いずし》の太耳《ふとみみ》の娘麻多烏《またお》を妻にして、但馬諸助《たじまもろすく》を生んだ。その子は但馬日楢杵《たじまひならき》、その子は清彦《きよひこ》、その子は田道間守《たじまもり》である。」

狭穂彦《さほびこ》の謀反

四年の九月二十三日に、皇后の同母兄の狭穂彦王《さほびこのみこ》は、謀反を起こして国家を覆《くつがえ》そうとした。そこで、皇后が休息して家におられる時をうかがって、

「お前は、兄と夫とどちらを愛しているか。」

と語った。皇后は、兄がどんな気持ちで聞いたのかわからずに、

「兄上の方を愛しています。」

と答えられた。すると兄は皇后に誘いかけて、

「そもそも、容色によって人に仕える者は、美貌が衰えると寵愛《ちょうあい》もゆるんでしまう。今、天下には美人が多い。それぞれが互いに競って、寵愛を求めている。しかし、どうしていつまでも容色を保つことができようや。そこで願うことは、私が皇位につき、お前とともに天下に君臨することだ。そうして、枕を高く安らかに、長く百年も時を過ごすことも快いことではないか。どうか、私のために天皇を殺してくれ。」

と頼みこんだ。そして、短剣をとって皇后に授け、

「この短剣を衣服の中に隠し持ち、天皇が寝ておられる時を見はからい、すばやく首を刺して殺しなさい。」

と言った。皇后は、恐れおののき、どうしてよいかわからなかった。しかし、兄王の志のほどをみると、たやすく諌《いさ》めることができなかった。それで、その短剣を受け取り、ひとり隠しきれるはずもなく、衣の中に入れておいた［やがては、兄を諌める気持ちでいたのであろうか］。

五年の十月一日に、天皇が来目《くめ》（橿原市久米町）に行幸され、高宮《たかみや》におられた。天皇は、くつろいで皇后の膝枕で、昼寝をしておられた。その時、皇后はこれまでに事を遂行することができずにいたことで空しく思い、兄王が謀反を起こすのは、まさに今だと考えた。すると、涙が流れ帝の顔に落ちた。天皇は、はっと目を覚ま

され、皇后に、

「私は今、夢を見ていた。錦色の小さな蛇が、私の首にまつわりついた。また、大雨が狭穂《さほ》から降ってきて顔をぬらした。これはいったい、何の前兆なのであろうか。」

と仰せられた。皇后は、もはや謀反のことを隠しておくことはできないと覚り、恐れかしこまって地に伏し、こと細かく兄王の謀反のさまを申し上げた。そして奏上して、

「私は、兄王の志に違うことができませんでした。また、天皇のご寵愛にも背くことができませんでした。兄王の罪を訴えれば、兄王を滅ぼすことになります。もしこのことを申し上げなければ、国家を傾けることになります。このような事態の中で、あるいは恐れ、あるいは悲しみました。地に伏し、天を仰いでむせび泣き、進退きわまって血を吐くほど激しく泣きました。日に夜に不安がつのり、それを言葉にして申し上げることもできませんでした。

　たまたま今日、天皇は私の膝枕でお眠りになりました。この時私が思ったことは、もしここに狂気の女がいて、兄の志を遂行しようとすれば、まさにこの時労せずして成功するだろうということでした。この思いがいまだ消えないうちに、涙が流れました。すぐに袖を上げて涙を拭いましたが、袖からあふれて帝のお顔を濡らしてしまいました。このようなわけで、今日の御夢はきっとこの事を表しているのでしょう。錦色の小さな蛇は、兄が私に授けた短剣です。大雨が突然降り出したのは、私の涙です。」

と申し上げた。天皇は、

「これは、お前の罪ではない。」

と仰せられた。そしてすぐに、近い県の兵士を派遣して、上毛野君《かみつけののきみ》の遠祖八綱田《やつなた》に命じ、狭穂彦《さほびこ》を撃たせられた。これに対して、狭穂彦は軍を起こして防戦し、稲を積んで城塞を造った。防備は堅固で、破ることができ

なかった。これを、稲城《いなき》という。

戦いは、月が替わっても続いた。皇后は悲しんで、

「私は皇后ではあるが、実際に兄王を失ったなら、何の面目があって、天下に臨むことができましょうか。」

と言って、皇子誉津別命《ほむつわけのみこと》を抱いて、兄王の稲城に入られた。天皇は、さらに軍勢を増強し、城を囲んだ。そして城中に向かい、勅《みことのり》して、

「速やかに、皇后と皇子とをお出し申し上げよ。」

と仰せられた。しかし、動きはなかった。ついに、将軍の八綱田は火を放ち、城を焼いた。火の勢いを見て、皇后は使者に皇子を抱かせて、城の上を乗り越えて出させた。そして、

「私が、兄の城に逃げ入ったのは、もしかして私と皇子とに免じて、兄の罪が許されることがあるかもしれないと思ったからです。今、兄が許されることはあり得ません。それで私にも罪があるということを知りました。罪があるのに、どうして自ら捕らわれることを望みましょうか。こうなっては、首をくって死ぬだけです。ただし、私が死んでも決して天皇のご寵愛は忘れません。どうか、私がつかさどっていた後宮の事は、よい女性にお授け下さい。丹波国《たにはのくに》（京都府北部）に五人の婦人がいます。心はみな貞潔です。これは、丹波道主王《たにはのみちぬしのきみ》の娘です［道主王は、開化《かいか》天皇の子孫、彦坐王《ひこいますのみこ》の御子である。一説には、彦湯産隅王《ひこゆむすみのみこ》の御子であるという］。後宮に召し入れて、欠けた人数を満たすのがよいでしょう。」

と申し上げた。天皇は聞き入れられた。その時、火が燃え盛り、軍衆はことごとく逃げ去った。狭穂彦《さほびこ》と妹とは、城中で死んだ。天皇は、将軍八綱田《やつなだ》の功を賞し倭日向武火向彦八綱田《やまとひむかたけひむかひこやつなた》といわれた。

野見宿禰と立后

七年の七月七日に、側近の者が奏上して、

「当麻邑《たぎまのむら》（奈良県葛城市）に当麻蹴速《たぎまのくえはや》という勇猛な士がいます。その人となりは、力が強く堅い角を砕き鉤《かぎ》状《じょう》の武器をまっすぐに伸ばしてしまいます。いつも人前で、

『世の中広しといえども、我が力に及ぶ者はいまい。どうかして、剛力な者に出会い、生死を問わず力競べをしたいものだ。』

と言っています。」

と申し上げた。天皇は、群卿に詔して、

「私が聞くところによると、当麻蹴速は天下の力士であるということだ。さて、これに比肩《ひけん》できる者はいるだろうか。」

と仰せられた。すると一人の臣が進み出て、

「私は、出雲国《いずものくに》に野見宿禰《のみのすくね》という勇猛な士がいると聞いています。試みにこの人を召して、蹴速《くえはや》に取り組ませてみたらいかがでしょうか。」

と申し上げた。

その日に、倭直《やまとのあたい》の祖長尾市《ながおち》を遣わして、野見宿禰《のみのすくね》をお召しになった。こうして、野見宿禰が出雲からやってきた。すぐに、当麻蹴速《たぎまのくえはや》と野見宿禰とに力比べをさせた。二人は、ともに向かい合って立った。それぞれが、足を挙げて蹴り合った。野見宿禰は、当麻蹴速のあばら骨を蹴り折り、さらに腰を踏み砕いて殺してしまった。それで、当麻蹴速の土地を没収し、すべて野見宿禰にお与えになった。これが、その邑《むら》に腰折田《こしおれだ》がある起源である。野見宿禰は、そのまま留まって朝廷にお仕え申した。

十五年の二月十日に、丹波《たには》の五人の女性を召して、後宮にお入れになった。一人めは日葉酢媛《ひばすひめ》といい、二人めは渟葉田瓊入媛《ぬばたにいりびめ》といい、三人めは真砥野媛《まとのひめ》といい、四人めは薊瓊入媛《あざみにいりびめ》といい、五人めは竹野媛《たかのひめ》という。

八月一日に、日葉酢媛命《ひばすひめのみこと》を皇后とされ、皇后の妹である三人を后とされた。ただし、竹野媛《たかのひめ》だけは、容姿が醜いので、故郷に返された。竹野媛は恥じて、葛野《かずの》（京都市右京区と西京区付近）で自ら輿《こし》から落ちて死んだ。それで、その地を堕国《おちくに》という。今弟国《おとくに》というのは、それが訛《なま》ったのである。

皇后の日葉酢媛《ひばすひめ》は、三男二女をお生みになった。長男は五十瓊敷入彦命《いにしきいりびこのみこと》と申し、二男は大足彦尊《おおたらしひこのみこと》と申し、長女は大中姫命《おおなかつひめのみこと》と申し、二女は倭姫命《やまとひめのみこと》と申し、三男は稚城瓊入彦命《わかきにいりびこのみこと》と申し上げる。妃の渟葉田瓊入姫《ぬばたにいりびめ》は、鐸石別命《ぬてしわけのみこと》と胆香足姫命《いかたらしひめのみこと》とを生んだ。四人めの妃薊瓊入媛《あざみにいりびめ》は、池速別命《いけはやわけのみこと》・稚浅津姫命《わかあさつひめのみこと》を生んだ。

誉津別王《ほむつわけのみこ》

二十三年の九月二日に、群卿に詔して、

「誉津別王《ほむつわけのみこ》は、今すでに三十歳となった。ひげもたいそう長く伸びたのに、なお赤児のように泣いてばかりいる。いつも言葉を話さないのは、いったいどうしてだろうか。担当の役人の協議を願う。」

と仰せられた。


十月八日に、天皇が大殿の前にお立ちになり、そばに誉津別皇子が付き従われていた。その時、白鳥が大空を飛び渡った。皇子は仰いで白鳥をご覧になり、

「あれは何物か。」

と言われた。天皇は皇子が白鳥を見て、ようやく物を言うことができたのを知って、たいそうお喜びになり、詔して、

「誰かあの鳥を捕らえて献上せよ。」

と仰せられた。その時、鳥取造《ととりのみやつこ》の祖天湯河板挙《あめのゆかわたな》が奏上して、

「私が、必ず捕らえて献上いたします。」

と申し上げた。天皇は、湯河板挙に勅《みことのり》して、

「お前があの鳥を献上すれば、必ず厚く恩賞を与えよう。」

と仰せられた。湯河板挙は、遠く白鳥の飛んで行った方向を見定め、追い求めて出雲にまで達し、ついに捕獲することができた。一説では、但馬国《たじまのくに》で捕らえたという。

十一月二日に、湯河板挙《ゆかわたな》が白鳥を献上した。誉津別命《ほむつわけのみこと》は、この白鳥を相手に遊び、ついに話すことができるようになられた。これによって、湯河板挙に厚く恩賞を下され、姓を与えられて鳥取部《ととりべ》・鳥養部《とりかいべ》・誉津部《ほむつべ》を定められた。

天照大神《あまてらすおおみかみ》を伊勢に祭祀

二十五年の二月八日に、阿部臣《あへのおみ》の遠祖武渟川別《たけぬなかわわけ》・和珥臣《わにのおみ》の遠祖彦国葺《ひこくにぶく》・中臣連《なかとみのむらじ》の遠祖大鹿島《おおかしま》・物部連《もののべのむらじ》の遠祖十千根《とおちね》・大伴連《おおとものむらじ》の遠祖武日《たけひ》の五人の大夫に詔《みことのり》して、

「我が先帝崇神《すじん》天皇は、叡知に富み、物事に通暁しておられた。慎み深く仁義を明らかにし、聡明で道理に達しておられた。深く謙遜の意を示し、自分一身のことは後にして、常に万民のことを思われた。多くの政務を整え治め、天神地祇《てんしんちぎ》を崇敬された。また、己れに剋《か》ち厳しく身を持し、常に一日一日を慎まれた。これにより、人民は富み充足して、天下太平となった。今私の世になって、天神地祇の祭祀をどうして怠ることができようか。」

と仰せられた。

三月十日に、天照大神《あまてらすおおみかみ》を豊耜入姫命《とよすきいりびめのみこと》から倭姫命《やまとひめのみこと》に託された。倭姫命は、大神を鎮座申し上げる所を求めて、宇陀《うだ》の筱幡《ささはた》（奈良県宇陀市榛原区筱幡神社）に着かれた。改めて引き返し、近江国に入り、東美濃（岐阜県瑞穂市居倉）を巡り、伊勢国（三重県）に到着された。その時、天照大神《あまてらすおおみかみ》は倭姫命に、

「この神風の伊勢国は、常世《とこよ》の国から波がくり返し、何度も打ち寄せる国である。大和の東方にあり、美しい国である。この国に居たいものだ。」

と仰せられた。それで、大神のお教えのままに、その祠を伊勢国《いせのくに》に建てた。そのために、斎王宮《いわいのみや》を五十鈴川《いすずがわ》のほとりに建てられた。これを、磯宮《いそのみや》という。こうして、伊勢国は、天照大神が初めて天より降臨された所である。

［一説には、次の伝えがある。天皇は倭姫命《やまとひめのみこと》を依代《よりしろ》として、天照大神《あまてらすおおみかみ》に差し上げられた。これにより、倭姫命は天照大神を磯城《しき》（奈良県磯城郡）の神聖な橿《かし》の本にご鎮座申し上げてお祭りした。その後、神の教えに従って、二十六年の十月甲子《こうし》の日を選んで、伊勢国《いせのくに》の渡遇宮《わたらいのみや》（伊勢神宮の内宮《ないくう》）にお遷《うつ》し申し上げた。この時、倭大神《やまとのおおかみ》（倭大国魂神《やまとのおおくにたまのかみ》）が穂積臣《ほづみのおみ》の遠祖大水口宿禰《おおみなくちのすくね》にのりうつり、

「天地開闢《てんちかいびゃく》直前の物事の始めの時に、約束して、

『天照大神《あまてらすおおみかみ》は、すべて天原《あまのはら》を統治せよ。代々の天皇は、もっぱら葦原中国《あしはらのなかつくに》の天神地祇《てんしんちぎ》を統治せよ。

私は自ら、大地の神を統治しよう。』

と仰せられた。仰せ言は、すでに確定していたのである。ところが、先帝の崇神《すじん》天皇は、天神地祇を祭祀されたというけれども、その根源まで詳しくお探りにならないで、主要でない枝葉のところでおやめになってしまった。それで天皇は、短命であられた。このようなわけなので、現天皇であるあなたが、先帝

の十分でなかったことを悔やまれて、慎み祭られるならば、あなた様のご寿命は長く、また天下太平となるであろう。」

と仰せられた。

天皇は、すぐに中臣連《なかとみのむらじ》の祖探盟主《くかぬし》に命じて、誰によって大倭大神《やまとのおおかみ》をお祭りさせたらよいかを占わせられた。すると、渟名城稚姫命《ぬなきわかひめのみこと》の名が占いに出た。それで渟名城稚姫命に命じて、神田を穴磯邑《あなしのむら》（奈良県桜井市穴師）に定め、大市《おおち》（桜井市箸中・芝・穴師付近）の長岡岬《ながおかのさき》にお祭りになった。しかし、渟名城稚姫命は、全身やせ衰え、お祭りすることができなかった。そこで、大倭直《やまとのあたい》の祖長尾市宿禰《ながおちのすくね》に命じて、祭らしめられたという。」

二十六年の八月三日に、天皇は物部十千根大連《もののべのとおちねのおおむらじ》に勅して、

「しばしば使者を出雲国《いずものくに》に遣わして、国の神宝を取り調べさせたが、はっきりと申す者がなかった。お前自ら行って調査し定めよ。」

と仰せられた。十千根大連は、神宝の件について明確に奏上した。そして、神宝一切をつかさどらしめられた。

二十七年の八月七日に、神祇《じんぎ》の官に命じて、兵器を神の供えとしようとして占わせると、吉と出た。それで、弓矢と横刀《たち》とを、諸神社に奉納した。さらに神田・神戸を定め、四季の時を定めて祭らせられた。兵器によって、天神地祇《てんしんちぎ》を祭るのは、この時に初めて起こったのである。

この年、屯倉《みやけ》を来目邑《くめのむら》に設けた。

殉死《じゅんし》の禁止と埴輪《はにわ》

二十八年の十月五日に、天皇の同母弟倭彦命《やまとひこのみこと》が薨去《こうきょ》された。

十一月二日に、倭彦命を身狭《むさの》（奈良県橿原市見瀬町）桃花鳥坂《つきさか》に葬りまつった。この時、近習の者全員を、陵の境界に生き埋めにした。ところが死に切れず、昼夜泣き呻《うめ》く声が響いた。やがてだんだんと力尽き、死んでいくと腐臭が漂った。そこへは犬や鳥が集まり、腐肉を食った。天皇は、この泣き呻く声を聞かれ、深く悲しまれた。そして、群卿に詔して、

「生きている時に寵愛せられたからということで、亡者に殉死させるのは、はなはだ心痛むことである。それが古くからの慣習とはいえ、良くないことならば、どうして従う必要があろう。今後は、議して殉死をやめさせせよ。」

と仰せられた。

三十年の正月六日に、天皇は五十《い》瓊敷命《にしきのみこと》・大足彦尊《おおたらしひこのみこと》に詔して、

「お前たちは、それぞれ願っているものを言いなさい。」

と仰せられた。兄王は、

「私は、弓矢がほしいのです。」

と申し上げられた。弟王は、

「私は、皇位を得たいと思います。」

と申し上げられた。そこで天皇は詔して、

「それぞれ願い通りにしよう。」

と仰せられた。そして、弓矢を五十瓊敷命に授けられた。次に大足彦尊に詔して、

「お前は、必ず我が位を継ぐように。」

と仰せられた。

三十二年の七月六日に、皇后日葉酢媛命《ひばすひめのみこと》［一説に、日葉酢根命《ひばすねのみこと》であるという］が薨去《こうきょ》された。葬りまつろうとして、何日も過ぎた。天皇は群卿に詔して、

「殉死は、良くない慣習であることを知った。さて、この度の葬礼はどのようにしたらよいであろうか。」

と仰せられた。すると野見宿禰《のみのすくね》が進み出て、

「君主の陵墓に、生きている人を埋め立てるのは、良くありません。どうして後世に伝えることができましょうか。願わくは、今最良の策を議して、奏上いたしたいと存じます。」

と申し上げた。そして使者を遣わし、出雲国《いずものくに》の土部《はにべ》百人を呼び集めた。自ら土部等を指揮して埴土を取り、人・馬、その他種々の物の形を作り、天皇に奏上し、

「今後、この土物《はに》によって生きた人に代え、陵墓に立て、後世の定めといたしましょう。」

と申し上げた。天皇は大いに喜ばれ、野見宿禰に詔して、

「お前の考え出した定めは、まことに私の心にかなっている。」

と仰せられた。それで、その土物《はに》を初めて日葉酢媛命《ひばすひめのみこと》の墓に立てた。それで、この土物《はに》を埴輪《はにわ》という。または、立物《たてもの》という。そこで布令を下して、

「今後陵墓には必ずこの土物《はに》を立て、決して人を損なってはならない。」

と仰せられた。

天皇は厚く野見宿禰の功績をおほめになり、また土物を練り固める場所を与えられ、土部職《はじのつかさ》に任ぜられた。これにより、本姓を改めて、土師臣《はじのおみ》といった。これが、土師連《はじのむらじ》等が天皇の喪葬をつかさどることの起源である。それゆえ野見宿禰は、土師連等の祖である。

三十四年の三月二日に、天皇は山背《やましろ》に行幸された。その時、側近の者が奏上して、

「この国に、綺戸辺《かにはたとべ》と申す美人がおります。容姿はきわめて端麗で、山背大国不遅《やましろおおくにのふち》の娘です。」
と申し上げた。天皇は矛を執り、祈誓《うけい》をされて、
「必ずその美人に遇えるなら、道路に前兆が現れるように。」
と仰せられた。やがて行宮《あんぐう》にお着きになる頃に、大亀が川の中から出てきた。天皇は、矛を挙げてその亀をお刺しになった。するとたちまち白い石になった。天皇は、
「これによって推測すると、必ず霊験があるだろう。」
と仰せられた。こうして、綺戸辺《かにはたとべ》を召して、後宮にお入れになった。綺戸辺は、磐衝別命《いわつくわけのみこと》を生んだ。これは、三尾君《みおのきみ》の始祖である。

これより先、天皇は刈幡戸辺《かりはたとべ》を妃とされ、三男がお生まれになった。長男を祖別命《おおちわけのみこと》と申し、二男を五十日《いか》足彦命《たらしひこのみこと》と申し、三男を胆武別命《いたけるわけのみこと》と申し上げる。五十日足彦命の子は、石田君《いしだのきみ》の始祖である。

三十五年の九月に、五十瓊敷命《いにしきのみこと》を河内国《こうちのくに》に遣わして、高石池《たかしのいけ》・茅渟池《ちぬのいけ》を造らせられた。

十月に、倭《やまと》の狭城池《さきのいけ》と迹見池《とみのいけ》とを造らせられた。

この年に、諸国に命じて、多くの用水溝を掘らせられた。数は八百くらいであった。農業を国家の主業とするためであった。これにより、百姓は富み豊かになり、天下太平であった。

三十七年の正月一日に、大足彦尊《おおたらしひこのみこと》を皇太子とされた。

石上《いそのかみ》神宮の神宝

三十九年の十月に、五十瓊敷命《いにしきのみこと》は茅渟《ちぬ》の菟砥川上宮《うとのかわかみのみや》（大阪府阪南市自然田）におられて、剣千振を作られた。その剣を、川上部《かわかみのとも》という。またの名を、裸伴《あかはだかとも》という。それらを、石上《いそのかみ》神宮（奈良県天理市布留）に納め

た。この後、五十瓊敷命に命じて、石上神宮の神宝をつかさどらせられた。

［一説には、次のような伝えがある。五十瓊敷皇子《いにしきのみこ》が、茅渟《ちぬ》の菟砥《うと》の河上におられた。河上という名の鍛冶を召し出して、大刀千振を作らせられた。この時、楯部《たてぬいべ》・倭文部《しとりべ》・神弓削部《かむゆげべ》・神矢作部《かむやはぎべ》・大穴磯部《おおあなしべ》・泊橿《はつかし》部《べ》・玉作部《たますりべ》・神刑部《かむおさかべ》・日置部《ひおきべ》・大刀佩部《たちはきべ》、合わせて十個の品部《とものみやつこ》（職能集団）を、五十瓊敷皇子に授けられた。

千振の大刀は、忍坂邑《おさかのむら》に納め、その後石上神宮に移した。この時、石上神宮の神が、

「春日臣《かすがのおみ》の一族で、市河《いちかわ》という者に治めさせよ。」

と望まれた。そこで、その通りにさせた。これが、今の物部首《もののべのおびと》等の始祖である。」

八十七年の二月五日に、五十瓊敷命《いにしきのみこと》は妹大中姫《おおなかつひめ》に、

「私は、すっかり老いてしまった。もう神宝をつかさどることができなくなった。今後は、お前に任せることにする。」

と言われた。大中姫命は、

「私は、か弱い女です。どうして高い神倉《ほくら》に登ることができましょうか。」

と言って辞退した。五十瓊敷命は、

「神倉が高いといっても、私がうまく神倉まで届く梯子《はしご》を作ろう。そうすれば、神倉に登るのに難しくはあるまい。」

と言われた。

「神の神倉も樹梯《はしたて》のままに」

という諺があるが、これがその起源である。こうしてついに、神宝をつかさどることを承知し、物部十千根大連《もののべのとおちねのおおむらじ》に授けて治めさせた。物部連等が今に至るまで石上の神宝を治めるのは、これがその起源である。

昔、丹波国《たにはのくに》の桑田村《くわたのむら》（京都府亀岡市東部）に、甕襲《みかそ》という人が足往《あゆき》という犬を飼っていた。この犬が、牟士那《むじな》という山の獣を食い殺した。その獣の腹に、八坂瓊《やさかに》の勾玉《まがたま》があり、すぐに献上した。この玉は、今石上神宮にある。

天日槍《あめのひほこ》と神宝

八十八年の七月十日に、天皇は群卿に詔して、

「私が聞くところによると、新羅《しらぎ》の王子天日槍《あめのひほこ》が初めてやって来た時に持ってきた宝物は、今但馬《たじま》にある。初めからその国の人に貴ばれて、そのまま神宝となったということだ。その宝物を見たいと思う。」

と仰せられた。その日にすぐ使者を遣わして、天日槍の曾孫清彦《きよひこ》に詔して献上せしめられた。清彦は勅を承り、直ちに神宝を捧げて献上した。羽太《はふと》の玉一個・足高《あしたか》の玉一個・鵜鹿鹿《うかか》の赤石の玉一個・日鏡《ひのかがみ》一面・熊の神籬《ひもろき》一具である。ただし、小刀が一つだけあった。名を出石《いずし》という。清彦は、急に刀子《かたな》は献上できないと考えて、袍《ころも》の中に隠していた。天皇は、清彦の心をお知りにならず、清彦を歓待しようと御所に召し出して、お酒をお与えになった。その時、刀子が袍の中から見えた。天皇はご覧になって、

「その袍の中の刀子は何か。」

と尋ねられた。清彦は、もはや刀子を隠しておくことはできないと知り、

「献上いたしました神宝の中の一つです。」

と言上した。天皇は、

「そうならば、どうして神宝の類から離しておくことができようか。」

と仰せられた。清彦は、袍から出して献上した。

こうして、神宝はすべて神府《みくら》に納められた。その後、宝府を開いてご覧になると、小刀がなくなっていた。すぐに清彦に、

「お前が献上した刀子《かたな》が、急になくなった。もしかして、お前の所へ戻っているのではあるまいか。」

と尋ねられた。清彦は、

「昨晩、刀子が自然に私の家に来ました。ところが、今朝見るとありません。」

と申し上げた。天皇は恐れ畏《かしこ》んで、再び求めようとはされなかった。この後、出石の刀子は淡路島にやって来た。島人は、それを神だと思い、刀子のために祠を立てた。これは今でも祭られている。

昔、ある人が小舟に乗って但馬国に停泊した。そこで、

「あなたは、どこの国の人か。」

と尋ねた。その人は、

「新羅の王子で、名を天日槍《あめのひほこ》と申します。」

と答えた。そのまま但馬に留まり、その国の前津耳《さきつみみ》［一説に、前津見《さきつみ》という。また一説には、太耳《ふとみみ》という］の娘麻柁能烏《またのお》をめとって、但馬諸助《たじまもろすく》を生んだ。これが、清彦の祖父である。

田道間守《たじまもり》を常世国《とこよのくに》に派遣

九十年の二月一日に、天皇は田道間守《たじまもり》に命じられ、常世国《とこよのくに》に遣わして、非時香菓《ときじくのかくのみ》（時を定めず四季常にある香菓）を求めさせられた。今橘《たちばな》というのはこれである。

九十九年の七月一日に、天皇は纏向宮《まきむくのみや》で崩御された。御年百四十であった。（百三十八歳となる）

十二月十日に、菅原伏見陵《すがわらのふしみのみささぎ》に葬りまつった。

翌年の三月十三日に、田道間守《たじまもり》は常世国《とこよのくに》から帰ってきた。持ち帰ってきた物は非時香菓《ときじくのかくのみ》、実のついた八本の枝と、ひもでつないだもの八本であった。田道間守は天皇が崩御されたことを聞いて、泣き悲しみ、

「天皇よりご命令を承《うけたまわ》り、遠隔の地に行ってまいりました。遠く万里の浪を踏み、遙かに河川を渡りました。この常世国は、神仙が集まるという秘境で、俗人が行けるような場所ではありません。そのため、往復している間に、いつのまにか十年もたってしまいました。高い波をしのぎ、また本土に戻れるとは思いもよりませんでした。しかしながら、聖帝の神霊によってようやく帰ってくることができました。今、天皇はすでに崩御され、もう復命することはできません。私が生きていても、何の甲斐があるでしょうか。」

と申した。そして、天皇の御陵に赴き殉死《じゅんし》した。群臣はこれを聞き、みな涙を流した。田道間守は、三宅連《みやけのむらじ》の始祖である。

巻第七　第十二代　大足彦忍代別天皇《おおたらしひこおしろわけのすめらみこと》　景行天皇《けいこうてんのう》

即位と立后

景行《けいこう》天皇は、垂仁《すいにん》天皇の第三子である。母の皇后は日葉洲媛命《ひばすひめのみこと》と申し、丹波《たにはの》道主王《みちぬしのおおきみ》の御娘である。垂仁天皇の三十七年に、皇太子となられた。御年二十一であった。

九十九年の二月に、垂仁天皇が崩御された。

元年の七月十一日に、皇太子は天皇に即位された。よって、元号を改めた。この年、太歳《たいさい》は辛未《しんび》であった。

二年の三月三日に、播磨稲日大郎姫《はりまのいなびのおおいらつめ》［一説に、稲日稚郎姫《いなびのわきいらつめ》という］を皇后とされた。皇后は、二男をお生みになった。長男を大碓皇子《おおうすのみこ》と申し、二男を小碓尊《おうすのみこと》と申し上げる［一書によると、皇后は三男をお生みになった。その三男を稚倭根子皇子《わかやまとねこのみこ》と申し上げるという］。大碓皇子・小碓尊は、双子としてお生まれになった。天皇は奇異に思われ、安産を祈るための臼に、大きな声で叫ばれた。こういうわけで、二人の王を大碓・小碓と申し上げるのである。小碓尊は、またの名を日本童男《やまとおぐな》、または日本武尊《やまとたけるのみこと》と申し上げる。幼くして、雄々しい気性があられた。壮年となって、ますますたくましさが加わり、身長は一丈（約三メートル）もあり、力は強く、鼎《かなえ》をかつぎ上げられるほどであった。

三年の二月一日に、紀伊国《きのくに》に行幸して、諸々の天神地祇《てんしんちぎ》を祭ろうと占われたが、吉とは出なかった。それで、行幸を中止された。屋主忍男武雄心命《やぬしおしおたけおこころのみこと》［一説に、武猪心《たけいこころ》という］を遣わして祭らせられた。屋主忍男武雄心命は、出発して阿備柏原《あびのかしわはら》で、天神地祇《てんしんちぎ》を祭った。そこに住むこと九年の間に、紀直《きのあたい》の遠祖菟道彦《うじひこ》の娘影媛《かげひめ》をめとって、武内宿禰《たけうちのすくね》を生んだ。

諸妃と八十人の御子

四年の二月十一日に、天皇は美濃《みの》に行幸された。その時、側近が奏上して、

「この国に、弟姫《おとひめ》という名の美人がいます。容姿がまことに端麗で、八坂入彦皇子《やさかのいりびこのみこ》の御娘です。」

と申し上げた。天皇は妃にしようと思われ、弟姫の家に出かけられた。弟姫は、天皇が行幸されると聞いて、すぐ竹林に隠れた。天皇は、弟姫を迎えようと考えられ、泳宮《くくりのみや》（岐阜県可児郡可児町久々利）におられた。鯉を池に放し、朝夕ご覧になってお遊びになった。時に弟姫は、その鯉が遊ぶのを見たいと思い、ひそかに来て池をご覧になった。天皇は、すぐに弟姫を留めて、お召しになった。この時弟姫は、

「結婚して夫婦になる道は、昔も今も変わらない人の世の決まりなのか。しかし、私にとってはたいそう不安なこと。」

と思った。それで天皇に願い出て、

「私は、夫婦としての道は望んでおりません。今、天皇の命の威力にたえることができず、しばらく寝殿に召されていました。ところが、ますます不安感がつのります。また、容姿も美しくなく、長く後宮でお仕えすることはできません。ただ、私には八坂入媛《やさかのいりびめ》という姉がおります。容姿は麗しく、志もまた貞潔でございます。どうか私の代わりに、後宮にお召し入れ下さい。」

と申し上げた。天皇は、お聞き入れになった。

このようにして、天皇は八坂入媛を召して妃とされた。妃は、七男六女を生んだ。長男を稚足彦天皇《わかたらしひこのすめらみこと》

（成務《せいむ》天皇）と申し、次男を五百城入彦皇子《いおきいりびこのみこ》と申し、三男を忍之別皇子《おしのわけのみこ》と申し、四男を稚倭根子皇子《わかやまとねこのみこ》と申し、五男を大酢別皇子《おおすわけのみこ》と申し、長女を渟熨斗皇女《ぬのしのひめみこ》と申し、次女を渟名城皇女《ぬなきのひめみこ》と申し、三女を五百城入姫皇女《いおきいりびめのひめみこ》と申し、四女を麛依姫皇女《かごよりひめのひめみこ》と申し、六男を五十狭城入彦皇子《いさきいりびこのみこ》と申し、七男を吉備兄彦皇子《きびのえひこのみこ》と申し、五女を高城《たかき》入姫皇女《いりびめのひめみこ》と申し、六女を弟姫皇女《おとひめのひめみこ》と申し上げる。二人めの妃三尾氏磐城別《みおのうじのいわきわけ》の妹水歯郎媛《みずはのいらつめ》は、五百野皇女《いおののひめみこ》を生んだ。三人めの妃五十河媛《いかわひめ》は、神櫛皇子《かむくしのみこ》・稲背入彦皇子《いなせいりびこのみこ》を生んだ。兄の神櫛皇子は讃岐国造《さぬきのくにのみやつこ》、弟稲背入彦皇子は播磨別《はりまのわけ》の始祖である。四人めの妃阿倍氏木事《あへのうじのこごと》の娘高田媛《たかたひめ》は、武国凝別皇子《たけくにこりわけのみこ》を生んだ。これは、伊予《いよの》国《くに》の御村別《みむらのわけ》の始祖である。五人めの妃日向髪長大田根《ひむかのかみながおおたね》は、日向襲津彦皇子《ひむかのそつびこのみこ》を生んだ。これは、阿牟君《あむのきみ》の始祖である。六人めの妃襲武媛《そのたけひめ》は、国乳別皇子《くにちわけのみこ》・国背別皇子《くにそわけのみこ》［一説に宮道別皇子《みやじわけのみこ》という］・豊戸別皇子《とよとわけのみこ》とを生んだ。兄国乳別皇子は水沼別《みぬまのわけ》、弟豊戸別皇子は火国別《ひのくにのわけ》の始祖である。

こうして、天皇の皇子と皇女は合わせて八十人おられた。しかし、日本武尊《やまとたけるのみこと》・稚足彦天皇《わかたらしひこのすめらみこと》（成務天皇）・五百城入彦皇子《いおきいりびこのみこ》とを除いて、他の七十余人の皇子は、みな国や郡に封じて、それぞれの地方に向かわせられた。今の世に当たって、諸国にある別《わけ》というのは、その別王《わけのみこ》の子孫である。

この月に、天皇は美濃国造《みののくにのみやつこ》神骨《かむほね》の娘で、姉の兄遠子《えとおこ》、妹の弟遠子《おととおこ》がともに美人であるとお聞きになり、すぐに大碓命《おおうすのみこと》を遣わし、その婦女の容姿を見させられた。ところが大碓命は、姉妹と密通し、復命しなかった。これがもとで、天皇は大碓命をお恨みになった。

十一月一日に、天皇は美濃からお戻りになった。そしてまた纏向《まきむく》に都を造られた。これを、日代宮《ひしろのみや》という。

天皇の西征と神夏磯媛《かむなつそひめ》の帰順

十二年の七月に、熊襲《くまそ》が背いて、朝貢しなかった。

して、
八月十五日に、天皇は筑紫《つくし》に行幸された。

九月五日に、周芳《すわ》（山口県）の娑麼《さば》（防府市佐波）に到着された。時に天皇は南方をご覧になり、群卿に詔して、

「南方に煙が多く立っている。おそらく賊がいるのであろう。」

と仰せられた。それでそこに留まられ、まず多臣《おおのおみ》の祖武諸木《たけもろき》・国前臣《くにさきのおみ》の祖菟名手《うなて》・物部君《もののべのきみ》の祖夏花《なつはな》を派遣して、状況を視察させられた。そこに神夏磯媛《かむなつそひめ》という女性がいた。その一族はたいへん多く、一国の首領であった。天皇の使者が来たことを聞き、すぐに磯津山《しつのやま》の賢木《さかき》を根ごとに引き抜き、上の枝には八握剣《やつかつるぎ》、中の枝には八咫鏡《やたかがみ》、下の枝には八尺瓊《やさかに》を取り掛け、また白旗を船のへさきに立て、参向して、

「どうか、兵を派遣しないで下さい。我が属には、決して背きまつるような者はいません。今すぐに帰順いたすでしょう。ただし、残虐な賊がいます。一人めを鼻垂《はなたり》といいます。かってに天皇の名をかりて、山や谷に人を大勢集め、菟狭《うさ》の川上に満ちあふれています。二人めは、耳垂《みみたり》といいます。残酷で貪欲で、しばしば人民を略奪します。これは、御木《みけ》の川上にいます。三人めは、麻剝《あさはぎ》といいます。ひそかに徒党を集めて、高《たか》羽《は》の川上にいます。四人めは、土折猪折《つちおりいおり》といいます。緑野《みどりの》の川上に隠れ住み、山川の険しいことをよいことに、人民を略奪しています。これらの四人の拠点はすべて要害の地です。それでそれぞれが手下を使って、一所の長となりました。四人とも、

『天皇の命令には従わない。』

と言っています。どうか、速やかに討伐して下さい。決して時機を失いませんように。」

と申し上げた。

そこで武諸木《たけもろき》等は、まず麻剝《あさはぎ》の徒党を誘った。赤い衣・褌《はかま》や種々の珍しい物を与え、併せて服従しない三人

を招いた。三人は、自分の部下を率いてやってきた。それをことごとく捕らえて殺した。

天皇は、ついに筑紫に行幸され、豊前国《とよのみちのくちのくに》（福岡県東部と大分県北部）の長峡県《ながおのあがた》に至って、行宮を建てて居住された。それで、その所を京《みやこ》（福岡県京都郡北部・行橋市）という。

土蜘蛛《つちぐも》の討伐

十月に、碩田国《おおきたのくに》（大分県大分市周辺）に到着された。そこは広大で、美しかった。それで碩田《おおきた》と名付けた。天皇が速見邑《はやみのむら》（大分県速見郡・別府市周辺）に着かれると、速津媛《はやつひめ》という女性がいた。一所の長であった。天皇が行幸されると聞き、自らお出迎えして、

「この山に大きな石窟《いわや》があります。鼠石窟《ねずみのいわや》といいます。そこには二人の土蜘蛛《つちぐも》がいます。一人めを青、二人めを白といいます。また、直入県《なおりのあがた》（大分県竹田市・熊本県阿蘇郡の一部）の禰疑野《ねぎの》に三人の土蜘蛛がいます。一人めを打猨《うちさる》、二人めを八田《やた》、三人めを国麿侶《くにまろ》といいます。この五人は、生まれつき剛力で、大勢の仲間がいます。みな口をそろえて、

『天皇の命令には従わない。』

と言っています。もし強制的に服従させようとするなら、兵を起こして妨害するでしょう。」

と申し上げた。天皇は、これをにくみ嫌われたが、お進みになれなかった。それで、来田見邑《くたみのむら》（竹田市久住町・直入町、由布市庄内町南部周辺）に留まり、行宮を建てて住まわれた。そこで群臣と謀り、

「今、多くの兵士を動かして、土蜘蛛を討伐する。もし我が兵の勢いに恐れて、山野に隠れてしまったならば、必ず後の憂いとなることだろう。」

と仰せられた。

それで海石榴《つばき》の樹（椿）を採って、槌《つち》を作り武器とされた。そして勇猛な兵卒を選び、武器を授けて山に穴を掘り草を払い、石室の土蜘蛛を襲って、稲葉《いなば》の川上に破り、ことごとくその一党を殺した。時の人は、海石榴《つば》の槌を作った所を海石榴市《つばきち》といった。また、血の流れた所を血田《ちた》といった。また、打猨《うちさる》を討伐しようとして、禰疑山《ねぎやま》を越えた。その時、賊軍は矢を横ざまに山から射かけた。矢は、官軍の前に雨のように降りかかった。天皇は、さらに城原《きはら》（竹田市木原付近）に帰り、川のほとりで占いをされた。そこから兵を整えて、まず八田《やた》を禰疑野《ねぎの》に撃破した。これを見て、打猨は勝つことができないと思い、服従することを願い出た。しかし、天皇は許されなかった。こうして、谷に身を投げて死んだ。

天皇は、初め賊を討とうとして柏峡《かしわお》の大野に宿営された。その野に石があり、長さ六尺（一尺は約三十センチメートル）、広さ三尺、厚さ一尺五寸（一寸は約三センチメートル）であった。天皇は祈誓《うけい》をされて、

「私が土蜘蛛《つちぐも》を滅ぼすことができるなら、この石を蹴る時に、石よ柏の葉のように舞い上がれ。」

と仰せられた。そのようにすると、たちまちにして柏の葉のように大空に上がった。それでその石を蹈石《くえし》という。この時にお祈り申し上げた神は、志我神《しがのかみ》・直入物部神《なおりのもののべのかみ》・直入中臣神《なおりのなかとみのかみ》の三神だった。

十一月に、日向国《ひむかのくに》に着いて、行宮を建ててお住みになった。これを高屋宮《たかやのみや》という。

熊襲《くまそ》平定と九州巡幸

十二月五日に、熊襲国《くまそのくに》を討伐することについて軍議された。天皇は群卿に詔して、

「私が聞くところによると、襲国《そのくに》に厚鹿文《あつかや》・迮鹿文《さかや》という者がいる。この二人は熊襲国《くまそのくに》の首領である。多くの軍衆を従えていて、熊襲国《くまそのくに》の八十梟師《やそたける》といっている。その勢いは盛んで、敵対できる者がいないということだ。軍勢が少なくては、賊を滅ぼすことができない。かといって、多くの兵を動員すれば、百姓を損なう

ことになる。どうかして、武力による威を借りず、居ながらにしてその国を平定することはできないだろうか。」

と仰せられた。その時、一人の臣が進言して、

「熊襲梟師《くまそたける》には、二人の娘がいます。姉を市乾鹿文《いちふかや》、妹を市鹿文《いちかや》といいます。容貌はたいへん整い美しく、女性ではありますが雄々しい心の持ち主です。そこで、高価な贈り物を見せて、陛下のそばに召し入れるのがよいでしょう。そして、二人の父の消息をうかがいながら不意を討てば、決して刃を血塗らさずに、賊は必ず敗れるでしょう。」

と申し上げた。天皇は、

「まことに良い策である。」

と仰せられた。

このようにして、贈り物を示して二人の娘を欺き、おそばに召し入れられた。天皇は、市乾鹿文《いちふかや》を招き、寵《ちょう》愛《あい》しているようにみせかけられた。時に市乾鹿文は、天皇に奏上して、

「熊襲国《くまそのくに》が服従しないことを、憂うることはありません。私に良い計略があります。すぐに一人か二人の兵を私につけて下さい。」

と申し上げた。こうして市乾鹿文《いちふかや》は家に帰り、たくさんの豊醇《ほうじゅん》な酒を用意し、父に飲ませた。父はすぐに酔って寝てしまった。市乾鹿文は、ひそかに父の弓の弦を切っておいた。ここで従兵の一人が進み出て、熊襲梟師《くまそたける》を殺した。天皇は、この親不孝のはなはだしいことを憎み、市乾鹿文を誅殺された。一方、妹の市乾文《いちかや》を火国《ひのくに》造《のみやつこ》にされた。

十三年の五月に、襲国《そのくに》をすべて平定された。このようにして、高屋宮《たかやのみや》に居住されること六年となった。

ところでその国に、御刀媛《みはかしひめ》という美人がいた。天皇は、すぐに召し入れて妃とされた。妃は、豊国別皇子《とよくにわけのみこ》を生んだ。これが、日向国造《ひむかのくにのみやつこ》の始祖である。

十七年の三月十二日に、子湯県《こゆのあがた》（宮崎県児湯郡・西都市）に行幸して、丹裳小野《にものおの》に遊ばれた。その時、東方を望み見て、

「この国は、日の出る方に直面している。」

と仰せられた。それで、その国を日向《ひむか》という。

この日に、野中の大石に登り、都をお偲びになり、御歌を詠まれた。

歌謡二一　愛《は》しきよし　我家《わぎへ》の方《かた》ゆ　雲居《くもい》立《た》ち来《く》も

ああ、愛しい我が家の方から、雲がわいて流れてくることよ。

歌謡二二　倭《やまと》は　国のまほらま　畳《たた》づく　青垣《あおがき》　山籠《こも》れる　倭《やまと》し麗《うるわ》し

大和は、もっとも秀れた国。青々とした山が重なって、垣のように包んでいる大和の国こそ立派で美しい。

歌謡二三　命《いのち》の　全《また》けん人は　畳薦《たたみこも》　平群《へぐり》の山の　白橿《しらかし》が枝を　髻華《うず》に挿《さ》せ　此の子

生命力のあふれた若者は、〔畳薦《たたみこも》〕平群《へぐり》の山の白檮の枝を髪飾りにして遊べ。この子よ。

これを思邦歌《くにしのびうた》という。

十八年の三月に、天皇は京《みやこ》に向かおうとして、筑紫国《つくしのくに》を巡幸された。初め夷守《ひなもり》（宮崎県小林市付近）に着かれた。この時、石瀬河《いわせのかわ》（小林市内岩瀬川）のほとりに、群衆が集まっていた。天皇は、はるかに望まれ詔《みことのり》して、

「あのように集まっているのは、いったい何者か。もしかすると、賊であるか。」

と仰せられた。そして、兄夷守《えひなもり》・弟夷守《おとひなもり》を派遣して視察させられた。弟夷守が帰ってきて、

「諸県《もろがた》（宮崎県南西部）君泉媛《きみいずみひめ》が、天皇にお食事を献上しようとして、その一族が集まっているのです。」

と申し上げた。

四月三日に、熊県《くまのあがた》（熊本県球磨郡・人吉市）に到着された。そこに熊津彦《くまつひこ》という兄弟二人がいた。天皇は、まず兄熊《えくま》を召し出されると、すぐに使者に従って参上した。次に弟熊《おとくま》を召し出されたが、参上しなかった。そこで、兵を遣わして誅伐させられた。

十一日に、海路から葦北《あしきた》（熊本県葦北郡・水俣市・八代市南部）の小島に泊まり、お食事をされた。その時、山部阿弭古《やまべのあびこ》の祖小左《おひだり》を召して、冷水を献上させられた。この時にあたって、島の中には水が少なく、どうしてよいかわからなかった。そこで天を仰ぎ、天神地祇《てんしんちぎ》に祈った。するとたちまちに、清水が崖の傍らから湧き出た。それで、その島を水島《みずしま》（熊本県八代市内球磨川河口）という。その泉は、今でも水島の崖に残っている。

五月一日に、葦北から船出して、火国《ひのくに》に到着された。そこで日没となり、接岸することができなかった。やがて遥かに火の光が見えた。天皇は、船頭に詔して、

「まっすぐに火の方向を目指せ。」

と仰せられた。それで、火に向かって進んでいくと、岸に着いた。天皇は、その火の光った所を尋ねて、

「何という邑《むら》か。」

と仰せられた。土地の人は、

「これは、八代県《やつしろのあがた》（熊本県八代郡・八代市）の豊村《とよのむら》です。」

と申し上げた。天皇は続けて、

「その火は誰の火か。」

と尋ねられた。ところが、その火の主を得ることができず、人の火ではないことがわかった。それでその国を火国《ひのくに》という。

六月三日に、高来県《たかくのあがた》（島原半島近辺）から玉杵名邑《たまきなのむら》（熊本県玉名郡・荒尾市・玉名市）に移られた。その時、土蜘蛛《つちぐも》の津頰《つつら》という者を殺害された。

十六日に、阿蘇国《あそのくに》（熊本県阿蘇郡）に到着された。その国は、野原が広く遠く開け、人家はなかった。天皇は、

「この国に誰かいるのか。」

と仰せられた。その時、二柱の神がいた。名を阿蘇都彦《あそつひこ》・阿蘇津媛《あそつひめ》といった。たちまち人の姿となって現れ、

「私ども二人がおります。」

と申し上げた。それで、その国を阿蘇《あそ》という。

七月四日に、筑紫後国《つくしのみちのしりのくに》（福岡県南部）の御木《みけ》（福岡県三池郡・大牟田市）に到着されて、高田行宮《たかたのかりみや》におられた。時に、倒れた樹があった。長さは九百七十丈（約二・九キロメートル）もあった。役人たちは、その樹を踏んで出仕した。時の人は、歌を詠んだ。

歌謡二四　朝霜《あさしも》の　御木《みけ》のさ小橋《おばし》　群臣《まえつきみ》　い渡《わた》らすも　御木《みけ》のさ小橋《おばし》

〔朝霜の〕御木の小橋よ。群臣が渡られるよ、御木の小橋を。

そこで天皇は、

「これは何の樹か。」

と尋ねられた。一人の老夫が、

「この樹は、歴木《くぬぎ》といいます。昔、まだ倒れなかった時は、朝日の光を受け、その影は杵島《きしま》（佐賀県杵島郡・武雄市）山を隠しました。夕日の光に当たっては、阿蘇山《あそのやま》を隠すほどでした。」

と申し上げた。天皇は、

「この樹は、神木である。それゆえ、この国を御木国《みけのくに》と名付けよ。」

と仰せられた。

七日に、八女県《やめのあがた》（福岡県八女郡・八女市・筑後市）に到着された。そして、藤山《ふじやま》を越え南の粟岬《あわのさき》を望み見られた。天皇は詔して、

「山の峰々が重なり合って、たいそう美しい。おそらく神がその山におられるのであろうか。」

と仰せられた。その時、水沼県《みぬまのあがた》（福岡県三潴郡・久留米市・大川市）主猿大海《ぬしさるおおみ》が奏上して、

「八女津媛《やめつひめ》と申す女神がおられます。常に山中においでです。」

と申し上げた。八女国《やめのくに》の名は、これによって起こったのである。

八月に、的邑《いくはのむら》（福岡県うきは市・久留米市）に到着されて、お食事をされた。この日に、膳夫《かしわで》等は盞《うき》（酒杯）

を忘れた。それで、時の人は、その所を浮羽《うきは》といった。今、的《いくは》というのはそれが訛ったのである。昔筑紫《つくし》の人々は、盞《うき》のことを浮羽《うきは》といっていた。

十九年の九月二十日に、天皇は日向《ひむか》から大和《やまと》へ還御された。

二十年の二月四日に、五百野皇女《いおののひめみこ》を遣わして天照大神《あまてらすおおみかみ》を祭らせられた。

二十五年の七月三日に、武内宿禰《たけうちのすくね》を派遣して北陸と東方の諸国の地形、また人民の状況を視察させられた。

二十七年の二月十二日に、武内宿禰が東国から帰還して奏上し、

「東方の辺境の中に、日高見国《ひだかみのくに》があります。その国の人々は、男女ともに髪を椎《つち》のような形に結い、身に入れ墨をしており、人となりはたいへん勇猛です。これを蝦夷《えみし》と申します。また、土地は肥沃で広々としています。これを攻めて、撃ち取るべきです。」

と申し上げた。

八月に、熊襲《くまそ》がまた背いて、辺境を侵して止まなかった。

日本武尊《やまとたけるのみこと》の熊襲《くまそ》征伐

十月十三日に、日本武尊《やまとたけるのみこと》を派遣して、熊襲《くまそ》を征討させられた。この時、御年は十六であった。出征にあたり、日本武尊《やまとたけるのみこと》は、

「私は、すぐれた弓矢の射手を得て行こうと思う。どこかにいるだろうか。」

と言われた。ある人が、

「美濃国《みののくに》に、弟彦公《おとひこのきみ》という弓の名人がいます。」

と申し上げた。日本武尊《やまとたけるのみこと》は、葛城《かずらき》の人宮戸彦《みやとひこ》を使者として、弟彦公を召させられた。弟彦公は、石占横立《いしうらのよこたち》

と尾張《おわり》の田子稲置《たごのいなき》・乳近稲置《ちちかのいなき》とを率いてやって来た。そして、日本武尊に従って出発した。

十二月に、熊襲国《くまそのくに》に到着された。さっそく、その地の状況と地形の状態とを偵察された。時に、熊襲《くまそ》に取石《とろし》鹿文《かや》、または川上梟師《かわかみたける》という首領がいた。ある日、すべての親族を集め、祝宴を開こうと思った。そこで日本《やまと》武尊《たけるのみこと》は、髪を解いて童女《おとめ》の姿となり、ひそかに川上梟師の宴会の時をうかがわれた。こうして剣を御衣の中に隠し持ち、川上梟師の酒宴の部屋に入り、女性の中に紛れ込んでおられた。川上梟師は、その童女の容姿に魅かれ、手をとり席を同じくし、杯を上げて酒を飲ませ、遊び興じた。やがて夜も更け、酒宴の人もまばらになった。そのうえ川上梟師《かわかみたける》は、酔いもまわってきた。そのころあいをみて、日本武尊は衣服の中の剣を抜き、一気に川上梟師の胸を突き刺された。川上梟師は、まだ意識があるうちに、頭を下げ、

「しばらくお待ち下さい。申し上げることがあります。」

と申し上げた。日本武尊は、剣を押し留めてお待ちになった。川上梟師は、

「あなたは、ただならぬ尊のように思われます。どうか、御名を聞かせて下さい。」

と尋ねた。日本武尊は、

「私は、景行《けいこう》天皇の皇子である。名は日本童男《やまとおぐな》という。」

と答えられた。川上梟師は続けて、

「私は、国中で最も力強き者でございます。それで人々は、我が威力に勝てず、従わないという者はございません。私は、多くの武勇の者に遇いましたが、いまだ皇子のようなお方はございませんでした。それで、賤しい奴の卑しい口から、貴号を奉りたいと存じます。お聞き入れ下さるでしょうか。」

と申し上げた。すると、

「許そう。」

と言われた。川上梟師《かわかみたける》は、

「今後、皇子を名付けて日本武尊《やまとたけるのみこと》と称え申し上げましょう。」

と言上した。言い終わるやいなや、胸を突き通して殺された。日本武尊という尊称は、これがその起源である。その後、弟彦《おとひこ》等を派遣して、党類すべてを斬らせられた。

このようにして征討を終え、海路より倭に向かい、吉備《きび》に到着し、穴海《あなのうみ》を渡られた。そこに悪神がいたが、すぐに殺害された。また、難波《なにわ》に帰りついた時に、柏済《かしわのわたり》（大阪市淀川河口付近）の悪神を殺された。

二十八年の二月一日に、日本武尊《やまとたけるのみこと》は熊襲《くまそ》平定について奏上し、

「私は、天皇の神霊の加護を受け、兵を率いて熊襲の首領を誅殺し、その国を平定しました。そのために、西方の国は静謐《せいひつ》となり、人民は平穏に暮らしています。ただ、吉備《きび》の穴済《あなのわたり》の神、難波《なにわ》の柏済《かしわのわたり》の神だけは害心を持ち、毒気を放って往来の人を苦しめ、禍害の元凶となっていました。それで、ことごとくその悪神を誅殺し、併せて水陸の道を開きました。」

と申し上げた。天皇は、日本武尊の功績をほめたたえ、殊に愛情をかけられた。

四十年の六月に、東方の国が背いて、辺境が騒乱した。

日本武尊《やまとたけるのみこと》の東征

七月十六日に、天皇は群卿に詔《みことのり》して、

「今、東国が安定せず、暴神が多く騒いでいる。また、蝦夷《えみし》はことごとく叛逆して、しばしば人民を略奪している。さて、誰を派遣してその乱れを平定したらよいだろうか。」

と仰せられた。群臣は、見当がつかなかった。日本武尊は奏上して、

「私は、先に西征を成し遂げました。今度の戦役は、大碓皇子《おおうすのみこ》の務めでございましょう。」

と申し上げられた。大碓皇子は、驚き恐れて、草叢《くさむら》の中に逃げ隠れてしまった。そこで使者を遣わし、召し出させられた。天皇は、

「お前が望まないのに、どうして無理に派遣しようか。まだ賊軍に出会わないのに、今からそのように恐れるとはいったい何事か。」

と責められた。こうして美濃国《みののくに》を与えて、そこを治めるようにさせられた。大碓命《おおうすのみこと》は、任地に出向いた。これが、身毛津君《むげつのきみ》・守君《もりのきみ》の二氏族の始祖である。

一方日本武尊《やまとたけるのみこと》は、勇猛な姿を示して、

「熊襲《くまそ》をすでに平定し、まだ幾年も経っていないのに、今度はまた東方の国が背いた。いったいいつの日になったら、太平の世になるのでしょうか。私は、苦労ではあるけれども、ひたすらにその反乱を平定しましょう。」

と申し上げた。そこで天皇は、斧《おの》と鉞《まさかり》を日本武尊に授けて、

「私が聞くところによると、その東方の国は、生来強暴で侵犯することだけを考えている。村には長がなく、集落には首がいない。おのおのが境界を侵し、略奪を繰り返している。また、山には邪神が、野には悪鬼がいる。そして、分かれ道を遮り、道を塞ぎ、多くの人々を苦しめている。

東方の国の中でも、蝦夷《えみし》が最も強い。男女は雑居し、父子の区別もない。冬は穴に寝、夏は樹上に住んでいる。毛皮を着、生血を飲んで、兄弟はともに疑いあっている。山に登れば飛ぶ鳥のようであり、野を行けば走る獣のようである。恩を受けてもすぐに忘れ、怨みがあれば必ず報復する。矢を束ねた髪の中に隠し、刀を衣の中に帯びている。あるいは党類を集めて辺境を侵し、あるいは収穫の時期を見はからって、人民か

ら略奪する。討てば草に、追えば山に入って隠れてしまうということだ。

こういうわけで、いまだ王化に従わずにいる。ところでお前は、生来身体が長大で、容姿は端正である。鼎《かなえ》をかつぎ上げるほど力は強く、雷電のように勇猛である。向かうところ敵なく、攻めれば必ず勝つ。それゆえ形は我が子であるが、その実体は神人《かみ》であると知った。まことにこれは、天の恵みであり、私が愚かであり国が乱れていることを憐れんで、天下の大業を治め整え、国家を絶えさせないようにして下さっているのだ。また、この天下はお前の天下である。この位も、お前の位である。どうか深く謀り遠く慮《おも》い、邪悪の者を探り、反逆する者をうかがい、威光を示し、徳によって懐柔し、武力を用いず服従させよ。よいか、言葉を巧みにして悪神を調伏し、もしそれが叶わぬなら、武力を奮って悪鬼を討ち攘《はら》うがよい。」

と仰せられた。

こうして日本 武 尊《やまとたけるのみこと》は、斧《おの》と鉞《まさかり》をお受け、再拝して奏上し、

「先に西征した年に、天皇の霊威を受け、三尺の剣を持ち、熊襲国《くまそのくに》を攻撃しました。間もなく、賊の首領は罪に服しました。今また天神地祇《てんしんちぎ》の霊威をこうむり、天皇の勢威を借り、出征して東方の境に至り、徳による教化を示し、なお服従しないならば、すぐに挙兵して討伐しましょう。」

と申し上げた。そして、重ねて再拝された。天皇は、吉備武彦《きびのたけひこ》と大伴 武日連《おおとものたけひのむらじ》とに命じて、日本 武 尊《やまとたけるのみこと》に従わせられ、また七掬脛《ななつかはぎ》を膳夫《かしわで》とされた。

十月二日に、日本 武 尊《やまとたけるのみこと》は出発された。

七日に、伊勢神宮を拝された。そして叔母の倭姫命《やまとひめのみこと》に、

「今、天皇のご命令をお受けして、東方に出征し、諸々の叛逆者を誅伐しようとしています。それで、暇乞いに参りました。」

と申し上げられた。倭姫命は、草薙剣《くさなぎのつるぎ》を授けて、

「慎重に行動して下さい。決して油断してはなりませんよ。」

と言われた。

この年に、日本武尊は、初めて駿河《するが》（静岡県中部）に到着された。すると、賊が服従したふりをして欺き、

「この野には、たくさんの大鹿がいます。その吐く息は朝霧のようで、足は茂った林のようです。お出かけになって、狩りを楽しまれてはいかがでしょうか。」

と言った。日本武尊《やまとたけるのみこと》は、その言葉を信じられ、野に入って獣を求めた。賊は、王《みこ》（日本武尊）を殺そうという心があり、野に火を放って焼いた。王は、欺かれたと知り、すぐに火打ちで火をおこし、迎え火で焼き、難を免れることができた［一説に、王の身につけていた叢雲《むらくも》の剣が、ひとりでに抜けて、王のそば近くの草を薙ぎ払った。これによって、難を逃れることができた。それで、その剣を草薙《くさなぎ》というのであるという］。王は、

「すっかり欺かれてしまった。」

と言われた。すぐにその賊どもをことごとく焼き殺された。それで、その所を焼津《やきつ》（静岡県焼津市）という。それから相模《さがみ》（神奈川県中・西部）に進まれ、上総《かみつふさ》（千葉県南部）に向かおうとされた。その時、海を望み見て、言霊《ことだま》の力を借りて言い立て、

「これは、小さな海だ。跳び越えてでも渡ることができる。」

と言われた。ところが海の中ほどに来た時、急に暴風が起こり、御船は漂い、進むことができなかった。その時、王に従っていた女性がいた。名を、弟橘姫《おとたちばなひめ》といい、穂積氏忍山宿禰《ほづみのうじのおしやまのすくね》の娘である。媛は、

「今、風が吹き浪が速く、御船が沈もうとしています。これはおそらく、海神のなせるわざでしょう。お許しを得て、卑しい私の身ではありますが、王のお命に代えて、海に入りましょう。」

と申し上げた。言い終わるや、大波を押し分けて身を投じた。すると、暴風はたちまち止み、御船は岸に着くことができた。それで時の人は、その海を馳水《はしりみず》（浦賀水道）といった。

こうして、日本武尊《やまとたけるのみこと》は上総《かみつふさ》から転じて、陸奥国《みちのくのくに》（東北地方の東半分）に入られた。御船には大きな鏡を掛け、海路から葦浦《あしのうら》に回り、玉浦《たまのうら》を横に過ぎ、蝦夷《えみし》の国境に到着された。蝦夷の賊首や島津神《しまつかみ》・国津神《くにつかみ》等は、竹水門《たかみなと》（宮城県七ヶ浜町湊浜）に集結して、防戦しようとした。しかし、遥かに御船を見やって、その威勢に怖じ、心中勝てないことを知り、弓矢をすべて捨て、遠くから拝して、

「君のお顔を仰ぎ見ますと、人に秀でておられます。もしや、神ではございませんか。どうか御名前をうかがわせて下さい。」

と申し上げた。王は、

「私は現人神《あらひとがみ》（人の姿をとって現れる神）の御子である。」

と答えられた。蝦夷《えみし》等は、みな震え上がり、すぐに着物の裾を持ち上げ浪をかき分けて、自ら王の船を引いて岸に着けた。そのうえで、自ら囚われの身になり帰順した。王は、その罪をお許しになった。こうして、その首領を捕虜とし、従わせられた。

蝦夷《えみし》を残らず平定して、日高見国《ひだかみのくに》から引き返し、西南の方向にある常陸《ひたち》（茨城県）を経て、甲斐国《かいのくに》（山梨県）に着き、酒折宮《さかおりのみや》（山梨県甲府市酒折町）にご滞在になった。その時、灯をともしてお食事をされた。この夜、日本武尊《やまとたけるのみこと》は歌をもって侍者にお尋ねになられた。

歌謡二五　新治《にいばり》　筑波《つくは》を過ぎて　幾夜《いくよ》か寝《ね》つる

新治《にいばり》（茨城県筑西市新治）筑波《つくは》（茨城県つくば市）を過ぎてから、さて幾夜寝たことであろうか。

侍者たちは、答えることができなかった。その時、灯りをともす人がいた。王の御歌の後に続けて、歌を詠んだ。

歌謡二六　日日並《かがな》べて　夜《よ》には九夜《ここのよ》　日には十日《とおか》を

日数を並べ数えて、夜では九夜、昼では十日になります。

そこで、その人の聡明さをほめ、賞物をお与えになった。そして、この宮におられる時に、靫部《ゆけいのとも》を大伴連《おおとものむらじ》の遠祖武日《たけひ》に授けられた。

ここに日本武尊《やまとたけるのみこと》は、

「蝦夷《えみし》の凶悪な首領は、みなことごとく罪に伏した。ただ、信濃国《しなののくに》（長野県）、越国《こしのくに》（北陸地方）だけは、いまだ皇化に従っていない。」

と言われた。そして、甲斐《かい》から北方の武蔵《むさし》（埼玉県・東京都・神奈川県の一部）・上野《かみつけの》（群馬県）を回り、西方の碓日坂《うすひのさか》（碓氷峠）に到着された。日本武尊は、常に弟橘姫《おとたちばなひめ》を思い偲んでおられた。碓日嶺《うすひのみね》に登った時、東南の方向を望み、三度歎かれて、

「吾嬬《あづま》はや（妻よ、わが妻よ、ああわが妻よ。）」

と言われた。これによって、碓日嶺《うすひのみね》以東の諸国を吾嬬国《あづまのくに》という。

ここで道を分けて、吉備武彦《きびのたけひこ》を越国《こしのくに》に遣わし、その地形の状況や人民のようすを監察させられ、日本《やまと》 武《たけるの》尊《みこと》は信濃国《しなののくに》に進まれた。この国は、山が高く谷は深く、青々とした嶺が幾重にも重なり、人は杖をついても登るのがむずかしい。巌《いわお》は峻険桟道《かけはし》が回り、高峰は千々に連なり、馬も歩を進めることができない。しかし日本武尊は霞をかき分け、霧を凌ぎ、はるかに大山を進まれた。やがて嶺に着き、空腹となったので山中で食事をとられた。その時、山の神は王を苦しめようとして、白鹿に身を変えて王の前に立った。王は不思議に思い、一箇蒜《ひとつひる》で白鹿をたたかれると、眼に当たり、鹿は死んだ。すると、王はたちまち道に迷い、出口が分からなくなられた。その時、白い犬が現れ、王をご案内するような動きがみられた。その犬について行かれると、美《み》濃《の》にお着きになった。吉備武彦《きびのたけひこ》は越《こし》からやってきて、王にお会い申し上げた。従来信濃坂《しなのさか》（長野県下伊那郡阿智村と岐阜県中津川市との間の神坂峠）を越える者は、神の邪気を受けて、病み臥す人が多かった。しかし日本《やまと》武尊《たけるのみこと》が白鹿を殺されてからは、この山を越える者は、蒜《ひる》をかんで人や牛馬に塗った。すると、神の邪気にあたらなくなった。

日本《やまと》 武尊《たけるのみこと》の病没

日本武尊は、再び尾張《おわり》に帰られ、尾張氏の娘宮簀媛《みやずひめ》をめとり、久しく留まっておられた。その間に、近江《おうみ》の胆吹山《いぶきのやま》（伊吹山）に荒ぶる神がいると聞かれたが、力をたのみ、剣を外して宮簀媛の家に置き、素手のままで向かわれた。胆吹山へお着きになると、山の神は大蛇に姿を変えて道に横たわっていた。日本武尊は、そのことに気づかれず、

「この大蛇は、きっと荒ぶる神の使いであろう。神の実体を殺すことができれば、その使いは、しいて問題とすることはない。」

と言われた。そして、蛇をまたいでなお奥へと進まれた。この時山の神は、雲を起こして雹《ひょう》を降らせた。峰には霧がたちこめ、谷は暗くなり、行くべき道もなかった。進退窮まり、山を越え川を渡る所も分からなかった。それでも、霧を凌いで強行し、ようやく出ることがおできになった。しかし、気持ちが混乱していて、まるで酒に酔っているかのようだった。そこで、山の下の泉のそばに来て水を飲み、ようやく気持ちを醒《さ》まされた。それで、その泉を居醒泉《いさめがい》という。

日本　武　尊《やまとたけるのみこと》は、ここで初めて病にかかったことを知られた。やっとの思いで身を起こし、尾張に帰られた。尾張では宮簀媛の家には入らず、そのまま伊勢《いせ》に移り、尾津《おつ》（三重県桑名市多度町）に着かれた。この地は、かつて日本武尊が東方に向かわれた年に、お食事をとられた場所である。この時、一振の剣を外して松の下に置き、そのまま忘れて行ってしまわれた。今再びこの地に戻ってみると、そのまま残っていた。それで歌を詠まれた。

歌謡二七　尾張《おわり》に　直《ただ》に向《むか》える　一つ松あわれ　一つ松
　　　　　人にありせば　衣着せ《きぬせ》ましを　太刀佩け《たちは》ましを

尾張国にまっすぐに向かい合っている一本松よ。もしその一本松が男だったら、衣を着せてあげようものを。太刀を佩かせてあげようものを。

能褒野《のぼの》（三重県亀山市鈴鹿山脈野登山周辺）に着かれて、痛みがさらにひどくなった。それで、捕虜にした蝦夷《えみし》等を、伊勢神宮に献上した。さらに、吉備武彦《きびのたけひこ》を派遣し天皇に奏上して、

「私は、朝廷のご命令を受け、遠く東の蝦夷《えみし》を征討いたしました。神恩をこうむり、天皇の御威光によって反逆者は罪に伏し、荒ぶる神も服従しました。それで、鎧《よろい》を脱ぎ戈《ほこ》を収め、心楽しく安らぎの中に帰ることができました。願うことは、いつの日かいつの時かこのことを天皇に復命申し上げようということでした。しかしながら、天命尽き余命いくばくもありません。今は一人曠野《あらの》に臥し、誰に語ろうということもありません。どうして我が身を惜しみましょうか。ただ残念なことは、父君の御前にお仕えすることができなくなったということです。」

と申し上げられた。その後間もなく、能褒野で崩じられた。御年三十であった。

天皇はこれをお聞きになり、安らかに眠ることもできず、食事をとっても味がわからず、昼夜むせび泣き、胸を打って悲しまれた。そして深く嘆いて、

「我が子の小碓王《おうすのみこ》は、昔熊襲《くまそ》が叛いた時に、まだ総角《あげまき》（髪を中央から左右に振り分け、耳の上で丸く巻いて結い上げる形）にも届かない年少の身なのに、長く征伐に苦しみ悩み、常に近くに侍して私の及ばないところを補ってくれた。その後、東の蝦夷《えみし》が騒動を起こしたが、討つべき者がいなかった。そこでやむなく賊の地に入らせたが、一日も顧みないということはなかった。朝夕に心落ち着くことなく、帰る日をつま先立って待っていた。しかし、何の禍《わざわ》い、何の罪があってか、思いもかけず我が子を失ってしまった。今後、誰とともに天下を統治すればよいのか。」

と仰せられた。そこで群卿に詔《みことのり》し、百官に命じて、伊勢国《いせのくに》の能褒野陵《のぼののみささぎ》に葬りまつった。

その時、日本武尊《やまとたけるのみこと》は白鳥と化し、陵から出て倭国《やまとのくに》をめざして飛び立たれた。群臣等が棺を開いてみると、清らかな布の衣服のみが空しく残り、遺体はなかった。そこで使者を遣わして、白鳥を追い求めさせた。すると、倭《やまと》の琴弾原《ことひきはら》（奈良県御所市富田）に留まった。それで、そこに陵を造った。白鳥はなおそこから飛び立ち、

河内に至り、古市邑《ふるいちのむら》（大阪府羽曳野市軽里）に留まった。またそこに陵を造った。そこで時の人はこの三つの陵を白鳥陵《しらとりのみささぎ》といった。白鳥はその後、ついに高く翔び上がり、天上に達した。ただ、衣服と冠を葬りまつった。そこで永くその功名を伝えようとして、武部《たけるべ》を定めた。この年は、天皇が即位されて四十三年であった。

五十一年の正月七日に、群卿を招いて宴を催されることが、数日に及んだ。その時、皇子の稚足彦尊《わかたらしひこのみこと》と武内宿禰《うちのすくね》は、宴席に参上しなかった。天皇は、召して理由をお尋ねになられた。そこで奏上して、

「その宴楽の日には、群卿百官はきっと心が遊楽に奪われ、国家の事を忘れております。もしかして狂人が宮殿の垣の隙をうかがったら、いったいどうなることでしょうか。それで、門下に控え、非常の事態に備えていました。」

と申し上げた。天皇は、

「まことにもっともである。」

と仰せられ、ことのほか寵愛された。

八月四日に、稚足彦尊《わかたらしひこのみこと》を皇太子とされた。この日に、武内宿禰《たけうちのすくね》に命じて、棟梁之臣《とうりょうのまえつきみ》（大臣）とされた。これより先、日本武尊《やまとたけるのみこと》が腰につけておられた草薙横刀《くさなぎのたち》は、今尾張国《おわりのくに》の年魚市郡《あゆちのこおり》の熱田《あつた》神宮にある。時に、伊勢神宮に献上した蝦夷《えみし》どもは、昼夜を問わずやかましく騒ぎ、振る舞いにも礼儀がなかった。そこで倭姫命《やまとひめのみこと》は、

「この蝦夷どもは、神宮に近づけてはなりません。」

と言われ、朝廷に進上された。朝廷では、御諸山《みもろのやま》のそばに置くことにした。ところが間もなく、ことごとく神山の樹を伐採し、大声で叫び声を上げ、人民を脅かした。天皇は群卿に詔して、

「神山のそばに置いた蝦夷は、もとより獣のような凶暴な心をもっており、畿内に住まわせるのはむずかし

い。そこで、その願いのままに畿外に分かつのがよい。」

と仰せられた。これが今、播磨《はりま》（兵庫県）・讃岐《さぬき》（香川県）・伊勢《いせ》（三重県北部）・安芸《あき》（広島県）・阿波《あわ》（徳島県）合わせて五か国にいる佐伯部《さえきべ》の先祖である。

初め、日本武尊《やまとたけるのみこと》は両道入姫皇女《ふたじのいりびめのひめみこ》を妃とし、長男稲依別王《いなよりわけのみこ》、次男足仲彦天皇《たらしなかつひこのすめらみこと》（仲哀《ちゅうあい》天皇）、長女布忍《ぬのし》入姫命《いりびめのみこと》、三男稚武王《わかたけるのみこ》を生んだ。稲依別王《いなよりわけのみこ》は、犬上君《いぬかみのきみ》・武部君《たけるべのきみ》の二族の始祖である。二人めの妃吉備武彦《きびのたけひこ》の娘吉備穴戸武媛《きびのあなとのたけひめ》は、武卵王《たけかいごのみこ》と十城別王《とおきわけのみこ》とを生んだ。武卵王《たけかいごのみこ》は、讃岐綾君《さぬきのあやのきみ》の始祖である。十城別王《とおきわけのみこ》は、伊予別君《いよのわけのきみ》の始祖である。三人めの妃穂積氏忍山宿禰《ほづみのうじのおしやまのすくね》の娘弟橘姫《おとたちばなひめ》は、稚武彦王《わかたけひこのみこ》を生んだ。

五十二年の五月四日に、皇后播磨太郎姫《はりまのおおいらつめ》が薨去《こうきょ》された。

七月七日に、八坂入媛命《やさかのいりびめのみこと》を皇后とされた。

五十三年の八月一日に、天皇は群卿に詔《みことのり》して、

「私が愛しい子を追慕することは、いつの日になったら止むことか。どうにかして、小碓王《おうすのみこ》の平定した国々を巡幸したいものだ。」

と仰せられた。

この月に、天皇は伊勢に行幸され、転じて東海にお入りになった。

十月に上総国《かみつふさのくに》（千葉県）に至り、海路から淡水門《あわのみなと》をお渡りになった。この時、覚賀鳥《かくがのとり》（みさご）の鳴き声が聞こえた。その鳥をご覧になろうと思われ、尋ね求めて海中に出られた。そして、白蛤《うむぎ》（はまぐり）を得られた。この時、膳臣《かしわでのおみ》の遠祖で名を磐鹿六鴈《いわかむつかり》という者が、蒲《がま》をたすきにし、白蛤《うむぎ》を膾《なます》にして献上した。それで六鴈臣の功を賞して、膳大伴部《かしわでのおおともべ》を与えられた。

十二月に、東国から戻られて伊勢に滞在された。これを、綺宮《かにはたのみや》という。

五十四年の九月十九日に、伊勢から倭《やまと》に帰還され、纏向宮《まきむくのみや》に居られた。

五十五年の二月五日に、彦狭島王《ひこさしまのみこ》を東山道十五国の総督に任命された。これは豊城命《とよきのみこと》の孫である。ところが、春日《かすが》の穴咋邑《あなくいのむら》に到着して、病に臥して薨去された。この時東国の人民は、かの王が到着されないことを悲しみ、ひそかに王の遺体を盗んで、上野国《かみつけののくに》に葬りまつった。

五十六年の八月に、御諸別王《みもろわけのみこ》に詔して、

「お前の父彦狭島王《ひこさしまのみこ》は、任地におもむくことができず、早く薨《こう》じてしまった。それで、お前が東国を統治するように。」

と仰せられた。こうして御諸別王《みもろわけのみこ》は、天皇の命を承り、父のなし得なかった任務を果たそうとした。すぐに東国に行って統治し、善政を行うことができた。しばらくして、蝦夷《えみし》が騒動を起こしたが、すぐに挙兵して撃退した。その戦いで、蝦夷《えみし》の首領の足振辺《あしふりべ》・大羽振辺《おおはふりべ》・遠津闇男辺《とおつくらおべ》等が、降参してやって来た。ひれ伏して罪を受け、ことごとくその支配地を献上した。それで、降伏する者は許し、服従しない者は誅殺した。これにより、東国は久しく平安であった。その子孫は、今も東国にいる。

五十七年の九月に、坂手池《さかてのいけ》（奈良県磯城郡田原本町阪手）を造った。そして、竹をその堤の上に植えた。

十月に、諸国に命じて田部《たべ》、屯倉《みやけ》を設けた。

五十八年の二月十一日に、近江国《おうみのくに》に行幸され、志賀《しが》（滋賀県大津市）に滞在されること三年にわたった。これを高穴穂宮《たかあなほのみや》（大津市穴太）という。

六十年の十一月七日に、天皇は高穴穂宮で崩御された。御年百六であった。

巻第七　第十三代　稚足彦天皇《わかたらしひこのすめらみこと》　成務天皇《せいむてんのう》

即位と詔勅

成務《せいむ》天皇は、景行《けいこう》天皇の第四子である。母の皇后は八坂入姫命《やさかのいりびめのみこと》と申し、八《や》坂入彦皇子《さかのいりびこのみこ》の御娘である。景行天皇の四十六年に、皇太子となられた。御年二十四であった。

六十年の十一月に、景行天皇は崩御された。

元年の正月五日に、皇太子は天皇に即位された。この年、太歳《たいさい》は辛未《しんび》であった。

二年の十一月十日に、景行天皇を倭国《やまとのくに》の山辺道上陵《やまのべのみちのえのみささぎ》に葬りまつった。皇后を尊んで、皇太后と申し上げる。

三年の正月七日に、武内宿禰《たけうちのすくね》を大臣《おおおみ》とされた。先に、天皇と武内宿禰とは、同じ日にお生まれになった。そのため、天皇はことのほか武内宿禰を寵愛《ちょうあい》された。

四年の二月一日に詔《みことのり》して、

「我が先帝の景行《けいこう》天皇は、聡明であり、神のごとき武勇をもち、天命を受けて皇位につかれた。天意にかない、人心に従い、賊を放逐し正道に戻された。徳は、天が覆《おお》い地が載《の》せるに等しく、道は万物を創造化育する天地自然の理にかなっておられた。こうして、天下はことごとく従わないということはなかった。万民は、どうして安んじないことがあろう。

今、私は先帝の後を嗣ぎ、朝に夕に恐れ慎んでいる。ところが、人民はうごめく虫のように粗野な心を改めようとしない。思うにこれは、国や郡に君長がおらず、県《あがた》や邑《むら》に首長がいないからであろう。今後は、国郡に長《おさ》を立て、県邑に首《かみ》を置こう。ついては、適任者を選択し、それぞれの首長に任ぜよ。これによって、中央の地を防御する垣根となるであろう。」と仰せられた。

造長《みやつこおさ》・稲置《いなき》の設置

五年の九月に、諸国に命じて、国・郡に造長《みやつこおさ》を立て、県邑に稲置《いなき》を置いた。共に盾と矛を与えられ、その表象《しるし》とした。その時、山河を境として国・県を分け、縦横の道に従って、邑里《むら》を定めた。そして、東西を日縦《ひのたたさ》とし、南北を日横《ひのよこさ》とし、山の南を影面《かげとも》といい、山の北を背面《そとも》という。このようにして、人民は安住し、天下は太平であった。

四十八年の三月一日に、甥《おい》の足仲彦尊《たらしなかつひこのみこと》を皇太子とされた。

六十年の六月十一日に、天皇は崩御された。御年百七であった。

巻第八　第十四代　足仲彦天皇《たらしなかつひこのすめらみこと》　仲哀天皇《ちゅうあいてんのう》

即位と白鳥

仲哀《ちゅうあい》天皇は、日本武尊《やまとたけるのみこと》の第二子である。母の皇后は両道入姫命《ふたじのいりびめのみこと》と申し上げ、垂仁《すいにん》天皇の御娘である。天皇は容姿が端正で、身長は十尺（約三メートル）もあった。成務《せいむ》天皇の四十八年に、皇太子となられた［御年三十一であった］。成務天皇には、皇子がおられなかった。そこで、後継とされたのである。

六十年に、天皇が崩御された。

翌年九月六日に、倭国《やまとのくに》の狭城盾列陵《さきのたたなみのみささぎ》に葬りまつった。

元年正月十一日に、皇太子は天皇に即位された。

九月一日に、母の皇后を尊んで皇太后と申し上げた。

十一月一日に、群臣に詔して、

「私がまだ二十歳になる前に、父王日本武尊《やまとたけるのみこと》はすでに崩御された。そして、霊魂は白鳥と化して天上に昇られた。父王をお慕いする心は、一日も止むことがなかった。どうにかして、白鳥を捕らえ、御陵の池で飼いたいものだ。そうして、その鳥を見ながらお慕いする心を慰めようと思う。」

と仰せられた。そこで、諸国に命じて白鳥を献上せしめられた。

閏《うるう》十一月四日に、越国《こしのくに》が白鳥を献上した。その使者が菟道河《うじかわ》（宇治川）のほとりに宿った。時に蘆髪蒲見別王《あしかみのかまみわけのみこ》が、白鳥を見て、

「どこへ持っていくのか。」

と言われた。越の人は、

「天皇が父王を恋い慕い、白鳥を飼い馴らそうとしておられます。そこで献上するのです。」

と申し上げた。すると蒲見別王《かまみわけのみこ》は、

「白鳥とはいっても、焼いてしまえば黒鳥になってしまうのに。」

と言われた。そして強引に白鳥を奪い去ってしまった。越《こし》の人は、朝廷に参上して事の始終を申し上げた。天皇は、蒲見別王《かまみわけのみこ》が先王に対して非礼であることを憎まれ、すぐに兵卒を遣わして、殺してしまわれた。蒲見別王は、天皇の異母弟である。時の人は、

「父は天であり、兄もまた君である。天を侮り、君に背いたなら、どうして誅殺を免れることができようか。」

と言った。この年、太歳《たいさい》は壬申《じんしん》であった。

二年の正月十一日に、気長足《おきながたらし》姫尊《ひめのみこと》を皇后とされた。これより先、叔父《おじ》の彦人大兄《ひこひとのおおえ》の娘大中姫《おおなかつひめ》を妃とし、麛坂皇子《かごさかのみこ》・押熊皇子《おしくまのみこ》を生んだ。次に来熊田造《くくまたのみやつこ》の祖大酒主《おおさかぬし》の娘弟媛《おとひめ》をめとって、益屋別皇子《ほむやわけのみこ》を生んだ。

二月六日に、角鹿《つぬが》（福井県敦賀市）に行幸され、そこに行宮《かりみや》を建ててご滞在になった。これを笥飯宮《けひのみや》という。

その月に、淡路《あわじ》の屯倉《みやけ》を定めた。

熊襲《くまそ》征討

三月十五日に、天皇は南海道を巡幸された。この時、皇后と百官を残され、二、三人の卿大夫《まえつきみ》と官人数百人で速やかにお出かけになって、紀伊国の徳勒津宮《ところつのみや》に滞在された。

この時、熊襲《くまそ》が叛反を起こし朝貢しなかった。天皇は、熊襲国征討を決意され、徳勒津《ところつ》を出発し、穴門《あなと》（山口県西部）に行幸された。その日に、角鹿《つぬが》に使者を遣わし、皇后に詔《みことのり》して、

「すぐに出発し、穴門で逢うようにせよ。」

と仰せられた。

六月十日に、天皇は豊浦津《とゆらのつ》（山口県下関市）に泊まられた。また、皇后は角鹿《つぬが》を出発して渟田門《ぬたのと》に着き、船上でお食事をされた。その時、多くの鯛《たい》が船のそばに集まってきた。皇后は、お酒を鯛に注がれると、すぐに酔って浮かび上がった。その時海人《あま》は、大漁に歓喜して、

「聖王よりたまわった魚です。」

と言った。このようにして、渟田門《ぬたのと》の魚が六月になると、きまって酔ったように口をぱくぱく動かすのは、これがその由縁である。

七月五日に、皇后は豊浦津《とゆらのつ》に泊まられた。この日に、皇后は如意珠《にょいのたま》（すべての願いがかなえられるという宝珠）を、海中から得られた。

九月に、宮殿を穴門《あなと》に建てて滞在された。これを、穴門《あなと》の豊浦宮《とゆらのみや》という。

八年の正月四日に、筑紫《つくし》に行幸された。その時、岡《おかの》（福岡県遠賀郡芦屋町付近）県主《あがたぬし》の祖熊鰐《わに》は、天皇の行幸を承り、あらかじめ多くの枝の賢木《さかき》を根から抜き取り、九尋《ひろ》（一尋は両手を左右に広げた長さ）の船の舳《へ》に立て、上の枝には白銅鏡《ますみのかがみ》、中の枝には十握剣《とつかつるぎ》、下の枝には八坂瓊《やさかに》を掛け、周芳《すわ》の沙麼浦《さばのうら》にお迎えに参った。そして、魚や塩をとる地を献上し、奏上して、

「穴門《あなと》から向津野大済《むかつののおおわたり》（大分県杵築市の港）までを東門とし、名護屋大済《なごやのおおわたり》（福岡県北九州市戸畑区北部）を西門とし、没利島《もとりしま》（山口県下関市北西の海上）・阿閉島《あへしま》（六連島の北西）だけを御筥《みはこ》（穀物提供地）とし、柴島《しばしま》

（洞海湾中の中島・葛島）を割いて御甂《みなへ》（魚菜提供地）とし、逆見海《さかみのうみ》（福岡県北九州市若松区遠見ノ鼻付近）を塩の地といたしましょう。」

と申し上げた。

このようにして、熊鰐《わに》は海路をご案内し、山鹿岬《やまかのさき》から回り、岡浦《おかのうら》に入った。ところが、急に御船の進行が妨げられた。そこで熊鰐《わに》に尋ねて、

「私が聞くところによると、熊鰐は清い心をもって、お迎えに来たという。それなのに、なぜ船が進まぬのか。」

と仰せられた。熊鰐は奏上して、

「御船が進むことができないのは、私の罪ではありません。この浦の入口に、大倉主《おおくらぬし》という男神と、菟夫羅《つぶら》媛《ひめ》という女神とがいます。この神の御心のせいでしょう。」

と申し上げた。天皇は、すぐに祈禱をされ、船頭の倭国《やまとのくに》の菟田《うだ》の伊賀彦《いがひこ》を祝《はふり》として祭らせられた。すると、たちまち船は進むことができた。

一方、皇后は別の御船で洞海《くきのうみ》（洞海湾）からお入りになった。ところが、潮が引いてしまい、進むことができなかった。その時、熊鰐《わに》はまた引き返し、洞海から皇后をお迎え申し上げた。しかし御船が進まないのを見て、恐れ畏まり、すぐに魚池・鳥池を作り、魚鳥を集めた。皇后はこれらの魚鳥の群れ遊ぶのをご覧になり、怒りの心がようやくおさまった。潮が満ちてくる時にちょうど、岡津《おかのつ》にお泊まりになった。

また、筑紫《つくし》の伊覩《いと》（福岡県糸島郡）県主《あがたぬし》の祖五十迹手《いとて》が、天皇が行幸されるのを承《うけたまわ》り、多くの枝の賢木《さかき》を根から取り、船首・船尾に立て、上の枝には八坂瓊《やさかに》、中の枝には白銅鏡《ますみのかがみ》、下の枝には十握剣《とつかつるぎ》を掛け、穴門《あなと》の引島《ひけしま》（下関市彦島）にお迎えして、これを献上した。そして奏上して、

「私があえてこの物を献上いたしますのは、天皇が、八坂瓊《やさかに》の美しく勾《まが》っているようにこまやかにたくみに天下をお治めになり、また白銅鏡《ますみのかがみ》のように、はっきりと山川や海原をご覧下さるよう、さらにこの十握剣《とつかつるぎ》をたずさえて、天下を平定していただきたいという気持ちからです。」

と申し上げた。天皇は、五十迹手《いとて》をおほめになり、

「伊蘇志《いそし》（職務に忠勤である）」

と仰せられた。それで時の人は、五十迹手の本国を伊蘇国《いそのくに》といった。いま伊覩《いと》というのは、それが訛《なま》ったのである。

二十一日に、儺県《なのあがた》（福岡県福岡市博多地方）にお着きになり、橿日宮《かしひのみや》（福岡市東区香椎）に滞在された。

神託への疑問と崩御

九月五日に、群臣に詔し、熊襲《くまそ》征討のことを相談させられた。その時神がおられ、皇后に乗りうつり神託を下して、

「天皇は、どうして熊襲《くまそ》が服従しないことを憂いておられるのか。その国は、荒れてやせた地である。どうして兵をあげて伐つ価値があろう。この国よりも優れた宝のある国、たとえば処女の画き眉のように、津に向かっている国がある。その国には、まばゆいばかりの金銀や色彩鮮やかな宝物があふれるほどある。これを、栲衾新羅国《たくぶすましらぎのくに》という。もしよく私をお祭り下さるならば、刃を血で塗らすことなく、その国は必ず服従するであろう。また、熊襲《くまそ》も服属するであろう。その祭りには、天皇の御船と、穴門直践立《あなとのあたいほむたち》が献上した、大田という名の水田などを幣物として差し出してほしい。」

と言われた。ところが天皇は、疑いの御心をお持ちになった。そこで高丘に登り、遥かに大海を望まれたが、

国は見えなかった。それで天皇は神にお答えして、

「私があまねく見まわしたところ、海だけがあって国はなかった。どうして大空に国があろうか。いったい、いかなる神が、いたずらに私を欺くのか。我が皇祖の諸天皇は、ことごとく天神地祇《てんしんちぎ》をお祭りしてきた。どうしてまだ残っている神がおいでになろうか。」

と仰せられた。その時、神はまた皇后に乗りうつり神託を下して、

「水に映る影のように鮮明に、天上から押し伏せて私が見下ろしている国を、どうして国がないといって、私の言葉を誹謗《ひぼう》されるのか。天皇よ、あなたがそのように仰せられ、最後まで信じないのなら、あなたはその国を得ることがおできにならないであろう。たった今、皇后は初めて身ごもられた。その御子がその国を得ることになろう。」

と言われた。しかし、天皇はなおこのことを信用されずに、強引に熊襲《くまそ》を征討されたが、勝つことができず帰還された。

九年の二月五日に、天皇は病に襲われ、翌日崩御された［御年五十二であった。すなわち、神の言葉を用いられなかったので、早く崩御されたということが分かった。一説に、天皇は自ら熊襲を討伐しようとされ、賊の矢にあたって崩御されたという］。

この時、皇后と大臣武内宿禰《おおおみたけうちのすくね》は、天皇の喪を隠し、天下に知らせなかった。そして皇后は、大臣と中臣烏《なかとみのい》賊津連《かつのむらじ》・大三輪大友主君《おおみわのおおともぬしのきみ》・物部胆咋連《もののべのいくいのむらじ》・大伴武以連《おおとものたけもちのむらじ》に詔して、

「今、天下の者はいまだ天皇が崩御されたということを知らない。もし人民がこの事を知ったなら、心に隙《すき》が生じてしまうであろう。」

と言われた。そこで四人の大夫《まえつきみ》に命じ、百官を率いて宮中を守らせられた。こうして、ひそかに天皇の遺体を

納め、武内宿禰に付託して、海路から穴門《あなと》に遷した。そして豊浦宮《とゆらのみや》で殯《もがり》（遺体を埋葬するまでの儀式）を行ったが、喪を秘して灯火を用いられなかった。

二十二日に、大臣武内宿禰は穴門から戻り、皇后に復命申し上げた。この年、新羅《しらぎ》征討に兵を出したため、天皇を葬りまつることができなかった。

巻第九　気長足姫尊《おきながたらしひめのみこと》　神功皇后《じんぐうこうごう》

神託と熊襲《くまそ》征討

神功皇后《じんぐうこうごう》は、開化《かいか》天皇の曾孫、気長宿禰王《おきながのすくねのおおきみ》の御娘である。母は、葛城高額媛《かずらきのたかぬかひめ》と申し上げる。仲哀《ちゅうあい》天皇の二年に、皇后となられた。幼少の頃から聡明で、叡智にあふれておられた。容貌もたいそう麗しく、父王が不思議に思われるほどであった。

九年の二月に、仲哀天皇は筑紫《つくし》の橿日宮《かしひのみや》で崩御された。その時、皇后は天皇が神のお教えに従わずに早く崩御されたことに心を痛め、祟りの神を知り、その上で財宝の国を求めたいと思われた。そこで群臣と百官に命じ、罪を祓い過失を改め、さらに斎宮《いつきのみや》を小山田邑《おやまだのむら》に造らせられた。

三月一日に、皇后は吉日を選んで斎宮にお入りになり、自ら神主となられた。武内宿禰《たけうちのすくね》に命じて琴を弾かせ、中臣烏賊津使主《なかとみのいかつのおみ》を召して審神者《さにわ》（神の託宣を聞き意味を解きあかす人）とされた。こうして、多くの幣帛を琴の頭部と尾部に置き祈請して、

「先の日に、天皇にお教えになったのは、いずれの神でしょうか。どうか、御名を知らせて下さい。」

と申された。七日後、答えて、

「神風の伊勢国《いせのくに》の百伝《ももづた》う度逢県《わたらいのあがた》の拆鈴五十鈴宮《さくすずいすずのみや》に坐《ま》します神、名は撞賢木厳之御魂天疎向津媛命《つきさかきいつのみたまあまさかるむかつひめのみこと》（天照大神《あまてらすおおみかみ》の荒魂《あらみたま》）である。」

と言われた。また問うて、

「この神のほかにも、また神はおられますか。」

と申された。すると、

「旗のように風になびくすすきの穂のように現れ出た私という、尾田《おだ》の吾田節《あがたふし》の淡郡《あわのこおり》に坐《ま》します神がある。」

と言われた。また問うて、

「まだほかに、おられますか。」

と申された。すると、

「天事代《あめにことしろ》虚事代《そらにことしろ》玉籤入彦《たまくしいりびこ》厳之《いつの》事代神《ことしろのかみ》がある。」

と言われた。また問うて、

「まだ他におられますか。」

と申された。すると、

「有るか無いか知らない。」

と言われた。その時審神者《さにわ》が、

「今お答えにならなくても、後になっておっしゃることがありますか。」

と申し上げた。すると、

「日向国《ひむかのくに》の橘《たちばな》の小門《おと》の水底に坐しまして、海草のように若々しく生命に満ちている神、名は表筒男《うわつつのお》・中《なか》筒男《つつのお》・底筒男《そこつつのお》の神がある。」

と言われた。また問うて、

「まだ他におられますか。」

と申し上げた。答えて、

「あるとも無いとも知らない。」

と言われた。皇后は神のお告げを得て、教えのままに祭られた。

この後、吉備臣《きびのおみ》の祖鴨別《かもわけ》を派遣し、熊襲国《くまそのくに》を討伐させられた。幾日もたたずに、自ずから服従した。また荷《の》持田村《とりたのふれ》に、羽白熊鷲《はしろくまわし》という者がいた。性格は剛健で、体には翼があり、大空高く飛翔した。まったく皇命に従わず、常に人民から収奪を重ねていた。

十七日に、皇后は熊鷲《くまわし》を討伐しようと思われて、橿日宮《かしひのみや》から松峡宮《まつおのみや》（福岡県朝倉郡筑前町栗田）に遷られた。その時、旋風《つむじかぜ》が突然巻き起こって、御笠《みかさ》が吹き落された。それで、時の人はその地を御笠《みかさ》（福岡県大野城市山田）といった。

二十日に、層増岐野《そそきの》に着き、すぐに兵を挙げて羽白熊鷲《はしろくまわし》を撃滅された。それで側近に、

「熊鷲を討つことができ、私の心は安らかである。」

と仰せられた。それでその地を、安《やす》（福岡県朝倉郡筑前町）といった。

二十五日に、山門県《やまとのあがた》（福岡県みやま市）に移動され、土蜘蛛《つちぐも》の田油津媛《たぶらつひめ》を誅殺《ちゅうさつ》された。その時、田油津媛の兄夏羽《なつは》が来襲したが、妹が誅伐されたことを聞き、逃げ去った。

四月三日に、北方の火前国《ひのみちのくちのくに》（佐賀県）の松浦県《まつらのあがた》（旧松浦郡）に到着され、玉島里《たましまのさと》（佐賀県唐津市浜玉町）の小川（玉島川）のほとりで食事をされた。この時、皇后は縫針を曲げて釣り針とされ、飯粒を餌にし、裳の糸を抜き取って釣り糸にし、河の中の岩の上に登られた。そして針を投げ、祈誓されて、

「私は、西方に財宝の国を求めようとしている。もしその事が成就するならば、魚よ釣り針を呑め。」

と仰せられた。そして竿を上げると、鮎が釣れた。皇后は、

「これは珍しいものである。」

と仰せられた。それで、時の人はその地を梅豆邏国《めずらのくに》といった。今松浦《まつら》というのは、これが訛《なま》ったのである。こ

のようなわけで、その国の女性は四月上旬になると、釣り針を河の中に投げて鮎を捕る習わしが、今も続いている。ただし、男性は釣をしても、魚を獲ることはできない。

こうして、皇后は神のお教えのあらたかな験《しるし》をお知りになり、さらに天神地祇《てんしんちぎ》をお祭りして、自ら西方を征討したいとお思いになった。そこで、神田を定めて耕作された。その時、儺河《なのかわ》（福岡県那珂川）の水を引いて、神田を潤そうと思われ、溝を掘られた。迹驚岡《とどろきのおか》（福岡県筑紫郡那珂川町安徳）に達すると、大岩で塞がれていて、溝を通すことができなかった。皇后は武内宿禰《たけうちのすくね》を召され、剣と鏡を捧げて、天神地祇にお祈りをさせ、溝を通せるようお求めになった。すると突然落雷があり、その岩を蹴り裂いて水を通させた。それで時の人は、その溝を裂田溝《さくたのうなて》といった。

皇后は宮に帰られ、橿日浦《かしひのうら》に行かれ、御髪を解いて海に向かい、

「私は、天神地祇《てんしんちぎ》の教えをこうむり、皇祖の御霊をいただき、滄海原《あおうなばら》を渡り、自ら西方を討伐しようと思う。そこで、頭を海水ですすぐことにする。もし霊験があるならば、髪よ、自然に分かれて二つになれ。」

と仰せられた。そして髪を海に入れてすすがれると、髪は自然に二つに分かれた。皇后は、髪をそれぞれに結び、髻《みずら》にされた。こうして群臣に、

「戦役を起こして軍衆を動かすのは、国家の大事である。事の安危も勝敗も、ここにかかっている。今、征討軍を派遣しようとしている。この事を群臣に託した。もし事が成功しなかったら、罪は群臣にあることになる。これでは、はなはだ心痛むことである。私は婦女であり、そのうえ不肖の身である。しかしながら、しばらく男性の姿となり、強いて雄大な計略を起こすことにしよう。上は天神地祇の霊力をこうむり、下は群臣の助けによって軍団の志気を振るい起こし、けわしき波を渡り、船舶を整えて財宝の土地を求めよう。もし事が成功すれば、群臣よ、共にそなたたちの功績となろう。事が成就しなければ、罪は私一身

にある。どうか群臣よ、共に議せよ。」

と仰せられた。群臣はみな、

「皇后は天下のために、国家を安らかにはこぶ手立てを考えられました。一方では、罪は臣下に及ばないとおっしゃっています。この上は、謹んで詔を承りましょう。」

と申し上げた。

新羅親征

九月十日に、諸国に命じ、船舶を集めて兵士を訓練させた。その時、軍卒の集まりが悪かった。皇后は、

「これは必ず、神の御心でありましょう。」

と仰せられ、すぐに大三輪社《おおみわのやしろ》（福岡県朝倉郡筑前町弥永）を建て、刀・矛を奉られると、群衆は自然と集まった。そこで吾瓮《あへ》（福岡県阿閉島）の海人烏麻呂《あまおまろ》という者に命じ、西海に出て国があるかどうかを視察させられた。やがて使者は帰ってきて、

「国は見えません。」

と申し上げた。また、磯鹿《しか》（福岡県福岡市東区志賀島）の海人名草《あまなぐさ》を遣わして、偵察させられた。数日後戻って来て、

「西北の海上はるかに山が見え、雲が横たわっています。きっとその下に、国があるものと思われます。」

と申し上げた。そこで吉日を占うと、出発までまだ日があった。その時、皇后は自ら斧《おの》と鉞《まさかり》をお執りになり、全軍に命令して、

「鐘鼓《しょうこ》の音が乱れる時には秩序を失い、標識の軍旗が乱れる時には、士卒を統率することはできない。財物

を貪り欲深くなり、私事のみを思い妻妾のことに心が奪われると、必ず敵のために虜にされるだろう。よいか、敵は少なくとも、決して侮ってはならぬ。敵が強くとも、屈してはならぬ。婦女を暴行する者を許してはならぬ。降服してくる者を殺してはならぬ。もし戦いに勝ったならば、必ず恩賞を与えよう。戦場で逃亡するようなことがあったならば、厳罰が下されるだろう。」

と仰せられた。やがて神（筒男三神《つつのおの》）のお教えがあり、

「和魂《にきみたま》は王の身に従って、御命を守りましょう。荒魂《あらみたま》は先鋒として、船団を導きましょう。」

と言われた。皇后は拝礼され、依網吾彦男垂見《よさみのあびこおたるみ》を祭りの神主とされた。その時は、ちょうど皇后の出産の月に当たっていた。そこで皇后は、石を取って腰に挟み、祈請をされて、

「事を成し終えて、帰ってくるその日に、ここで生まれますように。」

と仰せられた。その石は、今伊覩県《いとのあがた》の道のほとりにある。こうして、荒魂《あらみたま》を招請して軍の先鋒とされ、和魂《にきみたま》を招請して王船の鎮守とされた。

十月三日に、和珥津《わにつ》（対馬市上対馬町鰐浦）から出発された。その時、風神は風を起こし、海神は波を挙げ、海中の大魚はすべて浮かんで御船を進めた。大風は順風に吹き、帆船は波に乗り、梶《かじ》や楫《かい》を労せず、たちまち新羅《しらぎ》に到着した。

その時、御船を進めてきた潮流が、遠く新羅国の中にまで達した。これによって、天神地祇《てんしんちぎ》がことごとくお助け下さったのだということがわかる。新羅王は、恐れ身ぶるいし、なす術がなかった。いたたまれず諸臣を集めて、

「新羅が建国以来、いまだかつて海水が国にまで遡ってきたということは、聞いたことがない。よもや天運が尽き、国が海になってしまうのだろうか。」

と言った。この言葉がまだ終わらないうちに、船団は海に満ち、軍旗は日に輝いた。鼓笛《こてき》の音が響き、山川がことごとく振動した。

新羅王《しらぎおう》はこれを遥かに望み、常識では考えられない軍勢が、まさに自分の国を滅ぼそうとしていると思い、気を失ってしまった。やがて正気に戻り、

「私は、東方に日本という神国があり、そこには天皇という聖王がいるということを聞いている。これらの軍勢は、きっとその国の神兵だろう。どうして兵を挙げて、防ぐことができるだろうか。」

と言った。観念して白旗を挙げ、自ら降服の意を示した。さらに、白い綬《くみひも》で自ら後ろ手に縛り、地図と戸籍とを封印して、御船の前に降った。そして、頭を地につけて、

「今後は、天地とともに長く天皇に服従し、飼部《みまかい》となりましょう。つきましては、船舵《ふなかじ》を乾かさずに、始終貢船《みつぎぶね》を海に浮かべて、春秋に馬の毛を刷《こす》る櫛《くし》と馬の鞭《むち》とを献上いたしましょう。また、海の遠いことも厭《いと》わずに、年ごとに男女の調《みつき》を奉りましょう。」

と奏上した。その上重ねて誓いを立て、

「東から出る日が、西から出ることのない限り、阿利奈礼河《ありなれがわ》が逆さまに流れ、川の石が天に昇って星となるような時は別として、ことに春秋の朝貢を欠き、怠って馬の櫛と鞭の貢物を廃するようなことがあれば、天《てん》神地祇《しんちぎ》よ、罰を与え給え。」

と申し上げた。この時ある人が、

「新羅王を誅殺いたしましょうか。」

と言った。皇后はすかさず、

「初め神のお教えを承り、今まさに金銀の国を授かろうとしている。また全軍に号令した時に、

『自ら降服してきた者を殺してはならぬ。』

と言った。今すでに財宝の国を得ることができた。また人々は自ずから降服した。殺すことはよろしくない。」

と仰せられた。そして新羅王の縛《ばく》を解き、飼部《みまかい》とされた。

このようにして、ついにその国に入り、重要な宝の府庫《くら》を封印し、地図・戸籍と文書を収められた。そして、皇后がお持ちの矛を新羅王の門に立て、後世への印とされた。その矛は、今なお新羅王の門に立っている。新羅王の波沙寐錦《はさむきむ》は、すぐに王子微叱己知波珍干岐《みしこちはとりかんき》を人質とし、金銀や彩りの美しい宝物及び綾《あやきぬ》（織り方により種々の模様ができる絹織物）・羅《うすきぬ》（薄く透けて見える絹織物）縑絹《かとりのきぬ》（目を細く固く織った絹織物）を持参し多くの船に載せ、官軍に従わせた。このようにして、新羅王が常に多くの調物《みつぎもの》を日本国に献上するのは、これがその起源である。

さて、高麗《こま》・百済《くだら》二国の王は、新羅《しらぎ》が地図と戸籍を差し出して日本国に降服したと聞き、ひそかに軍勢の様子を偵察させた。するととても勝ち得ないことを知り、自ら日本軍の宿営の外にきて、頭を地につけ、

「今後は、末永く西蕃《せいばん》と称して、朝貢を絶やしません。」

と申し上げた。これによって、内官家《うちつみやけ》を定めた。これがいわゆる三韓《さんかん》である。こうして皇后は、新羅《しらぎ》から還幸された。

十二月十四日に、誉田天皇《ほむたのすめらみこと》（応神《おうじん》天皇）を筑紫《つくし》でお生みになった。それで時の人は、その地を宇瀰《うみ》（福岡県糟屋郡宇美町）といった。

［一説によると、以下の通りである。仲哀《ちゅうあい》天皇が筑紫《つくし》の橿日宮《かしひのみや》にご滞在であった。その時神がおられて、沙《さ》麼県主《ばのあがたぬし》の祖内避高国避高松屋種《うちひこくにひこまつやたね》に依《よ》りついて、天皇に、

「天皇がもし宝の国を得たいと思われるなら、実際にお授け申しましょう。」

と言われた。さらに、

「琴を持ってきて、皇后に奉りなさい。」

と言われた。そこで、神のお言葉に従って、皇后が琴をお弾きになった。すると神が皇后に依りつき、

「今、天皇がお望みになる熊襲国《くまそのくに》は、鹿の角のように中味のない国である。ところで、今天皇が乗っておられる御船と、穴戸《あなとの》直《あたい》践立《ほむたち》が献上した太田という水田とを幣物としてよく私を祭るならば、美女の眉びきのような、金銀にあふれ、眼にもまばゆい国を天皇に授けよう。」

と言われた。天皇は、

「神とはいっても、どうして虚言を語るのでしょうか。いったいどこに国があるというのでしょうか。その上、私の船を神に奉ってしまったなら、私はどの船に乗ったらよいのか。しかもまだ、何という神なのかも知らない。どうかその御名をお知らせ願いたい。」

と仰せられた。その時神は、

「表筒雄《うわつつのお》・中筒雄《なかつつのお》・底筒雄《そこつつのお》である。」

と言われた。このように三神の名を称し、さらに重ねて、

「私の名は、向匱男《むかひつお》聞襲大歴《もおそおふ》五御魂《いつのみたま》速狭《はやさ》騰《あがり》尊《のみこと》である。」

と言われた。天皇は皇后に、

「何と聞きにくい事を言う婦人か。どうして、速狭騰《はやさあがり》（早死）というのか。」

と仰せられた。そこで神は天皇に、

「あなたが信じなければ、きっとその国は得られないであろう。ただし、今皇后がご懐妊になった。その

御子が、あるいはその国を得ることができるであろう。」

と言われた。この夜に天皇は突然発病し、崩御された。

その後、皇后は神のお教えに従ってお祭りをされた。そして、皇后は男装をして新羅《しらぎ》をご征討になった。その時、神がお導きになった。これによって、御船を進めた波は、遠く新羅国まで入りこんだ。新羅王の宇《う》流《る》助《そ》富《ほ》利《り》智《ち》干《か》はお出迎えをし、跪《ひざまず》いて御船にすがりつき、頭を地につけ、

「私は今後、日本国におられる神の御子に、内《うち》官《つ》家《みやけ》として、絶えることなく朝貢いたします。」

と申し上げた。

[またある一説によると、以下の通りである。新羅王《しらぎおう》を捕虜にして、海辺に着いた。そこで王の膝の筋を抜き、石の上に腹ばいにさせ、斬って砂の中に埋めた。そして一人を留めて新羅の宰《みこともち》（日本の使臣）とし、帰還された。その後、新羅王の妻は、夫の遺体埋葬地を知るため、宰を誘惑し、

「あなたが王の遺体埋葬地を教えてくれたなら、必ず厚く御礼しましょう。そして、私はあなたの妻となりましょう。」

と言った。宰はこれを信じて、ひそかにその場所を告げた。王の妻は、国人と共謀して宰を殺し、さらに王の遺体を掘り出して、他の場所に葬った。その時、宰の遺体を王の墓の底に埋め、王の棺をその上に乗せ、

「尊い王と卑しい宰の順序というものは、元来このようであるべきだ。」

と言った。

天皇はこれをお聞きになり、激怒され、大軍を起こして新羅を滅ぼそうと思われた。こうして、軍船は海に満ち進撃した。その勢いに新羅の国人はみな怖れ、なす術《すべ》もなかった。すぐに集まり共議して、王の妻を殺して謝罪したという。」

さてここに、軍に従った表筒男《うわつつのお》・中筒男《なかつつのお》・底筒男《そこつつのお》の三神は皇后に、

「我が荒魂《あらみたま》を、穴門《あなと》の山田邑《やまだのむら》（山口県下関市一の宮町）に祭らせよ。」

と言われた。その時、穴門直《あなとのあたい》の祖践立《ほむたち》・津守連《つもりのむらじ》の祖田裳見宿禰《たもみのすくね》が皇后に、

「神が居られたいと欲しておられる土地を、お定めすべきでございます。」

と申し上げた。皇后は、践立を荒魂をお祭りする神主とされた。そして、祠《やしろ》を穴門の山田邑に立てた。

麛坂王《かごさかのみこ》・忍熊王《おしくまのみこ》の謀反

新羅を討伐された翌年（神功《じんぐう》皇后摂政元年）の二月に、皇后は群臣と百官とを率いて、穴門《あなと》の豊浦宮《とゆらのみや》にお移りになった。その地で天皇のご遺体を収め、海路京に向かわれた。その時、麛坂王《かごさかのみこ》・忍熊王《おしくまのみこ》は、天皇が崩御されたこと、また皇后が西方を征討されたこと、さらに皇子がお生まれになったことを聞き、密謀して、

「今、皇后には御子があり、群臣は皆従っている。必ず協議して、幼君を立てるだろう。我らは、どうして兄として弟に従えようか。」

と言った。そこで、天皇のために陵《みささぎ》を造ると偽り、播磨《はりま》に来て山稜を赤石《あかし》（明石）に築こうとした。そのため多数の船を連ねて淡路島《あわじのしま》に渡り、その島の石を運んで造った（実際は、明石海峡を封鎖するねらい）。こうして一人一人に武器を持たせ、皇后を待ち受けた。この時、犬上君《いぬかみのきみ》の祖倉見別《くらみわけ》と吉師《きし》の祖五十《い》狭茅宿禰《さちのすくね》とは、麛《かご》坂王《さかのみこ》に従った。そこで、将軍として東国の兵を起こさせた。麛坂王《かごさかのみこ》・忍熊王《おしくまのみこ》は、菟餓野《とがの》に出て、狩りで戦の勝敗を占い、

「もし事が成就するなら、きっと良い獲物が得られるだろう。」

と言った。二人の王は、それぞれ桟敷《さじき》にいた。すると突然、赤い猪が麛坂王《かごさかのみこ》を喰い殺し、兵士は皆おじけづ

いてしまった。忍熊王《おしくまのみこ》は倉見別《くらみわけ》に、

「何と不吉な前兆だ。ここで敵を待つべきではない。」

と言った。そこで軍を引き戻し、住吉《すみのえ》（大阪市住吉区）に集結した。

この時、皇后は忍熊王《おしくまのみこ》が兵を起こして待ち構えていることをお聞きになり、武内宿禰《たけうちのすくね》に命じ、皇子を抱いてまわり道をして、南海に出、紀伊水門《きのみなと》（紀ノ川の河口付近を含む和歌山県の港）に停泊させられた。皇后の船はまっすぐに難波《なにわ》をさして進まれた。ところが、皇后の船は海中でぐるぐる回り、進むことができなかった。

そこであらためて務古水門《むこのみなと》（兵庫県尼崎市の武庫川河口東岸）に帰り、占いをされた。すると天照大神《あまてらすおおみかみ》が、

「我が荒魂《あらみたま》を、皇后の近くに祭ってはならない。広田国《ひろたのくに》（広田神社。西宮市大社町）に坐《ま》さしめるのがよい。」

と言われた。そこで、山背根子《やましろねこ》の娘葉山媛《はやまひめ》に祭らせられた。次に稚日女尊《わかひるめのみこと》が、

「私は、活田長峡国《いくたのながおのくに》（生田神社は神戸市中央区山手通）に坐したいと思う。」

と言われた。それで、海上五十狭茅《うなかみのいさち》に祭らせられた。次に事代主尊《ことしろぬしのみこと》が、

「私を、長田国《ながたのくに》（長田神社は神戸市長田区長田町）に祭れ。」

と言われた。それで、葉山媛《はやまひめ》の妹長媛《ながひめ》に祭らせられた。さらに、表筒男《うわつつのお》・中筒男《なかつつのお》・底筒男《そこつつのお》の三神が、

「我が和魂《にきみたま》を、大津の渟名倉《ぬなくら》の長峡《ながお》（大阪市住吉区住吉神社）に坐さしめるのがよい。そこから、往来する船を監視することにしよう。」

と言われた。こうして、神のお教えのままに鎮座せしめられた。すると、平穏に海を渡られた。

一方忍熊王《おしくまのみこ》は、再び軍を引き、菟道《うじ》（京都府宇治市）に布陣した。皇后は、南方の紀伊国《きのくに》に至り、太子に日高《ひたか》で会われた。そこで群臣と軍議され、ついに忍熊王《おしくまのみこ》への攻撃を図り、小竹宮《しののみや》（和歌山県紀の川市）に遷られた。

この時、昼が夜のような暗さとなり、すでに多くの日がたった。時の人は、

「いつまでも夜が続く」

と言った。皇后は、紀直《きのあたい》の祖豊耳《とよみみ》に、

「この怪しげな前兆は、何に拠るのか。」

と仰せられた。その時一人の老爺が、

「伝え聞くところによりますと、このような怪を阿豆那比《あずなひ》の罪というそうです。」

と申し上げた。皇后は、

「それはどういうことか。」

と問われた。老爺は、

「二社の祝部《はふり》を、一所に合葬されたのではないでしょうか。」

と申し上げた。そこで村里に尋ねさせたところ、ある人が、

「小竹《しの》の祝部《はふり》と天野《あまの》（和歌山県伊都郡かつらぎ町上天野）の祝部とは、仲の良い友達でしたが、小竹の祝部が病死しました。天野の祝部は、激しく泣いて、

『大の親友が亡くなりました。今は何とか同じ墓に埋葬してもらいたいものです。』

と言って、すぐに遺骸の側で自殺しました。それで合葬したということです。」

と申し上げた。すぐに墓を開いてみると、まったくその通りであった。そこで棺を改め、それぞれ別の所に埋めた。すると、日の光が照り輝き、昼夜の別がはっきりした。

三月三日に、武内宿禰《たけうちのすくね》と和珥臣《わにのおみ》の祖武振熊《たけふるくま》に命じて、数万の群衆を率い、忍熊王《おしくまのみこ》を討たせた。武内宿禰等は、精兵を選び、山背《やましろ》から菟道《うじ》に至り、河の北岸に集結した。忍熊王は、軍営を出て戦おうとした。その時、

熊之凝《くまのこり》が先鋒となった［熊之凝は、葛野城首《かずののきのおびと》の祖である。一説に、多呉吉師《たごのきし》の遠祖であるともいう］。彼は自軍の兵の志気を奮わせようとして、声高に歌を詠んだ。

歌謡二八

彼方《おちかた》の　あらら松原《まつばら》　松原《まつばら》に　渡《わた》り行きて　槻弓《つくゆみ》に　まり矢を副《たぐ》へ
貴人《うまひと》は　貴人《うまひと》どちゃ　親友《いとこ》はも　親友《いとこ》どち　いざ闘《あ》わな　我《われ》は
たまきはる　内《うち》の朝臣《あそ》が　腹内《はらぬち》は　砂《いさご》あれや　いざ闘《あ》わな　我は

遠方のまばらな松原、その松原に宇治川を渡って攻めて行き、槻の弓に鏑矢《かぶらや》をつがえ、貴い人は貴い人どうし、親友は親友どうし団結して、いざ闘おう、我々は。武内朝臣《たけうちのあそん》の腹の中には、砂などあるはずはない。いざ闘おう、我々は。

その時、武内宿禰《たけうちのすくね》は全軍に命令して、髪を結い上げさせた。そして号令し、

「皆それぞれにひかえの弓弦《ゆづる》を髪の中に隠し、また木刀を身につけよ。」

と言った。このようにして、皇后の命令を告げ、忍熊王《おしくまのみこ》を欺いて、

「私は、天下を貪るようなことはしません。ただ幼い王を抱いて、君王《きみ》に従うのみであります。どうして、拒み戦うことがありましょうや。共に弓矢や武器を捨て、和睦いたしましょう。そうすれば、君主《きみ》は天皇の位につき、枕を高くして、もっぱら帝王の万の政事をなされることでしょう。」

と言った。そして号令一下、弓弦《ゆづる》を断ち、刀を外して、河の中に投げ込ませた。忍熊王《おしくまのみこ》はこれを信じ、すべての軍衆に命令して、武器を解き河の中に投げ込ませ、弓弦を断たせた。とっさに武内宿禰《たけうちのすくね》は全軍に命令し、

予備の弓弦を取り出し弓に張り、真刀を身につけさせ、一気に河を渡って進攻した。忍熊王は、欺かれたことを知り、倉見別《くらみわけ》・五十狭茅宿禰《いさちのすくね》に、

「私は、すっかり欺かれた。今はもはやひかえの武器はない。これではどうして戦うことができようか。」

と言って、兵を率いて退却した。武内宿禰《たけうちのすくね》は、精兵を出して追撃し、逢坂《おうさか》（滋賀県大津市）で出会って破った。それでこの地を逢坂《おうさか》という。軍衆は敗走したが、狭狭浪《ささなみ》（滋賀県大津市）の栗林《くるす》（滋賀県大津市膳所栗栖）で追い付き、多数を斬った。その血が流れて、栗林にあふれた。それで、この事を嫌って、今に至るまでその栗林の栗を御所に献上させないのである。

忍熊王は、逃げ場を失った。それで五十狭茅宿禰《いさちのすくね》を呼び、歌を詠んだ。

歌謡二九　いざ吾君《あぎ》　五十茅宿禰《いさちのすくね》　たまきはる　内《うち》の朝臣《あそ》が
頭槌《くぶつち》の　痛手負《いたてお》わずは　鳰鳥《におどり》の　潜《かずき》せな

さあ、我が君、五十茅宿禰《いさちのすくね》よ。〔たまきはる〕武内宿禰《たけうちのすくね》の頭槌《くぶつち》で痛手を受けるよりは、鳰鳥《におどり》（カイツブリ）のように水に潜って死んでしまおう。

こうして共に、瀬田川《せたがわ》の渡し場から投身して死んだ。その時、武内宿禰《たけうちのすくね》は歌を詠んだ。

歌謡三〇　淡海《おうみ》の海《み》　瀬田の済《わたり》に　潜《かず》く鳥　目にし見えねば　憤《いきどおろ》しも

淡海の海の瀬田の済で、水に潜る鳥が目に見えなくなったので、腹立たしいことである。

ここにおいて、川の中一帯を探しても、屍《かばね》は得られなかった。その後数日たって、宇治川で発見した。武《たけ》内宿禰《うちのすくね》は、また歌を詠んだ。

歌謡三一　淡海《おうみ》の海《み》　瀬田の済《わたり》に　潜《かず》く鳥　田上過《たなかみす》ぎて　宇治に捕えつ

淡海の海の瀬田の渡りで、水に潜った鳥は、田上《たなかみ》（大津市田上黒津町・羽栗町辺りから大石中町・竜門町辺りまでの広域）を過ぎて、宇治で捕らえた。

十月二日に、群臣は皇后を尊んで皇太后と申し上げた。この年、太歳《たいさい》は辛巳《しんし》であった。この年を、摂政元年とした。二年の十一月八日に、仲哀《ちゅうあい》天皇を河内国《こうちのくに》の長野陵《ながののみささぎ》に葬りまつった。

誉田別皇子《ほむたわけのみこ》の立太子

三年の正月三日に、誉田別皇子《ほむたわけのみこ》を皇太子とされた。そして、磐余《いわれ》に都を造られた［これを若桜宮《わかさくらのみや》という］。

五年の三月七日に、新羅王《しらぎおう》は汗礼斯伐《うれしほつ》・毛麻利叱智《もまりしち》・富羅母智《ほらもち》等を派遣して、朝貢した。実は、先に人質となった微叱許智伐旱《みしこちほつかん》を取り戻そうというもくろみがあった。それで、許智伐旱《こちほつかん》に頼んで、欺かせて、

「使者の汗礼斯伐《うれしほつ》・毛麻利叱智《もまりしち》等が私に告げて、

『我が王は、私が久しく帰らないことを理由に、妻子を没収して官奴としてしまいました。』

と言っております。どうかしばらく本土に帰らせていただき、真実を確かめたいと思うのですが。」と言わせた。皇太后は許された。そして、葛城襲津彦《かずらきのそつひこ》を添えてお遣わしになった。共に対馬に到着すると、鉏海《さひのうみ》（鰐浦）の水門《みなと》に宿泊した。その時、新羅の使者毛麻利叱智《もまりしち》等は、ひそかに船と水夫とを分け、微叱旱岐《みしかんき》を船に乗せ、新羅に逃亡させた。そして、すでに脱出した微叱許智《みしこち》の寝床に人形を置き、偽って病人に見せかけ、襲津彦《そつひこ》に、

「微叱許智《みしこち》は突然の発病で、今や死ぬ寸前です。」

と言った。襲津彦《そつひこ》は、人を遣わして、病人を見にやらせた。そして謀り事を知ると、新羅《しらぎ》の使者三人を捕らえ、檻《おり》の中に入れ、火で焼き殺した。こうして襲津彦は新羅に至り、蹈鞴津《たたらのつ》（慶尚南道釜山の南の多大津）に泊まり、草羅城《さわらのさし》（慶尚南道梁山）を攻略して帰還した。この時の捕虜たちは、今の桑原《くわはら》（奈良県御所市池之内・朝町）・佐糜《さび》（同県御所市葛城）・高宮《たかみや》・忍海《おしぬみ》（同県北葛城郡新庄町の南半と御所市の一部）の四つの邑《むら》の漢人《あやひと》等の始祖である。

十三年の二月八日に、武内宿禰《たけうちのすくね》に命令して、太子に従わせて角鹿《つぬが》の笥飯大神《けひのおおかみ》（気比神宮。福井県敦賀市曙町鎮座）に参拝させられた。

十七日に、太子は角鹿からお戻りになった。この日、皇太后は太子のために大殿で饗宴を催された。皇太后は盃を献り、皇太子に長寿の祝賀をされて、歌を詠まれた。

歌謡三二　此《こ》の御酒《みき》は　吾《わ》が御酒《みき》ならず　神酒《くし》の司《かみ》　常世《とこよ》に坐《いま》す　いはたたす　少御神《すくなみかみ》の
豊寿《とよほ》き　寿《ほ》き廻《もと》おし　神寿《かむほ》き　寿《ほ》き狂《くる》おし　献《まつ》り来《こ》し御酒《みき》そ　あさず飲《お》せ　ささ

この神酒は、私が醸した普通の酒ではありません。神酒の首長で、常世の国におられる少御神《すくなみかみ》が、豊《ほ》かに寿ぎ、歌舞して寿ぎ、神として寿ぎ、狂おしいほどに寿ぎ、献上した酒です。どんどん残さずお飲み下さい。さあさあ。

武内宿禰《たけうちのすくね》は、太子に代わって答歌を詠み申し上げた。

歌謡三三　此《こ》の御酒《みき》を　醸《か》みけん人は　その鼓《つづみ》　臼《うす》に立《た》てて　歌《うた》いつつ　醸《か》みけめかも
此《こ》の御酒《みき》の　あやに　うた楽《だの》し　ささ

この神酒を醸し出した人は、その鼓を臼の側に立てて、歌いながら、醸し出したことでしょう。この神酒の何ともいえずおいしいことよ。さあさあ。

三十九年。この年は、太歳《たいさい》は己未《きび》であった。[『魏志《ぎし》』によると、「明帝の景初《けいしょ》三年（二三九年）六月に、倭《わ》の女王は難斗米《なんとまい》等を派遣して、帯方《たいほう》郡に至り、天子のいる洛陽《らくよう》に行くことを求めて、朝献してきた。大守鄧夏《とうか》は、役人を派遣して倭の使者を送り、洛陽に至らしめた」という]

四十年。[『魏志《ぎし》』によると「正始《せいし》元年（二四〇年）に、建忠校尉梯携《けんちゅうこういていけい》等を派遣して、詔書・印綬を奉り、倭国《わのくに》に至らしめた」という]

四十三年。[『魏志《ぎし》』によると、「正始《せいし》四年（二四三年）倭王は、また使者の大夫伊声者《いせいしゃ》・掖耶約《やややく》等八人を派遣して品々を献上した」という]

百済王《くだらおう》の朝貢

四十六年の三月一日に、斯摩宿禰《しまのすくね》を卓淳国《とくじゅのくに》（慶尚北道大邱にあった加羅諸国中の一国）に派遣した［斯麻宿禰は何という氏の名の人か分からない］。その時、卓淳王の末錦旱岐《まきむかんき》が斯摩宿禰に告げて、

「甲子《こうし》の年（二年前の三六四年）の七月中に、百済人《くだらひと》の久氐《くて》・弥州流《みつる》・莫古《まこ》の三人が我が国に来て、

『百済王は、東方に日本《やまと》という大国があることを聞いて、私どもを派遣し朝貢することにしました。ところが道に迷い、この卓淳《とくじゅ》に来てしまいました。もし私どもに道を教えて通行させて下されば、我が王は必ず深く君王《きみ》を喜ばしいこととおもうでしょう。』

と言った。その時、王は久氐《くて》等に語って、

『以前より、東方に大国があることを聞いていた。しかし、まだ通行することがなかったので、その道を知らなかった。ただ、海は遠く浪は険しい。それで、大船に乗って、わずかに通うことができるくらいであろう。もし途中に港湾があったとしても、船舶がなかったら、どうして到達することができるだろうか。』

と言った。そこで久氐《くて》等が、

『それならば、今すぐには通行することはできないでしょう。再び国に戻って、船舶を準備し、その後に通行することにしましょう。』

と言った。またつけ加えて、

『もし貴国（日本）の使者が来たならば、必ず我が国にお知らせ下さい。』

と言った。このように言って戻っていった。」

と言った。

そこで斯摩宿禰《しまのすくね》は、すぐに従者の爾波移《にはや》と卓淳《とくじゅ》の人過古《わこ》を百済国《くだらのくに》に派遣し、その王を慰労させた。百済の肖古王《しょうこおう》は深く喜んで、二人を厚遇した。そして、五色の染め絹それぞれ一匹と角の弓、さらに鉄鋌《ねりかね》四十枚を爾波移《にはや》に贈った。また宝の蔵を開き、各種の珍しいものを示し、

「我が国には、このようにたくさんの珍宝があります。貴国に献上しようと思っても道が分かりません。志はあっても、それを実行することができなかったのです。しかし、今使者に託してすぐに献上いたしましょう。」

と言った。そこで、爾波移はこの事を承り、志摩宿禰《しまのすくね》に上告した。志摩宿禰は、いさんで卓淳《とくじゅ》から帰国した。

新羅が百済の貢物を横領

四十七年の四月に、百済王《くだらおう》は久氐《くて》・弥州流《みつる》・莫古《まこ》を使いとして朝貢させた。その時、新羅《しらぎ》の調使も久氐《くて》と共に来朝した。皇太后と太子誉田別尊《ほむたわけのみこと》とは、

「先帝（仲哀《ちゅうあい》天皇）が望んでおられた国の人が、今来朝した。先帝の世に間に合わなかったのは、何といたましいことか。」

と仰せられた。群臣は、悲しみに沈んだ。

さて、二国の貢上品を調べると、新羅《しらぎ》の貢物《みつぎもの》は珍しい品々が多数あったが、百済の貢物は、少なく粗末でよくなかった。そこで久氐《くて》等に問い、

「百済の貢物が新羅に及ばないのは、どうしたことか。」

と仰せられた。すると、

「私どもは道に迷い、沙比《さひ》の新羅《しらぎ》に着いてしまいました。すると、新羅人は私どもを捕らえて牢獄に監禁しました。三か月後に殺そうとしたのです。その時、久氐《くて》等は天に向かって呪詛《じゅそ》しました。新羅人は、呪詛を

怖れて殺しませんでした。そのかわりに、我が貢物を奪い、自国の貢物としたのです。新羅の安物と取り替えて、我が国の貢物としてしまったのです。そして私どもに、

『もしこのことを漏らせば、帰って来る日に必ずお前らを殺してやる。』

と言いました。それで久氏等は従うほかなく、辛うじて天朝に参向することができました。」

と申し上げた。そこで、皇太后・誉田別尊《ほむたわけのみこと》は新羅《しらぎ》の使者を責め、天神《あまつかみ》にお祈りして、

「誰を百済《くだら》に派遣して、真実を調べたらよいでしょうか。また誰を新羅《しらぎ》に遣わして、その罪を尋問させたらよいでしょうか。」

と仰せられた。天神が教えて、

「武内宿禰《たけうちのすくね》に案を立てさせよ。そして、千熊長彦《ちくまながひこ》を使者とするならば、必ず願いは叶うであろう。」

と言われた［千熊長彦は、氏の名が明確でない。一説によると、武蔵国《むさしのくに》の人で、今は額田部槻本首《ぬかたべのつきもとのおびと》等の始祖であるという。『百済記《くだらき》』に、「職麻那那加比跪《ちくまななかひく》」とあるのは、この人をいうのであろうか］。そこで、千熊長彦を新羅に派遣して、百済の献上品を奪いすり替えたことを責めた。

新羅再征討

四十九年の三月に、荒田別《あらたわけ》・鹿我別《かがわけ》を将軍に任命した。そして久氏《くて》等と共に兵を整え、卓淳国《とくじゅのくに》に至り、新羅《しらぎ》を襲撃しようとした。その時ある人が、

「兵士が少なくては、新羅を破ることはできません。そこでさらに、沙白《さはく》・蓋盧《こうろ》の二人を召しかかえて、増兵を要請しなさい。」

と言われた。そこで、木羅斤資《もくらこんし》・沙沙奴跪《ささなく》［この二人は、氏の名が明確でない。ただし、木羅斤資《もくらこんし》は百済の将

軍である」に命じ、精兵を率いて新羅を撃破した。

これによって、比自㶱《ひしほ》（慶尚南道昌寧の古名）・南加羅《ありひしのから》（慶尚南道金海の古名）・喙国《とくのくに》（慶尚北道慶山）安羅《あら》（慶尚南道咸安の古名）・多羅《たら》（慶尚南道陜川の古名）・卓淳《とくじゅ》（慶尚北道大邱の古名）・加羅《から》（慶尚北道高霊）の七国を平定した。さらに兵を移して、西方に回り、古奚津《こけのつ》（全羅南道康津の古名）に至り、南蛮の忱弥多礼《とむたれ》（済州島の古名）を討伐し、百済に授けられた。そこで、百済の肖古《しょうこ》と王子貴須《くいす》もまた、再び軍を率いてやってきた。その時、比利《ひり》・辟中《へちゅう》（全羅北道金堤の古名、辟支も同名）・布弥支《ほむき》（公州郡維鳩の古名）・半古《はんこ》（全羅南道潘南の古名）の四つの邑《むら》が自分から降伏した。こうして、百済王父子・荒田別《あらたわけ》・木羅斤資《もくらこんし》等は意流村《おるすき》［今は州流須祇《つるすき》（京畿道広州の古邑）という］で互いに顔を見合わせて喜び合った。ただ千熊長彦《ちくまながひこ》と百済王とは、百済に着くと辟支山《へきのむれ》に登って誓った。また、古沙山《こさのむれ》（全羅北道古阜の古名）に登り、共に大岩の上に座った。そして百済王が誓いを立てて、

「もし草を敷いて坐とするならば、いつかは火に焼かれてしまうかもしれない。また、木を取って坐とするならば、いつかは水のために流されてしまうかもしれない。それゆえ、磐石《いわ》を坐として誓うことは、永遠に不朽なることを示します。今後は、千秋万歳に絶えることなく窮まることなく、常に西蕃《せいばん》と称して、春秋に朝貢いたしましょう。」

と言った。そして千熊長彦《ちくまながひこ》を連れて、百済《くだら》の都に行き、厚く礼遇した。また、久氐《くて》等を従わせて、日本《やまと》に送った。

五十年の二月に、荒田別《あらたわけ》等が帰朝した。

五月に、千熊長彦《ちくまながひこ》・久氐《くて》等が百済から帰朝した。皇太后はお喜びになって、久氐《くて》に問うて、

「海西の諸々の韓国《からくに》を、すでにお前の国に授けた。今また何事があって来朝したのか。」

と仰せられた。久氐等が奏上して、

「天朝の大恩は、遠く卑しい我が国にまでも及んでいます。我が王は、歓喜踊躍し、その至誠を帰朝する使者に託してお届けいたします。万世に渡って、必ず毎年朝貢いたします。」

と申し上げた。皇太后は勅して、

「善いことだ、お前の言葉は。これは私の心に叶うことである。」

と仰せられた。そして多沙城《たさのさし》（慶尚南道と全羅南道との境域をなす蟾津江の河口付近）を加増し、往還の宿駅とされた。

五十一年の三月に、百済王《くだらおう》は、また久氏《くて》を派遣して朝貢した。そこで皇太后は、太子と武内宿禰《たけうちのすくね》に語って、

「我が親交ある百済国は、天の賜うたところであり、人為によるものではない。愛すべき品々、珍しい物は我が国に未だかつてなかったものである。それらを毎年欠かさず貢献してきている。私は、この忠誠を省《かんが》み、常に喜んでいる。我が死後も生前と同様、厚く恩恵を加えよ。」

と仰せられた。

その年に、千熊長彦を久氏等に付き添わせて、百済国に派遣された。そして大恩を垂れて、

「私は、神の霊験に従って、初めて交路を開き、海西を平定して百済に下賜した。今また厚く友好を結び、永く寵愛するものである。」

と仰せられた。この時百済父子は、額を地面にすりつけて、

「貴国の大恩は、天地より重いものです。どのような日、どのような時にも、決して忘れません。聖王が上に在《ま》しまして、日月のように輝いておられます。今私は下に侍《はべ》り、堅固なことは山岳のようです。永く西蕃《せいばん》となって、いつまでも二心をいだくことはございません。」

と申し上げた。

五十二年の九月十日に、久氐《くて》等は千熊長彦《ちくまながひこ》に従って来朝した。その時、七枝刀《ななさやのたち》一振・七子鏡《ななこのかがみ》一面をはじめ種々の重宝を献上した。そして謹んで、

「我が国の西方に川があります。源流は、谷那《こくな》の鉄山より出ています。遠いことは、七日進んでもなお行き着くことができません。この水を飲み、この山の鉄を採り、永く聖朝に献上いたします。

次いで百済王《くだらおう》が孫の枕流王《とむるおう》に語って、

『私が通交する海東の貴国は、天の啓示によってできた国である。それで天恩を垂れて、海西を分割し私に賜り、これによって国の基礎は永久に固まった。お前もまたよく好誼《こうぎ》を尽し、国土の産物を集めて朝貢を絶やさなければ、たとえ死んだとしても、心残りはない。』

と言いました。」

と申し上げた。以後毎年相次いで朝貢を続けた。

五十五年に、百済の肖古王《しょうこおう》が薨じた。

五十六年に、百済の王子貴須《くいす》が王となった。

六十二年、新羅《しらぎ》は朝貢しなかった。

その年に、襲津彦《そつひこ》を派遣して、新羅を攻撃させた。

[『百済記《くだらき》』には、次のように記されている。「壬午《じんご》の年（三八二）年に、新羅は貴国に朝貢しなかった。貴国は、沙至比跪《さちひく》を派遣して討伐させた。新羅は、美女二人を美しく着飾らせ、港で迎え誘わせた。沙至比跪は、その美女を受け入れ、新羅を討たずにかえって加羅国《からのくに》を討伐した。加羅国の王己本旱岐《こほかんき》と子の百久氐《はくくて》・阿首至《あしゅち》・国沙利《こくさり》・伊羅麻酒《いらます》・爾汶至《にもんち》等は、その人民を率いて百済に逃亡した。百済は、人々を厚遇した。加羅国の王の妹既殿至《きでんち》は、大倭《やまと》に参向してきて、

『天皇は、沙至比跪《さちひく》を派遣して、新羅《しらぎ》を討とうとされました。ところが沙至比跪は、新羅の美女に誘惑され、新羅を討たずにかえって我が国を滅ぼしてしまいました。兄弟・人民は、流浪させられ、悲しみの思いに堪えることができません。それで、このように参上して申し上げるのでございます。』

と言った。天皇はたいそうお怒りになって、すぐに木羅斤資《もくらこんし》を派遣し、軍勢を率いて加羅《から》に集結させ、その国家を回復せしめられた。」という。一説に、沙至比跪《さちひく》は天皇のお怒りを知って、公然と日本に帰国せず、身を隠していた。その妹が、皇宮に仕えていたので、比跪はひそかに使者を奉遣して、天皇のお怒りが解けるかどうかを問わしめた。妹は夢に託して、

「昨夜の夢に、沙至比跪《さちひく》を見ました。」

と申し上げた。天皇はたいそうお怒りになって、

「比跪は、帰国していたのか。」

と仰せられた。妹は、天皇のお言葉を伝えた。比跪は許されないことを知り、岩穴に入って死んだという。」

六十四年に、百済国の貴須王《くいすおう》が薨じた。王子枕流王《とむるおう》が王となった。

六十五年に、百済の枕流王が薨じられた。王子阿花《あか》は年少であった。それで叔父の辰斯《しんし》が位を奪って王となった。

六十六年。［この年は、晋《しん》の武帝の泰初《たいしょ》二年（二六六年）である。晋の『起居注《ききょちゅう》』に、「武帝の泰初二年の十月に、倭《わ》の女王が通訳を重ねて貢献せしめた」という］

六十九年の四月十七日に、皇太后が稚桜宮《わかさくらのみや》で崩御された［御年百であった］。

十月十五日に、狭城盾列陵《さきのたたなみのみささぎ》に葬りまつった。この日に、皇太后を追尊して、気長足姫尊《おきながたらしひめのみこと》と申し上げる。

この年、太歳《たいさい》は己丑《きちゅう》であった。

巻第十　第十五代　誉田天皇《ほむたのすめらみこと》　応神天皇《おうじんてんのう》

誕生と即位・諸妃

応神天皇《おうじん》は、仲哀天皇《ちゅうあい》の第四子である。母は気長足姫尊《おきながたらしひめのみこと》と申し上げる。天皇は、神功皇后《じんぐうこうごう》が新羅《しらぎ》を征討された年、仲哀《ちゅうあい》九年の十二月に、筑紫《つくし》の蚊田《かだ》（神功皇后摂政前紀には、筑紫《つくし》の宇瀰《うみ》でお生まれになったとある）でお生まれになった。幼少より聡明で、物事を深く遠くまで見通すことがおできになった。容姿や振る舞いには、不思議にも聖帝の兆しがおありであった。皇太后の摂政三年に、皇太子となられた［御年三である］。

初め天皇は、母の胎中《たいちゅう》におられた時、天神地祇《てんしんちぎ》より三韓《かん》を授けられた。天皇がお生まれになった時は、すでに肉が腕の上についていた。その形は、鞆《とも》（弓を射る時、右手首につける丸い革製の道具）のようであった。これは、皇太后が男装して、鞆をつけておられた格好と同じであった。それで、その御名を称えて、誉田天皇《ほむたのすめらみこと》と申し上げるのである［上古の時代の人は、鞆《とも》を褒武多《ほむた》といった。一説に、初め天皇が太子となられて、越《こしの》国《くに》においでになり、角鹿《つぬが》の笥飯大神《けひのおおかみ》に参拝された。その時、大神と太子とが御名を互いに換えられた。それで、大神を名付けて去来紗別神《いざさわけのかみ》と申し、太子を誉田別尊《ほむたわけのみこと》と申す、という。そうすると、大神のもとの御名は誉田《ほむた》別神《わけのかみ》、太子のもとの御名は去来紗別尊《いざさわけのみこと》と申すことになる。ところが記録がなく、未詳である］。

摂政六十九年の四月に、皇太后が崩御された［御年百である］。

元年の正月一日に、皇太子は天皇に即位された。この年、太歳《たいさい》は庚寅《こういん》であった。

二年の三月三日に、仲姫《なかつひめ》を皇后とされた。皇后は、荒田皇女《あらたのひめみこ》・大鷦鷯天皇《おおさざきのすめらみこと》（仁徳《にんとく》天皇）・根鳥皇子《ねとりのみこ》をお生みになった。これより先に、天皇は皇后の姉高城入姫《たかきのいりびめ》を妃として、額田大中彦皇子《ぬかたのおおなかつひこのみこ》・大山守皇子《おおやまもりのみこ》・去来真稚皇子《いざのまわかのみこ》・大原皇女《おおはらのひめみこ》・澇来田皇女《こむくたのひめみこ》を生んだ。二人めの妃で皇后の妹弟姫《おとひめ》は、阿倍皇女《あへのひめみこ》・淡路御原皇女《あわじのみはらのひめみこ》・紀之菟野皇女《きのうののひめみこ》を生んだ。三人めの妃和珥臣《わにのおみ》の祖日触使主《ひふれのおみ》の娘宮主宅媛《みやぬしやかひめ》は、菟道稚郎子皇子《うじのわきいらつこのみこ》・矢田皇女《やたのひめみこ》・雌鳥皇女《めとりのひめみこ》を生んだ。四人めの妃宅媛《やかひめ》の妹小甂媛《おなべひめ》は菟道稚郎姫皇女《うじのわきいらつひめのひめみこ》を生んだ。五人めの妃河派仲彦《かわまたなかつひこ》の娘弟媛《おとひめ》は、稚野毛二派皇子《わかぬけふたまたのみこ》を生んだ。六人めの妃桜井田部連男鉏《さくらいのたべのむらじおさい》の妹糸媛《いとひめ》は、隼総別皇子《はやぶさわけのみこ》を生んだ。七人めの妃日向泉長媛《ひむかのいずみのながひめ》は、大葉枝皇子《おおはえのみこ》・小葉枝皇子《おはえのみこ》を生んだ。

この天皇の皇子・皇女は合わせて二十人おいでになる（＊訳者註　記載の合計は十九人であり、紀之菟野皇女《きのうののひめみこ》の後に、三野皇女《みののひめみこ》がいたと思われる）。この中で、根鳥皇子《ねとりのみこ》は、大田君《おおたのきみ》の始祖である。大山守皇子《おおやまもりのみこ》は、土形君《ひじかたのきみ》・榛原君《はりはらのきみ》、二族の始祖である。去来真稚皇子《いざのまわかのみこ》は、深河別《ふかかわわけ》の始祖である。

三年の十月三日に、東の蝦夷《えみし》がことごとく朝貢した。そこで蝦夷を使役して、廐坂道《うまやさかのみち》を造らせた。

十一月に、各地の海人《あま》がわけのわからない言葉を発し、命令に従わなかった。そこで阿曇連《あずみのむらじ》の祖大浜宿禰《おおはまのすくね》を派遣して、その騒動を鎮めさせた。これによって、彼を海人の統率者とした。それで、時の人の諺に、

「さば海人《あま》（がやがやとわけの分からぬことを騒ぎ立てる海人）」

というのは、これがその起源である。

この年に、百済の辰斯王《しんしおう》が、貴国日本の天皇に対して礼を失することがあった。そこで、紀角宿禰《きのつののすくね》・羽田矢代宿禰《はたのやしろのすくね》・木菟宿禰《つくのすくね》を派遣して、その無礼な状況を叱責させた。これによって、百済国は辰斯王を殺して陳謝した。紀角宿禰らは、阿花《あか》を国王に立てて帰国した。

五年の八月十三日に、諸国に命令して、海人部《あまべ》・山守部《やまもりべ》を定めた。

十月に、伊豆国《いずのくに》（静岡県）に命じて、船を造らせた。長さは十丈である。船がすでに完成したので、試みに海に浮かべてみた。すると軽やかに浮かんで、滑るように走行した。それでその船を枯野《からの》と名付けた［船が軽く疾走したので枯野と名付けるのは、意味が通らない。おそらく、軽野《かるの》といったのを後人が訛《なま》ったのかもしれない］。

六年の二月に、天皇は近江国《おうみのくに》（滋賀県）に行幸されて、菟道野《うじの》（京都府宇治市付近の野）の辺りにおでましになり御歌を詠まれた。

歌謡三四　千葉《ちば》の　葛野《かずの》を見れば　百千足《ももちだ》る　家庭《やには》も見ゆ　国の秀《ほ》も見ゆ

〔千葉の〕葛野を見ると、多くの満ち足りた家並みがみえる。国の秀でたところも見える。

七年の九月に、高麗人《こまひと》・百済人《くだらひと》・任那人《みまなひと》・新羅人《しらぎひと》が、そろって来朝した。その時武内宿禰《たけうちのすくね》に命じて、多くの韓人《からひと》を率いて池を造らせた。その池を韓人池《からひとのいけ》という。

八年の三月に、百済人《くだらひと》が来朝した［『百済記《くだらき》』に、「阿花王《あかおう》が即位したが、貴国日本に礼を欠いた。それで日本に我が枕弥多礼《とむたれ》・峴南《けんなん》・支侵《ししん》（忠清南道洪城付近）・谷那《こくな》（全羅南道谷城の古名）の東韓の地を奪われた。そのため、王子直支《とき》を天朝に差し出して、先王の友好を修めさせたという」。

甘美内宿禰《うましうちのすくね》による兄武内宿禰《たけうちのすくね》への讒言《ざんげん》

九年の四月に、武内宿禰《たけうちのすくね》を筑紫《つくし》に派遣して、人民を監察させられた。その時、武内宿禰の弟甘美内宿禰《うましうちのすくね》は

兄を除こうと思い、天皇に讒言《ざんげん》して、

「兄には、常に天下を自分の手に入れようという野心があります。今聞くところによりますと、筑紫でひそかに謀り事を立て、

『一人で筑紫を分割し、三韓《かん》を招いて朝貢させ、ついには天下を掌握しよう。』

と言っているということです。」

と申し上げた。天皇はすぐに使者を遣わして、武内宿禰《たけうちのすくね》を殺そうとされた。武内宿禰は嘆いて、

「もとより私には、二心はありません。忠義の心で君にお仕えして参りました。今何の禍《わざわ》いにより、罪無くして死ぬことになるのでしょうか。」

と言った。この時、壱伎直《いきのあたい》の祖真根子《まねこ》という者がいた。その容姿は、武内宿禰《たけうちのすくね》とそっくりであった。武内宿禰が罪なくして空しく死ぬことを惜しみ、武内宿禰に、

「今大臣《おおおみ》は、忠心をもって君にお仕えしておられます。まったく邪心のないことは、天下の人々が承知しておられます。どうかひそかにこの難を避け、朝廷に参内《さんだい》し、罪のないことを弁明して、後に死なれても遅くはないでしょう。また時の人が常に、

『お前の顔かたちは、大臣に似ている。』

と言っています。ですから今、私が大臣に代わって死んで、大臣の清い心を明らかにしましょう。」

と言って、剣に伏して自殺した。武内宿禰《たけうちのすくね》は大いに悲しみ、ひそかに筑紫《つくし》を離れ、海路を南海より廻り、紀水門《きのみなと》に泊まった。かろうじて朝廷に参上することができ、無罪を弁明した。

天皇は、武内宿禰《たけうちのすくね》と甘美内宿禰《うましうちのすくね》とを尋問された。二人はそれぞれ身の潔白を主張して、是非を決することは困難であった。そこで天皇は勅《みことのり》して、天神地祇《てんしんちぎ》に祈誓して探湯《くかたち》（神に誓約して熱湯の中に手を入れさせ、やけ

どするかしないかで、事の是非や正邪を決する方法）をさせられた。こうして武内宿禰と甘美内宿禰とは磯城川《しきのかわ》のほとりに出て探湯《くかたち》したところ、武内宿禰が勝った。それで太刀を執り、甘美内宿禰を打ち倒そうとした。天皇は勅して、甘美内宿禰を許された。そして、紀直《きのあたい》等の祖に奴隷として授けられた。

十一年の十月に、剣池《つるぎのいけ》（奈良県橿原市石川町）・軽池《かるのいけ》・鹿垣池《しかがきのいけ》・廐坂池《うまやさかのいけ》を造った。

日向《ひむか》の髪長媛《かみながひめ》

この年、ある人が奏上して、

「日向国《ひむかのくに》に、髪長媛《かみながひめ》という乙女がいます。諸県君牛諸井《もろがたのきみうしもろい》の娘です。国の中で最も美しい人です。」

と申し上げた。天皇は喜ばれて、お召しになろうと思われた。

十三年の三月に、天皇は特使を遣わして、髪長媛を召された。

九月中に、髪長媛は日向から参上した。そこで、桑津邑《くわつのむら》（大阪市東住吉区桑津）に住まわせられた。この時、皇子大鷦鷯尊《おおさざきのみこと》（後の仁徳《にんとく》天皇）が髪長媛《かみながひめ》をご覧になって、その容姿の麗しさにすっかり心を魅せられてしまわれた。天皇はその事をお知りになり、二人を結婚させようとお思いになった。こうして、天皇は後宮で宴会を催された日に、初めて髪長媛を呼んで、宴席に坐らせられた。そして、大鷦鷯尊を手まねで呼び寄せられ、髪長媛を指差して、御歌を詠まれた。

歌謡三五　いざ吾君《あぎ》　野《の》に蒜摘《ひるつ》みに　蒜摘《ひるつ》みに　我《わ》が行く道に　香《か》ぐわし　花橘《はなたちばな》
下枝《しずえ》らは　人皆取り　上枝《ほつえ》は　鳥居枯《とりいが》らし　三栗《みつぐり》の　中枝《なかえ》の　ふほごもり
明《あか》れる嬢子《おとめ》　いざ栄映《さかば》えな

さあ我が君よ。野に蒜を摘みに行きましょう。蒜を摘みに行く我が道には、〔よい香りの〕花橘が咲いています。下の枝の花は、人が皆取ってしまい、上の枝は、鳥がきて枯らしてしまいました。〔三栗の〕中の枝に残っている花のように、つぼみがふくらんで明るくなっている乙女よ。さあ花開いて輝こう。

大鷦鷯尊《おおさざきのみこと》は御歌を頂戴し、髪長媛《かみながひめ》を賜ることができることを知ってたいそう喜び、返歌を奉った。

歌謡三六　水渟る《みずたま》　依網池《よさみのいけ》に　蓴繰り《ぬなわく》　延《は》えけく知らに　堰杙築く《いぐいつ》　川俣江《かわまたえ》の　菱茎《ひしがら》の
　さしけく知らに　吾が心し　いや愚《うこ》にして

〔水をたたえている〕依網池《よさみのいけ》で、蓴菜《じゅんさい》が延びていることを知らず、また〔堰《つつみ》の杭《くい》を築く〕川俣江《かわまたえ》（東大阪市川俣）の茎が遠くまで伸びていることも知らず、私の心は何とも愚かでした。（天皇が髪長媛を賜ることを知らなかった私が愚かでした。

こうして大鷦鷯尊《おおさざきのみこと》は髪長媛《かみながひめ》と睦み親密であり、髪長媛に向かって歌を詠まれた。

歌謡三七　道の後《しり》　こはだ嬢子《おとめ》を　神のごと　聞《きこ》えしかど　相枕《あいまくら》まく

遠い国の日向の乙女の美しさは、雷鳴の響きのように評判が高かったが、今は私と枕を共にする仲となった。

また続けて歌を詠まれた。

歌謡三八　道の後《しり》　こはだ嬢子《おとめ》を　争わず　寝しくをしぞ　愛《うるわ》しみ思う

遠い国の日向の乙女は、さからうことなく、寝てくれた。ああ愛しい乙女よ。

［一説に、日向《ひむか》の諸県君牛《もろがたのきみうし》が、朝廷に仕えてすっかり老人になってしまった。それで、出仕をやめ本国に退き、自分の娘の髪長媛《かみながひめ》を貢上した。初めて播磨国《はりまのくに》にやってきた時、天皇は淡路島《あわじのしま》に行幸され、狩猟をしておられた。天皇が西方を遠望されると、数十頭の大鹿が海に浮かんでやってきた。やがて播磨《はりま》の鹿子水門《かこのみなと》(兵庫県加古川河口)に入った。天皇は侍臣に、

「あれは何という大鹿か。大海に浮かんでたくさんやって来たのは。」

と仰せられた。侍臣も不思議に思い、すぐに使者を遣わして視察させた。すると、角をつけた鹿の皮を着た人間であった。そこで、

「お前たちは誰だ。」

と問うた。答えて、

「諸県君牛《もろがたのきみうし》です。年老いて退官しましたが、朝廷の恩を忘れることができません。それで、私の娘の髪《かみ》長媛《ながひめ》を献ります。」

と申し上げた。天皇はお喜びになって、すぐにお召しになり、御船に従わせられた。そこで時の人は、その場所を鹿子水門《かこのみなと》といった。水夫を鹿子《かこ》というのは、この時初めて起こったのであろうという。］

弓月君《ゆづきのきみ》・王仁《わに》・阿知使主《あちのおみ》らの来朝

十四年の二月に、百済王《くだらおう》が真毛津《まけつ》という縫衣工女《きぬぬいのおみな》を貢上した。これが今の来目衣縫《くめのきぬぬい》の始祖である。

この年に、弓月君《ゆづきのきみ》が百済から渡来した。そして奏上して、

「私は、自分の国の人夫二十県分を率いて出発しました。しかし新羅人《しらぎひと》が拒むので、加羅国《からのくに》に留まっています。」

と申し上げた。そこで葛城襲津彦《かずらきのそつひこ》を派遣して、弓月《ゆづき》の人夫を加羅《から》より召致させられた。しかし、三年経っても襲津彦は帰国しなかった。

十五年の八月六日に、百済王は阿直伎《あちき》を派遣して、良馬二匹を献上した。そこで軽《かる》の坂の上の厩《うまや》で飼わせた。その場所を厩坂《うまやさか》という。阿直伎はまたよく経典を読み、太子菟道稚郎子《うじのわきいらつこ》は師とされた。ある時天皇は阿直伎に問われて、

「もしかして、そなたより勝れている学者はいるのだろうか。」

と仰せられた。阿直伎は、

「王仁《わに》という人がおります。この人は、たいへん秀れています。」

と申し上げた。こうして上野君《かみつけののきみ》の祖荒田別《あらたわけ》・巫別《かんなぎわけ》を百済に派遣して、王仁《わに》の来朝を求められた。阿直伎《あちき》は、阿直岐史《あちきのふびと》の始祖である。

十六年の二月に、王仁《わに》は来朝した。そこで太子菟道稚郎子《うじのわきいらつこ》は師とされ、多くの典籍を習われた。こうして、通達されないということがなかった。王仁は、書首《ふみのおびと》等の始祖である。

この年に、百済の阿花王《あかおう》が薨じた。天皇は直支王《ときおう》をお召しになって、

「そなたは国に帰って、王位を嗣ぎなさい。」

と仰せられた。そしてまた、東韓《とうかん》の地を与えられてお遣しになった［東韓《とうかん》とは、甘羅城《かんらのさし》（全羅北道咸悦の古名）・高難城《こうなんのさし》・爾林城《にりんのさし》である］。

八月に、平群木菟宿禰《へぐりのつくのすくね》・的戸田宿禰《いくはのとだのすくね》を加羅《から》に派遣した。その際に精兵を授け、詔《みことのり》して、

「襲津彦《そつひこ》が、長らく帰国しない。おそらく、新羅《しらぎ》が妨げているのだろう。お前たちはすみやかに赴き、新羅を撃ってその道を開け。」

と仰せられた。こうして木菟宿禰《つくのすくね》たちは、精兵を進めて新羅《しらぎ》の国境で相対した。新羅王は恐れおののいて、その罪に服した。そこで弓月《ゆづき》の人夫を率いて、襲津彦《そつひこ》と共に帰還した。

十九年の十月一日に、吉野宮《よしののみや》に行幸された。その時、国樔人《くにすひと》が拝謁にやってきた。そして濃い酒を天皇に献上して、歌を詠んだ。

歌謡三九　橿《かし》の生《ふ》に　横臼《よくす》を作り　横臼《よくす》に　醸《か》める大御酒《おおみき》　うまらに　聞《きこ》し持《も》ち食《お》せ　まろが父《ち》

橿の林で横臼を作り、その横臼でよく醸《かも》し出した大御酒《おおみき》を、おいしく召しあがって下さい。我が父上。

歌が終わるとすぐに手で口を打ち、仰いで笑った。今国樔《くにす》が土地の産物を献上する日に同じことをするのは、思うに上古の遺風であろう。

国樔《くにす》は、その人となりがまことに淳朴である。常に山の木の実を取って食べ、蝦蟆《ひきがえる》を煮て上等の味付けをする。これを毛瀰《もみ》という。その領地は京の東南にあり、山を隔てて吉野川《よしののがわ》のほとりにある。峰は険しく、谷は深く、道は狭くて急である。それで京から遠くはないが、もともと朝廷に参向することは稀であった。しかしこ

の後は、しばしば参上して、土地の産物を献上した。その品は、栗・茸《きのこ》・鮎の類である。

二十年の九月に、倭漢直《やまとのあやのあたい》の祖阿知使主《あちのおみ》とその子都加使主《つかのおみ》とが、十七県の党類を率いて渡来した。

妃の兄媛《えひめ》と吉備国《きびのくに》行幸

二十二年の三月五日に、天皇は難波《なにわ》に行幸され、大隅宮《おおすみのみや》（大阪市東淀川区大道町・西大道町）に滞在された。十四日に、高台に登って遠望された。その時妃の兄媛《えひめ》が西方を望んで、大いにお嘆きになった［兄媛は、吉《き》備臣《びのおみ》の祖御友別《みともわけ》の妹である］。これを見て天皇は、

「どうしてそのように嘆くのか。」

と仰せられた。兄媛は、

「私はこの頃、父母を恋しく思っております。それで西方を遠く眺めておりますと、自然と悲しくなってしまうのです。どうかしばらくの間故郷へ帰り、親に会わせていただきたいと思うのですが。」

と申し上げた。天皇は、兄媛の親を思う心の深いことに心を打たれ、

「お前は、両親と離れて多くの年数を過ごした。帰って親のために尽くそうと思うことは、まことにもっともである。」

と仰せられ、すぐにお許しになった。そして、淡路《あわじ》の御原《みはら》（兵庫県南あわじ市）の海人《あま》八十人を呼んで水夫とし、吉備《きび》に送り遣わされた。

四月に、兄媛《えひめ》は難波《なにわ》の港から発船していった。天皇は高殿に居て、兄媛の乗った船をはるかに望まれ、御歌を詠まれた。

歌謡四〇　淡路島《あわじしま》　いや二並《ふたなら》び　小豆島《あずきしま》　いや二並《ふたなら》び　宜《よろ》しき島々《しましま》　誰《た》かた去《さ》れ放《あら》ちし
吉備《きび》なる妹《いも》を　相見《あいみ》つるもの

淡路島は小豆島と二つ並んでいて、お似合いの島々だ。それにひきかえて、私は一人にされてしまった。いったい誰が遠くへ引き離してしまったのか。吉備《きび》の兄媛《えひめ》と親しんでいたのに。

九月六日に、天皇は淡路島《あわじのしま》で狩猟された。この島は海に横たわり、難波《なにわ》の西方にある。峰と巌が錯綜《さくそう》し、山稜や谷が続いている。芳しい草が繁茂し、高い波が音を立てて流れている。また、たくさんの大鹿・鴨《かも》・雁《かり》がいる。それで天皇は、たびたびお出ましになった。天皇はさらに淡路から回って吉備に行幸され、小豆島《あずきしま》で狩猟をされた。

十日に、葉田《はだ》の葦守宮《あしもりのみや》（岡山県岡山市足守町）に移られた。その時御友別《みともわけ》が参内し、兄弟子孫を膳夫《かしわで》として食事を献った。天皇は、御友別が謹み畏んでお仕えする様子をご覧になり、たいそう喜ばれた。それで、吉備《きびの》国《くに》を分割して、その子らに封じられた。まず、川島県《かわしまのこおり》を分けて長男稲速別《いなはやわけ》に封じられた。これが、下道臣《しもつみちのおみ》の始祖である。次に、上道県《かみつみちのこおり》（岡山市東部）を二男仲彦《なかつひこ》に封じられた。これが、上道臣《かみつみちのおみ》・香屋臣《かやのおみ》の始祖である。次に、三野県《みののこおり》（岡山市北半・旭川以西）を弟彦《おとひこ》に封じられた。これが、三野臣《みののおみ》の始祖である。また、波区芸県《はくぎのこおり》を御友別《みともわけ》の弟鴨別《かもわけ》に封じられた。これが、笠臣《かさのおみ》の始祖である。また、苑県《そののこおり》（岡山県倉敷市北部）を兄の浦凝別《うらこりわけ》に封じられた。これが、苑臣《そののおみ》の始祖である。また、織部《はとりべ》（機織業の集団）を兄媛《えひめ》にお与えになった。このようにして、その子孫が今も吉備国《きびのくに》にいるのは、これがその起源である。

二十五年に、百済《くだら》の直支王《ときおう》が薨じた。そこで、子の久爾辛《くにしん》が王となった。王は年少であったので、木満致《もくまんち》が国政をみた。ところが王の母と密通して、無礼な行為が多かった。天皇はこれをお聞きになって召致された『百済記』に、「木満致《もくまんち》は、木羅斤資《もくらこんし》が新羅《しらぎ》を征討した時、その国の婦人をめとって生んだ子である。その父の功績によって、任那《みまな》で専横をふるった。それが我が百済に来て貴国日本と往来し、天皇の命令を受けているとして、我が国の政治にあたった。その権勢は、国王のようであった。日本の朝廷は、その横暴をお聞きになって召致された。」という」。

二十八年の九月に、高麗王《こまおう》が使者を派遣して朝貢した。使者は上表文を持参したが、その中に、

「高麗王が、日本国《やまとのくに》に教える。」

とあった。太子菟道稚郎子《うじのわきいらつこ》は、その内容が無礼だとして怒り、高麗《こま》の使者を責め、すぐさま上表文を破ってしまわれた。

官船枯野《からの》と菟道稚郎子《うじのわきいらつこ》の立太子

三十一年の八月に、群卿に詔して、

「官船で枯野《からの》と名付けたのは、伊豆国《いずのくに》から献上した船である。これが老朽化して、使用不可能となった。しかし、長い間の功績は忘れることができない。どうにかしてその船の名を絶やさず、後世に伝えることができないものであろうか。」

と仰せられた。群卿は詔を受け、役人に命令してその船の材を取り、薪《たきぎ》として塩を焼かせた。すると五百籠《かご》の塩を得た。そこで、すべての国々にその塩を配布され、資金にして船を造らせた。こういうわけで、諸国は一時に五百の船を献納し、すべてが武庫水門《むこのみなと》に集められた。この時、新羅《しらぎ》の調の使者の船がたまたま停泊していた。この新羅の宿所から突然火災が起こり、多数の船が焼失した。そのため、新羅人の責任を厳しく問いつめ

た。新羅王はこれを聞き、気を失うほど驚き恐れ、すぐに有能な木工技術者を献じた。これが、猪名部《いなべ》等の始祖である。

初めに、枯野船を焼いた日に、燃え残りがあった。それを奇異に感じ、献上した。天皇は、それを琴に作らせられた。その音はさわやかで、遠くまで聞こえた。この時に天皇は御歌を詠まれた。

歌謡四一　枯野《からの》を　塩に焼き　其《し》が余り　琴に作り　掻《か》き弾《ひ》くや　由良《ゆら》の門《と》の　門中《となか》の海石《いくり》に
　　振れ立つ　なづの木の　さやさや

枯野《からの》を塩焼きの材にして用い、その余りを琴に作って掻き鳴らす音は、由良の海峡（紀淡海峡）の海底の岩の上に揺られて生えている海藻のように、ゆらゆらとさわやかだ。

三十七年の二月一日に、阿知使主《あちのおみ》・都加使主《つかのおみ》を呉国《くれのくに》に派遣して、縫工女《きぬいめ》を求めさせた。阿知使主等は、まず高麗国《こまのくに》に渡り、呉《くれ》に達しようとした。予定通り高麗《こま》に着いたが、呉《くれ》への道が分からなかったので、高麗に道案内人を求めた。高麗王は、久礼波《くれは》・久礼志《くれし》の二人をつけ、こうして呉《くれ》に到達することができた。呉王は、工女《ぬいめ》の兄媛《えひめ》・弟媛《おとひめ》・呉織《くれはとり》・穴織《あなはとり》の四人の婦女を与えた。

三十九年の二月に、百済の直支王《ときおう》は、妹新斉都媛《しせつひめ》を奉遣して、わが朝廷に仕えさせた。新斉都媛は、七人の婦女を連れて来朝した。

四十年の正月八日に、天皇は大山守命《おおやまもりのみこと》・大鷦鷯尊《おおさざきのみこと》を召して、お尋ねになり、

「お前たちは、子がかわいいか。」

と仰せられた。二人は、

「たいへんかわいいものです。」

と申し上げた。天皇はさらにお尋ねになって、

「年長の子と年少の子では、どちらがとりわけかわいいか。」

と仰せられた。大山守命は、

「年長けた子に及ぶものはいません。」

と申し上げた。すると天皇は、喜ばれない様子であった。その時大鷦鷯尊《おおさざきのみこと》は、あらかじめ天皇の御表情を察して、

「年長の子は、多くの年月を経てすでに成人となっており、少しも不安はありません。ただ年少の子は、いまだ一人前になれるがどうか分かりません。こう考えると、年少の子の方がたいへんかわいく思います。」

と申し上げた。天皇は大いに喜ばれて、

「お前の言うことは、まことに私の心に叶っている。」

と仰せられた。この時に天皇は、常に菟道稚郎子《うじのわきいらつこ》を皇太子にしようとお思いであられた。しかし、二人の皇子の考えを知りたいとお思いになった。そのために、この質問を発せられたのである。それで天皇は、大山守命の答えをお喜びにならなかったのである。

二十四日に、菟道稚郎子《うじのわきいらつこ》を皇太子とされた。

その日に、大山守命《おおやまもりのみこと》にご委任になって山川林野をつかさどらしめられ、大鷦鷯尊《おおさざきのみこと》を皇太子の補佐として、国事を治めさせられた。

四十一年の二月十五日に、天皇は明宮《あきらのみや》で崩御された。御年百十であった［一説に、大隅宮《おおすみのみや》で崩御されたと

いう」。

この月に、阿知使主《あちのおみ》等が呉《くれ》より筑紫《つくし》に帰着した。その時、胸形大神《むなかたのおおかみ》（宗像神社。福岡県宗像郡鎮座）が工女《ぬいめ》等を求められた。それで、兄媛《えひめ》を胸形大神に献じた。これが今、筑紫国にいる御使君《みつかいのきみ》の祖である。こうしてその三人の婦女を連れて、津国《つのくに》（摂津国）に至り、武庫《むこ》に着いた時天皇が崩御されたので、お会いできなかった。そこで、大鷦鷯尊《おおさざきのみこと》に献上した。この女人等の子孫は、今の呉衣縫《くれのきぬぬい》・蚊屋衣縫《かやのきぬぬい》である。

巻第十一　第十六代　大鷦鷯天皇《おおさざきのすめらみこと》　仁徳天皇《にんとくてんのう》

菟道稚郎子《うじのわきいらつこ》の譲位と薨去《こうきょ》

仁徳《にんとく》天皇は、応神《おうじん》天皇の第四子である。母は仲姫命《なかつひめのみこと》と申し上げ、五百城入彦《いほきいりびこの》皇子《みこ》の御孫である。天皇は、幼少の頃から聡明で叡智に富み、お姿は端麗であられた。壮年となっては、仁慈の心にあふれておられた。

四十一年の二月に、応神天皇が崩御された。その時、皇太子菟道稚郎子《うじのわきいらつこ》は皇位を大鷦鷯尊《おおさざきのみこと》に譲られて、天皇の位についておられなかった。そこで大鷦鷯尊に、

「およそ天下に君として万民を治めようとするには、天のように民を覆い、地のように民を受容しなければなりません。治者に喜ぶ心があって人民を使うならば、人民もまた喜んで従い、天下は安泰となります。今私は弟であり、知識も賢明さも不十分です。どうして日嗣《ひつぎ》の位を継ぎ、天皇として政治をとることができるでしょうか。大王は、幼い頃から立派な風貌でおられます。仁孝の徳は遠くまで聞こえ年齢も長じ、まさに天下の君となられるのにふさわしい御方です。

そもそも先帝が私を皇太子とされたのは、才能によってではなく、ただかわいいと思われたからなのです。また、国家に仕えることは重大なことです。私は不肖《ふしょう》で、ふさわしくありません。それに、兄が治め弟が従い、聖人が君となり愚者が臣となるのは、古今の通則です。どうか王におかれましては、ためらうことなく帝位におつき下さい。私は臣として、お助け申し上げます。」

と申し上げられた。大鷦鷯尊《おおさざきのみこと》は、

「先帝は、

『皇位は、一日たりとも空にしてはならない。』

と仰せられました。そのため前もって明徳の人を選び、王を皇太子とされました。そして天皇の後継として祝福され、万民を授けられ、その寵愛のしるしである菟道稚郎子《うじのわきいらつこ》を尊んで国中に知らせられました。私は拙くはありますが、どうして先帝の命令を棄て、弟王の願いに従うことができるでしょうか。」

と仰せられた。このように皇位につかれることを固辞して、互いに譲り合われた。

この時、額田大中彦皇子《ぬかたのおおなかつひこのみこ》は倭《やまと》の屯田《みた》（天皇御料田）と屯倉《みやけ》（朝廷直轄料）を管掌しようとして、その屯田《みた》司《つかさ》の出雲臣《いずものおみ》の祖淤宇宿禰《おうのすくね》に、

「この屯田《みた》は、もともと山守《やまもり》の地である。それで、山守の兄である私が今治めようとするのである。お前が治めてはならない。」

と言った。淤宇宿禰は、太子の菟道稚郎子《うじのわきいらつこ》に申し上げた。太子は、

「お前はすぐに、大鷦鷯尊《おおさざきのみこと》に申し上げなさい。」

と仰せられた。それで淤宇宿禰は、大鷦鷯尊に、

「私が委任された屯田を、大中彦皇子《おおなかつひこのみこ》が妨害して治めることができません。」

と申し上げた。大鷦鷯尊は、倭直《やまとのあたい》の祖麻呂《まろ》に、

「倭の屯田を、もともと山守の地というのは、どういうわけか。」

と尋ねられた。麻呂は、

「私は知りません。ただし、私の弟吾子籠《あごこ》がよく知っています。」

と申し上げた。ところで吾子籠は韓国《からくに》に派遣されて、まだ帰還していなかった。そこで大鷦鷯尊は淤宇《おう》に、

「お前が自ら韓国に行き、吾子籠を呼んでまいれ。よいか、すみやかに行け。」

と仰せられた。そしてすぐに、淡路の海人《あま》八十人を水手《かこ》とされた。こうして淤宇は韓国《からくに》に行き、吾子籠《あごこ》を連れて帰還した。そこで倭の屯田についてお尋ねになった。吾子籠は、

「私が伝え聞いたところによりますと、垂仁《すいにん》天皇の御世に、太子大足彦尊《おおたらしひこのみこと》に命じて、倭《やまと》の屯田《みた》を定められました。この時の勅旨に、

『倭《やまと》の屯田《みた》は、常に天下を治める天皇の屯田である。天皇の御子といえども、天下を治めるのでなければ、掌ることはできない。』

と仰せられたということです。山守の領地だというのは間違っています。」

と申し上げた。それで大鷦鷯尊《おおさざきのみこと》は、吾子籠《あごこ》を額田大中彦皇子《ぬかたのおおなかつひこのみこ》のもとに遣わして、いきさつを知らされた。大中彦皇子は、もうどうすることもできなかった。大鷦鷯尊は、大中彦皇子の悪行を知ってはおられたが、罰せられなかった。その後大山守皇子《おおやまもりのみこ》は、常に先帝が自分を除いて皇太子に立てられなかったことを恨んでいた上、さらにこの屯田の怨みが重なった。それで謀りごとをめぐらし、

「私が太子を殺し、帝位に登ろう。」

と言った。大鷦鷯尊《おおさざきのみこと》は謀りごとをお聞きになり、兵士を備えて身を守るよう、ひそかに太子に告げられた。こうして太子は、兵を整えて待機された。大山守皇子はそのことを知らず、一人で数百の兵士を率いて夜中に出発した。明け方に菟道《うじ》に着き、川を渡ろうとした。その時太子は粗末な服を着て檝《かじ》を取り、ひそかに渡し守に混じって、大山守皇子を船に乗せて渡された。川の中ほどまで進んだ時、渡し守に頼んで、船を踏んで傾けられた。すると、大山守皇子は川の中に落ち、沈んだり浮いたりして流されながらも歌を詠んだ。

歌謡四二　ちはや人　菟道《うじ》の渡《わたり》に　棹取《さおと》りに　速《はや》けん人し　我《わ》が仲間《もこ》に来《こ》ん

〔ちはや人〕菟道《うじ》の渡しで急流に船を繰る渡し守よ、私の助け人となって救ってほしい。

しかし多数の伏兵が起こり、岸に着くことができず、ついに沈んで死んでしまった。その遺骸を求めさせたところ、考羅《かわら》の済《わたり》（京都府京田辺市河原）に浮き上がった。その時、太子は歌を詠まれた。

歌謡四三　ちはや人　菟道《うじ》の渡《わたり》に　渡手《わたりで》に　立てる　梓弓檀《あずさゆみまゆみ》　い伐《き》らんと　心は思えど　い取らんと　心は思えど　本辺《もとへ》は　君を思い出　末辺《すえへ》は　妹《いも》を思い出　苛《いら》なけく　そこに思い　悲しけく　ここに思い　い伐《き》らずそ来《く》る　梓弓檀《あずさゆみまゆみ》

〔ちはや人〕菟道《うじ》の渡しで、渡り場に立っている〔梓弓《あずさゆみ》〕檀《まゆみ》の木よ。それを伐《き》ろうと心には思うけれど、それを取ろうと心には思うけれど、根元は君を思い出し、枝先は妹を思い出し、心苦しく悲しくて、とうとう伐らずに帰ってきたことか、その〔梓弓〕檀の木を。

そして、大山守皇子《おおやまもりのみこ》を那羅山《ならやま》に葬った。

こうして菟道稚郎子《うじのわきいらつこ》は、宮殿を菟道《うじ》に建てられ住んでおられたが、大鷦鷯尊《おおさざきのみこと》に譲ろうとされ、長らく皇位につかれなかった。皇位が空のまま、すでに三年経過した。

時に、海人《あま》が新鮮な魚の贈り物を菟道宮《うじのみや》に献上した。太子は海人に命じて、

「私は天皇ではない。」

と仰せられ、そのまま返して、難波《なにわ》の大鷦鷯尊《おおさざきのみこと》に進上させられた。大鷦鷯尊も受け取らず、再び菟道宮に献上させられた。この間に、海人の贈物は腐ってしまった。海人は、他の鮮魚を取って献上した。しかし、譲り合われるのは前と同じであった。鮮魚はまたも腐ってしまった。海人はしばしば往来することを苦にして、鮮魚を棄てて泣いた。そこで諺に、

「海人《あま》ではないのに、自分が原因で泣き目をみる。」

というのは、これがその起源である。太子は、

「私は、兄王の志を奪うべきではないことを知っています。どうして長く生きて、天下を煩わすことがあろうか。」

と仰せられ、自殺してしまわれた。大鷦鷯尊《おおさざきのみこと》は、太子が薨去《こうきょ》されたとお聞きになり、驚いて駆けつけられた。太子は薨去されてすでに三日経っていた。大鷦鷯尊は、胸を打って泣き叫んでおられたが、突然髪を解き遺骸にまたがり、三度呼ばれて、

「我が弟の皇子よ」

と仰せられた。すると、たちまち息を吹き返し、自ら起き上がられた。大鷦鷯尊は太子に、

「悲しく、惜しいことです。いったい、どうして自殺なされたのでしょうか。もし死者に知覚があるものなら、先帝は私のことをどのように思われることでしょうか。」

と仰せられた。すると太子は兄王に、

「天命です。誰が留めることができましょう。もし天皇の御下に参ることがあれば、兄王が聖者であり、何度も皇位を譲られたことを詳しく奏上いたします。しかも、聖王は私が死んだことをお聞きになると、遠路

急ぎ馳せ参じられました。どうして、ねぎらわずにいられましょうか。」

と申し上げられ、同母妹八田皇女《やたのひめみこ》を進上して、

「お妃には不十分かと思いますが、せめて後宮に入れて下さい。」

と仰せられた。こうして、また棺に伏して薨去された。大鷦鷯尊は麻の喪服をお召しになって、悲しみ泣くことしきりであられた。そして、菟道の山の上に葬りまつった。

仁徳天皇の即位

元年の正月三日に、大鷦鷯尊《おおさざきのみこと》は天皇の位につかれた。先の皇后を尊んで、皇太后と申し上げた。難波《なにわ》に都を造られ、これを高津宮《たかつのみや》という。宮殿の垣や大殿に漆喰《しっくい》をかけず、垂木《たるき》・梁《はり》・柱・楹《うだち》（梁の上に立てる短い柱）などにも装飾なされなかった。屋根の茅を葺くにも、端を切って整えられるということがなかった。これは、御自分一身だけのことが原因で、人々が耕作し、職機《はたおり》の績《つむ》ぎをする時間を留めてはならないとお考えになられたからである。


以前天皇がお生まれになった日に、木菟《つく》（みみずく）が産殿《うぶどの》に飛び込んできた。翌朝応神《おうじん》天皇は、武内宿禰《たけうちのすくね》を召して、

「これは、何の瑞兆《ずいちょう》であるか。」

と仰せられた。大臣《おおおみ》は、

「吉祥でございます。また昨日、私の妻が出産する時にあたり、鷦鷯《さざき》（みそさざい）が産屋《うぶや》に飛び入りました。これもまた、不思議なことです。」

と申し上げた。続けて天皇は、

「今、私の子と大臣の子と同じ日に生まれ、しかも共に瑞兆があった。これは、天上界の表徴《しるし》である。思うに、その鳥の名を取り、それぞれ交換して子に名付け、後世への契りとしよう。」

と仰せられた。そこで、鷦鷯《さざき》の名を取って太子に与えられ、大鷦鷯皇子《おおさざきのみこ》と申し上げた。木菟《つく》の名を取って大臣の子に名付けて木菟宿禰《つくのすくね》とした。これが平群臣《へぐりのおみ》の始祖である。この年、太歳《たいさい》は癸酉《きゆう》であった。

二年の三月八日に、磐之媛命《いわのひめのみこと》を皇后とされた。皇后は、大兄去来穂別天皇《おおえのいざほわけのすめらみこと》（履中《りちゅう》天皇）・住吉仲皇子《すみのえのなかつみこ》・瑞歯別天皇《みずはわけのすめらみこと》（反正《はんぜい》天皇）・雄朝津間稚子宿禰天皇《おあさつまわくごのすくねのすめらみこと》（允恭《いんぎょう》天皇）をお生みになった。妃日向髪長媛《ひむかのかみながひめ》は、大草《おおくさ》香皇子《かのみこ》・幡梭皇女《はたびのひめみこ》を生んだ。

四年の二月六日に、群臣に詔して、

「私は、高台に登って遠望したが、国の中に煙が見えない。思うに、人民がひどく貧しく、家に飯を炊く者がいないのであろうか。聞くところによると、

『古代の聖王の御世では、人々が徳をたたえて声を上げ、家ごとに安らぎの歌があった。』

ということだ。今私は人民を治めて、三年となった。しかしながら、治政をたたえる声は聞えず、飯を炊く煙もまばらである。これは、五穀が実らず、百姓が窮乏しているということである。畿内でさえ、満たされない者がいる。ましてや畿外の諸国では、なお不足しているであろう。」

と仰せられた。

三月二十一日に、詔して、

「今後三年間、すべての課役を免除して、人民の苦しみを救え。」

と仰せられた。天皇はこの日から、衣服や履物は破れ尽くさなければ新調なされず、ご飯や吸物は、酸っぱくならないと取り替えられなかった。御自分の心を厳しく責め、志をつつましやかにして、無為《むい》の政治（何もし

ないで天下の治まる善政）に従事された。

こうして、宮殿の垣が崩れても造らず、茅の屋根が壊れても葺かれず、風雨が隙間から入って衣やふすまを濡らした。星の光が壊れたところからさし入り、床や敷物を照らすほどであった。この後風雨は適度訪れ、五穀豊穣であった。三年の間に人民は豊かになり、徳を讃える声が満ちあふれ、飯を炊く煙もまた勢いよく上った。

七年の四月一日に、天皇は高台に上って遠望されると、煙が多く立ち上っていた。この日に皇后に、

「私はすでに富を得た。もはや憂うることはない。」

と仰せられた。皇后は、

「どうして富裕になったと仰せられるのでしょうか。」

と申し上げられた。天皇は、

「煙が国に満ちている。人民は当然豊かになっているのだ。」

と仰せられた。皇后は続けて、

「宮垣が壊れても、修復することができません。殿屋《おおとの》も破れて、衣やふすまが露にさらされています。それなのに、どうして富んでいると仰せられるのでしょうか。」

と申し上げられた。天皇は、

「そもそも天が君を立てるのは、人民のためである。従って、君は人民を一番大切に考えるのである。そこで、古の聖王は一人でも飢えや寒さに凍えるような時は、かえりみて自分の身を責める。もし人民が貧しければ、私が貧しいのである。人民が豊かならば、私が豊かなのである。いまだかつて、人民が豊かで君が貧しいということはないのだ。」

と仰せられた。

八月九日に、大兄去来穂別皇子《おおえのいざほわけのみこ》のために壬生部《みぶべ》を定め、また皇后のために葛城部《かずらきべ》を定められた。

九月に、諸国が残らず願い出て、

「課役が共に免除されて、すでに三年経ちました。これによって宮殿は老朽して壊れ、府庫《みくら》は空になっています。今や人々は富んで豊かになり、道に落ちている物も拾いません。里には一人暮らしの夫や婦人もなく、家にはたくさんの蓄えができました。このような時に、税・調を貢上せず、宮殿を修理しなかったならば、天罰を受けるでしょう。」

と申し上げた。しかし天皇は、なお忍耐なされ、お聞き入れにならなかった。

十年の十月に、初めて課役を課して、宮殿を造営されることになった。人民は、自ら進んで老人を助け幼少の者を連れて、資材を運び土を盛った籠を背負い、力を尽くして競いあって造った。こうして、宮殿はすっかり完成した。こういうわけで、今に聖帝と称え申し上げるのである。

溝・堤の築造

十一年の四月十七日に、群臣に詔して、

「今この国をみると、野や沢は広遠であるが、田畑が少ない。また川の水は正しく流れず、停滞している。少しでも長雨になると、海水が逆流して村里は船に乗ったように水に浮かび、道路もまた泥におおわれてしまう。そこで、群臣は共によく視察して、横流する根源を深く掘って海に通じさせ、田と家とを安全にせよ。」

と仰せられた。

十月に、宮殿の北の野原を掘り、南の川を引いて西の海（大阪湾）に入れた。それでその川を堀江《ほりえ》といった。また、北の川の洪水を防ごうとして、茨田堤《まんたのつつみ》を築いた。この時、築いてもすぐに壊れて塞ぐことのむずかしい所が二か所あった。ある時に天皇は夢をご覧になり、神が現れ、

「武蔵《むさし》（東京都・埼玉県・神奈川県東部）の人強頸《こわくび》と河内《こうち》の人茨田連《まんたのむらじ》衫子《ころものこ》の二人を、水神のための人身御供として捧げ祭るなら、必ず塞ぐことができるであろう。」

と教えられた。すぐに二人を捜しあて、水神に捧げ祈った。強頸は泣き悲しんで、水に入って死んだ。こうして、その堤は完成した。ただし、衫子の方は瓢箪《ひょうたん》を二個取って、塞ぎ難い川に臨んだ。そして二個の瓢箪を水の中に投げ入れ、祈誓《うけい》して、

「水神は祟って、私を犠牲にしました。その通りに今、私はやって来ました。どうしても私を得たいと思うなら、この瓢箪を沈めて、浮かばせないで下さい。そうすれば私は真の神と知って、自分から水の中に入りましょう。もし瓢箪を沈めることができなかったら、当然偽りの神ということになるでしょう。どうしていたずらに、私の身を亡ぼすことができるでしょうか。」

と言った。すると突然飄風《つむじかぜ》が起こり、瓢箪を引いて水に沈めようとしたが、波の上を転がって沈まなかった。急流に浮き漂いながら、遠く流れていった。こうして衫子は死なずに、堤は無事完成した。これは、衫子の才能によって、その身を亡ぼさずにすんだのである。そこで時の人は、その二か所を強頸断間《こわくびのたえま》・衫子断間《ころものこのたえま》といった。

この年に、新羅人《しらぎひと》が朝貢した。そこで、この堤の労働に使役された。

十二年の七月三日に、高麗国《こまのくに》が鉄の盾と的を献上した。

八月十日に、高麗の客を朝廷で饗応した。この日に、群臣と百官を集めて、高麗が献上した盾と的を射させ

た。多くの人は的を射通すことができなかったが、的臣《いくはのおみ》の祖盾人宿禰《たたひとのすくね》だけが射通した。その時高麗の客等は、その射手の巧みさを恐れ、起って拝礼した。

翌日、盾人宿禰を称え名を授けられて、的戸田宿禰《いくはのとだのすくね》といった。同じ日に、小泊瀬造《おはつせのみやつこ》の祖宿禰臣《すくねのおみ》に名を授けられて、賢遺臣《さかしのこりのおみ》といった。

十月に、大きな溝を山背《やましろ》の栗隈県《くるくまのあがた》（京都府城陽市の北西部から久世郡久御山町南部）に掘り、田に水を引いた。これによって、毎年豊作となった。

十三年の九月に、茨田屯倉《まんたのみやけ》（大阪府枚方市南西部・寝屋川市の西半・守口市・門真市・大東市の西部・大阪市鶴見区の東部）を立てた。そして、舂米部《つきしねべ》（米をつく職能集団）を定めた。

十月に、和珥池《わにいけ》を造った。

この月に、横野堤《よこののつつみ》（大阪市生野区巽南付近の平野川の堤）を築いた。

十四年の十一月に、猪甘津《いかいのつ》（大阪市生野区中川西）に橋を渡した。そしてそこを、小橋《おばし》（天王寺区小橋町）といった。

この年に、大道を京《みやこ》の中に造った。南門からまっすぐに丹比邑《たじひのむら》に至った。また大きな溝を、感玖《こんく》（南河内郡河南町付近）に掘った。そして石川の水を引いて、上鈴鹿《かみつすずか》・下鈴鹿《しもつすずか》・上豊浦《かみつとゆら》・下豊浦《しもつとうら》四か所の野原を潤し開墾して、四万代《しろ》余り（五十代が一段《たん》、八百段）の田を得た。これにより百姓は豊饒となり、凶作の心配はなくなった。

十六年の七月一日に、天皇は女官の桑田《くわたの》（京都府北桑田郡・亀岡市）の玖賀媛《くがひめ》を近習の舎人たちに示して、

「私はこの女性を愛したいと思うが、皇后が妬《ねた》むので召すことができずに、何年も経ってしまった。どうしてその美しい盛りの年を、無駄にすることができようか。」

と仰せられた。そして、御歌を詠まれた。

歌謡四四　水底経《みなそこふ》　臣《おみ》の少女《おとめ》を　誰養《たれやしな》わん

〔水底経〕臣の少女を、誰か養う人はなかろうか。

その時播磨国《はりまのくにのみやつこ》造の祖速待《はやまち》が、一人進み出て歌を詠んで申し上げた。

歌謡四五　厳潮《みかしお》　播磨《はりま》速待《はやまち》　岩下《いわくだ》す　畏《かしこ》くとも　吾養《われやしな》わん

〔厳潮〕この播磨速待が、〔岩下す〕恐れ多くとも養いいたしましょう。

その日に、天皇は玖賀媛《くがひめ》を速待《はやまち》にお与えになった。

翌日の夕方に、速待が玖賀媛の家に行ったが、玖賀媛は好意を示さなかった。速待は、強引に寝室に近づいた。その時玖賀媛は、

「私は独身のまま、一生を終えたいと思います。あなたの妻になる気持ちはまったくありません。」

と言った。天皇は速待の志を遂げさせようと思われ、玖賀媛を速待に同行させて、桑田へ遣わされた。ところが玖賀媛は突然発病し、道中で亡くなった。玖賀媛の墓は、今でも残っている。

十七年に、新羅《しらぎ》は朝貢しなかった。

九月に、的臣《いくはのおみ》の祖砥田宿禰《とだのすくね》・小泊瀬造《おはつせのみやつこ》の祖賢遺臣《さかしのこりのおみ》を遣わして、朝貢しない事情を尋ねさせられた。新羅人は恐れて、すぐに貢《みつき》を献上した。調布として絹千四百六十疋《ぴき》（一疋は布二反、二人分の衣服の量）と種々の品物、合わせて八十艘《そう》あった。

天皇と皇后の不和

二十二年の正月に、天皇は皇后に、

「八田皇女《やたのひめみこ》を召し入れて、后としたいものだ。」

と仰せられた。しかし、皇后は聞き入れられなかった。そこで天皇は歌を詠まれて、皇后に懇望された。

歌謡四六　貴人《うまひと》の　立てる言立《ことだて》　儲弦《うさゆづる》　絶間継《たゆまつ》がんに　並《なら》べてもがも

貴人の約束ごとでは、予備の弓弦《ゆづる》を、本弦の切れた時のために備えておくというが、皇后がいない時のために、八田皇女を並べて置きたいものだ。

皇后は、答歌を詠まれた。

歌謡四七　衣《ころも》こそ　二重《ふたえ》も良き　さ夜床《よどこ》を　並べん君は　畏《かしこ》きろかも

衣こそ二枚重ねて着るのも良いことですが、夜床を並べようとなさる君は、いとも恐ろしい方です。

天皇は、再び歌を詠まれた。

歌謡四八　おしてる　難波《なにわ》の崎《さき》の　並び浜　並べんとこそ　その子は有りけめ

〔おしてる〕難波の崎の並び浜のように、並べ置くためにこそ、その子は生きていたのであろう。

皇后は、再び答歌を詠まれた。

歌謡四九　夏蚕《なつむし》の　蛾《ひむし》の衣《ころも》　二重《ふたえ》着《き》て　かくみやどりは　豈《あに》良《よ》くもあらず

夏の蚕《かいこ》が繭《まゆ》の衣を二度作るように、二人の女の中に隠り宿ることは、決して良いことではありません。

天皇は、三たび歌を詠まれた。

歌謡五〇　朝妻《あさづま》の　避《ひ》箇《か》の小坂《おさか》を　片泣《かたな》きに　道行く者も　偶《たぐ》いてぞ良き

朝妻（奈良県御所市朝妻）の避箇の小坂を、失恋して泣きながら歩いて行く者も、道連れがいるからこそよいのだ。

皇后は、それでも許すまいと思われたので、沈黙して返答なさらなかった。

三十年の九月十一日に、皇后は紀国《きのくに》の熊野岬《くまののみさき》（和歌山県新宮市新宮近辺）に行かれ、御綱葉《みつなかしわ》（葉先が三つに分かれている柏）を取って帰られた。天皇は皇后の不在をうかがい、八田皇女《やたのひめみこ》を召して、宮中に入れられた。皇后は難波《なにわ》の済《わたり》に至り、そのことをお聞きになり、たいそうお恨みになった。せっかく採ってきた御綱葉を海に投げ入れて、船を岸に着けられなかった。それで時の人は、葉を散らした海を葉《かしわ》の済《わたり》といった。天皇は、皇后が怒って着岸なさらなかったことをご存じなく、自ら大津《おおつ》に出向かれ、皇后の船をお待ちになって、歌を詠まれた。

歌謡五一　難波人《なにわひと》　鈴船《すずふね》取らせ　腰なずみ　其の船取らせ　大御船《おおみふね》取れ

　難波の船人よ、鈴船の綱を取れ。腰まで水につかって、その船を引け。大御船を引け。

皇后は大津に停泊されずに、さらに引き返し川を遡り、山背《やましろ》を廻って倭《やまと》に向かわれた。

翌日、天皇は舎人《とねり》鳥山《とりやま》を遣わして、皇后を呼び戻そうとされ、歌を詠まれた。

歌謡五二　山背《やましろ》に　い及《し》け鳥山《とりやま》　い及《し》け及《し》け　吾《あ》が思《も》う妻に　い及《し》き会わんかも

　山背で、早く追いつけ鳥山よ、早く追いつけ追いつけ。余のいとしい妻に追いついて、会ってくれ。

皇后はお帰りにならず、山背川《やましろがわ》（木津川）で歌を詠まれた。

歌謡五三　つぎねう　山背河《やましろがわ》を　河泝《かわのぼ》り　我《わ》が泝《のぼ》れば　河隈《かわくま》に　立ち栄《さか》ゆる　百足《ももた》らず
八十葉《やそば》の木は　大君《おおきみ》ろかも

〔つぎねう〕山背川《やましろがわ》を遡って行くと、川の曲がり角に立って栄えている〔百足らず〕葉のさかんに繁っている木はまことに立派で、大君のようです。

皇后は那羅山《ならやま》を越えて、葛城《かずらき》を望んで歌を詠まれた。

歌謡五四　つぎねう　山背河《やましろがわ》を　宮泝《みやのぼ》り　我《わ》が泝《のぼ》れば　青丹《あおに》よし　那羅《なら》を過ぎ　小楯《おだて》
大和《やまと》を過ぎ　我が見が欲《ほ》し国は　葛城高宮《かずらきたかみや》　我家《わぎへ》のあたり

〔つぎねう〕山背川を難波宮《なにわのみや》を過ぎて遡り、〔青丹よし〕那羅を過ぎ、〔小楯〕大和を過ぎ、私の見たい国は、葛城高宮の、私の家のあたりです。

こうして山背に戻り、御殿を筒城岡《つつきのおか》の南に造って住まわれた。

十月一日に、天皇は的臣《いくはのおみ》の祖口持臣《くちもちのおみ》を遣わして、皇后を召された［一説では、和珥臣《わにのおみ》の祖口子臣《くちこのおみ》という］。そこで口持臣は、筒城宮《つつきのみや》に着き皇后に申し上げたが、返答はなかった。口持臣は雨に濡れながらも、昼夜を通して皇后の殿舎の前に伏して去らなかった。ところで、口持臣《くちもちのおみ》の妹国依媛《くによりひめ》は皇后に仕えていた。その時、兄の姿を見て涙を流しながら歌を詠んだ。

歌謡五五　山背《やましろ》の　筒城宮《つつきのみや》に　物申す　我が兄《せ》を見れば　涙ぐましも

山背の筒城宮で、皇后に物を申し上げようとしている兄を見ると、かわいそうで涙がこみあげてきます。

皇后は国依媛《くによりひめ》に、

「お前は、なぜそのように泣いているのか。」

と尋ねられた。媛は、

「今庭に伏して拝謁《はいえつ》を願っているのは、私の兄です。雨に濡れたまま、去ろうとしません。私はいたたまれなく、泣き悲しんでいるのです。」

と申し上げた。皇后は、

「お前の兄に話して、すぐに帰らせなさい。私は戻りません。」

と仰せられた。口持はすぐに戻り、天皇に復奏した。

十一月七日に、天皇は難波《なにわ》から淀川《よどがわ》を遡り、山背《やましろ》に行幸された。その時、桑の枝が川に沿って流れてきた。天皇は、それをご覧になって歌を詠まれた。

歌謡五六　つのさわう　磐之媛《いわのひめ》が　おおろかに　聞《きこ》さぬ　うら桑《ぐわ》の木　寄るましじき　河の隈々《くまぐま》

よろおい行くかも　うら桑の木

〔つのさわう〕磐之媛《いわのひめ》が、大切なものとされている桑の木よ。どこにも寄り着かずに流れてほしいのに、川の角々に立ち寄っては流れていくことよ。この桑の木は。

翌日、天皇は筒城宮《つつきのみや》にお着きになり、皇后をお召しになった。しかし皇后は、お会いにならなかった。それで天皇は歌を詠まれた。

歌謡五七

つぎねう　山背女《やましろめ》の　木鍬《こくわ》持ち　打ちし大根《おおね》　さわさわに　汝《な》が言えせこそ　打渡《うちわた》す
やがはえなす　来入《きい》り参来《まいく》れ

〔つぎねう〕山背女が、木の鍬で掘り出した大根は、白くてさわやかだが、ざわざわとあなたがおっしゃるからこそ、打ち続く繁茂した桑の木のように、大勢人を連れて会いに来たものを。

天皇は、続けて歌を詠まれた。

歌謡五八

つぎねう　山背女《やましろめ》の　木鍬《こくわ》持ち　打ちし大根《おおね》　根白《ねじろ》の　白腕《しろただむき》　纏《ま》かずけばこそ
知らずとも言わめ

〔つぎねう〕山背女が、木の鍬で掘り出した大根は、その根が真っ白だが、そのように白いあなたの腕を枕に共寝しなかったなら、知らないと言って見放すこともできようが。

皇后は奏上させて、

「陛下は、八田皇女《やたのひめみこ》を召し入れて妃とされました。私は、皇女と一緒に居ようとは思いません。」

と申し上げた。こうして、結局お会いにならなかったので、天皇は宮にお帰りになった。天皇は、皇后がたいそう怒られていることをお恨みに思われたが、なお皇后を恋しく思っておられた。

三十一年の正月十五日に、大兄《おおえの》去来《いざ》穂別尊《ほわけのみこと》を皇太子とされた。

三十五年の六月に、皇后磐之媛命《いわのひめのみこと》が筒城宮《つつきのみや》で薨去《こうきょ》された。

三十七年の十一月十二日に、皇后を那羅山《ならやま》に葬りまつった。

隼別《はやぶさわけの》皇子《みこ》の野心

三十八年の正月六日に、八田皇女《やたのひめみこ》を皇后とされた。

七月に、天皇は皇后と高台で涼んでおられた。すると、毎夜菟餓野《とがの》（大阪市北区兎我野町付近）から鹿の声が聞こえてきた。その声は、何かものさみしく悲しかった。お二人は、哀れにお思いになった。しかし、月末になると鹿の声が聞えなくなった。天皇は皇后に、

「今夜は鹿が鳴かない。いったいどうしたのであろうか。」

と仰せられた。

翌日、猪名県《いなのあがた》（兵庫県から大阪府に流れる猪名川下流の両岸地域）の佐伯部《さえきべ》が、贈物を献上した。天皇は膳夫《かしわで》

（食膳を用意する人）に命じて、

「その贈物は何か。」

と尋ねられた。膳夫は、

「牡鹿《おじか》です。」

と申し上げた。天皇は続けて、

「どこの鹿か。」

と尋ねられた。膳夫は、

「菟餓野《とがの》です。」

と申し上げた。天皇は、この贈物はきっとあの鳴いていた鹿であろうとお思いになった。そこで皇后に、

「私はこの頃、もの思いをすることがあるが、鹿の鳴き声を聞くと、心がなぐさめられる。今、佐伯部《さえきべ》が鹿を獲った時と場所から推察すると、きっと鳴いていた鹿であるに違いない。その人は、私が愛していることを知らず、たまたま捕獲したとはいえ、どうしようもなく恨めしいことである。それゆえ、佐伯部は皇居に近付けたくないものだ。」

と仰せられた。そして役人に命じて、安芸《あき》の渟田《ぬた》（広島県豊田郡本郷町・三原市西部・竹原市東部）に移住させた。これが、今の渟田の佐伯部の祖である。

世の人は、

「昔、ある人が菟餓《とが》に行って野宿した。その時、二匹の鹿がそばに臥していた。夜明け前の頃、牡鹿《おじか》が牝鹿《めじか》に、

『私は、夜夢を見た。白い霜がたくさん降って、私の身を覆った。これはいったい、どういう前兆であろ

うか。』

と言った。牝鹿は、

『あなたは出歩くと、きっと人に射られて死ぬでしょう。そして、塩をその身に塗られることになるというのが、霜が白く身を覆うという夢の意味なのでしょう。』

と言った。野宿をしていた人は、不思議に思った。明け方に猟師が来て、牡鹿を射殺した。そこで時の人の諺に、

『鳴く鹿でもないのに、見た悪い夢のようになってしまった。』

というのである。」

と言った。

四十年の二月に、雌鳥皇女《めとりのひめみこ》を妃としようと思われて、隼別皇子《はやぶさわけのみこ》を仲介とされた。しかし隼別皇子は、ひそかに自分の妻とし、長らく復命しなかった。天皇はそのことをご存じなくて、雌鳥皇女の寝室においでになった。その時、皇女の織女等が歌を詠んだ。

歌謡五九　ひさかたの　天金機《あめかなばた》　雌鳥《めとり》が　織《お》る金機《かなばた》　隼別《はやぶさわけ》の　御襲料《みおすいがね》

〔ひさかたの〕天の金織は、雌鳥付きの織女等が織る金機《かなばた》は、隼別皇子がお召しになる外衣の布地を織っているのです。

天皇は、隼別皇子《はやぶさわけのみこ》が密かに結婚していたことを知って恨まれた。しかし、皇后の言葉を恐れ、また兄弟の

義を重んじられ罰せられなかった。しばらくして隼別皇子は、皇女の膝枕でくつろぎ、

「鷦鷯《さざき》（仁徳天皇）と隼《はやぶさ》とは、どちらが速いだろうか。」

と言った。皇女は、

「隼の方が速うございます。」

と答えた。皇子は、

「まったくその通りで、私の方が先んずるということだ。」

と言った。天皇はこの言葉をお聞きになり、以前にも増して恨まれた。その時、隼別皇子《はやぶさわけのみこ》の舎人《とねり》等は歌を詠んだ。

歌謡六〇　隼《はやぶさ》は　天《あめ》に上《のぼ》り　飛《と》び翔《かけ》り　いつきが上の　鷦鷯《さざき》取らさね

隼は、天に上って飛びかけり、森の上にいる鷦鷯を取り殺しなさい。


天皇はこの歌をお聞きになって、突然激怒なさり、

「私は、私恨のために親族を失いたくないので、今まで堪え忍んできた。私にどういう隙があって、私事を国家に及ぼそうとするのか。」

と仰せられ、隼別皇子を殺そうとされた。皇子は雌鳥皇女《めとりのひめみこ》を連れ、伊勢神宮に逃げ込もうと思って急いだ。

天皇は、すぐさま吉備品遅部雄鮒《きびのほむちべのおふな》・播磨佐伯直阿俄能胡《はりまのさえきのあたいあがのこ》を遣わして、

「急ぎ追捕し、直ちに殺せ。」

と仰せられた。皇后は奏上されて、

「雌鳥皇女《めとりのひめみこ》は、まことに重罪にあたります。しかしながら、殺す時に皇女が身につけているものを取り上げないで下さい。」

と申し上げられた。そこで雄鮒《おふな》等に命じて、

「皇女の持っている足玉・手玉を取ってはならぬ。」

と仰せられた。雄鮒等は追いかけて、菟田《うだ》から素珥山《そにのやま》（奈良県宇陀郡東部の曾爾村の山）に迫った。その時皇子と皇女は、草の中に隠れ、かろうじて免れることができ、急いで逃げて山を越えた。その時、皇子が歌を詠んだ。

歌謡六一　　梯立《はした》ての　嶮《さが》しき山も　我妹子《わぎもこ》と　二人越ゆれば　安蓆《やすむしろ》かも

〔梯立の〕険しい山も、我が妻と二人で越えれば、安らかな蓆に坐っているように楽なものだ。

雄鮒等は進軍を続け、ついに伊勢の蒋代野《こもしろのの》で二人を殺した。その時、雄鮒等は皇女の玉を探し、裳の中から奪った。二人の遺骸を、盧杵川《いおきのかわ》（三重県津市・松阪市から伊勢湾に入る雲出川）のほとりに埋めて、復命した。皇后は雄鮒等に、

「皇后の玉を見なかったか。」

と問われた。雄鮒等は、

「見ませんでした。」

と申し上げた。

この年の新嘗《にいなえ》の月の宴会の日に、酒を内外の命婦《みょうぶ》（五位以上）に賜った。その中で、近江《おうみ》の山君稚守山《やまのきみわかもりやま》の妻と采女《うねめ》磐坂媛《いわさかひめ》との二人の手に、立派な珠が巻かれていた。皇后がその珠をご覧になると、雌鳥皇女《めとりのひめみこ》の珠によく似ていた。そこで役人に命じて、その玉を得たいきさつを問わしめられた。役人は、

「佐伯直《さえきのあたい》阿俄能胡《あがのこ》の妻の玉です。」

と申し上げた。そこで、阿俄能胡を尋問された。答えて、

「皇女を殺した日に、奪いました。」

と申し上げた。直ちに阿俄能胡を殺そうとなされたが、阿俄能胡は自分の土地を献上して、死罪を免れるよう請願した。そこで、その土地を取り上げて、死罪を赦された。それでその土地を、玉代《たまて》といった。

鷹狩りと雁の産卵

四十一年の三月に、紀角宿禰《きのつののすくね》を百済《くだら》に派遣して、初めて国郡の境界を分け、詳しく土地の産物を記録させた。この時、百済王の親族酒君《さけのきみ》は、礼を失することがあった。この事で紀角宿禰は、百済王を責めた。百済王は畏まって、鉄の鎖で酒君を縛り、襲津彦《そつひこ》に従わせて進上した。酒君は来朝し、石川錦織首許呂斯《いしかわのにしこりのおびところし》の家に逃げ隠れ、欺いて、

「天皇はすでに、私の罪をお許しになった。それで、あなたを頼って暮らしたいのです。」

と言った。久しくして、天皇はついにその罪を赦《ゆる》された。

四十三年の九月一日に、依網屯倉《よさみのみやけ》の阿弭古《あびこ》が変わった鳥を捕らえて、天皇に献じ、

「私はいつも、網を張って鳥を捕らえていますが、いまだかつてこのような鳥を捕ったことはありません。

あまりにも珍しいので、献上いたします。」

と申し上げた。天皇は酒君《さけのきみ》を召し、鳥を見せて、

「これは、何という鳥か。」

と尋ねられた。酒君は、

「この鳥の類は、百済にたくさんいます。飼い馴らせばよく人に従い、また速く飛んで、諸々の鳥を捕らえます。百済ではこの鳥を、倶知《くち》といいます。」

と申し上げた「これは今の鷹《たか》である」。そこで酒君《さけのきみ》に授けて、飼い馴らすよう命じられた。その後まもなく、馴らすことができた。酒君は、なめし革の紐をその足に、小鈴をその尾につけ、腕の上に乗せて天皇に献上した。この日に、百舌鳥野《もずの》（大阪府堺市北区・西区地域）に行幸され、狩りをされた。その時、多くの雌雉《めきぎし》が飛び立った。すぐに鷹を放って捕らせたところ、たちまちのうちに多数の雉を獲ることができた。

この月に、初めて鷹甘部《たかかいべ》を定めた。そこで時の人は、その鷹を飼う所を、鷹甘邑《たかかいのむら》（大阪府東住吉区東部）といった。五十年の三月五日に、河内《こうち》の人が奏上して、

「茨田堤《まんたのつつみ》に、雁《かり》が子を産みました。」

と申し上げた。その日に、使者を遣わして視察された。使者は、

「まったくその通りです。」

と申し上げた。天皇は歌を詠んで、武内宿禰《たけうちのすくね》に尋ねられた。

歌謡六二　たまきはる　内《うち》の朝臣《あそ》　汝《な》こそは　世の遠人《とおひと》　汝《な》こそは　国の長人《ながひと》　秋津島《あきづしま》
倭《やまと》の国に　雁産《かりこ》んと　汝《な》は聞《き》かすや

〔たまきはる〕武内朝臣《たけうちのあそん》よ。そなたこそは、遠い昔からの長生きの人だ。そなたこそは、国の第一の長寿の人だ。だから尋ねるのであるが、〔秋津島〕倭《やまと》の国で、雁が子を産むことを、そなたは聞いたことがあるか。

武内宿禰《たけうちのすくね》は答歌を詠んだ。

歌謡六三　やすみしし　我が大君《おおきみ》は　宜《うべ》な宜《うべ》な　我《われ》を問わすな　秋津島《あきづしま》　倭《やまと》の国に
雁産《かりこ》んと　我は聞かず

〔やすみしし〕我が大君が、私にお尋ねになるのはごもっともなことですが、〔秋津島《あきづしま》〕倭《やまと》の国で雁《かり》が子を産むとは、私は聞いたことがありません。

新羅《しらぎ》攻略と蝦夷《えみし》の叛逆

五十三年に、新羅《しらぎ》は朝貢しなかった。

五月に、上毛野君《かみつけののきみ》の祖竹葉瀬《たかはせ》を派遣して、その理由を問わしめられたところ、道中で白鹿を捕獲した。そこで、戻って天皇に献じ、日を改めて出発した。

天皇は、重ねて竹葉瀬の弟田道《たみち》を派遣し、詔《みことのり》して、

「もし新羅《しらぎ》が拒否したなら、兵を挙げて撃て。」

と仰せられ、精兵を授けられた。新羅は兵を起こし、毎日戦を挑んできたが、田道《たみち》は守りを固めて出撃しなかった。ある時、一人の新羅兵が軍営の外に出たのを捕らえ、相手の状況を尋ねた。兵卒は、

「百衝という、剛力で勇猛で敏捷な男がいます。いつも軍の右先鋒にいます。そこで、左方を攻撃すれば敗れるでしょう。」

と申し上げた。見ると、新羅軍は左方を空け、右方に備えていた。そこで田道は、精鋭の騎馬軍を連ね左方を攻撃し、一気に数百人を殺した。こうして、四つの村の人民を捕虜にして帰国した。

五十五年に、蝦夷《えみし》が叛いた。田道《たみち》を遣わして撃たせたが、敗れて伊寺水門《いしのみなと》で死んだ。この時、従者が田道の肘につけてあった弓用の小手を取り、形見として妻に与えた。妻はその小手を抱いて、首をくくって死んだ。時の人は、これを聞いて深く悲しんだ。この後、蝦夷がまた襲撃して人民を略奪した。そして勢いにまかせ、田道の墓を掘った。すると大蛇がいて、目を怒らせて墓から出て咬《か》みついた。蝦夷はみな、蛇の毒を受けて多く死亡し、残る者はわずかに一人か二人だった。時の人は、

「田道《たみち》はすでに亡くなったとはいえ、ついに仇を討った。どうして、死者に知覚がないと言えようか。」

と言った。

五十八年の五月に、荒陵《あらはか》（大阪市天王寺区四天王寺周辺）の松林の南の道に、急に二本のくぬぎが生えた。路を挟んで、木の梢が上でつながった。

十月に、呉国《くれのくに》・高麗国《こまのくに》がそろって朝貢した。

六十年の十月に、日本武尊《やまとたけるのみこと》の白鳥陵《しらとりのみささぎ》の陵守《みささぎもり》等に力役を課した。天皇は労役の場所へ行かれると、陵守の目杵《めき》が、突然白鹿になって逃げた。天皇は詔《みことのり》して、

「この陵は、もとから空《から》であった。それで陵守を廃止しようと思い、初めて力役を課した。しかし、今この

不吉な前兆をみると、はなはだ恐れ多い。陵守を廃止してはならない。」

と仰せられ、土師連《はじのむらじ》等の管掌下に置かれた。

六十二年の五月に、遠江国《とおとうみのくに》の国司《くにのみこともち》が上表文を奉り、

「大井川から大樹が流れてきて、川の曲がり角に渟まりました。その大きさは、十囲《うだき》（一囲は三尺）あり、根本は一つで先が二つに分かれています。」

と申し上げた。さっそく倭直吾子籠《やまとのあたいあごこ》を遣わして船を造らせ、南の海から難波津《なにわのつ》に廻らし、官船とされた。

氷室《ひむろ》と宿儺《すくな》の誅殺《ちゅうさつ》

この年に、額田大中彦皇子《ぬかたのおおなかつひこのみこ》は闘鶏《つけ》（奈良県山辺郡都祁《つげ》村）で猟をされた。その時、皇子は山上から望んで野原をご覧になると、廬《いおり》のような物があった。使者を遣わして、視察させられたところ、

「室《むろ》です。」

と申し上げた。そこで、闘鶏稲置大山主《つけのいなきおおやまぬし》を召して、

「その野原にあるのは、何の室か。」

と尋ねられた。大山主は、

「氷室《ひむろ》でございます。」

と申し上げた。皇子は続けて、

「その蔵《おさ》める状態はどのようか。また何に使うのか。」

と尋ねられた。大山主《おおやまぬし》は、

「土を一丈（約三メートル）余り掘り、その上に草をかけます。茅・すすきを厚く敷き、氷をその上に置き

ます。すると、夏をこしても氷は解けません。氷は暑い時期に、水や酒に浮かべて使います。」と申し上げた。皇子はすぐにその氷を持参し、天皇に献じた。天皇はお喜びになった。以後毎年十二月になると、必ず氷を貯蔵し、春分になると初めて氷を分けた。

六十五年のことである。飛騨国《ひだのくに》に宿儺《すくな》という人がいた。その人は、一つの胴体に二つの顔があり、顔はそれぞれ反対を向いていた。顔の頂は一つになり、うなじがなかった。それぞれに手足があり、膝はあるがひかがみ・かかとがなかった。力は強く、敏捷《びんしょう》だった。左右に剣を持ち、四本の手で弓矢を使った。皇命に従わず、人民を略奪するのを楽しみとしていた。天皇は、和珥臣《わにのおみ》の祖難波根子武振熊《なにわねこたけふるくま》を遣わして誅殺《ちゅうさつ》させられた。

大虬《おおみつち》退治と百舌鳥《もず》野陵《ののみささぎ》

六十七年の十月五日に、河内《こうち》の石津原《いしつのはら》（大阪府堺市堺区石津町付近）に行幸され、陵地を定められた。十八日に、初めて陵を築いた。この日、野原から突然鹿が飛び出し、役夫の中に入って倒れて死んだ。鹿の傷を探ると、百舌鳥《もず》が耳から出て飛び去った。そこで耳の中を見ると、咋《く》い裂かれてはがれていた。それでその場所を、百舌鳥耳原《もずのみみはら》という。

この年に、吉備中国《きびのなかつくに》の川島川《かわしまがわ》（岡山県の高梁川）の川股《かわまた》に、大きな虬《みつち》がいて人を苦しめた。人がそこを通ると、必ずその毒にあたり、多数死亡した。さて笠臣《かさのおみ》の祖県守《あがたもり》は、勇敢で力が強かった。川股の淵《ふち》で三つのひさごを川に投げ入れて、

「お前はたびたび毒を吐いて、通行人を苦しめている。私が、お前を征伐する。よいか、もしお前がこのひさごを沈めたなら、私は退こう。沈めることができなかったら、直ちに切り捨てる。」

と言った。すると虬《みつち》は鹿に化身して、ひさごを引き入れようとしたが、沈まなかった。そこで県守は剣を振り

上げ、水中で虬《みつち》を斬った。さらに虬の族を捜し、淵底の穴に集まっているのをすべて斬ったので、川の水が血に変わった。それで、その川を県守《あがたもり》の淵という。

この時、妖気《ようき》がやや動き、反逆者が一人二人と初めて現れた。しかし天皇は朝早く起き夜遅く寝られ、賦役《ふえき》を軽くし税を減らし人民を富まし、徳政を布き恵を施し、困窮を救われた。死者を弔い、病人を見舞い、身寄りのない人を養われた。こうして政令は広く行われ、天下は太平で、二十余年無事であった。

八十七年の正月十六日に、天皇が崩御された。

十月七日に、百舌鳥野陵《もずののみささぎ》に葬りまつった。

巻第十二　第十七代　去来穂別天皇《いざほわけのすめらみこと》　履中天皇《りちゅうてんのう》

仲皇子《なかつみこ》の反乱と瑞歯別皇子《みずはわけのみこ》

履中《りちゅう》天皇は、仁徳《にんとく》天皇の嫡子である。母は磐之媛命《いわのひめのみこと》と申し上げ、葛城襲津彦《かずらきのそつびこ》の娘である。仁徳天皇三十一年の正月に、皇太子となられた［御年十五であった］。八十七年の正月に、仁徳天皇が崩御された。皇太子は、服喪を終え、まだ皇位におつきにならない間に、羽田矢代宿禰《はたのやしろのすくね》の娘黒媛《くろひめ》を妃にしようと思われた。婚約を済ませ、住吉仲皇子《すみのえのなかつみこ》を遣わして、婚礼の吉日を告げられた。この時仲皇子は、太子の御名を名乗り、黒媛を犯した。その夜仲皇子は、手に巻いた鈴を黒媛の家に忘れて帰った。

翌日の夜、太子は仲皇子が犯したことをご存じなく、黒媛の家に出かけられた。そして寝室に入り、帳《とばり》を開けて寝台におられた。すると、寝台の先で鈴の音がした。太子は怪しまれて、

「何の鈴か。」

と尋ねられた。黒媛は、

「昨夜、太子が持っておられた鈴ではありませんか。どうしてそのようにお尋ねになるのでしょう。」

と申し上げた。太子はすぐに、仲皇子が御名を偽って黒媛を犯したことをお知りになり、黙って立ち去られた。

仲皇子は身の危険を恐れ、太子を殺そうとし、ひそかに兵を起こして太子の宮を囲んだ。その時、平群木菟《へぐりのつくの》宿禰《すくね》・物部大前宿禰《もののべのおおまえのすくね》・漢直《あやのあたい》の祖阿知使主《あちのおみ》の三人が、仲皇子《なかつみこ》の急襲を太子に申し上げた。ところが太子は、お信じにならなかった［一説に、太子は酔っていてお起きにならなかったという］。それで三人は、太子を支え

て馬にお乗せして逃げた［一説に、大前宿禰が太子を抱いて馬にお乗せしたという］。仲皇子は、太子がおられないとは知らずに、太子の宮を焼いた。火は一晩中燃え続けた。太子は河内国《こうちのくに》の埴生坂《はにゅうのさか》（大阪府羽曳野市野々上付近）で醒《さ》められた。そして難波《なにわ》を望まれ、火焰をご覧になってたいそう驚かれ、急ぎ大坂から倭《やまと》に向かわれた。飛鳥山《あすかのやま》（大阪府羽曳野市飛鳥）の登り口に来ると、少女にお遇いになった。太子は、

「この山に人はいるか。」

と尋ねられた。少女は、

「武器を持った者が、多数山中にいます。迂回して、当麻径《たぎまち》よりお越え下さい。」

と申し上げた。太子は、これを聞いて難を免れることができたと思われ、歌を詠まれた。

歌謡六四　大坂に　遇《あ》うや少女《おとめ》を　道問えば　直《ただ》には告《の》らず　当麻径《たぎまち》を告《の》る

大坂で遇った少女に道を尋ねると、近道は告げず、迂回する当麻道を告げた。

こうして道を引き返し、そこの県《あがた》の兵を集めて従軍させ、竜田山《たつたのやま》から越えられた。その時数十人の兵が、武器を持って追いかけてきた。太子は遠望されて、

「あそこにやって来るのは何者か。どうしてあのように急いでいるのか。もしかして、賊ではないか。」

と仰せられた。しばらく山中で、待ち伏せをされた。一隊が近づいてきた時、人を遣わして、

「何者であるか。どこへ行くのか。」

と問わしめられた。すると、

「淡路《あわじ》の野島《のしま》（兵庫県淡路市）の海人《あま》です。阿曇連浜子《あずみのむらじはまこ》［一説によると、阿曇連黒友《あずみのむらじくろとも》という］の命令で、仲皇子《なかつみこ》のために太子を追っているのです。」

と答えた。すぐに伏兵を出して囲み、残らず捕らえることができた。

当時倭直吾子籠《やまとのあたいあごこ》は、前から仲皇子《なかつみこ》と親しかった。あらかじめ謀りごとを知って、ひそかに精兵数百人を攪食《かきはみ》の栗林に集め、仲皇子のために太子の攻撃を防ごうとしていた。太子は兵が塞いでいるとはご存じなく、竜田山《たつたのやま》から数里行かれた所で、多くの兵士に遮られ、動きがとれなかった。それで使者を遣わし、

「誰か。」

と問わしめられた。すると、

「倭直吾子籠である。」

と答えた。今度は使者に、

「誰の使いか。」

と問うた。使者は、

「皇太子の使いである。」

と言った。すると吾子籠は、その軍勢が多数いるのをはばかり、使者に、

「伝え聞くところによりますと、非凡な皇太子に非常な事態が起こっているということです。そこで、お助けしようとして、兵を備えてお待ちいたしておりました。」

と申し上げた。しかし皇太子は信ぜず、殺そうと思われた。吾子籠《あごこ》は恐れおののいて、自分の妹日之媛《ひのひめ》を献上し、死罪の赦免を請願したところ、お赦しになった。倭直等が采女《うねめ》を貢上することは、思うにこの時に始まったのであろうか。

太子は、そのまま石上振神宮《いそのかみのふるのかむみや》に滞在された。瑞歯別皇子《みずはわけのみこ》は、太子が難波におられないことを知り、尋ねて追って来られた。しかし太子は弟王の御心を疑い、召し入れられなかった。瑞歯別皇子は、使いを出され、

「私は邪心を持っていません。ただ太子の不在を心配して、参向したのです。」

と申し上げた。太子は人を介して弟王に、

「私は、仲皇子の反逆を恐れ、一人難を避けてここまで来た。お前を、そのまま信ずるわけにはいかない。仲皇子は、どうしても除かねばならない。もしお前に異心がないのなら、再び難波に返り、仲皇子を殺せ。その後に会おう。」

と仰せられた。瑞歯別皇子《みずはわけのみこ》は太子に、

「太子は、どうしてそのように心配なさるのでしょうか。今仲皇子《なかつみこ》は、無道で群臣も人民も共に憎み、恨んでいます。またその家臣は去り、敵対しています。仲皇子は孤立し、相談相手もいません。私はその反逆を知りましたが、太子のご命令を受けていなかったので、憤り嘆いていたのです。今まさにご命令を承りました。仲皇子を殺す大義を得ました。ただ私が恐れますのは、たとえ仲皇子を殺しても、なおまた私をお疑いになるのではないかということです。どうか心正しい人を遣わしていただき、その人によって、私の忠誠を証明したいと思います。」

と申し上げた。太子は、直ちに木菟宿禰《つくのすくね》を添えて遣わした。瑞歯別皇子《みずはわけのみこ》は嘆いて、

「太子と仲皇子とは、二人とも私の兄である。誰に従い、誰に背いたらよいのか。しかし無道を亡《ほろ》ぼし正道に就けば、誰も私を疑うことはあるまい。」

と仰せられた。こうして難波《なにわ》に行き、仲皇子の様子をうかがわれた。仲皇子は、太子がすでに逃亡されたと思い、無防備だった。時に刺領巾《さしひれ》という近習の隼人《はやひと》がいた。瑞歯別皇子はひそかに刺領巾を召し、誘いをかけ、

「よいか、私のために仲皇子を殺せ。私は、必ず厚く報いよう。」

と仰せられ、すぐに錦の衣と袴を脱いで与えられた。刺領巾はその言葉を頼りに、一人で矛を持ち、仲皇子が厠に入るのを見届けて刺し殺した。こうして、瑞歯別皇子に従った。しかし、木菟宿禰《つくのすくね》は瑞歯別皇子《みずはわけのみこ》に、

「刺領巾《さしひれ》は、自分の主君を殺しました。これは、我々にとっては大きな功績ですが、主君に対しては悪逆の極みということになります。どうして生かしておくことができましょうか。」

と申し上げた。そしてすぐに刺領巾を殺した。その日に倭《やまと》に向かい、夜半に石上神宮に着き、復命した。太子は弟王を召して、厚くもてなされ、村合屯倉《むらあわせのみやけ》をお与えになった。この日に、阿曇連浜子《あずみのむらじはまこ》を捕らえた。

天皇即位と車持君《くるまもちのきみ》の処罰

元年の二月一日に、皇太子は磐余稚桜宮《いわれのわかさくらのみや》で即位された。

四月十七日に、阿曇連浜子《あずみのむらじはまこ》を召して、詔して、

「お前は、仲皇子《なかつみこ》と共に謀反を図り、天皇を殺害しようとした。これは、死罪に相当する。しかし大恩によって、死罪を免じ、墨刑《ぼっけい》を科す。」

と仰せられ、その日に眼のふちに入れ墨をした。時の人はこれを、阿曇目《あずみめ》といった。また、野島《のしま》の海人《あま》等の罪を免じて、倭《やまと》の蔣代屯倉《こもしろのみやけ》で使役させられた。

七月四日に、葦田宿禰《あしたのすくね》の娘黒媛《くろひめ》を皇妃とされた。妃は、磐坂市辺押羽皇子《いわさかのいちのへのおしはのみこ》・御馬皇子《みまのみこ》・青海皇女《あおみのひめみこ》［一説に、飯豊皇女《いいどよのひめみこ》という］を生んだ。次の妃幡梭皇女《はたびのひめみこ》は、中磯皇女《なかしのひめみこ》を生んだ。この年、太歳《たいさい》は庚子《こうし》であった。

二年の正月四日に、瑞歯別皇子《みずはわけのみこ》を皇太子とされた。

十月に、磐余《いわれ》に都を造られた。この時、平群木菟宿禰《へぐりのつくのすくね》・蘇我満智宿禰《そがのまちのすくね》・物部伊莒弗大連《もののべのいこふつのおおむらじ》・円大使主《つぶらのおおみ》が共

に国の政治を行った。

十一月に、磐余池《いわれのいけ》を造った。

三年の十一月六日に、天皇は両枝船《ふたまたぶね》を磐余市磯池《いわれのいちしのいけ》に浮かべ、皇后とそれぞれ分乗して遊興された。膳臣余磯《かしわでのおみあれし》が、御酒を献じた。その時、桜の花が御盃に落ちた。天皇は不思議に思われ、物部長真胆連《もののべのながまいのむらじ》を召し、詔して、

「このような時季に花が散っている。いったいどこの花であろうか。お前が行って捜してはくれぬか。」

と仰せられた。長真胆連は一人で花を捜し求めて、掖上室山《わきがみのむろのやま》（奈良県御所市室付近の山）で見つけ献じた。天皇はその珍しさを喜ばれて、宮の名とされた。それで、磐余稚桜宮《いわれのわかさくらのみや》と申し上げるのである。この日に、長真胆連の本姓を改めて稚桜部造《わかさくらべのみやつこ》といい、膳臣余磯《かしわでのおみあれし》を稚桜部臣《わかさくらべのおみ》といった。

四年の八月八日に、初めて諸国に書記官を置いた。伝承や事象を記し、国内の情勢を報告させた。

十月に、石上《いそのかみ》の用水路を掘った。

五年の三月一日に筑紫《つくし》におられる三神（宗像《むなかた》神社の田心姫《たごりひめ》・湍津姫《たぎつひめ》・市杵島姫《いちきしまひめ》）が宮中に現われ、

「どうして我が民を奪ったのか。私は今、お前に恥をかかせてやる。」

と仰せられた。そこで祈禱はしたが、祭祀はなさらなかった。

九月十八日に、天皇は淡路島《あわじのしま》で狩猟をなされた。この日に、河内《こうち》の飼部《うまかいべ》等がお伴をして、馬の手綱をとった。これより先、飼部の目の入れ墨がまだ治っていなかった。すると島におられる伊奘諾神《いざなきのかみ》が祝《はふり》に乗りうつって、

「血の臭さに耐えられない。」

と言われた。それで占いをしたところ、

「飼部等の入れ墨の臭気を嫌う。」

と出た。以後、飼部の入れ墨を廃止した。

十九日に、風音のように大空で叫ぶ声があって、

「剣刀太子王《つるぎたちひつぎのみこ》よ。」

と言った。また、

「｛鳥かよう｝羽田《はた》の汝妹《なにも》（黒媛）は、羽狭《はさ》（奈良県吉野郡大淀町馬佐）に葬送された。」

と言った。また、

「狭名木田蒋津之命《さなきたこもつのみこと》は、羽狭に葬送された。」

と言った。すると急に使者が来て、

「皇妃が薨去《こうきょ》されました。」

と申し上げた。天皇はたいそう驚かれて、すぐに乗物でお帰りになった。

二十二日に、淡路から戻られた。

十月十一日に皇妃を葬りまつった。天皇は、神の祟りを鎮められずに皇妃を死なせたことを悔やまれ、その原因を探られた。ある者が、

「車持君《くるまもちのきみ》は筑紫国《つくしのくに》に行った時、車持部《くるまもちべ》をすべて管轄し、貢納物を徴発し、宗像《むなかた》神社の神戸《かむべ》の民までも奪って、その支配下におきました。きっとこの罪をいうのでしょう。」

と申し上げた。天皇は車持君《くるまもちのきみ》を召して、尋問された。すべて事実であった。そこで、

「お前は車持君であるとはいえ、天子の人民を勝手に管轄した。これが第一の罪である。また神祇《かみ》に配分した車持部をも奪い取った。これが第二の罪である。」

と仰せられた。それで、悪解除《あしはらえ》・善解除《よしはらえ》（神に対して犯した罪をあがなうため、犯罪者が供え物を出して行う祓い）

を科し、長渚崎《ながすのさき》（兵庫県尼崎市長洲・杭瀬付近）に行かせて、祓禊《はらえみそぎ》をさせられた。そして詔して、

「今後、筑紫《つくし》の車持部を管掌することはできない。」

と仰せられた。そこですべての車持部を没収し、改めて三女神を祀る宗像神社に献納した。

六年の正月六日に、草香幡梭皇女《くさかのはたびのひめみこ》を皇后とされた。

九日に、初めて蔵職《くらつかさ》を建て、蔵部《くらひとべ》を定めた。

天皇崩御

二月一日に、鮒魚磯別王《ふなしわけのおおきみ》の娘太姫郎姫《ふとひめのいらつめ》・高鶴郎姫《たかつるのいらつめ》を召し、後宮に入れ嬪《みめ》とされた。この二人は常に嘆いて、

「悲しいことです。私達の兄王は、いったいどこへ行ってしまったのでしょう。」

と言った。天皇はそれをお聞きになり、

「お前たちは、なぜそのように悲しむのか。」

と尋ねられた。答えて、

「私どもの兄鷲住王《わしすみのおおきみ》は、強力で敏捷なのです。一人で広大な建物を飛び越えて行ってしまい、何日も経つのに会って話をすることもできません。それで、ただ嘆いているのです。」

と申し上げた。天皇は、その力の強いことを喜んで召されたが、参内《さんだい》されなかった。これ以後も参内を断り、住吉邑《すみのえのむら》に住んでいた。これが、讃岐国造《さぬきのくにのみやつこ》・阿波国《あわのくに》の脚咋別《あしくいわけ》の二族の始祖である。

三月十五日に、天皇は大病になられて、御不調であった。まもなく、稚桜宮《わかさくらのみや》で崩御された［御年七十であった］。

十月四日に、百舌鳥耳原陵《もずのみみはらのみささぎ》に葬りまつった。

巻第十二　第十八代　瑞歯別天皇《みずはわけのすめらみこと》　反正天皇《はんぜいてんのう》

反正《はんぜい》天皇は、履中《りちゅう》天皇の同母弟である。

履中天皇の二年に、皇太子となられた。天皇は、淡路宮《あわじのみや》でお生まれになった。生まれながら、歯が一本の骨のようにきれいに並び、容姿がたいへん美しかった。宮には、瑞井《みずのい》という井戸があった。その水で、太子をお洗いした。その時、多遅《たじひ》の花が井戸の中に落ちていた。多遅の花は、今の虎杖《いたどり》の花である。そこで太子の御名とし、多遅比《たじひの》瑞歯《みずは》別 天皇《わけのすめらみこと》と申し上げる。

六年の三月に、履中《りちゅう》天皇が崩御された。

元年の正月二日に、皇太子が天皇の位につかれた。

八月六日に、大宅臣《おおやけのおみ》の祖木事《こごと》の娘津野媛《つのひめ》を皇夫人とされた。香火姫皇女《かひひめのひめみこ》・円皇女《つぶらのひめみこ》をお生みになった。また、夫人の妹弟媛《おとひめ》を召し入れ、財皇女《たからのひめみこ》・高部皇子《たかべのみこ》とを生んだ。

十月に、河内《こうち》の丹比《たじひ》に都を造られた。これを柴籬宮《しばかきのみや》という。当時風雨は穏やかで順調にめぐり、五穀豊穣で人民は富み栄え、天下太平であった。この年、太歳《たいさい》は丙午《へいご》であった。

五年の正月二十三日に、天皇は宮中の正殿で崩御された。

巻第十三　第十九代　雄朝津間稚子宿禰天皇《おあさつまわくごのすくねのすめらみこと》　允恭天皇《いんぎょうてんのう》

天皇の謙譲と即位

允恭《いんぎょう》天皇は、反正《はんぜい》天皇の同母弟である。天皇は、幼少の頃からご成長後も思いやりがあり、慎み深くあられた。壮年になって重い病気にかかり、ご様子が頼りなげであった。

五年の正月に、反正天皇が崩御された。その時に群卿は相談して、

「今仁徳《にんとく》天皇の御子は、雄朝津間稚子宿禰皇子《おあさつまわくごのすくねのみこ》と大草香皇子《おおくさかのみこ》とである。お二方のうち、雄朝津間稚子宿禰皇子は年長であり、仁慈孝行の心深い方です。」

と言った。それで吉日を選んで、うやうやしく天皇の璽《みしるし》を奉った。雄朝津間稚子宿禰皇子は辞退して、

「私は不運にも長く重病にかかり、歩行ができない。また私は病を除こうとして、自分勝手に内密に身をこわして治療したが、治らなかった。このために、仁徳天皇は私を責め、

『お前は病にかかり、勝手に身を傷なった。これよりひどい不幸があろうか。長《おさ》として生まれたおまえだが、決して天下を治めることはできないであろう。』

と仰せられた。また我が兄の二天皇が、私を愚かであるとして軽んじました。これは、群卿みなの知るところである。天下は大器であり、即位は大業である。民の父母たることは、聖賢の人の天職であり、愚人の任ではない。改めて賢王を選んで、立てるがよい。私は、適任者ではない。」

と仰せられた。群臣は再拝して、

「皇位は、長く空にしてはなりません。天命は、譲り拒《こば》んではなりません。今大王が時をとどめ、衆人に逆らって帝位を正されなかったら、私どもは人民の望みが絶えるのではないかと恐れるのです。どうか大王、御心労積もることかと思いますが、皇位におつき下さい。」

と申し上げた。雄朝津間稚子宿禰皇子《おあさつまわくごのすくねのみこ》は、

「国家の統治は、重大事です。私は重病であり、適任ではない。」

と仰せられた。群臣は強固に請願して、

「私どもが伏して思いますに、大王が皇祖以来の国家をお治めになることが、最もふさわしいと考えます。天下の万民も、待ち望んでおります。どうかお聞き届けて下さい。」

と申し上げた。

元年の十二月に、妃忍坂大中《おしさかのおおなかつ》姫命《ひめのみこと》は、群臣の憂慮をこれ以上見過ごすことはできず、自ら御手洗《みたらし》の水を持って皇子の御前に差し出した。そして、

「大王は、辞退されて皇位につかれません。空位のまま、年月が経ちました。群臣・百卿は、まったく途方に暮れています。どうか人々の望み通り、無理にでも皇位におつき下さい。」

と申し上げた。しかし皇子は、聞き入れようとはなさらず、背を向けたままで、物も言われなかった。大中《おおなかつ》姫命《ひめのみこと》は、恐れて身が縮まり、お側に控えたまま四・五刻（約一時間）が経過した。頃は師走《しわす》で烈風が吹きすさんでいた。大中姫の捧げた鋺《かなまり》の水が溢れて腕に凍りつき、寒さのあまり死にそうであった。皇子は顧みて驚かれ、すぐに助け起こして、

「皇位の継承は重大な仕事で、たやすく即位することはできない。それで今まで従わずにきた。しかし今、群臣の要請はまことにもっともである。もはや断り続けることはできない。」

と仰せられた。大中姫命は仰ぎ見て喜び、すぐ群臣に、

「皇子は、群臣の要請を聞き入れようとされています。今すぐに、天皇の璽符《みしるし》を奉りなさい。」

と言った。群臣は歓喜し、その日に天皇の璽符を捧げ、再拝して奉った。皇子は、

「群卿はみな天下のために、私を望んでいる。もう辞退することはできない。」

と仰せられ、ついに帝位につかれた。この年、太歳《たいさい》は壬子《じんし》であった。

皇后と天皇の病気完治

二年の二月十四日に、忍坂大中姫《おしさかのおおなかつひめ》を皇后とされた。この日、皇后のために刑部《おさかべ》を定めた。皇后は、木梨《きなしの》軽《かるの》皇子《みこ》・名形大娘《ながたのおおいらつめの》皇女《ひめみこ》・境黒彦《さかいのくろひこの》皇子《みこ》・穴穂天皇《あなほのすめらみこと》（安康天皇《あんこうてんのう》）・軽大娘《かるのおおいらつめの》皇女《ひめみこ》・八釣白彦《やつりのしろひこの》皇子《みこ》・大泊《おおはつ》瀬《せ》稚武天皇《わかたけるのすめらみこと》（雄略天皇《ゆうりゃくてんのう》）・但馬橘大娘《たじまのたちばなのおおいらつめの》皇女《ひめみこ》・酒見皇女《さかみのひめみこ》をお生みになった。

初め皇后は母の家に住まわれ、一人で園内で遊んでおられた。その時、闘鶏国造《つけのくにのみやつこ》が傍らの道を通りかかった。馬に乗り、垣根越しに皇后を見て嘲《あざけ》って、

「よく園を作れるのか、お前は。」

と言った。さらに続けて、

「さあ刀自《とじ》よ、そののびるを一茎くれ。」

と言った。皇后は一本ののびるを採って、その者に与えられ、

「そののびるは、何に使うのですか。」

と尋ねられた。すると、

「山に行く時、ぬかが（小さな吸血虫）を追い払うためだ。」

と言った。皇后は、その言葉が無礼であることを不愉快に思われ、

「私は忘れまい。」

と仰せられた。

その後、皇后は位に登られた年に、その者を捜して昔の罪を責めて殺そうとされた。その者は、額を地面にこすりつけて、

「私の罪は、まことに死に当たります。しかしながら、あの日はこのように貴い方だとは存じ上げませんでした。」

と申し上げた。皇后は死刑をお赦しになり、その姓を降格して稲置《いなき》とした。

三年の正月一日に、使者を派遣して新羅《しらぎ》に良医を求めさせた。

八月に、新羅から医師が来朝した。天皇の病気を治療させたところ、まもなく病気は完治した。天皇は喜ばれて、厚く医師に報奨して帰国させた。

盟神探湯《くかたち》により氏姓を正す

四年の九月九日に、詔《みことのり》して、

「上古の政治をみるに、人民は定着し、氏姓を誤ることはなかった。今私が即位して四年になるが、上下は互いに争い、人民も安泰でない。ある者は誤って自分の姓を失い、ある者は故意に高い氏を自称している。国が治まらないのは、おそらくこのためであろう。私は及ばずながら、その誤りを正そうと思う。群臣はよく検討して奏上せよ。」

と仰せられた。群臣はみな、

「陛下が過失を挙げ、不正を正して氏姓を定められるなら、私どもは身命をかけてお仕えいたしましょう。」

と申し上げた。天皇はこれを裁可された。

二十八日に、詔して、

「群卿・百官と諸国の国造《くにのみやつこ》等は、ある者は皇帝の子孫であるとか、ある者は霊妙な天降《あまくだ》りの末裔《まつえい》であると語っている。しかしながら、天地開創以来、幾多の年月を経た。ここに至って、一氏が繁栄して万姓が生まれている。その真偽を確かめるのは、困難である。そこで、諸氏族の人々は沐浴斎戒《もくよくさいかい》して、それぞれ盟神探《くかた》湯《ち》［泥を釜に入れて煮わかし、手で湯の泥を探る。あるいは斧を火の色に焼き、手の上に置く］せよ。」

と仰せられた。そこで、甘樫丘《あまかしのおか》（奈良県高市郡明日香村にある丘）の辞禍戸碕《ことまがとのさき》（言葉の偽りを真実と合せて判別する崎）に、盟神探湯《くかたち》の釜を据え、諸人を連れて行かせて、

「真実を言えば何事もなく、偽りを語れば必ず害を受けるであろう。」

と仰せられた。諸人は、それぞれ木綿《ゆう》の襷《たすき》をして釜のそばに行き、探湯《くかたち》をした。すると、真実を言う者はまったく何事もなく、偽っている者は皆損傷を負った。このようすをみて、故意に偽る者は、恐れて退いてしまい、釜の前に進むことはなかった。この後、氏姓は自然に定まり、偽る人はなくなった。

玉田宿禰《たまたのすくね》の誅殺《ちゅうさつ》

五年の七月十四日に、地震があった。これより先、葛城襲津彦の孫玉田宿禰《たまたのすくね》に命じて、反正《はんぜい》天皇の殯《もがり》を掌らせた。地震のあった夜に、尾張連《おわりのむらじ》吾襲《あそ》を遣わして、殯宮《もがりのみや》の状態を視察させた。その時、諸人は残らず集合していたが、玉田宿禰だけがいなかった。吾襲は奏上して、

「殯宮を掌る玉田宿禰が、殯の場所におりません。」

と申し上げた。天皇はすぐにまた、吾襲を葛城《かずらき》に遣わして、玉田宿禰の様子を視察させた。この日玉田宿禰は、男女を集めて酒宴を開いていた。吾襲は、状況を詳しく玉田宿禰に告げた。宿禰は変事が起こるのを恐れ、欺いて儀礼の進物として吾襲に馬一匹を与え、待ち伏せして殺した。そして、武内宿禰《たけうちのすくね》の墓域に逃げ隠れた。天皇はこれをお聞きになり、玉田宿禰をお召しになった。宿禰は、上衣の中に甲《よろい》を着て参上した。天皇は、さらに確認のため小墾田采女《おはりたのうねめ》に命じて、玉田宿禰に酒をたまわった。采女は、衣の中に鎧があることを見て奏上した。天皇は、兵を起こして殺そうとされた。玉田宿禰は、ひそかに逃げ出し家に隠れた。天皇は、再び兵を挙げて玉田の家を囲み、捕らえて誅殺された。

十一月十一日に、反正天皇を耳原陵《みみのはらのみささぎ》に葬りまつった。

絶世の美女衣通郎姫《そとおしのいらつめ》

七年の十二月一日に、新宮殿造成の祝宴があった。天皇は自ら琴を弾かれ、皇后が立って舞われた。舞いが終わったが、皇后は何も言葉を発せられなかった。当時の風習では、祝宴の時に舞い手が舞い終わると、自ら座長に向かって、

「娘子《おみな》を奉ります。」

と申し上げることになっていた。それで天皇は皇后に、

「どうして常の礼を欠いたのか。」

と仰せられた。皇后はかしこまって、再び立って舞われた。舞いが終わって、

「娘子《おみな》を奉ります。」

と申し上げた。天皇は皇后に、

「その娘子は誰か。早く知りたい。」

と尋ねられた。皇后は、やむを得ず奏上して、

「私の妹の弟姫《おとひめ》です。」

と申し上げた。弟姫は容姿絶妙で、並ぶ人がいないほどの美しさであった。その麗しい肌の色つやは、衣を通して輝きわたっていた。それで時の人は、衣通郎姫《そとおしのいらつめ》と申し上げた。天皇のお気持ちは、すでに衣通郎姫にあった。それで、皇后に強いて進上させられたのである。皇后はそれをご存じで、たやすく礼の言葉を申し上げなかったのである。天皇は歓喜なさり、使者を遣わして弟姫を召された。

その時、弟姫は母と共に近江《おうみ》の坂田（滋賀県長浜市・米原市・彦根市の一部）にいたが、皇后の心情をはばかって参上しなかった。天皇は七度にわたって召されたが、なお固辞して参内しなかった。天皇は喜ばれず、ついに舎人《とねり》中臣《なかとみの》烏賊津使主《いかつのおみ》に勅《みことのり》して、

「皇后の進上した娘子《おみな》弟姫は、召してもいっこうに参内しない。お前が自ら行って、弟姫を召し連れてこい。必ず厚く恩賞を与えよう。」

と仰せられた。烏賊津使主《いかつのおみ》は命令を受けて退出し、乾飯を衣の中に包んで、坂田に着いた。弟姫の庭の中で伏して、

「天皇のご命令により、お連れいたします。」

と申し上げた。弟姫は、

「天皇のご命令は謹んでお受けいたします。ただ、皇后のお気持ちを傷つけたくないのです。私は、死んでも参上いたしません。」

と言った。烏賊津使主は、

「私が受けましたご命令では、必ず召し連れて来るように、もし来なければ、必ず罰するであろうと仰せられました。この上は、戻って極刑にあうよりは、むしろ庭に伏して死んだほうがましです。」

と申し上げた。こうして、七日間庭の中に伏していた。飲食物を与えても、手にしなかった。実は、ひそかに懐中の乾飯を食べていたのである。弟姫は、自分は皇后の嫉妬のために、天皇のご命令を拒んできた。その上に、もし天皇の忠臣を失うようなことがあれば、これもまた自分の罪になると思い、ついに烏賊津使主《いかつのおみ》に従って上京した。

倭《やまと》の春日に着いて、櫟井《いちいい》（天理市櫟本町）の辺りで食事をした。弟姫は、自ら酒を使主に饗して、労苦を慰めた。使主は、その日に京《みやこ》に到着し、弟姫を倭直吾子籠《やまとのあたいあごこ》の家に留め、天皇に復命した。天皇はたいそう喜ばれ、烏賊津使主《いかつのおみ》をほめて厚く寵遇なされた。しかし、皇后の思いは穏やかではなかった。弟姫を宮中には近づけず、別殿を藤原《ふじはら》（奈良県橿原市高殿町一帯）に建てて住まわせられた。

皇后が雄略《ゆうりやく》天皇を出産される夜に、天皇は初めて藤原宮に行幸された。皇后はそれをお聞きになり、恨んで、

「私は、初めて髪上げをして以来、後宮に出仕するようになり、もうすでに何年にもなります。それなのに、いったい何ということでしょうか。今私は出産で生死の境にいるというのに、どうして今夜に限って藤原に行幸されるのでしょうか。」

と仰せられた。そして自ら出て産殿《うぶどの》を焼いて、死のうとされた。天皇は、これを聞いてたいそう驚かれ、

「私が悪かった。」

と仰せられて、皇后のお気持ちを慰め諭された。

八年の二月に、藤原に行幸され、ひそかに衣通郎姫《そとおしのいらつめ》の様子を視察された。その夜、衣通郎姫は天皇を恋い

慕って一人でいた。天皇がおいでになられたことを知らずに、歌を読んだ。

歌謡六五　我《わ》が背子《せこ》が　来《く》べき夕《よい》なり　ささがねの　蜘蛛《くも》の行《おこな》い　今夕著《こよいしる》しも

我が夫が、きっとおいでになる今夜です。〔ささがねの〕蜘蛛の巣をかけるようすが、今夜は特別はっきり見えますもの。」（蜘蛛が来て人の衣に着くと、親しい客が来訪するという俗信が、中国にあったという）

天皇はこの歌をお聞きになり、心を打たれて歌を詠まれた。

歌謡六六　ささらがた　錦《にしき》の紐《ひも》を　解《と》き放《さ》けて　数多《あまた》は寝《ね》ずに　唯一夜《ただひとよ》のみ

さあ、錦の紐を解き放って、幾夜でも寝たいがそうもいかず、ただ一夜だけ共寝しよう。

翌朝、天皇は井戸の傍らの桜をご覧になって、歌を詠まれた。

歌謡六七　花ぐわし　桜《さくら》の愛《め》で　こと愛《め》でば　早くは愛《め》でず　我《わ》が愛《め》ずる子ら

〔花ぐわし〕桜の見事さよ。同じ愛するなら、もっと早く愛すべきだった。早くは愛せずに、惜しいことをした。我が愛しい姫よ。

皇后はこれをお聞きになって、いっそうお恨みになった。衣通郎姫《そとおしのいらつめ》は、

「私はいつも王宮の近くで、一日中陛下のお姿を見ていたいと存じます。しかし、皇后は私の姉です。私のせいで常に陛下をお恨みになり、また私のためにお苦しみになっています。これからは王宮を離れて、遠くに住まわせて下さい。そうすれば、皇后の嫉《ねた》みも少しはおさまるでしょう。」

と申し上げた。天皇は、あらためて宮室《おおみや》を河内《こうち》の茅渟《ちぬ》（和泉地方の古名）に建造され、衣通郎姫を住まわせられた。これによって、しばしば日根野《ひねの》（大阪府泉佐野市日根町一帯）に遊猟なされた。

九年の二月に、茅渟宮《ちぬのみや》に行幸された。

十月に、茅渟に行幸された。

十年の正月に、茅渟に行幸された。皇后は奏上して、

「私は、少しも弟姫を嫉《ねた》んではおりません。しかしながら私が恐れますことは、陛下がしばしば茅渟に行幸され、それが人民の苦しみにならないかということです。どうか、行幸の回数をお減らし下さい。」

と申し上げた。この後は、まれにしか行幸されなかった。

十一年の三月四日に、茅渟宮に行幸された。衣通郎姫は、歌を詠んだ。

歌謡六八　　とこしえに　君もあえやも　いさなとり　海の浜藻《はまも》の　寄る時々を

いつも変わらずに、あなたは逢ってくださるのではございません。〔いさなとり〕海の浜藻がたまたま岸に寄って来るように、稀であってもせめてその時だけでも逢っていただきたいものです。

天皇は、衣通郎姫に、

「よいか、この歌は決して他人に聞かせてはならぬぞ。皇后が聞いたならば、もっと恨まれるだろう。」

と仰せられた。それで時の人は浜藻を、なのりそも（人に告げるな）と言った。

これより先、衣通郎姫が藤原宮にいた時である。天皇は大伴室屋連《おおとものむろやのむらじ》に詔して、

「私はこの頃、いとも美しい女性を得た。それは皇后の妹である。私は、特別にいとおしく思っている。どうかしてその名を、後世に伝えたいものだ。」

と仰せられた。室屋連が勅《みことのり》に従って奏上したところ、裁可された。そこで、諸国の国造《くにのみやつこ》等に命じて、衣《そ》通郎姫《とおしのいらつめ》のために藤原部《ふじわらべ》を定めた。

男狭磯《おさし》と赤石の真珠

十四年の九月十二日に、天皇は淡路島《あわじのしま》で狩りをされた。その時、大鹿・猿・猪が多数入り乱れて山に満ち、炎のように出現し、蝿のように騒いだ。しかし、一日かけても一匹の獣も獲れなかった。そこで狩りを中止し、占いをされた。すると島の神が祟って、

「獣が獲れないのは、我が心によるものだ。赤石の海底に真珠がある。その真珠を我が前に供えれば、獣を得ることができよう。」

と言った。そこで、所々の海人《あま》を集めて、赤石の海底を探らせた。海は深く、底に達することができなかった。ここに、阿波国《あわのくに》の長邑《ながのむら》の男狭磯《おさし》という海人がいた。多くの海人の中で、ひときわ勝れていた。海人は、腹に縄をつけて海底に入った。しばらくして出てきて、

「海底に、大きな鰒《あわび》があります。その場所は光っています。」

と申し上げた。多くの人が、

「島の神が望んでいる珠は、きっとその鰒の腹にあるのだろう。」

と言ったので、またもぐって探した。やがて男狭磯は、大鰒を抱いて浮かび上がってきたが、すぐに息絶えて波の上で死んだ。縄を下して海の深さを測ると、六十尋《ひろ》（一尋は両手を左右に広げた間のはば）であった。すぐに鰒を割くと、まさに真珠があった。その大きさは、桃の実ほどであった。早速島の神に供えて狩りをなされたところ、多数の獣を獲ることができた。ただ、男狭磯が死んだことは悲しまれ、墓を造って手厚く葬られた。その墓は現存している。

兄木梨軽皇子《きなしのかるのみこ》と妹軽大娘皇女《かるのおおいらつめのひめみこ》の密通

二十三年の三月七日に、木梨軽皇子《きなしのかるのみこ》を皇太子とされた。太子は容姿端麗で、見る人をうっとりさせた。同母妹軽大娘皇女《かるのおおいらつめのひめみこ》もまた、たいそう美しかった。太子は、常に大娘皇女と結婚したいと思っていたが、罪になることを恐れて黙っていた。しかし恋慕の心はますます高まり、ほとんど死に至るほどであった。太子は、

「このまま空しく死ぬよりは、たとえ罪になろうとも、もはや忍び通すことはできない。」

と思い、ついに密通した。心中の不安が去り、歌を詠まれた。

歌謡六九

あしひきの　山田《やまだ》を作り　山高《やまだか》み　下樋《したび》を走《わ》しせ　下泣《したな》きに　我泣く妻《つま》　片泣《かたな》きに

我泣く妻　昨夜《こぞ》こそ　安く膚《はだ》触れ

〔あしひきの〕山田を作り、山が高いので下樋を通して水を引く。そのように忍び泣きに私が恋い泣く

妻よ、一人泣きに私が恋泣く妻よ。昨夜こそは、すべてを忘れて肌に触れたことよ。

二十四年の六月に、天皇の御膳の吸い物が凍結した。天皇は奇異に思われ、その理由を占わせられた。すると、

「内よりの乱れがございます。おそらく近親相姦でしょう。」

と申し上げた。時にある人が、

「木梨軽太子《きなしのかるのたいし》が、同母妹軽大娘皇女《かるのおおいらつめのひめみこ》を犯されました。」

と申し上げた。そこで尋問したところ、すべて事実であった。太子は皇太子であり、処罰することはできない。そこで、軽大娘皇女を伊予に流罪にした。その時、太子は歌を詠まれた。

歌謡七〇　大君《おおきみ》を　島に放《はぶ》り　船余《ふなあま》り　い還《がえ》り来《こ》んぞ　我《わ》が畳斎《たたみゆ》め
　　　　言《こと》をこそ　畳《たたみ》と言わめ　我《わ》が妻を斎《ゆ》め

大君を島に放逐しても、〔船余り〕きっと帰って来ようぞ。私の畳は穢すことなく謹んで守れ。言葉では畳というが、実は我妻よ、お前も決して汚れるな。

また歌を詠まれた。

歌謡七一　天《あま》だん　軽嬢子《かるおとめ》　甚泣《いたな》かば　人知りぬべみ　幡舎《はさ》の山の　鳩《はと》の　下泣きに泣く

〔天だん〕軽嬢子よ、ひどく泣いたら人が気付くだろうから、幡舎《はさ》（軽の南方の山）の山の鳩のように、低い声で忍び泣きに泣くことだ。

天皇の崩御と新羅《しらぎ》の恨み

四十二年の正月十四日に、天皇が崩御された。御年若干であった。

この時新羅王《しらぎおう》は、天皇がすでに崩御されたと聞いて、驚き悲しんで多くの調船と種々の楽人を多数貢上した。人々は対馬に停泊し、大いに泣き悲しんだ。筑紫《つくし》に着いて、また大いに泣いた。難波津《なにわのつ》に停泊するとみな喪服を着て調物《みつきもの》を捧げ、種々の楽器を整えた。難波から京《みやこ》まで、ある者は泣きあるものは歌舞しながら、殯宮《もがりのみや》に参集した。

十月十日に、天皇を河内《こうち》の長野原陵《ながののはらのみささぎ》に葬りまつった。

十一月に、新羅《しらぎ》の弔使等は、喪礼を終えて帰国することになった。新羅人は、いつも京の傍らの耳成山《みみなしやま》・畝《うね》傍山《びやま》を愛でていた。琴引坂《ことひきのさか》に着いた時、振り返って、

「うねめはや、みみはや。」

と言った。これは、国の言葉を習得していなかったので、畝傍山を訛ってうねめといい、耳成山を訛ってみみと言ったのである。

その時、倭飼部《やまとのうまかいべ》は新羅人に従っていてこの言葉を聞き、もしや新羅人が采女《うねめ》と密通したのではないかと疑った。すぐに引き返して、大泊瀬皇子《おおはつせのみこ》に申し上げた。皇子は、直ちに新羅の使者を残らず捕らえ尋問された。新羅の使者は、

「采女を犯したなどという事実はまったくありません。ただ京《みやこ》の傍《かたわ》らの二つの山を愛でて、言っただけでございます。」

と申し上げた。こうして倭　飼　部《やまとのうまかいべ》の間違いが判明し、お許しになった。しかし新羅人の恨みは消えず、貢上物の品種と船の数を減らした。

巻第十三　第二十代　穴穂天皇《あなほのすめらみこと》　安康天皇《あんこうてんのう》

木梨軽皇子《きなしのかるのみこ》の死

安康《あんこう》天皇は、允恭《いんぎょう》天皇の第二子である［一説に第三子であるという］。母は忍《おし》坂大中姫命《さかのおおなかつひめのみこと》と申し上げ、稚渟毛二岐皇子《わかぬけふたまたのみこ》の御娘である。

四十二年の正月に、天皇が崩御された。

十月に、葬礼が終わった。この時、太子の木梨軽皇子《きなしのかるのみこ》は婦人への暴虐があった。国民は太子を誹謗し、群臣も従わず、皆が穴穂皇子《あなほのみこ》についた。そこで太子は穴穂皇子を襲おうとして、ひそかに兵士を準備させられ、穴穂皇子もまた兵を起こして戦おうとされた。穴穂《あなほの》矢《や》（銅製鏃）・軽矢《かるのや》（鉄製鏃）は、初めてこの時にできたのである。太子は、群臣が従わず人民も離反したことを知り、宮室《おおみや》を出て物部大前宿禰《もののべのおおまえのすくね》の家に隠れられた。穴穂皇子は、すぐに包囲なされた。すると、大前宿禰が門に出てお迎えした。穴穂皇子は歌を詠まれた。

歌謡七二　大前《おおまえ》　小前宿禰《おまえのすくね》が　金門陰《かなとかげ》　かく立ち寄らね　雨《あめ》立《た》ち止《や》めん

大前《おおまえ》小前宿禰《おまえのすくね》の家の金門《かなと》の陰に、このようにみんな立ち寄りなさい。雨宿りをして、雨の止むのを待とうではないか。

大前宿禰《おおまえのすくね》が答歌を詠んだ。

歌謡七三　宮人《みやひと》の　足結《あゆい》の小鈴《こすず》　落ちにきと　宮人動《みやひととよ》む　里人《さとびと》もゆめ

宮廷にお仕えする人の、袴の下をくくる紐につける小鈴が落ちたと、人々が騒いでいる。村人も気をつけなさい。

続けて皇子に、

「どうか太子を殺さないで下さい。私が善処いたしましょう。」

と申し上げた。こうして、太子は大前宿禰《おおまえのすくね》の家で自害なされた［一説に、伊予国《いよのくに》に流し申したという］。

根使主《ねのおみ》の讒言《ざんげん》・大草香皇子《おおくさかのみこ》の死

十二月十四日に、穴穂皇子《あなほのみこ》は天皇の位につかれた。先の皇后を尊んで、皇太后と申し上げた。そして都を石上《いそのかみ》に遷された。これを穴穂宮《あなほのみや》という。この時大泊瀬皇子《おおはつせのみこ》は、反正《はんぜい》天皇の御娘等を妻に迎えようと思われた［御娘の名は諸記にみえない］。すると皇女等は、

「君王は、いつも乱暴でこわい方でございます。突然お怒りが生ずる時には、朝会見した者でも夕方には殺され、夕方会見した者でも朝には殺されます。私どもは容貌も美しくなく、気もききません。もし威儀や言葉が少しでも王の意にかなわなければ、どうして親しくしていただけるでしょうか。このようなわけで、ご命令を承ることはできません。」

と申し上げた。こうして逃れて、お受けにならなかった。

元年の二月一日に、天皇は大泊瀬皇子のために、大草香皇子《おおくさかのみこ》の妹幡梭皇女《はたびのひめみこ》を妻に迎えようと思われた。そこで、坂本臣《さかもとのおみ》の祖根使主《ねのおみ》を遣わして、大草香皇子《おおくさかのみこ》に、

「どうか幡梭皇女《はたびのひめみこ》をいただいて、大泊瀬皇子《おおはつせのみこ》と結婚させたいものだ。」

と仰せられた。大草香皇子は、

「私はこの頃大病にかかり、治りそうもありません。たとえて言えば、荷物を船に積んで、満ち潮を待っている者のようです。しかし、死ぬのは寿命です。どうして惜しいことがありましょう。ただ、妹幡梭皇女《はたびのひめみこ》が孤児になるので、心安らかに死ぬことができないのです。

このたびは、陛下が妹の醜いことをお嫌いにならず、後宮の数に加えようとされています。これは、この上なき大恩でございます。どうしてかたじけないご命令を辞退することがありましょう。そこで、真心をお示しになるために、押木珠縵《おしきのたまかずら》［一説に立縵《たちかずら》という。また磐木縵《いわきのかずら》ともいう］という私の宝物を、根使主《ねのおみ》に託して献上いたします。どうかつまらないものですが、契約の品としてお納め下さい。」

と申し上げた。

さて根使主は、押木珠縵を見てその優美さに心を動かされ、盗んで自分の宝としようと思った。そこで、偽って天皇に奏上して、

「大草香皇子《おおくさかのみこ》は、ご命令を承らず私に、

『同族であるとはいえ、どうして私の妹を大泊瀬皇子《おおはつせのみこ》の妻にすることができようか。』

と言いました。」

と申し上げた。こうして、縵《かずら》は自分のものとして献上しなかった。

天皇は根使主《ねのおみ》の讒言《ざんげん》を信じられ、たいそうお怒りになって兵を起こし、大草香皇子《おおくさかのみこ》の家を囲んで殺された。この時、難波吉師日香蚊《なにわのきしひかか》の父子は、共に大草香皇子に仕えていた。父子は、主君が罪なくして死なれたことを嘆き、父は王の首を抱き、二人の子はそれぞれの足を持ち、唱えて、

「我が君は、罪なくして死なれました。まことに悲しいことでございます。我ら父子三人は、長らく主君にお仕えしてまいりました。ここで殉死《じゅんし》しなければ、臣とはいえません。」

と言った。そして直ちに自ら首をはねて、皇子の遺骸の側で死んだ。軍衆はみな、悲しみの涙にむせんだ。

天皇は、大草香皇子の妻中蒂姫《なかしひめ》を宮中に召し入れて妃とされた。また、ついに幡梭皇女《はたびのひめみこ》を召して、大泊瀬皇子《おおはつせのみこ》と結婚させられた。この年、太歳《たいさい》は甲午《こうご》であった。

二年の正月十七日に、中蒂姫命《なかしひめのみこと》を皇后とされ、たいそう寵愛された。初め中蒂姫命は、大草香皇子との間に眉輪王《まよわのおおきみ》を生んだ。眉輪王は、母が皇后になったことで罪を免れることができた。皇后は、常に宮中で養育なされた。

三年の八月九日に、天皇は眉輪王によって殺された［事の仔細は、雄略天皇紀にある。］

三年後に、菅原伏見陵《すがわらのふしみのみささぎ》に葬りまつった。

巻第十四　第二十一代　大泊瀬幼武天皇《おおはつせわかたけるのすめらみこと》　雄略天皇《ゆうりゃくてんのう》

眉輪王《まよわのおおきみ》・市辺押磐皇子《いちのへのおしわのみこ》の死

雄略《ゆうりゃく》天皇は、允恭《いんぎょう》天皇の第五子である。天皇がお生まれになった時、神々しい光が、御殿に満ちあふれた。成長されて、そのたくましさは、人にぬきんでておられた。

三年の八月に、安康《あんこう》天皇は沐浴《もくよく》しようと思われ、山宮に行幸された。そして高楼に登って、回りを望まれた。さらにまた御酒を出して、宴会を催された。そのうちに気持ちがほぐれ、いろいろな話をされ、皇后［履中《りちゅう》天皇の御娘は、中蒂姫皇女《なかしひめのひめみこ》と申し上げる。またの御名は、長田大娘皇女《ながたのおおいらつめのひめみこ》である。仁徳《にんとく》天皇の御子大草香皇子《おおくさかのみこ》が、長田皇女《ながたのひめみこ》をめとって、眉輪王《まよわのおおきみ》を生んだ。後に安康《あんこう》天皇は、根臣《ねのおみ》の讒言《ざんげん》を信じられ、大草香皇子を殺し、中蒂姫皇女《なかしひめのひめみこ》を皇后とされた。このことは、安康天皇紀にある］に、

「妹よ［妻を妹というのは、思うに古の俗語であろうか］、お前とはいとも親密であるが、私は眉輪王《まよわのおおきみ》を恐れている。」

と仰せられた。眉輪王はまだ幼くて、高楼の下で遊びたわむれていたが、その話の内容をすべて聞いた。やがて安康天皇は、酔いも回り皇后の膝枕で昼寝をされた。眉輪王は、天皇が熟睡されている時をみはからい、刺し殺した。

この日、大舎人《おおとねり》［姓は不明］は馳せ参じて、天皇に、

「安康天皇が、眉輪王に殺されました。」

と申し上げた。天皇はたいそう驚かれ、すぐに兄等を疑い、甲《よろい》をつけ刀を持ち兵を率いて自ら将軍となり、八《や》釣白彦皇子《つりのしろひこのみこ》を詰問《きつもん》された。皇子は身に迫る危険を感じ、黙ったまま座っていた。天皇は、刀を抜いて斬られた。さらに、坂合黒彦皇子《さかいのくろひこのみこ》を詰問された。皇子もまた危険を察知して、黙ったまま坐りこむだけであった。天皇は激昂《げきこう》され、この上は眉輪王も殺そうと思われ、直接殺害の原因を問いただされた。眉輪王は、

「私はもとより、天皇の位を求めているのではありません。ただ、父の仇を報いただけです。」

と申し上げた。坂合黒彦皇子《さかいのくろひこのみこ》は、疑われることを深く恐れ、ひそかに眉輪王に語り、ついに隙《すき》をみて脱出し、円大臣《つぶらのおおおみ》の家に逃げ込んだ。天皇は使者を遣わし、引き渡しを求められた。大臣は使者を出して、

「人臣は、有事の際に王室に逃げ込むと聞いていますが、いまだ君王が臣の家に隠れることは見たことがありません。今坂合黒彦皇子と眉輪王《まよわのおおきみ》とは、私の心を深く信頼して、私の家に来られました。どうしてお渡しすることができましょう。」

と申し上げた。天皇はさらに兵を増員し、大臣の家を囲まれた。大臣は庭に出て立ち、脚帯《あゆい》（袴の膝から下をくくる紐）を求めたところ、大臣の妻が持って来て、悲しみのために心を痛めながらも歌を詠んだ。

歌謡七四　臣《おみ》の子は　栲《たえ》の袴《はかま》を　七重《ななえ》着《お》し　庭に立たして　脚帯撫《あゆいな》だすも

わが夫の大臣は、白い栲《たえ》の袴《はかま》を幾重にもお召しになって、庭にお立ちになり、脚帯《あゆい》を整えておいでになる。

大臣は装束を整え、軍門に進んで拝礼し、

「私は死罪になるとしても、ご命令を承《うけたまわ》ることはないでしょう。古人の言葉に、

『匹夫（賤しい男）といえども、その志を奪うことは難しい。』

とあります。これはまさに、今の私のことだと思われます。大王よ、私の娘韓媛《からひめ》と葛城《かずらき》の家七か所を献上いたしますので、死罪を免《まぬが》れさせられますようお願いいたします。」

と申し上げた。天皇はお許しにならず、火を放って家を焼かれた。こうして、大臣と黒彦皇子《くろひこのみこ》・眉輪王《まよわのおおきみ》とは、共に焼き殺された。


その時坂合部連贄宿禰《さかいのべのむらじにえのすくね》は、皇子の遺骸を抱いて焼き殺された。その舎人《とねり》等［名は不明］は、焼けたものをとり集めた。しかし遺骨を選び分けることができず、一つの棺に入れて、新漢《いまきのあや》（高市郡の旧称）の擬本《つきもと》の南丘に合葬した［擬の字は未詳である。思うにこれは槻《つき》か］。


十月一日のことである。天皇は、安康《あんこう》天皇がかつて市辺押磐皇子《いちのへのおしわのみこ》に皇位を伝えて、後事を委嘱しようとされたのを恨まれていた。そこで、市辺押磐皇子の許に遣わして、偽って狩りをしようと約束し、野遊びを勧めて、

「近江《おうみ》の狭狭城山君韓帒《ささきやまのきみからふくろ》が、

『今近江の来田綿《くたわた》の蚊屋野《かやの》に、猪や鹿がたくさんいます。その頭に生えている角は、枯木の枝に似ています。そのそろえた脚は、灌木《かんぼく》の林のようです。吐く息は、朝霧に似ています。』

と申しています。できれば皇子と、初冬の十月のあまり寒くない朝に野に遊んで、狩りにいささか興じたいものです。」

と仰せられた。市辺押磐皇子《いちのへのおしわのみこ》はこれに従い、狩りに出かけた。その時雄略《ゆうりゃく》天皇は、弓を引きしぼり馬を走らせ、偽って、

「猪がいるぞ。」
と仰せられ、市辺押磐皇子を待って射殺された。皇子の帳内《とねり》佐伯部売輪《さえきべのうるわ》［またの名は仲子《なかちこ》］は、遺骸を抱いて息をはずませてあわて驚き、どうしてよいかわからなかった。身もだえして、大声で皇子の名を呼び、遺骸の頭と足との間を行ったり来たりした。天皇は、この売輪《うるわ》をも殺してしまわれた。

この月のことである。御馬皇子《みまのみこ》（押磐皇子《おしわのみこ》の同母弟）は、かつて三輪君身狭《みわのきみむさ》と親しかったので、話をしようと思って出かけらけたが、思いがけず伏兵に襲われ、三輪の磐井《いわい》のほとりで戦いとなった。間もなく、囚われの身となった。処刑される時、井戸を指して呪詛し、
「この水は、人民だけが飲むことができる。王は、飲むことができない。」
と仰せられた。

即位・立后・諸妃

十一月十三日に、天皇は役人に命じて即位の座を泊瀬《はつせ》（奈良県初瀬川沿岸）の朝倉《あさくら》に設け、天皇の位につかれた。そして宮を定め、平群臣真鳥《へぐりのおみまとり》を大臣《おおおみ》とし、大伴連室屋《おおとものむらじむろや》・物部連目《もののべのむらじめ》を大連《おおむらじ》とされた。

元年の三月三日に、草香幡梭姫皇女《くさかのはたびひめのひめみこ》を皇后とされた［またの御名は橘姫《たちばなひめ》］。

この月に、三人の妃を立てられた。元の妃は、葛城円大臣《かずらきのつぶらのおおおみ》の娘で韓媛《からひめ》という。清寧《せいねい》天皇と稚足姫皇女《わかたらしひめのひめみこ》［またの名は栲幡姫皇女《たくはたひめのひめみこ》］とを生んだ。この皇女は、伊勢大神の祠《やしろ》に仕えた。二人めの妃は、吉備上道臣《きびのかみつみちのおみ》の娘稚姫《わかひめ》［ある本によると、吉備窪屋臣《きびのくぼやのおみ》の娘という］である。二人の皇子を生み、兄を磐城皇子《いわきのみこ》といい、弟を星《ほし》川稚宮皇子《かわのわかみやのみこ》という。三人めの妃は、春日和珥臣深目《かすがのわにのおみふかめ》の娘で、童女君《わらわきみ》という。春日大娘皇女《かすがのおおいらつめのひめみこ》［またの名は高橋皇女《たかはしのひめみこ》］を生んだ。童女君は、もとは采女《うねめ》である。天皇が、一夜を共にされただけで身ごもり、女子を生

んだ。天皇は、疑って養育なさらなかった。やがて女子が歩き出した時、天皇は大殿《おおとの》におられ、物部目大連《もののべのめのおおむらじ》が仕えていた。その時、女子が庭を通り過ぎた。目大連は群臣を顧みて、

「美しい女の子だ。古人が、

『なひとやははに（お前はお母さん似か）』

と言った［この古語は未詳である］。清らかな庭をしめやかに歩くのは、誰の子であろうか。」

と言った。天皇は、

「どういう理由で問うのか。」

と尋ねられた。目大連《めのおおむらじ》は、

「私は女子の歩くのを見ましたが、その姿が天皇によく似ておられます。」

と申し上げた。天皇は、

「この子を見る者は、皆そのように言う。しかし私が一夜を共にしただけで、身ごもって娘を生むとは普通ではない。それで疑っているのだ。」

と仰せられた。大連は、

「それでは一晩に、何回お召しになられたのでしょうか。」

と仰せられた。大連は、

「七回である。」

と申し上げると、

と仰せられた。大連は、

「采女《うねめ》は、清らかな身と心をもって、一晩床を共にしました。どうして安易に疑われて、潔白な人を嫌われるのでしょうか。私が聞くところによりますと、身ごもりやすい人は、下褌《したばかま》が体に触れただけでも身ごもる

ということです。ましてや夜もすがら床を共にされたのですから、みだりにお疑いかけられることは、いかがかと思われます。」

と申し上げた。天皇は大連に命じて、女子を皇女とし、母を妃とされた。この年、太歳《たいさい》は丁酉《ていゆう》であった。

二年の七月に、百済《くだら》の池津姫《いけつひめ》は天皇のお召しに背いて、石河楯《いしかわのたて》と密通した〔『旧本』によると、石河股合首《いしかわのまたあいのおびと》の祖楯《たて》という〕。天皇はたいそうお怒りになり、大伴室屋大連《おおとものむろやのおおむらじ》に詔して来目部《くめべ》を遣わし、夫婦の手足を木に縛りつけ桟敷の上に置き、火で焼き殺させた〔『百済新撰《くだらしんせん》』によると、「己巳《きし》の年に、蓋鹵王《こうろおう》が立った。天皇は阿礼奴跪《あれなこ》を遣わして、女子を求めさせた。百済は慕尼夫人《むにはしかし》の娘を着飾らせて、適稽女郎《ちゃくけいえはしと》と称し、天皇に貢上したという」〕。

宍人部《ししひとべ》を置く

十月三日に、吉野宮《よしののみや》に行幸された。

六日に、御馬瀬《みませ》（吉野川北岸）に行幸され、山を掌《つかさど》る役人に命じて狩猟をされた。重なり合う峰を越え、深い草むらを進み、陽の傾かないうちに十のうち七、八を捕獲した。狩猟するたびに獲物はますます多くなり、鳥獣も尽きるほどであった。やがて戻り、林泉で休まれた。藪や水辺を散歩し、狩人を休ませ、車馬を点検した。そこで群臣に、

「狩猟の楽しみは、料理人に新鮮な料理を作らせることである。ところで、自分で作るのはどうだろうか。」

と仰せられた。群臣は、急には答えられなかった。すると天皇はたいそうお怒りになり、刀を抜いて御者の大《おお》津馬飼《つのうまかい》を斬られた。

この日に、天皇は吉野宮からお帰りになった。国内の人民は、皆ふるえ恐れていた。皇太后と皇后もお聞き

になってたいそう恐れ、倭《やまと》の采女《うねめ》日媛《ひのひめ》に酒を献じてお迎えさせた。天皇は、采女の端麗な顔と優雅な姿をご覧になり、思わずほほえまれ、

「私が、お前の美しい笑顔を見たくないはずがないだろう。」

と仰せられ、すぐに手をとって後宮にお入りになった。天皇は皇太后に、

「今日の狩りでは、多くの禽獣《きんじゅう》を得ることができた。それで群臣と新鮮な料理を作って、野宴を張ろうと思い、群臣に尋ねたが、答えられる者はいなかった。それで、私は怒ったのです。」

と仰せられた。皇太后はその詔《みことのり》の真情を知り、天皇をお慰め申そうとして、

「群臣は、陛下が狩猟場において宍人部《ししひとべ》（生鮮魚貝や食肉の調理人）を置こうとして、下問されたことを知らなかったのでしょう。群臣が黙っていたのは道理です。また、むずかしくて答えられなかったのでしょう。今、宍人部を貢上しても遅くはありますまい。聞くところによりますと、膳臣長野《かしわでのおみながの》は腕ききの料理人ということです。私がまず初めに、この人を献上したいと存じます。」

と申し上げた。天皇は、跪礼《きれい》してお受けになり、

「うれしいことです。世俗の諺《ことわざ》に、

『互いの心を知ることこそ貴い』

とは、このことをいうのでしょうか。」

と仰せられた。皇太后は、天皇が喜ばれるのをご覧になり、自分のことのように思われた。さらに人を献上しようとお思いになり、

「私の台所人の菟田御戸部《うだのみとべ》・真鋒田高天《まさきたのたかま》、この二人を加えて献上しますので、宍人部《ししひとべ》として下さい。」

と仰せられた。これより後、大倭国造《おおやまとのくにのみやつこ》吾子籠宿禰《あごこのすくね》は狭穂子鳥別《さほのことりわけ》を献上して、宍人部とした。臣《おみ》・連《むらじ》・伴《ともの》

造《みやつこ》・国造《くにのみやつこ》等もまた、これに続いて献上した。

この月に、史戸《ふみひとべ》・河上舎人部《かわかみのとねりべ》を置いた。天皇は、他人に相談されずご自分の判断を正しいとされたため、誤って人を殺すことが多かった。天下の人々は、

「大悪の天皇である。」

と誹謗した。ただ寵愛されたのは、史部身狭村主青《ふみひとべむさのすぐりあお》・檜隈民使博徳《ひのくまのたみのつかいはかとこ》等であった。

栲幡皇女《たくはたのひめみこ》の自殺

三年の四月に、阿閉臣国見《あへのおみくにみ》［またの名は磯特牛《しことひ》］は、栲幡皇女《たくはたのひめみこ》と湯入《ゆえ》（皇子・皇女の資養者、またはその費用を出す湯部の管理者）の廬城部連武彦《いおきべのむらじたけひこ》とを讒言《ざんげん》して、

「武彦は、皇女を犯して身ごもらせました。」

と言った。武彦の父枳莒喩《きこゆ》はこの流言を聞いて、禍いが身に及ぶことを恐れた。そして武彦を廬城川《いおきのかわ》に誘い、偽って鵜飼いのまねごとをしている時に、不意に打ち殺した。天皇はこれをお聞きになり、使者を遣わして皇女を聴取させたところ、

「私は知りません。」

と申し上げた。そして皇女は、神鏡を取り出して五十鈴川の川上に行き、人のいないのをうかがって、鏡を埋めて首をくくって死んだ。天皇は皇女がいないのを不審に思われ、闇夜にあちこち捜させられた。すると川上に虹がかかり、蛇のように見え、四、五丈（一丈は約三メートル）ばかりの長さであった。その場所を掘ってみると神鏡があり、近くに皇女の遺骸があった。割いてみると、腹中に水のようなものがあり、水の中に石があった。これによって枳莒喩《きこゆ》は、我が子の罪をはらすことができたが、子を殺したことを悔い、今度は国見を

殺そうとした。国見は、石上神宮に逃げ隠れた。

葛城山《かずらきやま》の一事主神《ひとことぬしのかみ》との出会い

四年の二月に、天皇は葛城山《かずらきやま》に狩りをされた。すると突然、背の高い人が現れ、神仙の谷で行き合った。顔や姿が、天皇とよく似ていた。天皇は、これが神であると思われたが、お考えになるところがあり、

「どちらの公《きみ》か。」

と尋ねられた。背の高い人は、

「現人神《あらひとがみ》（姿をあらわした神）である。まず、王の名を名乗られよ。その後に言おう。」

と仰せられた。天皇は、

「私は、幼武尊《わかたけるのみこと》である。」

と仰せられた。次に背の高い人が名乗って、

「私は、一事主神《ひとことぬしのかみ》である。」

と仰せられた。そして共に狩りを楽しみ、一匹の鹿を追って矢を放つのを譲り合い、くつわを並べて駆けられた。言葉もうやうやしく慎ましくて、仙人に出会ったようであった。こうして日が暮れ、狩りは終わった。神は天皇をお送りして、来目川《くめがわ》（高取川、檜隈川ともいう）まで来られた。この時に人民はみな、

「有徳の天皇である。」

と申し上げた。

虻《あぶ》を捕らえた蜻蛉《あきず》

八月十八日に、吉野宮《よしののみや》に行幸された。

二十日に、河上《かわかみ》の小野《おの》に行幸された。山を掌る役人に命じて、獣狩りをされた。天皇は自ら射ようと思って、待っておられた。すると虻《あぶ》が急に飛んできて、天皇の臂《ひじ》をかんだ。そこへ蜻蛉《あきず》が突然飛んできて、虻をくわえて飛び去った。天皇はその心ある行為をほめられて、群臣に詔《みことのり》して、

「私のために、蜻蛉を讃えて歌を詠め。」

と仰せられた。しかし群臣には、よく詠む人がいなかった。天皇は口ずさまれた。

歌謡七五

倭《やまと》の　鳴武羅《おむら》の岳《たけ》に　猪鹿《しし》伏すと　誰かこの事　大前《おおまえ》に奏《もう》す［ある本に、「大前に奏す」を「大君に奏す」に変えている］　大君《おおきみ》は　そこを聞かして　玉纏《たままき》の　胡床《あぐら》に　立たし［ある本に、「立たし」を「坐《いま》し」に変えている］　倭文纏《しつまき》の　胡床に立たし　猪鹿《しし》待つと　我《わ》がいませば　さ猪《い》待つと　我が立たせば　手腓《たくぶら》に　虻かきつきつ　その虻を　蜻蛉はや嚙《く》い　昆虫《はうむし》も　大君《おおきみ》にまつろう　汝《な》が形《かた》は置かん　蜻蛉島倭《あきずしまやまと》［ある本に、「昆虫も」以下を、「かくのごと　名に負《お》わんとそらみつ　倭国《やまとのくに》を　蜻蛉島《あきずしま》という」に変えている］

倭《やまと》の鳴武羅《おむら》の峰に、猪や鹿が伏していると、誰がこの事を大前に申し上げたのだろうか［ある本によると、「大前に申し上げる」を、「大君に申し上げる」に変えている］。大君はそれをお聞きになって、美しい玉を巻いた胡床《あぐら》に腰をかけられ［ある本によると、「腰をかけられ」を、「お座りになり」に変えている］、倭文《しず》（日本古来の美しい布）を巻いた胡床に腰かけられ、猪や鹿を待って腰かけていらっしゃる

と、腕に虻《あぶ》が食い付き、その虻を蜻蛉《あきず》が素早く食った。こうして、昆虫までも大君に付き従うのだ。だから、お前の形見として残しておこう。蜻蛉島倭《あきずしまやまと》という名を付けて［ある本によると、「昆虫も」以下を、「これを名にしようと思い、〔そらみつ〕倭国を蜻蛉島というのだ」に変えてある］。

こうして蜻蛉を讃えて、この地を蜻蛉野《あきずの》とした。

怒りの猪

五年の二月に、天皇は葛城山《かずらきやま》に狩りをされたところ、霊鳥が飛んできた。その大きさは雀くらいで、尾は長く地まで垂れていた。そして鳴きながら、

「努力《ゆめ》、努力《ゆめ》。（慎んで努めよ、用心せよ）」

と言った。すると突然手負いの猪が、草の中から飛び出してきて、人を襲った。狩人は、木に登ってたいそう恐れた。天皇は舎人《とねり》に詔《みことのり》して、

「猛獣も、人に合えば止まるという。迎え射て刺し殺せ。」

と仰せられた。その舎人《とねり》は臆病で、木の上で気も失うばかり恐れおののいた。恐りの猪はまっすぐに進んで、天皇に咬《か》みつこうとした。天皇は、弓を構えて一気に刺し、脚をあげて踏み殺された。狩りが終わり、天皇は舎人を斬ろうとされた。舎人《とねり》は、とっさに歌を詠んだ。

歌謡七六　やすみしし　我《わ》が大君《おおきみ》の　遊《あそ》ばしし　猪《しし》の　唸声畏《うたきかしこ》み　我が逃げ縁《のぼ》りし　在丘《ありお》の上の
榛《はり》が枝《えだ》　吾兄《あせ》を

〔やすみしし〕我が大君が狩りをなされ、恐った猪のうなり声を恐れて、私が逃げ登った、丘の上の榛《はり》の木の枝よ。なあ、お前。


皇后はこれを聞いて悲しまれ、心を動かされて天皇を慰留なされた。天皇は詔《みことのり》して、

「皇后は、天皇に味方せずに、舎人を思いやるのか。」

と仰せられた。皇后は、

「国民はみな、陛下のことを、

『狩りを楽しみ、獣を好まれる。』

と申すでしょう。これは良くないことではありませんか。今陛下は、猪のことで舎人を斬ろうとされています。これでは、陛下はまるで狼と異なることがありません。」

と申し上げた。天皇は、皇后と車に乗ってお帰りになった。

「万歳《よろずとせ》」

と叫び、

「楽しいことである。人は狩りをして禽獣を得るが、私は狩りをして、善言を得て帰る。」

と仰せられた。

百済より軍君《こにきし》が来朝

四月に、百済《くだら》の加須利君《かすりのきし》［蓋鹵王《こうろおう》である］は、池津媛《いけつひめ》［適稽女郎《ちゃくけいえはしと》である］が焼き殺されたことを伝え聞いて、謀議して、

「昔、女人を采女《うねめ》として貢上した。ところが礼を尊ばず、我が国の名を落としてしまった。今後、女を貢上してはならない。」

と言った。そして弟の軍君《こにきし》〔昆支《こにき》である〕に告げて、

「お前は日本に行って、天皇にお仕えせよ。」

と言った。軍君は、

「主君の命に背くことはできません。どうか、君の妃を賜って、後に派遣させて下さい。」

と言った。加須利君は、身ごもっている妃を軍君の妻として、

「私の子を身ごもっている妃は、すでに臨月にあたっている。もし道中で出産ということになれば、どうか母子一つの船に乗せて、どこへ行ったとしてもすみやかに国へ送るように。」

と言った。こうして二人は暇乞いをして、朝廷に仕えるべく遣わされた。

六月一日に、はたして妊婦は加須利君の言ったように、筑紫《つくし》の各羅島《かからのしま》で子を産んだ。それでその子を、島君《せまきし》といった。軍君《こにきし》は、その母と同じ船で島君を国へ送った。これが、武寧《むねい》王である。百済人は、この島を主島《にいむせま》といった。

七月に、軍君は京に入った。軍君には、この後五人の子が生まれた〔『百済新撰《くだらしんせん》』によると、「辛丑《しんちゅう》の年に、蓋鹵王《こうろおう》は弟昆支君《こにききし》を奉遣して大倭《やまと》に参り、天皇に仕えさせた。そして、先王の好みを修めた。」とある〕。

六年の二月四日に、天皇は泊瀬《はつせ》の小野《おの》に遊行された。山野の景色をご覧になり、深く感動されて歌を詠まれた。

歌謡七七　こもりくの　泊瀬《はつせ》の山は　出《い》で立《た》ちの　よろしき山　走《わし》り出の　よろしき山の

こもりくの　泊瀬の山は　あやにうら麗《ぐわ》し　あやにうら麗し

〔こもりくの〕泊瀬の山は、山の形が突き出て立っている立派な山、山の裾が横に勢いよく走り出している立派な山。その〔こもりくの〕泊瀬の山は何とも美しい。何とも言えず美しい。

そこで、小野を道小野《みちのおの》といった。

三諸岳《みもろのおか》の大蛇

三月七日に、天皇は后妃に桑の葉を摘みとらせ、養蚕を勧めようと思われた。そして蜾蠃《すがる》に命じて、国内の蚕を集めさせた。ところが蜾蠃は誤って、幼な児を集めて（蚕を子と理解）天皇に献上した。天皇は大笑いされて、幼な児を蜾蠃に与え、

「お前が自分で養うように。」

と仰せられた。蜾蠃は、幼な児を宮垣の下で養育した。それで姓《かばね》を与えられて、少子部連《ちいさこべのむらじ》とした。

四月に、呉国《くれのくに》が使者を派遣して朝貢した。

七年の七月三日に、天皇は少子部連蜾蠃《ちいさこべのむらじすがる》に詔《みことのり》して、

「私は、三諸岳《みもろのおか》（三輪山）の神の姿を見たいと思う［ある伝えでは、この山の神は大物主神《おおものぬしのかみ》であるという。ある伝えでは、菟田《うだ》の墨坂神《すみさかのかみ》であるという］。お前は、力が勝れて強い。自分で行って、捕らえてまいれ。」

と仰せられた。蜾蠃は、

「ためしに行って、捕らえてみましょう。」

と申し上げた。早速三諸岳に登り、大蛇を捕えて天皇にお見せした。天皇は、斎戒《さいかい》なさらなかった。すると大蛇は雷のような音をたて、目をきらきらと輝かせた。天皇は恐れて、目をおおってご覧にならず、殿中に隠れ、すぐに岳に放させられた。そして改めて名をお与えになって、少子部連雷《ちいさこべのむらじいかずち》とした。

吉備臣前津屋《きびのおみさきつや》の不敬

八月に、官者《とねり》吉備弓削部虚空《きびのゆげべのおおぞら》は、休暇をとって家に帰った。吉備下道臣前津屋《きびのしもつみちのおみさきつや》［ある本によると、国造《くにのみやつこ》吉備臣山《きびのおみやま》という］は、虚空を自分のところに留めて使った。何か月たっても、京都に上ることを許そうとしなかった。天皇は、身毛君大夫《むげのきみますらお》を遣わして、お召しになった。虚空《おおぞら》は参上して、

「前津屋《さきつや》は、小女を天皇の人とし、大女を自分の人として闘わせました。幼女が勝ったのを見て、刀を抜いて殺しました。また小さい雄鶏《おんどり》を天皇の御鶏とし、毛を抜き羽を切り、大きな雄鶏を自分の鶏とし、鈴と金の蹴爪《けづめ》を着け、闘わせました。毛を抜いた鶏が勝ったのを見て、また刀を抜いて殺しました。」

と申し上げた。天皇はこれをお聞きになり、物部《もののべ》の兵士三十人を遣わして、前津屋《さきつや》と一族七十人を誅殺された。

田狭《たさ》の謀叛と百済職人の来朝

この年に、吉備上道臣田狭《きびのかみつみちのおみたさ》は御殿の近くにいて、さかんに稚媛《わかひめ》のことを友人に賞賛して、

「天下の美人の中でも、我が妻に及ぶものはない。心はこまやかでしなやかであり、あらゆる美点がそろっている。うるおいがあり、表情が豊かである。輝くほどの明るさを備え、お化粧も必要なく、花もはじらう程の美しさである。広い世にも、類を見ない。今の世では、一人際立った妻である。」

と言った。天皇は、遠くで耳を傾けてお聞きになって、お喜びになった。すぐに自ら稚媛を求めて、妃とした

いと思われ、田狭を任那国 司《みまなのくにのみこともち》に任命なされた。しばらくして、天皇は稚媛をお召しになった。それ以前に、田狭臣と稚媛との間には、兄君と弟君とがいた〔別の本によると、田狭臣の妻の名は毛媛《けひめ》といい、葛城襲津彦《かずらきのそつびこ》の子玉田宿禰《たまたのすくね》の娘である。天皇は、容姿が美しいとお聞きになり、夫を殺して自らお召しになったという〕。田狭は、すでに任地に赴いていたが、天皇が自分の妻をお召しになったと聞き、援助を求めて新羅に入ろうと思った。この時新羅は、日本（原典では中国《なかつくに》）に朝貢していなかった。天皇は、田狭臣の子弟君と吉備海部 直《きびのあまのあたい》赤尾《あかお》とに詔して、

「お前たち、行って新羅を討て。」

と仰せられた。

その時、西 漢才技歓因知利《かわちのあやのてひとかんいんちり》が天皇のお側にいた。そして進み出て奏上して、

「私より巧みな者が、韓国《からのくに》には多数おります。召してお使い下さい。」

と申し上げた。天皇は群臣に詔して、

「それならば、歓因知利《かんいんちり》を弟君《おときみ》等に付けて百済に遣わし、合わせて勅書を下して、その巧みな者を献上させよ。」

と仰せられた。

弟君は大命を受け、群衆を率いて百済に向かい、新羅国に入った。すると突然国神《くにつかみ》が、老女になって道に現れた。弟君は、国の遠近を尋ねた。老女は、

「もう一日進めば、到着できるでしょう。」

と答えた。弟君は道が遠いと思い、新羅を討たずに帰った。百済の貢上した新来の工人を大島（慶尚南道南海島）の中に集め、風待ちをするということにして、数か月滞留した。

任那国司《みまなのくにのみこともち》田狭臣《たさのおみ》は、弟君が討伐せずに帰ったことを喜んで、ひそかに人を百済に遣わし、弟君に戒めて、

「お前の首がどれほど堅固だから、人を討つというのか。伝え聞くところによると、天皇は我が妻を召して、ついに子供まであるということだ［子はすでに上文にみえる］。今恐れることは、いちはやく禍が我が身にまで及ぶことだ。お前は百済に留まって、日本に通じてはならない。私も任那に立てこもって、日本には通じまい。」

と言った。

弟君の妻樟媛《くすひめ》は、国家への忠誠心が深く、君臣の義をわきまえていた。忠義の思いは太陽よりも明らかで、節操は青松より勝っていた。そこでこの謀叛を憎んで、ひそかにその夫を殺して室内に隠し埋め、海部直赤尾《あまのあたいあかお》と共に、百済の献上した技術職人を連れて、大島に滞在した。

天皇は、弟君《おときみ》がいなくなったことをお聞きになり、日鷹吉士堅磐《ひたかのきしかたしわ》・固安銭《こあんせん》を遣わして、復命させられた。そして、職人を倭国《やまとのくに》の吾礪《あと》の広津邑《ひろきつのむら》に住まわせたが、病気になって死ぬ者が多かった。これによって、天皇は大伴大連室屋《おおとものおおむらじむろや》に詔して、東漢直掬《やまとのあやのあたいつか》に命じ、新漢陶部高貴《いまきのあやのすえつくりべこうき》・鞍部堅貴《くらつくりべけんき》・画部因斯羅我《えかきべいんしらが》・錦部定安那錦《にしこりべじょうあんなこむ》・譯語卯安那《おさぼうあんな》等を上桃原《かみつももはら》・下桃原《しもつももはら》・真神原《まかみはら》（いずれも奈良県高市郡明日香村）の三か所に移住させた［ある本によると、吉備臣弟君《きびのおみおときみ》は百済から帰って、漢手人部《あやのてひとべ》・衣縫部《きぬぬいべ》・宍人部《ししひとべ》を献上したという］。

新羅《しらぎ》救援と高麗《こま》撃破

八年の二月に、身狭村主青《むさのすぐりあお》・檜隈民使博徳《ひのくまのたみのつかいはかとこ》を、呉国《くれのくに》に派遣した。天皇が即位されてからこの年まで、新羅国《しらぎのくに》は背き偽り、貢物を献上しなかった。しかも大いに日本の心を恐れて、高麗《こま》と友好を結んだ。これによって高麗王は、精兵百人を派遣して、新羅を守らせた。しばらくして、一人の高麗兵が休暇をとって帰国し

た。その時、新羅人を典馬《うまかい》にし、ひそかに、

「お前の国は、間もなく我が国のために破られるだろう。」

と言った［ある本によると、「お前の国が我が国の領土になるのは、そう先のことではないだろう」という］。典馬《うまかい》はそれを聞くと、偽って腹痛とみせかけ、兵士から遅れた。こうして国に逃げ帰り、この話を伝えた。新羅王は、高麗が偽って守っていることを知り、使者を急行させ国民に、

「家の中で飼っている、雄鶏《おんどり》（高麗人《こまひと》を指す）を殺せ。」

と言った。国民はその意味するところを知り、高麗人をすべて殺した。しかし、一人だけがやっとのことで脱することができ、国に逃げ帰ってことの委細を話した。高麗王は直ちに軍勢を起こして、筑足流城《つくそくるのさし》（卓淳《とくじゅ》、現慶尚北道大邱）［ある本によると、都久斯岐城《つくしのきのさし》という］に集結させた。そして、歌舞を行い音楽を奏した。新羅王は、夜に高麗軍が四方に歌舞するのを聞いて、敵軍がすべて新羅の地に入ったことを知り、任那王《みまなおう》に人を遣わして、

「高麗王が、我が国を伐とうとしています。今や、新羅は吊り下げられた旗のように、高麗の思いのままに振り回されている始末です。国の危ういことは、卵を積み重ねる以上です。生命の長短は、まったくわかりません。どうか救いを日本府《やまとのみこともち》の軍隊の将軍等にお願いいたします。」

と言った。

任那王は、膳臣斑鳩《かしわでのおみいかるが》・吉備臣小梨《きびのおみおなし》・難波吉士赤目子《なにわのきしあかめこ》を送り、新羅を救援させた。膳臣等は、まだ到着せずに屯営していた。ところが高麗の諸将は、まだ膳臣等と戦わないのに、みな恐れた。膳臣等は、努めて軍兵をねぎらった。そして軍隊に命令して、すぐに攻撃できる準備を整え、急襲した。こうして、高麗軍と対峙すること十日余りになった。戦局打開のため、夜の間に険しい場所に地下道を掘り、すべての軍隊の荷物を送り奇

襲兵を配備した。明け方に、高麗軍は膳臣等が逃亡したと思い、全軍を率いて追ってきた。その時、奇襲兵を放ってはさみ撃ちにして、大勝を得た。高麗と新羅二国間の恨みは、このことから生じたのである。膳臣《かしわでのおみ》等は新羅王に語って、

「お前は、いたって力が弱いというのに、極めて強い国（高麗）と対戦した。もし日本軍が救わなかったら、必ずつけこまれたことであろう。この戦いにより、ほとんど他人の土地になってしまったであろう。今後は、決して天朝に背いてはならぬぞ。」

と言った。

九年の二月一日に、凡河内直香賜《おおしこうちのあたいかたぶ》と采女《うねめ》とを遣わして、胸形神《むなかたのかみ》を祭らせた。香賜は、まさに神事を斎行しようという時に、その采女を犯した。天皇はこれをお聞きになって、

「神を祭り幸福を祈るには、身を慎まなければならぬ。」

と仰せられた。すぐに難波日鷹吉士《なにわのひたかのきし》を遣わして誅殺しようとされたが、香賜は逃亡してしまった。そこで天皇は、弓削連豊穂《ゆげのむらじとよほ》を遣わして、国内の県をあまねく探させ、ついに三島郡の藍原《みしまのこおりあいのはら》（大阪府茨木市安威）で捕らえて斬った。

新羅《しらぎ》征討と将軍の内紛

三月に、天皇は自ら新羅を討とうと思われた。時に神が天皇を戒めて、

「行ってはならない。」

と仰せられた。天皇はこのために、行くことができなかった。そこで代わりに、紀小弓宿禰《きのおゆみのすくね》・蘇我韓子宿《そがのからこのすく》禰《ね》・大伴談連《おおとものかたりのむらじ》・小鹿火宿禰《おかひのすくね》等に勅《みことのり》して、

「新羅《しらぎ》は西方に国を構えた時から、歴代臣を称し参朝も欠かさず、貢物も絶やさずに納めてきた。ところが私が王になってからは、身は対馬《つしま》の外に投じ、跡を匝羅《さわら》（現慶尚南道梁山）の表に隠して、高麗《こま》の貢船を阻止し、百済《くだら》の城を併合した。ましてや我が国への参朝も欠き、貢物も納めない。狼の子のような荒い心があり、食に飽きると去り、飢えては近づいてくる。お前たち四人の卿を大将に任ずる。皇軍を進めて征伐し、謹んで天罰を加えよ。」

と仰せられた。この時紀小弓宿禰《きのおゆみのすくね》は、大伴室屋大連《おおとものむろやのおおむらじ》に託して、天皇に憂い事を陳情して、

「私は力弱くはありますが、謹んで勅《みことのり》を承《うけたまわ》りました。しかしながら、今は私の妻が亡くなったばかりで、私の世話をしてくれる者がいない。公《きみ》は、どうかこの事を天皇に申し上げてほしい。」

と言った。そこで大伴室屋大連《おおとものむろやのおおむらじ》は、天皇に奏上した。天皇はこれを聞いて、悲しみ嘆かれ、吉備上道采女《きびのかみつみちのうねめ》大海《おおあま》を紀小弓宿禰《きのおゆみのすくね》に与えられ、身近の世話をさせ、新羅に遣わされた。

紀小弓宿禰等は新羅に入り、行く先々で多くの郡を攻撃した。新羅王は、夜に官軍が四方に打つ太鼓の音を聞いて、喙《とく》の地がすべて占領されたことを知った。数百の軍人と騎兵とが退走した。日本軍の大勝であった。小弓宿禰は追撃して、敵将を陣中で斬った。喙《とく》の地はすっかり平定したかにみえたが、残党は降伏しなかった。紀小弓宿禰は、兵を集めて大伴談連《おおとものかたりのむらじ》等と会った。兵士等は、意気盛んに残兵と戦った。しかし残兵の粘りは強く、この夕べに大伴談連と紀岡前来目連《きのおかさきのくめのむらじ》は、奮戦して死んだ。談連の従者津麻呂《つまろ》は後に軍中に入り、その主君を捜し求めた。しかし見出せないで、

「我が主君大伴公は、どこにおられますか。」

と言った。ある人が告げて、

「お前の主君等は、すでに敵に殺された。」

と言って、屍のある場所を指し示した。津麻呂は、これを聞いて足を踏み叫んで、

「主君はすでに死んだ。どうして一人、生きていられよう。」

と言った。そして、再び敵陣へ赴き、同じように死んだ。しばらくして、敵の残兵は自然に退き、官軍もまた退却した。大将軍紀小弓宿禰は、病気になって薨じた。

五月に、紀大磐宿禰《きのおいわのすくね》は、父が薨じたことを聞くやすぐに新羅に向かい、小鹿火宿禰《おかひのすくね》が掌っていた兵馬・官船と諸小官を掌握して、自分勝手に振る舞った。小鹿火宿禰は、深く大磐宿禰を恨んだ。そこで、偽って韓子宿禰《からこのすくね》に告げて、

「大磐宿禰は私に語って、

『私はやがて、韓子宿禰の所轄している官も掌握する。』

と言いました。どうか、守りを固くされるのがよいでしょう。」

と言った。このことがもとで、韓子宿禰《からこのすくね》と大磐宿禰《おいわのすくね》との仲が悪くなった。

ここに百済王《くだらおう》は、日本の諸将が小事が原因で不仲になったと聞き、韓子宿禰《からこのすくね》等の許に人を遣わして、

「国境をお見せしようと思います。どうかお出かけ下さい。」

と言った。こうして韓子宿禰等は、馬を並べて出かけた。川に着くと、大磐宿禰は馬に水を飲ませた。この時韓子宿禰は、後ろから大磐宿禰の馬の鞍を射た。大磐宿禰は驚いて振り返り、韓子宿禰を射落とした。韓子宿禰は、川の中で死んだ。この三人の臣は以前から競い合っており、道中の乱れで、百済王の宮に着かずに帰った。

さて采女《うねめ》の大海《おおあま》は、小弓宿禰《おゆみのすくね》の喪に服するため、日本に帰ってきた。そして、大伴室屋大連《おおとものむろやのおおむらじ》に憂い訴えて、

「私には、葬る所がわかりません。どうか、よい場所を墓所にお与え下さい。」

と申し上げた。大連は、天皇に奏上した。天皇は大連に勅して、

「大将軍紀小弓宿禰《きのおゆみのすくね》は、竜のように舞い上がり、虎のようににらんで八方を見渡し、反逆者を討ち払い、四海の敵を鎮めた。このように万里の地で身命を尽くし、三韓の地で命を落とした。哀悼の念を表し、視喪《はぶりの》者《つかさ》を遣わそう。また、大伴卿と紀卿等とは同国近隣で、古くからの由来もある。」

と仰せられた。大連は詔をお受けして、土師連《はじのむらじ》小鳥《おとり》を遣わし、墓を田身輪邑《たむわのむら》（大阪府泉南郡岬町淡輪）に造り、葬らせた。大海は喜び、黙っていることができず、韓奴室《からのやつこむろ》・兄麻呂《えまろ》・弟麻呂《おとまろ》・御倉《みくら》・小倉《おくら》・針《はり》の六人を大連に送った。吉備上道《きびのかみつみちの》（岡山市東部）蚊島田邑《かしまたのむら》の家人部《やかひとべ》がこれである。

さて小鹿火宿禰《おかひのすくね》は、紀小弓宿禰《きのおゆみのすくね》の服喪のために帰還し、一人で角国《つののくに》（山口県の一部）に留まった。そして倭《やまと》子連《ごのむらじ》［連の姓は不明である］を遣わして、八咫鏡《やたかがみ》を大伴大連《おおとものおおむらじ》に奉納し、祈誓させて、

「私は、紀卿と一緒に天朝にお仕えすることはできません。それゆえ、角国に留まり住むことをお許し下さい。」

と申し上げた。大連は天皇に奏上して、角国《つののくに》に住まわせた。これが、角臣《つののおみ》等の名の由来である。

赤馬が埴輪馬に変身

七月一日に、河内国《こうちのくに》が、

「飛鳥戸郡《あすかべのこおり》（大阪府柏原市南部・羽曳野市南東部）の人田辺史《たなべのふひと》伯孫《はくそん》の娘は、古市郡《ふるいちのこおり》（羽曳野市中央部）の人書首《ふみのおびと》加竜《かりょう》の妻です。伯孫は、娘が子を産んだと聞いて、婿の家へ行ってお祝いをし、月夜に帰ってきて、蓬蔂丘《いちびこのおか》の誉田陵《ほむたのみささぎ》（応神天皇陵）の下で、赤馬に乗っている人に会いました。その馬は、時に竜のようにうねり、飛ぶようにかけめぐり、急に高くかけめぐり、鴻《おおとり》のように舞い上がります。異様な体格は峰のように

生じ、特異な姿はぬきんでています。伯孫は近づいてよく見ると、この馬がほしくなりました。すぐに乗っている葦毛《あしげ》の馬に鞭打って、馬の口を並べました。しかし赤馬はさっと跳び上がるや、姿がみえないほどになってしまいました。葦毛の馬は後れ、追いつくことはできませんでした。その駿馬に乗った人は伯孫の願いを知り、馬を止めて交換し、挨拶をして別れました。伯孫は駿馬を得てたいそう喜び、走らせて厩《うまや》に入れ、鞍をおろし餌を与えて寝ました。翌朝、赤馬は埴輪の馬に変わっていました。伯孫は不思議に思って、誉田陵《ほむたのみささぎ》を捜してみると、葦毛の馬が埴輪の馬の間にいました。伯孫は自分の馬を連れ、代わりに埴輪の馬を置きました。」

と申し上げた。

詠歌による助命・呉国《くれのくに》の職人

十年の九月四日に、身狭村主青《むさのすぐりあお》は、呉《くれ》が献上した二羽の鵞鳥《がちょう》を持って、筑紫《つくし》に到着したが、鵞鳥は水間君《みぬまのきみ》の犬に噛まれて死んだ［別の本によると、この鵞鳥は筑紫《つくし》の嶺県主泥麻呂《みねのあがたぬしねまろ》の犬に噛まれて死んだという］。これによって水間君は恐れ憂いて、黙っていることができず、白鳥十羽と養鳥人《とりかい》とを献上して赦免《しゃめん》を願い出た。天皇はお許しになった。

十月七日に、水間君が献上した養鳥人《とりかい》等を軽村《かるのむら》・磐余村《いわれのむら》の二か所に置いた。

十一年の五月一日に、近江国栗太郡《おうみのくにくるもとのこおり》（大津市の一部・草津市・栗太市）が、

「白い鸕《う》が、谷上浜《たなかみのはま》にいます。」

と申し上げた。それで詔《みことのり》して、川瀬舎人《かわせのとねり》を置かせられた。

七月に、百済から逃亡し来朝した者がいた。自ら貴信《きしん》と名乗った。また貴信は、呉国《くれのくに》の人だともいった。磐《いわ》

余《れ》の呉の琴弾檣手屋形麻呂《ことひきさかてのやかたまろ》等は、この子孫である。

十月に、鳥官《とりのつかさ》の鳥が、菟田《うだ》の人の犬に噛まれて死んだ。天皇はお恐りになり、顔に入れ墨をして、鳥養部《とりかいべ》とされた。その時、信濃国《しなののくに》と武蔵国《むさしのくに》の使役人とが宿直していた。二人は共に語り合って、

「ああ、自分の国にいる鳥を積み上げると、その高さは小さな墓ほどになる。朝夕に食べても、なお余りがある。今、天皇は一羽の鳥のために、人の顔に入れ墨をした。これは、たいへんひどいことだ。悪行の王である。」

と言った。天皇はこれをお聞きになって、鳥を集めて積み上げるよう命じられた。使役人たちは、急には集めることはできなかった。そこで詔して鳥養部《とりかいべ》とされた。

十二年の四月四日に、身狭村主青《むさのすぐりあお》と桧隈民使博徳《ひのくまのたみのつかいはかとこ》とを呉《くれ》に遣わされた。

十月十日に、天皇は木工職人《こだくみ》の闘鶏御田《つけのみた》［ある本に、猪名部御田《いなべのみた》とあるが、これは誤りであろう］に命じて、初めて楼閣を造らせられた。御田は楼に登り、四方に疾走したが、それは飛行しているようだった。その時伊勢の采女《うねめ》が、楼上の姿を見て驚き、庭に倒れ、捧げ持っていたお食事の品をひっくり返した。天皇は、御田がその采女を犯したのではないかとお疑いになり、殺そうと思われ刑吏に渡された。その時秦酒君《はだのさけのきみ》が近くにいて、琴の歌で天皇に悟っていただこうと思い、琴を弾きながら歌を詠んだ。

歌謡七八　神風《かむかぜ》の　伊勢の　伊勢の野の　栄枝《さかえ》を　いおふるかきて　其《し》が尽くるまでに　大君《おおきみ》に
堅《かた》く　仕え奉らんと　我が命も　長くもがと　いいし工匠《たくみ》はや　あたら工匠はや

〔神風の〕伊勢の国の、伊勢の野に、生い栄えた木の枝を、長年吊《つ》り下げておいて、それが枯れ尽きる

までも、大君にかたくお仕えしようと、自分の命もどうか長くあってほしいと言っていた工匠よ、何と惜しい工匠よ。

天皇は琴の歌を聞いて悟られ、その罪を許された。

十三年の三月に、狭穂彦《さほびこ》の玄孫歯田根命《はたねのみこと》が、ひそかに采女《うねめ》山辺小島子《やまのべのこしまこ》を犯した。天皇はこれをお聞きになり、歯田根命を物部目大連《もののべのめのおおむらじ》に預け、責めさせた。歯田根命は、馬八匹・大刀八振をもって、罪をつぐなった。そして歌を詠んだ。

歌謡七九　山辺《やまのべ》の　小島子ゆえに　人衒《ひとでら》う　馬の八匹《やつぎ》は　惜しけくもなし

山辺の小島子のためには、人が見せびらかす馬の八頭を手放すのは、少しも惜しいことはない。

目大連《めのおおむらじ》は、これを聞いて奏上した。天皇は歯田根命《はたねのみこと》に命じて、資財をあからさまにして、餌香市《えかのいち》（大阪府藤井寺市国府近辺）のそばの橘の木の根元に置かせた。そして、長野邑《ながののむら》（大阪府藤井寺市岡とその近辺）を物部目《もののべのめの》大連《おおむらじ》に与えられた。

八月に、播磨国《はりまのくに》の御井隈《みいくま》の人、文石小麻呂《あやしのおまろ》は剛力で気が強く、わがまま勝手で暴虐な行いがあった。道路で略奪して通行を妨害し、商人の船を止めて、その積荷を残らず奪い取った。さらに国法に反して、租税を納めなかった。そこで天皇は春日小野臣大樹《かすがのおののおみおおき》を遣わされ、勇猛な兵士百人にたいまつを持たせ、家を囲んで焼かせた。すると突然、炎の中から白い犬が飛び出してきて、大樹臣《おおきのおみ》を追った。その大きさは、馬ほどもあった。大樹臣は顔色も変えず、刀を抜いてこれを斬ったところ、文石小麻呂《あやしのおまろ》になった。

九月のことである。木工《こだくみ》職人の猪名部真根《いなべのまね》は、石を台にして、斧《おの》で材木を削っていた。終日削っていても、誤って刃を傷つけることはなかった。天皇はそこにお出かけになり、

「一度でも、誤って石に当てることはないのか。」

と尋ねられた。真根は、

「決して誤ることはありません。」

と申し上げた。そこで天皇は采女《うねめ》を召集し、衣服を脱いでふんどしを着けさせ、よく見える場所で相撲をとらせた。真根は余裕でこれを見ていたが、思わず気をとられ、刃を傷つけた。天皇はこれをお責めになって、

「けしからん奴だ。私を恐れもせず、いかにも軽々しく答えたものだ。」

と仰せられた。そこで物部《もののべ》に引き渡し、野原で処刑しようとされた。その時同僚の職人が真根《まね》を惜しみ、嘆いて歌を詠んだ。

歌謡八〇　　あたらしき　猪名部《いなべ》の工匠《たくみ》　かけし墨縄《すみなわ》　其《し》が無けば　誰《たれ》かかけんよ　あたら墨縄

惜しいことだ、猪名部の工匠の使った墨縄よ。彼がいなかったら、誰が張ろう、もったいない墨縄よ。


天皇はこの歌をお聞きになり、悔み惜しむ気持ちになられ、嘆いて、

「危うく人を失うところであった。」

と仰せられた。すぐに赦免《しゃめん》の使者を甲斐《かい》の黒駒に乗せ刑場に走らせ、死刑を赦《ゆる》し縄を解かせられた。そこで、

仲間の工匠《たくみ》は歌を詠んだ。

歌謡八一　ぬば玉の　甲斐《かい》の黒駒《くろこま》　鞍着《くらき》せば　命死なまし　甲斐の黒駒［ある本によると、「命死なまし」という句に換えて、「い及《し》かずあらまし」とある］

〔ぬば玉の〕甲斐の黒駒に、もし鞍を着けたりしていたら、猪名部《いなべ》の工匠《たくみ》は死んでいたであろう、甲斐の黒駒よ［ある本によると、「死んでいたであろう」という句に換えて、「間にあわなかっただろう」とある］。

十四年の正月十三日に、身狭村主青《むさのすぐりあお》等は呉国《くれのくに》の使者と共に、呉の献上した技術職人・漢織《あやはとり》・呉織《くれはとり》、衣縫《きぬぬい》の兄媛《えひめ》・弟媛《おとひめ》等を率いて、住吉津《すみのえのつ》（大阪市住吉区の細江川の河口の港）に停泊した。

この日に、呉客のために道を作り、磯歯津路《しはつみち》（住吉区から八尾市に通ずる道）に通じさせて、呉坂《くれさか》と名付けた。

三月に、臣《おみ》・連《むらじ》に命じて呉の使者を迎えさせ、檜隈野《ひのくまの》（奈良県高市郡明日香村檜前周辺）に住まわせられ、呉原《くれはら》（明日香村檜前南東の栗原）と名付けた。衣縫《きぬぬい》の兄媛《えひめ》を大三輪神《おおみわのかみ》に奉り、弟媛《おとひめ》を漢衣縫部《あやのきぬぬいべ》とした。漢織《あやはとり》・呉織《くれはとり》・衣縫《きぬぬい》は、飛鳥衣縫部《あすかのきぬぬいべ》・伊勢衣縫《いせのきぬぬい》等の先祖である。

根使主《ねのおみ》の悪事発覚

四月一日に、天皇は呉人を饗応しようと思われ、群臣それぞれに、「賓客《ひんきゃく》と共に食事をする者は、誰がよいだろうか。」

と尋ねられた。群臣はそろって、

「根使主《ねのおみ》がふさわしいでしょう。」

と申し上げた。天皇は根使主に命じて共食者とし、石上高抜原《いそのかみのたかぬきはら》に呉人を饗応された。その時、ひそかに舎人《とねり》を遣わして、根使主の服装を視察させられた。舎人は復命して、

「根使主が身に着けている玉縵《たまかずら》は、たいそう際立っており、実に美しいものでした。また、多くの人が言うことには、

『以前使者を迎えた時にも、同じものを着けていた。』

ということです。」

と申し上げた。そこで天皇は、御自分でその玉縵を見たいと思われ、臣《おみ》・連《むらじ》に命じて、根使主《ねのおみ》に饗応の時と同じ服装をさせて、宮殿の前で引見された。

その時、皇后は天を仰いで嘆き、泣き悲しまれた。天皇は、

「どうしてそのように泣くのか。」

と尋ねられた。皇后は床を下りて、

「この玉縵《たまかずら》は昔、私の兄大草香皇子《おおくさかのみこ》が安康《あんこう》天皇の勅命を受けて、私を陛下に進上した時に、私のために献じた物です。それゆえに根使主《ねのおみ》を疑い、思わず涙を流してしまったのです。」

と申し上げた。天皇はこれを聞いて驚かれ、たいそうお怒りになり、厳しく根使主を責められた。根使主は、

「まったく仰せの通りです。私の罪です。」

と申し上げた。天皇は詔《みことのり》して、

「根使主は、今後子々孫々にいたるまで、群臣の類に加えてはならぬ。」

と仰せられ、すぐに斬ろうとされた。根使主は逃げ隠れて、日根《ひね》に行き、稲城《いなき》を造って応戦した。しかし、ついに官軍に殺された。天皇は、役人に命じて子孫を二分し、一つは大草香部《おおくさかべ》の民として皇后に封じられ、一つは茅渟県主《ちぬのあがたぬし》に与えられて、袋かつぎの者とされた。また難波吉士日香香《なにわのきしひかか》の子孫を探して、姓《かばね》をお与えになり、大草香部吉士《おおくさかべのきし》とされた。その日香香等のことについては、安康天皇紀にある。

さて、この事件が一段落した後に、根使主《ねのおみ》の子の小根使主《おねのおみ》は、夜横になったまま人に語って、

「天皇の城は堅固でないが、我が父の城は堅固だ。」

と言った。天皇はこれを伝え聞かれ、人を遣わして根使主の家を見分させた。すると、まったくその通りであった。そこで、すぐに捕らえて殺された。根使主の子孫が坂本臣《さかもとのおみ》となったのは、ここに始まったのである。

禹豆麻佐《うづまさ》・漢部直《あやべのあたい》・贄土師部《にえのはじべ》

十五年に、秦民《はだのたみ》を臣《おみ》・連《むらじ》等に分散して、それぞれ思うままに使わせ、秦造《はだのみやつこ》には委ねなかった。秦造酒《はだのみやつこさけ》は、憂いながら天皇に仕えていた。天皇は寵愛なさり、詔して秦氏を集めて、秦酒公《はだのさけのきみ》に与えられた。秦酒公は、多種多様の職能集団を率いることになり、庸《よう》・調《ちょう》として作られた絹・縑《かとり》（上質の絹）を奉納して、朝廷にたくさん積み上げた。これによって姓《かばね》をお与えになり、禹豆麻佐《うづまさ》といった［一説に、禹豆母利麻佐《うづもりまさ》というのは、すべてあふれるばかり積み上げたその様子をいうのである、という］。

十六年の七月に、詔して、桑の栽培に適した国・県《あがた》を選んで植えさせた。また、秦民《はだのたみ》を分散して移住させ、庸《よう》・調《ちょう》を献上させた。

十月に、詔して、漢部《あやべ》を集めてその伴造者《とものみやつこびと》を定め、姓《かばね》をお与えになり直《あたい》といった［一説によると、賜うというのは、漢使主《あやのおみ》等に姓をお与えになって直というのである、という］。

十七年の三月二日に、土師連《はじのむらじ》等に詔して、朝夕のお食事を盛りつける清浄な器を作る者を進上するように、仰せられた。土師連の祖吾笥《あけ》は、摂津国《つのくに》の来狭狭村《くささのむら》（大阪市北西部）、山背国《やましろのくに》の内村《うちのむら》（京都府八幡市内里）・俯《ふし》見村《みのむら》（京都市伏見区）、伊勢国《いせのくに》の藤形村《ふじかたのむら》（三重県津市南部）と丹波《たには》・但馬《たじま》・因幡《いなば》の私有の民部《かきべ》を進上した。名付けて、贄土師部《にえのはじべ》という。

朝日郎《あさけおとこ》の討伐

十八年の八月十日に、物部菟代宿禰《もののべのうしろのすくね》・物部目連《もののべのめのむらじ》を遣わして、伊勢国の朝日郎を討伐させた。朝日郎《あさけおとこ》は、官軍が来たことを聞いて、伊賀《いが》の青墓《あおはか》で応戦した。朝日郎は弓の名人であることを誇り、官軍に向かって、

「朝日郎の相手に、誰が応戦できようや。」

と言った。その放つ矢は、二重の甲《よろい》も射通し、官軍はみな恐れた。菟代宿禰《うしろのすくね》はあえて進軍せず、にらみ合いは一夜二日に及んだ。ここに物部目連は自ら太刀を持ち、筑紫《つくし》の聞物部大斧手《きくのもののべのおおおのて》に楯をとらせ、軍中に叫び声を上げさせて、共に進軍した。朝日郎はこれを遠望し、大斧手の楯と二重の甲《よろい》とを射通し、さらに体の中に一寸ほど突き入った。大斧手は、楯で物部目連をかばった。目連は、すぐに朝日郎を捕らえて斬った。

菟代宿禰は、自分が朝日郎を討ち果たさなかったことを恥じて、七日たっても復命しなかった。天皇は侍臣に、

「菟代宿禰《うしろのすくね》は、どうして復命しないのか。」

と尋ねられた。その時、讃岐田虫別《さぬきのたむしわけ》が進み出て奏上し、

「菟代宿禰はおじけづいて進まず、一夜二日の間、朝日郎《あさけおとこ》を捕らえることができませんでした。それを、物部目連が筑紫《つくし》の聞物部大斧手《きくのもののべのおおおのて》を率いて、朝日郎《あさけおとこ》を捕らえて斬ったのです。」

と申し上げた。天皇はこれを聞いてお怒りになり、莵代宿禰《うしろのすくね》が所有していた猪名部《いなべ》を奪って、物部目連《もののべのめのむらじ》に与えられた。

十九年の三月十三日に、詔《みことのり》して、安康《あんこう》天皇の御名を留めるための穴穂部《あなほべ》を置かせられた。

高麗《こま》による百済滅亡と再興

二十年に、高麗王《こまおう》は大軍を率いて百済を攻め滅ぼした。その時、少数の残党が、倉下《へすおと》に集まっていた。食糧もすでに尽き、憂え泣くのみであった。それを見て、高麗の諸将が王に、

「百済の人情は、尋常ではありません。私は、見るたびに思わずとまどってしまいます。恐れますことは、また勢力を盛り返してくることです。どうか、徹底して排除して下さい。」

と言った。王は、

「それはよくない。私は、百済国《くだらのくに》は日本国《やまとのくに》の官家《みやけ》として、長い由来があると聞いている。また、百済王が日本国に行って天皇に仕えることも、四方の国々の共に知るところである。」

と言った。こうして、追撃は中止となった［『百済記《くだらき》』によると、「蓋鹵王《こうろおう》の乙卯《いつぼう》の年（四七五年）の冬に、狛《こま》（高句麗の蔑称）の大軍が来襲して、大城を七日七夜攻撃し、王城は破られ、ついに尉礼国《いれのくに》（百済の雅称）を失った。国王と大后・王子等はみな、敵の手によって殺された。」という］。

二十一年の三月に、天皇は百済が高麗にほろぼされたとお聞きになり、久麻那利《こむなり》を百済の汶洲王《もんすおう》にお与えになり、その国を救い再興なされた。時の人は、

「百済国《くだらのくに》は、緒族がすでに滅亡して、倉下《へすおと》に集まり憂いていたが、まことに天皇の力で再びその国を造った。」

と言った［汶洲王《もんす》は、蓋鹵王《こうろ》の母の弟である。『日本旧記《にほんくき》』に、「久麻那利《こむなり》を末多王《またおう》に与えられた」という。おそらく、これは誤りであろう。久麻那利《こむなり》は、任那国《みまなのくに》の下哆呼利県《あるしたこりのこおり》の別《わかれ》の邑《むら》である」。

二十二年の一月一日に、白髪皇子《しらかのみこ》を皇太子とされた。

七月のことである。丹波国《たにはのくに》の余社郡《よざのこおり》（丹後半島の東半）管川《つつかわ》（京都府与謝郡伊根町）の人水江浦島子《みずのえのうらのしまこ》は、舟に乗って釣りをしていて大亀を得たが、大亀はたちまち女になった。浦島子《うらのしまこ》は感動して妻に迎え、二人は一緒に海中へ入った。蓬莱山《ほうらいさん》に着いて、仙衆を見て回った。この物語は別巻にある。

二十三年（四七九年）の四月に、百済《くだら》の文斤王《もんこんおう》が薨じた。天皇は、昆支王《こんきおう》の五人の子の中で、二番めの末多《また》王《おう》が幼年ながら聡明なので、勅《みことのり》して内裏《だいり》に召された。そして、親しく頭を撫《な》でねんごろに戒められて、その国の王とされた。こうして兵器を与えられ、併せて筑紫国《つくしのくに》の軍士五百人を遣わして護衛させ、送り届けられた。これが東城王《とうせいおう》である。

この年、百済の調は常の例より多かった。筑紫の安致臣《あちのおみ》・馬飼臣《うまかいのおみ》等は、船軍を率いて高麗《こま》を撃った。

天皇の遺勅

七月一日に、天皇はご病気になられた。詔《みことのり》して、賞罰のきまりなど大事小事にかかわらず皇太子にゆだねられた。

八月七日に、天皇のご病気はますます重くなられた。百官に別れの言葉を告げ、手を握ってむせび泣かれ、大殿《おおとの》で崩御された。大伴室屋大連《おおとものむろやのおおむらじ》と東漢掬直《やまとのあやのつかのあたい》とに遺詔して、

「今、天下は一つの家のようにまとまり平和で、飯をかしぐ煙は遠くまで立ちのぼっている。人民は平安で、四囲の夷《えびす》も服属している。これは、天意が国内を安寧にと願っているからである。臆病な心を責め、己を励

まして一日一日を慎んできたのは、すべて人民のためであった。臣《おみ》・連《むらじ》・伴造《とものみやつこ》は毎日参朝し、国司・郡司は随時朝参する。どうして、心を尽くしてねんごろに訓戒を述べないでいられようか。義においては君臣であるが、情においては父子を兼ねている。どうか臣・連の智力と内外の歓心を得て、広く天下を永久に平安に保たせたいと思ってきた。

このように病が重くなり、死に至るようになるとは、まったく思いもよらなかった。これも人の世の常であり、今さら言うことでもあるまい。しかしながら、朝野の衣冠のみはまだはっきりと定めることができなかった。教化・政刑も、なお十分とはいえない。言葉に出してこう省みると、ただ無念さだけが残る。今多少は齢をとり、もう若死にということはない。肉体も精神も、ともに一時で尽きてしまったような気がする。今まで述べてきたことは、もとより自分自身だけのためではない。結局はただ、人民を安楽に養おうと思うからである。人として生まれた限り、誰でも子孫に思いを託したいものである。天下のためには、心残りなく事に当たらねばならない。

さて今、星川皇子《ほしかわのみこ》は心に反逆の思いを懐き、行動は兄弟の義に欠けている。古人が、

『臣を知るには、君に及ぶものはなく、子を知るには、父に及ぶものはなし。』

と言っている。もし星川が志を得て共に国家を治めたならば、きっと辱《はずかし》めを臣《おみ》・連《むらじ》にもたらし、民衆にひどい害悪を広げることになるだろう。悪い子孫はことごとく人民から嫌われ、良い子孫は大業を背負って進むことができる。これは私の家の事ではあるが、道理として隠すことは許されない。大連《おおむらじ》等の持つ民部《かきべ》は広大であり、国に充満している。皇太子は後嗣として、人を恵み孝行の心は高く聞こえている。その行為や業績についても、我が志を成しとげることができるものと思われる。そこで、共に天下を治めたならば、私が瞑目《めいもく》しても何ら無念に思うことはない。」

と仰せられた［ある本によると、星川王は心が悪く、荒々しいことは天下に広く伝わっている。不幸にして私が崩じた後には、きっと皇太子は殺されるだろう。お前らの民部は、たいそう多い。よくよく相助けるようにせよ。決して星川王にあなどらせてはならぬ、と仰せられたという］。

さて、征新羅将軍吉備臣尾代《きびのおみおしろ》は、吉備国《きびのくに》に行き、自分の家に寄った。後に付き従った五百人の蝦夷《えみし》等は、天皇が崩御されたことを聞き、語り合って、

「我が国を統治しておられた天皇は、すでに崩じられた。この時を失ってはならない。」

と言った。すぐに集結して、近くの郡を侵略した。尾代は家から駆けつけ、蝦夷と娑婆水門《さばのみなと》で合戦した。そして蝦夷等を射たが、ある者は踊り、ある者は地に伏せ、射ることができなかった。そこで尾代は弓弦《ゆづる》を鳴らして邪霊を払い、浜辺の近くで踊り伏す者二隊を射殺した。二つの矢入れの矢も尽きたので、すぐに船人を呼んで矢を求めたが、船人は恐れて退散した。尾代は弓を立て、その端を持って歌を詠んだ。

歌謡八二　　道にあうや　尾代《おしろ》の子　天《あめ》にこそ　聞《きこ》えずあらめ　国には　聞《きこ》えてな

征討の途中で、戦闘をする尾代の子、その戦いぶりが宮廷には伝わらないだろうが、せめて故郷の人々には伝わってほしいものだ。

歌い終わって、自ら数人を斬った。さらに追撃して、丹波国《たにはのくに》の浦掛水門《うらかけのみなと》（京都府京丹後市浦明）まで行き、ことごとく攻め殺した［ある本によると、追って浦掛に行き、人を遣わしてことごとく殺させた、という］。

巻第十五　第二十二代　白髪武広国押稚日本根子天皇《しらかのたけひろくにおしわかやまとねこのすめらみこと》　清寧天皇《せいねいてんのう》

星川皇子《ほしかわのみこ》の謀反

清寧《せいねい》天皇は、雄略《ゆうりゃく》天皇の第三子である。母は、葛城韓媛《かずらきのからひめ》と申し上げる。天皇は、生まれながらにして白髪であられた。成人してからは、人民を慈しみ愛された。雄略天皇は、諸皇子の中で特に霊異な兆しを認めておられた。

二十二年に、皇太子になられた。

二十三年の八月に、雄略天皇が崩御された。吉備稚媛《きびのわかひめ》は、ひそかに幼子の星《ほし》川皇子《かわのみこ》に語って、

「天子の位に登ろうと望むならば、まず大蔵《おおくら》の官を取りなさい。」

と言った。長子の磐城皇子《いわきのみこ》は、その言葉を聞いて、

「皇太子は我が弟であるが、どうして欺くことができようか。そのようなことは、してはならないことです。」

と言った。星川皇子は聞き入れず母の意向に従い、大蔵の官を取り、外門を閉ざし固めて攻撃に備えた。こうして権勢をほしいままにし、官物を勝手に使った。これを見て大伴室屋大連《おおとものむろやのおおむらじ》は、東漢掬直《やまとのあやのつかのあたい》に、

「雄略天皇の遺詔のことが、今現実に起ころうとしている。遺詔に従って、皇太子にお仕えしなければならない。」

と言った。すぐに軍兵を起こして大蔵を包囲し、外から封じ込めて、火をつけて焼き殺した。この時、吉備稚《きびのわか》

媛《ひめ》・磐城皇子《いわきのみこ》の異父兄の兄君《えきみ》・城丘前来目《きのおかさきのくめ》［名を欠く］は、星川皇子とともに焼き殺された。ここに河内三野県主小根《こうちのみののあがたぬしおね》は、恐れおののいて、火を避けて逃げ出した。草香部吉士漢彦《くさかべのきしあやひこ》の脚にすがり、助命を大伴室屋大連に頼んで、

「私、県主小根《あがたぬしおね》が星川皇子に仕えていたのは事実です。しかし、皇太子に背いたことはありません。どうか大恩によって、命をお救い下さい。」

と申し上げさせた。漢彦《あやひこ》は、委細を大伴大連《おおとものおおむらじ》に申し上げたので、処刑されなかった。小根は漢彦に託して、大連に、

「我が君大伴大連は、大いなる恵みの下に、危うい私の命を長らえて下さり、日の光を見ることができました。」

と申し上げた。そして、難波《なにわ》の来目邑《くめのむら》の大井戸《おおいのへ》（大阪市住吉区・堺市）の田十町を大連に贈った。また田地を漢彦に与えて、その恩に報いた。

この月に、吉備上道臣《きびのかみつみちのおみ》等は、朝廷で乱が起きたことを聞いて、吉備稚媛《きびのわかひめ》の生んだ星川皇子《ほしかわのみこ》を救おうと思い、船団四十艘を率いてやって来た。しかし、すでに焼き殺されたことを聞き、海路を引き返した。天皇は使者を遣わし、上道臣《かみつみちのおみ》等を責め、その管理していた山部《やまべ》を奪われた。

十月四日、大伴室屋大連は臣《おみ》・連《むらじ》等を率いて、皇位の璽《みしるし》を皇太子に奉った。

即位と隼人《はやひと》の死

元年の正月十五日に、役人に命じて、即位の場を磐余《いわれ》の甕栗《みかくり》に設営させ、天皇の位につかれた。そして、宮を定められた。葛城韓媛《かずらきのからひめ》を尊んで、皇太夫人とした。大伴室屋大連《おおとものむろやのおおむらじ》を大連《おおむらじ》とし、平群真鳥大臣《へぐりのまとりのおおおみ》を大臣とする

ことは、もとの通りであった。臣《おみ》・連《むらじ》・伴造《とものみやつこ》等は、それぞれもとの職位によりお仕えした。

十月九日に、雄略天皇を丹比高鷲原陵《たじひのたかわしはらのみささぎ》に葬りまつった。この時近習の隼人《はやひと》は、昼夜陵のそばで大声で叫び悲しみ、食物を与えても食べず、七日後に死んだ。役人は墓を陵の北に造り、礼を尽くして葬った。この年、太歳《たいさい》は庚申《こうしん》であった。

伊予来目部小楯《いよのくめべのおだて》が二王子を発見

二年の二月に、天皇は御子がないことを悔やまれて、大伴室屋大連を諸国に遣わし、白髪部舎人《しらかべのとねり》・白髪部《しらかべの》膳夫《かしわで》・白髪部靫負《しらかべのゆけい》を置かれた。事績を残して、後世に名を伝えようと願われたのである。

十一月に、大嘗《おおにえ》に奉る供物の料のために、播磨国《はりまのくに》に遣わした山部連《やまのべのむらじ》の先祖伊予来目部小楯《いよのくめべのおだて》は、赤石郡《あかしのこおり》の縮見《しじみの》屯倉首《みやけのおびと》忍海部造《おしぬみべのみやつこ》細目《ほそめ》の家の新宅で、市辺押磐御子《いちのへのおしわのみこ》の御子億計《おけ》と弘計《おけ》を見つけた。うやうやしく二人を抱き、君としてお仕えしようと思い、たいそう丁重に養育し、私財を提供した。そして粗末な宮を建てて、仮の住まいとし、早馬で天皇に奏上した。天皇は驚き嘆かれ、しばらくすると哀れにお思いになって、

「まことに好ましく、喜ばしいことだ。天は大きな恵みを垂れて、二皇子をお与え下さった。」

と仰せられた。

この月に、小楯《おだて》に節刀《しるし》を持たせ、側近の舎人《とねり》とともに赤石《あかし》にお迎えに行かせられた。このことは、顕宗《けんぞう》天皇紀にある。

三年の正月一日に、小楯《おだて》等は億計《おけ》・弘計《おけ》をお連れし、摂津国《つのくに》に着いた。臣《おみ》・連《むらじ》に節刀《しるし》を持たせ、王の青蓋車で宮中に迎え入れた。

四月七日に、億計王を皇太子とし、弘計王を皇子とされた。

風俗巡視と海外よりの使者

七月に、飯豊皇女《いいどよのひめみこ》（市辺押磐皇子《いちのへのおしわのみこ》の娘、仁賢《にんけん》・顕宗《けんぞう》天皇の姉）は、角刺宮《つのさしのみや》で初めて夫と交わりをされた。その後で、「わずかばかり、女の道を知りました。しかし、何も変わったこともありません。もう男と交わりたいとも思いません。」と仰せられた［ここに夫があるというのは、明らかでない］。

九月二日に、臣《おみ》・連《むらじ》を遣わして、風俗を巡視させた。

十月四日に詔して、

「犬・馬・もてあそび物は、献上してはならない。」

と仰せられた。

十一月十八日に、臣・連を召して大庭で宴会を催し、綿《わた》と帛《きぬ》を与えられた。それぞれ自分で持てるだけ持って退出した。

この月に、海外の諸国がそろって使者を派遣して、朝貢した。

四年の正月七日に、海外の諸国の使者を朝堂に迎え、宴会を催し、それぞれに応じた賜物があった。

閏《うるう》五月に、大宴会が五日間続いた。

八月七日に、天皇は自ら囚人を詮議された。この日に、蝦夷《えみし》・隼人《はやひと》が共に帰属した。

九月一日に、天皇は弓場殿にお出ましになり、詔して百官と海外の使者に弓を射させられた。それぞれに応じた賜物があった。

五年の正月十六日に、天皇は宮殿で崩御された。御年若干であった。

十一月九日に、河内坂門原陵《こうちのさかとのはらのみささぎ》に葬りまつった。

巻第十五　第二十三代　弘計天皇《おけのすめらみこと》　顕宗天皇《けんぞうてんのう》

二王子身分を隠す

顕宗《けんぞう》天皇［またの御名は来目稚子《くめのわくご》］は、履中《りちゅう》天皇の御孫で、市辺押磐皇子《いちのへのおしわのみこ》の御子である。母は、荑媛《はえひめ》と申し上げる［『譜第《ふだい》』によると、「市辺押磐皇子《いちのへのおしわのみこ》は、蟻《ありの》臣《おみ》の娘荑媛をめとり、三男二女を生んだ。長女を居夏姫《いなつひめ》と申し、長男を億計王《おけのみこ》と申し、またの名は島稚子《しまのわくご》、またの名は大石尊《おおしのみこと》。次男を弘計王《おけのみこ》と申し、またの名は来目稚子《くめのわくご》。次女を飯豊女王《いいどよのひめみこ》と申し、またの名は忍海部女王《おしぬみべのひめみこ》。三男を橘王《たちばなのみこ》と申し上げる」という。一書によると、飯豊女王を億計王の上に列叙し、また蟻臣は葦田宿禰《あしたのすくね》の子である、という」。

天皇は長らく辺境におられて、人民が苦しんでいることをよく知っておられ、常に抑圧されている人をご覧になっては、自分の四体を溝に投げ入れるようにして苦しく思われた。徳を行い恵みを施されて、政令は行きわたり、貧しい人を救い寡婦《かふ》を養われ、人々は親しみをもって付き従った。

安康《あんこう》天皇の三年十月に、天皇の父市辺押磐皇子《いちのへのおしわのみこ》と帳内佐伯部仲子《とねりさえきべのなかちこ》は、蚊屋野《かやの》で雄略《ゆうりゃく》天皇に殺された。そして二人を、同じ穴に埋めた。この時天皇と億計王《おけのみこ》とは、父が射殺されたことを聞き、恐れおののいて逃げ、身を隠された。帳内日下部連使主《とねりくさかべのむらじおみ》［使主は日下部連の名である］と吾田彦《あたひこ》［吾田彦は使主の子である］とは、ひそかに天皇と億計王とをお連れして、丹波国《たにはのくに》の余社郡《よざのこおり》に難を避けた。使主は、名を改めて田疾来《たとく》といった。天皇は、なおも殺されることを恐れて、ここから播磨国《はりまのくに》の縮見山《しじみのやま》の石室に逃げ入り、自ら首をくって死んだ。天皇は、使主の行く先をご存じなかった。兄億計王《おけのみこ》を促して、播磨国の赤石郡《あかしのこおり》に行き、共に御名を改めて丹波小子《たにはのわらわ》といい、縮見屯倉首《しじみのみやけのおびと》に仕えられた［縮見屯倉首は、忍海部造《おしぬみべのみやつこ》細目《ほそめ》である］。吾田彦《あたひこ》は、ここに来ても離れずよく従い、固く臣としての礼を守った。

弟弘計王《おけのみこ》身分を明かす

清寧《せいねい》天皇の二年十一月に、播磨国司《はりまのくにのみこともち》山部連《やまべのむらじ》の先祖伊予来目部小楯《いよのくめべのおだて》は、赤石郡《あかしのこおり》で自ら新嘗《にいなえ》の供物を献じた［一説によると、郡県を巡行して、租税を集めたという］。たまたま縮見屯倉首《しじみのみやけのおびと》の新築祝で、夜通しの祝宴に出合わした。その時、天皇は兄億計王《おけのみこ》に、

「この地で災難を避けて、もう何年もたちました。まさに今夜こそ名を顕わし、貴い身分を明らかにいたしましょう。」

と仰せられた。億計王は驚き嘆いて、

「自分から名乗って殺されるのと、身分を隠して災厄を免れるのと、どちらがよいか。」

と仰せられた。天皇は、

「我々は、履中《りちゅう》天皇の孫である。それなのに苦労して人に仕え、牛馬を飼育している。たとえ殺されるとしても、名を顕わすことの方がずっとよいではないか。」

と仰せられた。そして億計王と抱き合って泣き、涙が止まらなかった。億計王は、

「それならば、弟以外に誰がこの大事を明らかに示すことができよう。」

と仰せられた。天皇は固辞して、

「私には才能がない。どうして大業を広く天下に明らかにすることができましょう。」

と仰せられた。億計王は、

「弟は賢く徳があり、これに勝る人はいない。」

と仰せられた。こうして二度、三度と譲り合われた。そしてついに、天皇が自ら名乗り明かすことを認められ、共に家の外に行き、下座にお着きになった。屯倉首《みやけのおびと》は、二人に竈《かま》のそばにいるように命じて、所々に灯をともさせた。夜がふけ、酒宴もたけなわとなり、舞いも次々と終わっていった。屯倉首は、小楯《おだて》に語って、

「私がこの灯をともす者を見ると、人を貴び自分を卑しめ、人を先にして自分を後まわしにしている。謹み敬って節義に従い、退き譲って礼節を明らかにして、まさに君子というべきでしょう。」

と言った。そこで小楯《おだて》は琴を弾き、灯をともす者に命じて、

「立って舞ってみよ。」

と言った。兄弟は互いに譲り合って、しばらく立たなかった。小楯が責めて、

「どうしてそのようにまごまごしているのか。さあ、早く立って舞いなさい。」

と言った。億計王《おけのきみ》が立って舞い終わった。次に天皇が立って、自ら衣帯を整え、家賞めの寿詞を仰せられた。

築《つ》き立《た》つる　稚室葛根《わかむろかづね》　築き立つる　柱は、此の家長《いえきみ》の　御心の鎮《みこころしづまり》なり。取り挙《あ》ぐる　棟梁《むねうつはり》は、此の家長《いえきみ》の　御心の林なり。取り置ける椽橑《はえき》は、此の家長《いえきみ》の　御心の斉《ととのおり》なり。取り置ける　蘆萑《えつり》は　此の家長の　御心の平《たいらぎ》なり。取り結《ゆ》える　縄葛《つなかづら》は、此の家長の　御寿の堅《みいのちかため》なり。取り葺《ふ》ける　草葉《かや》は、此の家長の　御富《みとみ》の余《あまり》なり。出雲《いずも》は　新墾《にいはり》、新墾の　十握稲《とつかしね》の穂、浅甕《あさらけ》に　醸《か》める酒《おおみき》、美《うまら》にを　飲喫《やら》ふるかわ、吾《あ》が子《こ》等《ども》「子は男子の通称なり」　脚日木《あしひき》の　此の傍山《かたやま》に、牡鹿《さおしか》の角《つの》　挙《ささ》げて　吾が舞《ま》えば、旨酒《うまさけ》　餌香《えか》の市に直《あたい》以《も》ちて買わず。手掌《たなそこ》も憀亮《やらら》に　拍《う》ち上げ賜《たま》え、吾《あ》が常世等《とこよたち》。

築き立てた新しい家の堅い葛《かずら》や柱は、この家長の御心の安定をあらわす。かかげられた棟木《むなぎ》や梁《はり》は、この家長の御心の栄えをあらわす。渡された垂木《たるき》は、この家長の御心の整えをあらわす。屋根の下地に置かれた栈《えつり》は、この家長の御心の平穏をあらわす。しっかり結んだ縄や葛は、この家長の御寿命の堅固なことをあらわす。屋根に葺いた萱は、この家長の富のあり余る豊かさをあらわす。出雲《いずも》田《だ》は新しい開墾地、その十握《とつかしね》稲の穂を浅い甕《かめ》に入れて、醸《かも》した御酒を、おいしく飲んでくれ。若者たちよ［子は、男子の通称である］。〔あしひきの〕この山のそばで、牡鹿の角を構えて私が舞うと、この手作りの旨い酒は、餌香《えか》の市で値段をつけても買うことはできない。手を打つ音もさわやかに、拍子をとって下さい。長老たちよ。

家賞《いえほ》めが終わって、琴の音に合わせて歌を詠まれた。

歌謡八三　　稲蓆《いなむしろ》　川副柳《かわそいやなぎ》　水行《みずゆ》けば　靡《なび》き起《お》き立《た》ち　その根は失《う》せず

〔稲蓆〕川に添って立っている川柳は、川の流れにつれて、靡いたり起き上がったりしているが、その根は決して失せることはない。

小楯《おだて》は、

「これはおもしろい。もう一度聞きたいものだ。」

と言った。天皇は、ついに殊舞《たつずのまい》［舞う姿は、あるいは起ち、あるいは坐って舞う］を舞われ、声を張り上げて仰せられた。

倭《やまと》は　そそ茅原《ちはら》　浅茅原《あさぢはら》　弟《おと》日《ひ》　僕《やつこ》らま　是《これ》なり

倭は、そよそよと音を立てる茅原《ちはら》、その浅茅原《あさぢはら》の倭の弟王であるぞ、私は。

小楯《おだて》は、これによって一気に心を引きつけられ、さらに歌を歌うようにすすめた。

天皇は再び、声を張り上げて仰せられた。

石上《いそのかみ》　振《ふる》の神椙《かむすぎ》　本《もと》伐《き》り　末《すえ》截《おしはら》い　市辺宮《いちのへのみや》に
天下治《あめのしたおさ》めたまいし　天万国万押磐尊《あめよろずくによろずおしわのみこと》の
御《み》裔《あなすえ》　僕《やつこ》らま　是《これ》なり

石上の布留の神杉、その根元を伐り、先を払って、市辺宮で天下をお治めになった、天万国万押磐《あめよろずくによろずおしわの》尊《みこと》（履中《りちゅう》天皇の長男）の子孫であるぞ、私は。

それを聞くと、小楯《おだて》は一瞬顔色を変え、席を離れ痛み入って再拝し、よく仕えて物をお供えし、一族を率いて謹んで従った。さらには、すべての郡民を集めて宮を造り、まもなく仮宮ができ上がった。こうして京都《みやこ》に参上し、二王を迎えるよう要請した。

清寧《せいねい》天皇は、これをお聞きになり、喜び感嘆されて、
「私には子がいない。すぐに、後嗣として迎えるよう。」
と仰せられ、大臣《おおおみ》・大連《おおむらじ》と宮中で相談された。こうして、播磨国司《はりまのくにのみこともち》来目部小楯《くめべのおだて》に節刀《しるし》を持たせ、側近の舎人《とねり》を連れて赤石《あかし》に行き、お迎えさせた。

兄弟の譲り合い

清寧天皇の三年正月に、天皇は億計王《おけのみこ》に従って、摂津国《つのくに》にお着きになった。臣《おみ》・連《むらじ》に節刀《しるし》を持たせ、王の青蓋車で宮中に迎え入れられた。

四月に、億計王を皇太子とし、天皇を皇子とされた。

五年の正月に、清寧天皇が崩御された。

この月に、皇太子億計王は、天皇と位を譲り合われ、長らく位につかれなかった。このために、天皇の姉飯《いい》豊 青皇女《どよのあおのひめみこ》が、忍海角刺宮《おしぬみのつのさしのみや》で政治をお執りになり、自ら忍海飯豊 青尊《おしぬみのいいどよのあおのみこと》と名乗られた。当時の歌人が歌を詠んだ。

歌謡八四　倭辺《やまとへ》に　見が欲《ほ》しものは　忍海《おしぬみ》の　この高城《たかき》なる　角刺宮《つのさしのみや》

大和の辺りで見たいものは、忍海の地のこの高城《たかき》にある、角刺宮である。

十一月に、飯豊青尊が崩御された。葛城埴口丘陵《かずらきのはにくちのおかのみささぎ》に葬りまつった。

十二月に、百官がすべて集まった。皇太子億計《おけ》は天子の璽《みしるし》を取って、天皇の御座に置いて再拝し、諸臣の位について、

「この天皇の御位には、功ある者がつくべきである。貴い身分であることを明らかにして、迎え入れられたのは、すべて弟の計らいであった。」

と仰せられ、天下を天皇に譲られた。

天皇は、自分が弟であることを理由に、どうしても位につかれなかった。また、清寧《せいねい》天皇がまず兄に皇位を伝えようと思われ、皇太子に立てられたことを尊重して、何度も辞退し、

「太陽や月が出ても、なお燈火をともしておくと、その火の光は不用で、かえってわずらいとなるだろう。農作物に滋雨が降って後も、なお水をやるのは、その潤いについていえば無駄ではないだろうか。人の弟として貴ばれるのは、兄に仕え、兄の難を救い、兄の徳を照らし、紛争を解決して、自身は即位しないことである。もし即位したとするならば、弟としての恭敬の義を破ることになる。私は、そのような立場につくに忍びない。兄が弟を慈しみ、弟が兄に恭敬の意を尽くすのは、永久不変の掟《おきて》である。

このように私は古老から聞いているのに、どうしてひとり軽んじることができよう。」

と仰せられた。皇太子億計《おけ》は、

「清寧《せいねい》天皇は、私が兄であるということで、天下のことをまず私に託されたのである。私はそれを恥ずかしく思う。

思うに、大王が初めに逃れる巧みな方策を実行した時、これを聞く者はみな嘆息した。帝孫であることを明らかにした時、これを見る者は畏れかしこまって涙を流した。心配にたえなかった官人は、天を共に戴く慶びを感じ、哀しんでいた人民は、大地を踏みしめる恩恵に浴して悦んだ。

こうして、よく国の四方を固め、永く万代まで栄えさせ、その功績は天地の万物を創造した神に近く、清明な計りごとは、世に明らかである。その偉大さは、はかり知れない。たとえ兄であっても、どうして先に即位することができようか。功績がなくて位についた時は、必ず咎められ、悔いることになるだろう。

私の聞くところでは、天皇は久しく空位であってはならない、天命は、譲ったり拒んだりすべきではないということです。大王は国家を経営し、人民の心を重んじて下さい。」

と仰せられた。言葉を述べるうちに、激して涙を流された。

天皇は、どうしても即位するまいと思われていたが、兄の心に逆らってはならないとして、ついにお聞き入れになった。しかし、まだ即位されなかった。世の人は、二人が真心をもって譲り合われたことをたたえて、

「まことに素晴らしいことだ。兄弟が和合していれば、天下に徳が行われる。親族に対して睦まじければ、人民に慈愛の心がおこるだろう。」

と申し上げた。

弟弘計王《おけのみこ》の即位

元年の正月一日に、大臣《おおおみ》・大連《おおむらじ》等は奏上して、

「皇太子億計《おけ》は、聖徳が明らかで盛んであり、天下をお譲りになられました。まさに陛下は正統であられます。皇位について天下の主となられ、皇祖の無窮の功業を継承し、上は天の心にかない、下は民の望みを満たして下さい。皇位につかれるに、即位をご承諾なさいません。その結果、金銀を産する隣国や群僚を、すっかり失望させることになります。天命は、付き従うことがあります。皇太子は、陛下を推して皇位を譲られました。陛下の聖徳はますます盛んとなり、幸福もはなはだ明らかです。幼年時から苦労され、謙虚で慎みがあり、

慈悲深く素直であられます。兄のご命令に従って、何とぞ大業を継承して下さい。」

と申し上げた。詔《みことのり》して、

「よろしい。」

と仰せられた。そこですぐに公卿・百官を近飛鳥八釣宮《ちかつあすかのやつりのみや》に召して、天皇に即位された。百官の役人は、みな安心して喜びに満ちた［ある本によると、顕宗《けんぞう》天皇の宮は、二か所あった。第一の宮は小郊《おの》に、第二の宮は池野《いけの》にあったという。またある本によると、甕栗《みかくり》に宮を造られたという］。

この月に、皇后難波小野王《なにわのおののみこ》を立てて、天下に恩赦《おんしゃ》を行われた［難波小野王は允恭《いんぎょう》天皇の曾孫であり、磐城《いわきの》王《みこ》の御孫であり、丘稚子王《おかのわくごのみこ》の御娘である］。

老女置目《おきめ》と小楯《おだて》への功賞

二月五日に、詔して、

「先王市辺押磐皇子《いちのへのおしわのみこ》は災難にあわれ、荒野で命を落とされた。私は幼年であり、逃げて隠れていたが、強いて求め迎えられ、天位につき大業を継ぐことになった。

さて、天下に広く先王の御遺骨を求めているが、その行方を知っている者はいない。」

と仰せられた。詔の後、皇太子億計《おけ》と激しく泣いて憤り、堪えられないご様子であった。

この月に、古老を召集して、天皇御自身が、一人一人に尋ねられた。一人の老婆が進み出て、

「置目《おきめ》は、御遺骨の埋葬場所を知っています。どうかご案内させて下さい。」

と申し上げた［置目《おきめ》は、老婆の名である。近江国《おうみのくに》の狭狭城山君《ささきやまのきみ》の祖倭袋宿禰《やまとのふくろのすくね》の妹であり、名は置目という。このことは下文に見える］。

そこで天皇と皇太子億計とは、老婆を連れて近江国の来田綿《くたわた》の蚊屋野《かやの》に行かれて、掘り出してご覧になると、はたして老婆の話した通りであった。穴に向かって泣き叫び、心よりの悲しみを述べられて、また慟哭《どうこく》された。古来より、このような痛ましいことはなかった。仲子《なかちこ》の屍《かばね》が先王の御遺骨に入り交じり、見分けられる者はいなかった。この時、磐坂皇子《いわさかのみこ》の乳母《めのと》が奏上して、

「仲子は、たしか上の歯が抜け落ちていたはずです。」

と申し上げた。こうして、乳母のおかげで頭の骨は判別できたが、手足や諸々の遺骨は、ついに見分けることができなかった。このため、蚊屋野の中に二つの陵をまったく同じように造り、葬儀も同じように行った。老婆置目に詔して、宮の近くに住まわせた。心をこめて待遇し、恵みをほどこし、何ひとつ不自由せぬよう計われた。

この月に詔して、

「老婆は年をとり、歩行も心もとない。そこで縄を張り渡して、それを支えとして宮廷に出入りせよ。縄の端に鐸《ぬりて》をかけて、取次の者に手間をかけず、参上する時にそれを鳴らせば、私はお前の来たことがわかる。」

と仰せられた。こうして老婆は詔に従って、鐸を鳴らして進んだ。天皇は、はるかに鐸の音をお聞きになり、歌を詠まれた。

歌謡八五　浅茅原《あさちはら》　小确《おそね》を過ぎ　百伝《ももづた》う　鐸《ぬて》ゆらくもよ　置目来《おきめく》らしも

浅茅の原や、やせた土地を過ぎて〔百伝う〕鐸の音がはるかに鳴っている。置目がやってくるらしい。

三月三日に、御苑《みその》にお出かけになり、曲水《ごくすい》の宴を催された。

四月十一日に、詔して、

「人主が人民を勧め励ます方法は、官を授けることであり、国家を興隆させる方法は、功績に正しく賞を与えることである。さて、前播磨国　司《さきのはりまのくにのみこともち》　来目部小楯《くめべのおだて》［またの名は磐楯《いわだて》］は、私を求め迎えて推挙した。その功績は著しい。願うところの官を遠慮なく申せ。」

と仰せられた。小楯はかしこまって、

「もともと山官《やまのつかさ》（山部・山守部を管理する伴造）を願っておりました。」

と申し上げた。すぐに山官に任じ、改めて姓を与えられ、山部連《やまべのむらじ》の氏とし、吉備臣《きびのおみ》を副官として、山守部《やまもりべ》を民《かきべ》とされた。善行をほめて功績を明らかにし、恩義に報いて厚く答礼された。寵愛の心はことのほか深く、その富は並ぶ者がないほどであった。

五月のことである。狭狭城山君韓袋宿禰《ささきやまのきみからふくろのすくね》は、皇子押磐《おしわ》を謀殺する事件に連座したことを詰問された。謀殺されようとする時に、頭を地にすりつけて申し上げた言葉は、極めて悲しい内容であった。天皇は、殺すに忍びず陵戸《みささぎへ》とし、兼ねて山を守らしめた。官籍を削って賤民とし、山部連《やまべのむらじ》の配下とさせられた。倭袋宿禰《やまとのふくろのすくね》には、妹置目《おきめ》の功績によって、本姓の狭狭城山君の氏を与えられた。

六月に、避暑殿《すずみのとの》にお出かけになり、奏楽を催された。群臣を集めて、酒食を饗された。この年、太歳《たいさい》は乙丑《いっちゅう》であった。

皇太子の諌《いさ》め

二年の三月三日に、御苑《みその》にお出かけになり、曲水《ごくすい》の宴を催された。この時、手厚く公卿大夫《まえつきみたち》・臣《おみ》・連《むらじ》・国《くにの》造《みやつこ》・伴造《とものみやつこ》を集めて、宴会をされた。群臣は、しきりに万歳《よろずとせ》と称えた。

八月一日に、天皇は皇太子億計《おけ》に、

「我らの父先王は、何の罪もないのに雄略《ゆうりゃく》天皇が射殺して、骨を野原に棄て、今もまだその骨を納められないでいる。憤りと嘆きは、耐えがたいものがある。寝ては泣き、起きては叫び、恥辱をはらそうと思っている。私の聞くところによると、父を殺した敵とは、共に天を戴かず、兄弟の敵とは、何時でも戦えるようにしておき、友人の敵とは、同じ所に住まないということである。

そもそも匹夫の子でも、父母の敵に対して、仇を報いるために、筵《むしろ》に寝て盾を枕とし、敵と同じ所には住まず、市中や役所のどこで会っても、武器を備えていてすぐに闘うのである。まして私は、天子になって二年となる。願うところは、雄略天皇の陵を壊し、骨を砕いて投げ散らしたいということだ。今、このようにして報いることができたなら、親孝行ということになるだろう。」

と仰せられた。

皇太子億計は、嘆き悲しまれて答えることがおできにならなかった。しばらくして諫《いさ》めて、

「それはいけません。雄略《ゆうりゃく》天皇は、諸政を正しく受け継がれ、天下を統治なさったのです。万民がこぞって喜び仰いだのは、天皇の力です。我らの父先王は、履中《りちゅう》天皇の御子ではありますが、苦難にあって天子の位につくことはできませんでした。これを見れば、身分の違いは明らかです。それなのに、天皇の陵墓を壊すようなことがあれば、誰を人主として、皇霊にお仕えすればよいでしょうか。これが、壊してはならない理由の一つです。

また、天皇と億計とは、かつて清寧《せいねい》天皇の厚い寵愛や格別なる恩恵にあずからなかったならば、どうして天子の位につくことができたでしょうか。雄略天皇は、清寧天皇の父です。億計が古老賢人に聞いたところ、

『言葉は報いられないということはなく、徳は応えられないということはありません。恩を受けながら、これに報いないのは、世間を深く傷つけるものです。』

と言いました。陛下は国を治められて、徳行は広く天下に聞こえています。それなのに陵を壊し、それを天下に示すようなことがあれば、国を治め人民を養うことができなくなるのではないかと恐れます。これが、壊してはならない二つめの理由です。」

と仰せられた。天皇は、

「よく言った。」

と仰せられて、陵を壊す労役をお止めになった。

九月のことである。置目はすっかり老衰し、郷里に帰りたいと願い出て、

「気力が衰え、老い疲れはててしまいました。もう縄の助けを借りても、進み歩くことはできません。郷里に帰って、余生を送らせて下さい。」

と申し上げた。天皇はこれをお聞きになって心を痛め、布千段（千人分の衣服を仕立てる布）を与えられた。別れることを悲しみ、再び会えないことを嘆かれた。そして、御歌を詠み与えられた。

歌謡八六　　置目《おきめ》もよ　近江《おうみ》の置目　明日よりは　み山隠《やまがく》りて　見えずかもあらん

置目よ、近江の置目よ。明日からは故郷に帰って、山に隠れて見えなくなってしまうのか。

十月六日に、群臣に宴会を催された。この時、天下は平安で人民は徭役《ようえき》がなく、穀物は豊穣で、人民はおお

いに富み栄えた。稲は一斛《こく》（十斗）あたり銀銭一文であり、馬は野に繁殖した。

高皇産霊尊《たかみむすひのみこと》の祭祀と紀生磐宿禰《きのおいわのすくね》の野望

三年の二月一日に、阿閉臣事代《あへのおみことしろ》は、大命を受けて任那《みまな》に使者として立った。その時、月神が人に乗りうつり、

「我が御祖高皇産霊尊《たかみむすひのみこと》は、天地を創造したという功績がある。人民の地を、我が月神に奉れ。もし求めのままに私に献上すれば、慶福が得られるであろう。」

と仰せられた。事代《ことしろ》は、京に帰ってこのことを詳しく奏上し、歌荒樔田《うたあらすだ》を月神に奉納した［歌荒樔田は、山《やま》背国《しろのくに》の葛野郡《かずののこおり》（京都市山城盆地）にある］。壱岐県主《いきのあがたぬし》の先祖押見宿禰《おしみのすくね》が、祠《ほこら》に仕えた。

三月三日に、御苑《みその》にお出かけになり、曲水《ごくすい》の宴を催された。

四月五日に、日神《ひのかみ》が人に乗りうつり、阿閉臣事代《あへのおみことしろ》に語って、

「磐余《いわれ》の田を、我が御祖高皇産霊尊に献上せよ。」

と仰せられた。事代はすぐに奏上して、神の求めのままに、田四十四町を献上した。対馬《つしま》の下県直《しもつあがたのあたい》が、祠《ほこら》に仕えた。

十三日に、福草部《さきくさべ》を置いた。

二十五日に、天皇が八釣宮《やつりのみや》で崩御された。

この年に、紀生磐宿禰《きのおいわのすくね》は、任那《みまな》を越えて高麗《こま》と通行した。西方三韓《さんかん》の王となろうとして宮府を整え、自ら神聖と称した。任那の佐魯《さろ》・那奇他甲背《なかだこうはい》等の計略を用いて、百済《くだら》の適莫爾解《ちゃくまくにげ》を爾林《にりん》で殺した［爾林は高麗の領地である］。帯山城《しとろむらのさし》（全羅北道泰仁）を築いて、東道を塞《ふさ》ぎ守った。食糧を運ぶ港を遮断して、軍を飢え苦しませた。

百済王《くだらおう》は大いに怒り、領軍古爾解《れいぐんこにげ》・内頭莫古解《ないずまくこげ》等を派遣して、軍衆を率いて帯山《しとろむら》を攻撃した。生磐宿禰《おいわのすくね》は、軍を進めて逆襲した。勢いが盛んで、向かう所すべて破った。一人で百人に当たる勢いであった。しかしまもなくその兵力も尽き、事が失敗したことを知って、任那《みまな》から撤退した。これによって百済国《くだらのくに》は、佐魯《さろ》・那奇他《なかだ》甲背《こうはい》等三百人を殺した。

巻第十五　第二十四代　億計天皇《おけのすめらみこと》　仁賢天皇《にんけんてんのう》

即位と立后

仁賢《にんけん》天皇は、実名は大脚《おおし》という［またの御名は大為《おおす》。他の諸々の天皇には、実名は記してない。しかし、この天皇に至ってひとり書いてあるのは、『旧本』によるものである］。字《あざな》（通称）は島郎《しまのいらつこ》で、顕宗《けんぞう》天皇の同母兄である。幼少の頃から聡明で秀れ、才能鋭く、豊富な知識をお持ちであった。壮年となり、恵み深く、おだやかでへりくだり、慈しみの情がおありになった。

安康《あんこう》天皇が崩御され、災難を丹波国《たにはのくに》の余社郡《よざのこおり》に避けられた。

清寧《せいねい》天皇の元年十一月に、播磨国　司《はりまのくにのみこともち》山部連《やまべのむらじ》小楯《おだて》が京《みやこ》に参上して、迎えを出すよう求めた。清寧天皇は、引き続き小楯を遣わして、節刀《しるし》を持たせ、側近の舎人《とねり》と共に赤石《あかし》にお迎えに行かせられた。

二年の四月に、ついに仁賢《にんけん》天皇を皇太子とされた［この事は、顕宗《けんぞう》天皇紀に詳しく記されている］。

五年に、清寧天皇が崩御された。

天皇は、天下を顕宗《けんぞう》天皇にお譲りになった。皇太子となられたことは、前の通りである［この事は、顕宗天皇紀に詳しく記されている］。

三年の四月に、顕宗天皇が崩御された。

元年の正月五日に、皇太子は石上広高宮《いそのかみのひろたかのみや》で即位された［ある本によると、仁賢天皇の宮は二か所ある。第一の宮は川村《かわむら》に、第二の宮は縮見《しじみ》の高野《たかの》にある。その宮殿の柱は、今に至るまで朽ちていないということである」。

二月二日に、前の妃春日大姫皇女《かすがのおおいらつめのひめみこ》を皇后とされた［春日大姫皇女は、雄略《ゆうりゃく》天皇が、和珥臣深目《わにのおみふかめ》の娘童女《わらわ》君《きみ》をめとってお生みになったのである」。そして、一男六女をお生みになった。長女を高橋大娘皇女《たかはしのおおいらつめのひめみこ》と申し、次女を朝嬬皇女《あさづまのひめみこ》と申し、三女を手白香皇女《たしらかのひめみこ》と申し、四女を樟氷皇女《くすひのひめみこ》と申し、五女を橘皇女《たちばなのひめみこ》と申し、長男を小泊瀬稚鷦鷯天皇《おはつせわかさざきのすめらみこと》（武烈《ぶれつ》天皇）と申し上げ、天下を治められるようになって、泊瀬の列城《なみき》（奈良県桜井市出雲）に都を定められた。六女を真稚皇女《まわかのひめみこ》と申し上げる［ある本によると、樟氷皇女《くすひのひめみこ》を三女とし、手白香皇《たしらかのひめ》女《みこ》を四女としている点で異なっている、という」。次に、和珥臣日爪《わにのおみひつめ》の娘糠君娘《ぬかきみのいらつめ》は、一女を生んだ。これを春日山田皇女《かすがのやまだのひめみこ》と申し上げる［ある本によると、和珥臣日触《わにのおみひふれ》の娘大糠娘《おおぬかのいらつめ》は、一女を生んだ。これを、山田大《やまだのおお》娘皇女《いらつめのひめみこ》と申し上げる。またの御名は、赤見皇女《あかみのひめみこ》という。文の内容はやや異なっているが、その実体に変わりはない」。

十月三日に、顕宗《けんぞう》天皇を傍丘磐杯丘陵《かたおかのいわつきのおかのみささぎ》に葬りまつった。この年、太歳《たいさい》は戊辰《ぼしん》であった。

日鷹吉士《ひたかのきし》を高麗《こま》に派遣

二年の九月に、難波小野皇后《なにわのおののきさき》（顕宗《けんぞう》天皇の皇后）は、以前皇太子に対して礼を失した行いのあったことを恐れて、自害された［顕宗天皇の御代に、皇太子億計《おけ》は、宴会に出られた。その時、瓜を取って食べようとされたが、小刀がなかった。顕宗天皇は自ら小刀を取って、その婦人小野に命じて進上させようとされた。ところが婦人は、皇太子の前に行き、立ったままで小刀を瓜盤に置いた。この日にまた、酒をお酌する時に、立ったまま皇太子を呼んだ。このような無礼によって、誅殺されることを恐れ、自害されたのである」。

三年の二月一日に、石上部舎人《いそのかみべのとねり》を置かれた。

四年の五月に、的臣蚊島《いくはのおみかしま》・穂瓮君《ほへのきみ》は、罪を犯して投獄されて死んだ。

五年の二月五日に、広く国郡に逃げ散っていた佐伯部《さえきべ》を求めた。佐伯部仲子《さえきべのなかちこ》の後裔《こうえい》を、佐伯造《さえきのみやつこ》とした［佐伯部仲子のことは顕宗《けんぞう》天皇紀に記されている］。

六年の九月四日に、日鷹吉士《ひたかのきし》を高麗《こま》に派遣して、巧手者《てひと》を召された。

この秋のことである。日鷹吉士が使者として派遣された後に、ある女性が難波の御津《みつ》で泣いて言うことには、

「私（飽田女《あくため》）の母にとって兄であり、私にとっても兄である。〔弱草《わかくさ》の〕私の夫（後文によると麁寸《あらき》）は何と遠くへ行ってしまったことか。」

と言った。その泣き声は、はなはだ悲しく聞く人に断腸の思いを与えた。

菱城邑《ひしきのむら》（大阪府堺市菱木）の人鹿父《かかそ》［人の名である。世の人は、父をかそと呼んだ］は、これを聞いて、

「どうしてそのように悲しく泣いているのか。ただならぬさまのようだが。」

と尋ねた。女人は、

「秋の葱《ねぎ》が二重衣に包まれているように、二重の悲しみを思ってほしい。」

と答えた。鹿父は、

「分かった。」

と言った。話の内容がつかめたのである。ところで同伴者がいたが、その意味が理解できず、

「どうして分かったのか。」

と尋ねた。鹿父《かかそ》は、

「難波玉作部鯽魚女《なにわのたますりべのふなめ》は、韓白水郎暵《からまのはたけ》に嫁いで、哭女《なくめ》を生んだ。哭女は、住道《すむち》の人山寸《やまき》に嫁いで、飽田女《あくため》を生んだ。その後韓白水郎暵と、その娘の哭女は死んでしまった。さて、住道の人山寸は、前に玉作鯽魚女《たますりべのふなめ》を

犯して、麁寸《あらき》を生んでいた。麁寸は、飽田女《あくため》をめとった。（訳者註　関係図は次の通り）

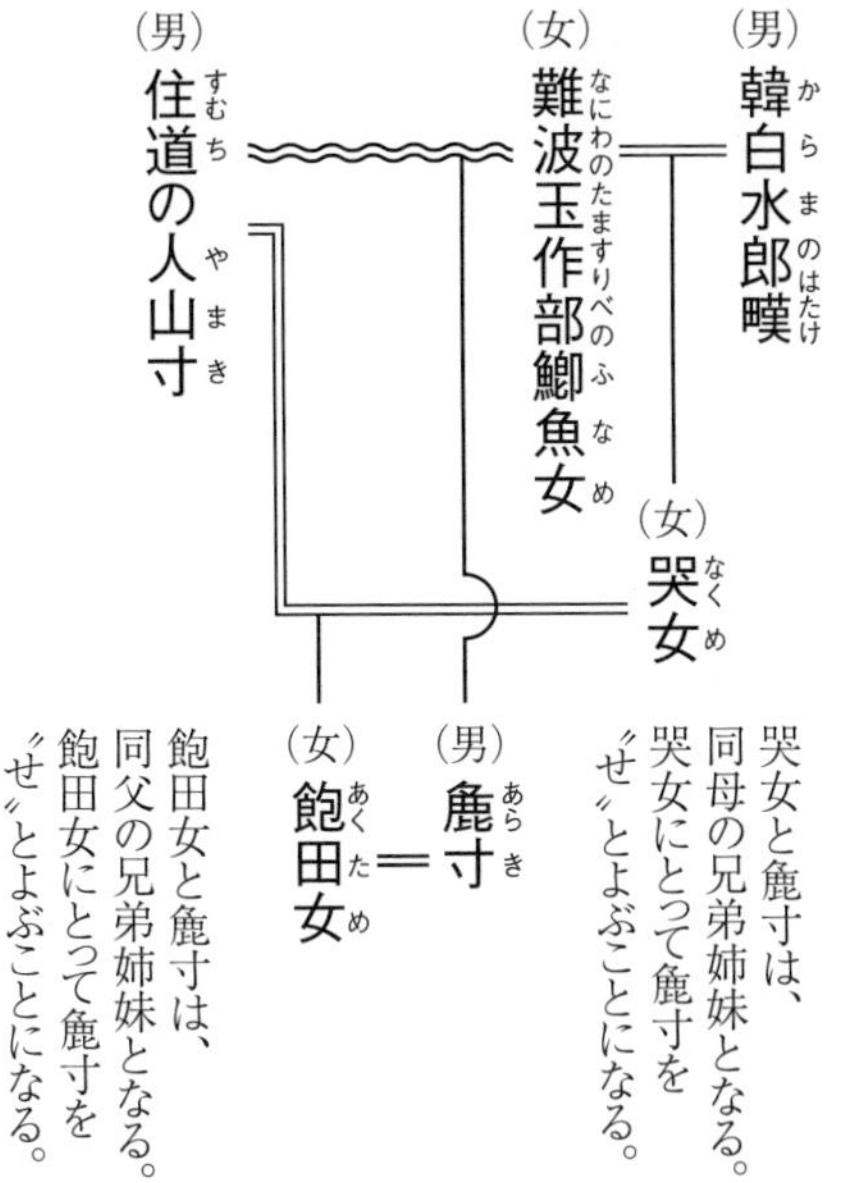

さて、麁寸《あらき》は日鷹吉士《ひたかのきし》に従って高麗《こま》に出発した。それでその妻の飽田女《あくため》は、不安と恋慕に襲われ、失望と傷心の思いが激しく、泣き声ははなはだ切なく、人は断腸の思いにさせられたのである。」と答えた［玉作部鯽魚女《たますりべのふなめ》と韓白水郎暵《からまのはたけ》とは夫婦になって、哭女《なくめ》を生んだ。住道《すむち》の人山寸《やまき》は、哭女をめとって飽田女《あくため》を生んだ。山寸の妻（哭女）の父韓白水郎暵と、その子哭女とは、すでに死んだ。住道の人山寸は、以前に妻の母の玉作部鯽魚女を犯して、麁寸を生んだ。麁寸は、飽田女をめとった。ある本によると、玉作部鯽魚女は、前の夫韓白水郎暵と結婚して哭女を生んだ。さらに、後の夫となつた住道の人山寸と結婚して、麁寸を生んだ。そうすると哭女と麁寸とは、母は同じで父が異なる兄弟姉妹ということで、哭女の娘の飽田女は、麁寸を呼んで「母にも兄」と言ったのである。哭女《なくめ》は、山寸《やまき》に嫁いで飽田女《あくため》を生んだ。山寸《やまき》はまた鯽魚女《ふなめ》と情を通じ、麁寸《あらき》を生んだ。こうなると飽田女《あくため》と麁寸《あらき》とは、父が同じで母が異なる兄弟姉妹であるから、飽田女《あくため》は夫の麁寸《あらき》を呼んで「私にも兄」と言ったのである。古くは、兄弟姉妹は長幼にこだわらず、女は男のことを兄《せ》といい、男は女のことを妹《いも》という。それゆえに、母にも兄、私にも兄」と言ったにすぎないという］。

この年に、日鷹吉士《ひたかのきし》が高麗《こま》から帰国して、工匠須流枳《するき》・奴流枳《ぬるき》等を献上した。今、倭国《やまとのくに》の山辺郡《やまのべのこおり》の額田邑《ぬかたのむら》（奈良県大和郡山市額田部北町・南町・寺町）の熟皮高麗《かわおしのこま》は、その後裔である。

七年の正月三日に、小泊瀬稚鷦鷯尊《おはつせわかさざきのみこと》を皇太子とされた。

八年の十月のことである。人民は、

「この時国中何事もなく、役人はみなそれぞれ適任である。天下には仁政が行き渡り、民はその生業に安堵している。」

と申し上げた。

この年は、五穀が豊かに稔り、蚕や麦のできがたいへん良かった。国内は平穏で、人々の数も増加していった。

十一年の八月八日に、天皇は正寝《おおとの》で崩御された。

十月五日に、埴生坂本陵《はにゅうのさかもとのみささぎ》に葬りまつった。

巻第十六　第二十五代　小泊瀬稚鷦鷯天皇《おはつせわかさざきのすめらみこと》　武烈天皇《ぶれつてんのう》

平群真鳥《へぐりのまとり》・鮪《しび》父子《ふし》を討伐《とうばつ》

武烈《ぶれつ》天皇は、仁賢《にんけん》天皇の皇太子である。母は、春日大郎皇后《かすがのおおいらつめのきさき》と申し上げる。仁賢天皇の七年に、皇太子となられた。成人されると、刑罰の理非の判定を好まれた。法令に詳しく、日が暮れるまで政務につかれた。隠れた無実の罪も必ず見抜いてそれを明らかにし、訴えを裁断することが適切であられた。また、しきりに諸々の悪いことを行われ、一つも善いことを修められなかった。およそ様々な極刑について、ご自分でご覧にならないものはなかった。国中の人々は、ことごとく恐れおののいた。

十一年八月に、仁賢天皇が崩御された。大臣《おおみ》平群真鳥臣《へぐりのまとりのおみ》は、もっぱら国政をほしいままにして、日本の王となろうと思った。太子のためにと偽って宮殿を作り、完成すると自分で住んだ。すべてに驕《おご》りたかぶって、まったく臣下としての節度がなかった。

さて、皇太子は物部麁鹿火大連《もののべのあらかひのおおむらじ》の娘影媛《かげひめ》をめとろうと思われ、仲人を遣わして影媛の家に向かわせて、会う約束をされた。影媛は、以前に真鳥大臣の息子鮪《しび》に犯されていた。媛は、太子の約束を破ることを恐れ返答して、

「私が望みますには、海柘榴市《つばいち》（奈良県桜井市金屋）の辺りでお待ちいたしたいと存じます。」

と申し上げた。こうして、太子は約束の場所に出向こうと思われた。近侍の舎人《とねり》を遣わして、平群大臣の家へ行かせて、太子のご命令として官馬を出すよう求めさせられた。大臣は冗談に嘘を言って、

「官馬は、他の誰のために飼いましょうか。ご命令のままです。」と言うだけで、いつまでたっても進上しなかった。

皇太子は内心恨まれたが、忍耐して顔にお出しにならなかった。やがて約束の場所に行って、歌垣の人の中に立ち、影媛の袖をとって、立ち止まったりゆっくり歩いたりしながら、お誘いになった。すると鮪臣《しびのおみ》が来て、太子と影媛との間を押しのけて中に立った。このため太子は影媛の袖を放し、向きを変えて前に進み、鮪と敵対して立ち、歌を詠まれた。

歌謡八七　潮瀬《しおせ》の　波折《なおり》を見れば　泳《あそ》びくる　鮪《しび》が鰭手《はたで》に　妻立《つまた》てり見ゆ

［ある本に、「潮瀬《しおせ》」を「水門《みなと》」にかえる］

潮の流れている早瀬の、幾重にも折り重なる波を見ると、泳いでいる鮪《しび》のそばに、私と契った妻が立っているのが見える［ある本によると、「潮瀬」を「水門」に換えている］。

鮪《しび》は答歌を詠んだ。

歌謡八八　臣《おみ》の子の　八重《やえ》や韓垣《からかき》　ゆるせとや御子《みこ》

臣の子（鮪《しび》）の家の幾重にも囲んだ韓垣《からかき》の内に、影媛《かげひめ》を厳重に囲っているのだが、それを緩《ゆる》めて影媛を差し出せというのですか、太子よ。

続けて太子は、歌を詠まれた。

歌謡八九　大太刀《おおたち》を　垂《た》れ佩《は》き立《た》ちて　抜《ぬ》かずとも　末果《すえはた》しても　会わんとぞ思う

私は大きな太刀を腹に垂し持って立っているが、今はそれを抜かなくても、将来はきっとこの太刀で戦い、影媛と会おうと思う。

鮪臣《しびのおみ》が、再び答歌を詠んだ。

歌謡九〇　大君《おおきみ》の　八重《やえ》の組垣《くみかき》　懸《か》かめども　汝《な》を編《あ》ましじみ　懸かぬ組垣

大君の家の幾重もの組垣を編んでやりたいと思うのだが、お前はその組垣が気に入らないだろうから、組垣は編んでやらない。

太子は、三たび歌を詠まれた。

歌謡九一　臣《おみ》の子の　八節《やふ》の柴垣《しばかき》　下動《したとよ》み　地震《ない》が揺《よ》り来《こ》ば　破《や》れん柴垣

［ある本に、「八節の柴垣」を「八重韓垣《やえからかき》」にかえる］

臣の子の家の編目の多い立派な柴垣。それは見かけは立派だが、地下が鳴動して地震が来たら、すぐ壊れるような柴垣だ［ある本によると、「八節の柴垣を「八重韓垣」に換えている」。

太子は、今度は影媛に歌を贈られた。

歌謡九二　琴頭《ことがみ》に　来居《きい》る影媛《かげひめ》　玉ならば　我が欲《ほ》る玉の　鰒白珠《あわびしらたま》

琴を奏でると、その音に引かれて神が影となって寄ってくるというその影媛《かげひめ》は、もし玉にたとえるならば、私の一番ほしい玉である鰒《あわび》の真珠のようだ。

鮪臣《しびのおみ》は、影媛に代わって答歌を詠んだ。

歌謡九三　大君《おおきみ》の　御帯《みおび》の倭文織《しつはた》　結び垂れ　誰やし人も　相思《あいおも》はなくに

大君の御帯の、倭文織《しずおり》の布が結び垂れていますが、その誰にも私は思いを寄せていません。思うのは、鮪臣《しびのおみ》だけです。

太子は初めて、鮪が以前に影媛と通じていたことをお知りになられた。すべてにわたって父子共に無礼であると理解され、顔を真っ赤にしてお怒りになった。その夜すぐに大伴金村連《おおとものかなむらのむらじ》の家に行き、兵を集めて計略をねられた。大伴連は、数千の兵を率い待ち伏せし、鮪臣を乃楽山《ならやま》で殺した［ある本によると、鮪は影媛の家に泊まり、その夜に殺されたという］。この時影媛は、鮪が殺される場所まで追いかけ、殺し終えたところを見て、驚き恐れて悲しみの涙は目に満ちた。そこで歌を詠んだ。

歌謡九四　石上《いすのかみ》　布留《ふる》を過ぎて　薦枕《こもまくら》　高橋過ぎ　物多《ものさわ》に　大宅《おおやけ》過ぎ　春日《はるひ》の　春日《かすが》を過ぎ
妻隠《つまごも》る　小佐保《おさほ》を過ぎ　玉笥《たまけ》には　飯《いい》さえ盛り　玉盌《たまもい》に　水さえ盛り　泣き沾《そお》ち行くも
影媛《かげひめ》あわれ

〔石上《いすのかみ》〕布留《ふる》を過ぎ、〔薦枕《こもまくら》〕高橋（奈良県天理市櫟本町付近）を過ぎ、〔物多《ものさわ》に〕大宅《おおやけ》（奈良市白毫寺付近）を過ぎ、〔春日《はるひ》の〕春日《かすが》（大宅の北、佐保の南）を過ぎ、〔妻隠《つまごも》る〕佐保《さほ》（奈良市北部）を過ぎて、死者に供えるための美しい食器には飯まで盛り、美しい椀に水まで盛って、泣きぬれていく影媛《かげひめ》よあわれ。

こうして影媛は、埋葬をすべて終え、家に帰ろうとする時に、むせび泣きして、
「悔しいことです。今日、私のいとしい夫を失ってしまいました。」
と言った。涙はとぎれることなく、心は重く晴れないままに歌を詠んだ。

歌謡九五　青丹《あおに》よし　乃楽《なら》の谷《はさま》に　鹿《しし》じもの　水漬《みづ》く辺隠《へごも》り　水灌《みなそそ》く
鮪《しび》の若子《わくご》を　漁《あさ》り出な猪《い》の子

〔青丹《あおに》よし〕乃楽山《ならやま》の谷間で、鹿や猪のように水びたしの片隅に埋められている、〔水灌《みなそそ》く〕鮪《しび》の若様を、
あさり出すようなことをするな、猪よ。

十一月十一日に、大伴金村連《おおとものかなむらのむらじ》は太子に、

「賊真鳥《まとり》をお撃ち下さい。もし仰せがあれば、直ちに討伐いたします。」

と申し上げた。太子は、

「天下は乱れようとしている。世にもまれな英雄でなければ、これを救うことはできまい。よくこれを平定できる者は、お前しかあるまい。」

と仰せられた。こうして、共に計略を定められた。そしてついに、大伴大連は自ら将軍となって兵を率い、大臣の家を囲み火を放って焼いた。大連の指揮に、兵は雲のようになびき従った。真鳥大臣《まとりのおおおみ》は、事の成就しないことを恨み、もはや逃れられないことを覚悟した。計画は失敗し、野望は絶えた。広く塩をさして、呪咀《じゅそ》した。ついに殺され、断罪は親族に及んだ。呪《のろ》う時に、ただ角鹿《つぬが》の海の塩だけを忘れてしまった。これによって、角鹿の塩は天皇の食用とされたが、他の海の塩は天皇の忌《い》むところとなった。

十二月のことである。大伴金村連《おおとものかなむらのむらじ》は賊を平定し終えて、政治のことを太子に奉還し、尊号を奉りたいと願い出て、

「今、仁賢《にんけん》天皇の御子は、ただ陛下のみであられます。億兆の人民のよりどころは、二つとはありません。また、天の霊威によるご加護をいただいて、凶党を払い除かれました。英略雄断は、天皇の威光と位を盛んにしました。日本《やまと》には、必ず君主がおられます。日本の君主たる者は、陛下をおいて他にはございません。伏して願いますには、陛下は天神地祇を仰ぎ、それにお答えになって、大いなる天命を弘め明らかにし、日

本を統治して下さい。大いに銀郷《ぎんきょう》（朝鮮諸国）をお受けになって下さい。」と申し上げた。そこで太子は役人に命じ、即位の場を泊瀬列城《はつせのなみき》に設けて、天皇に即位された。そして都を定められた。

この日に、大伴金村連を大連《おおむらじ》とされた。

天皇の暴虐

元年の三月二日に、春日娘子《かすがのいらつめ》を皇后とされた［娘子の父は明らかでない］。この年、太歳《たいさい》は己卯《きぼう》であった。

二年の九月に、妊婦の腹を割いて、その胎児をご覧になった。

三年の十月に、人の生爪《なまづめ》をはいで、山芋を掘らせられた。

十一月に、大伴室屋大連《おおとものむろやのおおむらじ》に詔して、

「信濃国《しなののくに》の男子を集めて、城の形を水派邑《みなまたのむら》に作れ。」

と仰せられた。それで城上《きのえ》という。

この月に、百済《くだら》の意多郎《おたら》が卒去《そっきょ》した。高田丘上《たかたのおかのえ》に葬った。

四年の四月に、人の頭髪を抜いて、樹の頂に登らせた。そして樹の根本を切り倒して、登った者を殺すことを楽しみとされた。

この年に、百済《くだら》の末多王《またおう》は道に背き、人民に暴虐を加えた。国民はこの王を排除して、島王《せまきし》を立てた。これが、武寧王《むねいおう》である［『百済新撰《くだらしんせん》』によると、「末多王《またおう》は無道で、人民に暴虐を加えた。国民はこれを排除して、武寧王《むねいおう》が立った。実名は斯麻王《しまきし》という。これは、琨支王子《こにきせしむ》の子である。そして、末多王の異母兄にあたる琨支《こにき》が倭《やまと》に参向した時に筑紫島《つくしのしま》に着いて、斯麻王《しまきし》を生んだ。島から送還したが、京《みやこ》に着くまでに島で生まれたので、そのように名付けたのである。今、各羅《かから》の海中に主島《にりむせま》がある。王の生まれた島である。それで百済人が名付けて、主島とした。」という。今考えると、島王は蓋鹵王《こうろおう》の子である。末多王《またおう》は、琨支王の子である。これを異母兄というのは、未詳である」。

五年の六月に、人を池の堤の樋に入らせて、外に流れ出るのを、三叉《みつまた》の矛《ほこ》で刺し殺すのを楽しみとされた。

六年の九月一日に、詔《みことのり》して、

「国を伝える政事は、皇太子を立てることが重要である。私には、跡継ぎがいない。どのようにして名を伝えることができるであろうか。ここは天皇の旧例によって、小泊瀬舎人《おはつせのとねり》を置いて治世の名とし、いつまでも忘れられないようにせよ。」

と仰せられた。

十月に、百済国《くだらのくに》は麻那君《まなきし》を派遣して朝貢した。天皇は、百済が長らく貢物を納めていないとお思いになり、留めてお返しにならなかった。

七年の二月に、人を樹に登らせて、弓で射落としてお笑いになった。

四月に、百済王は斯我君《しがきし》を派遣して朝貢した。別に上表文で、

「以前に調を進上した使者麻那《まな》は、百済国王の一族ではありません。それゆえに、謹んで斯我《しが》を遣《つかわ》して、朝廷にお仕えさせます。」

と申し上げた。その後斯我に子が生まれ、法師君《ほうしきし》といった。これが倭君《やまとのきみ》の先祖である。

八年の三月に、女を裸にして平板の上に座らせ、馬を引き出して交接させた。女の陰部を調べ、潤っている者は殺し、そうでない者は官婢《かんぴ》とし、これを楽しみとされた。

この頃、池を掘り園を作って、鳥や獣を盛んに飼った。また狩りを好み、犬を走らせて馬と競わせられた。

出入りが気ままで、大風や大雨もかまわれなかった。暖かい衣服を身につけ、人民が寒さのために凍えることを忘れ、食事は豪華であり、天下の飢えることを忘れられた。大いに道化・俳優を集め、華やかな音楽を奏で、珍しい遊戯を催して、ふしだらな歌謡をほしいままにしていた。日夜常に宮人と酒にひたり、錦の織物を敷物とされた。衣服に綾や白絹を用いた者が多かった。

十二月八日に、天皇は列城宮《なみきのみや》で崩御された。

＊訳者註

武烈天皇の暴虐についての内容は、きわめて異常なものがあり、不自然さを感ずる。これについては、聖帝の末裔は暴君であるという中国の思想が影響していると考えられている。つまり、仁徳天皇の皇統は、この武烈天皇で絶えてしまうのである。

そこで、暴君ぶりを示すために、漢籍を用いて潤色したという見方が一般的となっている。つまり、歴史的事実とは遠く離れているということである。

ちなみに、『古事記』においては、このような記載はまったくない。

巻第十七　第二十六代　男大迹天皇《おおどのすめらみこと》　継体天皇《けいたいてんのう》

即位と立后　諸妃

継体《けいたい》天皇［またの御名は彦太尊《ひこふとのみこと》］は、応神《おうじん》天皇の五世の御孫で、彦主人王《ひこうしのおおきみ》の御子である。母は振媛《ふりひめ》と申し上げ、垂仁《すいにん》天皇の七世の御孫である。天皇の父は、振媛が容姿端麗で、たいそう美しいと聞いて、近江国《おうみのくに》の高島郡《たかしまのこおり》（滋賀県湖西地方北部）の三尾《みお》の別邸から使者を遣わして、三国《みくに》（福井県あわら市・坂井市・福井市・大野市）の坂中井《さかない》に迎えて召し入れて妃とし、天皇をお生みになった。

天皇が幼少の頃に、父王は薨去《こうきょ》された。振媛《ふりひめ》は嘆いて、

「私は今、遠く故郷を離れています。どうしてよく親に孝行することができましょうか。私は、高向《たかむこ》［高向は、越前国《こしのみちのくちのくに》の邑《さと》の名である］（福井県坂井市丸岡町）に帰郷して天皇をお育て申そう。」

と言った。

天皇は成人されて、人を愛し賢人を敬い、心は寛く豊かであられた。

天皇が御年五十七の時、八年十二月八日に、武烈《ぶれつ》天皇が崩御された。天皇には男女の御子がなく、後嗣は絶えてしまうはずであった。

二十一日に、大伴金村大連《おおとものかなむらのおおむらじ》は諮問して、

「まさに今、天皇の後継が絶えてしまった。天下の人々は、どこに心を寄せたらよいのだろうか。古くから今に至るまでに、禍《わざわ》いはこういうことから起こるものだ。ところで今、仲哀《ちゅうあい》天皇の五世の御孫の倭彦王《やまとひこのおおきみ》が、

丹羽国《たにはのくに》の桑田郡《くわたのこおり》（京都府京都市右京区・南丹市・亀岡市）におられる。試みに軍備を整え乗輿《じょうよ》を護衛して行き、迎え申して、君主にお立てしたいと思う。」

と言った。大臣《おおおみ》や大連《おおむらじ》等はこれに従い、計画通りお迎え申すことになった。ところが倭彦王《やまとひこのおおきみ》は、はるかに迎えにやってきた兵士を望み見て、恐れて顔色を失い、すぐに山中に遁走して行方がわからなくなってしまった。

元年の正月四日に、大伴金村大連《おおとものかなむらのおおむらじ》はまた諮問して、

「男大迹王《おおどのおおきみ》は、慈悲の心深く、孝行であられ、皇位を継がれるのにはまことにふさわしい方である。どうかていねいにお勧めして、帝業を興隆させたい。」

と言った。物部麁鹿火大連《もののべのあらかひのおおむらじ》・許勢男人大臣《こせのおひとのおおおみ》等はみな、

「御皇孫たちの中で適任を選んでみると、賢者は男大迹王《おおどのおおきみ》ただ一人である。」

と言った。

六日に、臣《おみ》・連《むらじ》等を遣わして、節旗《しるし》を持ち御車を準備して、三国《みくに》にお迎えに行った。兵備を護衛し威儀いかめしく整えて、先駆を立てて往来を止め、速やかに到着した。

その時天皇は、静かにゆったりと胡床《こしょう》に腰をかけておられた。侍臣を整列させ、すでに帝王の風格があられた。節旗《しるし》を持った使者等はこれを見てかしこまり、心を尽くし命をかけて、忠誠を誓おうと願った。しかし天皇は、心の中でなお疑いをもたれて、長く皇位につかれなかった。

天皇は、たまたま河内馬飼首荒籠《こうちのうまかいのおびとあらこ》をご存じであった。荒籠《あらこ》はひそかに使者をお送り申して、大臣《おおおみ》・大連《おおむらじ》等がお迎えしようとする本意を詳しく申し上げた。使者は三晩留まって、ついに天皇は出発なさることになった。その時にしみじみと、

「よかった、馬飼首《うまかいのおびと》よ。お前がもし使者を送って知らせなかったなら、危うく天下に笑われるところだった。世の人が、

『貴賤を論ずるな。ただその心だけを重んじよ。』

と言うのは、おもうに荒籠のような者をいうのであろうか。」

と仰せられた。皇位につかれてから、厚く荒籠を寵遇《ちょうぐう》された。

二十四日に、天皇は樟葉宮《くすはのみや》（大阪府枚方市樟葉）に到着された。

二月四日に、大伴金村大連《おおとものかなむらのおおむらじ》は、跪《ひざまず》いて天子の璽符《みしるし》である鏡・剣を奉って再拝した。継体《けいたい》天皇は辞退して、

「人民を子として国を治めることは、重大な仕事である。私は天子としての才幹がなく、ふさわしくない。どうかよく考えをめぐらして、賢者を選んでもらいたい。私は適任ではない。」

と仰せられた。大伴大連は、地に伏して強くお願い申し上げた。継体天皇は、西に向かって譲られること三度、南に向かって譲られること二度であった。大伴大連等は、

「私どもが伏して考えみますに、大王こそ民を子として国を治められるのに、最も適した方です。私どもは、国家のための計を決して軽々しく立てたりはしません。どうか多くの人々の願いを入れて、ご承諾下さいませ。」

と申し上げた。継体天皇は、

「大臣《おおおみ》・大連《おおむらじ》・将軍・大夫・諸臣が、みな私を推挙している。私は、背くわけにはいくまい。」

と仰せられて、璽符《みしるし》をお受けになった。

この日に、天皇に即位された。大伴金村大連《おおとものかなむらのおおむらじ》を大連とし、許勢男人大臣《こせのおひとのおおおみ》を大臣とし、物部麁鹿火大連《もののべのあらかひのおおむらじ》を大連とすることは、いずれも前の通りであった。こうして、大臣・大連等はそれぞれの職位に任じられた。

十日に、大伴大連は願い出て、

「私は、前王が世を治められるにあたり、皇太子が堅固でなくては、天下を治めることができない。後宮が睦まじくないと、子孫に継承することはできないと聞いております。このため、清寧《せいねい》天皇は後嗣がなく、私の祖父大連《おおむらじ》室屋《むろや》を遣わして、州《くに》ごとに三種の白髪部《しらかべ》を置いて［三種というのは、一つには白髪部舎人《しらかべのとねり》、二つには白髪部供膳《しらかべのかしわで》、三つには白髪部靫負《しらかべのゆけい》である］、後世に名を留めようとされました。何といたましいことでございましょう。どうか手白香皇女《たしらかのひめみこ》（仁賢《にんけん》天皇三女）を皇后となさり、神祇伯《かむつかさのかみ》等を遣わして、天神地祇《てんしんちぎ》をお祭りし、天皇の御子が得られるように祈念させて、真に民の切なる望みにお答えして下さい。」

と申し上げた。天皇は、

「よろしい」

と仰せられた。

三月一日に、詔《みことのり》して、

「神祇《しんぎ》を祭るには、神主がいなければならない。天下には、君主がいなければならない。天は人民を生み、元首を立てて民を助け養わせて、天与の性質を保障している。大連《おおむらじ》は、私に皇子がないことを憂いて、誠意をもって代々国家に対して忠誠を尽くしている。決して私の世に限ってのことではない。礼儀を正して、手《た》白香皇女《しらかのひめみこ》をお迎えせよ。」

と仰せられた。

五日に、皇后手白香《たしらか》を立てて、後宮で徳教をほどこし、一人の皇子をお生みになった。これを、天国排開《あめくにおしはらき》広庭尊《ひろにわのみこと》（欽明《きんめい》天皇）と申し上げる。この方は嫡子であるが、まだ幼かったので、二人の兄が国政をみられてから後に、天下を治められた［二人の兄は広国排武金日尊《ひろくにおしたけかなひのみこと》（安閑《あんかん》天皇）と武小広国押盾尊《たけおひろくにおしたてのみこと》（宣化《せんか》天皇）である。

下の文に見える］。

九月に詔して、

「私が聞くところによると、男がその年に耕作しないと、天下は飢えることがある。女が糸を紡《つむ》がないと、天下は凍えてしまうことがあるということだ。それゆえに、帝王が自ら田を耕作して農業を勧め、后妃が自ら養蚕《ようさん》をして、蚕業《さんぎょう》に努めるのだ。ましてや百官から万民にいたるまで、農耕や紡績をやめるならば、繁栄はないであろう。どうか役人たちは天下の人に告げて、私の願いを知らせるように。」

と仰せられた。

十四日に、八人の妃を召し入れられた［八人の妃のお召し入れは、前後に例がないわけではないが、十四日に召し入れられたということは、天皇に即位されて、良い日を占い選んでから初めて後宮に任じられたので、このように記録したのである。他もみなこれに順ずる］。

元の妃は、尾張連草香《おわりのむらじくさか》の娘で目子媛《めのこひめ》という［またの名は色部《しこぶ》］。二皇子を生んだ。二人共に、天下を治められた。長男を、勾大兄皇子《まがりのおおえのみこ》と申し上げる。これが広国排武金日尊《ひろくにおしたけかなひのみこと》（安閑天皇《あんかん》）である。次男を、檜隈高田《ひのくまのたかた》皇子《みこ》と申し上げる。これが武小広国排盾尊《たけおひろくにおしたてのみこと》（宣化《せんか》天皇）である。二人めの妃は、三尾角折君《みおのつのおりのきみ》の妹で稚子媛《わかこひめ》という。大郎皇子《おおいらつこのみこ》と、出雲皇女《いずものひめみこ》とを生んだ。三人めの妃は、坂田大跨王《さかたのおおまたのおおきみ》の娘で広媛《ひろひめ》といい、三女を生んだ。長女を神前皇女《かんさきのひめみこ》と申し、次女を茨田皇女《まんたのひめみこ》と申し、三女を馬来田皇女《うまぐたのひめみこ》と申し上げる。四人めの妃は、息長真手王《おきながまてのおおきみ》の娘で麻績娘子《おみのいらつめ》という。荳角皇女《ささげのひめみこ》を生んだ。この女性は、伊勢大神の祭祀にお仕えした。五人めの妃は、茨田連小望《まんたのむらじおもち》の娘［あるいは妹という］で関媛《せきひめ》といい、三女を生んだ。長女を茨田大娘皇女《まんたのおおいらつめのひめみこ》と申し、次女を白坂活日姫皇女《しらさかいくひひめのひめみこ》と申し、三女を小野稚郎皇女《おののわきいらつめのひめみこ》と申し上げる［またの名は長石姫《ながいわひめ》］。六人めの妃は、三尾君堅槭《みおのきみかたひ》の娘で倭媛《やまとひめ》といい、二男二女を生んだ。長女を大娘子皇女《おおいらつめのひめみこ》と申し、長男を椀子皇子《まろこのみこ》と申し上げる。これは、三国公《みくにのきみ》の先祖である。次男を耳皇子《みみのみこ》と申し、次女を赤姫皇女《あかひめのひめみこ》と申し上げる。七人めの妃は、和珥臣河内《わにのおみこうち》の娘で荑媛《はえひめ》といい、一男二女を生んだ。長女を稚綾姫皇女《わかやひめのひめみこ》と申し、次女を円娘皇女《つぶらのいらつめのひめみこ》と申し、長男を厚皇《あつのみ》子《こ》と申し上げる。八人めの妃は、根王《ねのおおきみ》の娘で広媛《ひろひめ》といい、二男を生んだ。長男を兎皇子《うさぎのみこ》と申し上げる。この方は、酒人公《さかひとのきみ》の先祖である。次男を中皇子《なかつみこ》と申し上げる。この方は、坂田公《さかたのきみ》の先祖である。この年、太歳《たいさい》は丁亥《ていがい》であった。

二年の十月三日に、武烈《ぶれつ》天皇を傍丘磐杯丘陵《かたおかのいわつきのおかのみささぎ》に葬りまつった。

十二月に、南の海中の耽羅人《たむらひと》（済州島の人）が、初めて百済国《くだらのくに》に通交した。

三年の二月に、使者を百済《くだら》に派遣した［『百済本記《くだらほんき》』によると、「久羅麻致支弥《くらまちきみ》が日本から来た」という。詳しいことは不明である］。任那《みまな》の日本《やまと》の県邑《あがたのむら》に住む百済の人民で、逃亡して戸籍に漏れたまま三、四世を経た者を抜き出して、百済に移して戸籍に入れた。

五年の十月に、都を山背《やましろ》の筒城《つつき》に遷された。

任那《みまな》の四県を百済に割譲

六年の四月六日に、穂積臣押山《ほづみのおみおしやま》を百済《くだら》に派遣された。そして、筑紫国《つくしのくに》の馬四十匹を贈られた。

十二月に、百済は使者を派遣して、朝貢した。別に上表文で、任那国《みまなのくに》の上哆唎《おこしたり》・下哆唎《あるしたり》（全羅南道栄山江東岸一帯）娑陀《さだ》（全羅南道求礼）・牟婁《むろ》（全羅南北道栄山江西岸一帯）の四県を割譲してほしいと願った。哆唎国《たりのくにの》守《みこともち》の穂積押山《ほづみのおしやま》は奏上して、

「この四県は百済《くだら》に連なり、日本とは遠く隔たっています。百済とは朝夕通いやすく、鶏や犬もどちらのものか区別できないほど近い国です。今、百済に与えられて合わせて一つの国とするならば、これ以上の堅固

な安全策はないでしょう。しかし、たとえ百済に合併したとしても、後世の安全は保障し難く、ましてや別の国のままでは、とても何年も守りきることができません。」

と申し上げた。大伴大連金村《おおとものおおむらじかなむら》は、詳しくその内容を考え、この計画に賛同して奏上した。そして、物部大連《もののべのおおむらじ》麁鹿火《あらかひ》を勅《みことのり》を伝える使者に任じた。物部大連は、難波館《なにわのむろつみ》に出向いて百済の使者に勅命を告げようとした。

まさにその時、妻が固く諌めて、

「住吉神《すみのえのかみ》が、初めて海外にある金銀の国である高麗《こま》・百済《くだら》・新羅《しらぎ》・任那《みまな》等を、応神《おうじん》天皇に授けられました。それで神功《じんぐう》皇后は、大臣武内宿禰《おおおみたけうちのすくね》と共に国ごとに初めて官家《みやけ》を置き、海外の防塁として、長く続いてきたという由来があります。それをもし分割して他国に与えたなら、元の区域と違ってくることになります。そうなれば、きっと後世いつまでも非難が絶えることはないでしょう。」

と言った。大連は、

「なるほど諌言は理にかなっているが、天皇の勅に背くことは、誠に恐れ多いことだ。」

と言った。妻は、さらに切々と諌めて、

「この際病気といって、宣勅をおやめになったらいかがでしょうか。」

と言った。大連は、この諌めに従った。このため、今度は別の使者を立てて宣勅した。賜物と勅書とを合わせて授け、百済の上表文の通り、任那の四県を与えた。

大兄皇子《おおえのみこ》（後の安閑《あんかん》天皇）は、先に事情があって、国を与えることについてお聞きになっておらず、後になって宣勅を知り、驚き後悔して勅令を改めようと思い、

「応神《おうじん》天皇以来官家《みやけ》を置いてきた国を、軽々しく蕃国の乞うままに、与えてしまってよいものか。」

と仰せられた。すぐに日鷹吉士《ひたかのきし》を遣わして、改めて百済《くだら》の使者に命令を告げさせられた。百済の使者は、

「父である天皇が、事情をよくお考えになり、勅《みことのり》によって下されました。その事は、すでに終わっています。天皇の子である皇子が、どうして勅に背き、みだりに改めて命令を出されてよいのでしょうか。これは、虚言に違いありません。もしこれが事実としても、例えば棒の太い端で打つのと、細い端で打つのと、どちらが痛いでしょうか。よく考えてみて下さい。」

と申し上げて、帰ってしまった。噂によると、

「大伴大連《おおとものおおむらじ》と哆唎国守《たりのくにのみこともち》穂積臣押山《ほづみのおみおしやま》とは、百済から賄賂を受け取った。」

ということであった。

己汶・帯沙を百済《くだら》に割譲

七年六月に、百済は姐弥文貴《さみもんき》将軍・洲利即爾《つりそに》将軍を派遣して、穂積臣押山《ほづみのおみおしやま》〔『百済本記《くだらほんき》』によると、「委《わ》の意斯移麻岐弥《おしやまきみ》」という〕に付き添わせて五経博士段楊爾《だんように》を貢上した。別に奏上して、

「伴跛国《はへのくに》（星州の古名）は、我が国の己汶《こもん》（蟾津江《せんしんこう》上流）の地を略奪しました。伏してお願いいたします。どうか天恩によってご判断いただき、本国に返していただきますように。」

と申し上げた。

八月二十六日に、百済の太子淳陀《じゅんだ》が薨じた。

九月に、勾大兄皇子《まがりのおおえのみこ》は、自ら春日皇女《かすがのひめみこ》をめとられた。その時、月夜に趣深い語り合いをして、夜の明けるのも気づかれなかった。美しく文のある風流心が、たちまち言葉として表れた。そして歌を詠まれた。

歌謡九六　八洲国《やしまくに》　妻枕《つまま》きかねて　春日《はるひ》の　春日《かすが》の国に　麗《くわ》し女《め》を　有りと聞きて　宜《よろ》し女《め》を

有りと聞きて　真木割《まきさ》く　檜《ひ》の板戸《いたと》を　押し開き　我《われ》入り坐《ま》し　脚《あと》取り
端《つま》取りして　枕取り　端《つま》取りして　妹《いも》が手を　我に纏《ま》かしめ　我が手をば
妹に纏《ま》かしめ　まさき葛《づら》　たたき交《あざ》わり　宍串《ししくし》ろ　味寝《うまいね》寝し間《と》に　庭つ鳥
鶏《かけ》は鳴くなり　野つ鳥　雉《きぎし》は響《とよ》む　愛《は》しけくも　いまだ言わずて　明けにけり我妹《わぎも》

八洲国で妻をめとりかねて、〔春日《はるひ》の〕春日《かすが》の国に美しい女性がいると聞いて、よい女性がいると聞いて、〔真木割《まきさ》く〕檜《ひ》の板戸を押し開いて私がお入りになると、足の方の夜具の端をとり、枕の方の夜具の端をとりして、妹の手を自分の身に巻きつかせ、私の手を妹に巻きつかせ、〔まさき葛《づら》〕抱き合って交わり、〔宍串《ししくし》ろ〕快い共寝をした間にもう〔庭つ鳥〕鶏《かけ》が鳴くのが聞こえる。〔野《の》つ鳥《とり》〕雉《きぎし》は鳴き立てる。愛《いと》しいともまだ言わないうちに、夜が明けてしまった。わが妹よ。

妃は、これに和して口ずさまれた。

歌謡九七
隠所《こもりく》の　泊瀬《はつせ》の川ゆ　流れ来る　竹の　いくみ竹《だけ》よ竹《だけ》　本辺《もとへ》をば　琴に作り
末辺《すえへ》をば　笛に作り　吹き鳴《な》す　御諸《みもろ》が上に　登り立ち　我が見せば　つのさわう
磐余《いわれ》の池の　水下経《みなしたふ》　魚《うお》を　上に出て歎《なげ》く　やすみしし　我が大君《おおきみ》の　帯《お》ばせる
細紋《ささら》の御帯《みおび》の　結び垂れ　誰《たれ》やし人も　上に出て歎《なげ》く

〔隠所《こもりく》の〕泊瀬《はつせ》の川を流れてくる竹は、繁り栄えた竹、よい竹、その竹の根元の太い所を琴に作り、末

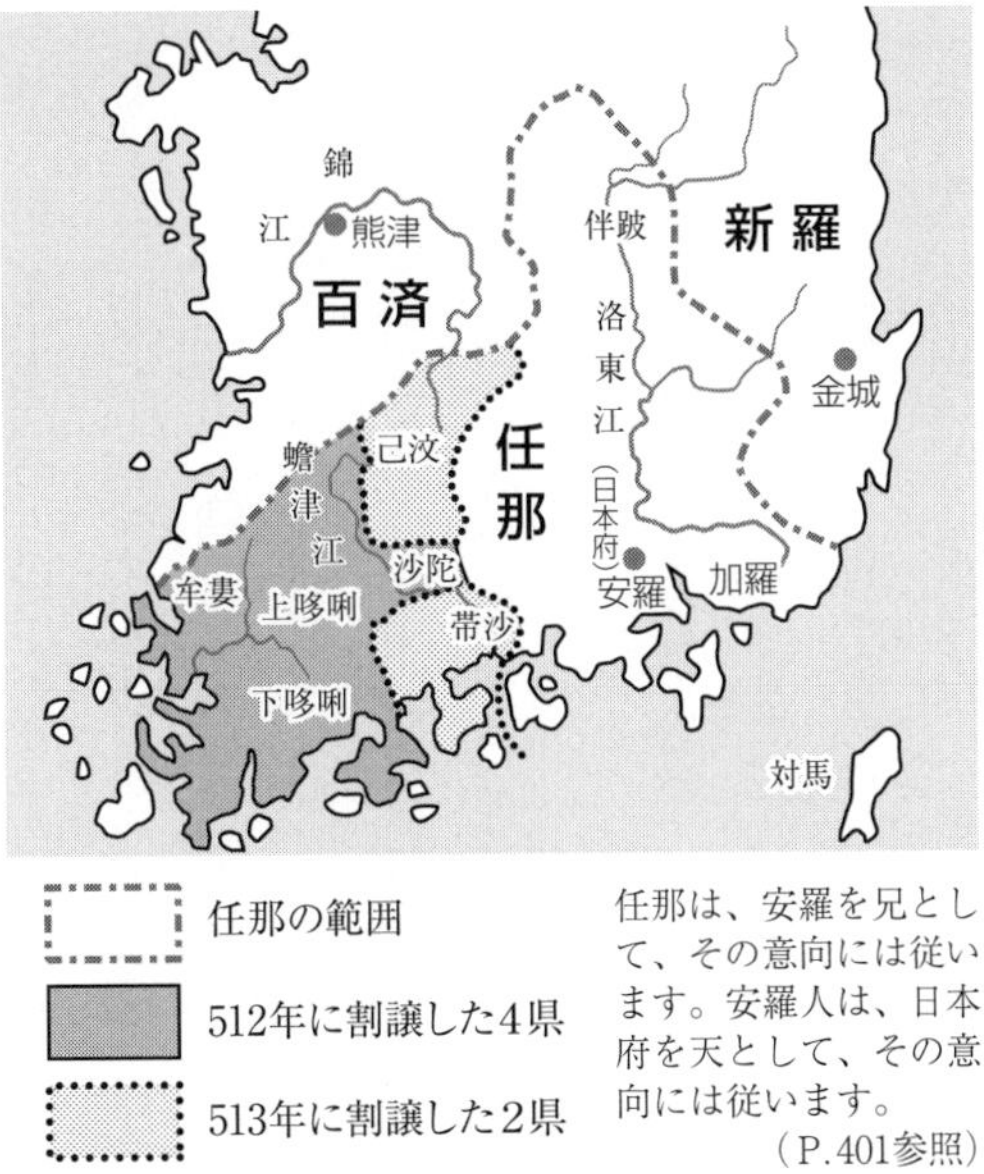

任那は、安羅を兄として、その意向には従います。安羅人は、日本府を天として、その意向には従います。
（P.401参照）

の細い所を笛に作って、吹き鳴らす、その御諸山《みもろやま》の上に登り立って、私がご覧になると、〔つのさわう〕磐余《いわれ》の池の中の〔水下経《みなしたふ》〕魚も水面に出て賛嘆する。〔やすみしし〕我が大君が着けていらっしゃる細かい模様の御帯が結び垂れ、誰もがみな声を出して、賛嘆しています。

十一月五日に、朝廷に百済《くだら》の姐弥文貴《さみもんき》将軍、斯羅《しらぎ》の汶得至《もんとくち》、安羅《あら》の辛已奚《しんいけい》と賁巴委佐《はんはわさ》、伴跛《はへ》の既殿奚《きでんけい》と竹汶至《ちくもんち》等を召し列ねて、勅命を告げて、己汶《こもん》・帯沙《たさ》（蟾津江下流地域）を百済国《くだらのくに》に与えられた。

この月に、伴跛国《はへのくに》は戢支《しゅうき》を派遣して珍宝を献上し、己汶《こもん》の領地を求めた。しかし与えられなかった。

十二月八日に、詔して、

「私は、皇位を継いで国家を保持することになり、恐れ危ぶんでいる。このごろは、天下安寧、国内平穏で、しばしば豊年となり、国が富みにぎわっている。喜ばしいことだ。麻呂古《まろこ》（勾大兄皇子《まがりのおおえのみこ》）よ、私の心をよく八方に示すとは。盛大なことだ、我が教化を万国に及ぼすとは。日本《やまと》は平和で、名声は天下に聞こえている。秋津洲《あきづしま》は盛んで、その栄誉は国内に重んじられている。宝とするものは賢人であり、善を行うことを、最大の喜びとする。これによって天皇の徳化は遠くまで人心を感動させ、功業は長く伝えられる。これらはまことに、お前の力にかかっている。皇太子として私を助けて仁を施し、私の欠けているところを補ってほしい。」

と仰せられた。

八年の正月に、皇太子の妃春日皇女《かすがのひめみこ》は、朝遅くなってから姿を見せて、いつもと様子が異なっていた。皇太子は内心疑って、御殿に入ってご覧になった。妃は床に臥して涙を流し、嘆いて、堪えられない有様であった。皇太子は不審に思い、

「今朝涙を流していたのは、何か恨みでもあるのか。」

と尋ねられた。妃は、

「他でもありません。天を飛ぶ鳥が自分の子を育てるために、木の頂に巣を作るのは、愛情が深いからです。地をはう虫も、自分の子を守るために土の中に穴を作るのは、その愛護の念が厚いからです。ましてや人にいたっては、我が子の誕生をどうして思いはからずにおられましょうか。後継のない恨みは、太子に当たります。私の名も、ゆくゆくは絶えてしまうことでしょう。」

と申し上げた。皇太子は嘆き、心を痛めて天皇に申し上げた。天皇は詔して、

「我が子麻呂古《まろこ》よ、お前の妃の言葉は、深く道理にかなっている。どうして空言として、慰めもせずにおられようか。匝布屯倉《さほのみやけ》（奈良県佐保川上流一帯）を与えて、妃の名を万代《よろずよ》に残すように。」

と仰せられた。

三月に、伴跛《はへ》は城を子呑《ことん》（居昌）・帯沙《たさ》に築いて満奚《まんけい》（光陽）に連ね、のろし台・兵糧倉庫を置いて、日本の攻撃に備えた。また、城を爾列比《にれひ》（慶尚北道慈仁）・麻須比《ますひ》に築いて、麻且奚《ましょけい》・推封《すいふ》（慶尚南道密陽）に連ね、兵士・兵器を集めて、新羅《しらぎ》を攻めた。子女を捕らえて、村落を略奪した。敵が襲ってきた所では、生存者は稀であった。暴虐はすさまじく、奢侈《しゃし》にふけり、民を悩ませ侵害し、多くの人々を殺した。そのさまは、詳しく

記すこともできない程であった。

九年の二月四日に、百済《くだら》の使者文貴《もんき》将軍等は、帰国したいと願った。そこで勅《みことのり》して、物部連《もののべのむらじ》［名を欠く］を添えて、帰国させた［『百済本記《くだらほんき》』によると、「物部至至連《もののべのちちのむらじ》」という］。

この日に、沙都島《さとのせま》（巨済島）に到着したところ、人の噂に、伴跛人《はへひと》が日本に恨みを抱き悪意をもち、強さを誇って暴虐をほしいままにしているということを聞いた。それで物部連は、船軍五百人を率いて直接帯沙江《たさのえ》に進んだ。文貴《もんき》将軍は、新羅から百済に帰った。

四月に、物部連《もののべのむらじ》が帯沙江《たさのえ》に滞留して六日後、伴跛《はへ》が軍を起こして攻撃してきた。衣類をはぎ取り、持ち物を奪い、帷幕《いばく》を焼いた。物部連等は恐れて逃走し、命からがら汶慕羅《もんもら》（蟾津江の河口の島）に停泊した［汶慕羅は島の名である］。

十年の五月に、百済《くだら》は前部木刕不麻甲背《ぜんほうもくらふまこうはい》を派遣して、物部連《もののべのむらじ》を己汶《こもん》に迎えてねぎらい、先導して国に入った。群臣は、それぞれ衣装・斧鉄《おのかね》・帛布《きぬぬの》を、国の産物に加えて提供し、朝廷に積み上げた。たいそうねんごろに慰問し、贈物は常にもまして多かった。

九月に、百済は州利即次《つりそし》将軍を派遣して物部連に付き従って来朝させ、己汶《こもん》の領地を賜ったことに感謝した。別に五経博士漢高安茂《あやのこうあんも》を貢上して、博士段楊爾《だんように》と交代することを願った。その通りにした。

十四日に、百済《くだら》は灼莫古《やくまくこ》将軍・日本《やまと》の斯那奴阿比多《しなのあひた》を派遣して、高麗《こま》の使者安定《あんてい》等に付き従って来朝させ、友好を結んだ。

十二年の三月九日に、都を弟国《おとくに》（京都府向日市・長岡京市・乙訓郡大山崎町・京都市の一部）に遷した。

十七年の五月に、百済《くだら》の武寧《むねい》王が薨じた。

十八年の正月に、百済の太子明《めい》が即位した。

二十年の九月十三日に、都を磐余玉穂《いわれのたまほ》に遷した［ある本によると、七年であるという］。

物部麁鹿火《もののべのあらかひ》が磐井《いわい》の反乱を鎮圧

二十一年の六月三日に、近江《おうみ》の毛野臣《けなのおみ》は兵六万人を率いて任那《みまな》に行き、新羅《しらぎ》に破れた南加羅《ありひしのから》・㖨己呑《とくことん》を復興して、任那と合併しようとした。ここに、筑紫国造《つくしのくにのみやつこ》磐井《いわい》は、ひそかに反逆の心を抱いていたが、実行できないまま年を経ていた。事の成りがたいことを恐れながらも、常に隙をうかがっていた。新羅はこれを知って、ひそかに磐井に賄賂《わいろ》を送り、毛野臣《けなのおみ》の軍を防ぎ止めることを勧めた。

そこで磐井は、火《ひ》（後の肥前《ひぜん》・肥後《ひご》）・豊《とよ》（後の豊前《ぶぜん》・豊後《ぶんご》）の二国に勢力を張って、朝廷の職務を妨害した。外に対しては海路を遮って、高麗《こま》・百済《くだら》・新羅《しらぎ》・任那《みまな》等の国の年ごとの朝貢船を誘い入れ、内に対しては任那に派遣した毛野臣の軍を遮断して、無礼な言葉で挑発して、

「毛野臣は、今でこそ使者となっているが、昔は俺と一緒に肩を並べ肘を触れ合わせ、同じ釜の飯を食べた仲である。急に使者になったからといって、いまさらお前に俺を従わせることができようか。」

と言った。ついに戦いとなり、ますます驕り高ぶっていた。こうして毛野臣は進路を防がれ、中途で留まってしまった。天皇は、大伴大連金村《おおとものおおむらじかなむら》・物部大連麁鹿火《もののべのおおむらじあらかひ》・許勢大臣男人《こせのおおおみおひと》等に詔《みことのり》して、

「筑紫の磐井は反逆して、西の国を占有した。今、誰を将軍としたらよかろう。」

と仰せられた。大伴大連等はみな、

「正直で恵み深く、しかも勇敢で兵法に通じているのは、麁鹿火《あらかひ》の右に出る者はいません。」

と申し上げた。天皇は、

「よろしい。」

と仰せられた。

八月一日に、

「よいか大連よ、磐井が反乱を起こしている。お前が行って征伐せよ。」

と仰せられた。物部麁鹿火大連《もののべのあらかひのおおむらじ》は再拝して、

「磐井《いわい》は、西のはずれの心のねじけた者です。川の深阻《しんそ》なことを頼んで朝廷に従わず、山の峻険《しゅんけん》なことを利用して反乱を起こしました。徳を破り道に背き、あなどり驕《おご》って、うぬぼれております。私の家系は昔から、道臣《みちのおみ》（大伴氏の祖）より室屋《むろや》（大伴大連金村の祖父）に至るまで、帝を助けて賊を討ち、人民の非常な難儀を救ってきました。昔も今も変わりません。ただ天の助けを得ることを、私は常に重んじているところです。謹んで征伐いたします。」

と申し上げた。詔して、

「良将が兵を起こすにあたっては、厚く恩恵を施し慈悲をもって、自分のことを思うように親身に人を治める。攻撃は川が切れたように激しく、戦法は風が起こるように早いものだ。」

と仰せられた。重ねて詔して、

「大将は、人民の生命を掌握している。国家の存亡はここにある。力を尽くせ。謹んで天罰を加えよ。」

と仰せられた。天皇は、自ら斧《おの》と鉞《まさかり》とを大連に授けて、

「長門《ながと》以東は、私が統帥しよう。筑紫《つくし》以西は、お前が治めよ。もっぱら賞罰を行え。仔細《しさい》は奏上に及ばず。」

と仰せられた。

二十二年の十一月十一日に、大将軍物部大連麁鹿火は、自ら賊軍の首魁《しゅかい》磐井《いわい》と筑紫の御井郡《みいのこおり》（福岡県久留米市・小郡市・三井郡）で交戦した。軍旗や軍鼓が向き合い、軍兵の上げる塵埃《じんあい》は戦況を隠すほどであった。両

軍は勝機をつかもうと必死に戦い、互いに譲らなかった。そしてついに麁鹿火は磐井を斬り、明確に境界を定めた。

十二月に、筑紫君葛子《つくしのきみくずこ》（磐井の子）は、父の罪に連座して誅殺されることを恐れ、糟屋屯倉《かすやのみやけ》（福岡市東区・市内東方）を献上して、死罪を免れることを願った。

加羅《から》の多沙津《たさのつ》を百済に割譲

二十三年の三月に、百済王は下哆唎国守《あるしたりのくにのみこともち》穂積押山臣《ほづみのおしやまのおみ》に語って、

「日本への朝貢の使者は、いつも岬《みさき》［海中の島の周囲の岸をいう］を避けるたびに、波風に悩まされてきました。これによって、積んである貢物を濡らしたり、ひどく損傷して見るかげもなくなったりします。どうか加羅の多沙津《たさのつ》を、私どもの朝貢の海路としていただきたいものです。」

と言った。そこで押山臣は、このことを奏上した。

この月に、物部伊勢連父根《もののべのいせのむらじちちね》・吉士老《きしのおきな》等を派遣して、多沙津《たさのつ》を百済王に与えようとされた。その時、加羅王は勅使に語って、

「この津は、官家《みやけ》を置いて以来、私どもの朝貢の海路としてきました。それをどうしてたやすく改めて、隣国に与えてしまうのでしょうか。初めに封じられた領域に背いてよいものでしょうか。」

と言った。勅使父根《ちちね》等は、これによってその場で百済に加羅の多沙津を与えるのは難しいと考え、大島《おおしま》（南海島）に引き返し、別に書記官を遣わし、ついに百済に与えた。

これによって、加羅は新羅《しらぎ》と友好関係を結び、日本を恨むようになった。加羅王は新羅王の娘をめとって、子が生まれた。新羅は、初めに娘を送る時、一緒に百人を遣わして、娘の従者とした。加羅王はこれを受け入

れ、諸県に分散し、新羅の衣冠を着けさせた。加羅の阿利斯等《ありしと》は、衣冠を変えたことに憤り、使者を遣わして従者を呼び集めて新羅に返した。新羅は面目を失い、意を翻して娘を召還しようとして、

「先にあなたの求めに応じて、私は結婚を許したのである。このような事態になっては、王女を返してもらうしかあるまい。」

と言った。加羅の己富利知伽《こほりちか》［詳しくは不明］は答えて、

「夫婦にしておいて、いまさらどうして仲をさくことができようか。ましてや子まであるのに、それを棄ててどこに行けようか。」

と言った。ついに新羅は、刀伽《とか》・古跛《こへ》・布那牟羅《ふなむら》の三城を奪い、また北境の五城を陥れた。

毛野臣《けなのおみ》の失政

この月に、近江《おうみ》の毛野臣《けなのおみ》を安羅《あら》に派遣し、新羅《しらぎ》に勅して、南加羅《ありひしのから》・㖨己呑《とくことん》を再建するよう勧めた。百済は、将軍尹貴《いんき》・麻那甲背《まなこうはい》・麻鹵《まろ》等を派遣して詔勅を聞かせた。新羅は、蕃国《ばんこく》の官家《みやけ》を破ったことを恐れて、上級官を派遣せず、夫智奈麻礼《ふちなまれ》・奚奈麻礼《けなまれ》等を派遣し、詔勅を聞かせた。安羅は新しく高宮を建て、勅使を先に立て、国主はその後から階段を昇った。国内の上級官でも昇殿できるものは、一、二人だけであった。百済の使者・将軍等は、堂の下にいた。合わせて数か月、再三にわたり会議が行われた。将軍等は、庭に置かれたことを恨んだ。

四月七日に、任那王《みまなおう》己能末多干岐《このまたかんき》が来朝した［己能末多というのは、思うに阿利斯等《ありしと》であろうか］。大伴大《おおとものおお》連《むらじ》金村《かなむら》に謹んで、

「海外の諸国は、応神《おうじん》天皇が内官家《うちつみやけ》（皇室直轄領）を置かれてから、元の国を排除せずにその地を委任統治

せしめられたのはまことに道理にかなったことです。今新羅《しらぎ》は、最初に与えられた領域を破り、しばしば境を越えて侵略してきます。どうか天皇に奏上して、我が国をお救い下さい。」

と申し上げた。大伴大連は、請いのままに奏上した。


この月に、使者を派遣して、己能末多干岐《このまたかんき》を任那《みまな》に送った。同時に任那にいる近江《おうみ》の毛野臣《けなのおみ》に詔して、

「任那王の奏上を審議して、任那と新羅両国間の疑念を晴らして和解させよ。」

と仰せられた。そこで毛野臣《けなのおみ》は、熊川《くまなれ》（慶尚南道昌原郡熊川）に宿り［ある本によると、任那《みまな》の久斯牟羅《くしむら》に宿るという］新羅・百済二国の王を召集した。新羅王佐利遅《さりち》は、久遅布礼《くちふれ》［ある本によると、久礼爾師知于奈師《くれにしちうなし》磨理《まり》という］を派遣し、百済は恩率弥騰利《おんそちみどり》を派遣して、毛野臣の許に集合させたが、二国の王自身は来なかった。毛野臣は大いに怒り、二国の使者を責め、

「小が大に仕えるのは、天道である［ある本によると、大木の端には大木で接ぎ木し、小木の端には小木で接ぎ木するものだ、とある］。どうして二国の王は、自ら出向いて天皇の勅命を受けようとせず、無礼にも使者をよこすのか。たとえ今、お前たちの王が自ら来て勅を聞こうとしても、私は勅を告げはしない。必ず追い返すだろう。」

と言った。久遅布礼《くちふれ》・恩率弥騰利《おんそちみどり》は、心に畏怖の気持ちを抱いてそれぞれ帰国し、王に召集に応じるよう伝えた。これによって、新羅は改めて上臣伊叱夫礼智干岐《いしぶれちかんき》を派遣して［新羅は、日本の大臣《おおおみ》にあたるものを上臣としている。ある本によると、伊叱夫礼知奈麻《いしぶれちなま》という］、軍隊三千人を率いて、勅を聞きたいと願った。毛野臣《けなのおみ》は、はるかに兵数千人が囲んでいるのを見て、熊川《くまなれ》から任那《みまな》の己叱己利城《こしこりのさし》に入った。伊叱夫礼智干岐《いしぶれちかんき》は、多多《たた》羅原《らのはら》（釜山南西）に宿り、帰属しなかった。待機すること三か月に及び、しきりに勅命を聞こうと請願したが、ついに宣勅しなかった。ある日、伊叱夫礼智が率いる兵士どもが、村落で食糧を求めて毛野臣の従者河内馬《こうちのうま》

飼首《かいのおびと》御狩《みかり》の家に立ち寄った。御狩は他人の門に入って隠れ、兵士が過ぎるのを待ち、手を握りしめて遠くから殴るまねをした。兵士はこれを見て、

「謹んで三か月の間、勅旨を聞こうと待っているが、いっこうに宣勅はなく、勅旨を聞く使者を悩ませてきたのは、偽って上臣を殺そうとしているのだ。」

と言った。すぐにその有様を詳しく上臣に報告した。上臣は、四村を攻略し［金官《こんかん》（慶尚南道金海）・背伐《はいばつ》（慶尚南道熊川）・安多《あた》・委陀《わだ》を四村とする。ある本によると、多多羅《たたら》・須奈羅《すなら》・和多《わた》・費智《ほち》を四村とするという］、取って本国に帰った。ある人が、

「多多羅《たたら》の四村を攻略されたのは、毛野臣《けなのおみ》の過失である。」

と言った。

九月に、巨勢男人大臣《こせのおひとのおおおみ》が薨じた。

二十四年の二月一日に詔《みことのり》して、

「神武《じんむ》天皇・崇神《すじん》天皇以来、博識の臣下や明哲の補佐に頼ってこられた。道臣《みちのおみ》の献策により、神武天皇の時代は隆盛となった。大彦《おおびこ》（孝元《こうげん》天皇の皇子・四道将軍の一人）の計略によって、崇神《すじん》天皇の時代も興隆をみた。皇位継承の君主として、中興の功を立てようとすれば、昔からどうしても賢哲の献策に頼らなければならない。武烈《ぶれつ》天皇の治世に及んでは、幸いにも先の聖世を受けて、長く太平の世が続いた。しかし、人民は眠ったようになり、政治もだんだん衰えて、改まらない。ただそれぞれ能力のある人が輩出するのを待つばかりである。思い謀りのある人はその短所は問わず、才能ある人はその人の過失を責めない。それによって国家を継承し、安泰に保つことができるのである。このように考えると、どうしても秀れた補佐が必要なのだ。

　私が即位してすでに、二十四年になる。天下は泰平で、内外に憂いがない。土地は肥沃《ひよく》で、穀物もよく

実っている。ただひそかに恐れるのは、人民がこれに慣れ、驕《おご》りの気持ちを起こすことだ。そこで、清廉の人を推挙させ、天下の大道を宣揚し、偉大なる徳化を流布させよう。優れた官吏の任用は、古来より難しいとされてきた。我が身にいたっては、どうして慎重にならずにいられようか。」

と仰せられた。

毛野臣対馬《けなのおみつしま》で死す

九月に、任那《みまな》の使者が奏上して、

「毛野臣《けなのおみ》は、ついに久斯牟羅《くしむら》に家を建てて、滞留すること二年［ある本に三年とあるのは、往来の年数を合わせたものである］になり、政務を怠っています。ここに至って、日本人《やまとひと》と任那人《みまなひと》との間にさかんに子が生まれ、その帰属をめぐって、訴訟を決するのは難しいことです。もともと判定することはできません。毛野臣は好んで誓湯《くかたち》を置いて、

『本当のことを言う者は、ただれることはない。うそを言う者は、必ずただれるだろう。』

と言っています。それで湯に入ってただれ死ぬ者が多くいます。また、吉備韓子那多利《きびのからこなたり》・斯布利《しふり》を殺し［大《やま》日本《と》の人が、蕃国《ばんこく》の女をめとって生んだ子を韓子《からこ》という］、常に人民を苦しめて、決して和解することはありません。」

と申し上げた。天皇はこれをお聞きになり、人を遣わして召還されたが、帰朝しなかった。毛野臣《けなのおみ》はひそかに河内母樹馬飼首御狩《こうちのおものきのうまかいのおびとみかり》を京《みやこ》に参向させ、奏上して、

「私は、いまだ勅旨のことを果たさないままに京《みやこ》に戻れば、苦労して行っただけで虚しく帰ることになります。恥ずかしく、面目ない気持ちをどうすることもできません。伏して願いますには、どうか陛下におかれ

ましては、命ぜられた任務を果たしてから、帰朝して謝罪するまでお待ち下さい。」

と申し上げた。使者を送り出した後、さらに一人で謀りごとをして、

「調吉士《つきのきし》もまた朝廷の使者である。もし私よりも先に帰国して実情を奏上すれば、私の罪過はきっと重いものになるだろう。」

と言った。そこで毛野臣《けなのおみ》は調吉士《つきのきし》を遣わし、軍隊を率いて伊斯枳牟羅城《いしきむらのさし》（慶尚北道清道）を守らせた。

さて阿利斯等《ありしと》は、毛野臣が細事にかかわるばかりで、任那《みまな》復興の約束を実行しないことを知って、しきりに帰朝を勧めたが、いっこうに聞き入れない。このために、毛野臣からの離反の気持ちを起こした。そして久礼《くれ》斯己母《しこも》を新羅《しらぎ》に、奴須久利《ぬすくり》を百済に派遣して、軍兵を請うた。毛野臣は百済兵が来たと聞いて、背評《へこおり》［背評は地名である。またの名は能備己富利《のびこおり》という］に迎え討ち、半数が死傷した。百済は奴須久利を捕らえ、手かせ・足かせ・首かせ・鉄鎖を付け、新羅と共に城を囲んだ。そして阿利斯等を責めののしって、

「毛野臣を出せ。」

と言った。毛野臣は城を巡らせて、防御を固めていた。その勢いは強く、破ることはできなかった。このため二国は都合のよい地を見付け、滞留すること一か月になった。やがて城を築いて帰り、久礼牟羅城《くれむらのさし》（慶尚北道達城郡）という。帰途では騰利枳牟羅《とりきむら》・布那牟羅《ふなむら》・牟雌枳牟羅《むしきむら》（以上三城は慶尚南道昌寧郡）阿夫羅《あぶら》（慶尚北道玄風）・久知波多枳《くちはたき》（慶尚北道達城郡）の五城を奪った。

四月に、調吉士《つきのきし》が任那《みまな》から帰国し、奏上して、

「毛野臣《けなのおみ》は、傲慢で性格がねじ曲がり、政治に不慣れです。決して和解せず、加羅《から》を騒乱させてしまいました。自分勝手で、患禍《かんか》を防ごうとしません。」

と申し上げた。それで、目頰子《めづらこ》を派遣して召し出させた［目頰子のことは、明らかでない］。

この年に、毛野臣は召されて対馬《つしま》に到着し、そこで病気になって死んだ。葬送の時、川をさかのぼって近江《おうみ》に入った。毛野臣《けなのおみ》の妻は、歌を詠んだ。

歌謡九八　枚方《ひらかた》ゆ　笛吹き上《のぼ》る　近江《おうみ》のや　毛野《けな》の若子《わくご》い　笛吹き上る

枚方《ひらかた》から、笛を吹きながら淀川《よどがわ》を上って行く。近江の毛野の若殿が、笛を吹きながら淀川を上って行く。

目頰子《めづらこ》が初めて任那《みまな》に着いた時、任那の日本人たちが歌を贈った。

歌謡九九　韓国《からくに》を　如何《いか》に言《ふ》ことそ　目頰子来《めづらこきた》る　むかさくる　壱岐《いき》の済《わたり》を　目頰子来《めづらこきた》る

韓国を、どんな国だというのか、目頰子がやって来た。遠く離れている壱岐の海路を、わざわざ目頰子がやってきた。

天皇崩御

二十五年の二月に、天皇は病気が重くなられた。

七日に、天皇が磐余玉穂宮《いわれのたまほのみや》で崩御された。御年八十二であった。

十二月五日に、藍野陵《あいののみささぎ》に葬りまつった［ある本によると、天皇は二十八年歳次甲寅《さいじこういん》に崩御されたという。

しかし、ここに二十五年歳次辛亥《しんがい》に崩御されたというのは、『百済本記《くだらほんき》』によって記載したためである。その文によると、「太歳辛亥《たいさいしんがい》の三月に、進軍して安羅《あら》に至り、乞乇城《こつとくのさし》を造営した。この月に、高麗《こま》はその王、安《あん》を殺した。また聞くところによると、日本《やまと》の天皇・皇太子・皇子は共に薨去《こうきょ》された。」という。これによると辛亥の年は、二十五年にあたる。後世調べ考える人が、明らかにするだろう」。

巻第十八　第二十七代　広国押武金日天皇《ひろくにおしたけかなひのすめらみこと》　安閑天皇《あんかんてんのう》

即位と立后

安閑《あんかん》天皇は、継体《けいたい》天皇の長子である。母は目子媛《めのこひめ》と申し上げる。この天皇の人となりは、幼少の頃から器量が大きくはかりしれない。また勇武であり、寛大で、君主としての度量がおありであった。

二十五年の二月七日に、継体《けいたい》天皇は大兄《おおえ》を天皇とされ、その日に崩御された。この月に、大伴大連《おおとものおおむらじ》・物部麁鹿火大連《もののべのあらかひのおおむらじ》を大連とすることは、ともに前の通りであった。

元年の正月に、都を大倭国勾金橋《やまとのくにのまがりのかなはし》に遷され、それを宮の名とした。

三月六日に、役人は天皇の御ために、仁賢《にんけん》天皇の御娘春日山田皇女《かすがのやまだのひめみこ》に結納品を贈り、皇后とした「またの御名は山田赤見皇女《やまだのあかみのひめみこ》」。別に三人の妃を立てた。許勢男人大臣《こせのおひとのおおおみ》の娘紗手媛《さてひめ》、その妹香香有媛《かかりひめ》、物部木蓮子大連《もののべのいたびのおおむらじ》の娘宅媛《やかひめ》である。

屯倉《みやけ》の設置

四月一日に、内膳卿《かしわでのつかさのきみ》膳臣大麻呂《かしわでのおみおおまろ》は勅命を受け、使者を遣わして、真珠を伊甚《いじみ》（千葉県いすみ市・勝浦市）に求めさせた。伊甚国造《いじみのくにのみやつこ》等は、京《みやこ》に参上するのが遅くなり、期限が過ぎても進上しなかった。膳臣大麻呂はたいそう恐り、国造等を捕縛して、その理由を尋問した。国造稚子直《わくごのあたい》等はかしこまって、後宮の寝殿に逃げ隠れた。春日皇后《かすがのきさき》は、突然のことで驚き転倒され、たいそう恥ずかしい思いをされた。稚子直等は、重ねて乱入した罪により、重罪に処せられた。謹んでひたすら皇后のために伊甚屯倉《いじみのみやけ》を献上して、乱入の罪をあがないたいと請うた。このようにして、伊甚屯倉を定めた。今、分けて郡とし、上総国《かみつふさのくに》に属させた。

五月に、百済《くだら》は下部《かほう》脩徳《しゅうとく》嫡徳孫《ちゃくとくそん》・上部《じょうほう》都徳《ととく》己州己婁《こっこる》等を派遣して、通常の調物《みつぎもの》を貢上し、別に上表文を奉った。

七月一日に、詔《みことのり》して、

「皇后は、ご身分は天皇と同じだが、内部では知られていても、外部ではその名をあまり知られることはない。そこで屯倉《みやけ》の地をあてて、皇后の宮殿を建て、後世にその名を遺すようにせよ。」

と仰せられた。そして勅使を遣わし、良田を選ばせられた。勅使は大河内直味張《おおしこうちのあたいあじはり》［またの名は黒梭《くろひ》］に告げて、

「今お前は、肥沃《ひよく》な雌雉田《きぎした》を進上せよ。」

と仰せられた。味張は急に惜しくなり、勅使を欺いて、

「この田は、日照りになると水を引くのが難しく、水が溢れると水びたしになります。苦労の割には、収穫はたいへん少ないのです。」

と申し上げた。勅使は、言葉通りに隠さず復命した。

十月十五日に、天皇は大伴大連金村《おおとものおおむらじかなむら》に勅して、

「私は四人の妻を召し入れたが、まだ後継がいない。万年の後には、私の名は絶えてしまうだろう。大伴《おおとも》伯父《おじ》よ、今どうすればよいだろうか。これを思うと、憂い迫るものがある。」

と仰せられた。大伴大連金村は奏上して、

「そのことにつきましては、私もまた心配しているところです。我が国家において天下に王たる方は、後継の有無にかかわらず、必ず何かの物によって名を残されています。どうか皇后と妃のために、屯倉《みやけ》の地を定めて後代に伝え、その事績を明らかにしてはいかがでしょうか。」

と申し上げた。詔して、

「よろしい。速やかに屯倉を置くように。」

と仰せられた。大伴大連金村は奏上して、

「小墾田屯倉《おはりたのみやけ》と各国の田部《たべ》（屯倉の田を耕作する農民）とを紗手媛《さてひめ》に、桜井屯倉《さくらいのみやけ》（東大阪市六万寺町）［ある本によると、茅渟山屯倉《ちぬやまのみやけ》（大阪府岸和田市三田町付近）を加え与えられたという］と各国の田部とを香香有媛《かかりひめ》に、難波屯倉《なにわのみやけ》と各郡の钁丁《くわよぼろ》（田部に準ずる）とを宅媛《やかひめ》にお与え下さい。これを後世に示すことで、昔を知らしめましょう。」

と申し上げた。詔して、

「奏上の通りに施行せよ。」

と仰せられた。

味張《あじはり》・枳莒喩《きこゆ》が罪をつぐなう

閏《うるう》十二月四日に、天皇は三島《みしま》に行幸された。大伴大連《おおとものおおむらじ》が従った。天皇は大伴大連に、良田を県主飯粒《あがたぬしいいぼ》に尋ねさせられた。県主飯粒は喜ぶこと限りなく、謹み敬って真心を尽くした。そして、上御野《かみのみの》・下御野《しものみの》・上桑原《かみのくわはら》・下桑原《しものくわはら》、併せて竹村《たかふ》（大阪府茨木市耳原・桑原）の地、すべて四十町を献上した。

大伴大連は、勅命を受け宣旨して、

「天の下、地の果てすべて、天皇の所有するところである。それゆえに、先の天皇は御名をあらわされ、広大な栄誉は天地に満ち、光りうるわしいさまは、日月のようであった。遠方まで行幸し、民を慈《いつく》しむこと、都の外にまでみなぎり溢れ、国内を栄え照らすこと、無限に充足していた。その徳は天地の果て、四方八方にまで及んでいる。礼制を定めてその成功を告げ、音楽を催して政治の安定を明らかにした。天の応答があり、瑞祥《ずいしょう》が往年と符号して現れた。

今お前味張《あじはり》は、微細なる臣下の一人にすぎない。急に王地とすることを惜しみ、使者の宣旨を軽んじて背いた。味張よ、今後郡司《こおりのつかさ》を委せることはできない。」

と仰せられた。

県主飯粒《あがたぬしいいぼ》は、良田を奉献したことが勅旨にかなったことの喜びと、詔を賜ったことの気持ちとが交錯した。そしてその子鳥樹《とりき》を大連《おおむらじ》に献上して、従者とした。また大河内直味張《おおしこうちのあたいあじはり》は、恐れかしこまり悔やんで、地に伏して汗を流し、大連に謹んで、

「愚か者めの臣の罪は、万死《ばんし》に当たります。伏して願いますことには、各郡《こおり》の钁丁《くわよぼろ》を春に五百丁、秋に五百丁天皇に献上し、子孫の代まで絶やしません。どうかこれによって、命をお助け下さい。末長く戒めといたします。」

と申し上げた。別に狭井田《さいのた》六町を、大伴大連《おおとものおおむらじ》に賄賂として贈った。思うに、三島竹村屯倉《みしまのたかふのみやけ》で河内県《こうちのあがた》の部曲《かきべ》（豪族の私有民）を田部《たべ》とすることは、ここに始まったのであろう。

この月に、廬城部連枳莒喩《いおきべのむらじきこゆ》の娘幡媛《はたひめ》は、物部連尾輿《もののべのむらじおこし》の首飾りを盗んで、春日皇后《かすがのきさき》に献上した。事が発覚すると、枳莒喩《きこゆ》は娘幡媛を采女《うねめ》の従者として献上し［これが春日部采女《かすがべのうねめ》である］、併せて安芸国《あきのくに》の過戸《あまるべ》の廬城部《いおきべ》屯倉《みやけ》（広島市安佐北区安佐町久地付近）を献上して、娘の罪をあがなった。物部大連尾輿は、事が自分に関わっ

ていることを恐れて、不安を感じた。そこで、大和国《やまとのくに》の十市部《とおちべ》（奈良県磯城郡・桜井市）、伊勢国《いせのくに》の来狭狭《くささ》・登《と》伊《い》［いずれも邑《さと》の名である］の贄土師部《にえのはじべ》、筑紫国《つくしのくに》の胆狭山部《いさやまべ》を献上した。

武蔵国造《むさしのくにのみやつこ》の紛争と屯倉《みやけ》の設置

武蔵国造《むさしのくにのみやつこ》笠原直使主《かさはらのあたいおみ》と同族の小杵《おき》とは、国造《くにのみやつこ》の地位を争って［使主《おみ》・小杵《おき》はいずれも名である］、長年決着しなかった。小杵は性格が激しく反抗的で、高慢で従順さがなかった。ひそかに上毛野君小熊《かみつけののきみおくま》に助けを求めて、使主を殺そうと謀った。使主はそれを知って逃げ出し、京《みやこ》に上ってその状況を報告した。朝廷は裁断して、使主を国造とし、小杵を誅殺した。国造使主は、心の中で恐れと喜びが交錯して、黙っていることができなかった。謹んで天皇のために、横渟《よこぬ》（埼玉県比企郡吉見町）・橘花《たちばな》（神奈川県東部）・多氷《おおひ》（東京都西半部・中央部）・倉樔《くらす》（横浜市中部・南部）の四か所の屯倉《みやけ》を置いた。この年、太歳《たいさい》は甲寅《こういん》であった。

二年の正月五日に、詔《みことのり》して、

「近頃穀物はよく実り、国境に外敵の心配はない。万民は生業を楽しみ、飢饉の恐れもない。天皇の仁慈は国中に広まり、治政をたたえる声は天地に充満している。内外は平穏で、国家は富み栄えている。私は、たいそう喜びに思う。そこで五日間の大宴会を催し、大いに喜び合おう。」

と仰せられた。

四月一日に、勾舎人部《まがりのとねりべ》・勾靫部《まがりのゆきべ》を置いた。

五月九日に、筑紫《つくし》の穂波屯倉《ほなみのみやけ》（福岡県飯塚市）・鎌屯倉《かまのみやけ》（嘉麻市）、豊国《とよのくに》の滕碕屯倉《みさきのみやけ》・桑原屯倉《くわはらのみやけ》（福岡県築上郡筑上町）・肝等屯倉《かとのみやけ》（同県京都郡苅田町）・大抜屯倉《おおぬくのみやけ》（北九州市小倉南区）・我鹿屯倉《あかのみやけ》（同県田川郡赤村）、火《ひの》国《くに》の春日部屯倉《かすがべのみやけ》（熊本市国府付近）、播磨国《はりまのくに》の越部屯倉《こしべのみやけ》（兵庫県たつの市新宮町南部）・牛鹿屯倉《うしかのみやけ》（姫路市四郷町）、備後国《きびのみちのしりのくに》の後城屯倉《しつきのみやけ》（岡山県井原市高屋町）・多禰屯倉《たねのみやけ》・来履屯倉《くつのみやけ》・葉稚屯倉《はわかのみやけ》・河音屯倉《かわとのみやけ》、婀娜国《あなのくに》（広島県福山市）の胆殖屯倉《いにえのみやけ》（同県福山市神辺町）・胆年部屯倉《いとしべのみやけ》（福山市深津町）、阿波国《あわのくに》の春日部屯倉《かすがべのみやけ》、紀国《きのくに》の経湍屯倉《ふせのみやけ》・河辺屯倉《かわへのみやけ》（和歌山市川辺）、丹波国《たにはのくに》の蘇斯岐屯倉《そしきのみやけ》、近江国《おうみのくに》の葦浦屯倉《あしうらのみやけ》（滋賀県草津市芦浦町・守山市三宅町）、尾張国《おわりのくに》の間敷屯倉《ましきのみやけ》（愛知県犬山市）・入鹿屯倉《いるかのみやけ》（同県丹羽郡）、上毛野国《かみつけののくに》の緑野屯倉《みどののみやけ》（群馬県藤岡市・高崎市南部）、駿河国《するがのくに》の稚贄屯倉《わかにえのみやけ》（静岡県富士市吉原）を置いた。

八月一日に、詔して、国々に犬養部《いぬかいべ》を置いた。

九月三日に、桜井田部連《さくらいのたべのむらじ》・県犬養連《あがたのいぬかいのむらじ》・難波吉士《なにわのきし》等に詔して、屯倉の税を管轄させた。

十三日に、別に大連に勅して、

「牛を難波《なにわ》の大隅島《おおすみのしま》と、媛島松原《ひめしまのまつばら》とに放牧せよ。願わくは、名を後世に伝えたい。」

と仰せられた。

十二月十七日に、天皇が勾金橋宮《まがりのかなはしのみや》で崩御された。御年七十であった。

この月に、天皇を河内《こうち》の旧市高屋丘陵《ふるいちのたかやのおかのみささぎ》に葬りまつった。皇后春日山田皇女《かすがのやまだのひめみこ》と天皇の妹神前皇女《かんさきのひめみこ》とを、その陵に合葬しまつった。

巻第十八　第二十八代　武小広国押盾天皇《たけおひろくにおしたてのすめらみこと》　宣化天皇《せんかてんのう》

即位と立后

宣化《せんか》天皇は、継体《けいたい》天皇の第二子であり、安閑《あんかん》天皇の同母弟である。

二年の十二月に、安閑天皇は崩御され、後嗣がなかった。群臣は、武小広国押《たけおひろくにおし》盾尊《たてのみこと》に璽《しるし》である剣と鏡を奉り、天皇の位におつけ申し上げた。

この天皇はすっきりとしたご性格で、御心は明朗ですぐれておられた。才能や地位を人に誇らず、王者ぶることはなさらなかった。君子らしい方であった。

元年の正月に、都を檜隈廬入野《ひのくまのいおりの》に遷され、宮の名とした。

二月一日に、大伴金村大連《おおとものかなむらのおおむらじ》を大連とし、物部麁鹿火大連《もののべのあらかひのおおむらじ》を大連とすることは、共に前の通りであった。また蘇我稲目宿禰《そがのいなめのすくね》を大臣《おおおみ》とし、阿部大麻呂臣《あへのおおまろのおみ》を大夫《まえつきみ》（大臣・大連に次ぐ地位）とした。

三月一日に、役人たちは、皇后を立てるように請うた。

八日に、詔《みことのり》して、

「前の正妃仁賢《にんけん》天皇の御娘　橘　仲皇女《たちばなのなかつひめみこ》を皇后としよう。」

と仰せられた。皇后は、一男三女をお生みになった。長女を石姫皇女《いしひめのひめみこ》と申し、次女を小石姫皇女《おいしひめのひめみこ》と申し、三女を倉稚綾姫皇女《くらのわかやひめのひめみこ》と申し、長男を上殖葉皇子《かみえはのみこ》と申し上げる。またの御名は椀子《まろこ》。この方は、丹比公《たじひのきみ》・偉那公《いなのきみ》、二姓の先祖である。前の庶妃《みめ》大河内稚子姫《おおしこうちのわくごひめ》は、一男を生み、火焔皇子《ほのおのみこ》と申し上げる。この方は、椎田君《しいたのきみ》の先祖である。

筑紫国《つくしのくに》の官家《みやけ》と任那《みまな》救援

五月一日に、詔して、

「食は天下の本である。黄金が万貫あっても、飢《う》えをいやすことはできない。真珠が千箱あっても、どうやって凍えから救うことができようか。

筑紫国《つくしのくに》は、遠近の国々が来朝し、往復の関門となる所である。そこで海外の国は、海の状態をうかがってやって来ては賓客《ひんきゃく》となり、天雲の様子を見ては、貢物《みつぎもの》を献上した。応神《おうじん》天皇より我が御世に至るまで、穀物を収蔵して蓄え積み上げてきた。それを凶年の備えとし、賓客を饗応する糧としている。国を安定させる方法は、これに過ぎるものはない。それゆえ、私は阿蘇仍君《あそのきみ》［詳しくは不明である］を遣わして、河内国《こうちのくに》の茨田郡《まんたのこおり》（大阪府枚方市の一部・寝屋川市西半・守口市・門真市・大東市西部）の屯倉《みやけ》の穀物も加えて運ばせよう。蘇我大臣稲目宿禰《そがのおおおみいなめのすくね》は、尾張連《おわりのむらじ》を遣わして尾張国の屯倉の穀物を運ばせよ。物部大連麁鹿火《もののべのおおむらじあらかひ》は、新家連《にいのみのむらじ》を遣わして新家屯倉《にいのみのみやけ》の穀物を運ばせよ。阿倍臣《あへのおみ》は、伊賀臣《いがのおみ》を遣わして伊賀国《いがのくに》の屯倉の穀物を運ばせよ。

官家《みやけ》を那津《なのつ》の港に建てよ。筑紫《つくし》・肥《ひ》・豊《とよ》の三国の屯倉は、遠く離れ分散している。そのため、運搬に時間がかかる。もし必要となった場合、急に対応することは難しい。そこで諸郡に割り当てて運ばせ、那津の港に集めて、非常の場合に備え、長く人民の命の糧となるようにせよ。早急に郡県に命令して、私の心を知らしめよ。」

と仰せられた。

七月に、物部麁鹿火大連《もののべのあらかひのおおむらじ》が薨《こう》じた。この年、太歳《たいさい》は丙辰《へいしん》であった。

二年の十月一日に、天皇は新羅《しらぎ》が任那《みまな》を侵略したことで、大伴金村大連《おおとものかなむらのおおむらじ》に詔して、その子磐《いわ》と狭手彦《さでひこ》とを派遣して、任那を助けさせた。この時、磐は筑紫に留まってその国の政務を執り、三韓《さんかん》に備えた。狭手彦は任地に行って任那を鎮め、また百済を救った。

四年の二月十日に、天皇が檜隈廬入野宮《ひのくまのいおりののみや》で崩御された。御年七十三であった。十一月十七日に、天皇を大倭国《やまとのくに》の身狭桃花鳥坂上陵《むさのつきさかのえのみささぎ》に葬りまつった。皇后橘皇女《たちばなのひめみこ》とその孺子《わくご》とを合葬しまつった。［皇后の崩じられた年は、伝記に記載されていない。孺子というのは、思うに成人にならずして薨《こう》じられたのであろうか］

巻第十九　第二十九代　天国排開広庭天皇《あめくにおしはらきひろにわのすめらみこと》　欽明天皇《きんめいてんのう》

夢告による秦大津父《はだのおおつち》の登用

欽明《きんめい》天皇は、継体《けいたい》天皇の嫡子《ちゃくし》である。母は、手白香皇后《たしらかのきさき》と申し上げる。継体天皇は、たいそう愛され、常に身元に置いておられた。

天皇は幼少の時に、夢を見られた。その夢である人が、

「天皇が、秦大津父《はだのおおつち》という者を寵愛《ちょうあい》なされば、成人されて必ず天下をお治めになるでしょう。」

と申し上げた。目がさめると、使者を遣わして広く天下に求めさせ、山背国《やましろのくに》の紀伊郡《きのこおり》の深草里《ふかくさのさと》（京都府伏見区深草）で見出した。姓名は、確かに夢でご覧になった通りであった。そこで喜びがお身体に満ち、まったく珍しい夢であったと驚かれた。天皇は秦大津父に告げて、

「お前に何かあったか。」

と仰せられた。答えて、

「別に変わったことはございません。ただし私が伊勢に行って、商売して帰る時に、山の中で二匹の狼が嚙《か》みあって、血にまみれているのを見ました。すぐに馬から下りて、口をすすぎ手を洗って、祈請して、

『あなたは貴い神で、荒々しい行為を好まれます。もし猟師に会えば、たちまち捕獲されるでしょう。』

と言いました。そして嚙み合うのをやめさせ、血で汚れた毛を拭い洗って助けてやりました。」

と申し上げた。天皇は、

「きっとそれが報われたのだろう。」

と仰せられた。こうして大津父を近くに仕えさせ、厚く寵遇《ちょうぐう》され、たいそう裕福になった。皇位に就かれてからは、大蔵の役人になった。

四年の十月に、宣化《せんか》天皇が崩御された。皇子であった欽明天皇は、群臣に命じて、

「私は年が若く、知識も浅く、まだ政事に不慣れである。山田皇后《やまだのきさき》（安閑《あんかん》天皇の皇后）は、さまざまな政事に通じておられる。どうか皇后が政務について決裁を下すよう、お願いしたい。」

と仰せられた。山田皇后は恐懼《きょうく》して、

「私は、山や海にも及ばないほどの恩寵を受けています。政治の困難な時に、どうして婦女が預かることができましょうか。今皇子は、老人を敬い幼い者を慈《いつく》しみ、賢者を尊んでおられます。日の高くなるまで朝食もとらずに、賢人を待っておられます。また幼少の頃から才能が抜きん出て優れ、早くから名声をほしいままにされています。性格は寛大で穏和であり、人を憐れみ許すように務めておられます。どうか諸臣等よ、早く天下を統治していただくようお願いして下さい。」

と申し上げた。

即位と立后　海外諸国の朝貢

十二月五日に、欽明《きんめい》天皇が即位された。御年若干であった。皇后を尊んで、皇太后と申し上げた。大伴金村《おおとものかなむら》大連《のおおむらじ》・物部尾輿《もののべのおこし》大連《のおおむらじ》を大連とし、蘇我稲目宿禰《そがのいなめのすくね》大臣《のおおおみ》を大臣とすることは、いずれも前の通りであった。

元年の正月十五日に、役人は皇后をお立てになるように請うた。天皇は詔《みことのり》して、

「正妃宣化《せんか》天皇の御娘石姫《いしひめ》を、皇后としよう。」

と仰せられた。皇后は、二男一女をお生みになった。長男を箭田珠勝大兄皇子《やたのたまかつのおおえのみこ》と申し、次男を訳語田渟中倉《おさたのぬなくら》太珠敷尊《ふとたましきのみこと》（後の敏達《びだつ》天皇）と申し、長女を笠縫皇女《かさぬいのひめみこ》［またの名は狭田毛皇女《さたけのひめみこ》］と申し上げる。

二月に、百済人《くだらひと》己知部《こちふ》が来朝した。倭国《やまとのくに》の添上郡《そうのかみのこおり》の山村《やまむら》（奈良市南部）に住まわせた。今の山村《やまむら》己知部《こちふ》の先祖である。

三月に、蝦夷《えみし》・隼人《はやひと》が共に一族を率いて帰順した。

七月十四日に、都を磯城郡《しきのこおり》の磯城島《しきしま》（奈良県桜井市金尾付近）に遷された。名付けて磯城島金刺宮《しきしまのかなさしのみや》といった。

八月に、高麗《こま》・百済《くだら》・新羅《しらぎ》・任那《みまな》が、そろって使者を派遣して貢物《みつぎもの》を献上した。秦人《はだひと》・漢人《あやひと》等、諸蕃国から来朝した者を招集して、国郡に住まわせ、戸籍に入れた。秦人の戸籍は全部で七千五十三戸で、大蔵掾《おおくらのまつりごとひと》（秦大津父《はだのおおつち》か）を秦伴造《はだのとものみやつこ》とした。

大伴金村《おおとものかなむら》への批判

九月五日に、難波祝津宮《なにわのはふりつのみや》に行幸された。大伴大連金村《おおとものおおむらじかなむら》・許勢臣稲持《こせのおみいなもち》・物部大連尾輿《もののべのおおむらじおこし》等がお供をした。天皇は諸臣に、「どのくらいの軍勢があれば、新羅《しらぎ》を討つことができるのか。」と仰せられた。物部大連尾輿等は奏上して、

「少しばかりの軍勢では、たやすく討つことはできません。昔、継体《けいたい》天皇の六年に、百済《くだら》が使者を派遣して、任那《みまな》の上哆唎《おこしたり》・下哆唎《あるしたり》・娑陀《さだ》・牟婁《むろ》の四県を請いました。大伴大連金村は要請通りに、求めてきた所をたやすく許し与えました。これによって、新羅は久しく恨んでいます。軽々しく討つべきではありません。」

と申し上げた。

さて、大伴大連金村は住吉《すみのえ》の家にこもり、病気といって参朝しなかった。天皇は青海夫人勾子《あおみのおおとじまがりこ》を遣わして、

丁重に慰問させた。大連はかしこまって、

「私が気に病んでおりますのは、他でもありません。今諸臣等は、私が任那を滅ぼしたと申しております。それゆえ、恐れて出仕しないのです。」

と申し上げた。そして飾馬《かざりうま》を使者に贈り、厚く敬意を表した。青海夫人は、ありのままを奏上した。天皇は詔して、

「忠誠の心をもって、久しく公に尽くした。人の噂は気にかけるな。」

と仰せられた。結局罪とされず、かえってますます厚遇された。この年、太歳《たいさい》は庚申《こうしん》であった。

五人の妃と御子

二年の三月に、五人の妃を召し入れられた。元の妃は、皇后の妹で稚綾姫皇女《わかやひめのひめみこ》という。この妃は、石上皇《いそのかみのみ》子《こ》を生んだ。二人めの妃も皇后の妹で、日影皇女《ひかげのひめみこ》という［ここに皇后の妹というのは、明らかに宣化《せんか》天皇の御娘である。しかし、后妃に御名を列ねて、母后の姓と皇女の御名が見えない。これは、どんな書物に出ているものかわからない。後に調べ考える人が明らかにするだろう］。この妃は、倉皇子《くらのみこ》を生んだ。三人めの妃は、蘇我大臣稲目宿禰《そがのおおおみいなめのすくね》の娘で堅塩媛《きたしひめ》という。七男六女を生んだ。長男を大兄皇子《おおえのみこ》と申し、この方は橘豊日尊《たちばなのとよひのみこと》（後の用明《ようめい》天皇）である。長女を磐隈皇女《いわくまのひめみこ》と申し［またの御名は夢皇女《いめのひめみこ》である］、初め伊勢大神の祭祀にお仕えした。後に茨城《うまらき》に犯されたので、その任を解かれた。次男を臘嘴鳥皇子《あとりのみこ》と申し、次女を豊御食炊屋姫尊《とよみけかしきやひめのみこと》（後の推古《すいこ》天皇）と申し、三男を椀子皇子《まろこのみこ》と申し、三女を大宅皇女《おおやけのひめみこ》と申し、四男を石上部皇子《いそのかみべのみこ》と申し、五男を山背《やましろの》皇子《みこ》と申し、四女を大伴皇女《おおとものひめみこ》と申し、六男を桜井皇子《さくらいのみこ》と申し、五女を肩野皇女《かたののひめみこ》と申し、七男を橘本稚皇子《たちばなのもとのわかみこ》と申し、六女を舎人皇女《とねりのひめみこ》と申し上げる。四人めの妃は、堅塩媛《きたしひめ》の同母妹で小姉君《おあねのきみ》という。四男一女を生んだ。

長男を茨城皇子《うまらきのみこ》と申し、次男を葛城皇子《かずらきのみこ》と申し、長女を泥部穴穂部皇女《はしひとのあなほべのひめみこ》（後に用明《ようめい》天皇の皇后・聖徳太子の母）と申し、三男を泥部穴穂部皇子《はしひとのあなほべのみこ》と申し［またの御名は天香子皇子《あまつかこのみこ》。一書によると、またの御名は住迹皇子《すみとのみこ》という］、四男を泊瀬部皇子《はつせべのみこ》（後の崇峻《すしゅん》天皇）と申し上げる［一書によると、長男を茨城皇子《うまらきのみこ》と申し、長女を泥部穴穂部皇女《はしひとのあなほべのひめみこ》と申し、次男を泥部穴穂部皇子《はしひとのあなほべのみこ》と申し、またの御名は住迹皇子《すみとのみこ》、三男を葛城皇子《かずらきのみこ》と申し、四男を泊瀬部皇子《はつせべのみこ》と申し上げるとある。また一書によると、長男を茨城皇子《うまらきのみこ》と申し、次男を住迹皇子《すみとのみこ》と申し、長女を泥部穴穂部皇女《はしひとのあなほべのひめみこ》と申し、三男を泥部穴穂部皇子《はしひとのあなほべのみこ》と申し、またの御名は天香子《あまつかこ》、四男を泊瀬部皇子《はつせべのみこ》と申し上げるとある。『帝王本紀《ていおうほんき》』に、多くの古字があり、撰集する人がしばしば変わった。後人が読み習う時に、故意に削り改めたり、伝写することが多く、ついに錯乱してしまったり、前後の順序を失い、兄弟姉妹も入り混じっている。今、古今を考え調べて真実の姿に戻した。判断の難しいものは、とりあえず一つを撰び、その異伝を注記した。他のところもこれと同じである］。五人めの妃は、春日日抓臣《かすがのひつめのおみ》の娘で糠子《ぬかこ》という。春日山田皇女《かすがのやまだのひめみこ》と橘麻呂皇子《たちばなのまろのみこ》とを生んだ。

百済の聖明王《せいめいおう》が任那《みまな》再建会議を召集

四月に、安羅《あら》の次旱岐夷呑奚《しかんきいとんけい》・大不孫《だいふそん》・久取柔利《くぬすり》、加羅《から》の上首位古殿奚《おこしゅいこでんけい》、卒麻《そちま》の旱岐《かんき》、散半奚《さんはんげ》の旱岐《かんき》の子、多羅《たら》の下旱岐夷他《あるしかんきいた》、斯二岐《しにき》の旱岐《かんき》の子、子他《こた》の旱岐《かんき》等と、任那《みまな》の日本府《やまとのみこともち》吉備臣《きびのおみ》［名を欠く］とが、百済《くだら》に行き、共に詔書を承《うけたまわ》った。

百済《くだら》の聖明王《せいめいおう》は、任那《みまな》の旱岐《かんき》等に語って、

「日本の天皇の詔は、もっぱら任那を復建せよということである。今、どんな策を用いれば、任那を再建することができるだろうか。何とかして、それぞれが忠誠を尽くして、天皇の御心を安堵させねばならない。」

と言った。任那の旱岐等は答えて、

「前に再三にわたり新羅《しらぎ》に話をしましたが、いっこうに応答はありません。こちらの意図をまた新羅に告げても、やはり返答はないでしょう。今、共に使者を派遣して、天皇に奏上いたしましょう。任那の再建は、聖明王の意向でもあります。謹んで教えの旨をお受けした限り、誰に異議などありましょうか。しかし、任那の国境は新羅に接しています。恐れているのは、卓淳《とくじゅ》等《ら》と同じ禍を受けるのではないかということです。」

と言った「等《ら》というのは、喙己呑《とくことん》・加羅《から》をいう。言うところの意味は、卓淳等の国のように、滅亡の運命をたどるのではないかということである」。

聖明王は、

「昔、我が先祖速古王《そくこおう》・貴首王《きしゅおう》の世に安羅《あら》・加羅《から》・卓淳《とくじゅ》の旱岐《かんき》等が、初めて使者を派遣して互いに通交し、厚く親交を結んでいた。そして子弟となって手をたずさえ、恒久に栄えることを願った。しかし今、新羅に欺かれて、任那からも恨まれるようになったのは、私の過ちである。私は深く後悔して、下部《かほう》中佐平《しそさへい》麻鹵《まろ》・城方甲背昧奴《じょうほうこうはいまな》等を遣わして加羅《から》に行かせ、任那《みまな》の日本府《やまとのみこともち》に会って盟約を結ばせた。以後、この事はずっと念頭にあり、任那再建の計略は朝夕忘れることはない。

今、天皇は詔して、

『速やかに任那を再建せよ。』

と仰せられた。これによって、お前達と共に計って、任那等の国を建てようと思う。よく策を練らねばならない。

また、任那の国境に新羅を呼んで、詔を受け入れるのかどうかを問おう。同時に使者を派遣して、天皇に奏上して、謹んでご教示を受けよう。もし使者が帰らないうちに、新羅が隙をうかがって任那を侵略すれば、私が行って救援しよう。憂うることはない。しかし、よく守り備えて、決して警戒を忘れてはならない。

また、お前が先ほど言った、卓淳《とくじゅ》等の禍いを受けることを恐れるというのは、決して新羅が強いせいではない。その喙己呑《とくことん》は、加羅《から》と新羅《しらぎ》の境目にあり、毎年攻められて敗れたのだ。任那も救援することができなかった。それで滅ぼされたのである。その南加羅《ありひしのから》は、狭小であり、急に備えることができず、頼る所もなかった。それで滅ぼされたのである。その卓淳《とくじゅ》は、君臣が二つに分離し、君主自ら新羅に服従しようとして内応した。それで滅ぼされたのである。

こうしてみると、三国が敗れたのは、もっともな理由がある。昔、新羅《しらぎ》は高麗《こま》に救援を要請して、任那《みまな》と百済とを攻撃したが、勝つことはなかった。新羅がどうして独力で任那を滅ぼすことができようや。今、お前と力を合わせ心を一つにして、天皇の霊威に頼れば、任那は必ず復興するだろう。」

と言った。そしてそれぞれに贈物をした。みな喜んで帰った。

聖明王が新羅の謀略を戒める

七月に、百済は安羅《あら》の日本府《やまとのみこともち》と新羅とが策謀を通じ合っているのを聞いて、前部《ぜんほう》奈率《なそち》鼻利莫古《びりまくこ》・奈率《なそち》宣文《せんもん》・中部《ちゅうほう》奈率《なそち》木刕眯淳《もくらまいじゅん》・紀臣奈率弥麻沙《きのおみなそちみまさ》等を遣わして［紀臣奈率は、思うに紀臣が韓《から》の婦人をめとって生んだのであろう。そして百済に留まって、奈率となった者である。その父は未詳である。他の場合もこれと同様である］、安羅に使いさせ、新羅に行った任那の官人を召して、任那の再建について協議させた。

別に安羅の日本府《やまとのみこともち》の河内直《こうちのあたい》が、計略を新羅に通じたことを、深く責めののしった［『百済本記《くだらほんき》』によると、「加不至費直《こうちのあたい》・阿賢移那斯《あけえなし》・佐魯麻都《さろまつら》等」というが、未詳である］。

聖明王は、任那《みまな》に語って、

「昔、我が先祖速古王《そくこおう》・貴首王《きしゅおう》と、当時の旱岐《かんき》等とは初めて和親を結んで、兄弟の仲となった。こうして、私はお前を子弟とし、お前は私を父兄として共に天皇に仕え、力を合わせて強敵を防ぎ、国家の安全を守って今日までにいたった。我が先祖と当時の旱岐との和親の言葉を思うと、煌々《こうこう》と照る日のように明らかである。この後も、隣国としての友好を修めて同盟国となり、肉親以上の恩愛を通わせよう。初めの良好な関係を終わりまで保ちたいというのは、私の常に願っているところである。不審に思うのは、どうして軽々しく流言を聞いて、数年のうちに嘆かわしくも、その意志を失ったのか。古人が、『後悔先に立たず』と言ったのは、こういうことをいうのだろうか。天地の神に誓って過ちを改め、ひたすら隠すことなく明らかにし、誠心を神に通わせ、深く反省することが、今我々のとるべき行為である。

思うに、後継者たる者は、父祖の規則《のり》を受けて業を盛んにし、成功させることを尊ぶと聞いている。それゆえ、今先代の和親のよしみを尊重し、謹んで天皇の詔勅《しょうちょく》の言葉に従って、新羅《しらぎ》の奪った南加羅《ありひしのから》・㖨己呑《とくことん》等を攻略して、本来の任那《みまな》に返し、日本《やまと》を父兄として、いつまでもお仕えしようと思う。これこそ、私が物を食べても味が分からず、寝ても安眠できず、いつも心から離れないことである。過去を悔い今を戒めて苦悩していることなのである。

さて、新羅が甘言を弄《ろう》し、欺《あざむ》こうとしている事は、天下みなが知るところである。お前たちは、新羅を妄信して、すでに計略におちてしまった。今任那の国境は、新羅に接している。常に防備を固め、決して警戒をゆるめてはならない。恐れることは、奸計の網にかかり、国家を滅亡させ、捕虜となってしまうということである。私は、このことを考えると、心配で安らぐことができない。ひそかに聞くところでは、任那と新羅とは、同席して策をめぐらした時に、蜂《はち》や蛇の不吉な前兆が現れたということである。これは、衆人のよく知るところである。思うに、凶兆は行動を戒めるため、天災は人々にその非を悟らせるために起こるのである。まさにこれは、天の告戒、先霊の微証である。禍《わざわい》が来てから後悔したり、滅びてから後に再興しようと思っても、間に合うものではない。

今お前は私に従って、天皇の勅命を承《うけたまわ》り、任那を立てるべきである。どうして成功しないと憂うることがあろうや。もし長く国土を保ち、国民を治めようと思うならば、その計はここにある。慎重に思慮せよ。」

と言った。

聖明王《せいめいおう》は、また任那《みまな》の日本府《やまとのみこともち》に語って、

「天皇は詔して、

『もし任那が滅亡するようなことがあれば、お前は拠りどころがなくなるだろう。任那が再興するならば、お前は助けを得るだろう。今任那を昔のように興し、お前の助けとして人民を満足させるがよい。』

と仰せられた。謹んで詔勅を承り、恐れ多い気持でいっぱいである。忠誠を誓い、任那を栄えさせたいと願うばかりである。そして昔のように、長く天皇にお仕えしたい。まずゆく先のことを考えてこそ、その後に安楽がある。

今日本府《やまとのみこともち》が、詔勅に従って任那を救助できれば、必ず天皇にほめたたえられ、お前自身にも恩賞が与えられるだろう。また日本《やまと》の卿《まえつきみ》等は、長く任那の国に住んで、新羅の国境に接している。新羅の状況もまた、よく知っていよう。任那を侵害することによって、日本の圧迫を防ごうとする新羅の方策は、その由来は久しいものがある。ただ今年だけのことではない。ところが、新羅があえて行動を起こさないのは、近くは百済の立派さに気が引け、遠くは天皇の威光を恐れてのことである。新羅が日本の朝廷にうまく取り入って仕え、偽って任那と和睦している。このように、新羅が任那の日本府を感激させているのは、まだ任那を奪取しない間、偽って従っている構えを示しているのである。

どうにかして今、新羅の隙《すき》をうかがい、その不備を突いて、兵を挙げて討ち取りたい。天皇が詔勅して、南加羅《ありひしのから》・喙己呑《とくことん》を立てよと勧めてこられたのは、数十年どころではない。新羅がまったく大命を聞き入れないことは、卿もよく知るところである。いったい天皇を尊敬し、任那を再興しようとするのに、どうしてこのままでよいのだろうか。恐れることは、卿等がたやすく甘言を信じて、軽々しく虚言を用い、任那国を滅亡させて、天皇をはずかしめはしないかということである。卿よ、十分戒めて決して欺かれてはなりませんぞ。」

と言った。

七月に、百済《くだら》は紀臣奈率弥麻沙《きのおみなそちみまさ》・中部奈率己連《ちゅうほうなそちこれん》を派遣し、下韓《あるしから》における任那《みまな》復興の政策を奏上し、併せて上表文を奉った。

四年の四月に、百済《くだら》の紀臣奈率弥麻沙《きのおみなそちみまさ》等は帰国した。

九月に、百済の聖明王《せいめいおう》は、前部奈率真牟貴文《ぜんほうなそちしんむきもん》・護徳己州己婁《ごとくこっこる》と物部施徳麻奇牟《もののべのせとくまがむ》等を派遣し、扶南《ふなん》（インドシナ南部メコン川流域にあったクメール族の国）の財物と、奴《やっこ》二人とを献上した。

聖明王《せいめいおう》が任那《みまな》復興を呼びかける

十一月八日に、津守連《つもりのむらじ》を派遣して、百済《くだら》に詔して、

「任那《みまな》の下韓《あるしから》にいる、百済の郡令《こおりのつかさ》・城主《きのつかさ》を、日本府《やまとのみこともち》に従属させせよ。」

と仰せられた。併せて詔書を持たせ、宣勅して、

「お前は、しばしば上表文を奉り、任那の再建を主張して、すでに十余年にもなる。そのように奏上はするが、いまだに実現していない。任那はお前の国にとって、棟梁《とうりょう》である。もし棟梁が折れたならば、どうして

家屋を保つことができようか。私が心配するのはここにある。お前は、速やかに任那を再建せよ。河内直《こうちのあたい》等「河内直は、すでに上文に出ている」は、自然に退くだろう。今さら言うまでもないことである。」

と仰せられた。

この日に、聖明王は宣勅を聞き終わり、三人の内頭佐平《ないずさへい》と諸臣それぞれに尋ねて、

「詔勅はこのようである。さて、どのようにしたらよいか。」

と言った。三人の佐平等は答えて、

「下韓《あるしから》にいる我が郡令《こおりのつかさ》・城主《きのつかさ》は、引き上げることはできません。任那の国再建については、早急に聖勅をお受け下さい。」

と言った。

十二月に、百済の聖明王は再び先の詔を広く諸臣に示して、

「天皇の詔勅は、このようである。さてどのようにしたらよいか。」

と言った。上佐平《そくさへい》沙宅己婁《さたくこる》・中佐平《しそさへい》木刕麻那《もくらまな》・下佐平《おとさへい》木尹貴《もくいんき》・徳率《とくそち》鼻利莫古《びりまくこ》・徳率《とくそち》東城道天《とうじょうどうてん》・徳率《とくそち》木刕眯淳《もくらまいじゅん》・徳率《とくそち》国雖多《こくすいた》・奈率《なそち》燕比善那《えんひぜんな》等は協議して、

「私どもは、もともと暗愚であり、まったく良い計略は思いつきません。しかし、任那《みまな》を再建せよとの詔勅は、早急にお受けになるべきです。今、任那の官人や国々の旱岐《かんき》等を呼んで、共同して計略を練り、上表文を奉って意見を申し述べましょう。また、河内直《こうちのあたい》・移那斯《えなし》・麻都《まつ》等がなお安羅《あら》にいるならば、おそらく任那の復興は難しいでしょう。それゆえ、併せて上表文でお願いして、本国へ帰してもらいましょう。」

と言った。聖明王は、

「群臣の議するところは、まさに私の心といっしょである。」

と言った。

この月に、百済は施徳高分《せとくこうぶん》を遣わして、任那の官人と日本府《やまとのみこともち》の官人とを呼んだ。共に答えて、

「元旦が過ぎたら、参上して承りましょう。」

と言った。

五年の正月に、百済国は再び使者を派遣して、任那と日本府の官人とを呼んだ。共に答えて、

「神祭りの時期が来ているので、祭が終わってから参上します。」

と言った。

この月に、百済は三たび使者を派遣して、任那と日本府の官人とを呼んだ。しかし日本府・任那は共に官人ではなく、身分の低い者を遣わした。このため共に任那国再建について協議することができなかった。

二月に、百済は施徳馬武《せとくめむ》・施徳高分屋《せとくこうぶんおく》・施徳斯那奴次酒《せとくしなのししゅ》等を任那《みまな》に派遣し、日本府《やまとのみこともち》と任那の旱岐等に語り、

「私は、紀臣奈率弥麻沙《きのおみなそちみまさ》・奈率己連《なそちこれん》・物部連《もののべのむらじ》奈率用奇多《なそちようかた》を派遣して、天皇に拝謁させた。弥麻沙等は日本から帰って詔書を告げて、

『お前等は、そこにいる日本府《やまとのみこともち》と共に、早急に良い計略を練って、私の望みをかなえよ。警戒して、欺かれてはならぬ。』

と言った。また津守連《つもりのむらじ》が日本《やまと》から来て〔『百済本記《くだらほんき》』によると、「津守連己麻奴跪《つもりのむらじこまなこ》」という。しかし、言葉が訛って正しくない。未詳である〕、詔勅を告げて、任那復興の政策を尋ねた。そこで、日本府《やまとのみこともち》・任那《みまな》の官人と共に、任那の再建策を協議し、天皇に奏上しようとして三度召集したが、いっこうにやって来ない。このため、共に任那再建策を協議して、天皇に奏上することができない。今、津守連に滞留するよう請い、別に急使を派遣して、詳しい実情を天皇に奏上しようと思う。三月十日に、使者を日本《やまと》に発遣しよう。

この使者が日本に到着すれば、天皇は必ずお前を詰問なさるだろう。お前たち日本《やまとのみこともちのかみ》府卿・任那《みまな》の旱岐《かんき》等は、おのおの使者を発して、我が使者と共に日本に行かせ、天皇の宣勅を承《うけたまわ》るがよい。」

と言った。

別に河内直《こうちのあたい》［『百済本記《くだらほんき》』によると、「河内直《こうちのあたい》・移那斯《えなし》・麻都《まつ》」という。しかし、言葉が訛っていて、正しいかどうか明らかにできない］に、

「以前から、お前の悪いことばかりを聞いている。お前の先祖等も［『百済本記』によると、「お前の先祖那《な》干陀甲背《かんだこうはい》・加猟直岐甲背《かろうちきこうはい》」とある。また、「那奇陀甲背《なかだこうはい》・鷹奇岐弥《ようかきみ》」とある。言葉が訛っていて未詳である］、共に奸計を案じて話をもちかけた。為哥可君《いかかのきみ》［『百済本記』によると、「為哥岐弥《いかきみ》、名は有非岐《うひき》」とある］はもっぱらその言葉を信じて国難を憂えず、我が心に背いてほしいままに暴虐を行った。このために追放された。それはひとえに、お前のせいである。お前等は任那に来て留まり、常に善からぬことを行った。任那が日々衰退していったのは、ひとえにお前のせいである。お前は卑小であっても、例えば小さな火が山野を焼いて、村里に広がっていくようなものである。お前の悪行によって、任那は滅びるだろう。そしてついには、海外の西方諸国の官家《みやけ》は、長く天皇に仕えることができなくなってしまうだろう。今天皇に奏上して、お前等を本国に帰還させるようお願いしよう。お前も来て、詔《みことのり》を承《うけたまわ》るがよい。」

と言った。

また、日本《やまとのみこともちのかみ》府卿・任那《みまな》の旱岐《かんき》等に語って、

「任那国《みまなのくに》の再建は、天皇の霊威をもって行わなければ、決して成功しない。それゆえ、私は天皇に軍兵の派遣を請い、任那国を助けようと思う。軍兵の食糧は、私が運ぼう。軍兵の数は、未定であり、食糧を運ぶ場所も決まっていない。何とか一堂に会し、共に可否を論議し、よい意見を選択して天皇に奏上しようと思う。

それゆえ、しきりに招集したが、お前達はいっこうに来ないので、協議ができないでいる。」

と言った。日本府《やまとのみこともち》は答えて、

「任那の官人が、招集されたのに出向かなかったのは、私が派遣しなかったからです。私が天皇に奏上した時に、その使者が還って詔《みことのり》を告げて、

『私は印奇臣《いがのおみ》［言葉が訛っていて不明である］を新羅《しらぎ》に派遣し、津守連《つもりのむらじ》を百済《くだら》に派遣する。お前は、勅命を受けるまで待て。自ら新羅・百済に出向いてはならぬ。』

と言いました。宣勅はこのようでした。たまたまその時、印奇臣が新羅に遣わされたと聞き、すぐに追って天皇の宣勅を尋ねさせたところ、

『日本府《やまとのみこともち》の臣と任那の官人は、新羅に行って天皇の勅命を受けよ。』

とのことでした。百済に行って命令を受けよとは、告げられていません。後に津守連がここに立ち寄り、

『今私が百済に派遣されたのは、下韓《あるしから》にいる百済の郡令《こおりのつかさ》・城主《きのつかさ》を撤退させるためである。』

と言いました。ただこのことだけを聞いたのです。任那《みまな》と日本府《やまとのみこともち》とは百済《くだら》に集まって、天皇の勅命を受けよとは聞いていません。それゆえ、出向かなかったのは、任那の意志ではありません。」

と言った。

さて、任那の旱岐《かんき》等は、

「使者が来て招集したため、すぐに参上しようと思ったのですが、日本府卿《やまとのみこともちのかみ》が発遣を承知しないのです。それで参らなかったのです。聖明王《せいめいおう》は任那を再建するために、真情を教示されました。それを知って、言葉では表しようがないほどうれしく存じます。」

と言った。

百済《くだら》の聖明王《せいめいおう》が移那斯《えなし》・麻都《まつ》等の排除を要請

三月に、百済は奈率阿乇得文《なそちあとくとくもん》・許勢奈率奇麻《こせのなそちかま》・物部奈率奇非《もののべのなそちがひ》等を遣わして、上表文を奉って、

「奈率弥麻沙《なそちみまさ》・奈率己連《なそちこれん》等は我が国に到着し、詔書を示して、

『お前達は、そこにいる日本府《やまとのみこともち》と共によく計略を練り、早急に任那《みまな》を再建せよ。十分警戒して、欺かれぬように。』

と言いました。また、津守連《つもりのむらじ》等が我が国に詔書を示して、任那を再建する方策を尋ねました。謹んで勅《みことのり》を承《うけたまわ》り、時を経ず協議しようと思いました。すぐに使者を遣わして、日本府《やまとのみこともち》『百済本記《くだらほんき》』によると、「烏胡跛臣《うこはのおみ》を召す」とある。思うにこれは、的臣《いくはのおみ》のことであろう」と任那とを召しました。共に答えて、

『今は、新年になりました。それが過ぎてからにして下さい。』

と言い、いつまでたっても来ようとしません。再び使者を遣わして召しました。共に答えて、

『今は、祭の時節になりました。それが過ぎてからにして下さい。』

と言い、いつまでたっても来ようとしません。三たび使者を派遣して召しました。ところが、身分の低い者を送ってきたので、協議することができませんでした。

任那《みまな》が召しても来ないのは、任那の意志ではありません。これは、阿賢移那斯《あけえなし》・佐魯麻都《さろまつ》［二人の名である。すでに上文に見える］の悪計によるものです。任那は、安羅を兄としてその意向には従います。安羅人は、日本府《やまとのみこともち》を天として、その意向には従います［『百済本記』によると、「安羅を父とし、日本府を本とする。」とある］。今、的臣《いくはのおみ》・吉備臣《きびのおみ》・河内直《こうちのあたい》等はみな、移那斯《えなし》・麻都《まつ》の指揮に従っただけです。移那斯・麻都は、家柄も低く身分も卑しい者ですが、もっぱら日本府《やまとのみこともち》の政治をほしいままに執っています。また任那《みまな》を統制して、役人の派遣を抑止しました。このために協議して、天皇にご返答申し上げることができません

でした。そこで己麻奴跪《こまなこ》［思うに津守連《つもりのむらじ》のことだろう］を滞留させて、別に飛ぶ鳥のような急使を派遣して、天皇に奏上いたします。もし二人が［二人とは移那斯《えなし》・麻都《まつ》である］、安羅《あら》にいて多くの悪計を行えば、任那《みまな》の再建は難しく、海外の西方諸国もきっと天皇にお仕えできなくなることでしょう。伏して願いますことは、この二人を本国に還して下さい。勅《みことのり》して、日本府《やまとのみこともち》と任那《みまな》とを諭し、任那を再建するようお図り下さい。

私は奈率弥麻沙《なそちみまさ》・奈率己連《なそちこれん》等を派遣し、己麻奴跪《こまなこ》を添え上表文を奉ってご報告いたしました。その時勅があり、

『的臣等《いくはのおみら》が［等《ら》とは、吉備弟君臣《きびのおときみのおみ》・河内直《こうちのあたい》等をいう］新羅《しらぎ》と往来したのは私の意志ではない。昔、印《い》支弥《きみ》［不明である］と阿鹵旱岐《あろのかんき》とがいた時、新羅に攻撃されて農耕ができなかった。的臣《いくはのおみ》等が新羅に往来することによって、ようやく農耕ができたということは、私も以前聞いたことがある。もし任那を再建させてしまえば、移那斯《えなし》・麻都《まつ》は自然に退去するだろう。言うまでもないことである。』

と仰せられました。

私はこの詔を承り、喜びと恐れとが交錯しました。そして新羅が朝廷を欺くのは、天皇の勅命によるのではないことを知りました。その後、新羅は春に喙淳《とくじゅ》を奪いました。次いで我が久礼山《くれむれ》の守備兵を追い出して、ついに占有しました。安羅《あら》に近い所は安羅が、久礼山に近い所は新羅が、それぞれ耕作して、互いに侵略することはありませんでした。ところが移那斯《えなし》・麻都《まつ》は、相手の境界を越えて耕し、六月に逃げ去りました。印支弥《いきみ》の後に赴任した許勢臣《こせのおみ》の時には、［『百済本記《くだらほんき》』によると、「私が印支弥《いきみ》を留めた後にやってきた既酒《こせの》臣《おみ》の時に」とあるが、詳しくは不明である］新羅は境界を侵略することはありませんでした。安羅も、新羅に攻められて耕作することができないとは言ってきません。

私はかつて、新羅は毎年多くの武器を集めて、安羅と荷山《のむれ》（慶尚南道昌寧）とを襲撃しようとしていると聞いていました。また、加羅《から》を襲おうとしているということも聞いていました。最近使者が来ました。すぐに軍兵を派遣して、任那を擁護するのを怠ることはありません。しきりに精兵を発し、時に応じて救援しています。こうして、任那は時季に従って耕作しています。新羅はあえて侵攻しようとしなかったのです。ところが、

『百済は遠方で、危急の事態を救うことができず、的臣《いくはのおみ》等が新羅《しらぎ》に往来することによって、耕作ができるようになった』

などと奏上するのは、天皇を欺き、ますます邪悪な偽りを成すことです。このように明白な事実についてさえ、天皇を欺いているのです。この他にもきっと、多くの嘘があることでしょう。的臣《いくはのおみ》等がなお安羅《あら》にいるならば、任那国《みまなのくに》はおそらく、再建するのは難しいでしょう。一刻も早く、退去させて下さい。私の深く恐れますことは、佐魯麻都《さろまつ》のことです。母が韓人でありながら、位は大連《おおむらじ》となっています。日本《やまと》の官人に交じって、高位高官の仲間に入りました。新羅《しらぎ》の奈麻礼《なまれ》（新羅の官位十七階の第十一の称）の冠を着けています。心身が新羅に寄り添っていることは、他から見てもはっきりしています。その行動をよくよく見ると、まったく恐れている様子はありません。それゆえ、先にその悪行を詳しく記録して報告しました。今もなお新羅の衣類を着けて、毎日のように新羅の領地に行き、公私にわたって往復することをはばかるところがありません。

喙国《とくのくに》の滅亡の原因は、他でもありません。喙国の函跛旱岐《かんへかんき》が、加羅国《からのくに》に二心を抱いて新羅《しらぎ》に内応し、加羅は新羅軍とも戦うことになったのです。このために滅亡したのです。もしも函跛旱岐が新羅に内応していなかったら、喙国《とくのくに》は小国とはいえ、必ずしも滅ばなかったでしょう。卓淳《とくじゅ》もまた同様です。もし卓淳国の王が、

新羅に内応して敵を招くことをしなかったならば、どうして滅んだりしたでしょう。諸国が滅亡した禍いを一つ一つ考えていくと、内応したり二心を抱いたりする人が原因となっています。今麻都《まつ》等は、新羅《しらぎ》を頼みにし新羅の服を着て、朝夕往復してひそかに陰謀を企てています。恐れますことは、任那がこれによって永久に滅亡してしまうのではないかということです。もし任那が滅びたら、私の国は孤立し、危うくなります。朝貢しようにも、どうしてできましょうか。伏して願いますことに、天皇には深くお考えいただき、速やかに移那斯《えなし》・麻都《まつ》を本国に帰還させて、任那《みまな》を平安にして下さい。」

と申し上げた。

十月に、百済《くだら》の使者奈率得文《なそちとくもん》・奈率奇麻《なそちがま》等は、帰国した「『百済本記《くだらほんき》』によると、「十月に、奈率得文・奈率奇麻等は日本より帰還して、『奏上した河内直《こうちのあたい》・移那斯《えなし》・麻都《まつ》等の事については、返事の勅《みことのり》がなかった』と言った」という」。

十一月に、百済《くだら》は使者を遣わして、日本府《やまとのみこともち》の臣と任那《みまな》の官人を呼んで、

「天皇の許に遣わした、奈率得文《なそちとくもん》・許勢奈率奇麻《こせのなそちがま》・物部奈率奇非《もののべのなそちがひ》等が日本《やまと》から戻った。今、日本府の臣と任《みま》那国《なのくに》の官人は来て勅命を承り、任那の再建について協議するように。」

と言った。日本の吉備臣《きびのおみ》、安羅《あら》の下旱岐《あるしかんき》大不孫《だいふそん》・久取柔利《くすぬり》、加羅《から》の上首位《おこししゅい》古殿奚《こでんけい》・卒麻《そちま》の君《きし》・斯二岐《しにき》の君《きし》・散《さん》半奚《はんげ》の君《きし》の子、多羅《たら》の二首位《にしゅい》訖乾智《こちけんち》、子他《こた》の旱岐《かんき》、久嗟《こさ》の旱岐《かんき》が重ねて百済に出向いた。百済の聖明王《せいめいおう》は、詔書の概要を示して、

「私は、奈率弥麻佐《なそちみまさ》・奈率己連《なそちこれん》・奈率用奇多《なそちようがた》等を日本に派遣し、天皇に朝見させた。天皇は詔して、

『早く任那を再建せよ』

と仰せられた。また津守連《つもりのむらじ》が勅命を受けて、任那復興は成功したかと尋ねた。それゆえ、招集したのであ

る。どのようにすれば、よく任那を再建できるだろうか。どうかおのおの計略を述べてほしい。」

と言った。吉備臣・任那の旱岐等は、

「任那国の再建は、ひとえに聖明王の決意いかんにかかっています。王に従って共に奏上して、勅命を承《うけたまわ》りたいと存じます。」

と言った。聖明王は、

「任那の国と我が百済とは、古くから師弟ともいう間柄である。今、日本府の印岐弥《いきみ》［任那にいた日本の臣の名をいうのである］は、すでに新羅《しらぎ》を討ち、さらに百済を討とうとしている。また、好んで新羅の虚言を聞き入れている。印岐弥を任那に派遣されたのは、もとより任那国を侵略するためではない［詳しくは不明である］。昔から今まで、新羅は無道である。前言をくつがえし、信義に背いて、卓淳《とくじゅ》を滅ぼした。信頼すべき国として友好を結ぼうとすれば、かえって後悔するだろう。それゆえ招集したのである。共に恩詔を承り、是非とも任那の国を再興継承して、昔のように長く兄弟の間柄を保ちたいものである。

聞くところによると、新羅《しらぎ》と安羅《あら》両国の境界に、大きな川があり、要害の地という。私はここを拠点にして、六城を築造しようと思う。謹んで天皇の兵士三千人を請い、城ごとに五百人をあて、我が兵士を合わせて新羅《しらぎ》の農作を妨害すれば、久礼山《くれむれ》の五城は自然に武器を捨てて降服するだろう。卓淳《とくじゅ》の国も復興するだろう。要請した兵士には、私が衣糧を支給しよう。これが、天皇に奏上する策の一つである。

次に、南韓《ありひしのから》に郡令《こおりのつかさ》・城主《きのつかさ》を置くことがどうして天皇に背き、朝貢の道を遮断することになるのだろうか。願いとするところは、ただ多羅《たら》を救い、高句麗《こま》を征討することだけである。新羅は、誰とでも共謀するだろう。高句麗は強大で、我が国は微弱である。もし南韓に郡令・城主を置いて防御しなければ、この強敵を防ぐことはできず、新羅を制することもできない。それで郡令・城主を置いて新羅を攻め、任那を保持しなければならない。それでなければ、おそらく滅ぼされて朝貢することもできないだろう。これが天皇に奏上する第二の策である。

次に、吉備臣《きびのおみ》・河内直《こうちのあたい》・移那斯《えなし》・麻都《まつ》が、なお任那《みまな》にいるならば、任那を再建せよとの天皇の詔があっても、不可能である。どうかこの四人を移して、各自その本国に帰還させるようお願いする。これが、天皇に奏上する第三の策である。日本の臣、任那の旱岐等と共に使者を派遣し、皆で天皇に奏上して、恩詔を承るようお願いしよう。」

と言った。ここに吉備臣・旱岐《かんき》等は、

「大王が述べられた三策は、私どもの考えにもかなっています。今から帰って日本《やまと》の大臣《まえつきみ》［任那《みまな》にいる日本府《やまとのみこともち》の大臣をいう］・安羅《あら》王・加羅《から》王に謹んで報告し、共に使者を派遣し、皆で天皇に奏上いたしましょう。これはまことに千載一遇の機会であり、熟慮してうまく計略を練らなければなりません。」

と言った。

十二月に越国《こしのくに》が、

「佐渡島《さどのしま》の北の御名部《みなべ》の海岸に、粛慎人《みしはせひと》（日本列島の北方に住む種族）が一隻の船に乗ってきて滞留しました。春夏は漁をして、食糧にしていました。その島の人は、人間ではないとか、鬼だろうなどと言ってあえて近づこうとしません。島の東の禹武邑《うむのさと》（新潟県佐渡市梅津）の人が、椎《しい》の実を拾って火を通し食べようと思い、灰の中に入れて焼こうとしました。するとその皮が、二人の人間になって、火の上に一尺（約三十センチメートル）余り飛び上がり、いつまでも闘い合いました。邑《さと》の人は不審に思い、庭に置きました。するとまた、前のように飛んで闘いをやめません。ある人がこれを占って、

『この邑の人は、きっと鬼に惑わされるだろう。』

と言いました。間もなくこの言葉通り、鬼に掠奪されました。こうして粛慎人《みしはせひと》は、瀬波河浦《せなかわのうら》に移りました。浦の神は霊威が強いので、人はあえて近づきません。渇きのためにその水を飲み、半分の人が死に、骨が岩穴に積まれました。世の人は、粛慎隈《みしはせのくま》と呼んでいます。」

と申し上げた。

六年の三月に、膳臣巴提便《かしわでのおみはすひ》を使者として百済《くだら》に派遣した。

五月に、百済は奈率其㥄《なそちごりょう》・奈率用奇多《なそちようかた》・施徳次酒《せとくししゅ》等を派遣して上表文を奉った。

九月に、百済は中部護徳菩提《ちゅうほうごとくぼだい》等を任那《みまな》に派遣した。また呉《くれ》から入手した財宝を、日本府《やまとのみこともち》の臣と諸旱岐《かんき》に、それぞれに応じて贈った。

この月に、百済《くだら》は丈六の仏像を造った。願文を製作して、

「丈六の御仏を造る功徳は、広大であると聞き、ここに謹んで造る。この功徳をもって、天皇が高い徳を得られ、天皇統治下の官家《みやけ》の国々が、共に幸福であるように願う。また、天下の一切衆生が、解脱《げだつ》できるように願う。これらを祈願して造る。」

と述べた。

十一月に、膳臣巴提便《かしわでのおみはすひ》は百済から帰還して、

「私が使者として派遣された時に、妻子も一緒に出発しました。百済《くだら》の浜「浜は海の浜である」に着いた時、日が暮れたので、そこに泊まりました。すると子供の姿が急に見えなくなり、どこへ行ったかわかりません。その夜、大雪が降りました。夜が明けてから捜し求めると、虎の足跡が続いていました。私は刀を持ち甲《よろい》を着て、足跡を辿って行くと岩穴に出ました。刀を抜いて、

『謹んで天勅を受け、陸海をめぐり、風で髪をとかし雨で髪を洗い、草を枕にし荊《いばら》を敷物とするように、

山野を奔走して苦労することは、我が子を愛して、父の業を継がせるためである。思うに、霊威ある神も子を愛する気持ちは同じであろう。今夜、我が子がいなくなり、跡を追ってここまで来た。死も恐れず、報復するためにやってきた。』

と言いました。虎はぐっと前に進んで、口を開いて呑もうとしました。巴提便《はすひ》は、とっさに左手を伸ばして、その虎の舌をつかみ右手の刀で刺し殺し、皮をはぎ取って帰って来ました。」

と申し上げた。

この年に、高麗《こま》に大乱が起こり、多くの者が殺された［『百済本記《くだらほんき》』によると、「十二月二十日に、高麗国《こまのくに》の細群《さいぐん》と麁群《そぐん》とが、宮門で戦った。互いに鼓を打って戦闘した。細群は敗れたが、三日間包囲を解かず、細群の子孫をことごとく捕らえて殺した。二十四日に、狛国《こまのくに》の香岡上王《ぬたのすおりこけ》が薨じた」という］。

七年の正月三日に、百済《くだら》の使者中部奈率己連《ちゅうほうなそちこれん》等が帰国することになった。そこで、良馬七十匹・船十隻を賜った。

六月十二日に、百済は中部奈率掠葉礼《ちゅうほうなそちけいしょうらい》等を派遣して、朝貢した。

七月に、倭国《やまとのくに》の今来郡《いまきのこおり》が、

「五年の春に、川原民直宮《かわらのたみのあたいみや》［宮は名である］が高台に登って眺望し、良馬を見つけました［紀伊国《きのくに》の漁師が貢納品の海産物を積んできた牝馬《めすうま》の子である］。馬は人影を見て高くいななき、軽く母馬の背をとび越えました。出かけていって馬を買い取り、飼育して年月を経ました。成長すると、鴻のように躍り上り、竜のように身をうねらせて進み、仲間のうちでも群を超えていました。心のままに制御でき、思うように乗って駆けることができます。大内丘《おおうちのおか》の十八丈もある谷を越え渡ります。川原民直宮《かわらのたみのあたいみや》は、檜隈邑《ひのくまのさと》（奈良県武高市郡明日香村）の人です。」

と申し上げた。

この年に、高麗《こま》に大乱があった。戦死者は、二千余人に及んだ『百済本記』によると、「高麗は正月丙午に、中夫人《くのおりくく》の子を立てて王とした。年は八歳であった。狛王《こくおりこけ》には、三人の夫人がいた。正夫人《まかりおりくく》には子がなかった。中夫人《くのおりくく》は、太子を生んだ。その舅《しゅうと》は麁群《そぐん》である。小夫人《しそおりくく》も子を生んだ。その舅《しゅうと》は細群《さいぐん》である。狛王が病気となり、細群・麁群はおのおのその夫人の子を立てようとした。こうして争いとなり、細群側の死者は二千余人であった」という」。

百済《くだら》が救援軍の派遣を要請

八年の四月に、百済は前部徳率真慕宣文《ぜんほうとくそちしんもせんもん》・奈率奇麻《なそちがま》等を派遣して、高麗《こま》の侵攻に対するための援軍を請うた。そして、下部東城子言《かほうとうじょうしごん》を貢上し、徳率汶休麻那《とくそちもんくまな》と交代させた。

九年の正月三日に、百済の使者前部徳率真慕宣文《ぜんほうとくそちしんもせんもん》等は、帰国したいと願い出た。そこで詔《みことのり》して、

「要請のあった援軍は、必ず派遣することにする。速やかに王に報告せよ。」

と仰せられた。

四月三日に、百済《くだら》は中部杆率掠葉礼《ちゅうほうかんそちけいしょうらい》等を派遣し、奏上して、

「徳率宣文《とくそちせんもん》等は、勅を承って帰国し、

『要請のあった援軍は、時を移さず送ろう。』

と伝えました。謹んで恩詔を承り、喜びは限りありません。しかし、馬津城《ましんのさし》（忠清南道礼山）の戦［正月の辛丑《しんちゅう》（九日）に高麗《こま》は兵を率いて馬津城《ましんのさし》を囲んだ］で捕虜が語って、

『安羅国《あらのくに》と日本府《やまとのみこともち》が、高麗《こま》を招き百済《くだら》を征討するように勧めたのだ。』

と言いました。状況からみて、いかにもありそうなことに思われます。そこでその事実を確かめようとして、三回招集しましたが、来ようとしません。それゆえ、私は深く心配しています。伏して願いますことには、畏《かしこ》き天皇［西蕃《せいばん》はみな、日本の天皇を称して、畏き天皇と申し上げる］、どうかまずこの罪科を取り調べて下さい。そして、しばらくは要請した援軍を停止して、私の報告をお待ち下さい。」

と申し上げた。天皇は詔して、

「上奏を聞いて、その憂慮の内容を考えてみると、日本府《やまとのみこともち》と安羅《あら》とが隣国の難を救わなかったことは、私もまた気に病むところである。また両国がひそかに高麗《こま》に使者を送ったということは信ずべきではない。私が命令する時は、当然使者を派遣する。命じていないのに、どうして勝手なことができようか。どうか王よ、襟を開き帯をゆるめて、心平穏に保ち、深く疑い恐れることのなきようにせよ。任那《みまな》と共に、先の勅命に従って、力を合わせて高麗《こま》を防ぎ、おのおのの所領を守れ。私は若干の兵士を送って、逃亡した安羅の空地を補充しよう。」

と仰せられた。

六月の二日に、使者を派遣して百済《くだら》に詔して、

「徳率宣文《とくそちせんもん》の帰国後、状況はどうであろうか。聞くところによると、お前の国は狛《こま》の軍に侵略されたということである。任那《みまな》と共によく協議して、今まで通り防禦《ぼうぎょ》せよ。」

と仰せられた。

閏《うるう》七月十二日に、百済の使者掠葉礼《けいしょうらい》等が帰国した。

十月に、三百七十人を百済に派遣して、得爾辛《とくにし》（忠清南道恩津）に城を築くのを助けさせた。

十年の六月七日に、将徳久貴《しょうとくこんき》・固徳馬次文《ことくめしもん》等が帰国したいと願い出た。そこで詔《みことのり》して、

「移那斯《えなし》・麻都《まつ》がひそかに使いを高麗に遣わしたことについては、その虚実を問うために使者を派遣する。援軍は、要請の通り停止する。」

と仰せられた。

十一年の二月十日に、使者を派遣し百済に詔して『百済本記《くだらほんき》』によると、「三月十二日辛酉《しんゆう》に、日本《やまと》の使者阿比多《あひた》が、三隻の舟を率いて、都下《とか》に到着した」という」、

「私は、施徳久貴《せとくこんき》・固徳馬進文《ことくめしんもん》等が奉った上表文の意向によって、掌中をみるように一つ一つ教え示そう。心情を事細かに述べて、思うことを尽くしたいと思う。大市頭《だいしず》（将軍久貴《こんき》）の帰国後、いつものようで変わったことはない。今回は、ただ詳細に返答しようと思う。

聞くところによると、奈率馬武《なそちめむ》は王の信頼する臣であり、任務は適切でたいそう王の心にかない、王の補佐となっているということだ。もし国家の無事を願い、長く官家《みやけ》として天皇にお仕えしたいと思うなら、馬武を大使として、朝廷に派遣するように。」

と仰せられた。

重ねて詔して、

「聞くところによると、高麗《こま》は強暴とのことである。そこで、矢三十具（千五百本）を与える。どうか、一か所を堅く守ってほしい。」

と仰せられた。

四月一日に、百済にいる日本の使者が帰国しようとした『百済本記《くだらほんき》』によると、「四月一日庚辰《こうしん》に、日本《やまと》の阿比多《あひた》が帰還した」という」。

百済《くだら》の聖明王《せいめいおう》は、日本の使者に語って、

「任那《みまな》の事は、勅命に従い堅く守ります。延那斯《えなし》・麻都《まつ》の事は、調査の内容にかかわらず、ただ勅命のままに従います。」

と言った。そして、高麗《こま》の奴《やっこ》六人を献上した。別に使者に奴一人を贈った［爾林《にりん》（忠清南道大興）を攻めて捕らえた奴である］。

十六日に、百済《くだら》は中部奈率皮久斤《ちゅうほうなそちひこんこん》・下部施徳灼干那《かほうせとくやくかんな》等を派遣して、狛《こま》の捕虜十人を献上した。

十二年の三月に、麦の種一千石を百済王に与えられた。

この年に、百済の聖明王は、自ら人民と二国の軍兵［二国は、新羅《しらぎ》と任那《みまな》をいう］を率いて高麗《こま》を討ち、漢城《かんじょう》（京畿道広州）の地を得た。また軍を進めて、平壌《へいじょう》（京畿道平壌）を討った。合わせて六郡の地を得、かつての領地を回復した。

十三年の四月に、箭田珠勝大兄皇子《やたのたまかつのおおえのみこ》（欽明《きんめい》天皇の嫡子）が薨じた。

五月八日に、百済《くだら》・加羅《から》・安羅《あら》は、中部徳率木刕今敦《ちゅうほうとくそちもくらこんとん》・河内部阿斯比多《こうちべのあしひた》等を派遣して奏上し、

「高麗《こま》と新羅《しらぎ》とは連合して、我が国と任那とを滅亡させようと謀っています。そこで謹んで援軍を要請し、先に不意討ちをかけたいと思います。軍の多少につきましては、天皇の勅のままに従います。」

と申し上げた。天皇は詔して、

「今、百済王《くだらおう》・安羅王《あらおう》・加羅王《からおう》と日本府《やまとのみこともち》の臣等《まえつきみ》とが、共に使者を派遣して報告した内容はよくわかった。また、任那《みまな》と共に、心を合わせ力を一つにせよ。そうすれば必ず天の擁護で幸福がもたらされ、また畏き天皇の霊威によるご加護があるだろう。」

と仰せられた。

聖明王《せいめいおう》が仏教を伝える

十月に、百済《くだら》の聖明王《せいめいおう》［またの名は聖王］は、西部《せいほう》姫氏《きし》達率《だちそち》怒唎斯致契《ぬりしちけい》等《ら》を派遣して、釈迦仏の金銅像一体・幡蓋《ばんがい》若干・経論若干巻を献上した。別に上表して、仏法の流布と礼拝の功徳を称えて、

「この法は、諸法の中でも最も優れています。しかし理解や入門は難しく、周公《しゅうこう》・孔子《こうし》でさえ理解することができません。

　この法は、無限の幸福をもたらし、無上の菩提《ぼだい》を成就《じょうじゅ》します。たとえば、人が意のままになる宝を用いると、すべての物事が願い通りになるように、この妙法の宝も思いのままなのです。祈願は思うように達せられ、充足しないことなどありません。それに、遠く天竺《てんじく》からここ三韓《さんかん》に伝わるまでに、みな教えに従い信仰して、尊敬しないということはありません。これによって、百済王《くだらおう》である私明《めい》が、謹んで陪臣《ばいしん》怒唎斯致契《ぬりしちけい》を派遣して、帝国日本《やまと》にお伝えして、国内に流布していただけるよう申し上げます。仏が、

　『我が法は、東方に伝わるだろう。』

と記していらっしゃるのを、果たしたいのです。」

と申し上げた。

　この日に、天皇は上表を聞き終えると、歓喜ほとばしるほどの感激をおぼえられた。使者に詔《みことのり》して、

「私は今までに、このような妙法は聞いたことがない。しかしながら、一人で決めるわけにはいかない。」

と仰せられた。すぐに群臣それぞれに尋ねて、

「西蕃《せいばん》が献上した仏像の容貌は、誠に麗しく、きらきら輝いている。今までまったく見たことがないものだ。ところで、これを礼拝すべきかどうか、意見を述べよ。」

と仰せられた。蘇我大臣稲目宿禰《そがのおおおみいなめのすくね》は奏上して、

「西蕃《せいばん》諸国は、みなこぞって礼拝しています。豊秋日本《とよあきづやまと》だけが背くわけにはいきません。」

と申し上げた。物部大連尾輿《もののべのおおむらじおこし》・中臣連鎌子《なかとみのむらじかまこ》は同じく奏上して、

「我が国家の王は、常に天地の百《ももあまり》八十神《やそのかみ》を、四季を通してお祭りしてこられました。今、それを改めて蕃《ばん》神《しん》を礼拝なされば、おそらくは国神《くにつかみ》の怒りを受けるでしょう。」

と申し上げた。天皇は、

「それならば、願っている稲目宿禰にこの仏像を授け、試みに礼拝させてみよう。」

と仰せられた。大臣は跪《ひざまず》いてそれを受け、喜びに満ちあふれた。小墾田《おはりだ》（奈良県高市郡明日香村北部）の家に安置し、ひたすら仏道の修行をし、向原《むくはら》の家を清めて寺とした。

その後、国に疫病が流行し、人々が多く若死にした。しかもますます広がり、まったく手の施しようがなかった。物部大連尾輿・中臣連鎌子は共に奏上して、

「先に、私どもの計を用いられなかったために、このような病がはびこってしまいました。今、速やかに元に戻せば、必ずよいことがあるでしょう。一刻も早く投げ棄てて、ひたすら今後の幸福をお求め下さい。」

と申し上げた。天皇は、

「奏上の通りにせよ。」

と仰せられた。役人は、仏像を難波《なにわ》の堀江《ほりえ》に流し棄てた。また寺に火をつけ、すべて焼き尽くしてしまった。

その時、天に風雲もないのに、突然大殿に火災が起きた。

百済が救援軍を要請

この年に、百済《くだら》は漢城《かんじょう》と平壌《へいじょう》とを放棄した。これによって、新羅《しらぎ》は漢城に入った。今の新羅の牛頭方《ごずほう》（江原

道春川）尼弥方《にみほう》（臨津江下流域）である［地名であるが、詳しくは不明である］。

十四年の正月十二日に、百済《くだら》は上部徳率科野次酒《じょうほうとくそちしなのししゅ》・杆率礼塞敦《かんそちらいそくとん》等を派遣して、軍兵を請うた。

十五日に、百済の使者中部杆率木刕今敦《ちゅうほうかんそちもくらこんとん》・河内部阿斯比多《こうちべのあしひた》等が帰国した。

五月一日に、河内国《こうちのくに》が、

「泉郡《いずみのこおり》の茅渟海《ちぬのうみ》（大阪湾南部）の中から、仏教の楽が聞こえます。その響きは雷音のようです。美しい光は明るく輝き、日の光のようです。」

と申し上げた。天皇は不思議に思われ、溝辺直《いけべのあたい》「ここにただ直とだけあって名字を書いてないのは、思うに伝写する時に誤って失ったためであろう」を遣わして、海に入って捜させた。溝辺直は、樟木《くすのき》が海に浮んで照り輝くのを見つけ、天皇に献上した。天皇は画工《えたくみ》に命じて、仏像二体を造らせられた。これが今、吉野寺《よしののてら》にあって光を放つ仏像である。

六月に、内臣《うちのおみ》［名を欠く］を百済に派遣した。そして良馬二匹・諸木船《もろきぶね》（多くの木材を接合して造った舟）二隻・弓五十張・矢五十具（二千五百本）を賜った。勅《みことのり》して、

「請うところの軍は、王の思いのままに用いよ。」

と仰せられた。別に勅して、

「医博士《いはかせ》・易博士《えきはかせ》・暦博士《れきはかせ》等は、交代制で勤めさせよ。上記の職の人は、今まさに交代の時期に当っている。帰還の使者に従わせて、交代させよ。また、卜書《ぼくしょ》（易占の書）・暦本《れきほん》・種々の薬を送るように。」

と仰せられた。

七月四日に、樟勾宮《くすのまがりのみや》に行幸された。蘇我大臣稲目宿禰《そがのおおおみいなめのすくね》が勅命を受け、王辰爾《おうじんに》を遣わし、船の賦《みつき》を数えて記録させた。そして王辰爾を船長とし、姓《かばね》を与えられて船史《ふねのふびと》という。今の船連《ふねのむらじ》の先祖である。

八月七日に、百済《くだら》は上部《じょうほう》奈率《なそち》科野《しなの》新羅《しらぎ》・下部《かほう》固徳《ことく》汶休《もんきゅう》帯山《たいせん》等を派遣して、上表文を奉り、

「去年、私どもは協議し、内臣《うちのおみ》徳率《とくそち》次酒《ししゅ》・任那《みまな》の大夫《まえつきみ》等を派遣して、海外の諸々の官家《みやけ》の事について奏上いたしました。春草が甘雨を仰ぐように、伏して恩詔を待ち望んでいました。今年になって突然、新羅《しらぎ》と狛国《こまのくに》とが共謀して、

『百済《くだら》と任那《みまな》とは、しきりに日本《やまと》に参向している。思うにこれは、軍兵を請い、我が国を討とうとしているのであろう。もし事実ならば、遠からず国が滅ぼされてしまうことを待ち望んでいるようなものである。日本の軍兵がまだ出発しないうちに、まず安羅《あら》を撃破して、日本との路を絶とう。』

と言っているそうです。以上がその謀略です。

私どもはこれを聞いて、深く危懼《きく》しております。そこで、急使を軽舟で派遣し、上表してご報告いたします。伏して願いますことに、天皇のご慈愛をもって、速やかに前軍と後軍を引き続き派兵して、私どもをお救い下さい。秋季のうちに、海外の官家《みやけ》を固めたいと思います。もし遅れるようなことがあれば、臍《ほぞ》をかんでも取り返しがつかないことでしょう。派遣軍が我が国に到着したならば、衣糧の経費は私が負担いたします。任那《みまな》に到着した時もまた、そのようにいたします。もし任那が支給できなかったら、私が必ず援助して、不足のないようにいたします。

一方、的臣《いくはのおみ》は、謹んで天皇の勅命を受けて赴き、我が国を治めました。朝は早く起き、夜遅くまで怠らず、政務に励みました。こうして、海外の諸蕃国はその善政をたたえました。万年までも海外諸国の鎮めにと思っていましたところ、不幸にも亡くなりました。深く追悼いたします。今は任那のことを、誰が治めることができるでしょうか。伏して願いますことには、天皇のご慈愛をもって、速やかにその代わりの人を派遣して、任那をお鎮め下さい。また海外の諸国は、たいそう弓馬が不足しています。昔から今まで、天皇のお

助けをいただいて、強敵を防いでまいりました。どうか天皇のご慈愛によって、多くの弓馬を賜りたく存じます。」

と申し上げた。

十月二十日に、百済《くだら》の王子余昌《せしむよしょう》［聖明王《せいめいおう》の子で威徳王《いとくおう》である］は、国中の兵を残らず集めて、高麗《こま》の国に向かい、百合野塞《ゆりののそこ》（黄海道黄州蒜山棘城）を築いて、兵士と寝食を共にした。その夕方はるかに見わたすと、大野は肥えて盛り上がり、平原は広く延び、人影はまばらで犬の声も聞こえなかった。その時、突然鼓と笛の音がした。余昌はたいそう驚いて、鼓を打って応じ、一晩中そこを固守した。朝薄暗い中、立って広野を見ると、青山のように軍旗が充満していた。夜明けに、頸鎧《けいがい》（頸部を守る鎧状の防具）を着けた者一騎、鐃《ぎょう》（軍中に用いる小さな銅鑼《どら》）をさした者［鐃の字は、詳しくは不明である］二騎、豹《ひょう》の尾を飾った者二騎、合わせて五騎が轡《くつわ》を並べてやって来て、

「わが部下どもが、

『私どもの野に、客人がいます。』

と言った。客人ならば、礼をもってお迎えしなくてはなりません。今、私どもと礼に従って応答できる者の姓名と年齢と位とを早急に知りたいものです。」

と言った。余昌《よしょう》は、

「姓は高麗王と同じく、位は杆率《かんそち》、年は二十九である。」

と答えた。続いて百済が尋ね、また相手が同様に答えた。こうして軍旗を立てて合戦した。百済は、鉾《ほこ》で高麗の勇士を馬から刺し殺して首を斬った。そして頭を鉾の先に刺して高く掲げ、帰って軍衆に示した。高麗《こま》の軍将は、地団駄《じだんだ》踏んでくやしがった。この時、百済《くだら》の歓呼の声は、天地も裂けるばかりであった。またその副将

は鼓を打って速攻をかけ、高麗王を東聖山《とうじょうせん》（平壌北東の大聖山）の上に追い退けた。

十五年の正月七日に、皇子渟中倉太珠敷尊《ぬなくらふとたましきのみこと》（後の敏達《びだつ》天皇）を皇太子とされた。

百済救援軍の出発

九日に、百済は中部木刕施徳文次《ちゅうほうもくらせとくもんし》・前部施徳曰佐分屋《ぜんほうせとくおさぶんおく》等を筑紫《つくし》に派遣して、内臣《うちのおみ》・佐伯連《さえきのむらじ》等に、

「徳率次酒《とくそちししゅ》・杆率塞敦《かんそちそくとん》等は去年の十一月四日に到来して、

『臣等《まえつきみ》〔臣等は内臣《うちのおみ》をいう〕は来年の正月には来るだろう。』

と言いましたが、はたしてどうなのでしょうか。また、軍兵の数はどのくらいでしょうか。それをおおよそお聞きして、あらかじめ軍営の城塞を造っておきたいと思うのです。」

と申し上げた。また、

「私が聞くところによりますと、

『畏《かしこ》き天皇の詔《みことのり》を承《うけたまわ》りまして、筑紫《つくし》に出向いて、遣わされる軍兵を見送るように』

とのことでした。

これを承って、喜びのほどは比べようもありません。今年の戦いは、以前よりたいへん危うい苦しい状況です。願いますことには、これらの軍兵は、正月中にお遣わし下さい。」

と申し上げた。内臣《うちのおみ》は、勅を受けて返答し、

「すぐに援軍一千人・馬百匹・船四千隻を発遣する。」

と言った。

二月に、百済《くだら》は下部杆率将軍三貴《かほうかんそちしょうぐんさんき》・上部奈率物部烏《じょうほうなそちもののべのかく》等を派遣して、援軍を請うた。そして徳率東城子莫《とくそちとうじょうしまく》

古《こ》を貢上して、先の奈率東城子言《なそちとうじょうしごん》と交代させた。五経博士王柳貴《おうりゅうき》を固徳馬丁安《ことくめちょうあん》と、僧曇慧《ほうしどんえ》等九人を、僧道《どう》深《じん》等七人と交代させた。別に勅命を受けて、易博士施徳王道良《えきはかせせとくおうどうりょう》・暦博士固徳王保孫《れきはかせことくおうほうそん》・医博士奈率王有㥄陀《いはかせなそちおううりょうだ》・採薬師施徳潘量豊《さいやくしせとくはんりょうぶ》・固徳丁有陀《ことくちょううだ》・楽人施徳三斤《がくじんせとくさんこん》・季徳己麻次《きとくこまし》・季徳進奴《きとくしんぬ》・対徳進陀《たいとくしんだ》を貢上した。みな要請によって、交代させたのである。

三月一日に、百済の使者中部木劦施徳文次《ちゅうほんもくらせとくもんし》等は帰国した。

五月三日に、内臣《うちのおみ》は船軍を率いて百済に着いた。

十二月に、百済《くだら》は下部杆率汶斯干奴《かほうかんそちもんしかんぬ》を派遣して上表文を奉り、

「百済王である私明《めい》、及び安羅《あら》にいる倭《やまと》の諸臣等、任那諸国の旱岐《かんき》等が、奏上いたします。新羅《しらぎ》は無道で、天皇を恐れておりません。狛《こま》と共謀して、海北の官家《みやけ》を滅亡させようとしています。私どもは協議して、有《う》至臣《ちのおみ》（内臣徳率次酒《うちのおみとくそつししゅ》）等を派遣して、援軍を請い、新羅を征討しようとしました。そして天皇の派遣された有至臣《うちのおみ》（内臣）は軍兵を率いて六月に到着し、私どもは歓迎しました。

十二月九日に、新羅《しらぎ》攻撃を開始しました。私は、まず東方軍の指揮官物部莫奇武連《もののべのまがむのむらじ》を遣わして、東方の軍士を率い、函山城《かんむれのさし》（中清北道沃川の管山城）を攻撃させました。天皇の遣わされた有至臣《うちのおみ》が率いてきた筑《つく》紫物部莫奇委沙奇《しのもののべのまがわさか》は、よく火の矢を射ました。天皇の霊威によるご加護によって、九日の夕刻六時頃、城を焼いて陥落させました。それで、副使のない簡単な使者を急ぎ船で遣わして、ご報告いたします。」

と申し上げ、別に上表して、

「もし斯羅《しらぎ》だけならば、有至臣《うちのおみ》が率いてきた軍士で足りることでしょう。今狛《こま》と斯羅《しらぎ》とは、連合して戦おうとしていますから、成功するのは難しいものと思われます。どうか速やかに竹斯島《つくしのしま》近辺の諸軍士を派遣して、我が国を救援して下さい。また任那《みまな》を救援できれば、事は成就するでしょう。」

と申し上げた。さらに奏上して、

「私は、別に軍士一万人を発遣して任那を救援いたします。併せてご報告いたします。今、事はまさに切迫しています。それで単船にて奏上いたします。ただし、良質の錦《にしき》二匹・毛氈《もうせん》一領・斧《おの》三百口及び捕虜にした城の民、男二人女五人を献上いたします。贈り物が少なく申しわけありません。」

と申し上げた。

聖明王の戦死と威徳王

余昌《よしょう》は、新羅《しらぎ》の征討を謀った。重臣は諫めて、

「天は、いまだ私どもに味方していません。おそらく我が国に禍が及ぶでしょう。」

と言った。余昌は、

「おびえることはない。我らは大国日本に仕えている。どうして恐れることがあろうか。」

と言った。新羅国に入り、久陀牟羅《くだむら》の要塞を築いた。その父聖明王《せいめいおう》は、余昌が長く続く戦いに苦しんで、寝食も十分でないこと、父としての慈愛もかけてやれず、子としての孝行も尽くせないと深く憂慮した。こうして、危険を冒してまでも自ら出陣し、その労を慰めた。

一方新羅《しらぎ》は、聖明王《せいめいおう》が自ら来たと聞き、千載一遇の機会と捉え、国中の兵を残らず集めて、王の軍路をさえぎり撃破した。この時新羅は、佐知村《さちすき》の馬飼《うまかい》の奴苦都《やっこくつ》［またの名は谷智《こくち》］に、

「苦都は卑しい奴であり、聖明王は名の聞こえた王である。今、卑しい奴に有名な国王を殺させる。願わくは、後世まで伝えて、忘れないでほしいものだ。」

と言った。こうして苦都は聖明王を捕らえ、再拝して、

「どうか王の首を斬らせて下さい。」

と申し上げた。聖明王は、

「王の頭は、奴の手にかかるわけにはいかない。」

と答えた。苦都は、

「我が国の法は、盟約に違反すれば国王といえども、奴の手にかかります。」

と申し上げた［ある本によると、聖明王は胡床《こしょう》に深く腰をかけ、身に着けていた刀を谷知《こくち》に授けて斬らせたという］。聖明王は天を仰ぎ、深くため息をつき、涙を流した。そしてついに許して、

「国家の行く先を考えみるに、心痛は骨髄にしみ入るものがある。しかしどう計ろうが、とても生き延びることはできない。」

と言って、首を延ばした。苦都は王の首を斬って殺し、穴を掘って埋めた［ある本によると、新羅《しらぎ》は聖明王の頭骨を埋葬し、礼をもって残骨を百済に送った。今、新羅王は聖明王の骨を北庁の階段の下に埋め、この庁を都堂《とどう》というとある］。

余昌《よしょう》はついに包囲されて、脱出することができなかった。士卒はあわて驚き、なすことを知らなかった。その時、筑紫国造《つくしのくにのみやつこ》という弓の名手がいた。進み出て弓を引き、そっと狙いを定めて、新羅《しらぎ》の騎兵の最も勇壮な者を射落とした。放った矢は鋭く、乗っていた鞍の前後の鞍橋を射通して、甲《よろい》の襟まで達した。次々と放った矢は、雨のようにますます激しくて止むことがなく、包囲軍を退却させた。こうして余昌と諸将等は、抜け道から逃げ帰ることができた。

余昌《よしょう》は、国造《くにのみやつこ》が包囲軍を射て退却させたことをほめ、尊んで鞍橋君《くらじのきみ》という。

新羅の軍将等は、百済の兵が疲れ切っているようすを知り、一気に全滅させる作戦を練った。その時、ある

軍将が、

「それはよくない。日本《やまと》の天皇は、任那《みまな》の事について、しばしば我が国を責めている。ましてやまた百済の官家《みやけ》の滅亡を企てれば、きっと後の憂いを招くことになるだろう。」

と言った。それによって中止した。

十六年の二月に、百済《くだら》の王子余昌《せしむよしょう》は、王子恵《けい》［王子恵は、威徳王の弟である］を派遣して奏上し、

「聖明王《せいめいおう》が、敵に殺されました。」

と申し上げた［十五年に、新羅に殺された。それで今報告するのである］。天皇はこれを聞いて深く悲しまれ、すぐに使者を遣わして、難波の津に迎えて慰問させられた。

ここに許勢臣《こせのおみ》は、王子恵に、

「日本に留まりたいか、それとも本国に帰りたいと望みますか。」

と尋ねた。恵は、

「天皇の徳によって、父王の仇を討ちたいと思います。もし憐れみを垂れて多くの武器を賜れば、恥をそそいで敵に報復することが、私の願いです。私の去就はすべて、ご命令のままに従います。」

と申し上げた。まもなく蘇我臣《そがのおみ》が、

「聖明王は、天の道、地の理に通じ、名は四方八方に聞こえていた。長く国家の安寧を保ち、海西の蕃国《ばんこく》百済《くだら》を統治して、千年万年までも天皇にお仕えするものと思っていた。

ところが突然はるかに昇天し、行く水のように二度と戻ることなく、墓室について休もうとはまったく思いもよらなかった。何と悲しくつらい事なのか。およそ心ある者は、誰一人として哀悼しない者はなかろう。いったい何の科があって、このような禍を招いたのか。今また、どんな方法で国家を鎮めるのか。」

と尋ねた。恵は、

「私はもともと暗愚で、大きな計略を知りません。ましてや、禍福の原因や、国家の存亡にかかわることについては何もわかりません。」

と申し上げた。蘇我臣《そがのおみ》は、

「昔雄略《ゆうりゃく》天皇の御世に、お前の国は高麗《こま》に圧迫され、積まれた卵よりも危うかった。そこで天皇は神祇伯《かんつかさのかみ》に命じて策を授かるよう、天神地祇《てんしんちぎ》に祈願させられた。祝者《はふり》は神の言葉を託宣して、

『日本の建国の神を請い招き、行って滅ぼうとしている主を救えば、必ず国家は鎮まり、人民は安らかに治まるであろう。』

と申し上げた。これによって神を招き、行って救援させられた。それで国家は安寧を得た。

そもそも元をたどれば、建国の神とは、天地が開け分かれた頃、草木が言葉を語っていた時、天より降り来て、国家を造られた神である。近頃聞くところによると、

『お前の国は、この神を祭らない。』

ということだ。まさに今、先の過ちを悔い改め、神宮を修理し、神霊をお祭り申せば、国は隆盛となるだろう。決して忘れることのないように。」

と言った。

七月四日に、蘇我大臣稲目宿禰《そがのおおおみいなめのすくね》・穂積磐弓臣《ほづみのいわゆみのおみ》等を遣わして、吉備《きび》の五郡に白猪屯倉《しらいのみやけ》を置かせた。

八月に、百済の余昌《よしょう》は諸臣《まえつきみ》等に、

「私は今、亡父聖明王のために、出家して仏道を修めたいと思う。」

と言った。諸臣・人民は、

「今、君主が出家して仏道を修めたいとのお考えは、仮に承っておきます。ああ、前もっての思慮が後の大きな災難を受けたのは、いったい誰の過失なのでしょうか。

百済国《くだらのくに》は、高麗《こま》・新羅《しらぎ》が争って滅ぼそうとしているのです。初めて国を開いてから、この年までずっと続いてきました。今この国の宗廟《そうびょう》の祭祀を、いったいどの国に授けるというのでしょうか。しかるべき道理を、はっきりお示し下さい。もし重臣の言葉をよく聞き入れておられたならば、このような事態にはならなかったことでしょう。どうか先の過ちを悔い改めて、出家するのはお止め下さい。もし願いを果たそうと思われるなら、国民を出家させればよいでしょう。」

と申し上げた。余昌は、

「もっともである。」

と答えて、すぐに臣下に相談した。臣下は協議して百人を出家させ、多くの幡蓋《ばんがい》を作り、種々の功徳を行った。

以下略。

十七年の正月に、百済《くだら》の王子恵《せしむけい》は帰国したいと願い出た。そこで、多くの武器・良馬を与えられた。また数々の賜物があり、衆人は賞嘆した。そして、阿部臣《あへのおみ》・佐伯連《さえきのむらじ》・播磨直《はりまのあたい》を派遣して、筑紫国《つくしのくに》の船団を率いて護衛させ、国まで送り届けた。別に筑紫火君《つくしのひのきみ》［『百済本記《くだらほんき》』によると、「筑紫君《つくしのきみ》の子火中君《ひのなかのきみ》の弟である」という］を派遣して、勇士千人を率いて護衛させ、弥弖《みて》（慶尚南道南海島の弥助）［弥弖は港の名である］まで送った。さらに航路の要害の地を守らせた。

七月六日に、蘇我大臣稲目宿禰《そがのおおおみいなめのすくね》等を備前《きびのみちのくち》の児島郡《こしまのこおり》に遣わして、屯倉《みやけ》（岡山市・玉野市内）を置かせた。葛城山田直瑞子《かずらきのやまだのあたいみずこ》を田令《たつかい》（屯倉経営のため中央から出向く役人）とした。

十月に、蘇我大臣稲目宿禰等を倭国《やまとのくに》の高市郡《たけちのこおり》に遣わして、韓人大身狭屯倉《からひとのおおむさのみやけ》［ここで韓人というのは百済《くだら》のことである」高麗人《こまひとの》小身狭屯倉《おむさのみやけ》を置かせた。紀国《きのくに》に海部屯倉《あまのみやけ》（和歌山市・海草郡下津町内）を置いた［ある本によると、所々の韓人を大身狭屯倉《おおむさのみやけ》の田部《たべ》（農民）とし、高麗人《こまひと》を小身狭屯倉《おむさのみやけ》の田部とした。これは、韓人・高麗人を田部にしたので、それを屯倉の名としたという］。

十八年の三月一日に、百済《くだら》の王子《せしむ》余昌《よしょう》が王位を嗣いだ。これが威徳王《いとくおう》である。

任那《みまな》の滅亡

二十一年の九月に、新羅《しらぎ》は弥至己知《みちこち》奈末《なま》を派遣して、貢物《みつき》を献上した。饗応《きょうおう》と賜物はいつもより多かった。奈末は喜んで帰国し、

「貢物の使者は、国家としては尊重されますが、個人としては軽侮されます。使者には国民の運命がかかっていますが、使者に選ばれると人から卑下されます。王政の弊害は、必ずこれによります。願わくは良家の子を使者として任じ、卑賤の子は使者としないで下さい。」

と言った。

二十二年に、新羅は久礼《くれ》叱《し》及伐干《きゅうばつかん》を派遣して、貢物を献上した。外客接待役が饗応する礼の回数が、いつもより少なかったので、使者は怒り恨んで帰国した。

この年にまた、奴氐《ぬて》大舎《ださ》を派遣して、先の貢物を献上した。難波《なにわ》の大郡《おおこおり》で、諸蕃の使者を序列した時に、外客接待役の額田部連《ぬかたべのむらじ》・葛城直《かずらきのあたい》等は、百済《くだら》の下に新羅《しらぎ》を列ねて案内した。大舎《ださ》は怒って引き返し、客舎にも入らず、船に乗って穴門《あなと》に帰り着いた。その時、穴門館は修理中だった。大舎は、

「どちらの客のために造っているのか。」

と尋ねた。工匠《たくみ》河内馬飼首《こうちのうまかいのおびと》押勝《おしかつ》は偽って、

「西方の無礼者を問責するための使者が泊る所です。」と言った。大舎《ださ》は帰国して、そのことを伝えた。これを聞いて新羅王は、城を阿羅波斯山《あらはしむれ》（安羅の巴山）に築いて、日本《やまと》に備えた。

二十三年の正月に、新羅《しらぎ》は任那の官家《みやけ》を撃ち滅ぼした［ある本によると、二十一年に任那《みまな》が滅ぶとある。総称して任那というが、分けると、加羅国《からのくに》・安羅国《あらのくに》・斯二岐国《しにきのくに》・多羅国《たらのくに》・卒麻国《そちまのくに》・古嗟国《こさのくに》・子他国《こたのくに》・散半下国《さんはんげのくに》・乞飡国《こちさんのくに》（慶尚南道昌肚）・稔礼国《にむれのくに》（慶尚南道渭川）という、合わせて十国である］。

六月に詔《みことのり》して、

「新羅は西方の小さく卑しい国である。天に逆らい、無道である。我が恩義に反して、我が官家《みやけ》を攻め、我が人民を迫害し、郡県を滅ぼした。

我が神功皇后《じんぐうこうごう》は、神聖で聡明であられ、天下を巡って人民をいたわり養われた。新羅《しらぎ》が窮地に陥り、助けを請うたのを哀れみ、首を斬られようとしていた新羅王を救った上、要害の地を与えて限りない繁栄をもたらされた。我が神功皇后が、どうして新羅を軽んじたりなさっただろうか。我が国民が、どうして新羅を恨んだりしただろうか。

しかるに新羅《しらぎ》は、長い戟《ほこ》・強力な弩《ゆみ》で任那《みまな》に進攻し、大きな牙・曲がった爪で人民に残虐を加えた。肝を裂き、足を切り、その快感にもあきず骨をさらし、屍《かばね》を焼いてもその残酷さを感じなかった。任那の人々を、刀をふるいまな板を使って殺したり、ばらばらにしてしまった。

すべてこの国の王臣たる者は、人の禾《あわ》を食べ、人の水を飲みながら、このことを聞いてどうして心にいたましく思わずにいられようか。ましてや、太子・大臣はその子孫としての由縁によって、深く悲しみ恨む拠り所がある。国を守る任に当って、この上ない恩義がある。世は先代の徳を受けて、後代の身が位につくのである。しかしながら誠意を尽くし、共に悪逆の者を誅殺《ちゅうさつ》して、天地の苦痛をそそぎ、君父の仇を報いることができなければ、死んでも臣子の道を成就できなかった恨みが残る。」

と仰せられた。

この月に、ある人が馬飼首《うまかいのおびと》歌依《うたより》を讒言《ざんげん》して、

「歌依《うたより》の妻逢臣讃岐《おうのおみさぬき》の鞍の下にかける覆いは、他と異なっています。よくよく見ますと、皇后の御鞍です。」

と言った。すぐに捕らえて刑吏に渡し、罪状を厳しく尋問した。馬飼首歌依は大声で誓って、

「嘘です。真実ではありません。もし本当ならば、必ず天罰を受けるだろう。」

と言った。ついに拷問によって、地に倒れて死んだ。死後間もなく、急に宮殿に火災があった。刑吏は、歌依の子守石《もりし》と名瀬氷《なせひ》［守石・名瀬氷とも名である］とを捕縛して、火の中に投げ入れようとして［火に投げ入れて処刑するのは、思うに古の制であろう］、呪詛《じゅそ》して、

「我が手が投げ入れるのではない。祝《はふり》の手で投げ入れるのだ。」

と言った。言い終えてから、火に投げ入れようとした。その時、守石《もりし》の母が祈誓して、

「子を火中に投げ入れたら、きっと天災が起こることでしょう。どうかこの子を祝人《はふりべ》に付けて神奴《かんやっこ》（神社に隷属する賤民）にして下さい。」

と申し上げた。そこで母の願い通り、許して神奴とした。

七月一日に、新羅《しらぎ》は使者を派遣して、貢物を献上した。使者は新羅が任那《みまな》を滅ぼしたことが日本《やまと》の恩義に背いたと恥じて、あえて帰国を願わなかった。その後は、日本人と同じ扱いをされた。今、河内国《こうちのくに》の更荒郡《さらのこおり》（四条畷市・大東市・寝屋川市の一部）の鸕鷀野邑《うののさと》の新羅人《しらぎひと》の先祖である。

河辺臣《かわべのおみ》の無知・伊企儺《いきな》の奮闘

この月に、大将軍紀男麻呂宿禰《きのおまろのすくね》を派遣して、兵を率いて哆唎《たり》から出発した。副将軍河辺臣瓊缶《かわべのおみにへ》は、居曾山《こそむれ》より出発した。こうして、新羅《しらぎ》が任那《みまな》を攻撃したことについて、問責しようとした。ついに任那に到着して、薦集部首《こもつめべのおびと》登弭《とみ》を百済《くだら》に遣わし、軍の計略について盟約を結んだ。ある日、登弭は妻の家に泊まったが、封印した機密の書信・弓矢を落とした。新羅は詳細な軍略を知ることになり、突然大軍を起こし、わざと次々に敗れて降伏したいと請うた。紀男麻呂宿禰は軍を率いて、百済の陣営に入った。軍中に命令して、

「勝利しても敗北を忘れず、安泰な時も必ず危急を想定するのは、古来よりの教訓である。今いる場所は、獰猛《どうもう》な敵と境を接している。軽率に行動して、後の変事を招いてはならない。ましてや平安の世にも、刀剣を身から離してはならない。思うに、君子の武備は常に解いてはならない。深く警戒して、この命令を大切に守れ。」

と言った。兵士は信頼し、その意に従った。河辺臣瓊缶《かわべのおみにへ》は、一人進んで激しく闘い、向かうところ敵なしであった。新羅《しらぎ》は再び白旗を掲げ、武器を投げ出して降伏した。実は、河辺臣瓊缶はもともと兵法を知らず、同じように白旗を掲げ、一人で進んだ。新羅の闘将は、

「将軍河辺臣は、降伏した。」

と言った。すぐに軍を進めて迎え撃った。精鋭の兵を駆り出し、速攻で河辺臣《かわべのおみ》を破った。先鋒が破られ、死傷者がたいへん多かった。倭国造《やまとのくにのみやつこ》手彦《てひこ》は、自分では救い難いことを知り、軍を見棄てて逃亡した。新羅の闘将は手に先の曲がった矛を持ち、追いかけて城の堀で矛を振り回して撃ちかかった。手彦《てひこ》は、駿馬に乗って城の堀を飛び越え、かろうじて逃げ切ることができた。闘将は城の堀に臨んで嘆き、

「久須尼自利《くすにじり》」［これは新羅の言葉であり、詳しくは不明である］と言った。

河辺臣は、ついに兵を率いて退き、急遽野営することになった。しかし兵士はことごとく将軍を軽蔑し、まったく命令に従わなかった。新羅の闘将は、自ら陣営に乗り込み、河辺臣瓊缶《かわべのおみにへ》等と従っていた婦人とをすべて捕虜にした。この時、親子夫婦といえども、お互いを思いやることなどできなかった。闘将は河辺臣に、

「お前は、自分の命と婦人とどちらが大切か。」

とけしかけた。河辺臣は、

「どうして一人の婦人を惜しんで、禍いを招くことがあろうか。何といっても命に過ぎるものはない。」

と答え、婦人を闘将の妾とすることを許した。闘将は、諸兵の面前でその婦人を犯した。婦人は後に帰された。河辺臣は、親しみを交わそうと近づいた。しかし婦人はたいそう恥じ恨んで、河辺臣を冷たく見やり、

「先にあなたは、軽々しく私の身を売りました。今、何の面目あってまた会おうと言うのですか。」

と言って、ついに従わなかった。この婦人は坂本臣の娘で、甘美媛《うましひめ》といった。

同じ時に捕虜となった調吉士伊企儺《つきのきしいきな》は、性格が勇猛で、最後まで降服しなかった。新羅の闘将は、刀を抜いて斬ろうとした。その前に無理に褌《はかま》を脱がせ、尻を日本《やまと》に向けさせ大声で、

「日本の将よ、我が尻を食らえ。」

と叫ばせようとした。すると、

「新羅王よ、我が尻を食らえ。」

と叫んだ。責め苦しめられてもなお、前のように叫んだ。こうしてついに殺された。その子舅子《おじこ》もまた、父の屍を抱えて死んだ。伊企儺《いきな》の言葉を奪うことは、このように難しかった。これによって諸将軍から、ことのほ

かその死を悼み惜しまれた。

その妻大葉子《おおばこ》もまた捕虜になり、悲しみにうちひしがれつつ、歌を詠んだ。

歌謡一〇〇　韓国《からくに》の　城《き》の上《へ》に立ちて　大葉子《おおばこ》は　領巾《ひれ》振《ふ》らすも　日本《やまと》へ向きて

韓国の城の上に立って、大葉子は領巾をお振りになる。日本に向かって。

ある人が、これに和して歌を詠んだ。

歌謡一〇一　韓国《からくに》の　城《き》の上《へ》に立たし　大葉子《おおばこ》は　領巾《ひれ》振らす見ゆ　難波《なにわ》へ向きて

韓国の城の上にお立ちになって、大葉子が領巾をお振りになるのが見える。難波に向かって。

八月に、天皇は大将軍大伴連《おおとものむらじ》狭手彦《さでひこ》（大伴金村《かなむら》の子）を派遣し、兵数万を率いて高麗《こま》を討伐させられた。狭手彦は、百済の計略を用いて、高麗を打ち破った。高麗王は、垣を越えて逃げた。狭手彦は勝に乗じて宮殿に入り、珍法・財貨・七織帳《ななえのおりもののとばり》・鉄屋《くろがねのいえ》を手に入れて帰還した［『旧本』によると、鉄屋は高麗の西の楼の上にあり、織帳は高麗王の内寝《おおとの》に張ってあったという］。そして七織帳を天皇に献上した。甲《よろい》二領・金飾《こがねづくりの》刀《たち》二振・銅鏤鍾《あかがねのえりたるかね》三口《こう》・五色幡《いついろのはた》二竿《さお》・美名媛《おみなひめ》［媛は名である］とその従者吾田子《あたこ》を、蘇我稲目宿禰大臣《そがのいなめのすくねのおおおみ》に送った。大臣は二人の女を召し入れて妻とし、軽《かる》（奈良県橿原市大軽町）の曲殿《まがりどの》に住まわせた［鉄屋は長安寺にある。この寺は、どの国にあるか分からない。ある本によると、十一年（五五〇年）に、大伴《おおともの》狭手《さで》彦連《ひこのむらじ》は百済国《くだらのくに》と共に、高麗《こま》王陽香《ようこう》を比津留都《ひしるつ》に追い退けたという」。

十一月に、新羅《しらぎ》は使者を派遣して、贈物と貢物を献上した。使者は、新羅が任那《みまな》を滅ぼしたことを日本国《やまとのくに》が憤っていると知って、あえて帰国を願わなかった。処罰を恐れて、本国に帰らなかった。その後は、日本人と同じ扱いをされた。今の摂津国《つのくに》三島郡《みしまのこおり》の埴廬《はにろ》（大阪府高槻市土室）の新羅人《しらぎひと》の先祖である。

二十六年の五月に、高麗人頭霧唎耶陛《こまひとつぶりやへ》等が、筑紫に来朝したので、山背国《やましろのくに》に住まわせた。今の畝原《うねはら》・奈羅《なら》（京都府八幡市上奈良・下奈良）・山村《やまむら》の高麗人《こまひと》の先祖である。

二十八年に、諸国で大水があって飢餓が起こり、人を食うことがあった。近くの郡の穀物を運んで、これを救った。

高麗《こま》の使者が越《こし》に漂着

三十年の正月に、詔《みことのり》して、

「田部《たべ》を置いてから、長年になる。年齢が十歳に達しているのに、戸籍に記載されず、課役を免れている者が多い。胆津《いつ》［胆津は王辰爾《おうじんに》の甥《おい》である］を遣わして、白猪田部《しらいのたべ》の丁《よぼろ》（賦課の対象となる男子の籍）の籍を調べ定めよ。」

と仰せられた。

四月に、胆津は白猪田部の丁者《よぼろ》を調査し、詔に従って戸籍を定めた。これにより、田戸《たへ》（より正確な戸籍）が完成した。天皇は、胆津が戸籍を定めた功績を賞して、姓を授けて白猪史《しらいのふびと》とし、さらに田令《たつかい》に任用し瑞子《みずこ》の副官とされた［瑞子は上にみえる］。

三十一年の三月一日に、蘇我大臣稲目宿禰《そがのおおおみいなめのすくね》が薨じた。

四月二日に、天皇は泊瀬柴籬宮《はつせのしばかきのみや》に行幸された。越人江渟臣裙代《こしのひとえぬのおみもしろ》が上京し、奏上して、

「高麗《こま》の使者が浪風に辛苦して、迷って港を見失いました。波の流れのままに漂流し、たまたま海岸に着きました。しかし郡司《こおりのつかさ》が隠していますので、私がご報告いたします。」

と申し上げた。詔して、

「私が帝業を継いで以来、高麗《こま》が海路に迷って越《こし》の海岸に着いたのは初めてである。漂流には苦しんだが、命は助かった。これは善政が広く行きわたり、徳は高く盛んで、仁慈に満ちた教化が行われ、恩恵があまねく行きわたっていることによるものではないか。役人よ、山城国《やましろのくに》の相楽郡《さがらかのこおり》に館を建て、清め整えて厚く処遇せよ。」

と仰せられた。

この月に、天皇は泊瀬柴籬宮《はつせのしばかきのみや》から還られた。東漢氏直糠児《やまとのあやのうじのあたいぬかご》・葛城直難波《かずらきのあたいなにわ》を遣わして、高麗《こま》の使者を召し迎えられた。

五月に、膳臣傾子《かしわでのおみかたぶこ》を越に遣わして、高麗の使者を饗応なされた。大使は、膳臣《かしわでのおみ》が天皇の使者であることを確信した。そして道君《みちのきみ》に、

「私が疑っていた通り、お前は天皇ではない。お前は平伏して、膳臣《かしわでのおみ》を拝んでいた。人民であるということが、いっそう明確になった。ところがお前は私を偽って、貢物《みつき》を取って自分のものとした。すぐに返せ。煩わしい弁解は無用だ。」

と言った。膳臣は人をやってその貢物を探し求めて、高麗の使者にすべて返還し、京《みやこ》に戻って復命した。

七月一日に、高麗の使者は近江《おうみ》に到着した。

この月に、許勢臣猿《こせのおみさる》と吉士赤鳩《きしのあかはと》とを遣わして、難波津《なにわのつ》を出発して、船を狭狭波山《さ さなみやま》（滋賀県大津市逢坂山）に綱で引き上げ、飾船《かざりぶね》に装って、近江の北の山（琵琶湖北岸）に迎えに行かせた。そして、山背《やましろ》の高槭館《こまひのむろつみ》に迎えて、東漢坂上直子麻呂《やまとのあやのさかのうえのあたいこまろ》・錦部首大石《にしこりべのおびとおおいし》を遣わして、護衛させた。また、高麗の使者を、相楽館《さがらかのむろつみ》で饗応された。

三十二年の三月五日に、坂田耳子郎君《さかたのみみこのいらつきみ》を新羅《しらぎ》に派遣して、任那《みまな》の滅んだ理由を問いただした。

この月に、高麗《こま》の貢物《みつき》の献上と上表文の奏上がまだ行えないまま、数日間良い日を占って待った。

天皇の遺勅《いちょく》

四月十五日に、天皇はご病気のため臥せられた。皇太子は、外出されて不在だった。駅馬《はゆま》で呼びに行かせ、寝室に召し入れられた。天皇は、その手を取って詔《みことのり》して、

「私の病気は重い。後事はお前に任せる。お前は新羅《しらぎ》を討ち、任那《みまな》を建てよ。乱れていた両国（日本と任那）の仲を一新して、また夫婦のような間柄になれば、死んでも思い残すことはない。」

と仰せられた。

この月に、天皇はついに大殿《おおとの》で崩御された。御年若干であった。

五月に、河内《こうち》の古市《ふるいち》（大阪府羽曳野市古市）で殯《もがり》した。

八月一日に、新羅《しらぎ》は弔使未叱子失消《みししししょう》等を派遣して、殯《もがり》に哀《みね》の礼を奉った。

この月に、未叱子失消等が帰国した。

九月に、檜隈坂合陵《ひのくまのさかいのみささぎ》に葬りまつった。

巻第二十　第三十代　渟中倉太珠敷天皇《ぬなくらふとたましきのすめらみこと》　敏達天皇《びだつてんのう》

王辰爾《おうじんに》の智恵

敏達《びだつ》天皇は、欽明《きんめい》天皇の第二子である。母は、石姫皇后《いしひめのきさき》と申し上げる「石姫皇后は、宣化《せんか》天皇の御娘である」。天皇は仏法をお信じにならず、文学と歴史を好まれた。二十九年に、皇太子となられた。

三十二年の四月に、欽明天皇が崩御された。

元年の四月三日に、皇太子は天皇に即位された。先の皇后を尊んで皇太后と申し上げた。

この月に、百済《くだら》の大井《おおい》に宮を造った。物部弓削守屋大連《もののべのゆげのもりやのおおむらじ》を大連とすることは、前の通りであった。蘇我馬子《そがのうまこの》宿禰《すくね》を大臣《おおおみ》とした。

五月一日に、天皇は皇子（彦人大兄皇子《ひこひとおおえのみこ》）と大臣とに、

「高麗《こま》の使者は、今どこにいるのか。」

と尋ねられた。大臣は、

「相楽館《さがらかのむろつみ》におります。」

と申し上げた。天皇はこれをお聞きになり、たいそう心を痛め、憂いて、

「悲しいことである。この使者等の名は、すでに先の天皇の時に、ご報告申し上げたというのに。」

と仰せられた。すぐに群臣を相楽館に遣わして、献上した貢物を調べ記録して、都に送らせた。

十五日に、天皇は高麗の上表文を大臣に手渡された。多くの史《ふびと》（文筆による業務を専門職とする氏の人々）を召集して解読させたが、三日間たっても読むことができなかった。その時船史《ふねのふびと》の先祖王辰爾《おうじんに》が、よく読み解いて奉った。これによって、天皇と大臣とは共に称賛して、

「よく務めてくれた、辰爾《じんに》。よくやってくれた、辰爾。もしお前が学問に親しんでいなかったら、誰がこの文章を読み解いたであろうか。これからは、殿中に近侍するように。」

と仰せられた。そして東西の多くの史に詔《みことのり》して、

「お前等の学習している技量は、どうして成就しないのか。人数は多いが、辰爾《じんに》には及ばない。」

と仰せられた。また、高麗《こま》の上表文は、烏の羽に書いてあった。羽が黒いので、誰も読めなかった。辰爾は羽を湯気で蒸して、柔らかい絹布に羽を押し当て、すべてその字を写し取った。朝廷の人々はみな驚いた。

六月に、高麗の大使は副使等に、

「欽明《きんめい》天皇の時に、お前等は私の考えるところと違い、人に欺かれて、卑しい者に国の貢物を勝手に分け与えた。これは、お前等の過失である。もし我が国王がお聞きになれば、きっとお前を誅殺なさるだろう。」

と言った。副使等は相談し合って、

「我等が国に着いた時、もし大使が過ちを指摘したならば、まことに不都合なことになる。ひそかに殺して、その口を封じよう。」

と言った。しかしこの夕方に、謀略が漏れた。大使はこれを知り、服装を整えて、一人そっと抜け出したが、館の中庭に呆然として立ちつくしていた。その時一人の賊が、杖を持って出てきて、大使の頭を打って立ち去った。次に現れた一人の賊が、大使の真っ向から、頭と手を打って逃げ去った。大使はなお黙って立ったまま、顔の血をぬぐった。さらにまたもう一人の賊が、刀を持って急襲し、大使の腹を刺して逃げていった。こ

の時、大使は恐れて地に伏して拝んだ。最後に四人めの賊が、ついに殺して逃げた。翌朝、外客接待使の東《やまとの》漢《あやの》坂上直《さかのうえのあたい》子麻呂《こまろ》等が、その事情を取り調べた。副使等は偽って、

「天皇は、大使に妻を与えようとなさいましたが、大使は勅命に違反してお受けしなかったのです。これは、はなはだしく礼を欠くものがあります。こういう理由で、私どもは天皇のために大使を殺したのです。」

と申し上げた。役人は、大使の格式をもって葬った。

七月に、高麗《こま》の使者が帰国した。この年、太歳《たいさい》は壬辰《じんしん》であった。

吉備海部直《きびのあまのあたい》難波《なにわ》の罪

二年の五月三日に、高麗の使者が越の海岸に停泊した。船が壊れ、溺死者《できししゃ》が多かった。朝廷では、高麗船がたびたび海路に迷うことを疑い、饗応せず帰国させることにした。そして、吉備海部直《きびのあまのあたい》難波《なにわ》に勅《みことのり》して、高麗の使者を送らせた。

七月一日に、越の海岸で難波《なにわ》と高麗の使者等とは相談して、送使である難波の船の人大島首《おおしまのおびと》磐日《いわひ》・狭丘首《さおかのおびと》間狭《ませ》を、高麗の船に乗せ、高麗の二人を送使の船に乗せた。このように互いに入れ換えて乗船させ、高麗使が欺きの心を起こした時の備えとした。やがて二船は同時に出発して、数里ほど進んだが、送使の難波は荒波を恐れ、高麗の二人を捕らえて海に投げ入れた。

八月十四日に、送使の難波は帰国して復命し、

「海中に大きな鯨《くじら》がいて、船と櫂《かい》とを止めて噛みつきました。難波等は、鯨が船を呑んでしまうのではないかと恐れ、船を漕ぎ出すことができませんでした。」

と申し上げた。天皇はこれをお聞きになって、その嘘を見抜かれ、朝廷で雑用に使役され、郷里に帰ることを

許さなかった。

三年の五月五日に、高麗の使者が越の海岸に停泊した。

七月二十日に、高麗の使者は上京して奏上し、

「私どもは、去年送使に従って帰国しました。私どもが、先に国に着きました。私どもの国は、使者の礼に準じて、大島《おおしまの》首《おびと》磐日《いわひ》等を接待し饗応しました。高麗王はまた別に、礼を尽くして厚遇しました。しかし、別の送使の船は、いまだに到着いたしません。それで再び使者と磐日等を謹んで派遣して、高麗の使者の帰国しない理由をお尋ねしたいのです。」

と申し上げた。天皇はこれをお聞きになり、すぐに難波の罪を責めて、

「第一は、朝廷を欺いたことである。第二は、隣国の使者を溺死《できし》させたことである。この大罪によって、郷里への帰還を許すことはできない。」

と仰せられた。これにより、罪が確定した。

十月九日に、蘇我馬子大臣《そがのうまこのおおおみ》を吉備国《きびのくに》に遣わして、白猪屯倉《しらいのみやけ》と田部《たべ》とを増やさせた。田部の名簿を、白猪史《しらいのふびと》胆津《いつ》に授けた。

十一日に、船史王辰爾《ふねのふびとおうじんに》の弟牛《うし》に詔《みことのり》して、姓を与えられて津史《つのふびと》とした。

十一月に、新羅《しらぎ》は使者を派遣して朝貢した。

百済《くだら》・新羅《しらぎ》との外交

四年の正月九日に、息長真手王《おきながまてのおおきみ》の娘広姫《ひろひめ》を皇后とされた。皇后は、一男二女をお生みになった。長男を押《おし》坂彦人大兄皇子《さかのひこひとのおおえのみこ》と申し「またの名は麻呂古皇子《まろこのみこ》」、長女を逆登皇女《さかのぼりのひめみこ》と申し、次女を菟道磯津貝皇女《うじのしつかいのひめみこ》と申し

上げる。

この月に、一人の夫人《みめ》を立て、春日臣仲君《かすがのおみなかつきみ》の娘で老女夫人《おみなごのおおとじ》という［またの名は薬君娘《くすりこのいらつめ》］。三男一女を生んだ。長男を難波皇子《なにわのみこ》と申し、次男を春日皇子《かすがのみこ》と申し、長女を桑田皇女《くわたのひめみこ》と申し、三男を大派皇子《おおまたのみこ》と申し上げる。次に采女《うねめ》は、伊勢大鹿首小熊《いせのおおかのおびとおくま》の娘で菟名子夫人《うなこのおおとじ》という。太姫皇女《ふとひめのひめみこ》［またの名は桜井皇女《さくらいのひめみこ》］と糠手姫皇女《ぬかでひめのひめみこ》［またの名は田村皇女《たむらのひめみこ》］とを生んだ。

二月一日に、馬子宿禰大臣《うまこのすくねのおおおみ》は帰京して、屯倉《みやけ》の事について復命した。

乙丑《いっちゅう》（三月十一日か）に、百済《くだら》は使者を派遣して朝貢した。調《みつき》は例年より多かった。天皇は、新羅《しらぎ》がいまだ任那《みまな》を再建しないので、皇子と大臣とに詔《みことのり》して、

「任那復興のことを、怠ってはならない。」

と仰せられた。

四月六日に、吉士金子《きしのかね》を新羅に、吉士木蓮子《きしのいたび》を任那に、吉士訳語彦《きしのおさひこ》を百済に派遣した。

六月に、新羅《しらぎ》は使者を派遣して朝貢した。調《みつき》は例年よりも多かった。また、多々羅《たたら》・須奈羅《すなら》・和陀《わだ》・発鬼《ほちき》の四つの邑《むら》の調《みつき》も合わせて進上した。

この年に、卜者《うらべ》に命じて海部王《あまのおおきみ》の宅地と糸井王《いといのおおきみ》の宅地とを占わせた。占いは、いずれも吉と出た。そこで、宮殿を訳語田《おさた》に造営した。これを、幸玉宮《さきたまのみや》という。

十一月に、皇后広姫《ひろひめ》が薨去《こうきょ》された。

五年の三月十日に、役人は皇后を立てるよう請うた。詔《みことのり》して、豊御食炊屋姫尊《とよみけかしきやひめのみこと》（後の推古《すいこ》天皇）を皇后とされた。皇后は、二男五女をお生みになった。長女を菟道貝鮹皇女《うじのかいたこのひめみこ》と申し上げ［またの名は菟道磯津貝皇女《うじのしつかいのひめみこ》］、東宮聖徳《ひつぎのみこしょうとく》に嫁された。長男を竹田皇子《たけだのみこ》と申し、次女を小墾田皇女《おはりたのひめみこ》と申し上げ、彦人大兄皇子《ひこひとのおおえのみこ》に嫁され

た。三女を鸕鷀《う》守皇女《もりのひめみこ》と申し［またの名は軽守皇女《かるのもりのひめみこ》］、次男を尾張皇子《おわりのみこ》と申し、四女を田眼皇女《ためのひめみこ》と申し、舒《じょ》明天皇《めいてんのう》に嫁された。五女を桜井弓張皇女《さくらいのゆみはりのひめみこ》と申し上げる。

六年の二月一日に、詔して日祀部《ひまつりべ》・私部《きさいちべ》を置いた。

五月五日に、大別王《おおわけのおおきみ》と小黒吉士《おぐろのきし》とを派遣して、百済国《くだらのくに》への宰《みこともち》とした［王の使者は命を受けて三韓《さんかん》に遣わされると、自ら称して宰という。韓《から》への宰としたということは、思うに古来からのきまりなのであろうか。今は使者という。他の場合もこれと同じである。大別王の出自は不明である］。

十一月一日に、百済国王は、帰国する使者の大別王等に託して、経論若干の巻と、律師《りっし》・禅師《ぜんじ》・比丘尼《びくに》・呪《じゅ》禁師《ごんし》・造仏工《ぞうぶつこう》・造寺工《ぞうじこう》の六人を併せて献上した。そこで、難波《なにわ》の大別王の寺に住まわせた。

七年の三月五日に、菟道皇女《うじのひめみこ》を伊勢《いせ》の社祠に仕えさせた。ところが池辺皇子《いけべのみこ》に犯され、事が露見してその任を解かれた。

八年の十月に、新羅《しらぎ》は枳叱政奈末《きしさなま》を派遣して朝貢し、併せて仏像も贈った。

九年の六月に、新羅は安刀奈末《あとなま》・失消奈末《ししょうなま》を派遣して朝貢した。しかし天皇は、納めることなくお返しになった。

十年の閏《うるう》二月に、蝦夷《えみし》数千人が辺境を侵攻した。このため、その首領綾糟《あやかす》等を召して［首領は大毛人《おおえみし》のことである］、詔《みことのり》して、

「思いみるに、お前蝦夷《えみし》は景行天皇の御世に、殺すべきは殺し、許すべきは許した。今私は、その先例に従って首謀者を誅殺しようと思う。」

と仰せられた。綾糟《あやかす》等は恐れかしこまって、泊瀬《はつせ》の川の中に入り、三諸岳《みもろのおか》に向かって水をすすって誓盟して、

「私ども蝦夷は、今後子々孫々まで［古語に生児《うみのこ》八十綿連《やそつづき》という］清き明るき心をもって、天朝にお仕えい

たします。もし誓いに背いたなら、天地の諸神及び天皇の御霊が、私どもの子孫を絶滅させるでしょう。」と申し上げげた。

十一年の十月に、新羅《しらぎ》は安刀奈末《あとなま》・失消奈麻《ししょうなま》を派遣して朝貢した。しかし天皇は、納めることなくお返しになった。

日羅《にちら》の進言と死

十二年の七月一日に、詔《みことのり》して、

「亡き欽明《きんめい》天皇の御世に、新羅《しらぎ》は内官家《うちつみやけ》の国を滅ぼした［欽明天皇の二十三年に、任那《みまな》が新羅に滅ぼされた。それで、新羅が我が内官家を滅ぼしたというのである］。先の天皇は、任那を回復することを図られた。しかし果たすことなく崩御され、その志を成就されなかった。それで私は霊妙な謀《はかりごと》を引き継いで、任那を復興したいと思う。今百済《くだら》にいる火葦北国造《ひのあしきたのくにのみやつこ》阿利斯登《ありしと》の子達率《だちそち》日羅《にちら》は、賢くて勇気もある。私はその人と共に、計画をねろうと思う。」

と仰せられた。すぐに紀国造《きのくにのみやつこ》押勝《おしかつ》と吉備海部直《きびのあまのあたい》羽島《はしま》とを派遣して、百済《くだら》に日羅《にちら》を召喚された。

十月に、紀国造押勝等が百済から帰国した。朝廷に復命して、

「百済国王が日羅を惜しんで、奉ることを承知いたしません。」

と申し上げげた。

この年に、再び吉備海部直《きびのあまのあたい》羽島《はしま》を派遣して、日羅《にちら》を召喚された。羽島は百済に渡り、まずひそかに日羅を見ようとして、一人で家の門まで行った。しばらくして、家の中から韓人《からひと》の婦人が出てきた。そして韓語で、

「お前の根を、私の根の内に入れなさい。」

と言って、すぐに家の中に入った。羽島《はしま》はすぐにその意味を理解して、後に続いて入った。すると日羅《にちら》が出迎えて、手を取って席に坐らせた。そしてそっと告げて、

「私がひそかに聞くところによると、百済国主は天朝を疑い、いったん私を奉った後は、日本に留めてお返しにならないと思い、そのために惜しんで奉らないということです。いいですか、宣勅の時、いかめしく猛々しい表情で、早急に奉るよう催促なされませ。」

と言った。羽島はこの計略によって、日羅を召喚した。

百済国主は、天朝を恐れかしこみ、勅《みことのり》に背くことはなかった。日羅《にちら》・恩率《おんそち》・徳爾《とくに》・余怒《よぬ》・奇奴知《がぬち》・参官《さんかん》・柁師《かじとり》徳率《とくそち》次干徳《しかんとく》・水夫等、若干を奉った。

こうして日羅等は、吉備児島屯倉《きびのこしまのみやけ》に到着した。朝廷は、大伴糠手子連《おおとものぬかでこのむらじ》を遣わして慰労した。また大夫《まえつきみ》等を難波館《なにわのむろつみ》に遣わして、日羅を訪問させた。この時日羅は、甲《よろい》を着け馬に乗って門前まで来ると、政庁の前に進み跪《ひざまず》いて拝礼し、嘆き恨んで、

「宣化《せんか》天皇の御世に、我が君大伴金村大連《おおとものかなむらのおおむらじ》が、朝廷のために海外に派遣した火葦北国造《ひのあしきたのくにのみやつこ》刑部靫部《おさかべのゆけい》阿《あ》利斯登《りしと》の子、臣達率《だちそち》日羅《にちら》は、天皇がお召しであると承《うけたまわ》り、謹んで来朝いたしました。」

と申し上げた。すぐにその甲《よろい》を脱いで、天皇に献上した。さっそく館を阿斗桑市《あとのくわのいち》に造営し、日羅を住まわせ、願いのままに物をあてがった。また、阿部目臣《あへのめのおみ》・物部贄子連《もののべのにえこのむらじ》・大伴糠手子連《おおとものぬかでこのむらじ》を遣わして、国政について日羅に問わせた。日羅は、

「天皇が天下の政治を行われるのは、人民を護り養うためでなければなりません。どうして急に兵を起こして、かえって人民を失い滅ぼすようなことがありましょうか。それゆえ今国政を議る者は、朝廷にお仕えする臣《おみ》・連《むらじ》・二造《ふたつのみやつこ》から「二造は、国造《くにのみやつこ》・伴造《とものみやつこ》である」、下は人民に至るまで、ことごとく皆富み栄えさせ、

欠乏させてはなりません。このようにして三年間、食糧も兵力も充足させた上で、喜んで働こうとする者をお使いなさい。水も火も恐れず、一つになって国難を憂えることでしょう。その後に多くの船舶を造り、港毎に列ね停泊させ、隣国からの使者に見せて脅威を与えます。それからすぐに有能な使者を百済《くだら》に派遣して、その国王をお召しになることです。もし来なければ、その太佐平《だいさへい》（最高の執政官）・王子等を召して来朝させるのです。そうすれば、自然と服従する気持ちになることでしょう。その後に、任那《みまな》復興に協力的でない百済の罪を問われるのがよいでしょう。」

と申し上げた。さらに奏上して、

「百済人《くだらひと》が策謀して、

『三百隻の船がある。これで筑紫《つくし》の土地をもらおう。』

と言っています。もし本当に願い出たら、偽ってお与え下さい。もし百済が新しく国を造ろうと思っているならば、必ず先に女や子供を船に載せてやってくるでしょう。朝廷ではこの時を待ち、壱岐《いき》・対馬《つしま》に多くの伏兵を置き、到着を見はからって殺してしまうことです。逆に詐かれないように、くれぐれも注意して下さい。要害の場所には、常に堅固な要塞を築いて下さい。」

と申し上げた。

さて、恩率《おんそち》・参官《さんかん》は帰国に際して［『旧本』によると、恩率一人参官一人とする］、ひそかに徳爾《とくに》等に語って、

「我々が筑紫《つくし》を過ぎる時を見はからって、お前等がひそかに日羅《にちら》を殺せば、私が詳しく王に申し上げて、高い爵位を授けていただこう。本人と妻子は、後々までその栄誉を語り伝えられるだろう。」

と言った。徳爾《とくに》・余奴《よぬ》は、共に賛同した。参官《さんかん》等は、血鹿《ちか》（長崎県五島列島）へ出発した。日羅《にちら》は、桑市村《くわのいちのむら》から難波館《なにわのむろつみ》に移った。徳爾等は、昼夜共謀して殺そうとした。すると日羅は身光を発し、火焔のようなものが

立ち上った。これによって、徳爾等は恐れて殺せなかった。ついに十二月の晦《つごもり》に、光を失った時をうかがって殺害した。しかし日羅は蘇生して、

「これは、我が召使いの奴等の仕業です。新羅《しらぎ》がしたのではありません。」

と言い終えて死んだ［この時に、ちょうど新羅の使者が来ていた。それでそう言ったのである］。

天皇は、贄子大連《にえこのおおむらじ》・糠手子連《ぬかでこのむらじ》に詔して、小郡《おごおり》の西のかたわらの丘の先に埋葬させた。その妻子・水夫等を石川《いしかわ》（大阪府南河内郡南部・富田林市・河内長野市北部）に住まわせた。大伴糠手子《おおとものぬかでこ》等は提議して、

「一か所に集めて住まわせると、殺傷・報復などの変事を起こす恐れがあります。」

と言った。それで妻子は石川の百済村《くだらのむら》に、水夫等は石川の大伴村《おおとものむら》（いずれも富田林市内）に住まわせた。徳爾《とくに》等を捕縛して、下百済《しもつくだら》の河田村《かわたのむら》（富田林市甲田）に置き、数人の大夫《まえつきみ》を遣わして、事件の罪状について調査させた。徳爾等は罪を認めて、

「事実です。しかしこれは、恩率《おんそち》・参官《さんかん》が命じてやらせたことです。私どもは部下であり、命令に背くことはできなかったのです。」

と申し上げた。このため獄につないで、朝廷に復命した。そして使者を葦北《あしきた》に遣わして、日羅《にちら》の一族をすべて召集し、徳爾等を引き渡して、思うままに断罪させた。この時、葦北君《あしきたのきみ》等は徳爾《とくに》等を受け取ると、皆殺しにして弥売島《みめしま》（大阪市西淀川区）に棄てた［弥売島は、思うに姫島であろう］。日羅《にちら》は葦北に移し葬った。後に海辺の人は、

「恩率の船は、暴風にあって沈没した。参官の船は、津島に漂着してやっと帰ることができた。」

と言った。

蘇我馬子《そがのうまこ》の崇仏

十三年の二月八日に、難波吉士木蓮子《なにわのきしいたび》を新羅《しらぎ》に派遣した。そして任那《みまな》まで行った。

九月に、百済《くだら》から来た鹿深臣《かふかのおみ》［名字を欠く］は、弥勒《みろく》の石像一体を持参した。佐伯連《さえきのむらじ》［名字を欠く］は、仏像一体を持参した。

この年に、蘇我馬子宿禰《そがのうまこのすくね》はその仏像二体を請い受けて、鞍部村主司馬達等《くらつくりのすぐりしまのたちと》・池辺直氷田《いけべのあたいひた》を四方に遣わし、修行者を探し求めさせた。その時、ただ一人播磨国《はりまのくに》で僧から還俗《げんぞく》した者を見つけることができた。名を高麗《こま》の恵便《えべん》といった。大臣は仏法の師とし、司馬達等の娘島《しま》を出家させて、善信尼《ぜんしんに》といった［年は十一歳であった］。また、善信尼の弟子二人を出家させた。一人めは漢人夜菩《あやひとやぼ》の娘豊女《とよめ》で、名は禅蔵尼《ぜんぞうに》といい、二人めは錦織壺《にしこりのつふ》の娘石女《いしめ》で、名は恵善尼《えぜんに》といった。馬子《うまこ》は一人仏法に帰依し、三人の尼を崇め敬った。そして三人の尼を氷田《ひたの》直《あたい》と達等《たちと》に託して、衣食を供与させた。仏殿を邸宅の東方に建て、弥勒《みろく》の石像を安置した。三人の尼を強く招請して、大法会《だいほうえ》に食物を供した。この時、達等《だちと》は斎食《さいじき》の上に仏舎利を得た。そこですぐに、馬子宿禰《うまこのすくね》に献上した。馬子宿禰は、試みに舎利を金属を鍛える下当ての台の上に置いて、鉄の鎚を振り上げて打った。するとその台と鎚とは、ことごとく砕け壊れた。しかし、舎利は何ともなかった。また、舎利を水中に投げ入れた。舎利は心の願いのままに、浮かんだり沈んだりした。これによって、馬子宿禰《うまこのすくね》・池辺氷田《いけべのひた》・司馬達等《しまのたちと》は、仏法を深く信じて修行を怠らなかった。馬子宿禰は、石川の邸宅に仏殿を建てた。仏法の初めは、ここから起こったのである。

十四年の二月十五日に、蘇我大臣馬子宿禰《そがのおおおみうまこのすくね》は、塔を大野丘《おおののおか》の北に建てて、大法会《だいほうえ》に食物を供した。そして、達等《だちと》が前に得た舎利を塔の柱頭に納めた。

二十四日に、蘇我大臣が病気になった。卜部《うらべ》に尋ねると、

「父の時に祭った仏の御心が祟っています。」

と答えた。大臣は直ちに子弟を遣わして、その占いの結果を奏上した。天皇は詔して、

「卜者の言葉に従って、父の崇めた仏を祭るように。」

と仰せられた。大臣は詔に従って、弥勒の石像を礼拝し、寿命が延びるようにと願った。この時、国に疫病が流行して、多くの人民が死んだ。

物部守屋《もののべのもりや》の排仏

三月一日に、物部弓削守屋大連《もののべのゆげのもりやのおおむらじ》と中臣《なかとみの》勝海《かつみの》大夫《まえつきみ》とが奏上して、

「何ゆえに、私どもの意見を用いようとなされないのですか。欽明《きんめい》天皇より陛下の御世に至るまで、疫病が流行して、国民は絶えてしまうほどの惨状です。これはひとえに、蘇我臣《そがのおみ》が仏法を起こし信仰したことによるのに相違ありません。」

と申し上げた。天皇は詔《みことのり》して、

「まことにもっともである。仏法はやめよ。」

と仰せられた。

三十日に、物部弓削守屋大連《もののべのゆげのもりやのおおむらじ》は、自ら寺に向かった。床几《しょうぎ》に腰をかけて坐り、その塔を切り倒して、火をつけて焼いた。仏像も仏殿も共に焼き、焼け残った仏像を取って、難波《なにわ》の堀江《ほりえ》に棄てさせた。

この日に、雲がないのに風が吹き、雨が降った。大連《おおむらじ》は油をひいた雨具を着け、馬子宿禰《うまこのすくね》を始めこれに従って仏法を修行する法侶とを責めて、そしり辱めようとする心を持った。また佐伯《さえきの》造《みやつこ》御室《みむろ》［またの名は於閭《おろ》礙《げ》］を遣わして、馬子宿禰が世話をしていた善信《ぜんしん》等の尼を召した。馬子宿禰は命令に背くことができず、いた

み悲しみ泣きつつ尼等を呼び出して、御室に渡した。役人は尼等の法衣を奪い、監禁して、海石榴市《つばいち》の駅舎で鞭打《むちう》ちの刑に処した。

天皇は、任那《みまな》を再建しようとして、坂田耳子王《さかたのみみこのおおきみ》を使者に選ばれた。ちょうどこの時、天皇と大連とは急に痘瘡《とうそう》にかかられた。それで、遣使のことは中止になった。橘豊日皇子《たちばなのとよひのみこ》（後の用明《ようめい》天皇）に詔《みことのり》して、

「亡父天皇の勅に背いてはならない。任那復興の政務に励まなければならない。」

と仰せられた。また、瘡《かさ》ができて、死者が国中にあふれるほどであった。瘡を患う者は、

「体が焼かれ、打たれ、砕かれるようだ。」

と言って、泣きながら死んでいった。老人も若者もひそかに語って、

「これは、仏像を焼いた罪ではあるまいか。」

と言った。

六月に、馬子宿禰《うまこのすくね》は奏上して、

「私の病気は、いまだに治りません。もはや仏の力をいただかなければ、治癒《ちゆ》することはできないでしょう。」

と申し上げた。そこで天皇は馬子宿禰に詔して、

「お前一人で、仏法を行うがいい。他の人々の崇仏は禁止せよ。」

と仰せられた。そして、三人の尼を馬子宿禰にお返しになった。馬子宿禰は喜んで未曾有のことだと感嘆し、三人の尼を迎え礼拝した［ある本によると、物部弓削守屋大連《もののべのゆげのもりやのおおむらじ》・大三輪逆君《おおみわのさかうのきみ》・中臣磐余連《なかとみのいわれのむらじ》は、共に仏法を滅ぼそうと謀って、寺塔を焼き、並びに仏像を棄てようとした。馬子宿禰《うまこのすくね》は言い争って、従わなかったということである］。

天皇崩御　蘇我馬子《そがのうまこ》と物部守屋《もののべのもりや》の対立

八月十五日に、天皇は重病になられ、大殿《おおとの》で崩御された。この時、殯宮《もがりのみや》を広瀬《ひろせ》（奈良県北葛城郡河合町川合）に造った。馬子宿禰大臣《うまこのすくねのおおおみ》が、佩刀《はいとう》して誄《しのびごと》を申し述べた。物部弓削守屋大連《もののべのゆげのもりやのおおむらじ》は、大笑いして、

「大きい矢で射られた雀のようだ。」

と言った。次に弓削守屋大連が、手足を震わせて［揺震とは戦慄《せんりつ》することである］、誄を申し述べた。今度は馬子宿禰が笑って、

「鈴をかけるがよい。」

と言った。これによって、二人の臣はしだいに怨恨を持つようになった。三輪君逆《みわのきみさかう》は、隼人《はやひと》を用いて殯《もがり》の場を防御させた。穴穂部皇子《あなほべのみこ》（欽明《きんめい》天皇の皇子）は、天下を取ろうと狙っていた。それで怒りを露わにして、

「どうして亡くなられた王（敏達《びだつ》天皇）のところに仕えて、生きている王（穴穂部皇子自身）のもとには仕えないのか。」

と言った。

巻第二十一　第三十一代　橘豊日天皇《たちばなのとよひのすめらみこと》　用明天皇《ようめいてんのう》

即位と諸皇子

用明《ようめい》天皇は、欽明《きんめい》天皇の第四子である。母は堅塩媛《きたしひめ》と申し上げる。天皇は、仏法を信じられ、神道を尊ばれた。

十四年の八月に、敏達《びだつ》天皇が崩御された。

九月五日に、天皇は皇位につかれた。磐余《いわれ》に宮を造り、名付けて池辺双槻宮《いけのへのなみつきのみや》という。蘇我馬子宿禰《そがのうまこのすくね》を大臣《おおおみ》とし、物部弓削守屋連《もののべのゆげのもりやのむらじ》を大連《おおむらじ》とすることは、いずれも前の通りであった。

十九日に、詔《みことのり》をされた。《詔文略》酢香手姫皇女《すかてひめのひめみこ》を伊勢神宮に召して、日神《ひのかみ》の祭祀に仕えさせた［皇女は、この天皇の御時から推古《すいこ》天皇の御世に至るまで、日神の祭祀に仕えた。後に自ら葛城《かずらき》に退いて、薨《こう》じられた。これは、推古天皇紀に見える。ある本によると、三十七年間日神の祭祀に仕えた。自ら退いて薨じられた、というとある］。

元年の正月一日に、穴穂部間人皇女《あなほべのはしひとのひめみこ》を皇后とされた。皇后は、四人の皇子をお生みになった。長男を、厩《うまや》戸皇子《とのみこ》と申し上げる［またの御名は、豊耳聡聖徳《とよみみとしょうとく》（豊聡耳《とよとみみ》の誤り）、あるいは豊聡耳法大王《とよとみみののりのおおきみ》と名付けた。あるいは、法主王《のりぬしのおおきみ》と申し上げる］。この皇子は、初め上宮《うえのみや》に住まわれ、後に斑鳩《いかるが》にお移りになった。推古《すいこ》天皇の御代に皇太子となられ、すべての政務を執り行って天皇の代行をなされた。このことは、推古天皇紀に見える。次男を来目皇子《くめのみこ》と申し、三男を殖栗皇子《えくりのみこ》と申し、四男を茨田皇子《まんたのみこ》と申し上げる。蘇我大臣稲目宿禰《そがのおおおみいなめのすくね》の娘石寸名《いしきな》を嬪《みめ》とした。この嬪は、田目皇子《ためのみこ》を生んだ［またの名は豊浦皇子《とゆらのみこ》］。葛城直磐村《かずらきのあたいいわれ》の娘広子《ひろこ》は、一男一女を生んだ。長男を麻呂子皇子《まろこのみこ》と申し上げ、当麻公《たぎまのきみ》の先祖である。長女を酢香手姫皇女《すかてひめのみこ》と申し上げ、三代の天皇にわたって日神《ひのかみ》に仕えた。

物部守屋《もののべのもりや》が三輪逆《みわのさかう》を討つ

五月に、穴穂部皇子《あなほべのみこ》（欽明《きんめい》天皇の皇子）は、炊屋姫皇后《かしきやひめのきさき》（敏達《びだつ》天皇の皇后、後の推古《すいこ》天皇）を犯そうとして、自ら強引に殯宮《もがりのみや》に入ろうとした。敏達《びだつ》天皇の寵臣三輪君逆《みわのきみさかう》は、すぐに兵士を集めて殯宮の門を厳重に閉ざし、防いで中へ入れなかった。穴穂部皇子は、

「誰かそこにいるのか。」

と迫った。兵士は、

「三輪君逆がおります。」

と答えた。皇子は七度にわたって、

「門を開け」

と叫んだが、ついに聞き入れなかった。そこで穴穂部皇子は、大臣《おおおみ》と大連《おおむらじ》に、

「逆《さかう》は、まったく無礼である。殯《もがり》で誄《しのびごと》を申し述べて、

『私は朝廷を荒らさず、鏡の面のように浄めて、治安を保つようにお仕えいたします。』

と申し上げた。まずこれが無礼である。まさに今、天皇の子弟はたくさんおり、両大臣も控えている。それなのにいったい誰が思うままに、もっぱら自分だけお仕えするなどと言ってよいものか。また、私が殯宮の内を見ようとしたが、遮って入れようとしなかった。私自身が、

『門を開けよ』

と七回叫んでも、まったく応じなかった。是非とも斬り捨てたいものだ。」

と言った。両大臣は、

「仰せの通りです。」

と申し上げた。

穴穂部皇子《あなほべのみこ》は、ひそかに天下の王となろうと謀り、口実を設けて逆君《さかうのきみ》を殺そうと思った。そしてついに、物部守屋大連《もののべのもりやのおおむらじ》と共に、兵を率いて磐余《いわれ》の池辺《いけのへ》を包囲した。逆君《さかうのきみ》はこれを知り、三諸《みもろ》の岳に隠れた。この日の夜中に、ひそかに山から出て、後宮［炊屋姫皇后《かしきやひめのきさき》の別邸をいう。これを、海石榴市宮《つばいちのみや》と名付けた］に隠れた。逆の一族の白堤《しらつつみ》と横山《よこやま》とが、逆君のいる場所を告げた。

穴穂部皇子《あなほべのみこ》は、すぐに守屋大連《もりやのおおむらじ》を遣わして［ある本によると、穴穂部皇子と泊瀬部皇子《はつせべのみこ》（穴穂部皇子の同母弟。後の崇峻《すしゅん》天皇）とが共謀して、守屋大連を遣わしたという］、

「お前が行って、逆君並びにその二人の子を討て。」

と命じた。大連は、ついに兵を率いて出向いた。蘇我馬子宿禰《そがのうまこのすくね》は、よそでこの計略を聞いて、皇子のもとに参上すると、門前で出会った［皇子の家の門である］。皇子は、大連の所へ行こうとしていた。馬子宿禰は皇子を諌めて、

「王たる者は、罪人を近付けないものです。ご自分からお出かけになってはなりません。」

と申し上げた。しかし、皇子は聞き入れなかった。馬子宿禰は後を追い、磐余《いわれ》に着いて［池辺《いけのへ》まで行ったのである］切々と諌めた。皇子はようやく諌めに従って、思いとどまった。そしてその場所で、床几《しょうぎ》に深く腰をおろして大連を待った。かなりの時間がたち、大連がやって来た。軍衆を率いて復命し、

「逆等を斬ってまいりました。」

と申し上げた［ある本によると、穴穂部皇子《あなほべのみこ》が自ら行って射殺したという］。馬子宿禰は、崩れるように嘆いて、

「何ということだ。遠からず天下が乱れるだろう。」

と言った。大連はこれを聞き、

「お前のような小臣には、わからぬことよ。」

と言った［この三輪君逆《みわのきみさかう》は、敏達《びだつ》天皇に寵愛され、内外の事すべてを委任されていた。このような事があって、炊屋姫皇后《かしきやひめのきさき》と馬子宿禰とは共に、穴穂部皇子を恨むようになった］。この年、太歳《たいさい》は丙午《へいご》であった。

天皇の崩御

二年の四月二日に、磐余《いわれ》の川上で新嘗《にいなえ》の大祭が行われた。この日に、天皇はご病気になられ、宮中にお帰りになった。群臣が、お側に控えた。天皇は詔《みことのり》して、

「私は、仏に帰依《きえ》しようと思う。お前たちは、これを議せよ。」

と仰せられた。群臣は、参朝して協議した。物部守屋大連《もののべのもりやのおおむらじ》と中臣勝海連《なかとみのかつみのむらじ》とは、詔《みことのり》に反対して、

「どうして国神《くにつかみ》に背いて、他国の神を敬われるのか。このようなことは、未だかつて聞いた事がない。」

と申し上げた。蘇我馬子宿禰大臣《そがのうまこのすくねのおおおみ》は、

「詔《みことのり》に従って、お助けするべきである。誰がこれに異議などあろうか。」

と申し上げた。

この時、皇弟皇子《すめおとのみこ》［皇弟皇子というのは穴穂部皇子《あなほべのみこ》、すなわち天皇の庶弟（母違いの弟）である］が、豊国《ほうこく》

法師《ほうし》［名を欠く］を連れて、内裏に入った。物部守屋大連は、きっと睨んで怒りをあらわにした。すると押坂《おしさか》部史毛屎《べのふびとけくそ》が急いで来て、ひそかに大連《おおむらじ》に、

「今群臣は、卿をねらっています。あなたの退路を絶とうとしています。」

と言った。大連はすぐに阿都《あと》（大阪府八尾市跡部）に退き［阿都は、大連の別邸のある地名である］、人を集めた。中臣勝海連は自分の家に軍衆を集めて、大連を助けようとした。そして太子彦人皇子《ひこひとのみこ》と竹田皇子《たけだのみこ》の像とを作り、傷つけてその死を祈った。しばらくして事の成り難いことを知り、水派宮《みまたのみや》（奈良県北葛城郡河合町川合）にいる彦人皇子に帰順した。舎人《とねり》の迹見赤檮《とみのいちい》は、勝海連が彦人皇子のもとから退くのをうかがって、刀を抜いて殺した［迹見《とみ》は姓であり、赤檮《いちい》は名である］。大連《おおむらじ》は、阿都の家から物部八坂《もののべのやさか》・大市造《おおちのみやつこ》小坂《こさか》・漆部《ぬりべの》造《みやつこ》兄《あに》を使わして、馬子大臣に伝えて、「私は、群臣が自分を陥れるため策謀していると聞いた。それによって、退出したのである。」

と言った。馬子大臣は、すぐに土師八島連《はじのやしまのむらじ》を大伴毘羅夫連《おおとものひらぶのむらじ》のもとに使いさせ、大連の言葉をそのまま伝えた。毘羅夫連《ひらぶのむらじ》は弓矢・楯を持って、槻曲《つきくま》の家に行き、昼夜離れずに大臣を守護した［槻曲の家は大臣の家である］。天皇の痘瘡《とうそう》は、いよいよ重くなった。亡くなられようとする時、鞍部多須奈《くらつくりのたすな》［司馬達等《しまのたちと》の子である］が進み出て奏上し、

「私は天皇のために出家して、仏道を修めます。また、丈六《じょうろく》の仏像と寺とをお造りいたします。」

と申し上げた。天皇は、悲しみ心を乱された。今、南淵《みなぶち》（奈良県明日香郡明日香村稲渕）の坂田寺《さかたでら》の木の丈六の仏像・脇侍《わきじ》の菩薩《ぼさつ》がこれである。

九日に、天皇は大殿《おおとの》で崩御された。

七月二十一日に、磐余池上陵《いわれのいけのえのみささぎ》に葬りまつった。

巻第二十一　第三十二代　泊瀬部天皇《はつせべのすめらみこと》　崇峻天皇《すしゅんてんのう》

穴穂部皇子《あなほべのみこ》・宅部皇子《やかべのみこ》の死

崇峻《すしゅん》天皇は、欽明《きんめい》天皇の第十二子である。母は小姉君《おあねのきみ》と申し上げる［稲目宿禰《いなめのすくね》の娘である。すでに上文にみえる］。

二年の四月に、用明《ようめい》天皇が崩御された。

五月に、物部大連《もののべのおおむらじ》の軍衆が武備を整え、三度にわたって気勢を上げ驚かした。大連はもともと、他の皇子等を除き穴穂部皇子《あなほべのみこ》を天皇にしようと思っていた。今になって、遊猟にことよせて、現天皇に替えて擁立しようと謀り、ひそかに人を穴穂部皇子のもとに使わして、

「願わくは、皇子と淡路《あわじ》で狩猟をしたいと思います。」

と申し上げた。しかし、密謀は漏れた。

六月七日に、蘇我馬子宿禰《そがのうまこのすくね》等は炊屋姫《かしきやひめ》を奉じ、佐伯連《さえきのむらじ》丹経手《にふて》・土師連《はじのむらじ》磐村《いわれ》・的臣《いくはのおみ》真嚙《まくい》に詔《みことのり》して、

「お前等は軍隊を備え、すみやかに穴穂部皇子《あなほべのみこ》と宅部皇子《やかべのみこ》とを誅殺《ちゅうさつ》せよ。」

と仰せられた。この日の夜半に、佐伯連丹経手等は穴穂部皇子の宮を包囲した。衛士がまず楼《たかどの》の上に登り、穴穂部皇子の肩を斬った。皇子は楼の下に落ちて、傍らの家屋に逃げ込んだ。衛士等は燭《ひ》をともして見つけ出し、皇子を誅殺した。

八日に、宅部皇子を誅殺した［宅部皇子は宣化《せんか》天皇の皇子で、上女王《かみつひめのおおきみ》の父である。しかし詳しくは不明である］。この皇子は、穴穂部皇子と親しかった。それで誅殺したのである。

二十一日に、善信阿尼《ぜんしんのあま》等は大臣《おおおみ》に、

「出家の道は、戒律が根本です。願わくは百済《くだら》に出向いて、戒律の法を学び受けたいものです。」

と言った。

この月に、百済《くだら》の貢物の使者が来朝した。大臣は使者に、

「この尼等をお前の国に連れて行き、戒律の法を学ばせよ。学び終えたら、送り返してほしい。」

と言った。使者は、

「まず、私どもが帰国して国王に申し上げましょう。その後に、遣わされても遅くはないでしょう。」

と答えた。

若き太子の誓願　物部守屋《もののべのもりや》の死

七月に、蘇我馬子宿禰大臣《そがのうまこのすくねのおおおみ》は諸皇子と群臣とに勧めて、物部守屋大連《もののべのもりやのおおむらじ》を滅ぼそうと謀った。泊瀬部皇子《はつせべのみこ》・竹田皇子《たけだのみこ》・厩戸皇子《うまやとのみこ》・難波皇子《なにわのみこ》・春日皇子《かすがのみこ》・蘇我馬子宿禰大臣《そがのうまこのすくねのおおおみ》・紀男麻呂宿禰《きのおまろのすくね》・巨勢臣比良夫《こせのおみひらぶ》・膳臣賀袘夫《かしわでのおみかたぶ》・葛城臣烏那羅《かずらきのおみおなら》は、共に軍隊を率いて大連《おおむらじ》を討とうとした。大伴連嚙《おおとものむらじくい》・阿倍臣人《あへのおみひと》・平群臣神手《へぐりのおみかんて》・坂本臣糠手《さかもとのおみぬかで》・春日臣《かすがのおみ》［名字を欠く］は共に軍兵を率いて、志紀郡《しきのこおり》から渋河《しぶかわ》（大阪府八尾市・藤井寺市・柏原市の一部）（大阪府八尾市・東大阪市の一部）の家に着いた。

大連は、自ら一族と奴軍《やつこいくさ》とを率いて、稲城《いなき》（稲を積んだ砦）を築いて戦った。大連は、衣摺《きぬすり》（大阪府東大阪市衣摺）の榎《えのき》の木の股に登って見下ろし、雨のように矢を射た。その軍勢は強く盛んで、家に満ち野にあふれていた。皇子等と群臣の軍は弱く、恐れをなして三度退いた。

この時厩戸皇子《うまやとのみこ》は、瓠形《ひさごがた》の結髪《ゆいはつ》をして、［古の人は、年十五、六の間は瓠形の結髪をし、十七、八の間は

髪を分けて角子《あげまき》（髪を中央から左右に振り分け、耳の上で丸く巻いて結び上げる形。）にした。ここもそうである」軍の後ろに従っていた。自ら考え判断して、

「この戦いは、負けるかもしれない。必死の誓願を起こさなければ、勝つことは、むずかしい。」

と仰せられた。そして白膠木《ぬりで》を切り取って、いち速く四天王像を刻み、頂髪に置き、誓願して、

「今もし敵に勝たせて下さったなら、必ず護世四王《ごせしおう》のために、寺塔を建立しましょう。」

と仰せられた。続いて蘇我馬子大臣《そがのうまこのおおみ》もまた誓願して、

「およそ諸天王《しょてんおう》・大神王《だいじんおう》等、私を助け守って勝利を与えて下さるならば、諸天と大神王とのために寺塔を建立し、仏法を流布いたしましょう。」

と言った。誓い終わって、種々の兵を整えて進軍した。

ここに迹見首《とみのおびと》赤檮《いちい》は、大連《おおむらじ》を木の股から射落として、大連とその子等を誅殺した。これによって、大連の軍はたちまち自滅した。軍兵はこぞって黒衣（賤しい者の着衣）を着て、広瀬《ひろせ》の勾原《まがりのはら》で狩りをする真似をして散り散りに逃げた。

この戦役で大連の子と一族とは、ある者は葦原《あしはら》に逃げ隠れて姓名を変えた。ある者は逃げ失せて、行方不明になった。時の人は、

「蘇我大臣《そがのおおおみ》の妻は、物部守屋大連《もののべのもりやのおおむらじ》の妹である。大臣は軽々しく妻の計略を用いて、大連を殺した。」

と言った。

乱を平定した後、摂津国《つのくに》に四天王寺を造った。大連の奴《やつこ》の半分と邸宅とを分けて、大寺の奴・田荘《たどころ》（私有地）にした。田一万代《しろ》（二十町）を迹見首《とみのおびと》赤檮《いちい》に与えられた。蘇我大臣もまた、誓願の通りに飛鳥に法興寺《ほうこうじ》を建てた。

捕鳥部《ととりべの》万《よろず》の奮死と天皇即位

物部守屋大連《もののべのもりやのおおむらじ》の近侍者捕鳥部万《ととりべのよろず》［万は名である］は、百人を率いて難波《なにわ》の邸宅を守っていた。しかし大連が滅びたと聞き、馬に乗って夜逃げし、茅渟県《ちぬのあがた》の有間香邑《ありまかのむら》（大阪府貝塚市久保）に向かった。そして妻の家に立ち寄り、山中に隠れた。朝廷では協議して、

「万は逆心を抱き、山中に隠れた。すみやかに一族を滅ぼすべきである。ぬかってはならない。」

と言った。万は衣服は破れ垢だらけで、顔もやつれていた。弓と剣を持ち、一人で山から出てきた。役人は数百人の衛士を送り、万を囲んだ。万は驚いて、竹林に隠れた。縄を竹につないで、引き動かして自分が見つからないように惑わした。衛士等は欺かれ、揺れ動く竹をめがけて走ってきて、

「万はここにいる。」

と言った。万《よろず》はすぐに矢を放った。一つとして当たらないことはなかった。衛士等は恐れて近付こうとしなかった。万は弓の弦をはずして脇にはさみ、山に向かって逃げ去った。衛士等は川をはさんで矢を射たが、誰一人として当てることができなかった。

その時、一人の衛士が素早く駆けて、万の先方に出た。そして川のそばで弓に矢をつがえて待ち伏せし、射たところ膝に当たった。万はすぐに弓を引いて矢を放ち、地面に伏せたまま、

「万は天皇の楯として、武勇をあらわそうとしたが、罪状を取り調べてはいただけない。かえって、このような窮地に追い込まれてしまった。誰か来てくれ。殺すのか捕らえるのか、聞かせてほしい。」

と叫んだ。衛士等は競い合って駆けつけ、万を射た。万は飛来する矢を払い防いで、三十余人を殺した。そして、持っていた剣で弓を三段に切った。またその剣を押し曲げて、川の中に投げ入れ、別の小刀で首を刺して死んだ。河内国司《こうちのくにのみこともち》は、万の死んだ状況を朝廷に申し上げた。朝廷は符を下して、

「万《よろず》を八段に斬り、八国に分散し、首を串に刺して高くかかげよ。」

と命ぜられた。河内国司は、符の指示に従って斬り、梟《くしざし》にしようとした時、雷が鳴り大雨が降った。

さてここに、万が飼っていた白い犬がいた。首を垂れたり仰いだりして、その屍《かばね》のそばを回りながら吠えた。

そして屍の頭をくわえ、古い墓に収め、枕のそばに横たわって餓死した。河内国司は、その犬を不審に思って見咎め、朝廷に申し上げた。朝廷では、哀れで聞くに堪えず、符を下して、

「この犬は、世にも珍しい犬であり、後世に伝えるべきものである。万の一族に命じて、墓を造って葬らせよ。」

と称えられた。これによって、万の一族は墓を有真香邑《ありまかのむら》に二つ並べて造り、万と犬とを葬った。

河内国《こうちのくに》が、

「餌香川原《えがのかわら》（大和川の支流石川の下流）に、斬られた人の死体が数百あります。頭も胴体もすでに腐爛《ふらん》し、姓名は不明です。今はただ衣服の色によって、その遺骸を引き取っています。ここに、桜井田部連《さくらいのたべのむらじ》胆渟《いぬ》が飼っている犬がいました。胆渟の遺骸をくわえ続けて、そばに伏せてしっかり守っていました。遺骸が引き取られてしまうと、やっと立ち去りました。」

と申し上げた。

八月二日に、炊屋姫尊《かしきやひめのみこと》と群臣とが天皇にお勧めして、皇位におつけした。蘇我馬子宿禰《そがのうまこのすくね》を大臣《おおおみ》とすることは、前の通りであった。卿大夫《まえつきみたち》の位もまた、前の通りであった。

この月に、倉梯《くらはし》に宮を造った。

元年の三月に、大伴糠手連《おおとものぬかでのむらじ》の娘小手子《こてこ》を妃とした。この妃は、蜂子皇子《はちこのみこ》と錦代皇女《にしきてのひめみこ》とを生んだ。

法興寺《ほうこうじ》の建立

この年に、百済国《くだらのくに》は使者と僧恵総《えそう》・令斤《りょうこん》・恵寔《えしょく》等とを併せて派遣し、仏舎利《ぶっしゃり》を献上した。百済国は、恩率《おんそち》首信《しゅしん》・徳率蓋文《とくそちこうもん》・那率福富味身《なそちふくふみしん》等を派遣して朝貢し、併せて仏舎利、僧聆照律師《りょうしょうりっし》・令威《りょうい》・恵衆《えしゅ》・恵宿《えしゅく》・道厳《どうごん》・令開《りょうけ》等、寺工太良未太《じこうたらみた》・文賈古子《もんけこし》、鑪盤博士《ろばんはかせ》将徳白昧淳《しょうとくはくまいじゅん》・瓦博士《かわら》麻奈文奴《まなふぬ》・陽貴文《ようきもん》・㥄貴文《りょうきもん》・昔麻帝弥《しゃくまたいみ》、画工白加《がこうびゃくか》を献上した。蘇我馬子宿禰は百済の僧等を招いて、受戒の法を尋ねた。善信尼《ぜんしんに》等を、百済国の使者恩率首信《おんそちしゅしん》等に託して、学問をさせるために、百済に遣わした。

飛鳥衣縫造《あすかのきぬぬいのみやつこ》の先祖樹葉《このは》の家を壊して、法興寺《ほうこうじ》を創建し、この地を飛鳥《あすか》の真神原《まかみのはら》（奈良県明日香郡明日香村飛鳥）と名付けた。または、飛鳥の苫田《とまた》と名付けた。この年、太歳《たいさい》は戊申《ぼしん》であった。

二年の七月一日に、近江臣満《おうみのおみみつ》を東山道に遣わして、蝦夷《えみし》の国との境界を視察させた。宍人臣雁《ししひとのおみかり》を東海道に遣わして、東方の海浜諸国の境界を視察させた。阿倍臣《あへのおみ》を北陸道に遣わして、越《こし》等の境界を視察させた。

三年の三月に、学問尼善信《ぜんしん》等が百済《くだら》から帰国して、桜井寺《さくらいでら》に住んだ。

十月に、山に入って法興寺建立の用材を伐った。

この年に出家した尼は、大伴狭手彦連《おおとものさでひこのむらじ》の娘善徳《ぜんとく》・大伴狛夫人《おおとものこまのいろえ》・新羅媛善妙《しらぎひめぜんみょう》・百済媛妙光《くだらひめみょうこう》、また漢人善《あやひとぜん》聡《そう》・善通《ぜんつう》・妙徳《みょうとく》・法定照《ほうじょうしょう》・善智聡《ぜんちそう》・善智恵《ぜんちえ》・善光《ぜんこう》等であった。鞍部司馬達等《くらつくりのしまのたちと》の子多須奈《たすな》も同時に出家し、徳斉法師《とくさいほうし》といった。

四年の四月十三日に、敏達《びだつ》天皇を磯長陵《しながのみささぎ》に葬りまつった。ここは、天皇の母の皇后が葬られている陵である。

八月一日に、天皇は群臣に詔《みことのり》して、

「私は、任那《みまな》を再建しようと思う。卿等の考えはどうか。」

と仰せられた。群臣は奏上して、

「任那の官家《みやけ》を再建すること、皆陛下の詔《みことのり》に同意いたします。」

と申し上げた。

十一月四日に、紀男麻呂宿禰《きのおまろのすくね》・巨勢猿臣《こせのさるのおみ》・大伴嚙連《おおとものくいのむらじ》・葛城烏奈良臣《かずらきのおならのおみ》を大将軍とした。氏々を率いる臣《おみ》・連《むらじ》を副将軍として、二万余の軍を率いて筑紫《つくし》に出兵した。吉士金《きしのかね》を新羅《しらぎ》に派遣し、吉士木蓮子《きしのいたび》を任那《みまな》に派遣して、任那の事を問わせた。

蘇我馬子《そがのうまこ》が天皇を弑殺《しさつ》

五年の十月四日に、山猪《やまのい》を献上する者がいた。天皇は猪を指差し、詔《みことのり》して、

「いつか、この猪の首を斬るように、私の好まぬ人を斬りたいものだ。」

と仰せられた。多くの武器を準備している様子は、常と違っていた。

十日に、蘇我馬子宿禰《そがのうまこのすくね》は、天皇の詔の内容を聞いて、自分を嫌っておられるのではないかと恐れ、郎党の者を集めて天皇を弑殺《しさつ》することを謀った。

この月に、大法興寺《だいほうこうじ》の仏堂と歩廊とを建立した。

十一月三日に、馬子宿禰は群臣に偽って、

「今日、東国の調《みつぎ》を進上する。」

と言った。そして、東漢直駒《やまとのあやのあたいこま》に天皇を弑殺させた［ある本によると、東漢直駒は東漢直磐井《やまとのあやのあたいいわい》の子であるという］。この日に、天皇を倉梯岡陵《くらはしのおかのみささぎ》に葬りまつった［ある本によると、大伴嬪小手子《おおとものみめこてこ》は、寵愛《ちょうあい》の衰えたことを恨み、蘇我馬子宿禰のもとに人を遣わして、「この頃、山猪《やまのい》を献上する者がいました。天皇はその猪を

指差し、詔して、『猪の首を斬るように、いつの日か私の思う人を斬る。』と仰せられました。また、内裏に多くの兵器を集めています。」と言った。馬子宿禰《うまこのすくね》は、たいへん驚いたという」。

五月に、駅使《はゆま》を筑紫《つくし》の将軍の許に遣わして、

「内乱のために、外事を怠ってはならぬ。」

と言った。

この月に、東《やまとの》漢《あやの》直《あたい》駒《こま》は、蘇我嬪河上娘《そがのみめかわかみのいらつめ》（崇峻《すしゅん》天皇の嬪か）をさらって妻にした「河上娘は、蘇我馬子宿禰の娘である」。馬子宿禰は、たまたま河上娘が駒にさらわれたことを知らず、死去したと思っていた。駒は、嬪を汚したことが発覚し、大臣《おおおみ》に殺された。

巻第二十二　第三十三代　豊御食炊屋姫天皇《とよみけかしきやひめのすめらみこと》　推古天皇《すいこてんのう》

天皇即位

推古《すいこ》天皇は、欽明《きんめい》天皇の第二皇女で、用明《ようめい》天皇の同母妹である。幼少の頃は、額田部皇女《ぬかたべのひめみこ》と申し上げた。容姿端麗で、立ち居振る舞いは整い、規範にかなっておられた。御年十八の時に、敏達《びだつ》天皇の皇后となられた。

三十四歳の時、敏達天皇が崩御された。

三十九歳の時、崇峻《すしゅん》天皇五年十一月に、天皇は大臣馬子宿禰《おおおみうまこのすくね》に殺され、皇位が空になった。群臣は、敏達天皇の皇后額田部皇女に即位して下さるよう請うた。しかし皇后は、辞退された。百官は上表文を奉って、なおお勧めしたところ、三度めにようやく承諾された。これによって、天皇の璽印《みしるし》を奉った。

十二月八日に、皇后は豊浦宮《とゆらのみや》で即位された。

元年の正月十五日に、仏舎利を法興寺仏塔の心礎の中に納めた。

十六日に、塔の心柱を建てた。

聖徳太子摂政となる

四月十日に、厩戸豊聡耳皇子《うまやとのとよとみみのみこ》を皇太子とされた。そして、摂政として国政をすべて委任された。

皇太子は、用明《ようめい》天皇の第二子である。母の皇后は、穴穂部間人皇女《あなほべのはしひとのひめみこ》（欽明《きんめい》天皇の皇女）と申し上げる。

皇后は、皇子をお生みになろうとする日に、ゆっくり宮中を巡行して、諸官司を視察された。馬官《うまのつかさ》に来られたまさにその時、厩《うまや》の戸口でお苦しみなく、たちまちのうちにお生みになった。皇太子は、生まれてすぐに言葉を話され、優れた智恵がおありであった。

成人なさると、一度に十人の訴えを聞いても、間違いなく聞き分けることがおできになり、行く先々のことまで見通された。また、仏教を高麗《こま》の僧恵慈《えじ》に習い、儒教の教典を博士覚哿《かくか》に学ばれ、すべて習得された。父の天皇（用明天皇《ようめい》）は皇太子を愛されて、宮殿の南の上殿《うえのみや》に住まわせられた。それでその御名を称して、上宮《うえのみや》厩戸豊聡耳《うまやとのとよとみみのひつぎのみこ》太子と申し上げた。

九月に、用明天皇を河内磯長陵《こうちのしながのみささぎ》に改葬した。

この年に、初めて四天王寺を難波《なにわ》の荒陵《あらはか》に建てた。この年、太歳《たいさい》は癸丑《きちゅう》であった。

二年の二月一日に、天皇は皇太子と大臣《おおおみ》とに詔して、仏教を興隆させた。そこですべての臣《おみ》・連《むらじ》等は、それぞれ親たる主君の恩に報いるために、競って仏舎を造った。これを寺という。

三年の四月に、沈水《じん》（香木の一種）が淡路島《あわじのしま》に漂着した。その大きさは、三尺（九十センチ強）ほどであった。島人は、沈水ということを知らず、薪《まき》に交ぜてかまどで焼いた。煙は遠くまで達し、よい薫りがした。そこで奇異に思い、これを献上した。

五月十日に、高麗《こま》の僧恵慈《えじ》が来朝した。皇太子は、ご自分の師とされた。この年に、百済《くだら》の僧恵聡《えそう》が来朝した。この二人の僧は仏教を広め、共に仏教界の中心人物となった。

七月に、将軍等が筑紫から帰京した。

四年の十一月に、法興寺が完成した。そこで、大臣の息子善徳臣《ぜんとこのおみ》を寺司《てらのつかさ》に任命した。この日に、恵慈・恵聡二人の僧は、初めて法興寺に入り住んだ。

五年の四月一日に、百済王は王子阿佐《あさ》を派遣して朝貢した。

十一月二十二日に、吉士磐金《きしいわかね》を新羅《しらぎ》に派遣した。

六年の四月に、難波吉士磐金《なにわのきしいわかね》は新羅から帰国して、鵲《かささぎ》二羽を献上した。それを難波杜《なにわのもり》で飼わせたところ、枝に巣を作って卵を産んだ。

八月一日に、新羅は孔雀《くじゃく》一羽を貢上した。

十月十日に、越国《こしのくに》が白鹿一頭を献上した。

七年の四月二十七日に、地震があり、建物がことごとく倒壊した。そこで国中に命じて、地震の神を祭らせた。

九月一日に、百済《くだら》は駱駝《らくだ》一匹・驢馬《ろば》一匹・羊二頭・白雉《しろきぎす》一羽を貢上した。

新羅《しらぎ》征討計画の失敗

八年の二月に、新羅《しらぎ》と任那《みまな》との間で戦いが起こった。天皇は、任那救援を図られた。

この年に、境部臣《さかいべのおみ》を大将軍に任命し、穂積臣《ほづみのおみ》を副将軍とした［共に名を欠く］。そして一万余の兵士を率いて、新羅を征討した。まっすぐ新羅をめざし、到着するや否や、五城を攻め落とした。新羅王は恐れて白旗を上げ、将軍の許に至った。王は、多多羅《たたら》・素奈羅《すなら》・弗知鬼《ほちき》・委陀《わだ》・南迦羅《ありひしのから》・阿羅羅《あらら》の六城を割譲して、降服を願い出た。将軍は協議して、

「新羅は、罪を知って降服した。強いて攻撃するのは、よくない。」

と言った。そして、その旨を奏上した。天皇は、再び難波吉士神《なにわのきしみわ》を新羅に派遣し、難波吉士木蓮子《なにわのきしいたび》を任那に派遣し、両国の状況を調査させた。新羅・任那の王は、それぞれの国から使者を派遣して、朝貢した。そして上

表文を奉って、

「天上には神が、地には天皇がおられます。この二神の他に、どこに畏敬するものがありましょうか。今後、お互いに攻め合うことはいたしません。また船柁《ふなかじ》を乾かすことなく、年毎に必ず朝貢いたします。」

と申し上げた。それで使者を派遣して、将軍を召還した。将軍等が新羅から帰還すると、新羅はまた任那を侵攻した。

九年（六〇一年・辛酉）の二月に、皇太子は初めて斑鳩《いかるが》に宮殿を建てられた。

三月五日に、大伴《おおともの》連《むらじ》囓《くい》を高麗《こま》に、坂本《さかもとの》臣《おみ》糠手《ぬかで》を百済《くだら》に派遣し、詔して、

「速やかに任那を救え。」

と仰せられた。

五月に、天皇は耳梨《みみなし》（奈良県橿原市木原町）の行宮《かりみや》に滞在された。この時大雨が降り、川の水があふれて、行宮にまで浸水した。

九月八日に、新羅《しらぎ》の間諜《かんちょう》（スパイ）迦摩多《かまた》が対馬にやってきた。すぐに捕らえて貢上すると、上野《かみつけの》に流した。

十一月五日に、新羅《しらぎ》攻略について議した。

十年の二月一日に、来目皇子《くめのみこ》（聖徳太子の同母弟）を新羅征討の将軍とした。諸々の神部《かんとものお》・国造《くにのみやつこ》・伴造《とものみやつこ》等、それに兵士二万五千人を併せて授けた。

四月一日に、将軍来目皇子は、筑紫《つくし》に到着した。さらに進んで島郡《しまのこおり》に駐屯して、大船を集めて軍の食糧を運んだ。

六月三日に、大伴《おおともの》連《むらじ》囓《くい》・坂本《さかもとの》臣《おみ》糠手《ぬかで》は共に百済《くだら》から帰還した。この時来目皇子は病臥して、征討を果たすことができなかった。

十月に、百済の僧観勒《かんろく》が来朝した。暦本と天文・地理の書物、並びに遁甲《とんこう》（身を隠す術）・方術《ほうじゅつ》（占い術）の書物を併せて献納した。この時書生三、四人を選び、観勒に付いて学習させた。陽胡史《やこのふびと》の先祖玉陳《たまふる》は暦法を習い、大友村主高聡《おおとものすぐりこうそう》は天文・遁甲を学び、山背臣日立《やましろのおみひたち》は方術を学んだ。皆それぞれ学業を成就した。

閏《うるう》十月十五日に、高麗《こま》の僧僧隆《そうりゅう》・雲聡《うんそう》が共に来朝した。

十一年の二月四日に、来目皇子《くめのみこ》が筑紫で薨《こう》じた。直ちに早馬で奏上した。天皇はたいそう驚かれ、皇太子と蘇我大臣《そがのおおおみ》を召し、語って、

「征新羅《せいしらぎ》大将軍来目皇子《くめのみこ》が薨じた。大事を成し遂げられなかったのは、まことに悲しいことだ。」

と仰せられた。そして周防《すわ》の娑婆《さば》で殯《もがり》をした。土師連猪手《はじのむらじいて》を遣わして、殯の事を担当させた。猪手連《いてのむらじ》の子孫を娑婆連《さばのむらじ》というのは、この由縁によるのである。後に河内《こうち》の埴生山《はにゅうのやま》の丘の上に葬った。

四月一日に、来目皇子の兄当麻皇子《たぎまのみこ》を、征新羅将軍とした。

七月三日に、当麻皇子は難波《なにわ》から船で出発した。

六日に、当麻皇子は播磨《はりま》に到着した。その時従っていた妻、舎人姫王《とねりのひめみこ》が赤石《あかし》で薨《こう》じた。そこで、赤石の檜《ひ》笠岡《かさのおか》の上に葬った。このため当麻皇子は引き返し、ついに新羅征討はできなかった。

十月四日に、小墾田宮《おはりたのみや》に遷都した。

十一月一日に、皇太子は諸大夫に、

「私は、尊い仏像を持っている。誰かこの像を、引き取って礼拝する者はいないか。」

と仰せられた。その時、秦造河勝《はだのみやつこかわかつ》が進みでて、

「私が礼拝いたしましょう。」

と申し上げ、仏像を受け取った。こうして、蜂岡寺《はちおかでら》（今の広隆寺）を建てた。

この月に、皇太子は天皇に請うて、大楯《おおたて》と靫《ゆき》を作り、また旗幟《はた》に彩色を施した。

冠位十二階の制定

十二月五日に、初めて冠位を行った。大徳《だいとく》・小徳《しょうとく》（冠の色は紫）、大仁《だいにん》・小仁《しょうにん》（同青）、大礼《だいらい》・小礼《しょうらい》（同赤）、大信《だいしん》・小信《しょうしん》（同黄）、大義《だいぎ》・小義《しょうぎ》（同白）、大智《だいち》・小智《しょうち》（同黒）の合わせて十二階である。いずれも、その階に相当する色の絁《あしぎぬ》で縫った。冠の頂は、つまんで袋のようにして縁を付けた。ただし元日だけは、髻華《うず》を挿した。

十二年正月一日に、初めて冠位を諸臣に授けられた。それぞれに応じた冠位であった。

憲法十七条の制定

四月三日に、皇太子はご自分で初めて憲法十七条をお作りになった。

第一条にいう。和をもって貴しとし、逆《さか》らい背《そむ》くことのないようにせよ。人はみな党類を組むが、悟りに達した人は少ない。それゆえ、あるいは君父に従わず、あるいは近隣の人といさかう。しかしながら、上が和の心を持ち、下が睦み合い、事を論じて合意に至れば、事の道理は自然に通る。何事であれ、成就しないものはない。

第二条にいう。篤《あつ》く三宝を敬え。三宝とは、仏・法・僧である。仏教は、一切の生類の行き着くところであり、すべての国々の究極の教えである。いずれの世、いずれの人がこの法を尊ばないことがあろうか。人は、極悪である者は少なく、よく教えれば従う。三宝に帰依しなかったならば、何によって邪悪を正せるだろうか。

第三条にいう。詔《みことのり》を承《うけたまわ》ったならば、必ず謹んで従え。君は天であり、臣は地である。天は覆《おお》い、地は載《の》せる。四季が順行して、万物が生成する。地が天を覆うようなことがあれば、万物は破滅することになろう。そこで君が命じ、臣は承る。上が行う時は、下も靡《なび》く。それゆえ、詔を承ったならば、必ず慎んで従うべきである。謹んで従わなかったならば、自滅するであろう。

第四条にいう。群卿・百官は、礼をもって根本とせよ。人民を治める根本は、必ず礼にある。上に礼のない時は、下は乱れ、下に礼がない時は、必ず犯罪者が出てしまう。それゆえ、群臣に礼があれば、位の序列は乱れない。人民に礼がある時は、国家は自然に治まるであろう。

第五条にいう。食の貪《むさぼ》りをやめ、財欲を棄てて、公明に訴訟を裁定せよ。人民からの訴えは、一日に千件ある。一日にしてそうであるから、まして年を重ねたらなおさらのことである。この頃訴訟を扱う者は、私利を得るのが普通になり、賄賂《わいろ》を受けてから、その申し立てを聞いている。すなわち、財産のある者の訴えは、石を水の中に投げたように必ず受け入れられ、貧しい者の訴えは、水を石に投げかけるようなもので、省みられない。これでは、貧しい人民はなすすべもなく、臣としての道もまた、欠けてしまうことになる。

第六条にいう。悪を懲《こ》らし善を勧めることは、古来からの良い教えである。それゆえ、人の善は隠すことなく、悪を見ては必ず正せ。おもねり偽《いつわ》る者は、国家を覆《くつがえ》す鋭い武器のようなもので、人民を滅ぼす鋭い剣である。また媚《こ》びへつらう者は、上に向かっては好んで下の過《あやま》ちを告げ、下に対しては上の失敗を誹謗《ひぼう》する。このような人は皆、君に対する忠義心がなく、民に対する仁慈の心がない。これが、大乱の元になるのである。

第七条にいう。人にはそれぞれの任務がある。任用に乱れがあってはならない。賢哲を官に任じれば、称賛の声が起こるが、奸人が官になれば、禍《わざわ》いや乱れが多くなる。世の中には、生まれながら智恵をわきまえている人は少ない。よく思慮を深めて、聖人となるのである。事の大小にかかわらず、適切な人事によって必ず治まるだろう。時の緩急《かんきゅう》にかかわらず、賢者を迎えれば自然に鎮まるだろう。これによって国家は永久で、社会も安泰である。それゆえ古代の聖王は、官のために人を求めたのであり、人のために官を求めることはなかった。

第八条にいう。群卿・百官は、早く出仕して遅く退出せよ。公務はゆるがせにできず、終日かけても尽くし難い。それゆえ、遅い出仕は急用に間に合わず、早い退出は必ず仕事にやり残しがある。

第九条にいう。信は道義の根本である。すべての事に、信がなければならない。事の善悪、成否を分ける要点は、必ず信にある。群臣共に信があれば、何事であれ成就しないことはなく、群臣に信がなければ、すべての事はことごとく失敗するであろう。

第十条にいう。心に怒りを絶ち、顔に憤《いきどお》りを表さず、人が自分と違うからといって、怒ってはならない。人民には、それぞれの考えがある。相手が正しいと思っても、自分は間違っていると思い、自分が正しいと思っても、相手は間違っていると思う。自分は聖人ではなく、相手が愚人でもない。共に凡夫なのである。是非の理を、いったい誰がよく定めることができようか。お互いが賢人であり愚人でもあるのは、鐶《かん》に端がないようなもので、区別はつかない。それゆえ、相手が怒ったとしても、省みて自分の過失を恐れよ。自分一人がよいと思ったとしても、衆人の考えに従い、同じように行動せよ。

第十一条にいう。官人の功績・過失を明らかにみて、それぞれに応じた賞罰を行え。この頃、功績に賞を与えず、罪過《ざいか》に罰を科さないことがある。政事を執る群卿は、賞罰を明確に行わなければならない。

第十二条にいう。国司・国造は、人民から搾取《さくしゅ》してはならない。国に二人の君はなく、民に二人の主はない。国内の人民は、王を主とする。任ぜられた官司は、みな王の臣である。どうして公の税以外に、人民から搾取などできようか。

第十三条にいう。諸々の官に任ぜられた者はみな、それぞれの職掌をよく理解せよ。あるいは病気のため、あるいは使命のため、事務がとれないこともある。しかし職務をよく知ることができる時には、前から熟知《じゅくち》しているように対応せよ。自分が関知しないことを理由に、公務を妨げてはならない。

第十四条にいう。群臣・百官は、嫉妬《しっと》してはならない。自分が人を妬《ねた》めば、人もまた自分を妬む。嫉妬心には、際限がない。それゆえに、人の知識が自分より勝っていれば喜ばず、才能が自分より優っていれば嫉妬する。このようでは、五百年に一人の賢人に今遭遇しても、千年に一人の聖人の出現を待つのは難しい。聖賢の人が得られなかったら、いったいどのようにして国を治めるのだろうか。

第十五条にいう。私心を去って公事に従うことが、臣としての道である。およそ人に私心がある時は、必ず恨みが生じる。恨みがある時は必ず協調ができず、協調がない時は、私心によって公事を妨げることになる。また恨みが起こる時は、制度に違反し法を破ることになる。それゆえ第一条に、上下相和し睦み合って合意せよと述べたのは、それもこの事をいうのである。

第十六条にいう。民を使うには時節を考慮せよというのは、古来からの良い教えである。それゆえ、冬の月には時間に余裕があるので、民を使役してもよい。春から秋までは農耕や養蚕《ようさん》の季節であり、民を使役してはならない。農耕をしなかったなら、いったい何を食べればよいのか。養蚕をしなかったなら、いったい何を着ればよいのか。

第十七条にいう。物事を、単独で決めてはならない。必ず衆人と議論せよ。小事は内容が軽いので、論じなくともよい。ただし大事を論じる時には、もしや過失があるかもしれない。それゆえ、衆人と共に検討する時、事は道理に叶うことができるのである。

九月に、朝廷の儀礼を改めた。そして勅《みことのり》して、

「およそ宮門を出入りする時は、両手を地に押し付け、両足を跪《ひざまず》き、敷居を越えたら立って行くように。」

と仰せられた。

この月に、初めて黄書画師《きふみのえし》・山背画師《やましろのえし》を定めた。

鞍作鳥《くらつくりのとり》の功績　太子の経典購読

十三年の四月一日に、天皇は皇太子・大臣《おおおみ》と諸王・諸臣に勅《みことのり》して、共に誓願を立て、初めて銅《あかがね》・繍《ぬいもの》の丈《じょう》六《ろく》の仏像、各一体を作ることになった。そこで鞍作鳥《くらつくりのとり》に命じて、造仏の工匠とした。この時、高麗国《こまのくに》の大興王《だいこうおう》は、日本国《やまとのくに》の天皇が仏像をお造りになると聞いて、黄金三百両を貢上した。

閏《うるう》七月一日に、皇太子は諸王・諸臣らに命じて、褶《ひらおび》（袴や裳の上に着ける平帯）を着用させた。

十月に、皇太子は斑鳩宮《いかるがのみや》に居住された。

十四年の四月八日に、銅・繍の丈六の仏像が共に完成した。この日に、丈六の銅の像を元興寺《がんごうじ》の金堂に安置しようとした。この時仏像が金堂の戸よりも高く、堂に納めることができなかった。多くの工人等は皆で相談して、

「堂の戸を壊して納めよう。」

と言った。しかし鞍作鳥《くらつくりのとり》は秀れた工匠であり、戸を壊さないで堂に入れることができた。その日、斎会《さいえ》（法会《ほうえ》で食事を供すること）を設けた。この時集った人達は、数えきれないほどであった。

この年から初めて、寺ごとに四月八日（釈迦の誕生を祝う灌仏会《かんぶつえ》の初め）、七月十五日（盂蘭盆会《うらぼんえ》の初め）に設斎《せっさい》することになった。

五月五日に、天皇は鞍作鳥に勅《みことのり》して、

「私は仏教の経典を広めようと思い、寺院を建てるに際し、まず仏舎利を求めた。その時、お前の祖父司馬《しまの》

達等《たちと》が舎利を献納した。また、国内に僧尼がいなかった時、お前の父多須那《たすな》が用明《ようめい》天皇のために出家して、仏法を敬った。また、お前の姨島女《おばしまめ》は初めて出家して、多くの尼の指導者として、仏教の修行をした。

今私は、丈六《じょうろく》の仏を造るために、ふさわしい仏像を求めた。お前が献じた仏の形は、私の心に叶うものであった。また、仏像は完成したが、堂に入れることができなかった時、多くの工人はその方法を考えることができず、堂の戸を壊そうとした。ところがお前は、戸を損《そこ》なうことなく入れることができた。これはみな、お前の功績によるものである。」

と仰せられた。そして大仁《だいにん》の位を授けられ、近江国《おうみのくに》の坂田郡《さかたのこおり》（米原市）の水田二十町を与えられた。鳥はこの田で、天皇のために金剛寺《こんごうじ》を造った。これは今、南淵《みなぶち》の坂田尼寺《さかたのにじ》という。

七月に、天皇は皇太子に請うて、『勝鬘経《しょうまんぎょう》』を講じるよう仰せられた。皇太子は、三日間かかって説き終えられた。

この年に、皇太子はまた、『法華経』を岡本宮《おかもとのみや》（法起寺《ほっきじ》の前身）で講じられた。天皇は大いに喜ばれ、播磨国《はりまのくに》の水田百町を皇太子に与えられた。皇太子はそれを、斑鳩寺《いかるがでら》に納められた。

十五年の二月一日に、壬生部《みぶべ》（皇子女の養育に従う職業集団）を定めた。

九日に勅して、

「私が聞くに、昔我が皇祖の天皇等は、世を治めるにあたり、恐懼《きょうく》して厚く天神地祇《てんしんちぎ》を敬われた。山川をあまねくお祭りし、深く天地に通じておられた。こうして陰陽が開いて調和し、造化も順調に整ったということである。今我が世にあって、どうして神祇《じんぎ》の祭祀を怠ってよいものだろうか。それゆえ群臣は、心を尽くして神祇を礼拝せよ。」

と仰せられた。

十五日に、皇太子と大臣《おおおみ》とは、百官を率いて神祇を祭って礼拝した。

遣隋使の派遣

七月三日に、大礼《だいらい》小野臣妹子《おののおみいもこ》を隋《ずい》に派遣した。鞍作福利《くらつくりのふくり》を通訳とした。

この年の冬に、倭国《やまとのくに》に高市池《たけちのいけ》・藤原池《ふじわらのいけ》・肩岡池《かたおかのいけ》・菅原池《すがはらのいけ》を造った。山背国《やましろのくに》の栗隈《くるくま》（京都府城陽市・久世郡久御山町）に用水路を掘った。また河内国《こうちのくに》に、戸苅池《とかりのいけ》・依網池《よさみのいけ》を造った。また国ごとに屯倉《みやけ》を置いた。

十六年の四月に、小野臣妹子が隋より帰国した。隋は、妹子臣を蘇因高《そいんこう》といった。隋の使者裴世清《はいせいせい》と下客《しもべ》十二人が妹子臣に従って、筑紫《つくし》にやって来た。難波吉士雄成《なにわのきしおなり》を遣わして、裴世清等を召した。隋の客のために、また新しい館を難波の高麗館《こまのむろつみ》の近くに造った。

六月十五日に、客等は難波津《なにわのつ》に停泊した。この日に、飾船《かざりぶね》三十艘《そう》で客等を江口《えぐち》に迎えて、新しい館に宿泊させた。その時、中臣宮地連烏摩呂《なかとみのみやどころのむらじおまろ》・大河内直糠手《おおしこうちのあたいぬかで》・船史王平《ふねのふびとおうへい》を接待役とした。

ここに妹子臣は奏上して、

「私が帰還する時、隋の煬帝《ようだい》は書簡を私に授けました。しかし、百済国《くだらのくに》を通過する間に、百済人が探して盗み取りました。それで、奉ることができなくなりました。」

と申し上げた。群臣は議して、

「使者たる者は、たとえ死ぬといえども、任務を遂行するものである。この使者は、どうして怠慢にも大国の書簡を失ったのか。」

と言い、流刑に処することにした。時に天皇は勅《みことのり》して、

「妹子には、書簡を失った罪はあるけれども、たやすく罰してはならない。かの大国の客等が、これを聞い

たら不都合であろう。」

と仰せられ、赦《ゆる》して罪とされなかった。

八月三日に、隋の客は京《みやこ》に入った。この日に、飾馬《かざりうま》七十匹を遣わして隋の客を海石榴市《つばいち》の巷《ちまた》で迎えた。額田《ぬかた》部連比羅夫《べのむらじひらぶ》が、儀礼の挨拶を述べた。

十二日に、隋の客を朝廷に召して、使者の趣旨を奏上させた。この時、阿倍鳥臣《あへのとりのおみ》・物部依網連抱《もののべのよさみのむらじいだき》の二人を、客の案内役とした。使者は、隋の進物を庭上に置いた。

使者裴世清《はいせいせい》は、自ら書簡を持って再拝を二度重ねて、立って使者の趣旨を言上した。その書には、

「皇帝は、倭皇《わこう》への挨拶を述べる。使者長吏大礼蘇因高《ちょうりだいらいそいんこう》が訪れて、倭皇の考えを詳しく伝えた。私は謹んで天命を受け、天下に君臨した。徳を広めて、人々に及ぼそうと思っている。慈《いつく》しみ育《はぐく》む心は、遠近による隔てはない。倭皇はひとり海のかなたにいて、民衆を愛育し、国内は安楽で人々の風習も睦まじく、志が深く至誠の心があり、遠くからはるばる朝貢してきたということを知った。その美しい忠誠心を、私は嬉しく思う。

　この頃は、ようやく暖かくなってきた。私も変わりはない。そこで鴻臚寺《こうろじ》の接待役裴世清《はいせいせい》等を派遣して、往訪の意を述べ、併《あわ》せて別に物を送る。」

とあった。

続いて阿倍臣《あへのおみ》が進み出て、その書を受け取ってさらに前へ進んだ。大伴囓連《おおとものくいのむらじ》が迎え出て書を受け取り、大門の前の机上に置いて奏上し、それが終わって退出した。この時、皇子・諸王・諸臣は、みな金の挿頭《かざし》を頭に挿《さ》した。また、衣服はすべて錦《にしき》・紫・繡《ぬいもの》・織《おりもの》と五色の綾羅《あやうすはた》（模様のある薄い絹織物）とを用いた［一説によると、服の色はみなそれぞれの冠の色を用いたという］。

十六日に、隋の客等を朝廷で饗応《きょうおう》された。

九月五日に、客等を難波大郡《なにわのおおごおり》で饗応された。

十一日に、裴世清《はいせいせい》が帰国した。そこで再び、小野妹子臣《おののいもこのおみ》を大使とし、吉士雄成《きしのおなり》を小使とし、福利《ふくり》を通訳として、隋の客に添えて派遣した。天皇は、隋の皇帝に訪問の挨拶を表し、

「東の天皇が、敬《つつし》みて西の皇帝に申し上げます。使者鴻臚寺《こうろじ》の接待役裴世清《はいせいせい》等が来て、長年の思いがまさに解けました。季秋《きしゅう》（九月）となり、ようやく涼しくなってきましたが、皇帝にはお変わりありませんか。ご清祥のことと存じます。こちらも変わりはございません。

このたび、大礼《だいらい》蘇因高《そいんこう》・大礼《だいらい》乎那利《おなり》等を派遣いたします。簡単ではありますが、謹んでご挨拶申し上げます。敬具」

と言った。

この時、隋の国に派遣した学生は、倭漢直《やまとのあやのあたい》福因《ふくいん》・奈羅訳語《ならのおさ》恵明《えみょう》・高向漢人《たかむくのあやひと》玄理《げんり》・新漢人《いまきのあやひと》大国《おおくに》、学問僧は新漢人《いまきのあやひと》日文《にちもん》・南淵漢人《みなぶちのあやひと》請安《しょうあん》・志賀漢人《しがのあやひと》慧隠《えおん》・新漢人《いまきのあやひと》広済《こうさい》等、合わせて八人であった。

この年に、新羅人《しらぎひと》が多く来朝した。

十七年の四月四日に、筑紫大宰《つくしのおおみこともちのつかさ》が奏上して、

「百済《くだら》の僧道欣《どうこん》・恵弥《えみ》を首領にして十人、俗人七十五人が、肥後国《ひのみちのしりのくに》の葦北《あしきた》の港に停泊しています。」

と申し上げた。そこで、難波吉士《なにわのきし》徳摩呂《とこまろ》・船史《ふねのふびと》竜《たつ》を遣わして、

「どうして来たのか。」

と尋ねさせた。すると、

「百済王の命令で、呉国《くれのくに》に遣わされました。ところが、乱があって入ることができません。そこで再び本国

に引き返そうとしました。するとたちまちのうちに暴風に遭って、漂流しました。しかしたいへん幸福なことに、聖帝の辺境に漂着することができ、この上なく喜んでおります。」

と答えた。

五月十六日に、徳摩呂《とこまろ》が復奏した。すぐに徳摩呂・竜《たつ》の二人を筑紫《つくし》に引き返させ、百済人《くだらひと》に付けて、本国に送還した。対馬《つしま》に着くと、修行者等十一人が留まりたいと請うた。そこで上表文を奉って留まることになり、元興寺《がんごうじ》（飛鳥寺）に住まわせた。

九月に、小野臣妹子《おののおみいもこ》が隋《ずい》から帰国した。ただし、通訳の福利《ふくり》だけは帰らなかった。

十八年の三月に、高麗王《こまおう》は僧曇徴《どんちょう》・法定《ほうじょう》を貢上した。曇徴は五経に通じており、またよく絵の具や紙・墨を作り、その上水力を利用した臼も造った。思うに、水臼《みずうす》を造るのは、この時から始まったのであろうか。

七月に、新羅《しらぎ》の使者沙喙部奈末竹世士《さたくほうなまちくせいし》と、任那《みまな》の使者喙部大舎首智買《たくほうたさしゅちばい》とが筑紫に到着した。

九月に、使者を遣わして新羅・任那の使者を召した。

十月八日に、新羅・任那の使者が京《みやこ》に到着した。この日に、額田部連比羅夫《ぬかたべのむらじひらぶ》に命じて新羅の客を迎えるための飾馬《かざりうま》の長とし、膳臣大伴《かしわでのおみおおとも》を任那の客を迎えるための飾馬の長として、阿斗《あと》の川辺の館《むろつみ》（奈良県磯城郡田原本町）に宿泊させた。

九日に、客等は朝廷を拝謁した。この時、秦造河勝《はだのみやつこかわかつ》・土師連菟《はじのむらじうきぎ》に命じて新羅の案内役とし、間人連塩《はしひとのむらじお》蓋《ぶた》・阿閉臣大籠《あへのおみおおこ》を、任那の案内役とした。二人が客を案内し、南門から入って庭に出た。その時、大伴咋《おおとものくいの》連《むらじ》・蘇我豊浦蝦夷臣《そがのとゆらのえみしのおみ》・坂本糠手臣《さかもとのぬかでのおみ》・阿倍鳥子臣《あへのとりこのおみ》が共に席を立ち、進んで庭に伏した。両国の客人等は、それぞれ再拝して、使者の趣旨を奏上した。すると四人の大夫《まえつきみ》が、謹んで大臣《おおおみ》に申し伝え、大臣は席を立って政庁の前に出てこれを聞いた。こうして諸々の客に、それぞれに応じて禄を与えられた。

十七日に、使者等を朝廷で饗応された。河内漢直贄《こうちのあやのあたいにえ》を新羅の客の共食者（賓客《ひんきゃく》と食事を共にする人）とし、錦織首久僧《にしこりのおびとくそ》を任那の共食者とした。

二十三日に、客は儀礼が終わり帰国した。

菟田野《うだのの》の薬猟　新羅《しらぎ》・百済《くだら》からの来朝

十九年の五月五日に、菟田野《うだのの》（奈良県宇陀市榛原区足立）で薬猟《くすりがり》（鹿の若角をとる猟・薬草を採ること）が催された。暁に、藤原池《ふじわらのいけ》のほとりに集合し、夜明けに出発した。粟田細目臣《あわたのほそめのおみ》を先隊の指揮官とし、額田部比羅夫《ぬかたべのひらぶの》連《むらじ》を後隊の指揮官とした。この日、諸臣の服の色は、みな冠の色と同じであり、それぞれ挿頭《かざし》を挿していた。大徳《だいとく》・小徳《しょうとく》は金を用い、大仁《だいにん》・小仁《しょうにん》は豹《ひょう》の尾を用い、大礼以下は鳥の尾を用いた。

八月に、新羅《しらぎ》は沙喙部《さたくほう》奈末北叱智《なまほくしち》を派遣し、任那《みまな》は習部《しゅうほう》大舎《たさ》新智周智《しんちしゅち》を派遣して、共に朝貢した。

二十年の正月七日に、群卿に酒を用意し、宴会を催された。この日に、大臣《おおおみ》は酒杯を献じて歌を詠んだ。

歌謡一〇二　やすみしし　我が大君《おおきみ》の　隠《かく》ります　天《あま》の八十蔭《やそかげ》　出《い》で立たす　御空《みそら》を見れば
万代《よろづよ》に　かくしもがも　千代《ちよ》にも　かくしもがも　畏《かしこ》みて　仕え奉らん
拝《おろが》みて　仕え奉らん　歌ずきまつる

〔やすみしし〕我が大君がお隠りになる広大な宮殿、またお出ましになって御空を見ますと、まことに立派で、千代も万代もこのようにあってほしいものです。私どもは畏《かしこ》み崇《あが》めて、お仕え申し上げましょう。今私は、祝歌を献上いたします。

天皇は、これに和されて歌を詠まれた。

歌謡一〇三　真蘇我《まそが》よ　蘇我の子らは　馬ならば　日向《ひむか》の駒《こま》　太刀《たち》ならば　呉《くれ》の真刀《まさい》　諾《うべ》しかも
蘇我の子らを　大君《おおきみ》の　使はすらしき

真蘇我よ。蘇我一族の人々は、馬でいえばあの有名な日向の国の馬、太刀でいえばあの有名な呉国の真刀だ。もっともなことだ。蘇我一族の人々を、大君がお使いになるのは。

二月二十日に、皇太婦人堅塩媛《きたしひめ》を檜隈大陵《ひのくまのおおみささぎ》に改葬した。この日に、軽《かる》の巷《ちまた》で誄《しのびごと》の儀式を行った。第一に、阿倍内臣鳥《あへのうちのおみとり》が天皇の誄のお言葉を申し述べて、霊前に供物を奉った。祭器・喪服の類が一万五千種もあった。第二に、諸皇子等が序列に従ってそれぞれ誄を申し述べた。第三に、中臣宮地連《なかとみのみやどころのむらじ》烏摩呂《おまろ》が大臣《おおおみ》の誄の言葉を申し述べた。第四に、大臣が多くの氏族の臣等を引き連れ、境部臣摩理勢《さかいべのおみまりせ》に氏姓《うじかばね》の本《もと》について、誄を申し述べさせた。時の人は、

「摩理勢《まりせ》・烏摩侶《おまろ》の二人は、よく誄《しのびごと》を申し述べた。ただ鳥臣《とりのおみ》だけは、できが悪かった。」

と言った。

五月五日に、薬猟《くすりがり》が催された。羽田《はた》（奈良県高市郡高取町）に集合し、連れ立って朝廷に赴いた。その装束は、菟田《うだ》の猟の時と同じであった。

この年に、百済国《くだらのくに》から来朝した者がおり、その顔や身体には、一面に白い斑紋《はんもん》があった。もしや、白癩《しらはた》がある者であろうか。その者が、人と異なる様相であることを嫌って、海中の島に棄てようとした。ところがその

人は、

「もし私の斑紋のある肌を嫌うのならば、白い斑《まだら》の牛馬は国内で飼えないはずです。また私はいささか特技があって、築山《つきやま》を造ることができます。もし私を留めて使って下さるならば、国の利益になるでしょう。どうして無駄に海の島に棄てるのでしょうか。」

と言った。この言葉を聞いて棄てるのを止め、須弥山《すみせん》（仏説で世界の中心をなす山）の築山と呉橋《くれはし》（太鼓橋）を、南庭に造らせた。時の人は、その人を路子工《みちこのたくみ》といった。またの名は芝耆摩呂《しきまろ》。

また、百済人《くだらひと》味摩之《みまし》が来朝して、

「呉《くれ》に学んで、伎楽《ぎがく》の舞を習得しました。」

と言った。そこで桜井《さくらい》に居住させ、少年を集めて伎楽の舞を習わせた。真野首弟子《まののおびとでし》・新漢人済文《いまきのあやひとさいもん》の二人が習って、その舞を伝えた。これが今の、大市首《おおちのおびと》・辟田首《さきたのおびと》等の先祖である。

二十一年の十一月に、掖上池《わきのかみのいけ》・畝傍池《うねびのいけ》・和珥池《わにのいけ》を造った。また、難波《なにわ》から京《みやこ》に至る大道を設けた。

飢えた真人《ひじり》の死

十二月一日に、皇太子は片岡《かたおか》に遊行された。その時、飢えた人が道端に倒れていた。姓名をお尋ねになったが、言わなかった。皇太子は、飲食物を与えられた。そして衣服を脱いで、飢えた人に掛けてやり、

「安らかに休みなさい。」

と仰せられた。続いて歌を詠まれた。

歌謡一〇　しなてる　片岡山《かたおかやま》に　飯《いい》に飢《え》て　臥《こや》せる　その旅人《たびと》あわれ　親無《おやな》しに　汝生《なれな》りけめや

さす竹の　君はや無き　飯《いい》に飢《え》て　臥《こや》せる　その旅人《たひと》あわれ

〔しなてる〕片岡山で、飯に飢えて倒れているその旅人よ、ああ。お前は親なしで、生まれてきたわけではあるまい。〔さす竹の〕主君はいないのか。飯に飢えて倒れている、その旅人よ、ああ。

二日に、皇太子は使者を遣わして、飢えた人の様子を見に行かせられた。使者は戻って来て、

「飢えた人は、すでに死んでおりました。」

と申し上げた。皇太子は、深く悲しまれた。そしてその地に埋葬させ。土を固く盛って墓を作らせられた。数日後、皇太子は近習の者を召し、

「先日、道で倒れ飢えていた人は、凡人ではあるまい。きっと真人《ひじり》であろう。」

と仰せられ、使者を遣わして、見に行かせられた。やがて使者が戻って来て、

「墓所に着いてよく見ますと、土を盛って埋めた所は動いておりません。中を開いて見ますと、屍骨《かばね》はすっかりなくなっていました。ただ衣服だけが、たたんで棺の上に置いてありました。」

と申し上げた。皇太子は再び使者を返し、その衣服を取って来させて、今まで通りにまた着用された。時の人はたいへん不思議に思い、

「聖《ひじり》が聖を知るというのは、本当のことなのだ。」

と言って、ますます畏まった。

天の予兆　天皇記・国記などの編纂

二十二年の五月五日に、薬猟《くすりがり》が催された。

六月十三日に、犬上君御田鍬《いぬかみのきみみたすき》・矢田部造《やたべのみやつこ》［名を欠く］を隋《ずい》に派遣した。

八月に、大臣《おおおみ》が病に臥した。大臣のために、男女合わせて千人を出家させた。

二十三年の九月に、犬上君御田鍬《いぬかみのきみみたすき》・矢田部造《やたべのみやつこ》が隋から帰国した。百済《くだら》の使者が、犬上君に従って来朝した。

十一月二日に、百済の客を饗応された。

十五日に、高麗《こま》の僧恵慈《えじ》が帰国した。

二十四年の正月に、桃や李《すもも》の実がなった。

三月に、屋久島《やくしま》の人三人が帰化した。

五月に、屋久島の人七人がやって来た。

七月に、また屋久島の人二十人が来た。先後合わせて三十人である。皆朴井《えのい》に居住させたが、帰還する前に全員死んでしまった。

七月に、新羅《しらぎ》が奈末竹世士《なまちくせいし》を派遣して、仏像を貢上した。

二十五年の六月に、出雲国《いずものくに》が、

「神戸郡《かんとのこおり》に、大きさが缶（湯や水を入れる、口の小さい胴の丸い瓦器）ほどもある瓜《うり》がなりました。」

と申し上げた。

この年に、五穀がよく実った。

二十六年の八月一日に、高麗《こま》は使者を派遣して産物を貢上した。そして、

「隋《ずい》の煬帝《ようだい》が、三十万の軍を率いて、我が国を攻撃してきました。しかし逆に、我が軍に破られました。そ

れゆえ、捕虜《ほりょ》貞公《ていこう》・普通《ふとう》の二人と、鼓吹《つづみふえ》・弩《おおゆみ》・抛石《いしはじき》（投石器）の類十種、産物・駱駝《らくだ》一匹とを合わせて献上いたします。」

と申し上げた。

この年に、河辺臣《かわべのおみ》［名を欠く］を安芸国《あきのくに》に遣わして、船を造らせた。山に入って、船の用材を求めた。良い材木があったので、命じて伐ろうとした。その時ある人が、

「それは雷神の憑《よ》りつく木です。伐《き》ってはなりません。」

と言った。河辺臣は、

「雷神といえども、どうして天皇の命令に逆らうことができようか。」

と言って、多くの幣帛《みてぐら》を供えて祭り、人夫を使ってその木を伐らせた。すると大雨が降り、雷鳴が響き、雷光が走った。河辺臣は剣の柄を握って、

「雷神よ、人夫を傷つけるな。我が身を傷つけよ。」

と言って、空を仰いで待った。十回あまり落雷したが、河辺臣《かわべのおみ》を傷つけることはできなかった。雷神は、小さな魚になって、樹の枝の間に挟まった。そこでその魚を焼き、船を造り終えた。

二十七年の四月四日に、近江国《おうみのくに》が、

「蒲生川《かもうがわ》（日野川）に、人のような形をしたものがあります。」

と申し上げた。

七月に、摂津国《つのくに》の漁夫が、網を堀江に沈めておいたところ、あるものが網の中に入った。その形は、幼児のようであった。魚でもなく、人でもなく、まったく得体の知れないもので、名付けようがなかった。

二十八年の八月に、屋久島《やくしま》の人二人が伊豆島《いずのしま》に流れ着いた。

十月に、細石《さざれいし》を檜隈陵《ひのくまのみささぎ》の上に葺《ふ》いた。そして陵の周囲に土を積んで山を造り、氏ごとに大柱を土山の上に建てるよう命じた。その時、倭漢坂上直《やまとのあやのさかのうえのあたい》が建てた柱は、群を抜いて高かった。そこで時の人は、大柱直《おおはしらのあたい》といった。

十二月一日に、天に赤い気が現れた（陰謀または戦乱の予兆）。長さは一丈（約三メートル）、形は雉《きじ》の尾のようであった。

この年に、皇太子・島大臣《しまのおおおみ》（馬子）は協議して、天皇記と国記、臣《おみ》・連《むらじ》・伴造《とものみやつこ》・国造《くにのみやつこ》・百八十部《ももやそとものお》、それに公民等の本記を記録した。

聖徳太子の死

二十九年二月五日の夜半に、聖徳太子が斑鳩宮《いかるがのみや》で薨去《こうきょ》された。この時、諸王・諸臣と天下の人民はことごとく、老人は愛児を失ったように悲しみ、塩や酢の味わいは口に入れても分からなかった。幼少の者は、慈父母を亡くしたように悲しみ、泣き叫ぶ声が往来に満ちた。また、田を耕す男は鋤《すき》を取ることをやめ、米をつく女は杵《きね》の音をたてなかった。皆は、

「日月は輝きを失い、天地も崩れ去ってしまったようだ。この先いったい、誰を頼りにしたらよいのだろうか。」

と言った。

この月に、聖徳太子を磯長陵《しながのみささぎ》に葬りまつった。この時、高麗《こま》の僧恵慈《えじ》は、聖徳太子が薨去されたことを聞いてたいそう悲しみ、皇太子のために僧を集めて設斎した。そして自ら経を説く日に誓願して、

「日本国《やまとのくに》に聖人がおり、上宮豊聡耳皇子《うえのみやのとよとみみのみこ》と申し上げる。生まれながら優れた資質を持ち、極めて深い玄

妙な徳を備えて、日本国にお生まれになった。中国古代の三王（禹《う》王・湯《とう》王・文《ぶん》王）にも劣らぬ器量で、先帝の宏大な計画を継承され、仏教を恭敬して、人民の苦しみを救われた。この方こそ、まことの大聖である。今、その太子は薨去された。

私は異国の地にいるけれども、友情の厚く強いことは、限りがない。一人生き残っても、何の益があるだろうか。私は、来年の二月五日にきっと死ぬであろう。そして上宮　太子《うえのみやのひつぎのみこ》と浄土でお会いして、共に衆生に仏教を広めるだろう。」

と言った。こうして恵慈は、予期した日に亡くなった。そこで時の人は誰もがみな、

「一人上宮太子だけが聖であられたのではない。恵慈もまた聖であった。」

と言った。

この年に、新羅《しらぎ》は奈末伊弥買《なまいみばい》を派遣して朝貢し、書を奉って使者の趣旨を奏上した。新羅が上表するようになったのは、思うにこの時から始まったのであろうか。

三十一年の七月に、新羅は大使奈末智洗爾《なまちせんに》を派遣し、任那《みまな》は達率奈末智《だちそちなまち》を派遣して共に来朝した。この時、仏像一具と金塔、それに舎利と大観頂幡《だいかんじょうばん》一具・小幡《しょうばん》十二条を合わせて貢上した。仏像は葛野《かずの》の秦寺《はたでら》（蜂岡寺・広隆寺）に安置し、他の舎利・金塔・観頂幡等はみな、四天王寺に納めた。

この時、唐の学問僧恵斉《えさい》・恵光《えこう》・医師《くすし》恵日《えにち》・福因《ふくいん》等が共に、智洗爾《あせんに》等に従って来朝した。恵日等は共に奏上して、

「唐国に留学している者は皆、学業を成就しました。召喚《しょうかん》なさるのがよいでしょう。また大唐国は、法式の整備した貴重な国です。常に往来を絶やしてはなりません。」

と申し上げた。

新羅《しらぎ》征討の再開

この年に、新羅《しらぎ》は任那《みまな》を討ち、任那は新羅に帰順した。そこで天皇は新羅を討とうとして大臣《おおおみ》に謀り、群卿に相談された。田中臣《たなかのおみ》は、

「急いで討ってはなりません。まず状況をよく調べて、反逆を確認した後に攻撃しても遅くはないでしょう。どうか試みに使者を派遣して、その現状を視察させて下さい。」

と申し上げた。中臣連国《なかとみのむらじくに》は、

「任那《みまな》は、元より我が国の内官家《うちつみやけ》です。これに反し、今新羅人《しらぎ》はこれを攻め取りました。どうか軍隊を整えて、新羅を征討し、任那を奪回して百済《くだら》に帰属させて下さい。新羅に属していては、任那に利益はありません。」

と申し上げた。田中臣は、

「そうではありません。百済は、よく言を覆《くつがえ》す国です。道路の距離さえも、簡単に欺きます。およそ百済の言うところは、すべて信用できません。それゆえ、任那を百済に帰属させてはなりません。」

と申し上げた。こうして、新羅《しらぎ》征討の件は中止となった。

ここに吉士磐金《きしのいわかね》を新羅に、吉士倉下《きしのくらじ》を任那《みまな》に派遣して、任那の事を問わせた。その時新羅国の主は、八人の大夫を遣わして、新羅国の状況を磐金に、また任那国の状況を倉下に謹んで報告した。そして約束して、

「任那は小国ではあるが、天皇の属国です。どうして新羅が容易に領有することなどできましょう。今まで通り内官家《うちつみやけ》とお定めになり、どうかご心配なさらないで下さい。」

と申し上げた。そして奈末智洗遅《なまちせんじ》を派遣して、吉士磐金《きしのいわかね》に従わせ、また任那人達率奈末遅《みまなひとだちそちなまじ》を吉士倉下《きしのくらじ》に従わせて、両国が朝貢した。

ところが、磐金等がまだ帰国しないうちに、その年、大徳《だいとく》境部臣《さかいべのおみ》雄摩呂《おまろ》・小徳中臣連国《しょうとくなかとみのむらじくに》を大将軍とし、小徳大《しょうとくおお》伴連《とものむらじ》［名を欠く］・小徳河辺臣禰受《しょうとくかわべのおみねず》・小徳物部依網連乙《しょうとくもののべのよさみのむらじおと》等・小徳波多臣広庭《しょうとくはたのおみひろにわ》・小徳近江脚身臣飯蓋《しょうとくおうみのあなむのおみいいふた》・小徳平群臣宇志《しょうとくへぐりのおみうし》・小徳大宅臣軍《しょうとくおおやけのおみいくさ》を副将軍とし、数万人の軍隊を率いて新羅《しらぎ》を征討しようとした。

その時、磐金《いわかね》等はみな港に集合し、出航しようと風波をうかがっていた。そこへ船軍が海上に満ち満ちて押し寄せて来た。両国の使者は遠望して愕然《がくぜん》とし、すぐに引き返して国に留まった。そこであらためて堪遅大舎《たんじたさ》を代わりに、任那《みまな》の調使として貢上した。磐金等は語り合って、

「このように軍を起こすことは、まったく以前の約束と違っている。おそらく任那の事は、今回もまた成功しないであろう。」

と言った。そしてすぐに船出して、海を渡った。

ところで将軍等は、やっと任那《みまな》に到着し、新羅《しらぎ》襲撃を戦議した。新羅国の主は、大軍の到来を聞き、恐れて降伏を願い出た。将軍等は、協議して上表文を奉ったところ、天皇はお聞き入れになった。

十一月に、磐金《いわかね》・倉下《くらじ》等が、新羅から帰国した。大臣蘇我馬子《おおおみそがのうまこ》がその国の状況を尋ねると、

「新羅は、天皇のご命令を承り、驚き恐れ、新羅・任那共に特使を指命して、朝貢しようとしました。ところが船軍の到来を見て、朝貢の使者はまた引き返してしまいました。ただし、調《みつき》だけは予定通り貢上いたしました。」

と答えた。大臣《おおおみ》は、

「まことに残念である。軍勢を派遣するのが早過ぎた。」

と言った。時の人は、

「今度の軍事は、境部臣《さかいべのおみ》・阿曇連《あずみのむらじ》が、以前に新羅《しらぎ》から多くの賄賂《わいろ》をもらったので、今回もまた賄賂を得よう

として大臣に勧めたのだ。そのために、使者の報告も待たずに、早まって征討しようとしたのだ。」

と言った。

先に磐金《いわかね》等が新羅に渡った日に、飾船《かざりぶね》一艘が湾内に出迎えた。磐金は、

「この船は、どこの国の迎船か。」

と尋ねた。すると、

「新羅《しらぎ》の船です。」

と答えた。磐金はさらに、

「どうして任那《みまな》の迎船はないのか。」

と尋ねた。するとすぐに、任那の迎船としてもう一艘を加えた。新羅の迎船が二艘であることは、この時に始まったのであろうか。

春から秋にかけて長雨が降り、大水が出て五穀は実らなかった。

諸寺及び僧尼の調査

三十二年の四月三日に、一人の僧が斧で祖父を殴った。天皇はこれをお聞きになり、大臣《おおおみ》に詔して、

「出家した者は、ひたすら仏道に帰依《きえ》して、細かく戒法を守るものである。よく考えて思いとどまろうとせず、いとも簡単に悪逆な行為を犯すことがあってよいものだろうか。今聞けば、ある僧が祖父を殴ったということだ。すぐに諸寺の僧尼《そうに》をことごとく集めて調査せよ。もし事実ならば、重罪に処せよ。」

と仰せられた。こうして諸僧尼を集めて尋問し、悪逆な罪を犯した僧ばかりでなく、諸僧尼も共に処罰しようとした。その時、百済《くだら》の僧観勒《かんろく》が上表文を奉って、

「そもそも仏法は、西国から漢に渡って三百年、百済国《くだらのくに》に伝えられてからは、まだわずかに百年しか経っておりません。しかるに我が聖明王《せいめいおう》は、日本の天皇が賢哲であられると聞き、仏像と教典とを貢上しましたが、それからまだ百年にもなっていません。それゆえ、今の時にあたって、僧尼がまだ法律に習熟していないため、軽率にも悪逆な罪を犯してしまったのでしょう。

こういうわけで、諸僧尼は恐懼《きょうく》して、なすすべを知りません。どうか悪逆者を除いてその他の僧尼は、すべて赦《ゆる》して罪としないようにして下さい。これは、大きな功徳となりましょう。」

と申し上げた。天皇はこれをお聞き入れになった。

十三日に天皇は詔《みことのり》して、

「仏道修行者でさえ法を犯すとすれば、いったいどのようにして俗人を教化すればよいのだろうか。今後は僧正《そうじょう》・僧都《そうず》を任命して、僧尼を調査せよ。」

と仰せられた。

十七日に、僧観勒を僧正とし、鞍部徳積《くらつくりのとくしゃく》を僧都とした。その日に、阿曇連《あずみのむらじ》［名を欠く］を法頭《ほうず》とした。

九月三日に、寺と僧尼を調べて、諸寺の由来や、僧尼の出家理由とその年月日を詳細に記録した。結果は、四十六寺、僧八百十六人、尼五百六十九人、合計千三百八十五人であった。

天皇が馬子の要請を拒否

十月一日に、大臣は阿曇連［名を欠く］・阿部臣摩侶《あへのおみまろ》を遣わして、天皇に奏上させて、

「葛城県《かずらきのあがた》は、私の生地です。それゆえ、その県の名をとって姓名としています。そこで、永久にその県を授かって、私の封県としたいと存じます。」

と申し上げた。天皇は詔《みことのり》して、

「私は蘇我から出ており、（天皇の母は、蘇我稲目《そがのいなめ》の娘堅塩媛《きたしひめ》）大臣《おおおみ》は私の叔父でもある。それゆえ、大臣の言うことは、夜言えば夜の明けぬうちに、朝言えば日の暮れぬうちに、聞き入れないことはなかった。

しかし、今私の治世に突然この県《あがた》を失ったならば、後の君主は、

『愚かな婦人が天下を治めたために、急にその県を滅ぼしてしまった。』

と仰せられるであろう。決して私一人だけの愚行ということだけにとどまらず、大臣《おおおみ》もまた不忠とされ、後世に悪名を残すことになろう。」

と仰せられて、お聞き入れにならなかった。

三十三年の正月七日に、高麗王は僧恵灌《えかん》を貢上した。そこで僧正《そうじょう》に任命した。

三十四年の正月に、桃や李《すもも》の花が咲いた。

三月に、寒くて霜がおりた。

五月二十日に、大臣が薨じた。そこで桃原墓《ももはらのはか》（飛鳥の石舞台古墳）に葬った。大臣は、稲目宿禰《いなめのすくね》の子である。性格は武略に富み、また人の議論を弁別する才能があった。仏教を恭敬して、飛鳥川《あすかがわ》のほとりに居住した。庭に小さな池を掘り、その中に小島を築いた。それで時の人は、島大臣《しまのおおおみ》といった。

六月に、雪が降った。

この年の三月から七月まで長雨が降り、国中が大飢饉となった。老人は草の根を食べて道端で死に、幼児は乳を含んだまま母子共に死んだ。また強盗や窃盗《せっとう》が多発し、やむところがなかった。

三十五年の二月に、陸奥国《みちのくのくに》に狢《むじな》が現れ、人に化けて歌をうたった。

五月に、蠅が発生して群をなした。その重なり合ったさまは、十丈程（約三十メートル）にもなり、大空に

浮かんで信濃坂《しなのさか》を越えて行った。うなって飛んでいくようすは雷のようであった。東方の上野国《かみつけののくに》まで来ると、ようやく散り去った。

天皇の遺詔と崩御

三十六年の二月二十七日に、天皇が病臥された。

三月二日に、日蝕《にっしょく》があった（天皇崩御の予兆か）。

六日に、天皇は重態となられ、手立てのほどこしようがなかった。すぐに田村皇子《たむらのみこ》（後の舒明天皇《じょめい》）をお召しになり、

「天子の位につき、国の基礎を治め整え、国政を統御して人民を養うことは、もとより安易に言うことではない。重大なことである。それゆえ、お前は慎んでものごとを明察するように心がけなさい。軽々しいことを言ってはなりません。」

と仰せられた。

その日に、山背大兄《やましろのおおえ》（聖徳太子の子）をお召しになり、教えて、

「お前は未熟である。もし心に望むことがあっても、あれこれ言ってはなりません。必ず群臣の言葉を待って、それに従うように。」

と仰せられた。

七日に、天皇が崩御《ほうぎょ》された［御年七十五である］。そこで、南庭で殯《もがり》をした。

四月十日に、雹《ひょう》が降った。大きさは、桃の実ほどもあった。

十一日にも、雹が降った。大きさは、李《すもも》の実ほどであった。春から夏まで旱魃《かんばつ》が続いた。

九月二十日に、初めて天皇の喪礼を起こした。そこで、群臣はそれぞれ殯宮《もがりのみや》で誄《しのびごと》を申し述べた。これより先に、天皇は群臣に遺詔して、

「近年五穀が実らず、人民はたいそう飢えている。それゆえ、私のために陵《みささぎ》を造って、厚く葬ってはならぬ。竹田皇子《たけだのみこ》（敏達《びだつ》天皇と推古天皇の皇子）の陵《みささぎ》に葬るように。」

と仰せになっていた。

二十四日に、竹田皇子の陵（奈良県橿原市五条野町の植山古墳）に葬りまつった。

巻第二十三　第三十四代　息長足日広額天皇《おきながたらしひひろぬかのすめらみこと》　舒明天皇《じょめいてんのう》

皇位をめぐる群臣の対立

舒明天皇《じょめい》は、敏達《びだつ》天皇の御孫で、彦人大兄皇子《ひこひとおおえのみこ》の御子である。母は、糠手《ぬかで》姫《ひめの》皇女《みこ》と申し上げる。

推古《すいこ》天皇の二十九年に、聖徳太子が薨ぜられた。しかし、まだ皇太子を立てていなかった。

三十六年の三月に、天皇が崩御された。九月に、葬礼が終わったが、皇位はまだ定まらなかった。蘇我蝦夷臣《そがのえみしのおみ》は大臣《おおおみ》であり、一人で皇嗣を決めようと思ったが、群臣が従わないのではないかと恐れた。そこで阿倍麻呂臣《あへのまろのおみ》と相談し、群臣を集めて大臣の家で宴会を催した。食事が終わって散会する時、大臣は阿倍臣に命令して、群臣に語らせ、

「今、天皇はすでに崩御されたが、後嗣がいない。もし速やかに決定しなかったならば、乱れが起こるのではないかと恐れる。ところで、いずれの王を後嗣とするのがよいか。私は、このように聞いている。推古《すいこ》天皇が病臥された時、まず田村皇子《たむらのみこ》に詔《みことのり》して、

『天下の統治は、天《あま》つ神が委任されたものです。もとより、たやすく口にすることではありません。田村皇子よ、慎んで物事を明察しなさい。怠ってはなりません。』

と仰せられた。次に山背大兄王《やましろのおおえのみこ》には、

『お前一人で、あれこれ言ってはなりません。必ず群臣の言葉に従って、慎んで道を違えぬように。』

と仰せられた。これが天皇の遺言である。さて、いったい誰を天皇とすればよかろう。」

と言った。

群臣は黙ったままであり、再度尋ねたが、答えはなかった。大臣《おおおみ》は強いてさらに尋ねた。すると大伴鯨《おおとものくじらの》連《むらじ》が進み出て、

「天皇の遺命に従うばかりです。群臣の意向を待つこともありません。」

と言った。阿倍臣《あへのおみ》は尋ねて、

「どういうことなのか。その本心をはっきりと語れ。」

と言った。大伴鯨連は、

「天皇は、どのように思われて田村皇子《たむらのみこ》に詔して、

『天下の治国を委任されることは、大業である。怠ってはならぬ。』

と仰せられたのでしょうか。このお言葉によれば、皇位はすでに定まっていると思われます。異議を申す者は誰もいないでしょう。」

と言った。采女臣摩礼志《うねめのおみまれし》・高向臣宇摩《たかむくのおみうま》・中臣連弥気《なかとみのむらじみけ》・難波吉士身刺《なにわのきしむざし》が、

「大伴連《おおとものむらじ》の言葉の通り、まったく異存はありません。」

と言った。これに対して、許勢臣大摩呂《こせのおみおおまろ》・佐伯連東人《さえきのむらじあずまひと》・紀臣塩手《きのおみしおて》が進み出て、

「山背大兄王《やましろのおおえのみこ》を天皇とするべきです。」

と言った。ただ蘇我倉摩呂臣《そがのくらまろのおみ》［またの名は雄当《おまさ》］だけが、

「私は、今すぐに申し上げることはできません。さらに考えた後で申し上げます。」

と言った。大臣は、群臣の意見がまとまらないので、事を成すことはできないと知り退席した。

これより先に、大臣は一人で境部摩理勢臣《さかいべのまりせのおみ》に尋ねて、

「今、天皇は崩御されたが後嗣がいない。さて誰を天皇にしたらよいだろうか。」

と言った。答えて、

「山背大兄を天皇に推します。」

と言った。

山背大兄王《やましろのおおえのみこ》の主張

この時、山背大兄《やましろのおおえ》は斑鳩宮《いかるがのみや》に居られて、議論を漏れ聞いた。すぐに三国王《みくにのおおきみ》・桜井臣和慈古《さくらいのおみわじこ》の二人を遣わし、ひそかに大臣《おおおみ》に語って、

「伝え聞くところによりますと、叔父上《おじうえ》（蝦夷《えみし》）は、田村皇子《たむらのみこ》を天皇に立てようということです。私はこれを聞いて、立ちつ坐りつずっと考えていますが、まだその理由がわかりません。どうか、はっきりと叔父上の考えを聞かせて下さい。」

と仰せられた。大臣は山背大兄の言葉を受け、一人で答えることはできないので、阿倍臣《あへのおみ》・中臣連《なかとみのむらじ》・紀臣《きのおみ》・河辺臣《かわべのおみ》・高向臣《たかむくのおみ》・采女臣《うねめのおみ》・大伴連《おおとものむらじ》・許勢臣《こせのおみ》等を呼んで、詳しく山背大兄の言葉を伝えた。やがてまた大夫《まえつきみ》等に向かって、

「大夫等は斑鳩宮《いかるがのみや》に参上し、山背大兄王《やましろのおおえのみこ》に、

『臣下の私が、どうしてたやすく皇位のことを定めることができましょうか。ただ、天皇の遺詔を群臣に告げただけです。その時群臣はそろって、「天皇の遺言に従えば、田村皇子《たむらのみこ》が当然後継にあたることになります。誰も異議はありません。」と言いました。これは群卿の言葉であり、私の心ではありません。仮

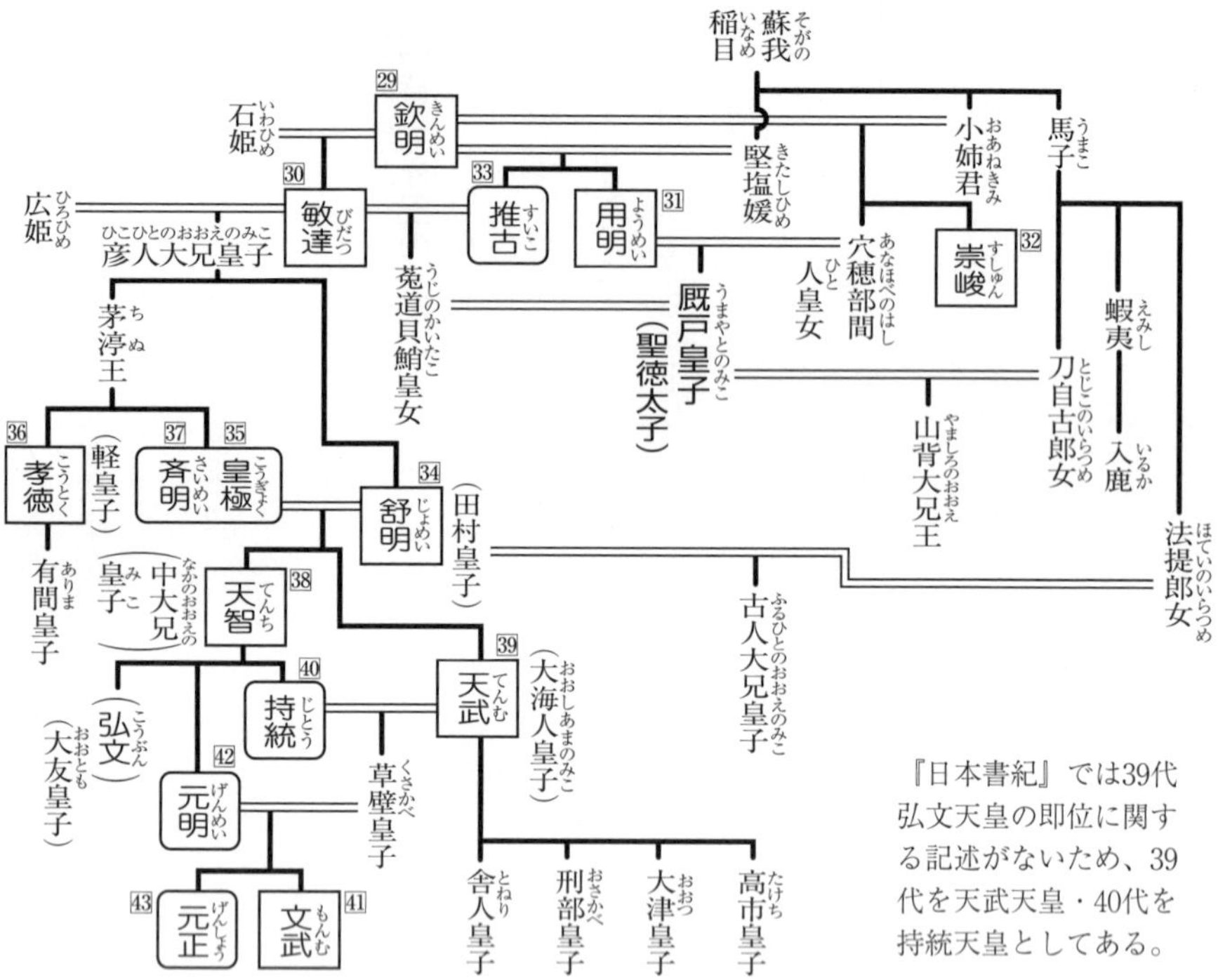

『日本書紀』では39代弘文天皇の即位に関する記述がないため、39代を天武天皇・40代を持統天皇としてある。

に私自身の考えがあるとしても、恐れ多くて人伝には申し上げることはできません。直接お目にかかって申し述べましょう。』

と申し上げるように。」

と言った。

そこで大夫等《まえつきみ》は、大臣の言葉を受けて斑鳩宮に参上し、三国王《みくにのおおきみ》・桜井臣《さくらいのおみ》を通して、山背大兄に申し上げた。大兄王は、大夫等に人を介して、

「天皇の遺詔とは、どのようなものか。」

と尋ねられた。大夫等は、

「私どもは、内容について深いことは知りません。ただし大臣《おおおみ》が語るには、天皇が病臥された時に、田村皇子《たむらのみこ》に詔《みことのり》して、

『国政の行く先のことを、軽々しく言ってはなりません。これからは、発言には慎重を期せよ。怠ってはならぬ。』

と仰せられた。次に大兄王《おおえのおう》に詔して、

『お前は未熟であり、あれこれ言ってはな

らぬ。必ず群臣の言葉に従うように。』

と仰せられた。これは近侍の諸女王や采女《うねめ》等がすべて知っている。また大王《きみ》（山背大兄王）もご承知のことです。」

と申し上げた。大兄王は、

「この遺詔を、誰が聞き知っているのか。」

と尋ねさせた。大夫等は、

「私どもは、それが機密であることゆえ存じません。」

と申し上げた。大兄王は、さらに大夫等に告げさせて、

「親愛なる叔父は私をいたわしく思い、一人の使者でなく重臣等を使わして教え諭された。これは大きな恩愛である。しかし、今群卿が言った天皇の遺命は、私が聞いたことと少し違っている。私は、天皇が病臥されたと聞き、急いで馳せ参じて宮門の近くに控えていた。その時、中臣連《なかとみのむらじ》弥気《みけ》が宮中から退出してきて、

『天皇から、お召しになるとのお言葉です。』

と申したので、すぐに内裏の門に参向した。すると栗隈采女黒女《くるくまのうねめくろめ》が庭に迎え、大殿に案内した。みると、近習の栗下女王《くるもとのひめみこ》を長として、女官の鮪女《しびめ》等八人、合わせて数十人が、天皇の側に控えていた。また、田村皇子《たむらのみこ》もおられた。時に天皇は重態で、私をご覧になることはできなかった。すぐに栗下女王が、

『お召しの山背大兄王《やましろのおおえのみこ》が参りました。』

と申し上げた。すると天皇は身を起こされて詔《みことのり》して、

『私は不徳の身ではあったが、久しく天下の大業に尽くしてきた。今命運も尽き、病のため死は避けられない。お前は元より私の腹心で、寵愛の心は他に比べるものがない。国家の大業の基は、私の治世だけに

限ることではない。本来の責務なのである。お前は未熟ではあるが、慎んで発言せよ。』

と仰せられた。これは控えていた近習の者は、みな知っている。

私はこの大恩をいただき、あるいは恐れ、あるいは悲しみながら、心おどりあがり、どうしてよいかわからなかった。考えてみると、国家の統治はこの上なく重大な仕事であるのに、私は年が若く拙《つたな》い。どうしてこの大任にあたれようか。そこで叔父と群卿等に相談しようと思った。しかし話す時機ではなかったので、今まで言わなかっただけである。

私は先に叔父の病を見舞おうと、京《みやこ》に行って豊浦寺《とゆらでら》に滞在した。この日、天皇は八口采女鮪女《やくちのうねめしびめ》を遣わされ、詔して、

『お前の叔父の蝦夷《えみし》の大臣《おおおみ》は、常にお前のことを心配して、やがてはお前が皇位を継ぐであろうと申していた。それゆえ、慎んで自重するように。』

と仰せられた。これは確かであり、疑いはない。しかし私は、むやみに天下を欲しているわけではない。ただ聞いたことを、明らかにしたいだけである。これは、天神地祇《てんしんちぎ》がみな証明なさっていることである。

こういうわけで、正しく天皇の遺詔を知りたいと思う。また大臣の遣わした群卿は、もとより神威ある矛が二つの中を取ってまっすぐに立てるように、公正に奉仕する人等である。それゆえ、よく叔父に申し上げることができよう。」

と仰せられた。

一方、泊瀬仲王《はつせのなかのみこ》（山背大兄王《やましろのおおえのみこ》の異母弟）は、これとは別に中臣連《なかとみのむらじ》・河辺臣《かわべのおみ》を召して、

「我ら父子（聖徳太子とその子等）は、みな蘇我氏から出ている。これは、天下の知るところである。それで、蘇我大臣を高山のように頼りにしている。どうか皇嗣のことについては、軽々しく言わないでほしい。」

と仰せられた。

さて山背大兄王《やましろのおおえのみこ》は、三国王《みくにのおおきみ》・桜井臣《さくらいのおみ》に命じて、群卿に添え遣わし、

「返事を聞きたいと思います。」

と仰せられた。大臣《おおおみ》は、紀臣《きのおみ》・大伴連《おおとものむらじ》を遣わして、三国王・桜井臣に、

「先日言った通りで、異なることはありません。どうして私が、どの王を軽んじどの王を重んじたりするようなことがありましょうか。」

と答えた。

数日後、山背大兄《やましろのおおえ》はまた大臣の下に桜井臣を遣わして、

「先日の事は、聞いたことを述べただけです。どうして、叔父に背いたりするでしょうか。」

と仰せられた。この日、大臣は病気になり、桜井臣に会って話すことができなかった。

翌日、大臣は桜井臣を呼んで、阿倍臣・中臣連・河辺臣・小墾田臣《おはりたのおみ》・大伴連を遣わし、山背大兄に謹んで、

「欽明《きんめい》天皇の御世よりこの世に至るまで、群卿はみな賢明でした。しかし今、私が愚かであり、たまたま人材が乏しかったために、誤って群臣の上にいるだけです。そのため、皇嗣を定めることができません。この事はきわめて重大事であり、伝言で申し上げるわけにはまいりません。それゆえ、私は老臣であり、大儀ではありますが、直接会って申し上げましょう。ひとえに遺詔を誤らないということです。決して私心をはさむものではありません。」

と申し上げた。

境部臣摩理勢《さかいべのおみまりせ》父子の死

このような情勢の中で大臣は、阿倍臣《あへのおみ》・中臣連《なかとみのむらじ》に伝え、再び境部臣《さかいべのおみ》に尋ねて、

「どの王を、天皇にすればよいだろうか。」

と言った。境部臣は、

「先に大臣《おおおみ》が自ら聞かれた日に、私の考えは申し上げてあります。今また、どうして伝言などする必要がありましょうか。」

と答えた。そして、怒りをあらわに立ち去った。

その時、蘇我氏の諸族等がすべて集まって、馬子大臣《うまこのおおおみ》のために墓を造り、墓所に宿っていた。摩理勢臣《まりせのおみ》は、墓所の廬《いおり》を壊して、蘇我の私有地へ退去し、出仕しなかった。大臣は怒って、身狭君勝牛《むさしのきみかつし》・錦織首赤猪《にしこりのおびとあかい》を遣わして、

「私は、お前の発言の非を知っているが、親族の情義によって殺すことはできない。ただし、人が間違っていてお前が正しいのなら、お前に従おう。もし、人が正しいのにお前が間違っていたら、私は人に従おう。

こういうことであるから、お前が最後まで従わないとすれば、私とお前との間には埋めがたい心のすきまが生ずることになる。そうなると国も乱れ、後世の者は二人で国を損《そこ》なったと言うだろう。そうなっては、不名誉である。お前はよく考え、逆心を起こしてはならぬ。」

と教え諭した。しかし摩理勢臣はなお従わず、ついに斑鳩《いかるが》の泊瀬王《はつせのみこ》の宮に住んだ。大臣はますます怒り、群卿を使わして山背大兄《やましろのおおえ》に請い、

「このごろ、摩理勢《まりせ》は私に背いて、泊瀬王の宮に隠れました。どうか摩理勢をお渡しいただき、その理由を調べたいと思います。」

と申し上げた。大兄王は、

「摩理勢は、もとから聖皇《みかど》（聖徳太子）の好誼《こうぎ》を受けており、しばらく滞在しているだけです。叔父の心に背く事はありません。どうかお咎めにならないでほしい。」

と仰せられた。そして摩理勢に対しては、

「お前は、太子の御恩を忘れず、こちらへ来たことはたいへんいとおしい。しかし、お前一人によって、天下が乱れようとしている。また、太子が臨終の時に子供たちに、

『諸々の悪を行ってはならぬ。諸々の善いことを行え。』

と仰せられた。私はこの言葉を承《うけたまわ》り、長く戒めとしている。それで、自分の感情としては受けがたいことがあっても、辛抱して恨まないようにしている。また私は、叔父に背くことはできない。どうか今後は、体面など難しく考えることなく心を改めよ。群卿に従い、自分勝手に退去してはならない。」

と仰せられた。この時、大夫等もまた、摩理勢臣《まりせのおみ》に、

「大兄王《おおえのみこ》のご命令に違背《いはい》しないように。」

と諭した。

このようにして摩理勢臣は、拠るべき場所を失い、泣いて家に戻り、十日ほどこもっていた。その間に、泊瀬王《はつせのみこ》がにわかに発病して薨じられた。摩理勢臣は、

「私は生きながらえて、いったい誰を頼りとすればいいのか。」

と言った。大臣《おおおみ》は、境部臣《さかいべのおみ》を殺そうとして、兵を動員した。境部臣は、軍勢が迫ってきたことを聞いて、二男の阿椰《あや》を率いて門に出、胡床《こしょう》に坐って待った。そこへ軍勢が押しかけ、来目物部伊区比《くめのもののべのいくひ》に命じられて首を絞め、父子共に死んだ。遺体は、同じ場所に埋めた。ただし長男の毛津《けつ》だけは、尼寺に逃げ隠れた。そこで、二

人の尼を犯した。一人の尼が恨んで表沙汰にした。軍勢は寺を囲んで捕らえようとしたが、毛津は畝傍山《うねびやま》に入った。軍勢はすぐに山を探索した。毛津はもはや逃げ場を失い、自ら頸《くび》を刺して死んだ。時の人は歌を詠んだ。

歌謡一〇五　畝傍山《うねびやま》　木立薄《こたちうす》けど　頼《たの》みかも　毛津《けつ》の若子《わくご》の　籠《こも》らせりけむ

畝傍山は木立が少ないのに、それをも頼みに思って、毛津の若様が籠っておられたのであろうか。（山背《やま》しろの大兄王《おおえのみこ》は徒党も少なく勢力も弱いのに、境部《さかいべ》父子がそれを頼りに身を寄せたことに対する同情の気持ちがこめられている）

即位と外交

元年の正月四日に、大臣《おおおみ》と群卿は共に天皇の璽印《みしるし》を田村皇子《たむらのみこ》に献った。ところが辞退して、

「国家の治政は、重大事である。私は拙《つたな》く、どうしてその任にあたることができましょうや。」

と仰せられた。群臣は伏して強固に要請し、

「先の天皇（推古《すいこ》天皇）は、王をたいへんいとおしくお思いになり、神も人も心を寄せています。皇統を継承され、人々の上に光臨なさるべきです。」

と申し上げた。その日に、天皇の位に即かれた。

四月一日に、田部連《たべのむらじ》［名を欠く］を屋久島《やくしま》に遣わした。この年、太歳《たいさい》は己丑《きちゅう》であった。

二年の正月十二日に、宝皇女《たからのひめみこ》（後の皇極《こうぎょく》・斉明《さいめい》天皇）を皇后とされた。皇后は、二男一女をお生みになった。

長男を、葛城皇子《かずらきのみこ》（後の天智《てんち》天皇）と申し上げる。長女を、間人皇女《はしひとのひめみこ》（孝徳《こうとく》天皇の皇后）と申し上げる。二男を、大海人皇子《おおしあまのみこ》（後の天武《てんむ》天皇）と申し上げる。夫人の蘇我島大臣《そがのしまのおおおみ》の娘法提郎媛《ほてのいらつめ》は、古人皇子《ふるひとのみこ》［またの名は大兄《おおえの》皇子《みこ》］を生んだ。また、吉備国《きびのくに》の蚊屋采女《かやのうねめ》をめとって、蚊屋皇子《かやのみこ》を生んだ。

三月一日に、高麗《こま》の大使宴子抜《あんしはい》・小使若徳《にゃくとく》・百済《くだら》の大使恩率素子《おんそちすし》・小使徳率武徳《とくそちむとく》が朝貢した。

八月五日に、大仁犬上君三田耜《だいにんいぬかみのきみみたすき》・大仁薬師恵日《だいにんくすしえにち》を、大唐に派遣した。

八日に、高麗・百済の客を朝廷で饗応なされた。

九月四日に、高麗・百済の客が帰国した。

この月に、田部連等が屋久島から帰った。

十月十二日に、天皇は飛鳥岡《あすかのおか》のほとりに移られた。これを岡本宮《おかもとのみや》という。

この年に、難波大郡《なにわのおおこおり》と三韓館《さんかんのむろつみ》を改修した。

三年の二月十日に、屋久島の人が来朝した。

三月一日に、百済王義慈《ぎじ》は、王子豊章《ほうしょう》を人質として差し出した。

九月十九日に、津国《つのくに》の有間温湯《ありまのゆ》に行幸された。

十二月十三日に、天皇は温湯からお帰りになった。

四年の八月に、大唐《もろこし》は高表仁《こうひょうじん》を派遣して、三田耜《みたすき》を送らせた。共に、対馬《つしま》に停泊した。この時、学問僧霊《りょう》雲《うん》・僧旻《そうみん》及び勝鳥養《すぐりのとりかい》、新羅《しらぎ》の送使が従った。

十月四日に、唐国《もろこしのくに》の使者高表仁等が難波津《なにわのつ》に停泊した。大伴連馬養《おおとものむらじうまかい》を遣わして、迎えさせた。船三十二艘及び鼓《つづみ》・笛《ふえ》・旗幟《はた》をそれぞれ整え飾った。そこで高表仁に、

「唐の天子の命を受けた使者が、天皇の朝廷を訪れたと聞いて、出迎えるものである。」

と仰せられた。高表仁は、

「風の寒い日に、船を飾り整えて迎えて下さるとは、喜びでありますとともに、恐縮に存じます。」

と申し上げた。そこで、難波吉士小槻《なにわのきしおつき》・大河内直矢伏《おおしこうちのあたいやふし》に命じ、先導として館の前に案内させた。伊岐史乙《いきのふびとおつ》等《と》・難波吉士八牛《なにわのきしやつし》を遣わして、客等を館の中に案内させた。その日に、神酒を饗された。

五年の正月二十六日に、大唐の客高表仁等が帰国した。送使の吉士雄摩呂《きしのおまろ》・黒麻呂《くろまろ》等は、対馬《つしま》に着くとそこから引き返した。

天変地異の続発・天皇崩御

六年の八月に、長い星が南方に見えた。時の人は、彗星と言った。

七年の三月に、彗星《ほうきぼし》が廻って東方に見えた。

六月十日に、百済《くだら》は達率《だちそち》柔等を派遣して朝貢した。

七月七日に、百済の客を朝廷で饗応なされた。

この月に、めでたい蓮《はす》が剣池《つるぎのいけ》（橿原市石川町の石川池）に生えた。一つの茎に二つの花が咲いた。

八年の正月一日に、日蝕《にっしょく》があった。

三月に、采女《うねめ》を犯した者をことごとく取り調べ、みな罰した。この時、三輪君小鷦鷯《みわのきみおさざき》はその調査を苦にして、頸《くび》を刺して死んだ。

五月に、長雨が降り大水が出た。

六月に、岡本宮《おかもとのみや》が炎上した。天皇は、田中宮《たなかのみや》（橿原市田中町）に移り住まれた。

七月一日に、大派王《おおまたのおおきみ》（敏達《びだつ》天皇の皇子）は蝦夷大臣《えみしのおおおみ》に、

「群卿及び百官は、朝廷への出仕をすっかり怠っている。今後は、卯《う》の時の始め（午前五時）に出仕し、巳《み》の時の後（午前十一時）に退出させよ。そのことを、鐘で人々に知らせることを規則とせよ。」

と言った。しかし、大臣は従わなかった。

この年に、たいへんな旱魃《かんばつ》があり、大飢饉となった。

九年の二月二十三日に、大きな星が東から西へ流れ、雷のような音が響いた。時の人は、

「流星の音だ。」

と言った。また、

「地雷《つちいかずち》だ。」

と言った。その時に僧旻《そうみん》は、

「流星ではない。これは天狗《あまつきつね》である。その吠える声が、雷に似ているだけである。」

と言った。

三月二日に、日蝕があった。

この年に、蝦夷《えみし》が背いて参朝しなかった。すぐに大仁上毛野君形名《だいにんかみつけののきみかたな》を将軍として、討伐させた。しかし逆に蝦夷に敗北し、砦に逃げ込み、敵に包囲された。軍衆は皆逃亡して城は空になり、将軍は手の打ちようがなかった。そこで日暮れを待って、垣を越えて逃げようとした。その時に、方名君《かたなのきみ》の妻が嘆いて、

「いまいましいことだ。蝦夷に殺されようとは。」

と言った。続けて夫に、

「あなたの先祖等は、蒼海原《あおうなばら》を渡り、万里を越え、海外の国を平定し、威力ある武勇をもって後世に名を伝えてきました。しかし、今先祖の名を汚すようなことがあれば、必ず後世の笑いものになるでしょう。」

と言った。そして酒を汲んで無理に夫に飲ませ、自らは夫の剣をつけ、十の弓を張り、数十人の女人に命じて弦を鳴らさせた。すると夫も再び立ち上がり、武器を取って進撃した。蝦夷《えみし》は軍衆がまだ多数いると思って、しだいに退いた。すると散っていた軍卒は再び集まり、蝦夷を撃って全員捕虜にした。

十年の七月十九日に、大風が吹いて木を折り、家屋を壊した。

九月に、長雨が降り、桃や李《すもも》の花が咲いた。

十日に、天皇は有間温湯宮《ありまのゆのみや》に行幸された。

この年に、百済《くだら》・新羅《しらぎ》・任那《みまな》がそろって朝貢した。

十一年の正月八日に、天皇が温湯からお帰りになった。

十一日に、新嘗《にいなえ》の儀式を行われた。思うに、有間に行幸されていたので、新嘗を行われなかったからであろうか。

十二日に、雲が無いのに雷が鳴った。

二十二日に、大風が吹いて雨が降った。

二十五日に、長い星が西北に見えた。旻師《みんし》が、

「彗星《ほうきぼし》である。飢饉になるだろう。」

と言った。

七月に詔《みことのり》して、

「今年は、大宮と大寺を建造したい。百済川《くだらがわ》の傍《かたわ》らを宮地とする。」

と仰せられた。こうして西国の民は宮を造り、東国の民は寺を建てた。書直県《ふみのあたいあがた》を大匠《おおたくみ》（建築技師の長）とした。

九月に、大唐《もろこし》に留学した学問僧恵隠《えおん》・恵雲《えうん》が、新羅《しらぎ》の送使に従って京《みやこ》に入った。

十一月一日に、新羅の客を朝廷で饗応なされ、冠位一級を授けられた。

十二月十四日に、伊予温湯宮《いよのゆのみや》（松山市の道後温泉）に行幸された。

この月に、百済川《くだらがわ》のほとりに九重塔を建立した。

十二年の二月七日に、星が月に入った。（凶事の予兆）

四月十六日に、天皇は伊予《いよ》からお帰りになり、厩坂宮《うまやさかのみや》に滞在された。

五月五日に、盛大な斎会《さいえ》を営んだ。僧恵隠《えおん》を招請して、無量寿経《むりょうじゅきょう》を説かせた。

十月十一日に、大唐《もろこし》に留学した学問僧清安《しょうあん》・学生《がくしょう》高向漢人玄理《たかむくのあやひとげんり》が、新羅《しらぎ》を経由して帰国した。百済《くだら》・新羅の朝貢使が、共に従って来朝した。それぞれに爵一級を授けられた。

この月に、天皇は百済宮《くだらのみや》に移られた。

十三年の十月九日に、天皇が百済宮で崩御《ほうぎょ》された。

十八日に、宮の北で殯《もがり》を行った。これを、百済の大殯《おおもがり》と申し上げる。この時、東宮開別皇子《ひらかすわけのみこ》（後の天智《てんち》天皇）は御年十六で誄《しのびごと》を申し述べられた。

巻第二十四　第三十五代　天豊財重日足姫天皇《あめとよたからいかしひたらしひめのすめらみこと》　皇極天皇《こうぎょくてんのう》

皇后の即位・蘇我入鹿《そがのいるか》の権勢

皇極《こうぎょく》天皇は、敏達《びだつ》天皇の曾孫《そうそん》で、押坂彦人大兄皇子《おしさかのひこひとおおえのみこ》の御孫であり、茅渟王《ちぬのおおきみ》の御娘である。母は、吉備姫王《きびひめのおおきみ》と申し上げる。天皇は古来の道を考え、それに従って政治を行われた。舒明《じょめい》天皇の二年に、皇后となられた。

十三年の十月に、舒明《じょめい》天皇が崩御された。

元年の正月十五日に、皇后は天皇の位に即かれた。蘇我蝦夷《そがのえみし》を大臣《おおおみ》とすることは、今まで通りであった。大臣の子入鹿《いるか》［またの名は鞍作《くらつくり》］は、自ら国の政治を執り、その権勢は父に勝っていた。このため盗賊も恐れをなし、道の落とし物さえ拾わなかった。

百済《くだら》と高句麗の内紛

二十九日に、百済に派遣した大仁阿曇連比羅夫《だいにんあずみのむらじひらぶ》が、筑紫国《つくしのくに》から早馬に乗ってきて、

「百済国《くだらのくに》は、天皇が崩御されたと聞き、弔使を派遣いたしました。私は弔使に従って筑紫に到着しましたが、葬儀にお仕えしたいと思い、一人先立って参上しました。今、百済国はたいそう乱れています。」

と申し上げた。

二月二日に、阿曇山背連比羅夫《あずみのやましろのむらじひらぶ》・草壁吉士磐金《くさかべのきしいわかね》・倭漢書直県《やまとのあやのふみのあたいあがた》を、百済の弔使のもとに遣わして、国の状況を尋ねさせた。弔使は、

「百済国主（義慈王《ぎじおう》）は私に、

『百済王の弟で日本《やまと》に来ている塞上《さいじょう》は、いつも悪業を行っている。そのため百済へ帰る使者に付けて帰国させて下さるようにお願いしても、天皇はお許しになるまい。』

と言いました。」

と申し上げた。百済の弔使の従者等は、

「去年の十一月に、大佐平智積《だいさへいちしゃく》が卒去《そっきょ》しました。また百済《くだら》の使者が崑崙《こんろん》（インドシナ半島南東地域）の使者を海中に投げ入れました。今年の正月には、国主の母が薨じました。また弟王子の子翹岐《ぎょうき》と同母の妹の女子四人、内佐平岐味《ないさへいきみ》、高名な人四十余人が島に追放されました。」

と言った。

六日に、高麗《こま》の使者が難波津《なにわのつ》に停泊した。

二十一日に、諸大夫を難波郡《なにわのこおり》に遣わして、高麗国《こまのくに》が献上した金銀など、併せて献上物を吟味点検させた。使者は貢納が終わると、

「去年の六月に、弟王子が薨《こう》じました。九月に、大臣伊梨柯須弥《おおおみいりかすみ》が大王を殺し、併《あわ》せて伊梨渠世斯《いりこせし》等百八十余人を殺しました。そして弟王子の子を国王とし、自分の親族都須流金流《つするこんる》を大臣としました。」

と申し上げた。

二十二日に、高麗《こま》・百済《くだら》の客を難波郡《なにわのこおり》で饗応なされた。天皇は大臣《おおおみ》に詔して、

「津守連大海《つもりのむらじおおあま》を高麗《こま》に、国勝吉士水鶏《くにかつのきしくいな》を百済《くだら》に、草壁吉士真跡《くさかべのきしまと》を新羅《しらぎ》に、坂本吉士長兄《さかもとのきしながえ》を任那《みまな》に、それぞれ派遣させよ。」

と仰せられた。

二十四日に、翹岐《ぎょうき》を召して、阿曇山背連《あずみのやましろのむらじ》の家に住まわせた。

二十五日に、高麗・百済の客を饗応なされた。

二十七日に、高麗・百済の使者が帰国した。

三月三日に、雲がないのに雨が降った。

六日に、新羅《しらぎ》は皇極《こうぎょく》天皇即位祝賀の使者と、舒明《じょめい》天皇崩御の弔使とを派遣した。

十五日に、新羅の使者が帰国した。

この月に、長雨が降った。

四月八日に、大使翹岐《ぎょうき》はその従者を率いて、拝朝した。

十日に、蘇我大臣《そがのおおおみ》は畝傍《うねび》の家に百済《くだら》の翹岐等を呼んで、自ら対面して話をした。そして、良馬一匹・鉄の延べ板二十鋌《てい》を与えられた。しかし、塞上《さいじょう》だけは呼ばなかった。

この月に、長雨が降った。

五月五日に、河内国《こうちのくに》の依網屯倉《よさみのみやけ》の前で、翹岐等を召して射猟を観せた。

十六日に、百済国《くだらのくに》の調使の船と吉士《きし》の船とが、難波津《なにわのつ》に停泊した「思うに、吉士は以前に百済に使いを命じられていたのであろうか」。

十八日に、百済の使者が朝貢し、吉士が復命した。

二十一日に、翹岐《ぎょうき》の従者一人が死去した。

二十二日に、翹岐の子が死去した。この時翹岐と妻とは、子が死んだことを忌み恐れて、決して喪葬の儀に出席しなかった。およそ百済・新羅の風俗では、死者が出ると、父母・兄弟・夫婦・姉妹といえども自分では死者を見ない。このことから考えると、はなはだ無慈悲で禽獣《きんじゅう》と変わるところがない。

二十三日に、稲が初めて実った。

二十四日に、翹岐は妻子を連れて、百済の大井の家に移った。そして人を遣わして、子を石川に葬らせた。

蘇我入鹿《そがのいるか》と天皇の祈雨

六月十六日に、微雨が降った。この月に、大旱魃《かんばつ》になった。

七月九日に、客星《まらひとぼし》（常には見えない星）が、月に入った。（凶事の予兆）

二十二日に、百済の使者大佐平智積《だいさへいちしゃく》を、朝廷で饗応された［ある本によると、百済の使者大佐平智積と子の達率《だちそち》（名を欠く）・恩率軍前《おんそちぐんぜん》とある］。そして、力の強い者に命じて、翹岐《ぎょうき》の前で相撲をとらせた。智積等は、宴会が終わって退席し、翹岐の門を拝礼した。

二十三日に、蘇我臣入鹿《そがのおみいるか》に仕える少年の従者が、白雀《しろすずめ》（祥瑞）の子をつかまえた。この日の同じ時に、ある人が白雀を籠に入れて、蘇我大臣に贈った。

二十五日に、群臣が相談して、

「村々の神職である祝部《はふりべ》の教えに従って、あるいは牛馬を殺して、諸社の神を祭り、あるいはたびたび市を移し、あるいは河の神に祈りましたが、まったく雨乞いの効き目がありません。」

と言った。蘇我大臣は答えて、

「寺々で、大乗経典《だいじょうきょうてん》を転読するがよい。仏の教えのように悔過《けか》（罪過を悔い改め罪報をまぬがれるための儀式）して、仏を敬って雨乞いしよう。」

と言った。

二十七日に、百済《くだら》大寺の南庭で、仏と菩薩の像と四天王の像とを安置し、多くの僧を招請して、大雲経《だいうんきょう》等を読ませた。蘇我大臣は香炉《こうろ》を持ち、焼香して発願した。

二十八日に、微雨が降った。

二十九日は雨乞いができず、読経は中止になった。

八月一日に、天皇は南淵《みなぶち》（明日香村稲淵）の川上に行幸され、四方を跪拝《きはい》し、天を仰いで祈られた。するとたちまち、雷が鳴って大雨が降った。雨は五日間続き、あまねく天下をうるおした［ある本によると、五日間雨が降って、九穀が豊かに実ったという］（九穀とは、黍《もちきび》・稷《うるちきび》・秫《もちあわ》・稲・麻・大豆・小豆・大麦・小麦をいう）。国中の人民は皆喜び、万歳と称え、

「最高の徳をお持ちの天皇であられる。」

と申し上げた。

六日に、百済《くだら》の使者と参官《さんかん》等が帰国することになった。そこで、大船と諸木舟《もろきふね》（多くの木材を接合して造った舟）三艘《そう》を与えられた。この日の夜中に、雷が西南の方角で鳴り、風が吹き雨が降った。参官等が乗った船は、岸に接触して壊れた。

十三日に、小徳《しょうとく》の冠位を百済の人質達率《だちそち》長福《ちょうふく》に授け、中客以下に位一級を授けられ、それぞれに応じた賜物があった。

十五日に、船を百済の参官等に与えて、出発させた。

十六日に、高麗《こま》の使者が帰国した。

二十六日に、百済・新羅の使者が帰国した。

九月三日に、天皇は大臣《おおおみ》に詔して、

「私は、大寺《おおでら》（百済大寺）を建立しようと思う。近江国《おうみのくに》と越国《こしのくに》の人夫を集めるように。」

と仰せられた。また諸国に命じて、船を造らせた。

十九日に、天皇は大臣に詔して、

「この月に始めて十二月までに、宮殿を造ろうと思う。国々から木材を集めるように。ついては、東は遠江《とおとうみ》から西は安芸《あき》まで、宮殿を造る人夫を集めよ。」

と仰せられた。

二十一日に、越のほとりの蝦夷《えみし》数千人が帰服した。

天変地異頻発

十月八日に、地震があり雨が降った。

九日に、地震があった。この夜地震があり、風が吹いた。

十二日に、蝦夷《えみし》を朝廷で饗応なされた。

十五日に、蘇我大臣は蝦夷を家に招き、自ら慰問された。この日に、新羅《しらぎ》の弔使の船と即位祝賀使の船とが壱岐島《いきのしま》に停泊した。

二十四日の夜半に、地震があった。

この月に、夏の政令を行ったので、雲が無いのに雨が降った。

十一月二日に、大雨が降り、雷が鳴った。

五日の夜半に、雷が一回西北の方角で鳴った。

八日に、雷が五回西北の方角で鳴った。

九日、天候は春のように暖かかった。

十日、雨が降った。

十一日、天候は春のように暖かかった。

十三日、雷が一度北の方角で鳴り、風が吹いた。

十六日に、天皇は新嘗《にいなえ》の儀式を行われた。この日に、皇太子・大臣もそれぞれ新嘗の儀式を行った。

十二月一日、天候は春のように暖かかった。

三日、雷が昼に五度鳴り、夜に二度鳴った。

九日、雷が二度東で鳴り、風が吹き雨が降った。

十三日に、初めて舒明《じょめい》天皇の喪葬の礼を行った。この日に、小徳《しょうとく》巨勢臣徳太《こせのおみとこだ》が大派皇子《おおまたのみこ》に代わって誄《しのびごと》を申し述べた。次に小徳粟田臣細目《しょうとくあわたのおみほそめ》が軽皇子《かるのみこ》（後の孝徳天皇）に代わって誄を申し述べた。次に小徳大伴連馬飼《おおとものむらじうまかい》が、大臣《おおおみ》に代わって誄を申し述べた。

十四日に、息長山田公《おきながのやまだのきみ》が歴代天皇が位についた次第を誄申し上げた。

二十日、雷が三度東北の方角で鳴った。

二十一日に、舒明《じょめい》天皇を滑谷岡《なめだにのおか》に葬りまつった。この日に、天皇は小墾田宮《おはりたのみや》に移られた［ある本によると、東宮の南庭の仮の宮殿に移られたという］。

二十三日、雷が一度夜に鳴った。その音は、裂けるようであった。

三十日、天候は春のように暖かかった。

蘇我蝦夷《そがのえみし》・入鹿《いるか》の専横　天変地異

この年に、蘇我大臣蝦夷《そがのおおおみえみし》は自分の祖廟《そびょう》を葛城《かずらき》の高宮《たかみや》に立てて、八佾《やつら》の舞（六十四人による方形の群舞で、これを行うのは天子の特権とされた）をし、歌を詠んだ。

歌謡一〇六　大和《やまと》の　忍《おし》の広瀬《ひろせ》を　渡《わた》らんと　足結手作《あゆいたづく》り　腰作《こしつく》ろうも

蘇我氏の本拠である、大和の忍海の川の広瀬を渡ろうと、足の紐《ひも》を結び、腰帯をしめ、身繕《みつくろ》いすることである。（蘇我氏が、天下を横領しようとするための軍立ちを、祖廟に祈った歌か。）

また、国中の民並びに多くの部曲《かきべ》とを徴発して、あらかじめ双墓《ならびのはか》（二基の円墳が接近して存するもの）を今《いま》城《き》（御所市古瀬水尻）に造った。一つは大陵《おおみささぎ》といって大臣の墓とし、一つは小陵《おみささぎ》といって入鹿臣《いるかのおみ》の墓とした。死後に人を煩わせることのないようにと望んだのである。さらには、すべての上宮《うえのみや》の乳部《みぶ》（皇子女に養育料として授けられた部）の民を集めて、墓地の労役に使った。このため、上宮大娘姫王《うえのみやのいらつめのひめみこ》（聖徳太子の娘）は嘆いて、

「蘇我臣は、国政をほしいままにして、無礼な行いが多い。天に二つの太陽は無く、国に二人の王は無い。どうして自分の意のままに、ことごとく上宮《うえのみや》の部民《べのたみ》を使うのか。」

と言った。これより蘇我大臣《そがのおおおみ》は恨みをかい、ついには蝦夷《えみし》と入鹿《いるか》は滅ぼされた。この年、太歳《たいさい》は壬寅《じんいん》であった。

二年の正月一日の朝に、五色（青・赤・黄・白・黒）の大きな雲が、天に満ち空を覆ったが、東北東の空は途切れていた。青一色の霧が、地面いっぱいに広がった。

十日、大風が吹いた。

二月二十日、桃の花が初めて咲いた。

二十五日、霰《あられ》が降って、草木の花や葉を傷《いた》めた。

この月に、風が吹き雷が鳴り、雹《ひょう》が降った。冬の政令を行ったからである。国内にいる神意を伝える巫覡《かんなぎ》等は、雑木の子枝を折り取って木綿《ゆう》（白い繊維）を掛け垂らして、大臣《おおおみ》が橋を渡る時をうかがい、先を争って神託の微妙な言葉を述べた。巫《かんなぎ》の数はたいへん多く、すべてを聞き取ることはできなかった。

三月十三日に、百済《くだら》の客が宿泊していた難波《なにわのむろつみ》館と民家とが火災にあった。

二十五日、霜が降りて草木の花や葉を傷めた。

この月に、風が吹き雷が鳴り、氷雨が降った。冬の政令を行ったからである。

四月七日、大風が吹いて雨が降った。

八日、風が起こって寒い天気であった。

二十日、西風が吹いて雹《ひょう》が降り、寒い天気だった。人は綿の入った着物を三枚重ね着した。

二十一日に、筑紫《つくし》の大宰《みこともちのつかさ》が急使によって奏上して、

「百済国主の子翹岐《ぎょうき》第王子が、調使と共にやって来ました。」

と申し上げた。

二十五日に、近江国《おうみのくに》から、

「霰《あられ》が降りました。その大きさは、直径一寸（約三センチ強）もありました。」

という奏上があった。

二十八日に、仮の宮から飛鳥板蓋新宮《あすかのいたぶきのにいみや》に移られた。

五月十六日、月蝕があった。

六月十三日に、筑紫の大宰が早馬で奏上して、

「高麗《こま》が、使者を派遣してまいりました。」

と申し上げた。群卿はこれを聞いて、

「高麗《こま》は、舒明《じょめい》天皇の十一年から来朝していないのに、今年になって来朝した。」

と言った。

二十三日に、百済《くだら》からの朝貢船が難波津《なにわのつ》に停泊した。

七月三日に、数人の大夫《まえつきみ》を難波郡《なにわのこおり》に遣わして、百済国の調《みつき》と献上物を点検させた。大夫は調使に、

「進上した国への調は、前例より少ない。大臣への贈物は、去年返した品目と同じである。群卿への贈物にいたっては、まったく持ってきていない。これは前例と違っている。いったい何事か。」

と尋ねた。大使達率《だちそち》自斯《じし》・副使恩率《おんそち》軍善《ぐんぜん》は、

「すみやかに用意いたします。」

と申し上げた。自斯は、人質の達率《だちそち》武子《むし》の子である。

この月に、茨田池《まんだのいけ》の水がひどく濁り、小さな虫が水一面を覆った。その虫は、口が黒く身は白かった。

八月十五日に、茨田池の水が変色して、藍汁《あいのしる》のようだった。死んだ虫が水面を覆った。用水の溝の流れもまた凝り固まり、厚さは三、四寸ばかりであった。大小の魚が、夏にただれ死んだ時のように腐臭を放った。このため食用にはならなかった。

九月六日に、舒明《じょめい》天皇を押坂陵《おしさかのみささぎ》に葬りまつった［ある本によると、舒明天皇を高市天皇《たけちのすめらみこと》とお呼びしたとある］。

十一日に、吉備島《きびのしま》皇祖母命《すめみおやのみこと》（皇極《こうぎょく》天皇の母）が薨去《こうきょ》された。

十七日に、土師《はじの》娑婆連《さばのむらじ》猪手《いて》に詔《みことのり》して、皇祖母命の喪葬の礼を監督させた。天皇は、皇祖母命が病臥されてから喪葬が始まるまで、床のそばを離れず、心をこめて看病された。

十九日に、皇祖母命を檀弓岡《まゆみのおか》に葬りまつった。

この日に、大雨が降り霰《あられ》が降った。

三十日に、皇祖母命《すめみおやのみこと》の墓を造る労役は終わった。そして、臣《おみ》・連《むらじ》・伴造《とものみやつこ》にそれぞれに応じた帛布《きぬ》が下された。

この月に、茨田池《まんだのいけ》の水がしだいに白色に変わり、臭気もなくなった。

十月三日に、群臣・伴造を朝廷の庭で饗応なさり、賜物があった。そして、位を授けることを協議された。その後国司に詔して、

「以前に命じたように、改めることはない。それぞれの任地へ行き、慎んで政治に励むように。」と仰せられた。

六日に、蘇我大臣蝦夷《そがのおおおみえみし》は病気のため参朝しなかった。ひそかに紫冠《むらさきのかんむり》を子入鹿《いるか》に授け、大臣《おおおみ》の位になぞらえた。また入鹿《いるか》の弟を物部大臣《もののべのおおおみ》と呼んだ。大臣の祖母（馬子《うまこ》の妻）は、物部弓削大連《もののべのゆげのおおむらじ》（守屋《もりや》）の妹である。それゆえ、母方の財力によって、世間に威勢を張った。

十二日に、蘇我臣入鹿《そがのおみいるか》は一人で策謀して、上宮《うえのみや》の王等《みこ》（聖徳太子の皇子たち、特に山背大兄王《やましろのおおえのおう》）を廃して、古人大兄《ふるひとのおおえ》（舒明《じょめい》天皇の皇子）を天皇としようとした。その時に童謡《わざうた》があった。

歌謡一〇七　岩《いわ》の上《へ》に　子猿米焼く《こさるこめや》　米《こめ》だにも　食《た》げて通らせ　山羊《かましし》の老翁《おじ》

岩の上で、子猿が米を焼いている。米だけでも食べて通っていらっしゃい。山羊《かもしか》の老翁《おじ》さん。（山羊の老翁を、山背大兄王《やましろのおおえのみこ》になぞらえたもの）［蘇我臣入鹿《そがのおみいるか》は、上宮《うえのみや》の王等《みこ》の威光があるという評判が天下に響

いておられることを深く憎んで、一人臣下としての分限を越えて自身を天皇になぞらえることを策謀した」

この月に、茨田池《まんだのいけ》の水は、もと通り清らかとなった。

入鹿《いるか》が斑鳩《いかるが》を急襲

十一月一日に、蘇我臣入鹿《そがのおみいるか》は小徳《しょうとく》巨勢徳太臣《こせのとこだのおみ》・大仁《だいにん》土師娑婆連《はじのさばのむらじ》を遣わして、山背大兄王《やましろのおおえのみこ》等を斑鳩《いかるが》に襲わせた［ある本によると、巨勢徳太臣・倭馬飼首《やまとのうまかいのおびと》を将軍としたという］。これに対して、下男の三成《みなり》と数十人の舎人《とねり》とが、防戦につとめた。土師娑婆連《はじのさばのむらじ》が矢に当たって死ぬと、群衆は恐れて退却した。軍中の人々は、

「一人で千人に当たるとは、まさに三成《みなり》のことを言うのであろうか。」

と語り合った。山背大兄王は馬の骨を取って、寝殿に投げ置いた。そして、妃と一族を率い、人の見ていない隙をうかがい、胆駒山《いこまのやま》に身を隠された。三輪文屋君《みわのふみやのきみ》・舎人《とねり》田目連《ためのむらじ》とその娘・菟田諸石《うだのもろし》・伊勢阿部堅経《いせのあべのかたふ》が従った。

巨勢徳太臣《こせのとこだのおみ》等は、斑鳩宮《いかるがのみや》を焼いた。その時灰の中に骨を見付け、王が死なれたと思い違いして、包囲を解いて退却した。こうして、山背大兄王等は四、五日のあいだ山に留まったまま、飲食もおできにならなかった。

三輪文屋君《みわのふみやのきみ》は、進み出て勧告し、

「どうか深草屯倉《ふかくさのみやけ》に移り、そこから馬に乗って東国に行き、乳部《みぶ》を本拠として軍隊を起こし、引き返して戦って下さい。そうすれば、必ず勝つことと思います。」

と申し上げた。山背大兄王《やましろのおおえのみこ》等は、

「お前が言うように動いたならば、必ず勝つことだろう。しかし私は心の中で、十年間は人民を使役するまいと思っている。私の一身上のことのために、どうして万民に苦労をかけることができようか。また、後世人民が私に味方したために、戦で自分の父母をなくしたなどと言われることは望まない。戦いに勝ったからといって、どうして丈夫《ますらお》と言えようか。身を捨てて国を固めるならば、これもまた丈夫というべきではなかろうか。」

と仰せられた。

ある人が、はるか山中に上宮《うえのみや》の王等《みこ》を見るや否や、戻って蘇我臣入鹿《そがのおみいるか》に伝えた。入鹿はこれを聞いて愕然《がくぜん》とした。すぐに軍隊を発して、王の居場所を高向臣国押《たかむくのおみくにおし》に教え、

「直ちに山に向かい、王を探し捉えよ。」

と言った。国押《くにおし》は、

「私は天皇の宮を守っておりますので、外に出ることはできません。」

と答えた。入鹿は、自分で行こうとした。その時、古人大兄皇子《ふるひとのおおえのみこ》が息せききってやって来て、

「どこへ行くのか。」

と尋ねられた。入鹿は、詳しくその理由を説明した。古人皇子は、

「鼠は穴に隠れて生き、穴を失えば死ぬという。」（入鹿を鼠にたとえ、入鹿がもし本拠を離れたならば、いかなる難にあうかもしれないとの意）

と仰せられた。これによって、入鹿は行くことをやめ、軍将等を遣わして胆駒山《いこまのやま》を探させた。しかし、ついに見付けることができなかった。

山背大兄王《やましろのおおえのみこ》等は、山中での生活に区切りをつけ、斑鳩寺《いかるがでら》に入られた。軍将等は、兵を率いて寺を包囲した。

山背大兄王は、三輪文屋君《みわのふみやのきみ》を遣わして軍将等に、

「私が兵を起こして入鹿《いるか》を討伐すれば、必ず勝つだろう。しかしながら私一身の為に、万民を殺傷することは欲しない。従って、私一つの身を、入鹿に与える。」

と仰せられ、ついに一族・妃妾《みめ》と共に、自ら首をくくって亡くなられた。

この時、五色の播蓋《ばんがい》がさまざまな伎楽《ぎがく》を伴って空に照り輝き、寺に垂れ下がった。衆人は仰ぎ見て称嘆し、入鹿《いるか》に指し示した。入鹿が見ると、その美しく妙なる播蓋などが、変化して黒雲になった。結局入鹿は、これを見ることができなかった。

蘇我大臣蝦夷《そがのおおおみえみし》は、山背大兄王《やましろのおおえのみこ》等がすべて入鹿に亡されたと聞き、怒りののしって。

「ああ入鹿め、何を愚かにも暴悪なことばかりしているのか。お前の命も危うい。」

と言った。時の人は、前の童謡《わざうた》の答えを解読して、

「『岩《いわ》の上《へ》に』は、上宮《うえのみや》のたとえで、『小猿《こさる》』は、入鹿《いるか》のたとえだ。『米焼《こめや》く』というのは、上宮を焼くということのたとえだ。『米《こめ》だにも、食《た》げて通《とお》らせ、山羊《かましし》の老翁《おじ》』というのは、山背大兄王《やましろのおおえのみこ》が白髪まじりで乱れているので、山羊に似ていることのたとえだ。」

と言った。また、

「山背大兄王が宮を捨てて、深山に隠れたことの先兆である。」

と言った。

この年、百済《くだら》の太子余豊《よほう》が、蜜蜂の巣四枚を三輪山《みわやま》に放して養った。しかし、結局繁殖しなかった。

中大兄《なかのおおえの》皇子《みこ》と中臣《なかとみの》鎌足《かまたり》

三年の正月一日に、中臣鎌子連《なかとみのかまこのむらじ》（後の鎌足《かまたり》）を神祇伯に任じたが、再三固辞して就任しなかった。病気と称して退去し、三島《みしま》（大阪府三島郡島本町・高槻市・茨木市・摂津市・吹田市）に住んだ。この時、軽皇子《かるのみこ》（後の孝徳《こうとく》天皇）が脚を患って参朝なさらなかった。中臣鎌子連は、以前から軽皇子と親交があった。それでその宮に参上して、宿直をしようとした。軽皇子は、中臣鎌子連が心ばえが高く優れており、立ち居振る舞いの侵し難い品位のあることをよく知っていた。そこで寵妃《ちょうき》の阿倍氏《あへし》に、別殿を払い清めて、新しい敷物を高く重ねて席を設け、飲食物を十分にふるまい、特別に敬い重んずるもてなしをなされた。中臣鎌子連は、これらの待遇に感激して、舎人《とねり》に、

「このように特別な恩恵を承《うけたまわ》ることは、以前に望んでいた以上のものがあります。皇子が天下の王となれることに、いったい誰が逆らうことができましょうや。」

と言った［軽皇子が、舎人を鎌子の使い走りに供されたことをいう］。舎人はすぐに鎌子の語ったことを、皇子に申し上げた。皇子は喜び、にっこりと笑われた。

中臣鎌子連《なかとみのかまこのむらじ》は、真心のある正しい人で、世の乱れを正し救済しようとする心があった。そのために蘇我入《そがのいる》鹿《か》が、君臣長幼の序を破り、国家をかすめとろうという野望を懐《いだ》いていることに憤《いきどお》り、王の一族の人々と接しては、次々とその器量を試し、事を成し遂げることができそうな賢王を求めた。そして、心は中大兄《なかのおおえ》に寄せたが、近づく機会が無く、まだ自分の心の底をうちあけることができなかった。

たまたま、中大兄《なかのおおえ》が法興寺《ほうこうじ》の槻《つき》の木の下で打毬《ちょうきゅう》（ホッケーかポロのような球技か）を行った時、中臣鎌子連はその仲間に加わった。そして中大兄の皮鞋《みくつ》が毬《まり》に従って脱げ落ちるのをうかがい、それを手の中に取り持ち、進んで跪《ひざまず》き、謹んで差し出した。中大兄《なかのおおえ》は、それに向かい合って跪き、敬って受け取った。これが縁で、お互

いに親交を重ね、共に思うところを語った。隠し隔ては、まったくなかった。また、二人がしきりに接していることを他人が疑いはしないかと恐れ、共に手に書物を持ち、儒教を南淵《みなぶちの》請安《しょうあん》先生のもとで学んだ。こうして、路上の往復で肩を並べてひそかに策を練った。すべて心おきなく語り合い、考えが一致した。

中臣鎌子連《なかとみのかまこのむらじ》は相談して、

「大事を謀るには、まず内密の助けが必要です。どうか、蘇我倉山田麻呂《そがのくらやまだのまろ》の長女を召し入れて妃とし、姻戚関係を結んで下さい。その後に事情を説明して、共に事を謀りましょう。成功するための、これより近道はありません。」

と申し上げた。中大兄は、これを聞いてたいそう喜ばれ、提案の通りに従われた。

中臣鎌子連は、すぐに自ら赴いて仲立ちとなって婚約を取り決めた。ところが、長女は約束の夜に、一族の者に連れ去られた［一族の者とは、身狭臣《むざしのおみ》をいう］。これによって、倉山田臣《くらやまだのおみ》は憂えかしこまり、天を仰ぎ地に臥してなすすべもなかった。次女は父の様子を不審に思い、

「何を憂い悔いておられるのですか。」

と尋ねた。父は、今までのいきさつを話した。次女は、

「どうか心配なさらないで下さい。私を代わりに進上なされても遅くはないでしょう。」

と言った。父はたいへん喜び、その娘を進上した。娘は、忠誠心をもってお仕えした。次に中臣鎌子連は、佐伯連子麻呂《さえきのむらじこまろ》・葛城稚犬養連網田《かずらきのわかいぬかいのむらじあみた》を中大兄《なかのおおえ》に推挙した。この二人を加え、計画の内容を語った。

蘇我氏滅亡の予兆

三月に、休留《いいどよ》［休留はふくろうである］が豊浦大臣《とゆらのおおおみ》（蝦夷《えみし》）の大津《おおつ》の家の倉に子を生んだ。倭国《やまとのくに》から、

「この頃、菟田郡《うだのこおり》の人押坂直《おしさかのあたい》［名を欠く］が一人の子供を連れて、雪の上で遊び菟田山《うだのやま》に登ったところ、紫のきのこを見つけました。高さは六寸（十八センチ強）余りで、四町ほどに群生していました。子供に取らせ、帰って隣の人に見せました。皆、『知らない』と言い、また毒ではないかと疑いました。押坂直と子供とが煮て食べたところ、たいそう香ばしい味でした。

翌日行ってみると、まったく見当たりません。押坂直と子供とは、きのこの吸い物を食べたので、病気にかからず長生きしました。」

との奏上があった。ある人が、

「おそらく土地の人は芝草《しそう》（霊芝《れいし》）とは知らず、勝手にきのこと言ったのではないか。」

と言った。

六月一日に、大伴馬飼連《おおとものうまかいのむらじ》が百合の花を献上した。その茎の長さは八尺（約二メートル四十二センチ）で、本は別なのに、末は一つに連なっていた。

三日に、志紀上郡《しきのかみのこおり》（奈良県桜井市北半・天理市の一部）から、

「ある人が、三輪山《みわやま》で猿が昼寝しているのを見て、こっそりとその腕をとらえたが、身は傷つけませんでした。猿はなお眠ったまま、歌を詠みました。

歌謡一〇八　向《むか》つ峰《お》に　立てる夫《せ》らが　柔手《にこで》こそ　我が手を取らめ　誰が裂手《さきで》

裂手そもや　我が手取らすもや

向こうの山の男の方の柔らかい手こそ、私の手を取ってもいいけれど、まあこんなにひどく、ひびわれ

したどなたの手が、私の手を取るのでしょうか（入鹿《いるか》の荒々しい手が、山背大兄王《やましろのおおえのみこ》を捕らえたことを意味する）。

その人は、猿の歌を驚き怪しんで、手を放してその場を立ち去りました。これは数年後に、上宮《うえのみや》の王等《みこ》が蘇我入鹿《そがのいるか》に追われて、胆駒山《いこまのやま》で囲まれたことの前兆です。」

との奏上があった。

六日に、剣池《つるぎのいけ》の蓮の中に、一つの茎に二つの花をつけたものがあった。蝦夷大臣《えみしのおおおみ》は、勝手に推量して、

「これは、蘇我臣が栄えんとする瑞兆である。」

と言った。そして金泥でその絵を描き、大法興寺《だいほうこうじ》の丈六の仏に献じた。

この月に、国内の巫覡《かんなぎ》等は、雑木の小枝を折り取って木綿《ゆう》を掛け垂して、大臣が橋を渡る時をうかがい、先を争って神託の微妙な言葉を述べた。巫《かんなぎ》の数がたいへん多く、詳しく聞き取ることができなかった。老人等は、

「時勢が変化する前兆である。」

と言った。時に三首の謡歌があった。

第一首に言う。

歌謡一〇九　遥々《はろはろ》に　言《こと》そ聞《きこ》ゆる　島の藪原《やぶはら》

遥か遠くで話し声が聞こえる、島の藪原で。

第二首に言う。

歌謡一一〇　遠方《おちかた》の　浅野《あさの》の雉《きぎし》　響《とよも》さず　我《われ》は寝しかど　人そ響《とよも》す

遠方の、浅野の雉は鳴きながら飛ぶが、私たちは声を立てないでこっそりと寝たのに、人が見つけてやかましく騒ぎ立てる。

第三首に言う。

歌謡一一一　小林《おばやし》に　我を引《ひき》入れて　奸《せ》し人の　面《おもて》も知らず　家も知らずも

林の中に私を誘い込んで犯した人の、顔も知らない。家も知らない。

秦《はだのかわかつ》 河勝が常世神《とこよのかみ》を打ちこらす

七月に、東国の不尽河《ふじのかわ》のほとりの人大生部多《おおふべのおお》は、虫祭を村里の人に勧めて、

「これは、常世《とこよ》の神である。この神を祭れば、富と長寿が得られる。」

と言った。巫覡《かんなぎ》等は、偽って神託して、

「常世の神を祭れば、貧しい人は富を得、老いた人は若返る。」

と言った。そうして、さかんに人々に家の財宝を捨てるよう勧め、酒を並べ、菜・六種の家畜（馬・牛・羊・

豚・犬・鶏）を道路のそばに列ねて、「新しい富が入ってきた。」と呼ばせた。都の人も田舎の人も、常世の虫を取って神聖な座に置き、歌ったり舞ったりして福を求め、財宝を捨てた。しかしまったく益はなく、損害を受けたり出費がはなはだ多かった。

ここに葛野《かずの》（京都盆地南西部一帯）の秦造《はだのみやつこ》河勝《かわかつ》は、人民が惑わされているのを憎み、大生部多《おおふべのおお》を討った。かの巫覡《かんなぎ》等は恐れて祭を勧めることをやめた。時の人は歌を詠んだ。

歌謡一一二　太秦《うずまさ》は　神とも神と　聞《きこ》え来《く》る　常世《とこよ》の神を　打ち懲《きた》ますも

太秦は、神中の神という常世の神を打ち懲《こ》らされることよ。

この虫は、ふつう橘の木や山椒に生じる。長さは四寸（約十二センチ）余りで大きさは親指ほどである。色は緑で、黒い斑点があり、形は蚕に似ている。

蘇我氏の専横極まる

十一月に、蘇我大臣蝦夷《そがのおおおみえみし》とその子の入鹿臣《いるかのおみ》は、家を甘樫岡《あまかしのおか》に並べて建てた。大臣の家を上の宮門《みかど》と称し、入鹿の家を谷《はさま》の宮門《みかど》といった。子はすべて王子《みこ》と称した。家の外に砦の柵を作り、門の傍らに武器庫を作った。門毎に用水桶を一つ、木の先に鉤《かぎ》をつけたものを数十置いて火災に備えた。剛健な者を選び集めて常備軍とし、家を守らせた。大臣は長直《ながのあたい》に命じて、大丹穂山《おおにほのやま》（高市郡高取町丹生谷の山）に桙削寺《ほこげでら》を造らせた。さらに畝傍《うねび》山《やま》の東に池を掘って砦とし、武器庫を建てて矢を貯えた。常に五十人の兵士を率いて護衛させ、家を出入りした。強力の人を東方の儐従者《しとりべ》といい、宮門に入って仕える氏々の人等を祖子孺者《おやのこわらわ》といった。漢直《あやのあたい》等は、こぞって二つの宮門に仕えた。

四年の正月に、丘の峰つづき、あるいは川辺、あるいは宮殿と寺院の間などで遥かに見えるものがあり、猿のうめき声が聞こえた。十匹か二十匹ほどであった。行ってみると何も見えないが、なお口をすぼめて強く吹き出す声が聞こえた。しかし、その姿を見ることはできなかった『旧本』によると、この年に京《みやこ》を難波《なにわ》に移し、板蓋宮《いたぶきのみや》が廃虚となることの前兆であるという」。時の人は、

「これは、伊勢大神《いせのおおかみ》の使者である。」

と言った。

四月一日に、高麗《こま》に留学した学問僧等が、

「同学の鞍作得志《くらつくりのとくし》は、虎を友としてその術を学び取りました。枯山《かれやま》を青山に変えたり、黄土を白い水に変えたり、種々の奇術を尽くして限りがありません。また虎は針を授けて、

『決して人に知られるな。これで治療すれば、治らない病気はない。』

と言った。はたして言葉通りに、治らない病はありません。得志は、常にその針を柱の中に隠していました。後に虎はその柱を折り、針を取って逃げ去りました。高麗国《こまのくに》は、得志《とくし》の帰国したいという気持ちを知り、毒を与えて殺しました。」

と申し上げた。

大化の改新　蘇我氏滅亡

六月八日に、中大兄《なかのおおえ》はひそかに倉山田麻呂臣《くらやまだのまろのおみ》に、

「三韓《みつのから》（高句麗・百済・新羅）が調《みつき》を進上する日に、必ずお前にその上表文を読み上げてもらうつもりだ。」

と言った。そして、ついに入鹿《いるか》を斬ろうとする計略を話し、麻呂臣は承諾申し上げた。

十二日に、天皇は大極殿《おおあんどの》に出御された。古人大兄《ふるひとのおおえ》がそばに控えた。中臣鎌子連《なかとみのかまこのむらじ》は、蘇我入鹿《そがのいるか》が疑い深い性格で、昼夜剣を身につけていることを知り、俳優《わざおぎ》（こっけいなしぐさで歌舞などする人）を使って、騙《だま》して剣をはずさせようとした。入鹿臣《いるかのおみ》は、笑って剣をはずして入り、着座した。

倉山田麻呂臣《くらやまだのまろのおみ》が玉座《ぎょくざ》の前に進み出て、三韓の上表文を読み上げた。中大兄は衛門府《ゆげいのつかさ》に命じて、一斉に十二の通用門をすべて封鎖し、往来を禁止し、衛門府を一か所に召集して、賞禄を与えるふりをした。中大兄は自ら長槍《ながほこ》を取り、大極殿の脇に隠れた。中臣鎌子連等は、弓矢を持って中大兄を守護した。海犬養連《あまのいぬかいのむらじ》勝麻呂《かつまろ》に命じ、箱の中の二つの剣を佐伯連《さえきのむらじ》子麻呂《こまろ》と葛城稚犬養連《かずらきのわかいぬかいのむらじ》網田《あみた》とに授けさせ、

「よいか、すきを見て一気に斬れ。」

と言った。子麻呂《こまろ》等は、水をかけて飯を流しこんだが、恐怖心のために吐き出した。中臣鎌子連《なかとみのかまこのむらじ》は、大声で励ました。

倉山田麻呂臣《くらやまだのまろのおみ》は、上表文の読み上げも終わろうとするのに、子麻呂等が来ないので不安になり、流れ出る汗で全身がびっしょりになり、声を乱し手を震わせた。鞍作臣《くらつくりのおみ》は怪しんで、

「どうしてそのように震えているのか。」

と尋ねた。山田麻呂は、

「天皇のおそば近いことが恐れ多く、愚かにも汗が流れ出ました。」

と言った。

中大兄は、子麻呂等が入鹿の威勢に恐れて、たじろいで動けないのを見て、

「咄嗟《やあ》」

と声を上げ入鹿に向かい、子麻呂等と共に不意を突いて、剣で入鹿の頭と肩に斬りかかった。入鹿は驚いて席を立った。子麻呂は、剣を振り回し、片足を斬った。入鹿は、転がりながら玉座にたどりつき、頭を下げて、

「皇位に坐《ま》すべきは、天の御子です。私にどんな罪があるのでしょう。どうかお調べ下さい。」

と申し上げた。

天皇はたいそう驚かれ、中大兄に詔《みことのり》して、

「なぜこのような事をするのか。いったい何事なのか。」

と仰せられた。中大兄は地に伏して、

「鞍作《くらつくり》（入鹿《いるか》）は、天皇家をことごとく滅ぼして、皇位を傾けようとしました。どうして天孫を鞍作に代えることができましょうや。」

と申し上げた。天皇は座を立ち、殿中へお入りになられた。佐伯連《さえきのむらじ》子麻呂《こまろ》・稚犬養連《わかいぬかいのむらじ》網田《あみた》が、入鹿臣《いるかのおみ》を斬り殺した。

この日に、雨が降り、あふれた水で庭は水浸しになった。敷物や屏風で、鞍作の屍体を覆った。

古人大兄《ふるひとのおおえ》はこれを見て、私邸に走りこみ、

「韓人《からひと》が、鞍作臣《くらつくりのおみ》を殺した［韓の政事によって、誅殺《ちゅうさつ》されたことをいう］。私は、心が痛む。」

と言った。すぐに寝室に入り、門を閉ざした。

中大兄《なかのおおえ》は法興寺《ほうこうじ》に入り、砦とするべく準備した。諸皇子・諸王・諸卿大夫《まえつきみたち》・臣《おみ》・連《むらじ》・伴造《とものみやつこ》・国造《くにのみやつこ》は、こ

とごとくこれに付き従った。中大兄は人を遣わし、鞍作の屍を、大臣蝦夷《おおおみえみし》に引き渡された。

この時、漢直《あやのあたい》等は一族全員を集め、甲《よろい》を着け武器を持って、大臣を助けて軍陣を設置しようとした。中大《なかのおお》兄《え》は、将軍巨勢徳陀臣《こせのとこだのおみ》を遣わして、天地開闢《てんちかいびゃく》以来の君臣の区別を賊党に説明させ、その立場を知らしめられた。高向臣国押《たかむくのおみくにおし》は、漢直等に、

「我等は、太郎様《たいろうさま》（入鹿《いるか》）の罪によってきっと殺されるだろう。蝦夷大臣《えみしのおおおみ》もまた今日明日のうちに、直ちに誅殺されるのは疑いない。それではいったい誰のために無駄な戦いをして、全員処刑されるのか。」

と言った。そしてすぐ剣をはずし弓を投げ、これを捨て去った。賊徒もまた、これに従って逃げ散った。

十三日に、蘇我臣蝦夷《そがのおみえみし》等は誅殺されるにあたって、天皇記・国記・珍宝をすべて焼いた。船史恵尺《ふねのふびとえさか》は、すばやく焼かれようとしている国記を取り出して、中大兄に奉った。

この日に、蘇我臣蝦夷《そがのおみえみし》と鞍作《くらつくり》の屍《しかばね》を墓に葬ること、また喪にあたって悲しみ泣くことも許した。

ここにある人が、先の第一の謡歌《わざうた》を解説して、

「その歌に、

『遥遥《はろはろ》に　言《こと》そ聞《きこ》ゆる　島の藪原《やぶはら》』

というのは、宮殿を島大臣の家の近くに建て、中大兄と中臣鎌子連とが、ひそかに大義を図って、入鹿を誅殺しようとしたことの前兆である。」

と言った。第二の謡歌については、

「その歌に、

『遠方《おちかた》の　浅野の雉《きぎし》　響《とよも》さず　我《われ》は寝しかど　人そ響《とよも》す』

というのは、上宮《うえのみや》の王《みこ》等が温順な性格のため、まったく罪が無いのに入鹿に殺され、自ら報いることはな

かったが、天が人に誅殺させたことの前兆である。」

と言った。第三の謡歌《わざうた》については、

「その歌に、

『小林《おばやし》に　我《われ》を引入《ひきい》れて　奸《せ》し人の　面《おもて》も知らず　家も知らずも』

というのは、入鹿臣《いるかのおみ》が突然宮中で佐伯《さえきのむらじ》連子麻呂《こまろ》・稚犬養《わかいぬかいのむらじ》連網田《あみた》に斬られたことの前兆である。」

と言った。

十四日に、天皇は皇位を軽皇子《かるのみこ》（孝徳《こうとく》天皇）にお譲りになり、中大兄《なかのおおえ》を皇太子とされた。

巻第二十五　第三十六代　天万豊日天皇《あめよろずとよひのすめらみこと》　孝徳天皇《こうとくてんのう》

古人大兄皇子《ふるひとのおおえのみこ》の出家と天皇即位

孝徳《こうとく》天皇は、皇極《こうぎょく》天皇の同母弟である。仏法を尊び、神道を軽んじられた［生国魂社《いくくにたまのやしろ》（大阪市天王寺区生玉町）の樹を伐られたことなどによる］。人となりは素直で情け深く、学者を好まれ、貴賤を選ばずしきりに恵み深い勅《みことのり》を下された。

皇極天皇四年の六月十四日に、皇極天皇は皇位を中大兄《なかのおおえ》に伝えようと思われ、詔《みことのり》してそのことについて仰せられた。中大兄は退出して、この事を中臣鎌子連《なかとみのかまこのむらじ》に語られた。中臣鎌子連は議《はか》って、

「古人大兄《ふるひとのおおえ》は殿下の兄君、軽皇子《かるのみこ》（孝徳天皇）は殿下の叔父君であられます。今古人大兄がいらっしゃるのに、殿下が天皇の位につかれたならば、人の弟としての謙遜の心に違背《いはい》することになるでしょう。ここはしばらく叔父君を立てて、人民の望みにお応えになるのがよいことではないでしょうか。」

と申し上げた。中大兄は、深くその意見を喜ばれ、内密に天皇に奏上なされた。

皇極天皇は、皇位継承の宝物を軽皇子に授けて譲位された。書面を下して、

「ああ、お前軽皇子。」

と続く譲位のことを仰せられた。軽皇子は再三固辞してますます古人大兄［またの名は古人大市皇子《ふるひとのおおいちのみこ》という］に譲り、「大兄命《おおえのみこと》は、先の天皇（舒明《じょめい》天皇）の御子であり、また年長でもあられます。この二つの理由から、

天位につかれるのにふさわしいと存じます。」

と仰せられた。すると古人大兄は座を下り退き、両手を胸の前で重ね合わせて辞退し、

「天皇の勅旨に従うことにいたします。どうしてわざわざ私に譲ることがありましょうか。私は出家して吉野に入り、仏道を修め勤めて、天皇をお助け申したいと思います。」

と申し上げた。辞退し終わると、身につけていた刀をはずし、土の上に投げ出した。また帳内《とねり》（舎人）に命じて全員の刀をはずさせた。そして自ら法興寺《ほうこうじ》の仏殿と塔との間に詣でて、髪と髯《ひげ》をそり、袈裟《けさ》を着た。

こうして軽皇子《かるのみこ》は、固辞することができないまま壇《たかみくら》にのぼり即位された。この時、大伴長徳連《おおとものながとこのむらじ》［字《あざな》は馬《うま》飼《かい》］は金の靫《ゆき》（矢入れ）を負って壇の右に立った。犬上健部君《いぬかみのたけるべのきみ》は金の靫を負って壇の左に立った。百官の臣《おみ》・連《むらじ》・国造《くにのみやつこ》・伴造《とものみやつこ》・百八十部《ももやそとものお》は列をなして巡り拝んだ。

新政権の発足・大化の年号

この日に、号《みな》を皇極《こうぎょく》天皇に奉って皇祖母尊《すめみおやのみこと》と申し上げ、中大兄《なかのおおえ》を皇太子とした。阿倍内麻呂臣《あへのうちまろのおみ》を左大臣とし、蘇我倉山田石川麻呂臣《そがのくらやまだのいしかわまろのおみ》を右大臣とした。大錦冠《だいきんかん》を中臣鎌子連《なかとみのかまこのむらじ》に授けて内臣《うちのおみ》とし、封戸を若干増加した。中臣鎌子連は忠誠心があり、宰相としての威勢によって、官司の上に立った。そのために、役人の進退や役所の廃置の計画は支持され、物事は成功した。僧旻法師《みんほうし》・高向史玄理《たかむくのふびとげんり》を国博士《くにのはかせ》とした。

十五日に、金策（黄金作りの詔書）を阿倍倉梯麻呂大臣《あへのくらはしまろのおおおみ》と蘇我山田石川麻呂大臣《そがのやまだのいしかわまろのおおおみ》とに下された［ある本によると、練金《れんきん》を下されたとある］。

十九日に、天皇・皇祖母尊・皇太子は、大槻《おおつき》の木の下に群臣を召集して、盟約を結ばせた。［天神地祇《てんしんちぎ》に告げて、「天は覆《おお》い、地は載《の》せる。帝道は、唯一つである。しかるに末代になってから人情が薄

らぎ、君臣は秩序を失った。天は我の手を借りて、暴逆の徒を誅滅した。今ここに真心をもって共に誓う。今後、君は二政を行わず、臣は朝廷に二心を持たない。もしこの誓いに背くようなことがあれば、天変地異が起こり、鬼神や人が誅伐する。これは、日月のように明白である。」

と申し上げた」

皇極天皇四年を改めて、大化《たいか》元年とした。

大化元年の七月二日に、舒明《じょめい》天皇の御娘間人皇女《はしひとのひめみこ》を皇后とし、二人の妃を立てられた。元の妃は、阿倍倉《はへのくら》梯麻呂大臣《はしまろのおおおみ》の娘で小足媛《おたらしひめ》といい、有間皇子《ありまのみこ》を生んだ。次の妃は、蘇我山田石川麻呂大臣《そがのやまだのいしかわまろのおおおみ》の娘で乳娘《ちのいらつめ》という。十日に、高麗《こま》・百済《くだら》・新羅《しらぎ》が共に使者を派遣して朝貢した。百済の調使は任那の使いを兼ねて、任那の調《みつき》を進上した。ただし、百済の大使佐平縁福《さへいえんふく》だけは病気になり、難波津《なにわのつ》の館に留まって京に入らなかった。巨勢徳《こせのとこ》太臣《だのおみ》は、高麗の使者に詔《みことのり》を告げて、

「明神《あきつみかみ》として天下を治められる日本天皇《やまとのすめらみこと》のお言葉があり、

『天皇の使者と、高麗の神の子の使者とのやりとりは、歴史は浅いが将来長く続くだろう。それゆえ、温和な心で末長く継続して往来せよ。』

と仰せられた。」

と言った。また百済の使者に詔を告げ、

「明神として天下を治められる日本天皇のお言葉があり、

『遥か昔の我が皇祖の世に、初めて百済国《くだらのくに》を内官家《うちつみやけ》とされた時は、例えて言えば三本で撚《よ》った綱のように強固であった。中頃は、任那国《みまなのくに》を百済に属国として与えられた。後に、三輪栗隈君東人《みわのくるくまのきみあずまひと》を派遣して任那国の境界を視察させた。よって百済王は、勅《みことのり》のままにその境界をすべて見せた。しかし、今回の調《みつき》には

不足があったので、これを返却する。任那の貢物は、天皇が明らかにご覧になる。今後は、細かく国名と貢上する調の品名とを記せ。佐平《さへい》等は、同じ顔ぶれで再び来朝し、早急にはっきりと返答せよ。今、三輪《みわの》君東人《きみあずまひと》・馬飼造《うまかいのみやつこ》［名を欠く］を重ねて派遣する。』

と仰せられた。」

と言った。また勅があり、

「鬼部達率意斯《きほうだちそちおし》の妻子等を、人質として差し出せ。」

と仰せられた。

十二日に、天皇は阿倍倉梯万侶大臣《あへのくらはしまろのおおおみ》・蘇我石川万侶大臣《そがのいしかわまろのおおおみ》に詔して、

「上古の聖王の跡を遵守し、信義をもって天下を治めよう。」

と仰せられた。

十三日に、天皇は阿倍倉梯麻呂大臣《あへのくらはしまろのおおおみ》・蘇我石川万侶大臣《そがのいしかわまろのおおおみ》に詔して、

「大夫と諸々の伴造《とものみやつこ》等とに、それぞれ喜んで民を働かしめる方法を尋ねよ。」

と仰せられた。

十四日に、蘇我石川麻呂大臣は、

「まず天神地祇《てんしんちぎ》を祭り鎮め、その後に政事を議るのがよろしいと存じます。」

と奏上した。この日に、倭漢直比羅夫《やまとのあやのあたいひらぶ》を尾張国《おわりのくに》に、忌部首子麻呂《いみべのおびとこまろ》を美濃国《みののくに》に遣わして、神供の幣帛《へいはく》を課した。

東国国司の任命

八月五日に、東国の国司を任命した。そして国司等に詔して、

「天神《あまつかみ》のご委任に従って、今初めて日本国内のすべての国々を治めようとしている。国家のすべての公民、大小の豪族の支配する人々を、お前等が任国に赴いて、みな戸籍を作り、また田畑の調査を行え。その園や池を含め水陸の利は、人民と共に分けよ。国司等は、その任国で罪を裁いてはならない。他人から賄賂《わいろ》を取り、人々を貧苦に陥《おとしい》れてはならない。京《みやこ》に上る時は、多くの人民を自分に従わせてはならない。ただ、国造《くにのみやつこ》・郡　領《こおりのみやつこ》だけは従わせることができる。また、公事のために往来する時は、自分の所管地域内の馬に乗り、食事をすることができる。

介《すけ》（次官）以上は、法を遵守すれば、必ず褒賞《ほうしょう》し、法に違反したならば、冠位を降格せよ。判官以下は、他人から賄賂を取ったならば、その二倍を徴収し、さらに軽重によって罪を科する。長官の従者は九人、次官の従者は七人、主典《ふびと》の従者は五人とする。もしこの限度を超えて連れ出た者は、主従共に罪を科せよ。もし名声を求める者が、もともと国造《くにのみやつこ》・伴造《とものみやつこ》・県稲置《あがたのいなき》ではないのに、偽って、

『我が祖先の時代より、この官家《みやけ》を委任され、この地方を治めています。』

と言っても、お前等国司は、詐《いつわ》りをそのまま朝廷に申牒《しんちょう》してはならない。詳しく実状を調べ、その後に報告せよ。また、空地に武器庫を造り、国郡《くにこおり》の刀・甲《よろい》・弓・矢を収集し、辺境の国で近くに蝦夷《えみし》と境を接する場所では、その武器をすべて数え集めて、元の所有者に仮に授けよ。

倭国《やまとのくに》の六県《むつのあがた》（高市《たけち》・葛木《かずらき》・十市《といち》・志貴《しが》・山辺《やまのべ》・曽市《そいち》）に遣わされる者は、戸籍を作り、併せて田畑を調査せよ［墾田の面積と、戸の人民の年齢を調べることをいう］。

お前等国司よ、しっかりと承《うけたまわ》って退出せよ。」

と仰せられた。そして、それぞれに応じて帛布《きぬ》が下された。

鐘匱《かねひつ》・男女・僧尼の規定

この日に、鐘《かね》・匱《ひつ》（箱）を朝廷に設置し、詔《みことのり》して、

「困って訴える人は、もし伴造《とものみやつこ》がいれば、その伴造がまず調べて奏上せよ。一族の長がいれば、その長がまず調べて奏上せよ。もしその伴造・長が訴えを審議せずに、訴えの文を匱《ひつ》に入れてしまうようなことがあれば、その罪で罰する。訴えの文を集める者は、夜明けに文を持参して内裏に奏上せよ。私は年月を記して、群卿に示そう。もし怠って審理せず、あるいは一方におもねって判断を曲げるようなことがあれば、訴える者は鐘をつくがよい。こういうわけで、朝廷に鐘をかけ、匱を置くのである。天下の人民はみな、私の心を知ってほしい。

男女の法については、良民の男・良民の女との間に生まれた子は、その父につけよ。良民の男が婢をめとって生まれた子は、その母につけよ。もし良民の女が奴に嫁いで生まれた子は、その父につけよ。二つの家の奴婢の間に生まれた子は、その母につけよ。寺院の仕丁・使役人の子の場合、良民の法の通りとするが、別に奴婢に入っている場合は、奴婢の法の通りとせよ。

今、人々に法の制定の始まりを示すものである。」

と仰せられた。

八日に、大寺に使者を送り、僧尼を召集し、詔して、

「欽明《きんめい》天皇の十三年の頃に、百済《くだら》の聖明王《せいめいおう》が仏法を我が大倭《やまと》に伝えまつった。この時、群臣は共に伝導しようとしなかった。しかし、蘇我稲目宿禰《そがのいなめのすくね》だけは、仏法を信仰した。天皇は稲目宿禰に詔して、仏法を信奉さ

せた。

敏達《びだつ》天皇の御代に、蘇我馬子宿禰《そがのうまこのすくね》は亡父稲目の態度を敬い従って、釈迦の教えを重んじたが、他の臣は信仰しなかったので、ほとんど亡びそうになった。天皇は馬子宿禰に詔して、仏法を信奉させた。

推古《すいこ》天皇の御代に、馬子宿禰は天皇のために丈六《じょうろく》の刺繍《ししゅう》の仏像・丈六の銅の仏像を造り、仏教を顕揚し僧尼を恭敬した。

私もまた仏教を崇拝し、その大道を広め、豊かにしようと思う。それゆえ、僧狛大法師《こまのだいほうし》・福亮《ふくりょう》・恵雲《えうん》・常安《じょうあん》・霊雲《りょううん》・恵至《えし》・寺主僧旻《みん》・道登《どうとう》・恵隣《えりん》・恵妙《えみょう》を十師とする。別に恵妙法師を百済寺《くだらのてら》の寺主とする。この十師等は、よく多くの僧を教え導き、必ず法に従って仏教の修行をさせよ。

天皇から伴造《とものみやつこ》までが建立している寺で、造営できないものは、私がみな援助しよう。今、寺司等と寺主とを任命する。諸寺を巡行し、僧尼・奴婢《ぬひ》・田畑の実態を調べて、すべてありのままに奏上せよ。」

と仰せられた。そうして来目臣《くめのおみ》［名を欠く］・三輪色夫君《みわのしこぶのきみ》・額田部連甥《ぬかたべのむらじおい》を法頭《ほうず》とした。

古人皇子《ふるひとのみこ》の謀反　難波遷都《なにわせんと》

九月一日に、使者を諸国に遣わし、武器を収めさせた［ある本によると、六月から九月まで、使者を四方の国に遣わして、種々の武器を集めさせたという］。

三日に、古人皇子《ふるひとのみこ》が、蘇我田口臣川掘《そがのたぐちのおみかわほり》・物部朴井連椎子《もののべのえのいのむらじしひ》・吉備笠臣垂《きびのかさのおみしだる》・倭漢文直麻呂《やまとのあやのふみのあたいまろ》・朴市秦《えちのはだの》造《みやつこ》田久津《たくつ》と、謀反を起こした［ある本によると、古人太子という。またある本によると、古人大兄《ふるひとのおおえ》という。この皇子は、吉野山《よしのやま》に入ったので、あるいは吉野太子という］。

十二日に、吉備笠臣垂は中大兄《なかのおおえ》に自首して、

「吉野の古人皇子は、蘇我田口臣川掘等と謀反を企てており、私はその仲間に加わっていました。」と申し上げた［ある本によると、吉備笠臣垂は阿倍大臣《あへのおおおみ》と蘇我大臣《そがのおおおみ》とに、「私は、吉野皇子《よしののみこ》の謀反の仲間に加わっていました。それゆえ、今自首しました。」と申し上げたという］。中大兄《なかのおおえ》はすぐに、菟田朴室古《うだのえのむろのふる》・高麗宮知《こまのみやしり》に命じ、若干の兵士を率いて、古人大市皇子《ふるひとのおおいちのみこ》等を討たせた［ある本によると、十一月三十日に、中大兄は阿倍渠曽倍臣《あへのこそへのおみ》・佐伯部子麻呂《さえきべのこまろ》の二人に命じ、兵士三十人を率いて古人大兄を攻め、古人大兄と子とを斬らせた。その妃妾《みめ》は、自ら首をくって死んだという。ある本によると、十一月に吉野大兄王《よしののおおえのみこ》が謀反を企て、事が発覚して誅殺されたという］。

十九日に、諸国に使者を遣わして、人民の総数を記録させた。そして詔《みことのり》し、「古《いにしえ》より、天皇の御世ごとに名代《なしろ》の民を置いて、天皇の名を後世に伝えてきた。臣《おみ》・連《むらじ》等・伴造《とものみやつこ》・国造《くにのみやつこ》は、それぞれ自分の支配する民を置いてほしいままに使い、また国県《くにあがた》の山海・林野・池田を割いて、自分の財宝とし、争いや戦いの止むことがない。ある者は、数万頃《しろ》（一頃は五坪）の田を併せ持ち、ある者は、針をさすほどの土地もない。調を進上する時に、その臣・連・伴造等は、まず自らの分を収め取り、その後に分けて進上する。宮殿の修理や墓稜の築造の時には、それぞれ自分の民を率いて事に応じて作業するのである。易経《えききょう》に、

『上に損じて下を益す。制度に定めて守らせるなら、賊を失うこともなく、人民を傷つけることもない。』とある。今なお、人民は窮乏しているというのに、勢力のある者は田畑を分割して私有地とし、人民に貸し与えて、毎年その地代を取っている。今後は、土地を貸してはならない。勝手に主人となって、弱小の者を支配してはならない。」と仰せられた。人民は大いに喜んだ。

十二月九日に、天皇は都を難波長柄豊碕《なにわのながらのとよさき》に遷された。老人らは、

「春から夏まで、鼠が難波に向かったのは、都を遷す前兆であったのだ。」

と語った。

二十四日に越国《こしのくに》から、

「海岸に浮かんでいた枯木が、東に向かって流れていきました。砂の上に跡があり、田を耕したような形をしていました。」

との奏上があった。この年、太歳は乙巳《いっし》であった。

改新《かいしん》の詔《みことのり》

二年の正月一日に、賀正の礼が終わると、直ちに改新の詔を告げられた。

「その一にいう。昔の天皇等のお立てになった子代《こしろ》の民や諸所の屯倉《みやけ》、また他に臣《おみ》・連《むらじ》・伴造《とものみやつこ》・国造《くにのみやつこ》・村首《むらのおびと》の所有する部曲《かきべ》の民や諸所の豪族の経営する土地を廃止する。ついては、大夫以上にはそれぞれに応じた食封《へひと》が下される。官人・人民には、それぞれに応じて布帛《きぬ》が下される。また、大夫は人民を治める者であり、よくその統治に心がけていれば、人民は信頼する。それゆえ、賜禄を重くするのは、民のためにすることなのである。

その二にいう。初めて京《みやこ》を整え、畿内《きない》の国司・郡司・関塞《せきそく》（関守）・斥候《うかみ》（情況を視察する兵）・防人《さきもり》・駅馬・伝馬を置き、鈴と木契《もっけい》を作り、山河を境として区画を定めよ。

およそ京には坊《まち》ごとに長《おさ》一人、四坊に令《うながし》一人を置いて、戸口を調査し、犯罪を監視せよ。その坊令《まちのうながし》には、坊の中で潔白にして正直であり、心が強く、任務に堪え得る者を選任せよ。里と坊との長には、そこに住む

民で、心清らかにして剛直な者を選任せよ。もしその里と坊に適任者がいなければ、近隣から選び用いることを許す。

さて畿内《きない》とは、東は名墾《なばり》の横河《よこかわ》、南は紀伊《き》の兄山《せのやま》、西は赤石《あかし》の櫛淵《くしふち》、北は近江《おうみ》の狭々波《さ さなみ》の合坂山《おうさかやま》以内とする。郡《こおり》は、四十里を大郡とし、三十里以下四里を中郡とし、三里を小郡とせよ。その郡司には、国造《くにのみやつこ》のうち清廉な人がらで任務に堪え得る者を選んで、大領・小領とし、心強く聡明俊敏で、書と算に長《た》けている者を、主政《まつりごとひと》・主帳《ふみひと》とせよ。

駅馬・伝馬の給付は、みな鈴・伝符の剋《こく》数に従え。諸国と関には、鈴と木契《もっけい》を給付するが、いずれも長官が管理せよ。長官がいなければ、次官が管理せよ。

その三にいう。初めて戸籍・計帳・班田収授《はんでんしゅうじゅ》の法を作れ。五十戸を里とし、里ごとに長を一人置く。長は戸口を調査し、農耕や養蚕を殖《ふ》やすよう命じ、法に違反する者を取り締り、賦役を催促せよ。もし山や谷が険しく、遠隔地で住む人もまれな所は、場所に応じて処理せよ。

田は、長さ三十歩《ぶ》（一歩は約百七十八センチ）、広さ十二歩を一段《たん》とし、十段を一町《ちょう》とせよ。一段ごとに租《そ》稲《とう》二束《そく》二把《は》、一町ごとに租稲二十二束とせよ。

その四にいう。旧来の賦役《ふやく》をやめて、田の調《ちょう》を施行せよ。絹《かとり》・絁《あしぎぬ》（目の粗い絹）・糸・綿は、どれでもその地方に産出するものでよい。田一町につき、絹なら一丈（約三メートル）、四町で一疋《ひき》となる。絁一疋は、長さ四丈、広さは二尺半である。絁なら二丈、二町で一疋となる。一疋は、長さ広さは絹と同じである。布なら四丈、その長さ広さは絹・絁と同じである。一町で一端《たん》となる［糸・綿のそれぞれの重さの単位については諸所にみえない］。

田の調とは別に、戸ごとに調を収納させよ。一戸につき、上質の麻布一丈二尺（約三・六メートル）とする。調の付加税である塩と贄《にえ》（山野・河海からの収穫物）もその地方に産出するものでよい。官馬については、中程度の馬なら、百戸ごとに一匹、良馬ならば、二百戸に一匹を差し出せ。その馬に代わる税は、一戸につき布一丈二尺である。武器については、各自刀・甲《よろい》・弓・矢・幡《はた》・鼓を差し出せ。仕丁《つかえのよぼろ》については、今まで三十戸ごとに一人であったのを改めて［一人を廝《くりや》（台所）にあてる］、五十戸ごとに一人とし［一人を廝にあてる］、諸司にあてる。五十戸で、仕丁一人の食糧を負担せよ。一戸ごとに、庸布《ようふ》一丈二尺、庸米《ようまい》五斗（一斗は十升）である。采女《うねめ》については、郡《こおり》の小領以上の姉妹及び子女で、容姿端麗な者を貢上せよ［従丁《ともよぼろ》一人、従女《ともめわらわ》二人である］。百戸で采女一人の食糧を負担せよ。庸布・庸米は、みな仕丁に準ぜよ。」

この月に、天皇は子代離宮《こしろのかりみや》に出御された。使者を遣わして、諸国に詔して武器庫を造らせた。蝦夷《えみし》が帰順した［ある本によると、難波狭屋部邑《なにわのさやべのむら》の子代屯倉《こしろのみやけ》を壊して、行宮《かりみや》を建てたという］。

鐘匱の活用

二月十五日に、天皇は離宮の東門に行かれ、蘇我右大臣に詔を告げさせて、

「明神《あきつみかみ》として天下を治める日本倭根子天皇《やまとねこのすめらみこと》が、集まり控える卿《まえつきみ》等・臣《おみ》・連《むらじ》・国造《くにのみやつこ》・伴造《とものみやつこ》及び諸々の人々に、

『私が聞くところによると、賢明な君主が民を治められるのに、鐘を門にかけ、人民の苦しみを理解し、家を往来に造って、道行く人の誹謗を聞く。草刈や木樵《きこり》の話といえども、耳を傾けて師とするということである。これによって、私は先に、

「古《いにしえ》の君主の治政は、善言を進める人には旗の下でこれを説かせ、政治の過失は橋の上の木に書かせた。これらは政道を広め、諫《いさ》める人を迎えるためである。広く下の者に、意見を問うためである。

管子《かんし》によると、黄帝《こうてい》は明堂《めいどう》で政を議論したので、上は賢人をよく観察し、尭《ぎょう》は政治を聴く室を設け、政を諮問したので、下は民衆の声を聴いた。舜《しゅん》は善言を告げる者のために旗を立てて顕彰し、禹《う》は朝廷に諫言《かんげん》の太鼓を置いて、人民の質問や要望に備えた。湯《とう》は四方から集まる道路のかたわらに庭を造り、往来する人々の非難の声を知り、武王《ぶおう》は、天文・気象の観測に用いた台の近くに園を造り、賢者を重用した。これが古の聖帝明王が国を保ち、繁栄を得て亡ぶことがなかった理由である、ということである。

こういうわけで、鐘をかけ匱《ひつ》を設置して、上表文を回収する人を任命した。困った人や諫言する人は、上表文を匱に納める。上表文を回収する人に詔して、毎朝奏請させる。私はそれを群卿に示して、調査させるので、どうか滞留させせないようにしてほしい。もし群卿等が、怠って懇切な対応をしなかったり、おもねって片方だけに味方をしたり、または私が諫言を聴き入れない場合に、困って訴えようと思う人は鐘をつけばよい。」

という詔を下した。

こうして人民が清き直き心で、国を思う気風が生じ、切に諫言しようとする陳状を、設置された匱の中に納めた。それで、今ここに集まり控えている人民に顕示する。

その上表文によると、

「国家の使役に奉仕するために上京した人民を、あちこちの官司が留めて雑役に使っている。」

ということである。私もまた、気の毒に思う。人民もまさかこのようになろうとは思っていなかったことだろう。都を移して間もなく、まるで旅の客のようである。このため人手を必要とし、やむを得ず使役したのである。これを思うたびに、安眠できないでいた。私はこの上表文を、大いに賞嘆するものである。そこで諫言に従って、所々の雑役をやめよう。先に、

「諫言する者は名を記せ」

と詔した。それを勅命に従わないのは、私利を求めるのではなく国を助けようとの気持ちからであろうか。記名するとしないとにかかわらず、私の落度や気付かないことを諫めてほしい。』

と詔した。」

と仰せられた。

また詔して、

「集まり控える国民は、多くの訴えごとを持っている。今まさに審理を始めようと思う。判決の宣下を、心して聞くがよい。納得のいかないことに決着をつけようと上京して朝廷に参集した者は、しばらく退散せずに、朝廷で待機せよ。」

と仰せられた。高麗《こま》・百済《くだら》・任那《みまな》・新羅《しらぎ》が、共に使者を派遣して朝貢した。

二十二日に、天皇は子代離宮《こしろのかりみや》からお帰りになられた。

東国国司の処罰

三月二日に、東国の国司等に詔して、

「集まり控える群卿大夫《まえつきみたち》及び臣《おみ》・連《むらじ》・国造《くにのみやつこ》・伴造《とものみやつこ》、併せて諸々の人民等、皆よく聴くがよい。そもそも天地の間に、君主として万民を治めることは、一人でできるものではない。臣の補佐が必要である。このため代々の我が皇祖等は、お前等の先祖と共に治めてこられた。

私もまた神のご加護をいただいて、お前等と共に治めたいと思う。それゆえ、先に良家の大夫《まえつきみ》に、東方の八道を治めさせた。すでに国司が任国に赴き、六人は法を奉じ、二人は違反したとの、そしりと誉れがそれぞれに伝わってきている。私は、法を遵奉《じゅんぽう》する者をほめ、法に違反する者を憎む。民を治めようとする者は、君主と臣下とにかかわらず、まず自分が身を正して、後に人を正すべきである。もし自分が正しくなければ、どうして人を正すことができようか。このことから、自らが正しくない者は、君主と臣下とにかかわらず、罰を受けるであろう。慎まねばならない。お前等が身を正しくして人々を導けば、誰もが正しくなろう。今、先の勅に従って、国司等を処断せよ。」

と仰せられた。

十九日に、朝廷に集まった東国の使者等に詔して、

「集まり控える群卿大夫《まえつきみたち》及び国造《くにのみやつこ》・伴造《とものみやつこ》、併せて諸々の人民等皆承《うけたまわ》れ。去年の八月に、私が自ら教えて、

『官の権勢によって、公私の物を取ってはならない。自分の所管地内の食物を食べ、馬に乗れ。もしこの教示に違反すれば、次官以上はその冠位を降格し、主典《ふびと》以下は笞杖《ちじょう》の刑（身体をたたく刑）とする。不当に自分の身に収める物は、その倍にして取り立てよ。』

と告げた。詔はこの通りであった。今、朝廷に集まる使者及び諸国造等に、

『国司は任地に赴いて、教示したことを守っているかどうか。』

と尋ねた。すると朝集使等は、詳しくその状況を述べて、

『穂積臣咋《ほづみのおみくい》が犯したことは、人民に戸ごとに物を求めたことです。後に悔いて返しましたが、全部ではありません。その介富制臣《すけふせのおみ》［名を欠く］・巨勢臣紫檀《こせのおみしたの》の二人の過失は、その上官を正さなかったことです。すべてこれより下位の官人も、皆過失があります。

巨勢徳禰臣《こせのとこねのおみ》が犯したことは、人民に戸ごとに物を求めたことです。後に悔いて返しましたが、全部では

ありません。次に田部《たべ》の馬を奪ったことです。その介朴井連《すけえのいのむらじ》・押坂連《おしさかのむらじ》［共に名を欠く］の二人は、上官の過失を正さず、かえって共犯して自己の利益を求めました。次に、国造《くにのみやつこ》の馬を奪いました。台直須《うてなのあたいす》弥《み》は、初めは上官を諌めましたが、ついには共に汚れてしまいました。すべてこれより下位の官人も皆過失があります。

紀麻利耆拖臣《きのまりきたのおみ》が犯したことは、人を朝倉君《あさくらのきみ》・井上君《いのうえのきみ》の二人のもとへ送り、その馬を引いて来させたことです。次に朝倉君に、刀を作らせました。次に、朝倉君の弓や布を取りました。次に、国造《くにのみやつこ》が送った武器として用いる物を、きちんと主に返すべきところ、いいかげんに国造に渡しました。次に、任国において刀を盗まれ、倭国《やまとのくに》でもまた刀を盗まれました。これらは、紀臣《きのおみ》本人とその介三輪君大口《すけみわのきみおおくち》・河辺臣百《かわべのおみもも》依《より》等の過失です。これより下位の官人河辺臣磯泊《かわべのおみしはつ》・丹比深目《たじひのふかめ》・百舌鳥長兄《もずのながえ》・葛城福草《かずらきのさきくさ》・難波癖亀《なにわのくいかめ》・犬養《いぬかいの》五十君《いきみ》・伊岐史麻呂《いきのふびとまろ》・丹比大眼《たじひのおおめ》の八人も、皆過失があります。

阿曇連《あずみのむらじ》［名を欠く］が犯したことは、和徳史《わとこのふびと》が病気になった時、国造《くにのみやつこ》に言って官物を送らせたことです。次に、湯部《ゆべ》（皇子・皇女の養育費用を出すために置かれた部）の馬を奪ったことです。介膳部臣百依《すけかしわでのおみももより》が犯したことは、草代《くさしろ》（朝廷の牧の牧草）を、自分の家に収め置いてしまったことです。次に、国造の馬を奪って、他人の馬とすり替えて来ました。河辺臣磐管《かわべのおみいわつつ》・湯麻呂《ゆまろ》の兄弟二人もまた、過失があります。

大市連《おおいちのむらじ》［名を欠く］が犯したことは、先の詔に違反したことです。先の詔に、

「国司等は、任地で民の訴えを自分で裁断してはならない。」

と仰せられました。この詔に違反して、菟礪人《うとのひと》の訴えと中臣徳《なかとみのとこ》の奴《やっこ》の事件について、自分で判決しました。中臣徳もまた同罪です。

涯田臣《きしたのおみ》［名を欠く］の過失は、倭国《やまとのくに》にあって、官の刀を盗まれたことです。これは不謹慎です。小《お》

緑臣《みどりのおみ》・丹波臣《たにはのおみ》［共に名を欠く］は未熟ではありますが、罪を犯してはおりません。忌部木菓《いみべのこのみ》・中臣連《なかとみのむらじ》正月《むつき》は、共に過失があります。羽田臣《はたのおみ》・田口臣《たぐちのおみ》［名を欠く］は、共に過失がありません。平群臣《へぐりのおみ》［名を欠く］が犯したことは、三国人《みくにのひと》（越の国）の訴えがあったのに、まだ審問していないことです。』

と申した。これらをみると、紀麻利耆拕臣《きのまりきたのおみ》・巨勢徳禰臣《こせのとこねのおみ》・穂積咋臣《ほづみのくいのおみ》、お前等三人は怠慢で未熟である。このような詔に対する違反を思うと、どうして心を苦しめないことがあろうか。君臣となって、人民を養い治める者は、自ら身を正して人を導けば、誰が不正を行ったりしようか。もし君や臣が心を正さなければ、まさにその罪を受けなくてはならない。後で悔やんでも遅い。

このようなわけで、諸国司については、過失の軽重に従って判断し処罰しよう。また諸国造《くにのみやつこ》は、詔に違反して財貨を自分の国司に送り、ついには共犯して利益を求め、常に邪心を抱いている。処罰をしないわけにはいかない。

このように思っているが、新宮に住まいして初めて、今年は諸神に幣《みてぐら》を奉納する年に当たっている。また農事の月で、人民を使ってはならないが、新宮を造営したために、まことにやむを得ない。この二つのことに深く思いをいたし、天下に大赦《たいしゃ》を行う。

今後、国司・郡司は勉め励み、放逸《ほういつ》に流れてはならない。使者を遣わして、諸国の流人及び獄中の囚人を一斉に皆放免せよ。

別に、塩屋鯯魚《しおやのこのしろ》・神社福草《かんこそのさきくさ》、朝倉君《あさくらのきみ》・椀子連《まりこのむらじ》・三河大伴直《みかわおおとものあたい》・蘆尾直《すすきおのあたい》［四人は皆名を欠く］この六人は、天皇の命令を遵奉した。私は、それを讃える。

官司の所々の屯田《みた》及び吉備島皇祖母《きびのしまのすめみおや》（皇極《こうぎょく》天皇の母）の所々の貸稲《いらしのいね》（稲を貸して利息をとる）を廃止せよ。

屯田は、諸臣及び伴造《とものみやつこ》等に分け与えよ。また寺籍から脱落している寺に、田と山を入れよ。」

と仰せられた。

皇太子が私地私民を献上

二十日に、皇太子は使者を遣わし奏請させて、

「昔の天皇等の御世には、天下を差別なく一体として治められました。今に及んでは、天下の人民がばらばらとなり、国家としての統一を失っております［国の仕事を言うのである］。天皇である我が君は、万民を養うべき時運にあたり、天も人も相応じ、その政治は刷新されようとしています。このゆえに、喜び尊んで大切な事として、崇めまつっております。現神《あきつみかみ》として八島国《やしまぐに》を治める天皇《すめらみこと》は私に問われて、

『諸々の臣《おみ》・連《むらじ》及び伴造《とものみやつこ》・国造《くにのみやつこ》が所有する、昔の天皇の御世に置かれた子代入部《こしろいりべ》、皇子等が私有する御名入部《みないりべ》、天皇の祖父大兄《おおえ》の御名入部《みないりべ》［彦人大兄《ひこひとのおおえ》をいう］及びその屯倉《みやけ》は、なお昔のように置くのかどうか。』

と仰せられました。私は勤んで詔を承り、

『天に二つの太陽は無く、国に二人の王は有りません。このゆえに、天下を統一して、万民を使役できるのは、ただ天皇だけです。別に入部《いりべ》及び封じられた民の中から仕丁《つかえのよぼろ》にあてることは、先の配分に従います。これ以外に、私的に使役するおそれがありますので、入部五百二十四人・屯倉《みやけ》百八十一か所を献上いたします。』

と申し上げます。」

と仰せられた。

薄葬令　旧俗廃止

二十二日に詔して、

「私が聞くところによると、西土《せいど》の君主はその民を戒めて、

『古《いにしえ》の葬は、丘陵を墓とした。土を盛り上げずに、木も植えなかった。棺は骨を朽ちさせる程度、衣服は肉体を腐らせる程度であった。それゆえ私は、丘であって開墾できない土地に墓地を営み、世が替わった後には、その場所がわからないようにしたい。金・銀・銅・鉄を埋蔵してはならない。もっぱら瓦のもので、昔の泥で作った車や、草を束ねて作った人形の代わりとせよ。棺は、板の合わせ目に漆を塗るのは、三年に一度でよい。死者の口に珠玉を含ませる習慣はやめよ。珠飾りの箱を施してはならない。それらは、多くの愚かな俗人がすることである。』

と言ったという。また、

『葬るということは、隠すことである。人が見ることのできないようにしたいものだ。』

と言ったという。

このごろ、我が人民が貧窮しているのは、ひとえに墓の造営のためである。今、この墓制について述べ、尊卑の区別を明らかにする。

王以上の墓は、その内の長さは九尺（一尺は約三十センチ）幅は五尺、外域は縦横九尋《ひろ》（一尋は両手を広げた長さ）、高さは五尋、労夫は千人で、七日で終わらせよ。葬礼の時の帷帳《かたびらかきしろ》（棺のおおい）などには、白布を用いる。棺を乗せる車を使用する。

上臣（左右大臣か）の墓は、その内の長さ・幅及び高さは、みな上に準ずる。その外域は、縦横七尋、高さは三尋、労夫は五百人で、五日で終わらせよ。葬礼の時の帷帳は、白布を用いよ。棺は、担って行け［思

薄葬令

身分／項目	王以上	上臣	下臣	大仁・小仁	大礼・小智	庶民
石室	長さ九尺（高さ五尺）広さ五尺	同上	同上	長さ九尺（高さ四尺）広さ四尺	同上	なし
墳丘	方九尋 高さ五尋	方七尋 高さ三尋	方五尋 高さ二尋半	なし	なし	なし
労夫	千人	五百人	二百五十人	百人	五十人	（なし）
日数	七日	五日	三日	一日	一日	一日未満
葬具	帷帳等に白布 轜《き》車《くるま》	同上 担う	同上	同上	同上	帷帳等に麁布《あらぬの》

うにこれは、肩で輿を担って送るということであろうか」。

下臣の墓は、その内の長さ・幅及び高さは、みな上に準ずる。その外域は、縦横五尋、高さは二尋半、労夫は二百五十人で、三日で終わらせよ。葬礼の帷帳に白布を用いることは、また上と同じである。

大仁《だいにん》・小仁《しょうにん》の墓は、その内の長さは九尺、幅と高さはそれぞれ四尺、封土を築かず平らにし、労夫は百人で、一日で終わらせよ。

大礼以下小智以上の墓は、みな大仁に準ずる。労夫は五十人で、一日で終わらせよ。

大礼《だいらい》以下小智《しょうち》以上の墓はすべて、小さな石を用いよ。帷帳などは、白布を用いよ。

庶民が死んだ時は、地中に埋めよ。葬礼の帷帳などは、粗布を用いよ。一日たりとも放置してはならない。

王以下庶民に至るまで、すべて殯《もがり》の建物を造ってはならない。畿内から諸国に至るまで、一定の場所を決めて埋葬し、諸所に分散してはならない。人が死去した時に、殉死《じゅんし》したりさせたり、また無理やり死者の馬を殉死させたり、宝物を墓に埋蔵したり、髪を切り股を刺して誄《しのびごと》する。このような旧俗は、一切禁止せよ

［ある本によると、金・銀・錦《にしき》・綾《あや》・五色の綵《しみのきぬ》を埋蔵してはならないとある。また、諸臣から庶民まですべて、金・銀を用いてはいけないとある］。もし詔に違反すれば、必ずその一族を処罰する。

さてまた第一に、見たのに見ないと言い、見ないのに見たと言う。聞いたのに聞かないと言い、聞かないのに聞いたという者がいる。正しく語り、正しく見ることがまったくなく、巧みに偽る者が多い。

第二に、奴婢《ぬひ》が貧窮な主人を欺き、自ら権勢のある家に行き、生活の糧を求める。権勢のある家では、強引に奴婢を買い留めて、本来の主人に返さない者が多い。

第三に、妻妾が夫に離婚された場合に、年を経た後、他の男と結婚するのは世の人の常例である。ところが、この前夫が、三、四年後に後の夫の財物を要求して、自分の利益とする者がはなはだ多い。

第四に、権勢を誇っている男が、みだりに他家の娘と契り、まだ家に迎え入れない間に、娘が他の男と結婚した場合、そのみだりに契った男は怒って両家の財物を求め、自分の利益とする者がはなはだ多い。

第五に、未亡人があるいは十年または二十年を経て、人と結婚して妻となる時や、まだ結婚していない娘が初めて人に嫁ぐ時に、これらの夫婦をねたんで、祓除《はらえ》をさせて品物を取ることが多い。

第六に、妻に嫌われ去られてしまった夫が、ひどく恥じ悩まされ、かえって妻を離縁したように見せかけて、強引に奴婢《ぬひ》としてしまう者がいる。

第七に、しばしば自分の妻が他の男と通じたと疑い、好んで官庁に行って判決を請う者がいる。たとえ三人の明らかな証人がいても、共にはっきり陳述させ、その後に申し出るべきである。どうしてみだりに訴訟を起こすのであろうか。

第八に、労役に使われた辺境地の民が帰郷する日に、突然病気となり、路頭で死ぬ。するとその傍らの家の者が、

『どうして私の家の前で、人を死なせたのか。』

と言って、死者の仲間を留め、強引に祓除《はらえ》の償《つぐな》いを要求する。このために兄が路頭で死んでも、弟は屍を引き取らないことが多い。

第九に、民が川で溺死《できし》し、それを見た者が、

『どうして私を、溺死人に会わせたのか。』

と言って、溺死者の仲間を留めて、強引に祓除《はらえ》の償《つぐな》いを要求する。このために、兄が川で溺死しても、弟は救おうとしないことが多い。

第十に、労役に使われた民が、路頭で炊飯《すいはん》する。すると傍《かたわ》らの家の者が、

『どうして勝手に、私の家の前で炊飯するのか。』

と言って、強引に祓除の償いを要求する。

第十一に、民が人から甑《こしき》を借りて炊飯した時に、その甑が物に触れて覆《くつがえ》る。すると甑の持ち主は、祓除の償いを要求する。このようなことは、愚かな俗人がすることである。今ここに、すべて禁止する。二度とさせてはならない。

第十二に、民が上京に際して、乗っている馬がやせ疲れて動かなることを恐れ、布二尋《ひろ》・麻二束《つか》を参河《みかわ》・尾張《おわり》両国の人に渡して雇い、馬を飼育させて自分は京に入る。やがて帰郷する時に、鋤《すき》一口を贈る。しかし、参河人等はきちんと飼育できないで、かえってやせさせ死なせてしまう。もしこれが良馬ならば、貪欲な心を起こし、巧みに偽り、盗まれたという。もしこれが牝馬《めすうま》で、自分の家で孕《はら》めば、祓除《はらえ》の償いを要求し、あげくはその馬を奪ってしまう。このように伝え聞いている。

それゆえ今ここに、制度を定めよう。街道筋の国で、馬を飼育してもらう者は、雇われた人を連れて、村《むらの》

首《おびと》に詳しく申告し、報酬を与えよ。帰郷の日に、重ねて支払う必要はない。もし馬を疲れさせ傷つけるようなことがあれば、報酬を受けてはならない。もしこの詔に違反したならば、重罪を科す。

市司《いちのつかさ》（市で税を徴収する役人）・要路の津の渡し守が通行人から取る手数料を廃止して、田地を与えよ。

畿内から四方の国まで、農作の月には早く田作りにつとめよ。美食と酒を飲食させてはならない。これらのことを、清廉な使者に命じて、畿内に告知させよ。四方の諸国の国造《くにのみやつこ》等も、善良な使者を選んで、詔の旨に従って、勤めるように促せ。」

と仰せられた。

品部廃止

八月十四日に詔して、

「事の初めをたずねみると、天地陰陽は四季を乱れさせることはない。思いみると、この天地が万物を生成させたのである。その万物の中では、人間が最も霊妙な存在であり、その中で聖なるものが人主《きみ》である。こうして聖主である天皇は、天の意志にのっとって天下を治め、人々がそれぞれの所を得るようにという思いをいつも心に抱いている。

しかるにそれぞれの名をもとにして、臣《おみ》・連《むらじ》・伴造《とものみやつこ》・国造《くにのみやつこ》が、その自分の支配する品部《しなじなのとものお》を分け、それぞれに名を付けた。またその民である品部を、各地方に雑居させている。そのため、ついには父子が姓を変え、兄弟が宗《そう》を異にし、夫婦が互いに名を別にして、一家が五つ六つに分割した。これによって、争いが起き訴えごとが国や朝廷に充満し、結局治まるどころかますます混乱している。

ここに現天皇から臣・連まで、所有する品部はすべて廃止して、国家の民とせよ。

王《きみ》の名を付けて、伴造《とものみやつこ》としている者や、祖先の名によって臣・連としている者等は、深い思慮もなく、この詔を聞くとすぐに、今まで名乗ってきた、

『祖先の名が消えてしまった。』

と思うことであろう。それで、あらかじめ私の思うところを告げ知らせよう。

王者《きみ》の子孫が相継いで天下を統治すれば、時の帝と天皇の祖先の名は知られて、世々に忘れられることはない。しかるに、王の名を軽々しく川や野に付けて呼ぶことは、人民としておそれ多いことである。王者《きみ》の名、またその皇子・皇孫の名は、月日を経て天地と共に長く伝わらねばならない。このように思うがゆえに、告げるのである。皇子・皇孫を初めとし、お仕えする卿大夫《まえつきみたち》・臣《おみ》・連《むらじ》・伴造《とものみやつこ》・氏々の人等は［ある本によると、それぞれの氏の名を持つ王民《おおみたから》という］みな承《うけたまわ》れ。

これからお前等を出仕させる形態は、旧職（臣・連・伴造・国造）を改廃して、あらたに百官を設け、冠位を定めて官位を授ける。今発遣する国司《くにのみこともち》と、その国造《くにのみやつこ》はよく承れ。

去年朝集使に申し付けた処置は、前のままとし、計測して収公した田地は、民に均等に公平に与えよ。田を与える時は、民の家が田に近接していれば、その近い者を優先とする。この詔をよく承れ。

調賦《みつき》は、男の人別の調を納めよ。仕丁《つかえのよぼろ》は、五十戸ごとに一人とし、国々の境界を調べ、書または図に記して持参して示せ。各地方の名は、それを持参した時に定めよう。国々で、堤を築くべき地、溝を掘るべき所、田を開墾すべき場所は、均等になるように造らせよ。この詔をよく承り理解せよ。」

と仰せられた。

九月に、小徳高向博士《しょうとくたかむくのはかせ》黒麻呂《くろまろ》を新羅《しらぎ》に派遣して、人質を貢上させた。この時、新羅から任那《みまな》の調を献じさせることは、ついにとりやめとなった［黒麻呂のまたの名は玄理《げんり》という］。

この月に、天皇は蝦蟇行宮《かわずのかりみや》［ある本によると離宮という］におでましになられた。

この年に、越国《こしのくに》の鼠が昼夜連なって、東に向かって移動した。

三年の正月十五日に、朝廷で大射の礼が行われた。この日に、高麗《こま》・新羅《しらぎ》が共に使者を派遣して、朝貢した。

四月二十六日に詔して、

「惟神《かんながら》［惟神は、神道《かみのみち》に従うことをいう。またおのずと神道が備っていることをいう］も我が子孫に、統治するよう委任なされた。こうして、天地の初めから、天皇が君臨してきたのである。始治国皇祖《はつくにしらししすめみおや》（神武天皇《じんむ》）の時から、天下の人民は皆平等で、分け隔てはなかった。

しかし近頃、神の名や代々の天皇の名をもとにして、分かれて臣《おみ》・連《むらじ》の氏となったり、造《みやつこ》等の名称となったりしている。これによって、国内の民の心はその違いに固執し、自他を深く意識し対立して、それぞれの名を守っている。また未熟な臣《おみ》・連《むらじ》・伴造《とものみやつこ》・国造《くにのみやつこ》は、自分の姓《かばね》としている。神の名や王《きみ》の名を、自分の思うがままに、みだりに前々《ひとびと》［人々を言うようだ］や土地の名に付けている。ここに神の名や王の名を持っている人が、売買譲渡されて、他人の奴婢《ぬひ》に入り交じって、清い名を汚し、ついには民心も混乱し、国の政治も治め難くなる。それゆえに、今こそ天に在す神々の御心のままに、天下を治め平らげる時運にあたり、これらを人々に悟らせたのである。国を治めることと、民を治めることとは、どちらを先後にするか、今日明日にも順序立てて、続いて詔を告げよう。しかしながら、もともと天皇の恩恵を頼り、旧俗に慣れた民は、詔の下るまでの間を待ちかねるに違いない。それゆえ皇子・群臣から諸々の民まで、庸調《ようちょう》の品を禄《ろく》として下賜《かし》しよう。」

と仰せられた。

この年に、小郡《おごおり》を壊して宮殿を造営した。天皇は小郡に滞在して、礼法を定められた。その制度に、

「およそ位にある者は、必ず寅時《とらのとき》（午前三時から五時）に南門の外に左右に整列し、日の出の時をうかがって、庭に進んで再拝し、政庁に出仕せよ。遅参した者は、出仕してはならない。午時《うまのとき》（午前十一時から午後一時）になって鐘の音を聞いたら退出せよ。鐘をつく役人は、赤い頭巾《ずきん》を前に垂らせ。鐘の台は、中庭に建てよ。」という。

土木技師大山位《だいせんい》倭　漢　直《やまとのあやのあたい》荒田井比羅夫《あらたいのひらぶ》は、誤って田の用水の溝を掘って難波《なにわ》に引き入れ、改めて掘り直して人民を疲労させた。これを上表して、諫言《かんげん》する者があった。天皇は詔《みことのり》して、「思慮なく比羅夫の偽りを聞き入れ、無駄に溝を掘ったのは、私の過失である。」と仰せられ、その日に労働は中止された。

十月十一日に、天皇は有間温湯《ありまのゆ》に行幸された。左右大臣・群卿大夫《まえつきみたち》が従った。十二月の晦《つごもり》に、天皇は温湯からお帰りになり、武庫行宮《むこのかりみや》に滞在された［武庫は地名である］。この日に、皇太子の宮に火災が起きた。時の人は、大いに驚き怪しんだ。

新冠位の制定

この年に、七色十三階の冠位を制定した。

第一は織冠《しょっかん》といい、大小二階がある。織物で作り、刺繍《ししゅう》で冠を縁取っている。服の色は、大小とも深紫を用いる。

第二は繍冠《しゅうかん》といい、大小二階がある。繍《ぬいもの》で作り、その冠の縁・服の色はともに織冠と同じである。

第三は紫冠《しかん》といい、大小二階がある。紫で作り、織物で冠を縁取る。服の色は、浅紫を用いる。

第四は錦冠《きんかん》といい、大小二階がある。その大錦冠《だいきんかん》は、大伯仙《だいはくせん》（錦の文様の一種）の錦で作り、織物で冠を縁取る。小錦冠は、小伯仙の錦で作り、大伯仙の錦で冠を縁取る。服の色は、ともに真緋《あけ》を用いる。

第五は青冠《しょうかん》といい、青絹で作り、大小二階がある。大青冠は大伯仙の錦で、小青冠は小伯仙の錦で冠を縁取る。服の色はともに紺を用いる。

第六は黒冠《こくかん》といい、大小二階がある。大黒冠は車形の錦で、小黒冠は菱形の錦で冠を縁取る。服の色はともに緑を用いる。

第七は建武《けんむ》［初位である。または立身《りゅうしん》と名付ける］という。黒絹で作り、紺で冠を縁取る。別に鐙冠《とうかん》があり、黒絹で作る。

これらの冠の背には、漆塗りの羅《うすはた》（薄絹）を張り、縁と鈿《うず》（冠の正面の飾り）によって、冠位の高下の差異を表し、鈿の形は蝉《せみ》に似ている。小錦冠《しょうきんかん》以上の鈿は、金銀を交えて作り、大小青冠の鈿は銀、大小黒冠の鈿《うず》は銅で作り、建武冠は鈿がない。

これらの冠は、大きな儀式の時、外国使臣の接待の時、四月（灌仏会《かんぶつえ》）・七月（盂蘭盆会《うらぼんえ》）の斎会《さいえ》の時に着用する。

新羅《しらぎ》が、上臣《まかりだろ》大阿湌《だいあさん》金春秋《こんしんじゅう》（後の武烈王）等を派遣して、博士《はかせ》小徳《しょうとく》高向黒麻呂《たかむくのくろまろ》・小山中《しょうせんちゅう》中臣連《なかとみのむらじ》押熊《おしくま》を送り届け、孔雀《くじゃく》一羽・鸚鵡《おうむ》一羽を献上した。こうして春秋を人質とした。春秋は容姿が美しく、よく談笑した。

渟足柵《ぬたりのき》（阿賀野川河口付近）を造り、柵戸《きのへ》を置いた。老人等は語って、

「ここ数年、鼠が東に向かって行ったのは、柵を造ることの前兆だったのか。」

と言った。

四年の正月一日に、賀正の礼が行われた。この日の夕べに、天皇は難波碕宮《なにわのさきのみや》に行幸された。

二月一日に、三韓《みつのから》（高麗《こま》・百済《くだら》・新羅《しらぎ》）に学問僧を派遣した。

八日に、阿倍大臣《あへのおおみ》は四衆《ししゅ》（比丘《びく》・比丘尼《びくに》・優婆塞《うばそく》・優婆夷《うばい》）を四天王寺《してんのうじ》に招請し、仏像四体を迎えて塔の中に安置した。鼓《つづみ》を積み重ねて、霊鷲山《りょうじゅせん》（釈迦説法の地）の像を造った。

四月一日に、古い冠制を廃止した。しかし左右大臣は、なお古い冠を着用した。

この年に、新羅《しらぎ》が使者を派遣して朝貢した。磐舟柵《いわふねのき》（新潟県村上市岩船）を整えて、蝦夷《えみし》に備えた。そして越《こし》と信濃《しなの》との民を選んで、初めて柵戸《きのへ》を置いた。

五年の正月一日に、賀正の礼が行われた。

冠位の改定

二月に、冠位十九階を制定した。第一は大織《だいしょく》、第二は小織《しょうしょく》という。第三は大繡《だいしゅう》、第四は小繡《しょうしゅう》という。第五は大紫《だいし》、第六は小紫《しょうし》という。第七は大花上《だいけじょう》、第八は大花下《だいけげ》という。第九は小花上《しょうけじょう》、第十は小花下《しょうけげ》という。第十一は大山上《だいせんじょう》、第十二は大山下《だいせんげ》という。第十三は小山上《しょうせんじょう》、第十四は小山下《しょうせんげ》という。第十五は大乙上《だいおつじょう》、第十六は大乙《だいおつ》下《げ》という。第十七は小乙上《しょうおつじょう》、第十八は小乙下《しょうおつげ》という。第十九は立身《りゅうしん》という。

この月に、博士高向玄理《たかむくのげんり》と僧旻《そうみん》とに詔して、八省・百官を置かせた。

蘇我倉山田麻呂《そがのくらやまだのまろ》と造媛《みやつこひめ》の死

三月十七日に、阿倍大臣《あへのおおみ》が薨じた。天皇は朱雀門《すざくもん》におでましになり、哀《みね》の礼（死者を悲しみ、哭声《なきごえ》を発する礼）を行われ、たいそうお嘆きになった。皇極《こうぎょく》上皇・皇太子等及び諸公卿は、ことごとくこれに従って哀の礼を行った。

二十四日に、蘇我臣《そがのおみ》日向《ひむか》［字《あざな》は身刺《むざし》］が、倉山田大臣《くらやまだのおおおみ》を皇太子に讒言《ざんげん》して、

「私の異母兄の麻呂は、皇太子が海岸で遊んでおられるところをうかがって、殺害しようとしています。遠からず、謀反を起こすことでしょう。」

と申し上げた。皇太子は、その言葉を信じられた。天皇は、大伴狛連《おおとものこまのむらじ》・三国麻呂公《みくにのまろのきみ》・穂積嚙臣《ほづみのくいのおみ》を蘇我倉山田麻呂大臣《やまだのまろのおおおみ》のもとに送り、謀反の虚実について問われた。大臣は、

「ご質問への返答は、私が直接天皇の御前で申し上げましょう。」

と答えた。天皇は再び三国麻呂公《みくにのまろのきみ》・穂積嚙臣《ほづみのくいのおみ》を送り、謀反の実状についてお調べになった。しかし麻呂大臣は、また前のように答えた。そこで天皇は軍兵を起こして、大臣の邸宅を包囲しようとされた。大臣は、二人の子法師《ほうし》と赤猪《あかい》［またの名は秦《はだ》］とを連れて、茅渟道《ちぬのみち》から逃げて倭国《やまとのくに》の境に向かった。大臣の長子興志《こごし》が以前から倭《やまと》にいて、［山田の家にいたことをいう］山田寺《やまだでら》（奈良県桜井市に寺址あり）を造営していた。今急に父が逃げて来る事を聞いて、今来《いまき》の大槻《おおつき》の下に迎え、先導して寺に入った。そして大臣を顧みて、

「この興志が先導となり、来襲する軍勢を迎え撃ちます。」

と言ったが、大臣は許さなかった。この夜、興志はひそかに宮を焼こうと思い、兵士を集めた［宮とは小墾田《おはりたの》宮《みや》をいう］。

二十五日に、大臣は興志に、

「お前は身が惜しいか。」

と尋ねた。興志は、

「惜しいことはありません。」

と答えた。大臣は、山田寺の衆僧と興志と数十人に、

「人臣たる者が、どうして君主に謀反を企てようか。どうして父への孝行を失うことがあろうか。この伽藍《がらん》

は、もともと私自身のためでなく、天皇のために誓願して造ったものである。今、私は身刺《むざし》に讒言《ざんげん》されて、ただ非道に誅殺《ちゅうさつ》されるのではないかと恐れている。黄泉《よもつくに》へは、変わらぬ忠誠心をもって去っていきたい。この寺で、終焉《しゅうえん》の時を安らかに迎えたいものだ。」

と言った。言い終わると、仏殿の戸を開き、誓いを立てて、

「私は、世々の末まで君主《きみ》をお怨みいたしません。」

と言った。その後、自ら首をくくって死んだ。妻子等八人が殉死《じゅんし》した。

この日に、大伴狛連《おおとものこまのむらじ》と蘇我日向臣《そがのひむかのおみ》とを将軍として、軍勢を率いて大臣を追わせた。将軍大伴連等が黒山《くろやま》（大阪府南河内郡美原町黒山）まで来た時、土師連身《はじのむらじむ》・采女臣使主麻呂《うねめのおみおみまろ》が山田寺《やまだでら》から走ってきて、

「蘇我大臣《そがのおおおみ》は、すでに三男一女と共に、自ら首をくくって死にました。」

と報告した。将軍等は丹比坂《たじひのさか》から引き返した。

二十六日に、山田大臣《やまだのおおおみ》の妻子及び従者で、自ら首をくくって死ぬ者が多かった。穂積臣噛《ほづみのおみくい》は、大臣の党類の田口臣筑紫《たぐちのおみつくし》等を捕らえ集め、首かせをかけ、後ろ手に縛った。

この日の夕べに、木臣麻呂《きのおみまろ》・蘇我臣日向《そがのおみひむか》・穂積臣噛《ほづみのおみくい》は、軍勢を率いて寺を囲んだ。物部二田造塩《もののべのふたたのみやつこしお》を召して、大臣の首を斬らせた。二田塩は、大刀を抜いてその死体を刺し挙げ、大声で叫び、初めて刺殺の刑を執行した。

三十日に、蘇我山田臣《そがのやまだのおみ》に連座して殺された者は、田口臣筑紫《たぐちのおみつくし》・耳梨道徳《みみなしのどうとこ》・高田醜雄《たかたのしこお》・額田部湯坐連《ぬかたべのゆえのむらじ》［名を欠く］・秦吾寺《はだのあてら》等すべて十四人であった。絞首刑に処された者は九人、流刑に処された者は十五人であった。

この月に使者を遣わして、山田大臣の資財を没収した。資財の中に、良書の上には皇太子の書と記し、重宝の上には皇太子の物と記してあった。使者が帰って、没収した資財の状況を申し上げた。皇太子は、初めて大

臣の心が清く正しかったことを知り、後悔し慙愧《ざんき》に堪えず、いつまでも嘆き悲しまれた。そして日向臣身刺《ひむかのおみむざし》を筑紫大宰師《つくしのおおみこともちのかみ》に任命した。世の人は、

「これは隠流《しのびながし》（ひっそりと流刑に処すること）ではないか。」

と語った。

皇太子の妃蘇我造媛《そがのみやつこひめ》は、父の大臣が塩に斬られたと聞き、傷心して悲しみ嘆いた。そして塩という名を聞くことを嫌った。造媛に近侍する者は、塩の名を口にすることを忌み、呼称を改めて堅塩《きたし》と言った。造媛は、心痛のあまりついには死にいたった。皇太子は、造媛が亡くなったことをお聞きになり、悲しみ嘆き、つらさに涙がとまらなかった。その時に野中川原史満《のなかのかわらのふびとみつ》が、進み出て歌を奉った。

歌謡一一三　山川《やまかわ》に　鴛鴦《おし》二つ居《い》て　偶《たぐ》いよく　偶《たぐ》える妹《いも》を　誰か率《い》にけん　其の一

山川に鴛鴦《おしどり》が二羽いて、仲良く連れ添っているが、そのような最愛の妻を、いったい誰が連れ去ったのでしょうか。

歌謡一一四　本毎《もとごと》に　花は咲けども　何《なに》とかも　愛《うつく》し妹《いも》が　また咲き出来《でこ》ぬ　其の二

株ごとにみな花が咲いているのに、どうして愛《いと》しい妻は、再び現れてこないのでしょう。

皇太子は、嘆きつつもその歌をほめて、

「よい歌である。悲しみの果てぬ歌である。」

と仰せられた。そこで御琴を授けて唱和させ、絹四疋《ひき》・布二十端《たん》（一端は約十一メートル）・綿二袋を下された。

四月二十日に、小紫《しょうし》巨勢徳陀古臣《こせのとこだこのおみ》に大紫《だいし》を授けて左大臣とし、小紫大伴長徳連《おおとものながとこのむらじ》［名は馬飼《うまかい》］に大紫を授けて右大臣とした。

五月一日に、小花下《しょうけげ》三輪君色夫《みわのきみしこぶ》・大山上《だいせんじょう》掃部連角麻呂《かにもりのむらじつのまろ》等を新羅《しらぎ》に派遣した。

この年に、新羅《しらぎ》王は沙喙部沙飡《さたくほうささん》（新羅の官位十七階の第八）金多遂《こんたすい》を派遣して人質とした。従者は三十七人であった［僧一人、侍郎《じろう》（次官）二人、丞《じょう》（三等官）一人、達官郎《だちかんろう》（四等官）一人、中客《ちゅうきゃく》五人、才伎《てひと》（技能者）十人、通訳一人、種々の従者十六人、合わせて三十七人である］。

白雉《はくち》献上・難波遷都《なにわせんと》

白雉《はくち》元年の正月一日に、天皇は味経宮《あじふのみや》に行幸され、賀正の礼にご臨席になった。この日に天皇は、宮殿にお帰りになられた。

二月九日に、穴戸《あなと》国司草壁連醜経《くさかべのむらじしこふ》が白雉《しろきぎし》を献上して、

「国造《くにのみやつこ》首《おびと》の一族の贄《にえ》が、正月九日に麻山《おのやま》で捕獲しました。」

と申し上げた。百済君豊璋《くだらのきみほうしょう》にお尋ねになられたところ、百済君は、

「後漢の明帝《めいてい》の永平《えいへい》十一年に、白雉が所々に見えたといいます。」

と申し上げた。また僧旻《みん》等にお尋ねになったところ、僧は、

「今まで、聞いたことも見たこともありません。天下に恩赦《おんしゃ》を行われて、人民の心を喜ばせるのがよろしいでしょう。」

とお答え申し上げた。道登法師《どうとうほうし》は、

「昔高麗《こま》が寺を建立しようとして、ふさわしい土地をすべて見て回りました。するとある所で、白鹿《しろしか》がゆっくり歩いていました。そこでこの地に寺院を建立し、白鹿薗寺《びゃくろくおんじ》と名付け、仏法を保持しました。また、白《しろ》雀《すずめ》がある寺院の領内に現れました。人々はみな、

『吉祥《きちじょう》だ』

と言いました。また大唐《もろこし》に派遣された使者が、死んだ三本足の烏《からす》を持ち帰りました。人々はまた、

『吉祥だ』

と言いました。これらささいな動物でさえ、祥瑞《しょうずい》のものだと言います。ましてや白雉は言うまでもありません。」

と申し上げた。僧旻《みん》法師は、

「これは吉祥とも言うべき、たいそう珍しいものです。伏して聞いておりますには、王者の治政が四方にあまねく流布する時は、白雉が現れる。また王者の祭祀が誤ることなく、宴食や衣服に節度がある時は、やはり現れる。また、王者が潔白で質素である時には、山に白雉が出る。また、王者に仁徳があり、聖人である時にはやはり現れる。また、周《しゅう》の成王《せいおう》の時に、越裳氏《おうじょうし》（ベトナム南境にあった国）が来て、白雉を献上し、

『国の老人が言うことには、久しく暴風や長雨がなく、海の波も荒れず、ここに三年になります。思うに、中国に聖人がいらっしゃるのでしょうか。どうして参朝してお仕えしないのか、とのことです。私はこれを聞いて、三度も通訳を重ねてはるばるやって来ました。』

と申し上げた。また晋《しん》の武帝《ぶてい》の咸寧《かんねい》元年に、松滋《しょうじ》（安徽省）に白雉が現れた、と以上のことを聞いております。

このたびの白雉は、吉祥です。天下に恩赦を行われるのがよいでしょう。」

と申し上げた。そこで、白雉を園に放させた。

十五日に、朝廷の護衛隊の威儀を元日の儀式のように整えた。左右大臣・百官の人々は、四列になって宮門の外に並んだ。粟田臣飯虫《あわたのおみいいむし》等四人に雉の輿を持たせ、先頭を歩かせた。左右大臣は、百官と百済君豊璋《くだらきみほうしょう》・その弟塞城《さいじょう》・忠勝《ちゅうしょう》・高麗《こま》出身の侍医毛治《もうち》、新羅《しらぎ》出身の宮廷付き侍学士《じがくし》等を率いて中庭に進んだ。三国公麻呂《みくにのきみまろ》・猪名公高見《いなのきみたかみ》・三輪君甕穂《みわのきみみかほ》・紀臣乎麻呂岐太《きのおみこまろきた》の四人に交代させ、雉の輿を持って、宮殿の前に進ませた。そうして今度は、左右大臣が輿の前部を持ち、伊勢王《いせのおおきみ》・三国公麻呂《みくにのきみまろ》・倉臣小屎《くらのおみおくそ》が後部を持って、玉座の前に置いた。天皇は皇太子を召して、共に雉を手にとってご覧になられた。皇太子は退いて再拝し、巨勢大臣《こせのおおおみ》に賀詞《よごと》を奏上させて、

「公卿・百官の者等は、ここにお慶びを申し述べます。陛下は、清く穏やかな徳をもって天下を治められますがゆえに、ここに白雉《しろきぎし》が西方より出現いたしました。

これにより、陛下には千年万年に至るまで、清らかに四方《よも》の大八島《おおやしま》を治めていただき、公卿・百官及び諸々の人民等は忠誠を尽くし、お仕えしたいと願っています。」

と申し上げた。賀詞の奏上が終わると、再拝した。天皇は詔《みことのり》して、

「聖王が世に出て、天下を治める時に、天は応えて祥瑞《しょうずい》を示す。昔、西土《せいど》の君である周《しゅう》の成王《せいおう》の世と漢の明《めい》帝《てい》の時とに、白雉《しろきぎし》が現れた。我が日本国《やまとのくに》の応神《おうじん》天皇の御世に、白烏《しろからす》が宮殿に巣を作った。仁徳《にんとく》天皇の時に、竜馬《りょうば》が西に現れた。

このように古来から今まで、瑞祥が現れて、有徳の君に応えるという例は多い。いわゆる鳳凰《ほうおう》・麒麟《きりん》・白雉・白烏、このように鳥獣から草木にいたるまで、符応《ふおう》はみな天地の生み出す吉祥、嘉瑞《かずい》である。

そもそも、優れた聖人である君主がこの瑞祥を得るのは、まことにもっともなことである。しかし、私は愚かで能力もない。どうしてこれを受けることができようか。思うにこれは、もっぱら私を守り助けてくれる公卿・臣《おみ》・連《むらじ》・伴造《とものみやつこ》・国造《くにのみやつこ》等が、それぞれ丹誠《たんせい》を尽し、制度を遵奉《じゅんぽう》したために現れたのである。このゆえに、公卿から百官の人々まで、清白な心で、謹んで神祇《じんぎ》を祭り、共に祥瑞《しょうずい》を受けて、天下を繁栄させよう。」

と仰せられた。また詔して、

「四方の諸国郡等は、天の委託《いたく》を受けて、私が統治している。今、我が親愛なる祖先神のお治めになる穴戸《あなとの》国《くに》のうちに、この祥瑞が現れた。このゆえに、天下に大赦《たいしゃ》を行い、白雉《はくち》元年と改める。」

と仰せられた。そして穴戸の国内で鷹を放つことを禁じ、公卿大夫以下令史《ふびと》（司・監などの第四等官）までに、それぞれに応じた賜物があった。国司草壁連醜経《くさかべのむらじしこふ》をほめて、大山《だいせん》の位を授け、併せて多くの賜禄《しろく》があり、穴戸国の調と労役を三年間免除した。

四月に、新羅《しらぎ》が使者を派遣して、朝貢した［ある本によると、この天皇の世に、高麗《こま》・百済《くだら》・新羅《しらぎ》の三国は、毎年使者を派遣して朝貢したという］。

十月に、宮廷の領地に入れるために、丘墓が壊されたり移住させられた人に、それぞれに応じた賜物があった。将作大匠荒田井直比羅夫《たくみのつかさあらたいのあたいひらぶ》を遣わして、宮の境界標を立てさせた。

この月に、丈六《じょうろく》の繍像《しゅうぞう》・脇侍《わきじ》・八部衆など、三十六像の製作を開始した。

この年に、漢山口直大口《あやのやまぐちのあたいおおくち》は詔を受けて、千仏像を彫った。倭漢直県《やまとのあやのあたいあがた》・白髪部連鐙《しらかべのむらじあぶみ》・難波吉士胡床《なにわのきしあぐら》を安《あ》芸国《きのくに》に遣わして、百済《くだら》の船二隻《せき》を造らせた。

二年の三月十四日に、丈六の繍像などが完成した。

十五日に、皇極《こうぎょく》上皇が十人の法師等を招請して、斎会《さいえ》を行った。

六月に、百済・新羅が使者を派遣して、朝貢し物を献上した。

十二月の晦《つもごり》に、味経宮《あじふのみや》に二千百余人の僧尼を招請して、一切経《いっさいきょう》を読ませた。この夕べに二千七百余の灯火を朝廷の庭にともし、安宅《あんたく》・土側《どそく》などの経を読ませた。そうして天皇は、大郡《おおこおり》から新宮《にいみや》に移り住まわれた。これを、難波長柄豊碕宮《なにわのながらのとよさきのみや》という。

この年に、新羅《しらぎ》の貢調使知万沙飡《ちまささん》等が、唐国《もろこしのくに》の衣服を着て筑紫《つくし》に停泊した。朝廷では、勝手に服制を変えたことを憎み、大声で責めて追い返された。巨勢大臣《こせのおおおみ》は奏上して、

「まさに今、新羅《しらぎ》を討伐しなければ、必ず後悔するでしょう。討伐の方法は、兵力を用いる必要はありません。難波津《なにわのつ》から筑紫《つくし》の湾内まで、船を連ねて新羅を召し、その罪を問えば、たやすく降伏するでしょう。」

と申し上げた。

三年の正月一日に、元日の礼が終わると、天皇は大郡宮《おおこおりのみや》に行幸された。

正月からこの月までに、班田（公民に田地を分ち与える）がすべて終わった。田は、長さ三十歩《ぶ》（一歩は六尺、約一・八メートル）を一段《たん》とし、十段を一町《ちょう》とする［一段ごとに租の稲は一束《つか》半、一町ごとに租の稲は十五束である］。

三月九日に、天皇は宮にお帰りになられた。

四月十五日に、僧恵隠《えおん》を宮中に招請して無量寿経《むりょうじゅきょう》を講じさせ、僧恵資《えし》を論議者として経論の問答を行い、千人の僧を論議の聴衆とした。

二十日に、講じ終えた。この日を初めとして、連日雨が降り続いた。九日目に、家屋が損壊し田の苗が被害を受けた。多数の人や牛馬が溺死《できし》した。

この月に、戸籍を作った。五十戸を一里とし、一里ごとに長を一人置いた。戸主には、すべて家長をあてた。五戸で保（隣保団体）を作り、長を一人置いて、互いに検察させた。

新羅《しらぎ》・百済《くだら》が使者を派遣して朝貢し、物を献上した。

九月に、難波長柄豊碕宮《なにわのながらのとよさきのみや》の造営が完成した。その宮殿の有様は、とても言葉では言い表すことができない。

十二月の晦《つごもり》に、国中の僧尼を宮中に招請して斎会《さいえ》を行い、大捨《たいしゃ》（大きな布施）と燃灯《ねんとう》を行った。

四年の五月十二日に、大唐《もろこし》に派遣する大使小山上吉士長丹《しょうせんじょうきしのながに》、副使小乙上吉士駒《しょうおつじょうきしのこま》［またの名は糸《いと》という］、学問僧道厳《どうごん》・道通《どうつう》・道光《どうこう》・恵施《えせ》・覚勝《かくしょう》・弁正《べんしょう》・恵照《えしょう》・僧忍《そうにん》・知聡《ちそう》・道昭《どうしょう》・定恵《じょうえ》［中臣鎌足《なかとみのかまたり》の長子である］・安《あん》達《だち》［中臣渠毎連《なかとみのこめのむらじ》の子である］・道観《どうかん》［春日粟田臣百済《かすがのあわたのおみくだら》の子である］、学生巨勢臣薬《こせのおみくすり》［豊足臣《とよたりのおみ》の子である］・氷《ひの》連老人《むらじおきな》［真玉《またま》の子である。ある本によると、学問僧知弁《ちべん》・義徳《ぎとく》、学生坂合部連磐積《さかいべのむらじいわつみ》を加えている］合わせて百二十一人が、同乗した。室原首御田《むろはらのおびとみた》を送使とした。また大使大山下高田首根麻呂《だいせんげたかたのおびとねまろ》［またの名は八掬脛《やつかはぎ》という］、副使小乙上掃守連小麻呂《しょうおつじょうかにもりのむらじこまろ》、学問僧道福《どうふく》・義向《ぎきょう》、合わせて百二十人が同乗した。土師連八手《はじのむらじやって》を送使とした。

この月に、天皇は旻法師《みんほうし》の僧房に行幸され、その病気を見舞って、ご自分で直接に恩愛のあるお言葉をかけられた［ある本によると、五年の七月に、僧旻法師は阿曇寺《あずみでら》で病臥した。その時に天皇が行幸されてお見舞いになり、その手を取って、「もし法師が今日死ぬならば、私も法師に従って死ぬだろう。」と仰せられたという］。

六月に、百済《くだら》・新羅《しらぎ》が使者を派遣して朝貢し、物を献上した。各所の大路を修理した。

天皇は旻法師が亡くなったことをお聞きになり、使者を遣わして弔問させ、併せて多くの贈物をなされた。皇極《こうぎょく》上皇と皇太子等も皆使者を遣わして、旻法師の喪を弔問させられた。さらに天皇は法師のために、画工《えかき》狛堅部小麻呂《こまのたてべのこまろ》・鯽魚戸直《ふなとのあたい》等に命じて、多くの仏・菩薩の像を造らせ、川原寺《かわらでら》に安置された［ある本によると、山田寺《やまだでら》に置かれたという］。

七月に、大唐《もろこし》に派遣された使者高田根麻呂《たかたのねまろ》等が、薩摩《さつま》の先端竹島《たかしま》の間で、船ごと沈んで死んだ。ただ五人だけが生き残り一枚の板にとりすがり、竹島に流れ着いたが、どうしたらよいのかまったくわからなかった。五人の中の門部金《かどべのかね》が、竹を伐採して筏《いかだ》を作り、神島《かみしま》に停泊した。この五人は、六昼夜の間まったく何も食べなかった。ここに金をほめて位を進め、賜禄があった。

天皇と皇太子の対立・天皇崩御

この年に皇太子は奏請して、

「どうか倭京《やまとのみやこ》に移りたいと思います。」

と申し上げたが、天皇はお許しにならなかった。そこで皇太子は、皇極《こうぎょく》上皇・間人皇后《はしのひとのきさき》（皇太子の同母妹）を奉じ、併せて大海人皇子《おおしあまのみこ》（後の天武《てんむ》天皇）等を連れて、倭飛鳥河辺行宮《やまとのあすかのかわべのかりみや》に行き、そこに住まわれた。公卿大夫《まえつきみたち》・百官の人々も付き従って移った。天皇は、恨んで皇位を去ろうとお思いになり、宮を山碕《やまさき》（京都府乙訓郡大山崎町）に造らせ、歌を間人皇后にお送りになられた。

歌謡一一五　金木着《かなきつ》け　吾《わ》が飼う駒は　引き出《で》せず　吾が飼う駒を　人見つらんか

金木《かなき》（馬小屋の柵が壊れないための堅い横木）をつけて私が飼っている馬、外へ引き出しもせず私が大事に飼っている馬を、どうして他人が見つけたのだろうか。

五年の正月一日の夜に、鼠が倭都《やまとのみやこ》に向かって移動した。

五日に、紫冠《しかん》を中臣鎌足連《なかとみのかまたりのむらじ》に授け、封戸を若干増加した。

二月に、大唐《もろこし》に派遣する押使《おうし》（身分の高い使者で大使の上）大錦上《だいきんじょう》高向史玄理《たかむくのふびとげんり》［ある本によると、五月に大唐に派遣する押使大花下《だいけげ》高向玄理・大使小錦下《しょうきんげ》河辺臣麻呂《かわべのおみまろ》・副使大山下《だいせんげ》薬師恵日《くすしえにち》・判官大乙上《だいおつじょう》書直麻呂《ふみのあたいまろ》・宮首阿弥陀《みやのおびとあみだ》［ある本によると、判官小山下《しょうせんげ》書直麻呂《ふみのあたいまろ》という］小乙上《しょうおつじょう》岡君宜《おかのきみよろし》・置始連大伯《おきそめのむらじおおく》・小乙下《しょうおつげ》中臣間人連老《なかとみのはしひとのむらじおゆ》・田辺史鳥《たなべのふびととり》等が二船に分乗した。滞留が長く、数か月の航海の後、新羅《しらぎ》の道を通って莱州《らいしゅう》（山東半島北岸）に停泊した。こうしてやっと長安に入り、天子に拝謁した。その時、東宮監門《とうぐうかんもん》の郭丈挙《かくじょうきょ》は、日本国《にほんのくに》の地理と国の初めの神名を詳しく尋ね、みな問われるままに答えた。押使高向玄理《おうしたかむくのげんり》は、大唐《もろこし》で卒去《そっきょ》した［伊吉博得《いきのはかとこ》は、「学問僧恵妙《えみょう》は唐で死んだ。知聡《ちそう》・智国《ちこく》は海で死んだ。智宗《ちそう》は持統天皇四年に、新羅船《しらぎのふね》で帰国した。覚勝《かくしょう》は唐で死んだ。義通《ぎつう》は海で死んだ。定恵《じょうえ》は、天智天皇四年に劉徳高《りゅうとくこう》等の船で帰国した。妙位《みょうい》・法勝《ほうしょう》・学生氷連老人《ひのむらじおきな》・高黄金《こうおうこん》、合わせて十二人と、別に倭種（日本人との混血児）の韓智興《かんちこう》・趙元宝《ちょうがんほう》は、今年使者と共に帰国した。」と言った］。

四月に、吐火羅国《とからのくに》（チャオプラヤ川下流の王国）の男二人・女二人、舎衛《しゃえ》（ガンジス河中流の地）の女一人が、暴風にあって日向《ひむか》に流れ着いた。

七月二十四日に、西海使《さいかいし》（前年の遣唐使の第一組）吉士長丹《きしのながに》等は百済《くだら》・新羅《しらぎ》の送使と共に、筑紫《つくし》に停泊した。

この月に、西海使等が唐国《もろこし》の天子に拝謁して、多くの文書・宝物を得て帰国したことをほめて、小山上《しょうせんじょう》大使吉士長丹《きしのながに》に小花下《しょうけげ》を授け、二百戸の封戸を与え、さらに姓を呉氏《くれうじ》とされた。小乙上《しょうおつじょう》副使吉士駒《きしのこま》に、小山上《しょうせんじょう》を授けられた。

十月一日に、皇太子は天皇が病気になられたと聞き、皇極《こうぎょく》上皇・間人皇后《はしひとのきさき》を奉じ、大海人皇子《おおしあまのみこ》・公卿《まえつきみたち》等を連れて難波宮《なにわのみや》に赴《おもむ》かれた。

十日に、天皇が正寝《おおとの》で崩御された。殯宮《もがりのみや》を南庭に建てた。小山上《しょうせんじょう》百舌鳥《もずの》土師《はじの》連《むらじ》土徳《つちとこ》に、殯宮の事をつかさどらせた。

十二月八日に、大坂磯長陵《おおさかのしながのみささぎ》に葬りまつった。この日に、皇太子は皇極上皇を奉じて、倭河辺行宮《やまとのかわべのかりみや》に移り住まれた。老人は、

「鼠が倭郡《やまとのみやこ》に向かったのは、都を遷《うつ》す前兆だった。」

と語った。

この年に、高麗《こま》・百済《くだら》・新羅《しらぎ》は、共に使者を派遣して弔問した。

巻第二十六　第三十七代　天豊財《あめとよたから》重日《いかしひ》足姫天皇《たらしひめのすめらみこと》　斉明天皇《さいめいてんのう》

天皇重祚《ちょうそ》

斉明《さいめい》天皇は、初め用明《ようめい》天皇の御孫高向王《たかむくのおおきみ》に嫁がれ、漢皇子《あやのみこ》をお生みになった。

後に舒明《じょめい》天皇に嫁がれ、二男一女をお生みになった。

舒明天皇二年に、皇后になられた。このことは、舒明天皇紀にみえる。

十三年十月に、舒明天皇が崩御された。

翌年の正月に、皇后は天皇の位に即かれた。大化と改元した。

皇極天皇四年の六月に、皇位を孝徳《こうとく》天皇にお譲りになられた。皇極天皇を称して、皇祖母尊《すめみおやのみこと》と申し上げた。

孝徳天皇は、白雉《はくち》五年の十月に崩御された。

元年の正月三日に、皇祖母尊は飛鳥板蓋宮《あすかのいたぶきのみや》で即位された。

五月一日に、竜に乗って空を飛ぶ者が見え、顔かたちが唐人に似ていた。油を塗った青絹の笠を着て、葛《かずら》城嶺《きのたけ》から駆け抜けて胆駒山《いこまのやま》に隠れた。午時《うまのとき》（午前十一時から午後一時）には、住吉《すみのえ》の松嶺《まつのみね》の上空から、西に向かって馳せ去った。

七月十一日に、難波《なにわの》の朝廷で、越《こし》の蝦夷《えみし》九十九人、陸奥《みちのく》の蝦夷九十五人を饗応なされた。併せて百済《くだら》の調使百五十人も接待なされた。なお柵を守衛する蝦夷九人、津刈《つがる》の蝦夷六人に、それぞれ冠位二階を授けた。

八月一日に、河辺臣麻呂《かわべのおみまろ》等が大唐《もろこし》から帰った。

十月十三日に、小墾田《おはりた》に宮殿を建造し、瓦ぶきにしようとした。また深山、谷に宮殿の用材を求めたが、朽ちただれたものが多く、ついに建造は中止になった。

この冬に、飛鳥板蓋宮《あすかのいたぶきのみや》に火災があった。それで、飛鳥川原宮《あすかのかわらのみや》に移り住まれた。

この年に、高麗《こま》・百済《くだら》・新羅《しらぎ》が共に使者を派遣して朝貢した［百済の大使西部達率余宜受《せいほうだちそちよげず》・副使東部恩率《とうほうおんそち》調信仁《ちょうしんに》、すべて百余人である］。蝦夷《えみし》・隼人《はやひと》が衆を率いて服属し、朝廷に参上し物を献上した。新羅《しらぎ》は別に及飡弥武《さんみむ》を人質とし、十二人を才伎者《てひと》（種々の技術者、文化人）として献上したが、弥武は病気になって死んだ。

この年、太歳《たいさい》は乙卯《いつぼう》であった。

二年の八月八日に、高麗《こま》が達沙《だちさ》等を派遣して朝貢した［大使達沙《だちさ》・副使伊利之《いりし》、すべて八十一人である］。

九月に、高麗《こま》に派遣する大使は膳臣葉積《かしわでのおみはつみ》、副使は坂合部連磐鍬《さかいべのむらじいわすき》、大判官は犬上君白麻呂《いぬかみのきみしろまろ》、中判官は河内《こうちの》書首《ふみのおびと》［名を欠く］、小判官は大蔵衣縫造麻呂《おおくらのきぬぬいのみやつこまろ》である。

宮殿造営・土木工事

この年に、飛鳥の岡本に、あらためて宮殿造営の地を定めた。この時、高麗《こま》・百済《くだら》・新羅《しらぎ》が使者を派遣して朝貢した。それで、紺の幕を宮地に張って饗応なされた。

ようやくにして、宮殿が建った。天皇はさっそくお移りになり、名付けて後飛鳥岡本宮《のちのあすかのおかもとのみや》といった。田身嶺《たむのみね》の頂上に、垣を築かせた。また、嶺の上の二本の槻の木の側に物見台を建て、名付けて両槻宮《ふたつきのみや》とし、また天《あまつ》宮《みや》ともいった。

天皇は事業を興すことを好まれ、水工《みずたくみ》に用水路を掘らせ、香山《かぐやま》の西から石上山《いそのかみのやま》まで通した。舟二百隻《せき》に石上山の石を積み、流れに乗せて宮の東の山まで引き運び、石を積み重ねて垣にした。時の人は批判して、

「狂心の溝だ。工事のために、三万余りの人夫を費やした。垣を造るために、七万余りもの人夫を費やした。

宮殿の用材は腐り、山頂は埋もれた。」

と言った。また、

「石の山丘を作っても、作る先から自然に崩れていくだろう。」

と言った［思うに、まだ完成しない時点でこのように誹謗《ひぼう》したのであろうか］。また、吉野宮《よしののみや》を造った。

西海使（百済への遣使）佐伯　連《さえきのむらじ》栲縄《たくなわ》［位階級を欠く］・小山下《しょうせんげ》難波吉士《なにわのきし》国勝《くにかつ》等が百済から帰り、鸚鵡《おうむ》一羽を献上した。岡本宮に火災があった。

三年の七月三日に、覩貨邏国《とからのくに》（チャオプラヤ川下流の王国）の男二人、女四人が筑紫《つくし》に漂泊し、

「私等は、最初海見島《あまみのしま》に漂泊していました。」

と申し上げたのを、すぐ駅馬によって召した。

十五日に、須弥山《すみせん》の像を飛鳥寺《あすかでら》の西に作り、また盂蘭盆会《うらぼんえ》を営んだ。夕べに、覩貨邏人を饗応なされた［ある本によると、堕羅人《たらひと》という］。

有間皇子《ありまのみこ》発狂をよそおう

九月になってのことである。有間皇子《ありまのみこ》（孝徳《こうとく》天皇の皇子）は悪がしこい性格で、皇位継承の有力候補であることによって除かれそうなことを察知し、狂人をよそおったという。そしてその病気を治療するまねをして、牟婁温湯《むろのゆ》（和歌山県西牟婁郡白浜町湯崎温泉）に行き、帰ってきてその国の状態を誉めて、

「わずかにかの地を見ただけで、病気は自然に治りました。」

と言った。天皇はこれを聞いてお喜びになり、ぜひ行ってみたいとお思いになられた。

この年、新羅《しらぎ》に使者を派遣させて、

「僧智達《ちだち》・間人連御厩《はしひとのむらじみまや》・依網連稚子《よさみのむらじわくご》等を、お前の国の使者に加えて、大唐《もろこし》に送り遣わしてほしい。」

と仰せられたが、新羅はこれを聞き入れなかった。これによって、僧智達等は戻ってきた。西海使小花下《しょうけげ》阿曇連頬垂《あずみのむらじつらたり》・小山下《しょうせんげ》津臣傴僂《つのおみくつま》が百済《くだら》から帰国して、駱駝《らくだ》一匹・驢馬《ろば》二匹を献上した。石見国《いわみのくに》から、

「白狐《しろきつね》（上瑞）が現れました。」

との奏上があった。

四年の正月十三日に、左大臣巨勢徳太臣《こせのとこだのおみ》が薨《こう》じた。

四月に、阿陪臣《あへのおみ》［名を欠く］は、船軍百八十艘《そう》を率いて蝦夷《えみし》を討伐した。齶田《あぎた》・渟代《ぬしろ》二郡の蝦夷はこの船軍を遠望して、恐れて降伏したいと願い出た。そこで軍兵を整え、船を齶田浦に連ねた。齶田の蝦夷恩荷《おが》は、進み出て誓約し、

「官軍と戦うために、弓矢を持っているのではありません。ただ、私等はもともと肉食なので、狩猟のため持っているのです。もし官軍に刃向かうために弓矢を準備したのなら、齶田浦の神がご承知のことでしょう。清白な心をもって、朝廷にお仕えいたしましょう。」

と申し上げた。それで恩荷《おが》に小乙上《しょうおつじょう》を授け、渟代《ぬしろ》・津軽《つがる》二郡の郡領に定めた。そして有間浜《ありまのはま》で渡島《わたりのしま》の蝦夷《えみし》等を召集して、大いに饗応してお帰しになった。

皇孫建王《たけるのみこ》の薨去《こうきょ》

五月に、皇孫建王《たけるのみこ》が八歳で薨じられた。今城《いまき》（曽我川上流一帯の古名）の谷の辺りに、殯《もがり》を建てて納めた。天皇は、皇孫が生まれつき従順で節操があるために、特に大切になされていた。それで悲しみに耐えきれず、甚だしくお泣きになられ、周りの人にも涙をさそうばかりであった。群臣に詔して、

「私の死後は、必ず我が陵《みささぎ》に合葬するように。」
と仰せられた。そして歌を詠まれた。

歌謡一一六　今城《いまき》なる　小丘《おむれ》が上に　雲だにも　著《しる》くし立たば　何か歎《なげ》かん　其の一

今城の小丘の上に、せめて雲だけでもはっきり立つなら、どうして嘆くことがあろう。

歌謡一一七　射ゆ鹿猪《しし》を　認《つな》ぐ川上《かわへ》の　若草の　若くありきと　吾《あ》が思《も》はなくに　其の二

射られた鹿猪のあとをつけていくと、川辺の若草が見えてきた。その若草のように若く幼かったとは、私は思わなかった。

歌謡一一八　飛鳥川《あすかがわ》　漲《みなぎ》らいつつ　行く水の　間《あいだ》も無くも　思うゆるかも　其の三

飛鳥川が、水しぶきを立てて溢れるように盛り上がって、流れていくその水のように、建王は絶え間なく思い出される。

天皇は、折々にこれらを口ずさんでお泣きになった。
七月四日に、蝦夷《えみし》二百余人が朝廷に参上して、物を献上した。天皇は、通常にもましてにぎにぎしく饗応なさり、多くの賜物があった。そして柵を守る蝦夷二人に位一階、渟代郡《ぬしろのこおり》の大領沙尼具那《さにぐな》に小乙下《しょうおつげ》［ある本によると、位二階を授け、各戸の人数を調査させたという］、少領宇婆佐《うばさ》に建武《けんむ》、勇壮な者二人に位一階を授けた。別に沙尼具那《さにぐな》等に、蛸旗《たこはた》（旗の頭が蛸に似ている）二十頭・鼓《つづみ》二面・弓矢二具・鎧《よろい》二領が下された。津軽《つがるの》郡《こおり》の大領馬武《めむ》に大乙上《だいおうじょう》、少領青蒜《あおひる》に小乙下《しょうおつげ》、勇壮な者二人に位一階を授けた。別に馬武《めむ》等に、蛸旗二十頭・鼓二面・弓矢二具・鎧二領が下された。都岐沙羅《つきさら》の柵造［名を欠く］には、位二階、判官に位一階を授けた。渟《ぬ》足《たり》の柵造大伴君稲積《おおとものきみいなつみ》に小乙下《しょうおつげ》を授けた。また渟代郡《ぬしろのこおり》の大領沙尼具那《さにぐな》に詔《みことのり》して、蝦夷の人口と捕虜の人口とを詳しく調査させた。

この月に、僧智通《ちつ》・智達《ちだち》は詔を受け、新羅《しらぎ》の船に乗って大唐国《もろこしのくに》に行き、法相宗の義を開祖の玄奘《げんじょう》法師のもとで修めた。

十月十五日に、天皇は紀温湯《きのゆ》（牟婁温湯）に行幸された。天皇は、皇孫建王《たけるのみこ》を思い出し、嘆き悲しみ泣かれた。そして歌を口ずさまれた。

歌謡一一九　山越えて　海渡るとも　おもしろき　今城《いまき》の内は　忘らゆましじ　其の一

山を越え海を渡っても、建王のいたあの今城の地のことは、決して忘れまい。

歌謡一二〇　水門《みなと》の　潮《うしお》のくだり　海《うな》くだり　後《うしろ》も暗《くれ》に　置きてか行かん　其の二

川口から潮流に乗って、海路を下って行くが、建王を置いて行くと思うと、暗い気持ちのまま後に残して行くことか。

歌謡一二一　愛《うつく》しき　吾《あ》が若き子を　置きてか行かん　其の三

かわいい私の幼な子を、後に残して行くことか。

そして秦大蔵造《はだのおおくらのみやつこ》万里《まろ》に詔して、

「この歌を後世に伝えて、決して忘れさせてはならない。」

と仰せられた。

有間皇子《ありまのみこ》誅殺《ちゅうさつ》

十一月三日に、宮中留守官の蘇我赤兄臣《そがのあかえのおみ》は有間皇子《ありまのみこ》に、

「天皇の治政について、三つの過失があります。一つは、大きな倉庫を建てて、人民の財物を集積したことです。二つは、長い用水路を掘って、公の食糧を浪費したことです。三つは、舟に石を載せて運び、積み上げて丘を築いたことです。」

と語った。有間皇子は、赤兄が自分に好意をもっていることを知り、喜んで、

「私はこの年になって、初めて兵を用いるべき時が来たのだ。」

と言った。

五日に、有間皇子は赤兄の家に出向き、高楼に登って謀りごとをした。すると脇息《きょうそく》が自然に折れた。これは

不吉な前兆だと判断して、誓い合って謀議を中止し、皇子は帰宅して寝た。この夜半に、赤兄は物部朴井連《もののべのえのいのむらじ》鮪《しび》を送って、宮殿造営の人夫を率い、有間皇子《ありまのみこ》を市経《いちふ》の家に囲ませ、すぐに早馬を遣わして、天皇のもとに奏上した。

九日に、有間皇子と、守君大石《もりのきみおおいわ》・坂合部連薬《さかいべのむらじくすり》・塩屋連鯯魚《しおやのむらじこのしろ》とを捕らえて、紀温湯《きのゆ》に送った。舎人新田部米《とねりにいたべのこめ》麻呂《まろ》が従った。皇太子はご自身で有間皇子に尋ねて、

「なぜ謀反を図ったのか。」

と仰せられた。有間皇子は、

「天と赤兄とが知るところです。私は何も存じません。」

と申し上げた。

十一日に、丹比小澤連国襲《たじひのおざわのむらじくにそ》を遣わし、有間皇子を藤白坂《ふじしろのさか》で絞刑《こうけい》に処した。この日に、塩屋連鯯魚《しおやのむらじこのしろ》・舎人《とねり》新田部連米麻呂《にいたべのむらじこめまろ》を藤白坂で斬刑《ざんけい》に処した。塩屋連鯯魚は誅殺されようとする時に、

「どうか右手で、国の宝器を作らせてほしいものです。」

と言った。守君大石《もりのきみおおいわ》は上毛野国《かみつけののくに》に、坂合部薬《さかいべのくすり》は尾張国《おわりのくに》への流罪に処した［ある本によると、有間皇子と蘇我臣《そがのおみ》赤兄《あかえ》・塩屋連小戈《しおやのむらじおほこ》・守君大石《もりのきみおおいわ》・坂合部連薬《さかいべのむらじくすり》とは、短い紙片で作ったくじを取り、謀反のことを占ったという。ある本によると、有間皇子は、「まず宮殿を焼き、五百人で一日二夜の間牟婁津《むろのつ》を遮り、急ぎ船軍で淡路国《あわじのくに》を断って、牢獄のように封鎖すれば、計画は容易に成就しよう。」と言った。ある人が諫めて、「よくないことです。計略はその通りだとしても、徳というものがありません。今、皇子は御年十九で、まだ成人に達していません。成人になってこそ、徳を備えることができるのです。」と言った。他日に、有間皇子と一人の判事（刑部省の官人）とが謀反を企てていた時に、皇子の脇息の脚がわけもなく自然に折れた。しかし謀りごとをやめ

ないので、ついに誅殺されたという」。

阿倍比羅夫《あへのひらぶ》の粛慎《みしはせ》・蝦夷《えみし》討伐

この年に、越国守《こしのくにのかみ》阿倍引田臣比羅夫《あへのひけたのおみひらぶ》は粛慎《みしはせ》（蝦夷《えみし》の一部）を討伐し、生きた羆《ひぐま》二頭・羆の皮七十枚を献上した。僧智踰《ちゆ》が、指南車《しなんしゃ》を作った。出雲国《いずものくに》から、

「北海の浜に、魚が死んで積み上がっています。その厚さは三尺（約九一センチ）ほどあります。魚の大きさは河豚《ふぐ》ほどで、雀のような口をもち、針の鱗《うろこ》があります。鱗の長さは数寸（一寸は約三センチ）です。土地の人は、

『雀が海に入って、魚になった。名付けて、雀魚《すずめうお》という。』

と言っております。」

との奏上があった「ある本によると、六年の七月になって、百済《くだら》が使者を派遣して、「大唐《もろこし》と新羅《しらぎ》が連合して、わが国を攻撃しました。すでに義慈王《ぎじおう》・王后・太子を捕虜にして、引き揚げました。」と奏上した。このため、日本国は兵士を西北の海岸に配置させ、城柵《きかき》を修繕した。このように、山川を断ち塞いだことの前兆であるという」。

また西海使小花下《しょうけげ》阿曇連頰垂《あずみのむらじつらたり》が百済から帰還して、

「百済が新羅を討伐して帰る時に、馬が勝手に寺の金堂の周りをめぐり歩き、昼夜休むことがありません。ただ、草を食べる時だけ休みました。」

と申し上げた「ある本によると、六年になって、敵に滅ぼされることの前兆であるという」。

五年の正月三日に、天皇は紀温湯《きのゆ》から帰京された。

三月一日に、天皇は吉野に行幸され、饗宴を催された。

三日に、天皇は近江《おうみ》の平浦《ひらのうら》（滋賀県大津市辺りの湖岸）に行幸された。

十日に、吐火羅人《とからのひと》が妻の舎衛婦人《しゃえふじん》と共に来朝した。

十七日に、甘檮丘《あまかしのおか》の東の川原に、須弥山《すみせん》を造って、陸奥《みちのく》と越《こし》の蝦夷《えみし》を饗応なされた。

この月に、阿倍臣《あへのおみ》［名を欠く］を派遣して、船軍百八十艘《そう》を率いて蝦夷国《えみしのくに》を討伐した。阿倍臣は、飽田《あきた》・渟《ぬ》代《しろ》二郡の蝦夷二百四十一人、その捕虜三十一人、津軽郡《つがるのこおり》の蝦夷百十二人、その捕虜四人、胆振鉏《いふりさえ》の蝦夷二十人を一か所に集めて、大いに饗応なさり賜禄があった。そして船一隻《せき》と五色に染めわけた絹とを供えて、その地の神を祭った。肉入籠《ししりこ》に着いた時に、問菟《とう》の蝦夷《えみし》の胆鹿島《いかしま》・菟穂名《うほな》の二人が進み出て、

「後方羊蹄《しりへし》を政庁の地となさいませ。」

と言った［思うに政庁の地というのは、蝦夷の郡の役所のことであろうか］。そこで進言に従って、その地に郡領を置いて帰った。道奥《みちのく》と越《こし》との国司にそれぞれ位二階、郡領と主政とにそれぞれ階を授けた［ある本によると、阿倍引田臣比羅夫《あへのひけたおみひらぶ》は粛慎《みしはせ》と戦って帰り、捕虜四十九人を献上したという］。

遣唐使が高宗《こうそう》に謁見《えっけん》

七月三日に、小錦下《しょうきんげ》坂合部連石布《さかいべのむらじいわしき》・大仙下《だいせんげ》津守連吉祥《つもりのむらじきさ》を唐国《もろこし》に派遣した。その時、道奥《みちのく》の蝦夷《えみし》男女二人を、唐の天子にお目にかけた。

［伊吉連博徳《いきのむらじはかとこ》の書に、

「同じ天皇の御世に、小錦下坂合部連石布・大山下津守連吉祥等の二船が、呉唐《くれもろこし》への航路に遣わされた。斉明《さいめい》五年の七月三日に、難波《なにわ》の三津《みつ》の浦を出航し、八月十一日に筑紫《つくし》の大津《おおつ》の浦を出航した。九月十三日

に、百済《くだら》の南端の島に到着した。島の名は、明らかでない。十四日の寅時《とらのとき》（午前三時から五時）に、二船が相継いで大海に出た。十五日の日没時に、石布連《いわしきのむらじ》の船が逆風を受けて、南海の島に漂着した。島の名は、爾加委《にかい》という。石布連等は、島人に殺された。東漢長直《やまとのあやのながのあたい》阿利麻《ありま》・坂合部連稲積《さかいべのむらじいなつみ》等五人は、島人の船を盗んで乗り込み、逃げて括州《かっしゅう》（中国浙江省麗水）に到着した。州県の役人が、洛陽《らくよう》の京《みやこ》に送り届けた。十六日の夜半に、吉祥連《きさのむらじ》の船は越州会稽県《えっしゅうかいけいけん》（浙江省紹興）の須岸山《しゅがんさん》に到着した。東北の風がたいそう強く吹いた。二十三日に、余姚県《よようけん》（浙江省余姚）に到着し、乗ってきた大船と諸々の調度品をそこに留め置いた。閏《うるう》十月一日に、越州の役所に到着した。十五日に、駅馬に乗って京《みやこ》に入った。二十九日に、馬を馳せて洛陽《らくよう》に到着した。天子は、洛陽におられた。

三十日に、天子は謁見《えっけん》して、

『日本国の天皇は、平安でおられるかどうか。』

とお尋ねになった。使者は謹んで、

『天地の徳を合わせ、おのずから平安を得ております。』

とお答えした。天子は、

『執事の卿等は、元気でいるか。』

とお尋ねになった。使者は謹んで、

『天皇のご慈愛によって、無事に過ごしております。』

とお答えした。天子は、

『国内は平和かどうか。』

とお尋ねになった。使者は謹んで、

『天皇の治政は天地にかない、万民は無事でございます。』

とお答えした。天子は、

『これらの蝦夷国《えみしのくに》は、どの方角にあるのか。』

とお尋ねになった。使者は謹んで、

『その国は、東北にございます。』

とお答えした。天子は、

『蝦夷は、何種類あるのか。』

とお尋ねになった。使者は謹んで、

『三種類あります。遠い者を都加留《つかる》、中ほどを麁蝦夷《あらえみし》、近い者を熟蝦夷《にきえみし》と名付けております。今ここにいるのは、熟蝦夷です。毎年、本国の朝廷に貢物を納めております。』

とお答えした。天子は、

『その国に、五穀はあるのか。』

とお尋ねになった。使者は謹んで、

『ございません。肉を食べて生活しております。』

とお答えした。天子は、

『その国に、住居はあるのか。』

とお尋ねになった。使者は謹んで、

『ございません。深山の中で、樹の下に住んでおります。』

とお答えした。天子は重ねて、

『私は、蝦夷《えみし》の身体や顔の異形なようすを見て、きわめて喜びまた奇怪に感じた。使者は遠方よりの来訪で、辛苦したことであろう。下がって、館に滞在せよ。後にまた謁見しよう。』

と仰せられた。

十一月一日に、唐の朝廷で冬至の儀式があった。その日にもまた、天子に謁見した。参朝した諸蕃の中で、日本の客が最も優れていた。後に出火の騒乱があったために、そのまま放置され、再度の謁見はなかった。

十二月三日に、韓智興《かんちこう》の従者 西 漢大麻呂《こうちのあやのおおまろ》は、わざと日本からの客を讒言《ざんげん》した。客等は唐朝に有罪とされ、流罪と決定した。これに先立って、智興を三千里の外に流した。客の中に伊吉連博徳《いきのむらじはかとこ》がいて、無実を奏上したため、罪を免れた。事件後 勅《みことのり》があり、

『我が国は、来年に必ず朝鮮を征伐するであろう。お前等日本の客は、帰国してはならない。』

と仰せられた。そして長安に留め、別々の場所に幽閉した。戸を閉ざして監禁し、自由に行動することを許さず、長年にわたって困苦した。」

という。難波吉士男人《なにわのきしおひと》の書に、

「大唐《もろこし》に向かった大使は、船が島に衝突して転覆した。副使が直接天子に拝謁して、蝦夷《えみし》をお目にかけた。その時蝦夷は、白鹿の皮一枚・弓三・矢八十を天子に献上した。」

という。」

十五日に、天皇は群臣に詔して、飛鳥地方の諸寺に盂蘭盆経《うらぼんきょう》を講じて、七世の父母に報いさせた。

この年に、出雲国 造《いずものくにのみやつこ》［名を欠く］に命じて神《かみ》の宮《みや》（出雲郡の杵築大社）を修理させたところ、狐が於宇 郡《おうのこおり》の人夫が取った葛《かずら》の端をかみ切って逃げた。また、犬が死人の腕をかみ取って、言屋社《いうやのやしろ》に置いた［天子が崩御

される前兆である」。また高麗《こま》の使者が、羆《ひぐま》の皮一枚を持ってきて、その値を称して、

「綿六十斤《きん》」（三六〇キログラム）

と言った。市司《いちのつかさ》は笑って立ち去った。高麗の画師子麻呂《えかきこまろ》は、母国の使者を自分の家で接待した時に、官物の羆の皮七十枚を借りて、客の席に敷いた。客等は、恥じ入り不思議がって退出した。

六年の正月一日に、高麗の使者乙相賀取文《いっそうがすもん》等百余人が筑紫《つくし》に停泊した。

三月に、阿倍臣《あへのおみ》［名を欠く］を遣わして、船軍二百艘《そう》を率いて粛慎国《みしはせのくに》を討伐させた。阿倍臣は陸奥《みちのく》の蝦夷《えみし》を自分の船に乗せて、大河の岸に着いた。この時、渡島《わたりのしま》の蝦夷千余人が海岸に集結し、川に向かって宿営していた。すると突然、営の中の二人が進み出て、

「粛慎《みしはせ》の船軍が大勢やって来て、我等を殺そうとしています。どうか川を渡ってお仕えさせて下さい。」

と叫んだ。阿倍臣は船を出して二人の蝦夷を招き寄せ、賊の隠れ場所とその船数とを尋ねた。二人の蝦夷はすぐに隠れ場所を示して、

「船は二十余艘《そう》です。」

と言った。そこで使者を送って粛慎を召したが、まったく応じなかった。阿倍臣は、色絹・武器・鉄などをこれ見よがしに海岸に積んだ。粛慎は船軍を連ね、羽を木に掲げて旗にし、棹《さお》を一斉にこいで近づき、浅瀬まで来て停泊した。一艘の船の中から二人の老翁《おきな》を降ろして、積み上げた色絹などの品物の周りを歩いてよくよく視察させた。そして二人の老翁は単衫《ひとえきぬ》（一枚の袖なしの下着）に着替えて、それぞれ布一端ずつ持って、船に乗って行った。しばらくして老翁はまたやって来て、着替えた衫を脱いで置き、併せて持っていった布も置いて船に乗って帰った。阿倍臣は、数艘の船を出して粛慎を召した。しかしこれに応じず、幣賂弁島《へろべのしま》に戻って行った。しばらくして和解を求めてきたが、許さなかった［幣賂弁は、渡島《わたりのしま》の一部である］。粛慎《みしはせ》は、自分等

の築いた柵《き》にこもって戦った。この時、能登臣馬身竜《のとのおみまむたつ》が敵に殺された。なお戦闘が続くうちに、敵は破れて自分等の妻子を殺した。

五月八日に、高麗《こま》の使者乙相賀取文《いっそうがすもん》等が難波館《なにわのむろつみ》に到着した。

この月に、役人は勅《みことのり》を受け、百の高座《こうざ》・百の法衣《ほうえ》を作り、仁王般若会《にんのうはんにゃえ》を営んだ。また皇太子は初めて水時計を作り、民に時刻を知らせた。また阿倍引田臣《あへのひけたのおみ》［名を欠く］が、蝦夷《えみし》五十余人を献じた。また石上池《いそのかみのいけ》のほとりに、須弥山《すみせん》を造った。高さは、寺院の塔ほどあった。そこで粛慎《みしはせ》四十七人を饗応なされた。また国中の人民が理由もなく武器を持って、道を往来した［国の老人は、「百済国《くだらのくに》が国土を失う前兆であろうか」と言った］。

百済《くだら》滅亡

七月十六日に、高麗《こま》の使者乙相賀取文《いっそうがすもん》等が帰国した。また覩貨羅人乾豆波斯達阿《とからひとけんずはしだちあ》は本国に帰ろうと思い、送使を要請して、

「後にまた来て、大国に仕えたいと思います。それで、妻を留めてその証といたします。」

と申し上げた。こうして、数十人と共に西海路に出航した。

［高麗《こま》の僧道顕《どうけん》の『日本世記《にほんせいき》』には、

「七月に、唐と新羅《しらぎ》は連合して百済《くだら》を滅亡させた。新羅の春秋智《しゅんじゅうち》（太宗武烈王《たいそうぶれつおう》）は、唐の大将軍蘇定方《そていほう》の手を借りて、百済を撃たせて滅ぼした。

あるいは、百済は自滅したのである。というのは、義慈王《ぎじおう》の妻は妖女《ようじょ》であり、無道にもほしいままに国の権力を手に入れ、賢く善良な人を誅殺《ちゅうさつ》したので、この禍《わざわい》を招いた。くり返しくり返し、気をつけることだという。

その注（道顕の自注）によると、新羅の春秋智は、高麗の内臣蓋金《うちのおみこうこん》に百済討伐の援軍を願い出たが断わられた。それで唐に使者を送って、新羅の衣冠を捨て、自ら唐服を着るなどして天子にこび、隣国に禍害を与えようとする思惑をめぐらしたのであるという。」

とある。伊吉連博徳《いきのむらじはかとこ》の書には、

「庚申《こうしん》の年（斉明六年）の八月に、百済《くだら》がすっかり平定され、その後九月十二日に、唐は客の帰国を許可した。十月十六日に、洛陽《らくよう》まで帰り着いて、やっと阿利麻《ありま》等《ら》五人と会うことができた。

十一月一日に、将軍蘇定方《そていほう》等《ら》に捕らえられた百済王以下太子隆《りゅう》等諸王子十三人、大佐平沙宅千福《だいさへいさたくせんふく》・国《こく》弁上《べんじょう》以下三十七人、合わせて五十人ばかりの人が朝廷に進上されると、直ちに天子の前に連れて行かれた。天子は恩勅を下して、目前で放免なされた。十九日に、天子から慰労を受け、二十四日に洛陽を出発した。」

とある。」

九月五日に、百済は達率《だちそち》［名を欠く］沙弥覚従《さみかくじゅ》等を派遣して来朝させ、奏上して［ある本によると、逃げて来て国難を告げたとある］、

「今年の七月に、新羅《しらぎ》は力を誇示し勢いに乗じて、隣国との親交を絶ち、唐人と策をめぐらして、百済を滅亡させました。君臣を皆捕虜にし、生存者はほとんどおりません［ある本によると、今年の七月十日に、大唐の蘇定方《そていほう》は船軍を率いて尾資《びし》の津（錦江の江口近辺）に布陣した。新羅王の春秋智《しゅんじゅうち》は、兵馬を率いて怒受《ぬず》利《り》の山（忠清南道連山）に布陣した。こうして百済を挟み撃ちし、戦うこと三日で我が王城を攻め落とした。同月十三日に、ついに王城は陥落した（怒利受利山は百済の東境であるとある）］。

西部恩率鬼室福信《せいほうおんそちきしつふくしん》は、激しく憤りを発して、任射岐山《にざきのむれ》［ある本によると、北任叙利山《きたのにじょりのむれ》であるという］達率余《だちそちよ》

自身《じしん》は、中部久麻怒利城《ちゅうほうくまぬりのさし》（熊津城を意味する古代朝鮮語）に陣取りました［ある本によると、都々岐留山《つつきるのむれ》であるという］。それぞれ一か所に宿営して、離散していた兵卒を呼び集めました。武器は、先の戦役で尽きてしまいました。それで、大杖で戦いました。新羅の軍兵が倒れると、百済はその武器を奪いました。こうして百済の武力は精強となり、唐も攻め入ろうとはしません。福信等は、ついに同国人を寄せ集めて、共に王城を保っております。国民は尊敬して、『佐平《さへい》福信・佐平自進《じしん》』と言います。福信だけが、神妙で勇猛な威勢を発揮して、すでに亡びた国を興しました。」

と申し上げた。

百済が日本に救援を要請

十月に、百済《くだら》の佐平鬼室福信《さへいきしつふくしん》は佐平貴智《きち》等［ある本によると、佐平貴智・達率正珍《だちそちしょうちん》であるという］を派遣して来朝させ、唐の捕虜百余人を献じた。今の美濃国《みののくに》の不破《ふわ》・片県《かたあがた》二郡の唐人等である。また救援軍の派遣を要請し、併せて王子余豊璋《よほうしょう》の送還を願い出て、

「唐人は、我が害賊の新羅を率いて来襲し、我が国境を侵し、我が国家を覆《くつがえ》し、我が君臣を捕虜としました［百済王義慈《ぎじ》・妻恩古《おんこ》・子隆《りゅう》等、臣佐平千福《さへいせんふく》・国弁成《こくべんじょう》・孫登《そんとう》等、五千余人が七月十三日に、蘇将軍に捕らえられて唐国に送られた。思うにこれは、人民が理由もなく武器を持ったという前兆の証だったのだろうか］。

それで百済国は、遥かなる天皇の御加護を頼りとして、人々を寄せ集めて、再び国家を形成しました。今こそ謹んでお願いいたします。どうか百済国が天朝に派遣しました王子豊璋を迎えて、国主にすることをお許し下さい。」

と申し上げた。天皇は詔して、

「救援軍派遣の要請のことは、昔にもあったと聞いている。危難に遭遇したものを助け、絶えようとするものを継ぐことは、恒久の価値をもつ典籍にも記されている。百済国は、困窮して我が国を頼ってきた。

『本国は存亡の混乱にあって、身を寄せる所も、告げる所もなく、戈《ほこ》を枕にし胆《きも》をなめるような辛苦を味わっている。必ず救援していただきますように。』

と、遠くから上表してきた。その心を見捨てることはできない。将軍にそれぞれ命令して、各方面から一斉に進軍させせよ。雲が集まり雷が動くように沙喙《さたく》（新羅）に集結すれば、巨悪なるものを斬って、百済の非常な苦しみをゆるめることができよう。また役人は充分準備を整え、礼を尽くして王子を出発させせよ。」

と仰せられた［王子豊璋《ほうしょう》及び妻子と、その叔父忠勝《ちゅうしょう》等とを送還した。その正確な発遣の時のようすは、七年の条にみえる。ある本によると、天皇は豊璋を王とし、塞上《さいじょう》を補佐とし、礼を尽して出発させたとある］。

十二月二十四日に、天皇は難波宮《なにわのみや》に行幸された。天皇は、まさしく福信の要請のとおりに、筑紫《つくし》に行幸して救援軍を派遣しようとお思いになり、まずここに行幸され諸兵器を準備されたのである。

この年に、天皇は百済のために新羅を討伐しようとされ、駿河国《するがのくに》に勅《みことのり》して船を造らせた。完成して、続麻《おみ》郊《の》（伊勢市の北西辺）に曳《ひ》いてきた時、その船は夜中に理由もなく、艫《へ》と舳《とも》とが岸につないでおいた向きが反対になった。人々は、この戦いがついには敗北することを知った。科野国《しなののくに》から、

「蝿《はえ》が群がって西に向かい、巨坂《おおさか》（神坂峠）を飛び越えて行きました。大きさは、十人で取り囲んだ程で、高さは天に届くほどでした。」

との奏上があった。これは、救援軍が大敗することの不吉な前兆だと悟った。その時に、童謡《わざうた》が歌われた。

歌謡一二二　摩比邏矩都能倶例豆例《まひらくつのくれつれ》　於能幣陀乎《おのへたを》　邏賦倶能理歌理鵝《らふくのりかりが》

美和陀騰能理歌美《みわたとのりかみ》　烏能陛陀烏《おのへたを》　邏賦倶能理歌里鵝《らふくのりかりが》
甲子騰和与騰美《こうしとわよとみ》　烏能陛陀烏《おのへたを》　邏賦倶能理歌理鵝《らふくのりかりが》

（意味不詳。原字に読みがなを付け、三行に設定。百済を新羅や唐が侵蝕し、日本の救援軍の敗北を予言したものか）

天皇の西征

七年の正月六日に、天皇の船は西征して、初めて海路についた。

八日に、御船が大伯海《おおくのうみ》（岡山平野と小豆島の間）に着いた時、大田姫皇女《おおたのひめみこ》（天智天皇の子で天武天皇の后）が皇女を産んだ。この皇女を、大伯皇女《おおくのひめみこ》という。

十四日に、御船は伊予《いよ》の熟田津《にきたつ》（愛媛県松山市付近）の石湯行宮《いわゆのかりみや》（道後温泉）に停泊した。

三月二十五日に、御船は海路について、娜大津《なのおおつ》（博多港）に到着し、磐瀬行宮《いわせのかりみや》に滞在なされた。天皇は、この地を長津《ながつ》と改名された。

四月に、百済《くだら》の福信《ふくしん》は使者を派遣して上表し、百済の王子糺解《くげ》（豊璋《ほうしょう》）を迎えたいと請うた［僧道顕《どうけん》の『日《に》本世記《ほんせいき》』によると、「百済の福信は書を献上して、その君糺解の送還を日本の朝廷に願い出た。」とある。ある本によると、四月に天皇は朝倉宮《あさくらのみや》（福岡県朝倉市杷木志波）にお移りになったとある」。

五月九日に、天皇は朝倉橘広庭宮《あさくらのたちばなのひろにわのみや》に移り、そこに滞在なされた。この時、朝倉社《あさくらのやしろ》（福岡県朝倉市山田鎮座）の木を切り払って、この宮を造ったので、神が怒って宮殿を壊した。また、宮殿内に鬼火が現れた。これによって、大舎人《おおとねり》及び諸近侍に、病気になって死ぬ者が多く出た。

二十三日に、耽羅《たんら》（済州島）が初めて王子阿波伎《あわき》等を派遣して朝貢した［伊吉連博得《いきのむらじはかとこ》の書に、「辛酉《しんゆう》の年（斉明七年）の正月二十五日に、帰国の途につき越州《えっしゅう》に到着した。四月一日に、檉岸山《ちょうがんさん》の南に到着した。八日の暁に、西南の風に乗って、船を大海に出したが航路に迷い、漂流し辛苦した。八夜九日かかって、かろうじて耽羅《たんら》の島にたどり着いた。そこで島の王子阿波伎《あわき》等九人を招いて慰労し、この船に同乗させて、朝廷に献じようと考えた。五月二十三日に、朝倉の朝廷にこの島人を進上した。耽羅の入朝は、この時から始まった。また智興《ちこう》の従者東漢草直足島《やまとのあやのかやのあたいたりしま》のために讒言《ざんげん》され、日本の使者等はついに唐の天子から恩寵ある勅を受けることはなかった。使者等の怨みが天上の神に通じ、足島を落雷によって死なせた。時の人は、『大倭《やまと》の天の報いは、早いことだ。』と言った」とある。］。

天皇崩御

六月に、伊勢王《いせのおおきみ》が薨《こう》じられた。

七月二十四日に、天皇が朝倉宮《あさくらのみや》で崩御《ほうぎょ》された。

八月一日に、皇太子は天皇の柩《ひつぎ》に付き添って、磐瀬宮《いわせのみや》に帰り着いた。この夕、朝倉山《あさくらのやま》の上に鬼が現れ、大笠を着て喪儀を見守った。人々は皆、あっという奇異な声を上げた。

十月七日に、天皇の柩は帰途の海路についた。皇太子はある場所に停泊し、天皇を慕い悲しまれ、口ずさまれた。

歌謡一二三　君《きみ》が目の　恋《こお》しきからに　泊《は》てて居《い》て　かくや恋いんも　君が目を欲《ほ》り

あなたにお目にかかりたいばかりに、ここに舟泊まりしてあなたと共におりますのに、これほど恋しさが募るものでしょうか。生きている母君にお目にかかりたいのです。

二十三日に、天皇の柩《ひつぎ》は難波《なにわ》に帰還し停泊した。

十一月七日に、天皇の柩を飛鳥川原《あすかのかわら》に運んで殯《もがり》を行った。これより九日まで、喪の礼を奉った〔『日本世記《にほんせいき》』に、「十一月に、福信が連れ帰った唐人の続守言《しょくしゅげん》等が、筑紫《つくし》についた。」とある。ある本によると、辛酉《しんゆう》の年（斉明七年・六六一年）に、百済の佐平福信《さへいふくしん》が献じた唐の捕虜百六人を、近江国《おうみのくに》の墾田《はりた》に住わせたというが、庚申《こうしん》の年（前年）にすでに、福信は唐の捕虜を献じたとある。それで今ここに書きとどめておくので、後人が判断してほしい〕。

巻第二十七　第三十八代　天命開別天皇《あめみことひらかすわけのすめらみこと》　天智天皇《てんちてんのう》

皇太子の称制《しょうせい》・百済《くだら》救援

天智天皇は、舒明《じょめい》天皇の太子である。母は、皇極《こうぎょく》天皇と申し上げる。皇極天皇は、その四年に、皇位を孝徳《こうとく》天皇にお譲りになった。その時に、天智天皇を皇太子とされた。孝徳天皇は、白雉《はくち》五年の十月に崩御された。翌年に、皇祖母尊（皇極上皇）が天皇の位に即かれた。

斉明《さいめい》天皇七年（辛酉の年）の七月二十四日に、斉明天皇が崩御された。皇太子は、麻の喪服を着て政務を執られた。

この月に、蘇《そ》将軍と突厥《とっけつ》の王子契苾加力《けいひつかりき》等とは、水陸二路から進軍して、高麗《こま》の城下に迫った。皇太子は、長津宮《ながつのみや》に移り住まれて、しだいに海外の軍政に着手された。

八月に、前軍の将軍大花下《だいけげ》阿曇連《あずみのむらじ》比邏夫《ひらぶ》・小花下《しょうけげ》河辺臣百枝《かわべのおみももえ》等、後軍の将軍大花下《だいけげ》阿倍引田臣比邏夫《あへのひけたのおみひらぶ》・大《だい》山上《せんじょう》物部連熊《もののべのむらじくま》・大山上《だいせんじょう》守君大石《もりのきみおおいわ》等を派遣して、百済《くだら》を救援させた。そして、武器・食糧を送られた「ある本によると、この文末に続けて、別に大山下《だいせんげ》狭井連檳榔《さいのむらじあじまさ》・小山下《しょうせんげ》秦造《はだのみやつこ》田来津《たくつ》を派遣して百済を守らせたとある」。

九月に、皇太子は長津宮にあって、織冠《しょっかん》を百済の王子豊璋《ほうしょう》に授けられた。また多臣蒋敷《おおのおみこもしき》の妹を豊璋の妻とされた。そして大山下《だいせんげ》狭井連檳榔《さいのむらじあじまさ》・小山下《しょうせんげ》秦造《はだのみやつこ》田来津《たくつ》を派遣し、軍兵五千余人を率いて本国に護送させた。豊璋が入国する時に、福信が出迎え拝礼して、国政のすべてを委《ゆだ》ねまつった。

十二月に高麗《こま》が、

「この十二月に、高麗国では寒さが厳しく、大河は凍結しました。それに乗じて唐軍は、高い車・城門などを衝き破る装置をつけた車・物見やぐらのある車を繰り出し、鼓や鉦《かね》を打ち鳴らして攻めてきました。高麗の軍兵は、勇敢・雄壮に戦って、唐軍の要塞を二か所奪取し、残るはあと二か所のみです。そこで、夜に攻撃をかけようと計画しておりましたが、唐の兵士が寒さのために膝を抱えて泣きました。それを見て、高麗軍の気勢がそがれ、力尽き、唐の要塞を攻め取ることができませんでした。」

と申し上げた。臍《ほぞ》を噛《か》む（とりかえしのつかないことを後悔する）恥とは、まったくこのようなことをいうのであろうか［僧道顕《どうけん》は、「春秋《しゅんじゅう》の筆法によって論じるならば、事の起こりは高麗が唐に対して忠誠を尽くさなかったところにある。しかし唐が高麗より百済を滅ぼしたのは、百済が新羅を攻撃したことによる。そしてまず百済を討った。百済は近頃、甚だしい侵略に苦しんでいる。それゆえこのように言うのである。」とある］。

この年に播磨《はりま》国司岸田臣麻呂《きしたのおみまろ》等が、宝剣を献上して、

「狭夜郡《さよのこおり》（兵庫県作用郡）の人の稲田《いなだ》の穴で見つけました。」

と申し上げた。また、高麗救援に向かった日本の軍将等が、百済の加巴利浜《かはりのはま》（全羅北道扶余）で停泊し、火を燃やしたところ、灰がいつのまにか穴となり、その中からかすかな音が聞こえた。それは、鏑矢《かぶらや》の鳴る音のようであった。ある人が、

「高麗《こま》・百済《くだら》が、ついに滅亡する前兆なのだろうか。」

と言った。

百済王豊璋《ほうしょう》帰国

元年の正月二十七日に、百済の佐平鬼室福信《さへいきしつふくしん》に、矢十万隻《せき》・糸五百斤《きん》（一斤は六〇〇グラム）・綿一千斤・布一千端《たん》（一端は成人一人分の和服が作れる布の長さ）・なめし皮一千張・稲種三千石が下された。

この月に、唐と新羅が高麗《こま》を討伐し、高麗は日本に救援を乞うてきたので、軍将を派遣して、疏留城《そるのさし》に駐留させた。これによって、唐はその南の境界を侵すことができず、新羅はその西の要塞を落とすことができなかった。

四月に、鼠《ねずみ》が馬の尻尾に子を産んだ。僧道顕《どうけん》は占って、

「北国の人が、南国に従おうとしている。思うに、高麗が敗れて日本に帰属するのだろうか。」

と言った。

五月に、大将軍大錦中《だいきんちゅう》阿曇連《あずみのむらじ》比邏夫《ひらぶ》等が、船軍七十艘《そう》を率いて、豊璋《ほうしょう》等を百済《くだら》に送り届け、宣勅《せんちょく》によって豊璋等に百済王の位を継承させた。また金策《きんさく》（黄金作りの札）を福信《ふくしん》に与え、その背をなでて誉め、爵位と禄とを与えた。その時、豊璋等と福信とは拝礼して勅《みことのり》を承《うけたまわ》り、人々は感動して涙を流した。

六月二十八日に、百済は達率万智《だちそちまち》等を派遣して朝貢し、物を献上した。

十二月一日に、百済王豊璋と佐平福信らは、狭井連《さいのむらじ》［名を欠く］朴市田来津《えちのたくつ》と協議して、

「この州柔《つぬ》は、田畑から遠く離れ、土地はやせており、農耕や養蚕のできる所ではない。ここは、防ぎ戦う場所である。もしここに長くいるならば、人民は飢えてしまうだろう。今は避城（全羅北道金堤の古名）に移るべきである。避城《へのさし》は西北に古連旦涇《これんたんけい》の川が流れ、東南に深泥巨堰《しんでいこえん》の防塁がある。周囲に田をめぐらし、溝を掘って雨を集める。果実の収穫も多く、三韓のうちでも最も肥沃《ひよく》の地である。衣食の源は、天地の奥域である。低地ではあるが、移りたいものだ。」

と言った。その時に、朴市田来津《えちのたくつ》が一人諫《いさ》めて、

「避城《へのさし》と敵地との間は、一夜で行ける道のりです。これは近すぎます。もし敵の攻撃を受けるようなことがあれば、悔んでも及ばないことです。飢えることは後にしても、国の存亡が先決なのです。今、敵がむやみに攻撃して来ないのは、州柔《つぬ》が険しい山に囲まれ、すべて防塁となっているからです。山が高く谷が狭いので、守り易く攻め難いためです。もし低地に陣取っておれば、揺るぎなく堅固に守って、今日に至ることなどどうしてできたでしょうか。」

と言った。しかし、ついにこの諫言《かんげん》を聞き入れず、避城に都を移した。

この年に、日本は百済を救援するために、武器を修繕し、船舶を備え、兵糧を蓄えた。この年、太歳《たいさい》は壬《じん》戌《じゅつ》であった。

白村江《はくすきのえ》で日本軍大敗

二年の二月二日に、百済《くだら》は達率金受《だちそちこんじゅ》等を派遣して朝貢した。新羅《しらぎ》は百済の南部の四州を焼き、併せて安徳《あんとく》(忠清南道論山市恩津の古名)の要地を攻略した。避城《へのさし》は敵と近かったので、軍勢はそこにいることができず、州柔《つぬ》に戻った。田来津《たくつ》が言ったとおりであった。

この月に、佐平福信《さへいふくしん》は唐の捕虜続守言《しょくしゅげん》等を送って貢上した。

三月に、前軍の将軍上毛野君稚子《かみつけののきみわくご》・間人連大蓋《はしひとのむらじおおふた》、中軍の将軍巨勢神前臣訳語《こせのかんさきのおみおさ》・三輪君根麻呂《みわのきみねまろ》、後軍の将軍阿倍引田臣比邏夫《あへのひきたのおみひらぶ》・大宅臣鎌柄《おおみやけのおみかまつか》を派遣して、二万七千人を率いて新羅を撃たせた。

五月一日に、犬上君《いぬかみのきみ》[名を欠く]は、急ぎ軍事を高麗《こま》に告げて帰った。豊璋《ほうしょう》が石城《しゃくのさし》(忠清南道扶余郡石城塁)に現れて、福信の犯した罪を語った。

六月に、前軍の将軍上毛野君稚子《かみつけののきみわくご》等は、新羅の沙鼻《さび》（慶尚南道梁山）・岐奴江《きぬえ》の二城を攻略した。百済王豊璋は、福信に謀反の心があるのではないかと疑って、手に穴をあけ、串を通して縛ったが、処置について自ら決めがたく途方に暮れた。そこで諸臣に、

「福信の罪は、すべてこの通りである。さて、斬るべきかどうか。」

と尋ねた。そこで達率徳 執得《だちそちとくしゅうとく》が、

「このような悪逆な者は、決して許してはなりません。」

と申し上げた。福信は執得に唾を吐きかけて、

「腐れ犬の愚か者め」

と言った。王は剛力の者を揃え、福信を斬って首を漬けた。

八月十三日に、新羅は百済王が自国の良将を斬ったのを見て、直ちに侵入してまず州柔《つぬ》を攻撃しようと謀った。ここに、百済王は敵の計略を知り、諸将に、

「今聞くところによると、大日本国《やまとのくに》の救援軍の将廬原君臣《いおはらのきみおみ》が、健児一万余人を率いて、海を越えてやって来るという。どうか諸将等は、あらかじめ計略を練っておいてほしい。私は自分で出向き、白村《はくすき》（錦江の河口付近）で援軍を迎えて饗応しようと思う。」

と言った。

十七日に、敵将は州柔《つぬ》に到着し、その王城を囲んだ。大唐の軍将は、軍船百七十艘《そう》を率いて、白村江《はくすきのえ》に船軍を配置した。

二十七日に、日本の先着の船軍と、大唐の船軍とが交戦した。日本軍は、敗れて退いた。大唐軍は、陣を固めて守った。

二十八日に、日本の諸将軍と百済王とは、その時の状況をかえりみもせず、

「我等が先を争って攻撃すれば、敵は自然に退却するであろう。」

と言った。再び隊伍の乱れている日本軍の中軍の兵士を率い、進軍して堅く陣を固めた大唐の軍を攻撃した。大唐はすぐに左右から船を挟み、囲んで戦った。こうしてたちまちのうちに、官軍は大敗した。入水《じゅすい》し溺死《できし》者が多く、船は向きを変えることもできなかった。朴市田来津《えちのたくつ》は天を仰いで誓い、歯がみをして怒り、数十人を殺した。しかしついに力尽き、戦死した。この時百済王豊璋《ほうしょう》は、数人と船に乗って高麗《こま》へ逃亡した。

九月七日に、百済の州柔城は、ついに唐に降伏した。この時、百済の国民は、

「州柔は陥落した。もうどうしようもない。百済の名は、すでに絶えた。墳墓の地へは、もう行くことはできない。ただ弖礼城《てれのさし》（慶尚南道南海島の古名）に行き、日本の軍将等に合って、事を行うよい時機について の要点を相談するだけである。」

と言った。ついに前から枕服岐城《しんぷくのさし》（全羅南道康津）に置いていた妻子等に国を去るという考えを教え知らしめた。

十一日に、人々は牟弖《むて》（全羅南道南平）を出発した。

十三日に、弖礼に到着した。

二十四日に、日本《やまと》の船軍と佐平余自信《さへいよじしん》・達率木素貴子《だちそちもくそきし》・谷那晋首《こくなしんす》・憶礼福留《おくらいふくる》、併せて百済《くだら》の国民等が弖礼城《てれのさし》に到着した。翌日に出航して、初めて日本に向かった。

冠位二十六階の制定・九州周辺の防備

三年の二月九日に、天皇は大皇弟（大海人皇子《おおしあまのみこ》）に命じて、冠位の階名の増加と変更、及び氏上《うじのかみ》・民部《かきべ》・家《やか》

部《べ》等の事を宣勅された。

その冠は、二十六階あった。大織《だいしょく》・小織、大縫《だいほう》・小縫、大紫《だいし》・小紫、大錦上《だいきんじょう》・大錦中・大錦下、小錦上《しょうきんじょう》・小錦中・小錦下、大山上《だいせんじょう》・大山中・大山下、小山上《しょうせんじょう》・小山中・小山下、大乙上《だいおつじょう》・大乙中・大乙下、小乙上《しょうおつじょう》・小乙中・小乙下、大建《だいこん》・小建、以上を二十六階とする。

大化五年二月の花《け》を改めて錦《きん》といい、錦から乙までに十階を加えた。また前の初位立身《りっしん》に一階を増加変更して、大建・小建の二階とした。これらが異なるところである。その他は前のままである。

大氏の氏上には大刀、小氏には小刀、伴造《とものみやつこ》等の氏上には干楯《たて》・弓矢が下賜された。またそれらの民部・家部を定めた。

三月に、百済王善光《ぜんこう》王等を難波《なにわ》に居住させた。星が飛鳥京の北に隕《お》ちた。この春に地震があった。

五月十七日に、百済鎮将劉仁願《くだらちんしょうりゅうじんがん》は朝散大夫《ちょうさんたいふ》郭務悰《かくむそう》等を派遣して、表函《ふばこ》（上表文を納めた箱）と献上物とを進上した。

この月に、大紫蘇我連大臣《だいしそがのむらじのおおおまえつきみ》が薨じた［ある本によると、大臣が薨じたのは五月であると注記するとある］。

六月に、島皇祖母命《しまのすめみおやのみこと》（天智天皇の祖母）が薨去された。

十月一日に、郭務悰等を発遣する宣勅があった。この日に、中臣内臣《なかとみのうちのおみ》（鎌足《かまたり》）は僧智祥《ちしょう》を遣わして、郭務悰に賜物があった。

四日に、郭務悰等を饗応なされた。

この月に、高麗《こま》の大臣蓋金《こうきん》が本国で亡くなった。子供等に遺言して、

「お前等兄弟は、魚と水のように和合し、決して爵位を争ってはならぬ。もし争うようなことがあれば、必

ず近隣の笑い者になろう。」

と言った。

十二月十二日に、郭務悰《かくむそう》は帰国した。

この月に淡海国《おうみのくに》から、

「坂田郡《さかたのこおり》（琵琶湖東岸、伊吹山の南西麓）の人小竹田史身《しのだのふびとむ》が飼っている猪の水おけの中に、突然稲が生えました。身はそれを収穫して、しだいに富を増やしました。栗太郡《くるもとのこおり》（琵琶湖南岸の東部）の人磐城村主殷《いわきのすぐりおお》の新婦の寝床の端に、一晩のうちに稲が生え、穂が出ました。翌朝には、穂が実って垂れ下がりました。翌日の夜、さらに一つの穂が生えました。新婦が庭に出てみると、鎌が二つ天から落ちてきました。新婦が取って殷に与えると、殷はそれ以来、富を得るようになりました。」

との奏上があった。

この年に、対馬島《つしま》・壱岐島《いきのしま》・筑紫国《つくしのくに》などに、防人《さきもり》とのろしとを備えた。また筑紫に大堤《おおつつみ》を築いて水を貯え、水城《みずき》といった。

四年の二月二十五日に、間人大后《はしひとのおおきさき》（天智天皇の妹、孝徳天皇の皇后）が薨去《こうきょ》された。

この月に、百済《くだら》の官位の階級を検討した。そして、佐平福信《さへいふくしん》の功績によって、鬼室集斯《きしつしゅうし》（福信の子か）に小《しょう》錦下《きんげ》を授けた［本《もと》の位は達率《だちそち》である］。また、百済の男女四百余人を近江国《おうみのくに》の神前郡《かんさきのこおり》（滋賀県東部南寄り）に居住させた。

三月一日に、間人大后のために、三百三十人を出家させた。

この月に、神前郡の百済人に田を与えられた。

八月に、達率答㶱春初《だちそちとうほんじゅんそ》を遣わして、長門国《ながとのくに》に城を築かせた。達率憶礼福留《だちそちおくらいふくる》・達率四比福夫《だちそちしひふくぶ》を筑紫国《つくしのくに》に遣わして、大野《おおの》（大宰府北の大野山）と椽《き》（大宰府南の基山）の二城を築かせた。耽羅《たんら》（済州島）が使者を派遣して来朝した。

九月二十三日に、唐国が朝散大夫《ちょうさんたいふ》沂州《きしゅう》（山東省臨沭県兗州）の武官長上柱国《しょうちゅうこく》劉徳高《りゅうとくこう》等を派遣した［等というのは、右戎衛郎将《うじゅうえいろうしょう》上柱国《しょうちゅうこく》百済禰軍《くだらのねぐん》朝散大夫《ちょうさんたいふ》柱国《ちゅうこく》郭務悰《かくむそう》をいう。すべて二百五十四人である。七月二十八日に対馬《つしま》に着き、九月二十日に筑紫《つくし》に着いた。二十二日に、表函《ふばこ》を進上した］。

十月十一日に、菟道《うじ》（京都府宇治市付近）で、盛大に閲兵《えっぺい》を行った。

十一月十三日に、劉徳高《りゅうとくこう》等を饗宴なされた。

十二月十四日に、劉徳高等は帰国した。

この年に、小錦守君大石《しょうきんもりのきみおおいわ》等を大唐に派遣した［等というのは、小山坂合部連石積《しょうせんさかいべのむらじいわつみ》・大乙吉士岐弥《だいおつきしのきみ》・吉士針間《きしのはりま》をいう。思うに、唐の使者を送ったのであろうか］。

五年の正月十一日に、高麗《こま》が前部能婁《ぜんほうのうる》等を派遣して朝貢した。この日に、耽羅《たんら》が王子姑如《こにょ》等を派遣して朝貢した。

三月に、皇太子は自ら佐伯連子麻呂《さえきのむらじこまろ》の家に出向いて、その病気をお見舞いになり、蘇我入鹿《そがのいるか》を討った時以来の功績をしのび慨嘆された。

六月四日に、高麗《こま》の前部能婁《ぜんほうのうる》等が帰国した。七月に大水が出た。この秋に、租調を免除した。

十月二十六日に、高麗が臣乙祖庵鄒《いっそうあんす》等を派遣して朝貢した［大使は臣乙相庵鄒《いっそうあんす》、副使は達相遁《だちそうとん》・二位玄武《げんぶ》若光《にゃくこう》である］。

この冬に、京都の鼠が近江に向かって移動した。百済の男女二千余人を東国に居住させた。この人々には、僧も俗人もすべて、癸亥《きがい》の年（天智称制二年・百済滅亡の年・六六三年）から三年間、全員に官の食糧が支給された。倭漢《やまとのあや》の僧智由《ちゆ》が、指南車を献上した。

近江遷都と天皇即位

六年の二月二七日に、斉明《さいめい》天皇と間人皇女《はしひとのひめみこ》とを小市岡上陵《おちのおかのえのみささぎ》に合葬しまつった。この日に、皇孫大田皇女《おおたのひめみこ》(天智天皇の娘・大海人皇子妃)を、陵の前の墓に葬りまつった。高麗《こま》・百済《くだら》・新羅《しらぎ》の使者は皆、葬列の通る道で哀《みね》の礼を奉った。皇太子は群臣に、

「私は、斉明天皇の勅《みことのり》を承《うけたまわ》って以来、万民を思いやるがゆえに、墳墓造営の労役を起こさない。どうか永代にわたっての、戒めとしてほしい。」

と仰せられた。

三月十九日に、都を近江《おうみ》に遷した。この時、天下の人民は遷都を願わず、諷刺や諫言する者が多く、童謡《わざうた》もまた多かった。連日連夜にわたって、火災が起こった。

六月に、葛野郡《かずらののこおり》が白燕《しろつばめ》(中瑞)を献上した。

七月十一日に、耽羅《たんら》が佐平《さへい》椽磨《てんま》等を派遣して朝貢した。

八月に、皇太子は倭京《やまとのみやこ》(飛鳥)に行幸された。

十月に、高麗《こま》の大兄男生《たいきょうなんしょう》が、城《さし》を出て国内を巡った。その時、城内の二人の弟は側近の者の告げ口を聞き入れ、門を閉じて兄を城に入れなかった。このため男生《なんしょう》は大唐に急ぎ赴き、高麗国《こまのくに》を滅ぼそうと謀った。

十一月九日に、百済鎮将《くだらちんしょう》劉仁願《りゅうじんがん》が、熊津都督府《ゆうしんのととくふ》熊山県令《ゆうせんけんれい》上柱国《じょうちゅうこく》司馬《しば》法聡《ほうそう》等を派遣して、大山下《だいせんげ》境部《さかいべの》連石積《むらじいわつみ》等を筑紫《つくしの》の大宰府に送ってきた。

十三日に、司馬法聡等は帰国した。小山下《しょうせんげ》伊吉連博徳《いきのむらじはかとこ》・大乙下《だいいつげ》笠臣諸石《かさのおみもろいわ》を送使とした。

この月に、倭国《やまとのくに》の高安城《たかやすのき》（奈良県生駒郡と大阪府八尾市の境の高安山）・讃吉国山田郡《さぬきのくにやまだのこおり》の屋島城《やしまのき》（香川県高松市の屋島）・対馬国《つしまのくに》の金田城《かなたのき》（長崎県対馬市美津島町の城山）を築いた。

閏《うるう》十一月十一日に、錦《にしき》十四匹・纈《ゆはた》（絞り染めの絹）十九匹・緋《あけ》二十四匹・紺《はなだ》布二十四端・桃染《つきそめ》布（紅花で朱鷺《とき》色に染めた布）五十八端・斧《おの》二十六・釤《なた》六十四・刀子《かたな》六十二枚が椽磨《てんま》等に下された。

七年の正月三日に、皇太子は天皇の位に即かれた［ある本によると、六年の三月に皇位に即かれたという］。

七日に、内裏で群臣を招いて宴会を催された。

二十三日に、送使博督《はかとこ》等が服命した。

二月二十三日に、古人大兄皇子《ふるひとのおおえのみこ》の御娘倭姫王《やまとひめのおおきみ》を皇后とした。そして四人の嬪《みめ》を召し入れた。一人めは蘇《そ》我山田石川麻呂大臣《がのやまだのいしかわまろのおおおみ》の娘で、遠智娘《おちのいらつめ》という［ある本によると、美濃津子娘《みのつこのいらつめ》とある］。一男二女を生んだ。長女を、大田皇女《おおたのひめみこ》（天武天皇の妃）と申し、次女を、鸕野皇女《うののひめみこ》（天武《てんむ》天皇の皇后で後の持統《じとう》天皇）と申し上げる。鸕野皇女は、天下を治められるようになった時は、飛鳥浄御原宮《あすかのきよみはらのみや》に住まわれ、後に宮を藤原に移された。長男を建皇子《たけるのみこ》と申し上げる。建皇子は言葉が不自由であり、話すことができなかった［ある本によると、遠智《おち》娘《いらつめ》は一男二女を生んだ。長男を建皇子《たけるのみこ》と申し、長女を大田皇女《おおたのひめみこ》と申し、次女を鸕野皇女《うののひめみこ》と申し上げるとある。またある本によると、蘇我山田大臣麻呂《そがのやまだのおおおみまろ》の娘を茅渟娘《ちぬのいらつめ》という。大田皇女《おおたのひめみこ》と沙羅々皇女《さららのひめみこ》とを生んだという］。二人めは遠智娘《おちのいらつめ》の妹で、姪娘《めいのいらつめ》という。御名部皇女《みなべのひめみこ》と阿陪皇女《あへのひめみこ》（後の元明《げんめい》天皇）とを生んだ。阿陪皇女は、天下を治められるようになった時は藤原宮に住まわれ、後に都を乃楽《なら》に移された［ある本によると、姪娘を桜《さくら》井娘《いのいらつめ》というとある］。三人めは阿倍大臣倉梯麻呂《あへのおおおみくらはしまろ》の娘で、橘娘《たちばなのいらつめ》という。飛鳥皇女《あすかのひめみこ》と新田部皇女《にいたべのひめみこ》とを生んだ。四人めは蘇我赤兄大臣《そがのあかえのおおおみ》の娘で、常陸娘《ひたちのいらつめ》という。山辺皇女《やまのべのひめみこ》を生んだ。また宮人（地方出身の女官）で、男女を生んだ者が四人いた。一人めは忍海《おしぬみの》造《みやつこ》小竜《おたつ》の娘で、色夫古郎《しこぶこのいらつめ》という。一男二女を生んだ。長女を大江皇女《おおえのひめみこ》と申し、長男を川島皇子《かわしまのみこ》と申し、次女を泉皇女《いずみのひめみこ》と申し上げる。二人めは栗隈首徳万《くるくまのおびとところまろ》の娘で、黒媛娘《くろひめのいらつめ》という。水主皇女《もひとりのひめみこ》を生んだ。三人めは越道君伊羅都売《こしのみちのきみいらつめ》で、施基皇子《しきのみこ》を生んだ。四人めは伊賀采女宅子娘《いがのうねめやかこのいらつめ》で、伊賀皇《いがのみ》子《こ》を生んだ。後の名を、大友皇子《おおとものみこ》と申し上げる。

高麗滅亡・新羅朝貢

四月六日に、百済《くだら》が末都師父《まつしふ》等を派遣して朝貢した。

十六日に、末都師父等は帰国した。

五月五日に、天皇は蒲生野《がもうの》（滋賀県蒲生郡・東近江市の野）で薬猟《くすりがり》をされた。その時、大皇弟（大海人皇子《おおしあまのみこ》）・諸王・内臣《うちのおみ》及び群臣は皆これに従った。

六月に、伊勢王《いせのおおきみ》とその弟王とが相継いで薨じた［官位については未詳である］。

七月に、高麗《こま》が越《こし》の路《みち》（北陸沿岸）から使者を派遣して朝貢した。風波が高く、帰ることができなかった。

栗前王《くるくまのおおきみ》を、筑紫率《つくしのかみ》に任じた。

時に、近江《おうみ》の国では百済人から戦術を学び、多くの牧場を設けて馬を放牧した。また越国《こしのくに》から石炭と石油とが献上された。また湖畔の高殿の下に、魚が水面を覆うばかりに集まってきた。また蝦夷《えみし》を饗応《きょうおう》された。また舎人《とねり》等に命じて、諸所で宴を催された。時の人は、

「天皇の世が、終わろうとしているのだろうか。」

と言った。

九月十二日に、新羅《しらぎ》が沙喙級湌金東厳《さたくきゅうさんこんとうごん》等を派遣して朝貢した。

二十六日に、中臣内臣《なかとみのうちのおみ》は僧法弁《ほうべん》・秦筆《しんひち》を遣わして、新羅《しらぎ》の上臣大角干庾信《まかりだろだいかくかんゆしん》に船一隻《せき》を下賜し、東厳等に託

した。

二十九日に、布施臣耳麻呂《ふせのおみみみまろ》を派遣して、新羅王に朝貢船一隻を下賜し、東厳等に託した。

十月に、大唐の大将軍英公《えいこう》が、高麗《こま》を撃ち滅ぼした。高麗の仲牟《ちゅうむ》王が初めて国を建てた時に、千年後まで治め続けることを望んだ。母の夫人は、

「もし善政を行えば、それも可能でしょう「ある本によると、善政を行ったとしても、不可能でしょう、とある」。ただし、七百年は治まるでしょう。」

と言った。今この国が亡びたのは、まさに七百年後にあたる。

十一月一日に、新羅王に絹五十匹《ひき》・錦五百斤《きん》・なめし皮百枚を下賜し、金東厳《こんとうごん》等に託した。東厳等には、それぞれに応じた賜物があった。

五日に、小山下《しょうせんげ》道守臣麻呂《ちもりのおおまろ》・吉士小鮪《きしのおしび》を新羅に派遣した。この日に、金東厳等は帰国した。

この年に、僧道行《どうぎょう》が草薙剣《くさなぎのつるぎ》を盗んで、新羅《しらぎ》に逃亡した。しかし途中で風雨にあい、行く先を見失って戻ってきた。

八年の正月九日に、蘇我臣赤兄《そがのおみあかえ》を筑紫率《つくしのかみ》に任じた。

三月十一日に、耽羅《たんら》が王子久麻伎《くまぎ》等を派遣して朝貢した。

十八日に、耽羅《たんら》王に五穀の種が下賜された。この日に、王子久麻伎等は帰国した。

五月五日に、天皇は山科野《やましなの》（京都市山科区山科の原野）で薬猟《くすりがり》をされた。大皇弟（大海人皇子）・藤原内大《ふじわらのうちのおお》臣《おみ》と群臣は皆これに従った。

八月三日に、天皇は高安嶺《たかやすのみね》にお登りになり、協議して城を修築しようとされたが、人民の疲労を思いやり、修理を中止なされた。時の人は感嘆して、

「実に仁愛の徳が豊かであられるではないか。」

などと言った。

この秋に、藤原内大臣《ふじわらのうちのおおおみ》の家に落雷があった。

九月十一日に、新羅《しらぎ》が沙飡督儒《ささんとくぬ》等を派遣して朝貢した。

藤原鎌足の死・法隆寺の火災・凶兆

十月十日に、天皇は藤原内大臣の家に行幸され、自ら病気をお見舞いになった。しかし、内大臣（鎌足）の衰弱は甚だしかった。そこで天皇は詔《みことのり》して、

「天道は仁者を助ける。その理に嘘はない。積善《せきぜん》の家には必ず余慶《よけい》がある。これもまた、その徴《しるし》のないはずはない。もし必要なことがあれば、申し出るがよい。」

と仰せられた。内大臣は、

「私はまったく愚か者で、申し上げることはございません。ただし、私の葬儀は質素なものにして下さい。生存中は、国の軍事にお役に立てませんでした。死去に際してまで、重ねて難儀をおかけすることはできません。」

などと申し上げた。時の賢者はこれを聞いて賛嘆し、

「この一言は、先哲の善言にも比すべきものである。大樹《たいじゅ》将軍（後漢の馮異《ひょうい》）が賞を辞退したことと、同じように論ずることのできるものではない。」

と言った。

十五日に、天皇は東宮大皇弟《ひつぎのみこ》（大海人皇子《おおしあまのみこ》）を藤原内大臣の家へ遣わして、大織冠《だいしょっかん》と大臣《おおおみ》の位とを授けられ

た。そして姓を与えて、藤原氏《ふじわらのうじ》とされた。これ以後、通称を藤原内大臣《ふじわらのうちのおおおみ》といった。

十六日に、藤原内大臣が薨じた『日本世記《にほんせいき》』に、「内大臣は、五十歳で私邸において薨じた。山科の南に移して殯《もがり》をした。天は、どうしてよくないことに、強いてこの老人を世に残さなかったのか。何と哀しいことだ。碑文に、『五十六歳で薨じた』という」とある」。

十九日に、天皇が藤原内大臣《ふじわらのうちのおおおみ》の家に行幸され、大錦上《だいきんじょう》蘇我臣赤兄《そがのおみあかえ》に命じて、恩詔を述べさせられた。そして、金の香鑪《こうろ》が下賜された。

十二月に、大蔵が火災になった。

この冬に、高安城《たかやすのき》を修理し、畿内の田税《たちから》を収納した。この時、斑鳩寺《いかるがでら》が火災になった。

この年に、小錦中《しょうきんちゅう》河内直鯨《こうちのあたいくじら》等を大唐に派遣した。また佐平余自信《さへいよじしん》・佐平鬼室集斯《さへいきしつしゅうし》等、男女七百余人を近江国《おうみのくに》の蒲生郡《がもうのこおり》に移り住まわせた。また大唐が、郭務悰《かくむそう》等二千余人を派遣した。

九年の正月七日に、官人等に詔して、宮門の内で大射《たいしゃ》の礼を行った。

十四日に、朝廷の礼儀と、行路における相避《そうひ》の礼（貴人に道を譲ること）とを宣勅された。また、妄言《もうげん》・妖《よう》言《げん》の類《たぐ》いを禁止した。

二月に、戸籍を作り、盗賊と浮浪者とを取り締まった。時に天皇は、蒲生郡の匱迮野《ひさのの》（滋賀県東近江市・蒲生郡日野町付近の野）に行幸され、宮殿建造の地を視察なされた。また高安城《たかやすのき》を修造して、穀《もみ》と塩とを備蓄した。また長門城《ながとのき》一つ・筑紫城《つくしのき》二つを築いた。

三月九日に、山御井《やまのみい》（滋賀県大津市園城寺町三井寺金堂の泉）の傍らに諸神の座を設け、幣帛《みてぐら》を分け供えた。中臣連金《なかとみのむらじかね》（鎌足の従兄弟）が祝詞《のりと》を述べた。

四月三十日夜半に、法隆寺に火災が起こった。一屋も残らず焼失した。大雨が降り、雷が轟いた。

五月に童謡《わざうた》があった。

歌謡一二四　打橋《うちはし》の　頭《つめ》の遊《あそび》に　出《い》でませ子《こ》　玉手《たまで》の家の　八重子《やえこ》の刀自《とじ》　出《い》でましの
悔《くい》はあらじぞ　出でませ子　玉手《たまで》の家の　八重子《やえこ》の刀自《とじ》

板を渡した仮橋のたもとの歌垣の遊びに出ていらっしゃい。子よ、玉手の家の八重子の奥さん。出ていらっしゃっても、後悔することはありますまい。出ていらっしゃい。玉手の家の八重子の奥さん。

六月に、ある村の中で亀を捕らえた。背中に申の文字が書かれ、上は黄色下は黒色で、長さは六寸程（約十八センチ）であった（天は黒色、地は黄色とされるが、それが逆になっている）。

九月一日に、阿曇連頬垂《あずみのむらじつらたり》を新羅《しらぎ》に派遣した。

この年に、水車を使ってふいごを動かし、鉄を鋳た。

大友皇子を太政大臣に

十年の正月二日に、大錦上《だいきんじょう》蘇我臣赤兄《そがのおみあかえ》と大錦下《だいきんげ》巨勢臣人《こせのおみひと》とが宮殿の前に進み出て、新年の賀詞を奏上した。

五日に、大錦上中臣連金《だいきんじょうなかとみのむらじかね》が天皇のお言葉として、神々への寿詞を述べた。この日に、大友皇子《おおともの みこ》を太政大臣に任じた。蘇我臣赤兄《そがおおみあかえ》を左大臣とし、中臣連金《なかとみのむらじかね》を右大臣とした。蘇我臣果安《そがのおみはたやす》・巨勢臣人《こせのおみひと》・紀臣大人《きのおみうし》を、御史大夫《ぎょしたいふ》とした［御史とは思うに、今の大納言にあたるか］。

六日に、東宮大皇弟《ひつぎのみこ》（大海人皇子《おおしあまのみこ》）が勅《みことのり》を奉じて告げ［ある本によると、大友皇子が勅を告げたとある］、冠位・法度の事を施行なされた。天下に大赦《たいしゃ》を行った［法度・冠位の名は、新律令に詳しく記載してある］。

九日に、高麗《こま》が上部大相可婁《しょうほうだいそうかる》等を派遣して朝貢した。

十三日に、百済鎮将《くだらちんしょう》劉仁願《りゅうじんがん》が、李守真《りしゅしん》等を派遣して上表文を奉った。

この月に、大錦下《だいきんげ》を佐平余自信《さへいよじしん》・沙宅紹明《さたくしょうみょう》［式部省の次官］に授けた。小錦下《しょうきんげ》を鬼室集斯《きしつしゅうし》［大学寮の長官］に授けた。大山下《だいせんげ》を達率谷那晋首《だちそちこくなしんす》［兵法に練達］・木素貴子《もくそきし》［兵法に練達］・憶礼福留《おくらいふくる》［兵法に練達］・答《とう》㶱春初《ほんしゅんそ》［兵法に練達］・㶱日比子賛波羅金羅金須《ほんにちひしさんはらこんらこんす》［薬に精通］・鬼室集信《きしつしゅうしん》［薬に精通］に授けた。小山上《しょうせんじょう》を達《だち》率徳頂上《そちとくちょうじょう》［薬に精通］・吉大尚《きちだいしょう》［薬に精通］・許率母《こそちも》［五経に明るい］・角福牟《ろくふくむ》［陰陽に熟達］に授けた。小山《しょうせん》下《げ》を他の達率《だちそち》等五十余人に授けた。時に童謡《わざうた》があった。

歌謡一二五　橘《たちばな》は　己《おの》が枝枝《えだえだ》　生《な》れれども　玉に貫《ぬ》く時　同《おや》じ緒《お》に貫《ぬ》く

橘の実は、それぞれ異なった枝になっているが、それを玉として緒に通す時は、同じ一つの緒に通す。


二月二十三日に、百済《くだら》が台久用善《だいくようぜん》等を派遣して朝貢した。

三月三日に、黄書　造《きふみのみやつこ》　本実《ほんじつ》が水準器を献上した。

十七日に、常陸国《ひたちのくに》が中臣部若子《なかとみべのわくご》を献じた。身長は一尺六寸（約五十センチ）で、生まれた年の丙辰《へいしん》から今年まで、十六年である。

四月二十五日に、水時計を新しい台に置くと、時を刻み始めた。鐘・鼓を打ち鳴らして、初めて水時計を用いた。これは、天皇が皇太子であられた時に、初めてご自身で製造なされたものである。

この月に、筑紫《つくし》の国から、

「八本足の鹿（奸臣《かんしん》や乱を意味する）が生まれ、すぐ死にました。」

との奏上があった。

五月五日に、天皇が西の小殿《こあんどの》に出御された。皇太子・群臣が宴に侍し、ここに再度田舞《たまい》を奏した。

六月四日に、百済《くだら》の三地方の使者が要請した軍事援助を、宣勅された。

十五日に、百済が羿真子《げいしんし》等を派遣して朝貢した。

この月に、栗隈王《くるくまのおおきみ》を筑紫師《つくしのかみ》とした。新羅《しらぎ》が使者を派遣して朝貢した。別に水牛一頭・山鶏《やまどり》一羽を献上した。

七月十一日に、唐人李守真《りしゅしん》等と百済《くだら》の使者等が、共に帰国した。

八月三日に、高麗《こま》の上部大相可婁《しょうほうだいそうかる》等が帰国した。

十八日に、蝦夷《えみし》を饗応《きょうおう》なされた。

天皇崩御・大海人皇子出家

九月に、天皇はご病気になられた［ある本によると、八月に天皇はご病気になられたとある］。

十月七日に、新羅《しらぎ》が沙飡金万物《ささんこんまんもつ》等を派遣して朝貢した。

八日に、宮中で百体の仏像の開眼供養《かいげんくよう》が行われた。

この月に、天皇は使者を遣わし、袈裟《けさ》・金鉢《こがねのはち》・象牙《ぞうげ》・沈水香《じんこう》・栴檀香《せんだんこう》及び諸々の珍財を法興寺《ほうこうじ》の仏に奉納された。

十七日に、天皇のご病気が重くなった。勅《みことのり》して東宮を呼んで、寝室に召し入れ、詔《みことのり》して、

「私の病はたいへん重い。後の事は、お前にまかせる。」

と仰せられた。東宮は再拝して、病と称して固辞しお受けせず、

「どうか天下の大業を、大后《おおきさき》（倭姫王《やまとひめのおおきみ》）に付託なさり、大友王《おおとものおおきみ》に諸政を執り行っていただくようお願いします。私は天皇のために出家して、仏道修行をいたしたいと存じます。」

と申し上げられた。天皇は、これをお許しになった。東宮は、立って再拝した。そして宮中の仏殿の南に行かれ、胡床《こしょう》に腰を掛け、鬢《ひげ》や髪をそり落とし、僧形《そうぎょう》となられた。天皇は、次田生磐《すきたのおいわ》を遣わして、袈裟を送られた。

十九日に、東宮は天皇にお目にかかり、吉野に行って仏道修行をしたいと願い出られた。天皇は、お許しになった。東宮は、すぐに吉野にお入りになった。大臣等は菟道《うじ》までお見送りした後、引き返した。

十一月十日に、対馬《つしま》国司が使者を筑紫《つくし》の大宰府に遣わして、

「この二日に、僧道久《どうく》・筑紫君薩野馬《つくしのきみさつやま》・韓島勝娑婆《からしまのすぐりさば》・布師首磐《ぬのしのおびといわ》の四人が唐からきて、

『唐国《もろこし》の使者郭務悰《かくむそう》等六百人、送使沙宅孫登《さたくそんとう》等千四百人、合わせて二千人が船四十七隻《せき》に乗って、共に比《ひ》知島《ちしま》（巨済島南西の比珍島）に停泊し、

「今、我らは人数も船数も多い。突然彼の地に入港すれば、おそらく彼の防人《さきもり》が驚いて、矢を射かけて戦ってくるだろう。」

と相談したので、道久等を遣わして、前もって来朝の意を明らかにするようにせよ。』

と言いました。」

と申し上げた。

二十三日に、大友皇子《おおとものみこ》が宮中の西殿の織物の仏像の前においでになり、そこには左大臣蘇我臣赤兄《そがのおみあかえ》・右大臣中臣連金《なかとみのむらじかね》・蘇我臣果安《そがのおみはたやす》・巨勢臣人《こせのおみひと》・紀臣大人《きのおみうし》が侍していた。大友皇子が手に香鑪《こうろ》を持ち、まず立って誓約して、

「六人は心を同じくして、天皇の詔《みことのり》に従おう。もし違反するようなことがあれば、必ず天罰を受けるであろう。」

などと仰せられた。左大臣蘇我臣赤兄等も、手に香鑪を持って次々と立ち上がっては、涙を流しながら誓約して、

「私等五人は、殿下と同じく天皇の詔に従います。もし違反するようなことがございましたら、四天王が打ちこらすでしょう。天神地祇《てんしんちぎ》もまた、罰を与えることでしょう。三十三天よ、どうかこの事をご承知下さい。子孫は絶え、家門も必ず亡びることでしょう。」

などと申し上げた。

二十四日に、近江宮《おうみのみや》で火災があった。大蔵省の第三倉から出火した。

二十九日に、五人の臣が大友皇子を奉じて、天皇の前で盟約した。この日に、新羅《しらぎ》王に絹五十匹《ひき》・絁《あしぎぬ》五十匹・綿千斤《きん》・なめし皮百枚が下賜された。

十二月三日に、天皇が近江宮で崩御された。

十一日に、新宮《にいみや》で殯《もがり》をした。この時に、童謡《わざうた》があった。

歌謡一二六　み吉野《よしの》の　吉野の鮎《あゆ》　鮎こそは　島傍《しまへ》も良き　え苦《くる》しえ
　　水葱《なぎ》の下《もと》　芹《せり》の下《もと》　吾《あれ》は苦しえ　其の一

〔み吉野の〕吉野の鮎よ、鮎は島の川辺で所を得てよかろうが、私は、ああ苦しい。水葱の下、芹の下にいて、私は苦しい。（吉野に入った大海人皇子《おおしあまのみこ》の苦しみ）

歌謡一二七　臣《おみ》の子の　八重《やえ》の紐解《ひもと》く　一重《ひとえ》だに　いまだ解かねば　御子《みこ》の紐解く　其の二

臣の子が、八重に結ばれた紐を解くのだが、その一重さえもまだ解かないうちに、御子が紐を解くことよ。（大海人皇子《おおしあまのみこ》が壬申《じんしん》の乱に勝利することを予言した風刺《ふうし》歌）

歌謡一二八　赤駒《あかごま》の　い行《ゆ》き憚《はばか》る　真葛原《まくずはら》　何《なに》の伝言《つてこと》　直《ただ》にし良けん　其の三

赤駒が行くのを憚るほどに、葛《くず》のはびこる原、そのように憚ってなぜ伝言などするのか。直接に会って、話す方がよかろうに。（大海人皇子《おおしあまのみこ》が、直接訴えることを民衆は欲しているという意。）

一七日に、新羅《しらぎ》の朝貢使沙飡金万物《ささんこんまんもつ》等が帰国した。

この年に、讃岐国《さぬきのくに》の山田郡《やまだのこおり》の人の家に、四つ足のひよこが生れた。また、大炊省《おおいのつかさ》にある八つの鼎《かなえ》が鳴ったり、一つ鳴ったり、二つ鳴ったり、三つ鳴ったり、八つともに鳴ったりした。（王室交代の前兆）。鼎は一つ鳴ったり、二つ鳴ったり、三つ鳴ったり、八つともに鳴ったりした。

巻第二十八　第三十九代　天渟中原瀛真人天皇《あまのぬなはらおきのまひとのすめらみこと》〔上〕　天武《てんむ》天皇

大海人皇子《おおしあまのみこ》吉野に入る

天武《てんむ》天皇は、天智《てんち》天皇の同母弟である。幼少の時は、大海人皇子《おおしあまのみこ》と申し上げた。天皇は、生来人にぬきん出た立派な容姿であられた。成年に及んでは、雄壮で人間わざとは思えぬ武徳を備え、天文・遁甲《とんこう》によく通暁《つうぎょう》されていた。天智天皇の御娘の菟野皇女《うののひめみこ》（後の持統《じとう》天皇）を召し入れて、正妃とされた。天智天皇の元年に、皇太子となられた。

四年の十月十七日に、天智天皇は病臥されて、苦痛が甚だしかった。そこで蘇我臣安麻侶《そがのおみやすまろ》を遣わして東宮を呼んで、大殿《おおとの》に召し入れた。この安摩侶は、もとから東宮の好誼《こうぎ》を受けていたので、案内しながらひそかに東宮を顧みて、

「注意を払ってお話しなさいませ。」

と申し上げた。東宮はこの言葉により、隠された謀略があるのではないかと疑って、用心なさった。天皇は東宮に勅《みことのり》して、皇位を授けようと仰せられた。東宮はすぐに辞退して、

「私は不運に、もともと多くの病があります。どうしてよく国家を保つことができましょう。どうか陛下におかれましては、天下のことをすべて皇后に付託《ふたく》なさって下さい。そして大友皇子《おおとものみこ》を皇太子となさいませ。私は今日出家して、陛下のために功徳《くどく》を修めたいと存じます。」

と申し上げられた。天皇は、これをお許しになった。東宮はその日に出家して、法服を着られた。そして私有

の武器を集めて、すべて官司に納められた。

十九日に、吉野宮《よしののみや》にお入りになった。その時、左大臣蘇我臣赤兄《そがのおみあかえ》・右大臣中臣連金《なかとみのむらじかね》及び大納言蘇我臣果安《そがのおみはたやす》等は、菟道《うじ》までお見送りして引き返した。ある人が、

「虎に翼をつけて、野に放すようなものだ。」

と言った。この夕べに、東宮は島宮《しまのみや》（奈良県高市郡明日香村島庄）にお泊まりになった。

二十日に、吉野に到着して滞在になった。この時に多くの舎人《とねり》を集めて、

「私は、これから仏道に入って修行をしようと思う。私に従って修行しようと思う者は、留まれ。もし朝廷に仕えて名を成そうと思う者は、近江《おうみ》に出仕せよ。」

と仰せられた。しかし、退出する者はなかった。再び舎人を集めて、前のように詔《みことのり》された。その時に、舎人等の半分は退出した。

十二月に、天智天皇が崩御された。

挙兵の決意

元年の三月十八日に、内小七位阿曇連稲敷《あずみのむらじいなしき》を筑紫《つくし》に遣わし、天皇の喪を郭務悰《かくむそう》等に告げた。郭務悰等は皆喪服を着て、三度哀《みね》の礼を奉り、東に向かって拝礼した。

二十一日に、郭務悰等は再拝して、書函《ふばこ》と進物とを献上した。

五月十二日に、甲《よろい》・冑《かぶと》・弓矢が郭務悰等に下された。この日に、郭務悰等に下された賜物は、全部で絁《あしぎぬ》千六百七十三匹《ひき》・布二千八百五十二端《たん》・綿六百六十六斤《きん》である。

二十八日に、高麗《こま》が前部富加抃《ぜんほうふかべん》等を派遣して朝貢した。

三十日に、郭務悰等が帰国した。

この月に、朴井連《えのいのむらじ》雄君《おきみ》は天皇に奏上して、

「私は私用のため、一人で美濃《みの》に行きました。その時に近江朝廷は、美濃・尾張《おわり》の国司に、

『天智《てんち》天皇の山稜を造るために、あらかじめ人夫を指名しておけ。』

と仰せになりました。しかるに、人夫それぞれに武器を持たせております。私が思いますには、これは山稜を造るためではなく、必ず事件が起こるでしょう。早急に避難なさらないと、きっと危険なことになりましょう。」

と申し上げた。またある人が奏上して、

「近江京《おうみのみやこ》から倭京《やまとのみやこ》まで、所々に監視人が置かれています。また莵道《うじ》の橋守《はしもり》に命じて、皇大弟《もうけのきみ》（大海人皇子《おおしあまのみこ》）の宮の舎人《とねり》が、私用の食糧を運ぶことを妨げています。」

と申し上げた。天皇はそれを嫌って調べさせたところ、すべて事実とお知りになった。そこで詔《みことのり》して、

「私が皇位を譲って世から隠れたのは、一人で病を治療し身を回復し、天寿を全うしようとするためであった。しかるに今、避けられない禍《わざわい》をこうむろうとしている。このまま黙って身を亡ぼすわけにはいかない。」

と仰せられた。

壬申《じんしん》の乱・大海人皇子《おおしあまのみこ》東国に入る

六月二十二日に、村国連《むらくにのむらじ》男依《おより》・和珥部臣君手《わにべのおみきみて》・身毛君広《むげつのきみひろ》に詔《みことのり》して、

「今聞くところによると、近江朝廷の臣等は、私を殺害しようと謀っているという。お前達三人はすぐに美《み》濃国《ののくに》に行き、安八磨郡《あはちまのこおり》（濃尾平野の北西部）の湯沐令《ゆのうながし》（東宮に支給された土地を支配し、課税の収納を行う役人）

である多臣品治《おおのおみほんじ》に計略の重要な点を告げて、まずその郡の軍兵を起こせ。そして国司等の了解をとって、諸軍兵を徴発し、すみやかに不破道《ふわのみち》を塞《ふさ》ぎ止めよ。私は今すぐ出発する。」

と仰せられた。

二十四日に、天皇が東国に入ろうとされた。その時に一人の臣が奏上して、

「近江の群臣は、もとから策謀の心があります。この謀略は天下にも及び、道路の通行は困難となるでしょう。一人の兵士も従えず、無防備でどうして東国にお入りになれましょうか。私は、事が成就しないのではないかと恐れます。」

と申し上げた。天皇はこの言葉に従って、男依《およ り》等を召し返そうとお考えになった。ただちに大分君《おおきだのきみ》恵尺《えさか》・黄《き》書造《ふみのみやつこ》大伴《おおとも》・逢臣《おうのおみ》志摩《しま》を倭京守衛の司高坂王《たかさかのおおきみ》のもとに遣わして、駅鈴《えきれい》（駅馬使用のための公用の鈴）を求めさせた。そして恵尺等に、

「もし鈴が得られなかったなら、志摩《しま》はすぐに戻って復奏せよ。恵尺《えさか》は近江《おうみ》に急行し、高市皇子《たけちのみこ》・大津皇子《おおつのみこ》を呼び出し、伊勢《いせ》で私に合流せよ。」

と仰せられた。こうして恵尺等は、高坂王《たかさかのおおきみ》のもとに行き、東宮《もうけのきみ》の命令であると告げて駅鈴を乞うた。しかし、高坂王は聞き入れなかった。そこで恵尺は近江に向かった。志摩はすぐに引き返して、

「鈴は手に入りませんでした。」

と申し上げた。

この日に、天皇は出発して東国にお入りになった。事が急であるため、乗物を持たず徒歩でお立ちになった。突然、県犬養連大伴《あがたのいぬかいのむらじおおとも》の鞍を置いた馬に出会ったので、天皇はこれにお乗りになった。皇后は、輿《こし》にお乗せして天皇に従わせた。津振《つふり》川まで来た時、天皇の乗物がやっと届いたので、これにお乗りになった。

この時、初めから従った者は、草壁皇子《くさかべのみこ》・忍壁皇子《おさかべのみこ》及び舎人朴井連雄君《とねりえのいのむらじおきみ》・県犬養連大伴《あがたのいぬかいのむらじおおとも》・佐伯連大目《さえきのむらじおおめ》・大伴連友国《おおとものむらじともくに》・稚桜部臣五百瀬《わかさくらべのおみいおせ》・書首根摩呂《ふみのおびとねまろ》・書直智徳《ふみのあたいちとこ》・山背直小林《やましろのあたいおばやし》・山背部小田《やましろべのおだ》・安斗連智徳《あとのむらじちとこ》・調首淡海《つきのおびとおうみ》等一族二十余人、後宮の女官十有余人である。

その日に、菟田《うだ》（奈良県宇陀市大宇陀区付近）の吾城《あき》（宇陀市大宇陀区迫間の阿紀神社付近）に着いた。大伴連馬来田《おおとものむらじまくた》・黄書造大伴《きふみのみやつこおおとも》が吉野宮《よしののみや》から追って駆けつけた。この時、屯田司《みやたのつかさ》（天皇の供御米を作る田の役人）の舎人土師連馬手《とねりはじのむらじうまて》が、天皇の従者に食物を提供した。

甘羅村《かんらのむら》を通りかかると、猟師二十余人がいた。大伴朴本連大国《おおとものえのもとのむらじおおくに》が、その首領であった。それで猟師すべてを召して、天皇の一行に従えさせた。また美濃王《みののおおきみ》を召し出したところ、すぐに参上して従った。湯沐《ゆ》の米を運ぶ伊勢国《いせのくに》の荷役の馬五十匹に、菟田郡家《うだのこおりのみやけ》（奈良県宇陀市榛原区）の辺りで遭遇した。そこでみな米を棄てさせ、徒歩の者を乗せた。大野《おおの》（奈良県宇陀市室生区大野）に着いた時、日が暮れてしまい、山が暗くて進むことができなかった。そこで、その村の家の垣を取り壊して、灯火にした。夜中になって隠郡《なばりのこおり》に着き、駅家《うまや》を焼いた。そして村中に呼びかけて、

「天皇が東国にお入りになる。人夫を志す者は参集せよ。」

と言った。しかし、一人もやって来なかった。

横河《よこかわ》（名張市付近）まで来た時、黒雲が現れた。広さは十余丈（三十メートル強）ばかりで、天空を流れた。天皇は不思議に思われ、燭をかかげて自ら式《ちょく》（占いの用具）を取り占って、

「天下が二分する前兆である。その結果、私が天下を得ることになろうか。」

と仰せられた。そして直ちに急行して、伊賀郡《いがのこおり》（三重県伊賀市の東半部）に着き、伊賀駅家を焼いた。伊賀の中山《なかやま》まで来ると、その国の郡司等が数百人の兵士を率いて帰順した。

二十五日の夜明けに、莿萩野《たらの》（三重県伊賀市北東部付近）に着き、しばらく乗物を停めて食事をされた。積殖《つむえの》（三重県阿山郡伊賀町柘植町）山口《やまぐち》まで来た時、高市皇子《たけちのみこ》が鹿深《かふか》（滋賀県甲賀市）を越えてやって来て、天皇の一行と合流した。民直大火《たみのあたいおおひ》・赤染造徳足《あかそめのみやつことこたり》・大蔵直広隅《おおくらのあたいひろすみ》・坂上直国麻呂《さかのうえのあたいくにまろ》・古市黒麻呂《ふるいちのくろまろ》・竹田大徳《たけだのだいとこ》・胆香《いか》瓦臣阿倍《ごのおみあへ》が従っていた。大山《おおやま》（鈴鹿山脈の加太越）を越えて、伊勢の鈴鹿《すずか》（三重県亀山市）に着いた。ここに国司守三宅連石床《みやけのむらじいわとこ》・介《すけ》三輪君子首《みわのきみこびと》及び湯沐令《ゆのうながし》田中臣足麻呂《たなかのおみたりまろ》・高田首新家《たかたのおびとにいのみ》等が鈴鹿郡《すずかのこおり》に参上して天皇にお目通りした。そこで五百人の軍兵を起こして、鈴鹿山道を塞《ふさ》ぎ止めた。川曲《かわわ》（三重県鈴鹿市東部）の坂本《さかもと》に着いた時、日が暮れた。皇后がお疲れになったので、しばらく輿を留めて休息なさった。ところが、空が曇って雨が降りそうになった。こうしてゆっくり休むこともできずに出発した。すると寒くなって雷が鳴り、雨が激しく降り出した。従者は衣装が濡れて、寒さに堪えきれなかった。そこで三重郡家《みえのこおりのみやけ》（三重県四日市市）に着くと、家屋一軒を焼いて、凍えた者を暖めた。この日の夜半に、鈴鹿関司《すずかのせきのつかさ》が使者を遣わし、

「山部王《やまべのおおきみ》・石川王《いしかわのおおきみ》が、共に帰順するために参上しました。それゆえ、関に留め置きました。」

と奏上した。天皇はすぐに、路直益人《みちのあたいますひと》を遣わして二人をお召しになった。

二十六日の朝に、天皇は朝明郡《あさけのこおり》（三重県四日市市北部・三重郡菰野町北半・朝日町・川越町）の迹太川《とおかわ》（朝明川）の辺《あた》りで、天照大神《あまてらすおおみかみ》を望拝された。この時、益人が戻ってきて、

「関に留め置かれていた者は、山部王《やまべのおおきみ》・石川王《いしかわのおおきみ》ではなく、大津皇子《おおつのみこ》でした。」

と奏上した。すぐ益人に従って、大津皇子が参上した。大分君恵尺《おおきだのきみえさか》・難波吉士三綱《なにわのきしみつな》・駒田勝忍人《こまだのすぐりおしひと》・山辺君安《やまへのきみやす》摩呂《まろ》・小墾田猪手《おはりたのいて》・泥部胝枳《はつかしべのしき》・大分君稚臣《おおきだのきみわかおみ》・根連金身《ねのむらじかねみ》・漆部友背《ぬりべのともせ》等の仲間が従っていた。天皇は、たいそうお喜びになった。朝明郡家《あさけのこおりのみやけ》に到着しようという時、男依《おより》が駅馬に乗って駆けつけ、

「美濃《みの》の軍勢三千人を起こして、不破道《ふわのみち》を塞《ふさ》ぐことができました。」

と奏上した。天皇は雄依の功績をほめ、郡家に到着すると、まず高市皇子《たけちのみこ》を不破に遣わし、軍事を統監させた。山背部小田《やましろべのおだ》・安斗連阿加布《あとのむらじあかふ》を遣わし、東海道の軍兵を徴発した。また稚桜部臣五百瀬《わかさくらべのおみいおせ》・土師連馬手《はじのむらじうまて》を遣わして、東山道の軍兵を徴発した。この日に、天皇は桑名郡家《くわなのこおりのみやけ》（三重県桑名市・桑名郡木曽岬町）に宿泊され、そのまま留まって進まれなかった。

大友皇子《おおとものみこ》の対応

この頃近江《おうみ》朝廷では、大皇弟《もうけのきみ》（大海人皇子《おおしあまのみこ》）が東国にお入りになったことを聞き、群臣はことごとく恐れをなし、京中が震えおののいた。ある者は恐れて東国に入ろうとし、ある者は退いて山や沢に隠れようとした。

大友皇子《おおとものみこ》は群臣に、

「どのように計ればよいか。」

と仰せられた。一人の臣が進み出て、

「謀るのが遅くなれば、手の打ちようがありません。すみやかに強勇な騎兵を集めて、追い討つのがよいと存じます。」

と申し上げたが、皇子は従われなかった。そして韋那公磐鍬《いなのきみいわすき》・書直薬《ふみのあたいくすり》・忍坂《おしさかの》直大摩侶《あたいおおまろ》を東国に遣わし、穂積臣百足《ほづみのおみももたり》・弟五百枝《いほえ》・物部首日向《もののべのおびとひむか》を倭京《やまとのみやこ》に遣わし、また佐伯連男《さえきのむらじおとこ》を筑紫《つくし》に遣わし、樟使主磐手《くすのおみいわて》を吉備国《きびのくに》に遣わし、これら国々すべてに軍兵を起こさせた。そして男《おとこ》と磐手《いわて》とに語って、

「筑紫大宰《つくしのおおみこともち》栗隈王《くるくまのおおきみ》と吉備国守当麻公広島《たぎまのきみひろしま》の二人は、もとから大皇弟《もうけのきみ》に従っていた。このつながりから考えると、謀反の疑いがあるかもしれない。も

し服従しないようならば、すぐに殺せ。」

と仰せられた。

かくて磐手《いわて》は吉備国《きびのくに》に赴き、官符を授ける日に、広島を言葉巧みに欺き、刀を解かせた。磐手は、すかさず刀を抜いて広島を殺した。一方男《おとこ》は、筑紫《つくし》に赴いた。栗隈王《くるくまのおおきみ》は、官符を受けて、

「筑紫国の役割は、もとより外敵から難を避けるためにあります。城を高くし、溝を深くして海に向かって守りを固めているのは、国内の敵に対するものではありません。今、謹んでご命令を受けて軍兵を起こすならば、国の備えが空になってしまいます。もし思いがけない急変が起これば、一挙に国家は傾くでしょう。その後に、百度私を殺してみても、何の益がありましょう。決して朝廷の御威徳に背くものではありません。軽々しく兵を動かさないのは、これがその理由です。」

と申し上げた。この時、栗隈王の二人の子三野王《みののおおきみ》・武家王《たけいえのおおきみ》は、剣を身につけ、栗隈王の側に立ち、退こうとしなかった。そのため男《おとこ》は剣をしっかりと握って進もうとしたが、かえって殺されるかもしれないと恐れた。それで、事を成し遂げることはできず、空しく立ち帰った。

東方へ使わされた駅使磐鍬《いわすき》・薬《くすり》等は、不破《ふわ》にやって来たが、山中に伏兵がいるのではないかと疑い、磐鍬一人遅れてゆっくり進んだ。その時、伏兵が山から現れ、薬等の後継を絶った。磐鍬はこれを見て、薬等が囚《とら》われたことを知り、引き返して逃げ、辛うじて難を脱することができた。

ちょうどこの頃、大伴連《おおとものむらじ》馬来田《まくた》・弟吹負《ふけい》は共に、近江方にとっての時勢が不利なことを知り、病と称して倭《やまと》の家に退去した。そして、皇位にお即きになるのは、きっと吉野におられる大皇弟《もうけのきみ》であろうと察した。そこで、馬来田がまず天皇に帰順した。ただ吹負だけは留まって、この際は一気に名を立てて、困難な事態を収拾しようと思った。それで一、二の同族及び諸豪傑を招き集め、やっと数十人を得た。

高市皇子《たけちのみこ》の決意・大伴吹負《おおとものふけい》の奇策

二十七日に、高市皇子《たけちのみこ》は使者を桑名郡家《くわなのこおりのみやけ》に遣わして、

「天皇のおいでになる所から遠く隔たっていて、政務を行うのに甚だ不便です。近い場所においで下さい。」

と奏上した。その日に、天皇は皇后をそこに留めて、不破《ふわ》にお入りになった。不破の郡家《こおりのみやけ》に到着なさる頃に、尾張《おわり》国司守小子部連鉏鉤《ちいさこべのむらじさひち》が、二万人の兵を率いて帰順した。天皇はこれをおほめになり、その軍兵を配分して所々の道を塞いだ。野上《のがみ》（岐阜県不破郡関ヶ原町東部）に到着なさると、高市皇子《たけちのみこ》が和蹔《わざみ》（関ヶ原一帯）からお迎えに参上し、早速奏上して、

「昨夜、近江の朝廷から早馬の使者が馳せ来ました。伏兵によって捕らえましたところ、書直薬《ふみのあたいくすり》・忍坂《おしさかの》直大麻呂《あたいおおまろ》でした。どこへ行くのかと尋ねますと、

『吉野におられる大皇弟《もうけのきみ》に対抗するため、東国の軍兵を起こすようにと遣わされた、韋那公磐鍬《いなのきみいわすき》の一族の者です。しかるに磐鍬は、伏兵が現れたのを見て、すぐ逃げ帰りました。』

と答えました。」

と申し上げた。天皇は高市皇子《たけちのみこ》に、

「近江の朝廷には、左右大臣、及び知略に長けた群臣が、協議し事を決定している。今私には、共に相談する者がおらず、ただ幼少の子供がいるのみである。どうすればよかろう。」

と仰せられた。皇子は、腕をまくり上げ剣を握りしめ、

「近江の群臣がいかに多くいようとも、どうして天皇の霊力に逆らうことができましょうか。天皇はお一人であられても、私高市《たけち》は天神地祇《てんしんちぎ》の霊威をこうむり、天皇のご命令を受け、諸将を率いて征討いたしましょう。どうして敵軍は、我が軍勢を防ぎ止めることができましょうや。」

と申し上げた。天皇は、高市皇子をおほめになり、手を取り背を撫でて、

「慎重にふるまえ。決して油断してはならぬ。」

と仰せられた。こうして鞍を付けた馬を与え、軍事の権限をすべて委ねられた。皇子は和蹔《わざみ》に帰った。天皇は、野上《のがみ》に行宮《かりみや》を建ててご滞在になった。この夜に、雷鳴が轟き豪雨となった。天皇は祈誓されて、

「天神地祇《てんしんちぎ》が私をお助け下さるのなら、雷雨は止むであろう。」

と仰せられた。その言葉が終わるやいなや、雨はすっと止んだ。

二十八日に、天皇は和蹔《わざみ》に行かれて、軍隊の様子を検分してお帰りになった。

二十九日に、天皇は和蹔に行かれて、高市皇子《たけちのみこ》に命じて、軍隊に号令なされた。天皇はまた野上《のがみ》に帰ってご滞在になった。

この日に、大伴連吹負《おおとものむらじふけい》は留守司坂上直熊毛《るすのつかさ さかのうえのあたいくまけ》と密謀して、一、二人の漢直《あやのあたい》等に語って、

「私は高市皇子《たけちのみこ》であると詐称《さしょう》し、数十騎を率いて飛鳥寺《あすかでら》の北路から出て、軍隊の駐屯地に臨もう。それでお前たちは内からこれに応じよ。」

と言った。こうして百済《くだら》の家で武器を備え、南門から出た。

まず秦造熊《はだのみやつこくま》に、いかにも慌《あわ》てたようにふんどしを着けさせ、馬に乗せて駆けさせ、寺の西の駐屯地の中に大声で、

「高市皇子《たけちのみこ》が不破《ふわ》から攻めて来られた。兵士が多数従っている。」

と言わせた。留守司高坂王《るすのつかさ たかさかのおおきみ》と、近江朝廷が倭京《やまとのみやこ》で挙兵させるために派遣された使者穂積臣百足《ほづみのおみももたり》等は、飛鳥寺《あすかでら》の西の槻《つき》の木の下に軍営を構えていた。ただし百足だけは、小墾田《おはりた》の武器庫にいて、武器を近江に運ぼうとしていた。その時、軍営の中の兵士は、熊の叫び声を聞き、ことごとく逃げ散った。そこへ大伴連吹負《おおとものむらじふけい》

が、数十騎を率いて急襲した。すると熊毛《くまけ》と多数の直《あたい》等は、計略どおり一斉に吹負に与《くみ》し、軍兵もこれに従った。そこで吹負は、高市皇子の命令と称して、穂積臣百足を小墾田の武器庫から呼び出した。すると、百足は馬に乗ってゆっくりやって来た。飛鳥寺の西の槻の木の下に着いた時に、ある人が、

「馬から下りよ。」

と言った。百足は、なかなか馬から下りなかった。そこでその襟首を握《つか》んで引き落とし、一矢で射当てた。続いて刀を抜いて斬り殺した。そして、穂積臣五百枝《ほづみのおみいほえ》・物部首日向《もののべのおびとひむか》も捕らえたが、間もなく赦《ゆる》して軍中に置いた。また高坂王《たかさかのおおきみ》・稚狭王《わかさのおおきみ》を召して、軍に従わせた。やがて、大伴連安麻呂《おおとものむらじやすまろ》・坂上直老《さかのうえのあたいおきな》・佐味君宿那麻《さみのきみすくなま》呂《ろ》を不破宮《ふわのみや》に遣わし、天皇に状況を奏上した。天皇はたいそうお喜びになって、すぐに吹負《ふけい》を将軍に任じられた。この時、三輪君高市麻呂《みわのきみたけちまろ》・鴨君蝦夷《かものきみえみし》等と、諸豪傑が皆怒涛のごとく将軍の旗の下に集まり、近江襲撃について謀った。そして軍衆の中から特に優れた者を選んで、別動隊の将及び軍監にした。

七月一日に、まず乃楽《なら》（奈良市）に向かった。

倭《やまと》・近江《おうみ》への出撃

七月二日に、天皇は紀臣阿閉麻呂《きのおみあへまろ》・多臣品治《おおのおみほんじ》・三輪君子首《みわのきみこびと》・置始連菟《おきそめのむらじうさぎ》を遣わして、数万人の兵を率い、伊《い》勢《せ》の大山《おおやま》を越えて倭《やまと》に向かわせた。また村国連男依《むらくにのむらじおより》・書首根麻呂《ふみのおびとねまろ》・和珥部臣君手《わにべのおみきみて》・胆香瓦臣安倍《いかでのおみあへ》を遣わし、数万人の兵を率いて不破《ふわ》を出て、直接近江《おうみ》に入らせられた。その兵と近江軍との識別のために、衣服の上に赤いきれをつけた。こうして後に、別に多臣品治《おおのおみほんじ》に命じ、三千人の兵を率いて莿萩野《たらの》に駐屯させ、田中臣足麻《たなかのおみたりま》呂《ろ》を遣わして、倉歴道《くらふのみち》（三重県伊賀市柘植町から滋賀県甲賀市油日へ抜ける要路）を守らせられた。

その頃近江方では、山部王《やまべのおおきみ》・蘇我臣果安《そがのおみはたやす》・巨勢臣比等《こせのおみひと》に命じて、数万人の兵を率い不破を襲撃しようとし

て、犬上川《いぬかみのかわ》（滋賀県犬上郡・彦根市を貫流）の辺りに軍を集めた。しかし山部王が、蘇我臣果安・巨勢臣比等に殺された。この内乱によって、軍は前に進まなかった。そこで蘇我臣は、犬上から引き返し頸を刺して死んだ。この時、近江軍の将軍羽田公矢国《はたのきみやくに》とその子大人《うし》等は、近江方の一族を率いて降伏した。それで、斧鉞《ふえつ》を授けて将軍に任命し、すぐ北方の越《こし》に入らせた。

これより先、近江方は精兵を放って、玉倉部邑《たまくらべのむら》を急襲した。これに対し、出雲臣狛《いずものおみこま》を遣わして撃退した。

大伴《おおともの》吹負《ふけい》敗れる

三日に、将軍吹負《ふけい》は乃楽山《ならやま》（奈良市北方の丘陵地帯）の辺りで駐屯した。この時、荒田《あらた》尾直《おのあたい》赤麻呂《あかまろ》は将軍に謹んで、「古京（飛鳥）こそは本拠地ですので、固守するべきです。」と申し上げた。将軍はこれに従い、赤麻呂《あかまろ》・忌部首《いみべのおびと》子人《こびと》を遣わして古京を守らせた。赤麻呂等は古京に着くと、道路の橋板をはいで楯を作り、京の周辺の通りに立てて守った。

四日に、将軍吹負は近江方の将大野君果安《おおののきみはたやす》と乃楽山《ならやま》で戦い、敗れた。軍兵はことごとく逃走し、将軍吹負も辛うじて脱出することができた。果安は進撃し、八口《やくち》に至り、山に登って京を見ると、街路ごとに楯が立ててあり、伏兵がいるかもしれないと疑って、ようやく引き返した。

五日に、近江軍の別将田辺小隅《たなべのおすみ》は、鹿深山《かふかのやま》を越えて、人に知られぬよう幟《はた》を巻き鼓を抱いて倉歴《くらふ》に着いた。夜中に軍隊に梅《ばい》（声を立てさせないために、口にくわえさせる箸状の木）をくわえさせ城を破り、あっという間に軍営の中に入った。近江軍は、味方の兵と足摩侶《たりまろ》の兵との区別がつかないことを恐れ、兵士たちの合言葉に、

「金《かね》」

と言わせた。よって刀を抜いて討つ時に、

「金」

と言わなければ、すぐに斬った。こうして足摩侶《たりまろ》の軍は大混乱となり、なすすべがなかった。ただ足摩侶だけはいち早く察知して、一人、

「金」

と言って辛うじて免れることができた。

六日に、小隅《おすみ》はさらに進軍し、莿萩野《たらの》の軍営を襲撃しようとして急行した。ここに将軍多臣品治《おおのおみほんじ》はこれを遮り、精兵を出して進撃した。小隅は、一人免れて逃走した。以後再び来襲することはなかった。

村国男依《むらくにのおより》の活躍・大友皇子《おおとものみこ》の自決

七日に、男依《おより》等は近江の軍と息長《おきなが》（滋賀県彦根市北東部・米原市）の横河《よこかわ》で戦って破り、将軍境部連薬《さかいべのむらじくすり》を斬った。

九日に、男依等は近江方の将秦友足《はだのともたり》を鳥籠山《とこのやま》（滋賀県米原市・犬上郡の丘陵地帯）で討ち、斬った。

この日に、東道将軍紀臣阿閉麻呂《きのおみあへまろ》等は、倭京《やまとのみやこ》の将軍大伴吹負《おおとものふけい》が近江軍に敗れたことを聞いて軍兵を分け、置始連菟《おきそめのむらじうさぎ》を遣わして、千余騎を率い倭京に急行させた。

十三日に、男依《およ り》等は安河《やすのかわ》（野洲川）の辺りで戦い、大いに破った。社戸臣大口《こそへのおみおおくち》・土師連千島《はじのむらじちしま》を捕らえた。

十七日に、栗太《くるもと》の軍兵を追討した。

二十二日に、男依等は瀬田《せた》（滋賀県大津市瀬田町）に到着した。すると、大友皇子《おおとものみこ》と群臣等は、共に橋の西に軍営し、大陣を構え、その後方はどこまで続くかわからないほどであった。旗や幟《のぼり》は野を覆い、土ほこりは天に連なっていた。打ち鳴らす鉦《かね》や鼓の音は、数十里まで響いた。次々と放たれた矢は、雨のように降ってき

た。近江《おうみ》方の将智尊《ちそん》は、精兵を率いて先陣として防ぎ守った。近江軍は橋の真ん中を三丈（約九メートル）ばかり切断し、一枚の長い板を置き、もし板を踏んで渡る者があれば、すぐに板を引いて落とそうとした。このため進撃することができなかった。ここに大分君稚臣《おおきだのきみわかおみ》という勇敢な兵士がいた。長矛《ほこ》を捨て、甲《よろい》を重ねて身に着け、刀を抜いてすばやく板を踏んで渡った。そしてすぐに板に付けられた綱を断ち切り、射られながらも敵陣に突入した。近江軍はみな混乱して散り散りに逃走し、制止することができなかった。将軍智尊は、刀を抜いて逃げる者を斬った。しかしそれでも、止めることができなかった。こうして智尊は、橋の辺りで斬られた。大友皇子・左右大臣等は、辛うじて免れ逃走した。男依等は、粟津岡《あわづのおか》（滋賀県大津市膳所町）の下に軍を集結した。この日に、羽田公矢国《はたのきみやくに》・出雲臣狛《いずものおみこま》は連合して、三尾城《みおのき》（滋賀県高島市安曇川町三尾里）を攻略した。

二十三日に、男依等は近江方の将犬養連五十君《いぬかいのむらじいきみ》・谷直塩手《たにのあたいしおて》を粟津市《あわづのいち》で斬った。こうして大友皇子は逃げ込む所がなくなり、引き返して山前《やまさき》に隠れ、自ら首をくくった。左右大臣と諸臣は、皆散り散りに逃亡しており、ただ物部連麻呂《もののべのむらじまろ》と一、二人の舎人《とねり》だけが従っていた。

大伴吹負《おおとものふけい》防衛に成功

これより先（七月一日）に、将軍吹負《ふけい》が乃楽《なら》に向かう途中で、稗田《ひえだ》（奈良県大和郡山市稗田町）に着いた日にある人が、

「河内《こうち》から多くの軍勢がやって来ます。」

と言った。吹負《ふけい》は、坂本臣財《さかもとのおみたから》・長尾直真墨《ながおのあたいますみ》・倉墻直麻呂《くらかきのあたいまろ》・民直小鮪《たみのあたいおしび》・谷直根麻呂《たにのあたいねまろ》を遣わして、三百人の兵士を率い竜田《たつた》を塞《ふさ》がせ、また佐味君少麻呂《さみのきみすくなまろ》を遣わして、数百人の兵を率いて大坂《おおさか》に駐屯させ、鴨君蝦夷《かものきみえみし》を遣わして、数百人を率い石手道《いわてのみち》を守らせた。

この日に、坂本臣財《さかもとのおみたから》は平石野《ひらいしのの》に野営していた。その時、近江《おうみ》軍が高安城《たかやすのき》にいると聞いて山に登った。近江軍は財等が来襲したことを知って、税倉《ちからくら》をすっかり焼き払い、皆散り散りに逃亡した。財等は城の中に宿泊した。夜明けに西方を望むと、大津《おおつ》・丹比《たじひ》の両道から多くの兵士が押し寄せ、旗や幟《のぼり》がはっきり見えた。ある人が、

「近江軍の将壱伎史韓国《いきのふびとからくに》の軍です。」

と言った。財等は高安城から下って、衛我河《えがのかわ》（大阪府柏原市、大和川合流点付近の石川）を渡って、韓国と川の西で戦った。財等は兵が少なくて、防ぐことができなかった。

これより先、紀臣大音《きのおみおおと》を遣わして、懼坂道《かしこのさかのみち》を守らせていた。そこで財等は懼坂に退いて、大音の軍営に留まった。この時、河内国司守来目臣塩籠《くめのおみしおこ》は、不破宮《ふわのみや》（大海人皇子《おおしあまのみこ》）に帰順したいという心があって、軍勢を集めていた。そこへ韓国が来て、ひそかにその謀り事を聞き、塩籠を殺そうとした。塩籠は、事が漏れたことを知り自殺した。

中一日置いて、七月四日に近江軍が諸々の道から大勢集まってきた。それで大海人皇子《おおしあまのみこ》は防戦できず、退却した。

この日（七月四日）に、将軍吹負《ふけい》は近江軍に敗れて、ただ一、二騎を率いて逃走した。墨坂《すみさか》（奈良県宇陀市榛原区）まで来た時、たまたま味方の菟《うさぎ》の軍と出会った。そこで再び引き返し、金綱井《かなづなのい》に駐屯して、散り散りになった兵を呼び集めた。その時、近江軍が大坂道《おおさかのみち》から来ると聞いて、将軍は軍を率いて西に向かった。当麻《たぎま》（奈良県葛城市）まで来て、壱伎史韓国《いきのふびとからくに》の軍と葦池《あしいけ》の辺りで戦った。この時来目《くめ》という勇士が、刀を抜いてすばやく馬を馳せ、まっしぐらに敵の軍中に斬りこんだ。騎兵が次々と続いた。近江軍はことごとく逃げ出したが、進撃して多くの兵を斬った。将軍は軍中に命令して、

「そもそも兵を起こす本意は、人民を殺すためではない。元凶を討つためである。それゆえ、みだりに殺してはならない。」

と言った。韓国《からくに》は、軍を離れて一人で逃げ出したが、将軍はその姿をはるかに見て、来目《くめ》に射させた。しかし矢は当たらず、走って逃げ去った。

将軍が再び本営の飛鳥に帰ると、東軍が続々と到着してきた。そこで群衆を分配して、それぞれ上《かみ》・中《なか》・下《しも》の道（奈良盆地を南北に貫く三本の道路）に当てて駐屯させた。ただし将軍吹負《ふけい》のみは、自ら中道《なかつみち》に当たった。近江軍の将犬養連《いぬかいのむらじ》五十《い》君《きみ》は中道から進軍して、村屋《むらや》（奈良県磯城郡田原本町蔵堂）に留まって別将廬井造《いおいのみやつこ》鯨《くじら》を遣わし、二百の精兵を率いて将軍の軍営を攻撃させた。当時は将軍の指揮下の兵士は少数で、防ぐことができなかった。ここに、大井寺《おおいでら》の奴《やっこ》の徳麻呂《とこまろ》等五人が従軍しており、危機をみて先鋒となり前進して矢を射かけた。このため鯨の軍は、進むことができなかった。

この日に、三輪君高市麻呂《みわのきみたけちまろ》・置始連菟《おきそめのむらじうさぎ》は上道《かみつみち》に当たって、箸陵《はしのはか》で戦った。近江軍を大破し、勝ちに乗じて鯨《くじら》の軍の後続を断った。鯨の軍はことごとく離散し逃走し、多数の兵が殺された。鯨は白馬《あおうま》に乗って逃げたが、馬が泥田に落ち、進むことができなかった。将軍吹負は甲斐《かい》の勇者に、

「その白馬に乗っている者は、廬井鯨《いおいのくじら》である。すみやかに追って射よ。」

と言った。甲斐の勇者は、馬を馳せて追った。鯨に追いついたとたんに、鯨は急に馬に鞭打ち、泥の中から脱出することができた。将軍はまた本営に帰って布陣した。これ以後、近江軍はついに来なかった。

これより先、金綱《かなづなの》井《い》に布陣した時、高市郡《たけちのこおり》（奈良盆地南部）の大領高市県主《たけちのあがたぬし》許梅《こめ》は、突然口をつぐんで物を言うことができなくなった。三日後に、まさしく神がかりして、

「私は高市社《たけちのやしろ》（奈良県橿原市高殿町鎮座）にいる神で、名は事代主神《ことしろぬしのかみ》である。また身狭社《むさのやしろ》（牟佐社、橿原市見

瀬町鎮座）にいる神で、名は生霊神《いくみたまのかみ》である。」

と言った。そして神意を解きあかして、

「神武《じんむ》天皇の陵に、馬及び種々の武器を奉納せよ。」

と言った。続けて、

「私は皇御孫命《すめみまのみこと》の前後に立ち、不破《ふわ》までお送りして戻って来た。今また、官軍の中に立って、軍をお守り申し上げる。」

と言った。さらに、

「西道《にしのみち》から、軍衆が攻めて来ている。用心せよ。」

と言った。言い終わると神がかりから醒《さ》めた。そこですぐに許梅《こめ》を遣わし、御陵を祭り礼拝させて、馬と武器を奉納した。また幣《みてぐら》を捧げて、高市《たけち》・身狭《むさ》二社の神を祭って礼拝した。その後壱伎史韓国《いきのふびとからくに》が大坂《おおさか》から来襲した。それで時の人は、

「二社の神が教えられた言葉は、まさしくこのことであったのだ。」

と言った。また村屋神《むらやのかみ》（守屋神社、奈良県磯城郡田原本町蔵堂鎮座）が祝《はふり》に依り憑《つ》いて、

「今、我が社《やしろ》の中道《なかつみち》から、軍衆が攻めて来よう。それゆえ、社の中道を塞ぎ守れ。」

と言った。その後幾日も経たないうちに、廬井造鯨《いおいのみやつこくじら》の軍勢が中道から来襲した。時の人は、

「神が教えられた言葉は、この事だったのだ。」

と言った。軍事に関する政務がすべて終了すると、将軍等はこの三神のご託宣を天皇に奏上した。天皇は勅《みことのり》して、三神の位階を上げて祭祀を行われた。

大海人皇子《おおしあまのみこ》が飛鳥淨御原宮《あすかのきよみはらのみや》を造営

二十二日に、将軍吹負《ふけい》は倭《やまと》の地をすっかり平定し、大坂《おおさか》を越えて難波《なにわ》に向かった。吹負以外の別将等は、それぞれ三道（上・中・下）から進んで山前《やまさき》に到着し、淀川《よどがわ》の南に駐営した。将軍吹負は、難波の小郡《おごおり》で、これより西の諸国司等に命じて、官鑰《かぎ》（租税を収める倉や武器庫の鍵）・駅鈴・伝印《つたえのしるし》（伝馬を徴発する時に必要な印）を進上させた。

二十四日に、諸将軍等は筱浪《ささなみ》（滋賀県大津市北西部）に集合し、左右大臣及び諸罪人等を捜索して捕らえた。

二十六日に、将軍等は不破宮《ふわのみや》に参向した。その地で大友皇子の首を捧げて、天皇の軍営の前に献じた。

八月二十五日に、天皇は高市皇子《たけちのみこ》に命じて、近江の群臣の罪状を宣告させられた。重罪八人は、死刑とした。よって右大臣中臣連金《なかとみのむらじかね》を浅井《あさい》の田根《たね》（滋賀県長浜市）で斬刑《ざんけい》に処した。この日に、左大臣蘇我臣赤兄《そがのおみあかえ》・大納言巨勢臣比等《こせのおみひと》及びその子孫、併せて中臣連金の子、蘇我臣果安《そがのおみはたやす》の子をことごとく流刑とした。これ以外の者は、すべて赦免《しゃめん》した。

これより先、尾張国司守少子部連鉏鉤《ちいさこべのむらじさひち》は、山に隠れ入って自殺した。天皇は、

「鉏鉤は、功績のある者であった。罪がないのになぜ自殺したのか。何か謀略があったのか。」

と仰せられた。

二十七日に、乱の平定に勲功のあった人々に恩勅し、これを顕彰して褒賞《ほうしょう》が下された。

九月八日に、天皇は帰京なさることになり、伊勢の桑名《くわな》に宿られた。

十日に、阿閉《あへ》（伊賀国阿拝郡）に宿られた。

十一日に、名張《なばり》に宿られた。

十二日に、倭京《やまとのみやこ》にお着きになり、島宮《しまのみや》にお入りになった。

十五日に、島宮から岡本宮《おかもとのみや》にお移りになった。

この年に、宮殿を岡本宮の南に造営した。その冬に移り住まわれた。これを、飛鳥浄御原宮《あすかのきよみはらのみや》という。

十一月二十四日に、新羅《しらぎ》の客金押実《こんおうじち》等を筑紫《つくし》で饗応なされた。その日に、それぞれに応じた賜禄《しろく》があった。

十二月四日に、乱の平定に勲功のあった人々を選んで、冠位を増し加えられた。そうしてそれぞれに応じて、小山位《しょうせんい》以上を授けられた。

十五日に、船一隻《せき》を新羅の客に下された。

二十六日に、金押実等は帰国した。

この月に、大紫《だいしい》韋那公高見《なのきみたかみ》が薨じた。

巻第二十九　第三十九代　天渟中原瀛真人天皇《あまのぬなはらおきのまひとのすめらみこと》〔下〕　天武《てんむ》天皇

天皇即位と皇子女

二年の正月七日に、群臣に酒宴を催された。

二月二十七日に、天皇は役人に命じて即位の場を設けさせ、飛鳥浄御原宮《あすかのきよみはらのみや》で帝位に即かれた。正妃（菟野《うのの》皇女《ひめみこ》、後の持統《じとう》天皇）を皇后とされた。皇后は、草壁皇子尊《くさかべのみこのみこと》をお生みになった。

これより先に、皇后の姉大田皇女《おおたのひめみこ》を召し入れて一人めの妃とし、大来皇女《おおくのひめみこ》と大津皇子《おおつのみこ》とを生んだ。二人めの妃大江皇女《おおえのひめみこ》（天智天皇の皇女）は、長皇子《ながのみこ》と弓削皇子《ゆげのみこ》とを生んだ。三人めの妃新田部皇女《にいたべのひめみこ》（天智天皇の皇女）は、舎人皇子《とねりのみこ》を生んだ。また一人めの夫人《おおとじ》である藤原大臣《ふじわらのおおおみ》（鎌足）の娘氷上娘《ひかみのいらつめ》は、但馬皇女《たじまのひめみこ》を生んだ。二人めの夫人氷上娘の妹五百重娘《いほえのいらつめ》は、新田部皇子《にいたべのみこ》を生んだ。三人めの夫人蘇我大臣赤兄《そがのおおおみあかえ》の娘大蕤娘《おおぬのいらつめ》は、一男二女を生んだ。長男を穂積皇子《ほづみのみこ》と申し、長女を紀皇女《きのひめみこ》と申し、次女を田形皇女《たかたのひめみこ》と申し上げる。

天皇は初め、鏡王《かがみのおおきみ》の娘額田姫王《ぬかたのおおきみ》を娶《めと》って十市皇女《とおちのひめみこ》を生んだ。二人めに胸形君徳善《むなかたのきみとくぜん》の娘尼子娘《あまこのいらつめ》を召し入れて、高市皇子命《たけちのみこのみこと》を生んだ。三人めの宍人臣大麻呂《ししひとのおみおおまろ》の娘檝媛娘《かじひめのいらつめ》は、二男二女を生んだ。長男を忍壁皇子《おさかべのみこ》と申し、次男を磯城皇子《しきのみこ》と申し、長女を泊瀬部皇女《はつせべのひめみこ》と申し、次女を託基皇女《たきのひめみこ》と申し上げる。

二十九日に、壬申の乱に戦功のあった人等に、相応の爵位を授けられた。

三月十七日に、備後国司が白雉《しろきぎし》を亀石郡《かめしのこおり》（広島県神石郡）で捕らえて貢上した。それによって、当郡の課役を全免され、天下に大赦を行った。

この月に、書生を集めて、初めて一切経《いっさいきょう》を川原寺《かわらでら》で写経させた。

四月十四日に、大来皇女《おおくのひめみこ》を伊勢の斎王に遣わして仕えさせようとお考えになり、泊瀬斎宮《はつせのいつきのみや》（奈良県桜井市初瀬）に住まわせた。ここはまず身を潔めて、次第に神に近づくための場所である。

五月一日に、公卿大夫及び諸々の臣《おみ》・連《むらじ》、併せて伴造《とものみやつこ》等に詔《みことのり》して、

「初めて官人として出仕する者は、まず大舎人《おおとねり》（禁中にあって雑務に従事する職員）として仕えさせよ。その後、その才能を選別し、適職につかせよ。また婦女は、夫の有無や長幼を問わず、出仕しようと思う者は受け入れよ。その考課選別は、官人の例に従え。」

と仰せられた。

二十九日に、大錦上坂本臣財《だいきんじょうさかもとのおみたから》が卒去《そっきょ》した。壬申《じんしん》の年の功労によって、小紫位《しょうしい》を追贈した。

閏《うるう》六月六日に、大錦下百済沙宅昭明《だいきんげくだらのさたくしょうみょう》が卒去した。人となりは聡明で叡智に富み、時に秀才と称された。天皇は驚かれて、恩情をもって外小紫位《とのしょうしい》を追贈し、重ねて本国百済の大佐平位《だいさへいい》を授けられた。

八日に、耽羅《たんら》（済州島）が、王子久麻芸《くまぎ》・都羅《つら》・宇麻《うま》等を派遣して朝貢した。

十五日に、新羅《しらぎ》が韓阿飡金承元《かんあさんこんしょうがん》・阿飡金祇山《あさんこんきせん》・大舎《だいさ》霜雪《そうせつ》等を派遣して天皇の即位を祝賀し、併せて一吉飡《いっきつさん》金薩儒《こんさちぬ》・韓奈末金池山《かんなまこんちせん》等を派遣して天智天皇の喪を弔問した［一書によると、調使であるという］。送使貴《き》干《かん》・宝真毛《ほうしんもう》が承元《しょうがん》・薩儒《さちぬ》を筑紫《つくし》まで送ってきた。

二十四日に、貴干《きかん》・宝真毛《ほうしんもう》等を筑紫で饗応し、相応の賜禄《しろく》があった。そして筑紫から帰国した。

八月九日に、伊賀国《いがのくに》にいる紀臣阿閉麻呂《きのおみあへまろ》等に、壬申の年の功労の内容を詔し、顕彰して褒賞が下された。

二十日に、高麗《こま》が上部位頭大兄邯子《しょうほういずだいきょうかんし》・前部大兄碩干《ぜんほうだいきょうせきかん》等を派遣して朝貢した。そこで新羅は、韓奈末金利益《かんなまこんりやく》を派遣して、高麗の使者を筑紫まで送ってきた。

二十五日に、即位祝賀使の金承元《こんしょうがん》等、中客以上二十七人を京《みやこ》に召した。そして筑紫大宰《つくしのおおみこともち》に命じて、耽羅《たんら》

の使者に詔《みことのり》して、

「天皇は新たに天下を平定して、ようやく即位されたのである。このため祝賀使以外はお召しにならない。その事は、お前等が自分の目で見た通りである。また近頃は寒くなり、波も高い。長く引き留めると、かえってお前等を困らせることになる。それゆえ、早急に帰国するがよい。」

と仰せられた。そして本国の王及び使者久麻芸《くまぎ》等に初めて爵位を授けられた。その爵位は大乙上《だいおつじょう》であり、さらに冠は錦繍《きんしゅう》で潤飾《じゅんしょく》した。本国の佐平《さへい》位に相当する。こうして、筑紫《つくし》から帰国させることになった。

九月二十八日に、金承元《こんしょうがん》等を難波《なにわ》で饗応なさり、種々の歌舞を奏した。相応の賜物があった。

十一月一日に、金承元が帰国した。

二十一日に、高麗《こま》の邯子《かんし》・新羅《しらぎ》の薩儒《さちぬ》等を筑紫の大郡《おおこおり》で饗応なさり、相応の賜禄があった。

十二月五日に、大嘗祭《だいじょうさい》（天皇の即位後初めての新嘗祭《にいなめ》）に仕える中臣《なかとみ》・忌部《いみべ》及び神官等、併せて播磨《はりま》・丹波《たには》（大嘗に際して悠紀《ゆき》・主基《すき》の二つの国郡が選ばれ、供御の飯・酒を造る。ここでは播磨が悠紀、丹波が主基の国か）両国の郡司、またそれ以下の人夫等にことごとく賜禄があった。そして郡司等にそれぞれ爵一級を授けられた。

十七日に、小紫《しょうし》美濃王《みののおおきみ》・小錦下《しょうきんげ》紀臣訶多麻呂《きのおみかたまろ》を、高市大寺造司《たけちのおおでらつくるつかさ》に任じた［今の大官大寺《だいかんだいじ》がこれである］。この時、知事（寺の管理職）僧福林《ふくりん》は、老齢のため知事を辞めたいと申し上げたが、お許しにならなかった。

二十七日に、僧義成《ぎじょう》を小僧都《しょうそうず》とした。この日に、佐官《さかん》にさらに二人の僧を加えた。四人の佐官を置くことは、この時に始まった。この年、太歳《たいさい》は癸酉《きゆう》であった。

銀の貢上

三年の正月十日に、百済《くだら》王昌成《しょうじょう》が薨《こう》じた。小紫位《しょうしい》を追贈した。

二月二十八日に、紀臣阿閉麻呂《きのおみあへまろ》が卒去《そっきょ》した。天皇はたいそう悲しまれ、壬申の年の戦功によって、大紫位《だいしい》を追贈した。

三月七日に、対馬《つしま》国司守忍海 造 大国《おしぬみのみやつこおおくに》が、

「銀が初めて産出しましたので、貢上いたします。」

と申し上げた。これによって、大国に小錦下位《しょうきんげい》を授けられた。銀が倭国《やまとのくに》に出たのは、これが最初である。それですべての天神地祇《てんしんちぎ》に銀を奉納し、また小錦《しょうきん》以上の大夫《まえつきみ》等全員にこれを下賜された。

八月三日に、忍壁皇子《おさかべのみこ》を石上《いそのかみ》神宮に遣わして、膏油《こうゆ》で神宝を磨かせた。その日に、天皇は勅《みことのり》して、

「元から諸家が石上の神庫に貯えていた宝物を、今すべてその子孫に返還せよ。」

と仰せられた。

十月九日に、大来皇女《おおくのひめみこ》は泊瀬 斎 宮《はつせのいつきのみや》から伊勢神宮に向かわれた。

新羅《しらぎ》の朝貢　広瀬《ひろせ》・竜田《たつた》社の勅祭

四年の正月一日に、大学寮の諸学生《がくしょう》・陰陽寮《おんようりょう》・外薬寮《げやくりょう》（後の典薬寮）と舎衛《しゃえ》（インド）の女・堕羅《たら》（タイ）の女・百済《くだら》王善光《ぜんこう》、新羅《しらぎ》の仕丁《つかえのよぼろ》等が、薬及び珍品の数々を天皇に進上した。

二日に、皇子以下の百官の人々は、賀正の礼を行った。

三日に、初位以上の百官の人々は、御薪《たきぎ》（宮廷所用の薪を百官が奉る行事）を奉った。

五日に、初めて占星台を建てた。

七日に、群臣を招いて朝廷で宴会を催された。

十七日に、公卿大夫《まえつきみたち》及び初位以上の百官の人々は、西門の庭で大射《たいしゃ》の礼を行った。この日に、大倭国《やまとのくに》が珍し

い鶏を、東国《あずまのくに》が白い鷹を、近江国《おうみのくに》が白い鵄《とび》を貢上した。

二十三日に、諸社に幣物を奉納した。

二月九日に、大倭《やまと》・河内《こうち》・摂津《つ》・山背《やましろ》・播磨《はりま》・淡路《あわじ》・丹波《たには》・但馬《たじま》・近江《おうみ》・若狭《わかさ》・伊勢《いせ》・美濃《みの》・尾張《おわり》などの国に勅《みことのり》して、

「所管内の人民で、歌の上手な男女、及び侏儒《しゅじゅ》（こっけいな技を職とする背の低い人）・伎人《わざひと》（俳優）を選んで貢上せよ。」

と仰せられた。

十三日に、十市皇女《とおちのひめみこ》・阿閉皇女《あへのひめみこ》が伊勢神宮に参向なされた。

十五日に、詔《みことのり》して、

「天智三年に、諸氏に与えた民部《かきべ》・家部《やかべ》は今後廃止せよ。また親王・諸王及び諸臣、併せて諸寺に与えた山《さん》沢《たく》・島浦《とうほ》・林野《りんや》・堤池は、時の前後にかかわらずすべて国に収める。」

と仰せられた。

十九日に、詔して、

「群臣・百官及び天下の人民は、諸悪を犯してはならぬ。もし違反するようなことがあれば、事に応じて処罰する。」

と仰せられた。

二十三日に、天皇は高安城《たかやすのき》に行幸された。

この月に、新羅《しらぎ》が王子忠元《ちゅうがん》・大監《だいけん》級飡《きゅうさん》金比蘇《こんひそ》・大監《だいけん》奈末《なま》金天沖《こんてんちゅう》・弟監《ていけん》大麻《だいま》朴武麻《ぼくむま》・弟監《ていけん》大舎《たさ》金洛水《こんらくすい》等を派遣して、朝貢した。その送使奈末《なま》金風那《こんふうな》・奈末《なま》金孝福《こんこうふく》が、王子忠元を筑紫《つくし》まで送ってきた。

三月二日に、土左大神（高知市一宮）が神刀一口《こう》を天皇に進上した。

十四日に、金風那《こんふうな》等を筑紫で饗応なされた。一行は筑紫から帰国した。

十六日に、諸王四位栗隈王《くるくまのおおきみ》を兵政官長（後の兵部卿）とし、小錦上大伴連《しょうきんじょうおおとものむらじ》御行《みゆき》を大輔《たいふ》（次官）とした。

この月に、高麗《こま》が大兄《だいきょう》富干《ふかん》・大兄《だいきょう》多武《たむ》等を派遣して朝貢した。新羅が級飡朴勤修《きゅうさんぼくごんしゅ》・大奈末金美賀《だいなまこんみが》を派遣して、朝貢した。

四月五日に、僧尼二千四百余人を招請して、盛大な斎会を行った。

八日に勅《みことのり》があり、

「小錦上当麻公広麻呂《しょうきんじょうたぎまのきみひろまろ》・小錦下久努臣麻呂《しょうきんげくぬのおみまろ》の二人は、朝廷に出入りさせてはならない。」

と仰せられた。

九日に詔して、

「諸国の貸税《いらしのおおちから》（農民に種籾《たねもみ》を貸し、収穫時に利息つきで返納させる制）は、今後人民の実情をよく調査し、まず貧富を判断して三等級に選び分けよ。その上で、中戸《なかのへ》以下の者に貸与《たいよ》せよ。」

と仰せられた。

十日に、小紫美濃王《しょうしみののおおきみ》・小錦下佐伯連広足《しょうきんげさえきのむらじひろたり》を奉遣して、風神《かぜのかみ》を竜田《たつた》の立野《たつの》（奈良県生駒郡三郷町立野）に祭らせ、小錦中間人連大蓋《しょうきんちゅうはしひとのむらじおおふた》・大山中曽禰連韓犬《だいせんちゅうそねのむらじからいぬ》を奉遣して、大忌神《おおいみのかみ》（水神）を広瀬《ひろせ》の河曲《かわわ》（奈良県北葛城郡河合町川合）に祭らせた。

十四日に、小錦下久努臣麻呂《しょうきんげくぬのおみまろ》は詔命を伝える使者に反抗した罪により、すべての官位を奪われた。

十七日に、諸国に詔して、

「今後漁労や狩猟を営む者に、檻《おり》や落とし穴、機械仕掛けの槍の類を設置することを禁ずる。また四月一日から九月三十日まで、すき間の狭い梁《やな》を設けて、小魚までも捕らえることを禁ずる。また、牛・馬・犬・猿・鶏の肉を食べることを禁ずる。これ以外は、禁例ではない。もしこの制令を犯す者があれば、処罰する。」と仰せられた。

十八日に、三位麻続王《おみのおおきみ》は罪科によって、因幡《いなば》に流された。一人の子は伊豆島《いずのしま》（伊豆の大島か）に、一人の子は血鹿島《ちかのしま》（長崎県の五島列島）に流した。

二十三日に、諸々の才芸のある者を選び、相応の賜禄があった。

この月に、新羅《しらぎ》の王子忠元《ちゅうがん》が難波《なにわ》に到着した。

六月二十三日に、大分君恵尺《おおきだのきみえさか》が病気のため危篤になった。天皇はたいそう驚かれ、詔《みことのり》して、「恵尺よ、お前は私心を捨て公事に従って、身命も惜しまなかった。雄々しい心を持って、壬申の乱で戦功を立てた。常に恩恵を施そうと思っていた。それゆえ、お前が死んでも子孫に厚く褒賞《ほうしょう》をとらせよう。」と仰せられた。そして、外小紫位《とのしょうしい》に昇格させた。数日後、私宅で薨《こう》じた。

七月七日に、小錦上大伴連国麻呂《しょうきんじょうおおとものむらじくにまろ》を大使とし、小錦下三宅吉士入石《しょうきんげみやけのきしいりし》を副使として新羅《しらぎ》に派遣した。

八月一日に、耽羅《たんら》の調使王子久麻伎《くまぎ》が筑紫《つくし》に停泊した。

二十二日に、大風が砂を飛ばし、家屋を破壊した。

二十五日に、忠元《ちゅうがん》は儀礼を終えて帰国することになり、難波《なにわ》から出航した。

二十八日に、新羅《しらぎ》・高麗《こま》の二国の調使を筑紫で饗応なさり、相応の賜禄があつた。

九月二十七日に、耽羅《たんら》王姑如《こにょ》が難波に到着した。

十月三日に、使者を国中に送り、一切経《いっさいきょう》を探し求めた。

十日に、群臣に酒を振る舞って宴会を催された。

十六日に、筑紫《つくし》から唐人三十人が貢上された。そこで、遠江国《とおつおうみのくに》に遣わして居住させた。

二十日に詔《みことのり》して、

「諸王以下初位《しょい》以上の者は、それぞれに武器を備えよ。」

と仰せられた。この日に相模国《さがみのくに》から、

「高倉郡《たかくらのこおり》の女人が、三つ子の男児を生みました。」

との奏上があった。

十一月三日に、ある人が宮殿の東の岳に登り、人まどわしの語を言って、自ら首を切って死んだ。この夜の宿直者全員に爵一級を賜った。

この月に、大地震があった。

功臣の死・大祓《おおはらえ》

五年の正月一日に、群臣・百官が賀正の礼を行った。

四日に、高市皇子《たけちのみこ》以下小錦《しょうきん》以上の大夫《まえつきみ》らに、衣《きぬ》・袴《はかま》・褶《ひらおび》・腰帯《おび》（袴をかかげて膝の辺りで結びかためるもの）及び脇息《きょうそく》・杖《つえ》が下賜された。ただし小錦の三階には、脇息はなかった。

七日に、小錦以上の大夫等に、相応の賜禄があった。

十五日に、百官の初位以上の者は御薪《たきぎ》を奉った。その日に、朝廷に全員を集めて祝宴を催された。

十六日に、賞禄を定めて、西門の庭で大射《たいしゃ》の礼が行われた。的に射当てた者には、成績に応じて賜禄があった。この日に、天皇は島宮《しまのみや》に出御し、宴会を催された。

二十五日に、詔《みことのり》して、

「国司の任命は、畿内《きない》及び陸奥《みちのく》・長門国《ながとのくに》以外は、すべて大山位《だいせんい》以下の人を任ぜよ。」

と仰せられた。

二月二十四日に、耽羅《たんら》の客に船一艘《そう》が下賜《かし》された。

この月に、大伴連国麻呂《おおとものむらじくにまろ》等が新羅《しらぎ》から帰国した。

四月四日に、竜田風神《たつたのかぜのかみ》・広瀬大忌神《ひろせのおおいみのかみ》を祭った。倭国《やまとのくに》の添下郡《そうのしものこおり》（奈良市西部・大和郡山市・生駒市の一部）の鰐積吉事《わにつみのよごと》が、珍しい鶏を貢上した。その鶏冠《とさか》は、椿の花のようであった。この日に、倭国《やまとのくに》の飽波郡《あくなみのこおり》から、

「雌鶏が、雄鶏に変わりました。」

との奏上があった。（女帝への交代の前兆か）

十四日に、勅《みことのり》があり、

「諸王・諸臣の封戸《へひと》の税（食封《じきふ》として賜った戸からの収益）は、西の国を廃して、これを東の国に替えて与えよ。また畿外の人で出仕しようと思う者は、臣《おみ》・連《むらじ》・伴造《とものみやつこ》の子及び国造《くにのみやつこ》の子は許すことにする。ただし、これ以下の庶民といえども、その才能が優れている者は許せ。」

と仰せられた。

二十二日に、美濃《みの》国司に詔して、

「礪杵郡《ときのこおり》（岐阜県土岐市・多治見市・瑞浪市）にいる紀臣訶佐麻呂《きのおみあさまろ》の子は東国に移して、その国の民とせよ。」

と仰せられた。

五月三日に、調《みつき》を貢献する期限の過ぎている国司等の罪状の宣告があった。

七日に、下野《しもつけの》国司が奏上して、

「国内の民は凶作のために飢え、糧を得るために子を売ろうとしています。」

と申し上げた。朝廷はこの行為を許可されなかった。

この月に、勅《みことのり》があり、

「南淵山《みなぶちやま》（奈良県高市郡明日香村稲渕）・細川山《ほそかわやま》（同村細川）は共に、草を刈ったり薪《たきぎ》を取ったりしてはならない。また畿内《きない》の山野は、元から禁制の場所に限って、勝手に木を焼いたり切ったりしてはならない。」

と仰せられた。

六月に、四位栗隈王《くるくまのおおきみ》が病気のため薨じた。物部連雄君《もののべのむらじおきみ》が急病で卒去《そっきょ》した。天皇はこれをお聞きになり、たいそう驚かれた。壬申の年に、天皇に従って東国に入り、大功を立てたので、恩情をもって内大紫位《うちのだいしい》を追贈した。そして氏上《うじのかみ》を授けられた。

この夏に、大干魃《だいかんばつ》があった。使者を国中に遣わし、幣帛《みてぐら》を供えて諸神祇《じんぎ》に祈らせた。また諸僧尼を招請して、仏に祈らせた。しかし、雨は降らなかった。五穀は実らず、人民は飢えた。

七月二日に、卿大夫《まえつきみたち》及び百官の人々に相応の爵を進められた。

八日に、耽羅《たんら》の客が帰国した。

十六日に、竜田風神《たつたのかぜのかみ》・広瀬大忌神《ひろせのおおいみのかみ》を祭った。

この月に、村国連雄依《むらくにのむらじおより》が卒去《そっきょ》した。壬申の年の功績により、外小紫位《とのしょうしい》を追贈した。彗星が東の空に現れ、長さは七、八尺（一尺は約三十センチ）であった。九月になって、天空を流れ去った。

八月二日に、親王以下小錦《しょうきん》以上の大夫《まえつきみ》及び皇女《ひめみこ》・姫君《おおきみ》・内命婦《ひめまえつきみ》（小錦以上の官位を帯する婦人）等に、相応の食封《へひと》を給った。

十六日に詔《みことのり》して、

「国中に大祓《おおはらえ》を行う。これに用いる物は、国ごとに国造《くにのみやつこ》が準備せよ。祓えの供え物は、馬一匹・布一常《じょう》（一丈三尺、約四メートル）とする。これ以外は郡司が、それぞれ刀《たち》一口《こう》・鹿皮一張《ちょう》・钁《くわ》一口・刀子《かたな》一口・鎌一口・矢一具《ぐ》・稲一束《つか》を準備せよ。また家ごとに、麻一条を準備せよ。」

と仰せられた。

十七日に詔して、

「死刑・没官《ぼっかん》（罪人の家人・田宅・資財を官に没収すること）・三流《さんる》（島流しで、遠流・中流・近流がある）はいずれも一等ずつ下げよ。徒罪《ずざい》（懲役）以下は、すでに発覚したものも、今後発覚するものもすべて赦免《しゃめん》せよ。ただし、すでに配流されたものは、この限りではない。」

と仰せられた。この日に、諸国に詔して、放生《ほうじょう》（捕らわれている動物を逃がして功徳とする仏教の行事）させた。

この月に、大三輪君真上田子人《おおみわのきみまかみたのこびと》が卒去《そっきょ》した。天皇はこれをお聞きになり、たいそう悲しまれた。壬申の年の功績によって、内小紫位《うちのしょうしい》を追贈した。そして、大三輪真上田迎君《おおみわのまかみたのむかえのきみ》と諡号《しごう》した。

九月一日に、雨が降ったので告朔《こうさく》（毎月一日、天皇が朝堂で諸官司の奏する前月の報告書を見る儀式）は行われなかった。

十日に、王卿を京及び畿内に遣わして、一人一人の武器を調査させた。

十二日に、筑紫大宰《つくしのおおみこともち》三位屋垣王《やかきのおおきみ》に罪があり、土左国《とさのくに》に流した。

十三日に、百官の人及び諸蕃国の人々に、相応の賜禄があった。

二十一日に、神官が奏上して、

「新嘗祭《にいなめさい》のために、国郡《くにこおり》を占卜《せんぼく》させました。斎忌《ゆき》は尾張国山田郡《おわりのくにやまだのこおり》（愛知県瀬戸市・尾張旭市・愛知郡長久手町・名古屋市・春日井市の一部）、次《すき》は丹波国訶沙郡《たにはのくにかさのこおり》（京都府舞鶴市・福知山市・宮津市東部）が共に卜占《ぼくせん》に当たりました。」

と申し上げた。

この月に、坂田公雷《さかたのきみいかずち》が卒去《そっきょ》した。壬申の年の功績によって、大紫位《だいしい》を追贈した。

十月一日に、群臣に酒を振る舞って宴会を催された。

三日に、幣帛《みてぐら》を相嘗祭《あいにえさい》（新嘗祭に先立って新穀を神祇に供える祭）にあずかる諸神祇《じんぎ》に奉献した。

十日に、大乙上《だいおつじょう》物部連《もののべのむらじ》麻呂《まろ》を大使とし、大乙中《だいおつちゅう》山背直《やましろのあたい》百足《ももたり》を小使として新羅《しらぎ》に派遣した。

十一月一日に、新嘗祭のため告朔《こうさく》は行われなかった。

三日に、新羅が沙飡《ささん》金清平《こんしょうひょう》を派遣して政情を報告し、併せて汲飡《きゅうさん》金好儒《こんこうぬ》・弟監《ていけん》大舎《だいさ》金欽吉《こんおんきち》等を派遣して、朝貢した。その送使奈末《なま》被珍那《ひちんな》・副使那末《なま》好福《こうふく》が、清平《しょうひょう》等を筑紫《つくし》まで送って来た。

この月に、粛慎《みしはせ》の七人が清平《しょうひょう》等に従って来朝した。

十九日に、京《みやこ》に近い諸国に詔して、放生《ほうじょう》させた。

二十日に、使者を国中に遣わして、金光明経《こんこうみょうきょう》・仁王経《にんのうきょう》を説かせた。

二十三日に、高麗《こま》が大使後部主博阿于《こうほうしゅはくあう》・副使前部大兄徳富《ぜんほうだいきょうとくふ》を派遣して朝貢した。そこで新羅《しらぎ》は、大奈末《だいなま》金《こん》楊原《ようげん》を派遣して、高麗の使者を筑紫《つくし》まで送って来た。

この年に、新城《にいき》に都を造ろうとした。予定地の田畑は、公私を問わずすべて耕作してなかったので、みな荒れ果てた。しかし結局、都は造らなかった。

東漢直《やまとのあやのあたい》等の罪・赤鳥の献上

六年の正月十七日に、南門で大射《たいしゃ》の礼が行われた。

二月一日に、物部連麻呂《もののべのむらじまろ》が新羅から帰国した。

この月に、多禰島人《たねのしまひと》（鹿児島県種子島）等を、飛鳥寺《あすかでら》の西の槻《つき》の木の下で饗応《きょうおう》なされた。

三月十九日に、新羅の使者清平《しょうひょう》及びこれ以下の客十三人を京《みやこ》に召した。

四月十一日に、杙田史名倉《くいたのふびとなくら》を、天皇を非難した罪によって伊豆島《いずのしま》に流した。

十四日に、送使珍那《ちんな》等を筑紫《つくし》で饗応《きょうおう》なされた。後に筑紫から帰国した。

五月一日に、告朔《こうさく》は行われなかった。

三日に、大博士百済人率母《だいはかせくだらひとそちも》に勅《みことのり》して、大山下位《だいせんげい》を授けられた。そして食封三十戸《へひと》を与えた。この日に、倭《やまとの》画師音檮《えしおとかし》に小山下位《しょうせんげい》を授けられた。そして食封二十戸を与えた。

七日に、新羅人阿飡朴刺破《しらぎひとあさんぼくしは》・従者三人・僧三人が血鹿島《ちかのしま》（五島列島）に漂着した。

二十八日に、勅《みことのり》があり、

「諸国の神社に属する神戸から出される田租は三分して、一つは神を祭るために、二つは神主に与えよ。」

と仰せられた。

この月に、旱魃《かんばつ》があり、京《みやこ》及び畿内《きない》で雨乞いを行った。

六月十四日に、大地震があった。

この月に、東漢直《やまとのあやのあたい》等に詔して、

「お前等一族は、これまでに七つの悪事を犯している。そのため小墾田《おはりた》（推古《すいこ》朝）から近江《おうみ》の朝廷（天智《てんち》朝）まで、常にお前等を繰ることによって政事が行われてきた。今我が世にあたって、お前等の悪業を罰しようと思う。しかしながら、漢直《あやのあたい》の氏を断絶してしまいたくはない。それゆえ、大恩をもって免《ゆる》す。今後、もし罪を犯す者があれば必ず罰して、赦免《しゃめん》があってもその例の中には入れない。」

と仰せられた。

七月三日に、竜田風神《たつたのかぜのかみ》・広瀬大忌神《ひろせのおおいみのかみ》を祭った。

八月十五日に、飛鳥寺《あすかでら》で盛大な斎会《せつえ》を設け、一切経《いっさいきょう》を読ませた。天皇は寺の南門にお出ましになり、仏を礼拝なされた。この時、親王・諸王及び群卿《まえつきみたち》に詔して、各人に一人の出家をお許しになった。その出家者は、男女長幼を問わず、皆志願に従って得度《とくど》させ、大斎会《だいさいえ》に参会させた。

二十七日に、金清平《こんしょうひょう》が帰国した。そこで、漂着した朴刺破《ぼくしは》等を清平《しょうひょう》等に託して本国に送還した。

二十八日に、耽羅《たんら》が王子都羅《つら》を派遣して朝貢した。

九月三十日に、詔《みことのり》して、

「およそ浮浪人で、その出身地に送還されたにもかかわらず、再び戻って来た者には、出身地と浮浪地の両方とで課役を申しつけよ。」

と仰せられた。

十月十四日に、内小錦上河辺臣百枝《うちのしょうきんじょうかわへのおみももえ》を民部卿《かきべのかみ》とし、内大錦下丹比公麻呂《うちのだいきんげたじひのきみまろ》を摂津職大夫《つのつかさのかみ》とした。

十一月一日に、雨が降ったために告朔《こうさく》は行われなかった。筑紫大宰《つくしのおおみこともち》が、赤烏《あかからす》（上瑞）を献上した。それで、大宰府《おおみこともちのつかさ》の諸官司の人に、相応の賜禄があった。また赤烏を捕らえた者には爵五級を授け、またその郡の郡司等には爵位を増し加えられた。さらに郡内の民には、一年分の課役を免除なされた。この日に、天下に大赦《たいしゃ》を行った。

二十一日に、新嘗祭《にいなめさい》が行われた。

二十三日に、百官の有位の人々に食事を賜った。

二十七日に、新嘗祭に奉仕した神官及び国司等に、賜禄があった。

十二月一日に、雪が降ったため、告朔《こうさく》は行わなかった。

十市皇女《とおちのひめみこ》薨去《こうきょ》・大地震

七年の正月十七日に、南門で大射《たいしゃ》の礼が行われた。

二十二日に、耽羅人《たんらひと》が京《みやこ》に参向した。

この春に、天神地祇《てんしんちぎ》を祭るために、天下にことごとく大祓《おおはらえ》が行われた。斎宮（天皇自ら神事を行うための宮殿）を倉梯川《くらはしがわ》（米川の上流）の川上に建てた。

四月一日に、斎宮に行幸なさるために占卜《せんぼく》した。

七日に、その日が当たった。これによって早暁《そうぎょう》（午前四時頃）に、先払いがまず動いて百官が列をなし、天皇は頭上に差し掛ける蓋《かさ》をお命じになった。しかしまだ京《みやこ》を出られないうちに、十市皇女《とおちのひめみこ》が突然発病し、宮中で薨《こう》じられた。そのために、行幸はできなかった。天神地祇のお祭りは、中止になった。

十三日に、新宮《にいみや》の西の庁舎の柱に落雷があった。

十四日に、十市皇女《とおちのひめみこ》を赤穂《あかほ》に葬った。天皇は葬儀にご臨席になり、恩情をもって哀《みね》の礼を行われた。

九月に、忍海造能麻呂《おしぬみのみやつこよしまろ》が珍しい稲五茎を献上した。茎ごとに枝があった。このため、徒罪《ずざい》以下の罪人をすべて赦免《しゃめん》した、三位稚狭王《わかさのおおきみ》が薨じられた。

十月一日に、綿のようなものが難波《なにわ》に降った。長さは五、六尺（一尺は約三十センチ）、広さは七、八寸（一寸は約三センチ）で、風に乗って松林と葦原にひらひらと高く舞い上がった。時の人は、

「甘露《かんろ》だ。」（上瑞）

と言った。

二十六日に、詔《みことのり》して、

「内外の文武官は、毎年史《ふびと》（四等官の第四）以上に所属する官人等で、公平で勤勉な者の優劣を評議し、昇

進すべき位階を定めよ。正月の上旬までに、詳しく記して法官に申し送れ。法官はよく審査して、大弁官に申し送れ。しかし、公務によって使者に立つ日に、本当の病気、父母の服喪以外で小事のために軽々しく任務を辞退する者は、位階を進める例には入れない。」

と仰せられた。

十二月二十七日に、臘子鳥《あとり》が天を覆って、西南から東北へ向かって飛んだ。

この月に、筑紫国《つくしのくに》に大地震があった。地面が広さ（幅）二丈（一丈は約三メートル）、長さ三千余丈も裂け、どの村でも民家が多く倒壊した。この時丘の上にあった一軒の民家は、地震の当夜丘が崩れて他所に移動した。しかし家はまったく無事だった。家の者は、そのことにまったく気が付かなかった。しかし夜が明けてから、そのことを知って仰天した。

この年に、新羅《しらぎ》の送使奈末《なま》加良井山《かろうじょうせん》・奈末《なま》金紅世《こんぐせ》が筑紫《つくし》に到着して、

「新羅王は、汲飡《きゅうさん》金消勿《こんしょうもつ》・大奈末《だいなま》金世世《こんせいせい》等を派遣して、今年の調《みつき》を貢上いたしました。それで私井山《じょうせん》を派遣して、消勿《しょうもつ》等を送らせました。ところが共に海上で暴風にあい、消勿等は皆散り散りになって行方不明となってしまいました。ただ井山だけが、やっと岸にたどり着くことができました。」

と申し上げた。しかし、消勿等は結局来なかった。

吉野の宮での誓い

八年の正月五日に、新羅の送使加良井山《かろうじょうせん》・金紅世《こんぐせ》等は京《みやこ》に参向した。

七日に、詔《みことのり》して、

「正月の節会《せちえ》にあたっては、諸王・諸臣及び百官は、兄姉以上の親族（父母・祖父母・叔父《おじ》・伯母《おば》）及び自分

の氏上《うじのかみ》を除いて、それ以外を礼拝してはならない。諸王は、母であっても王の姓（親王を除き五世まで）でなければ礼拝してはならない。諸王もまた、自分より身分の低い母を礼拝してはならない。正月の節会に限らず、これに従え。もし違反するような者があれば、事に応じ処罰する。」

と仰せられた。

十八日に、西門で大射《たいしゃ》の礼が行われた。

二月一日に、高麗《こま》が上部大相《じょうほうだいそう》恒父《かんぶ》・下部大相《かほうだいそう》師需婁《しずる》等を派遣して朝貢した。よって新羅《しらぎ》は奈末《なま》甘勿那《かんもつな》を派遣して、恒父《かんぶ》等を筑紫まで送ってきた。

三日に、紀臣堅麻呂《きのおみかたまろ》が卒去《そっきょ》した。壬申の年の功績によって、大錦上位《だいきんじょうい》を追贈した。

四日に、詔《みことのり》して、

「来たる十年には、諸王・諸臣及び百官の人々の武器と馬とを検閲する。それゆえ事前に準備せよ。」

と仰せられた。

この月に、大恩によって貧乏な者をお恵みになって、飢え凍えた者に物が下された。

三月六日に、兵衛大分君稚見《とねりおおきだのきみわかみ》が死去した。壬申の年の大きな戦役で、先鋒として瀬田《せた》の陣営を破った。この功績によって、外小錦上位《とのしょうきんじょうい》を追贈した。

七日に、天皇は越智《おち》（奈良県高市郡高取町越智）に行幸され、斉明《さいめい》天皇陵に参拝された。

九日に、吉備大宰石川王《きびのおおみこともちいしかわのおおきみ》が病気になり、吉備で薨じた。天皇はこれをお聞きになってたいそう悲しまれ、大恩を下され諸王二位を追贈した。

二十二日に、貧しい僧尼に、絁《あしぎぬ》・綿《わた》・布を施《ほどこ》された。

四月五日に、詔《みことのり》して、

「食封《へひと》のある諸寺の由緒を検討して、加えるべきは加え、廃すべきは廃せ。」

と仰せられた。この日に、諸寺の名を定めた。

九日に、広瀬《ひろせ》・竜田《たつた》の神を祭った。

五月五日に、吉野宮《よしののみや》に行幸された。

六日に、天皇は皇后及び草壁皇子尊《くさかべのみこのみこと》・大津皇子《おおつのみこ》・高市皇子《たけちのみこ》・河島皇子《かわしまのみこ》・忍壁皇子《おさかべのみこ》・芝基《しきの》（施基）皇子《みこ》に詔《みことのり》して、

「私は今日、お前等と共にこの宮廷の庭で盟約を結び、千年の後まで変事の起こらないようにしたいと思うがどうか。」

と仰せられた。皇子等は皆、

「道理は、まことに明白でございます。」

とお答え申し上げた。草壁皇子尊《くさかべのみこのみこと》がまず進み出て、盟約して、

「天神地祇《てんしんちぎ》及び天皇陛下、どうかお聞き下さい。私等兄弟、長幼合わせて十人余りの王は、それぞれ母を異にしています。しかし同母異母にかかわらず、共に天皇の勅《みことのり》に従って助け合い、逆らうことはいたしません。もし今後、この盟約を破ることがあれば、命を失い子孫は絶えてしまうことでしょう。決して忘れません。決して過ちは犯しません。」

と申し上げた。五人の皇子が次々と先のように盟約した。その後に天皇は、

「我が子供等は、それぞれ母を異にして生まれた。しかし今は、同母兄弟のように慈《いつく》しもう。」

と仰せられ、衣の襟《えり》を開いて、この六人の皇子をお抱きになった。そして盟約して、

「もしこの盟約に違反すれば、たちまち我が身は亡ぶであろう。」

と仰せられた。皇后もまた、天皇と同じように盟約された。

七日に、天皇は宮殿に戻られた。

十日に、六人の皇子は共に、大殿の前で天皇を拝しまつった。

六月一日に、雹《ひょう》が降った。大きさは、桃の実ほどもあった。

二十三日に、雨乞いを行った。

二十六日に、大錦上《だいきんじょう》大伴連《おおとものむらじ》杜屋《もりや》が卒去《そっきょ》した。

七月六日に、雨乞いを行った。

十四日に、広瀬《ひろせ》・竜田《たった》の神を祭った。

十七日に、四位葛城王《かずらきのおおきみ》が卒去《そっきょ》した。

八月一日に、詔《みことのり》して、

「諸氏は、女人《おみな》を貢上せよ。」

と仰せられた。

十一日に、泊瀬《はつせ》（奈良県桜井市初瀬）に行幸され、初瀬川《はつせがわ》の水流の激しい場所で宴会を催された。これより先に王卿《おおきみまえつきみ》に詔して、

「乗馬用の馬の他に、良馬を準備しておき、召しに応じて差し出せ。」

と仰せられた。さて泊瀬《はつせ》から宮殿に戻られる日に、群卿《まえつきみたち》が準備した良馬を迹見《とみ》（奈良県桜井市外山）駅家《はゆまや》の路傍でご覧になり、それらをみな駈けさせた。

二十二日に、縵造《かずらのみやつこ》忍勝《おしかつ》が吉祥の稲を献上した。株は別で、穂は一つであった。

二十五日に、大宅王《おおやけのおおきみ》が卒去《そっきょ》した。

九月十六日に、新羅《しらぎ》に派遣した使者等が帰国し、天皇を拝しまつった。

二十三日に、高麗《こま》と耽羅《たんら》に派遣した使者等が帰国し、共に天皇を拝しまつった。

十月二日に、詔《みことのり》して、

「聞くところによると、この頃暴悪の者が里中に多いという。あるいはこれは、王卿《おおきみまえつきみ》等の過失である。暴悪な者がいると聞くと、煩わしく思って内密にしてこれを取り調べなかったり、あるいは悪人を見ると、怠慢にもこれを隠して正さなかったりする。見聞した時に、すぐにこれを糾弾すれば、どうして暴悪な者がはびころうか。今後、煩わしく思わず、怠慢に陥《おちい》らず、上に立つ者は下の者の過失を責め、下の者は上に立つ者の横暴を諫《いさ》めれば、国家は治まるであろう。」

と仰せられた。

十一日に、地震があった。

十三日に、勅《みことのり》があり、僧尼等の威儀及び法服の色、併《あわ》せて馬・従者が里や村を往来する際のきまりを制定した。

十七日に、新羅《しらぎ》が阿飡金項那《あさんこんこうな》・沙飡薩虆生《ささんさちるいしょう》を派遣して朝貢した。調物《みつきもの》は、金・銀・鉄・鼎《かなえ》・錦・絹・布・皮・馬・狗《いぬ》・騾馬《らば》・駱駝《らくだ》の類十余種であった。またこれとは別に、物を献上した。天皇・皇后・太子に、金・銀・刀・旗の類をそれぞれ数多く貢上した。

この月に勅して、

「諸僧尼は、常に寺院の中に住んで仏を護れ。しかし老衰や病気になり、またひどく狭い僧房に臥して長く老病に苦しむ者は、振る舞いが不便で清浄であるべき場所も穢《けが》れる。今後、各親族及び信仰の厚い者を頼りに、一、二の屋舎を空いた土地に建てて、老いた者は身を養い、病気の者は薬を服せ。」

と仰せられた。

十一月十四日に、地震があった。

二十三日に、大乙下《だいおつげ》倭馬飼部造連《やまとのうまかいべのみやつこつら》を大使とし、小乙下《しょうおつげ》上寸主光夫《うえのすぐりこうぶ》を小使とし、多禰島《たねのしま》（種子島）に派遣し、爵一級を授けられた。

この月に、初めて関所を竜田山《たつたのやま》・大坂山《おおさかのやま》に置いた。難波《なにわ》に羅城《らじょう》（京の四周に巡らす城壁）を築いた。

十二月二日に、吉祥の稲が現れたことによって、親王・諸王・諸臣及び百官の人々に、相応の賜禄《しろく》があり、死罪以下の罪をすべて赦免《しゃめん》した。

この年に、紀伊国伊刀郡《きのくにのいとのこおり》（和歌山県北東部）が芝草《しそう》（霊芝）を貢上した。その形はきのこのようで、茎の長さは一尺（約三十センチ）、その蓋《かさ》は二囲《いだき》（周囲六尺）ほどもあった。また因幡国《いなばのくに》が珍しい稲を貢上した。茎ごとに枝が出ていた。

皇后のご病気と薬師寺

九年の正月八日に、天皇は向小殿《むかいのこあんどの》にお出ましになり、王卿《おおきみまえつきみ》を招いて大殿《おおあんどの》の庭で宴会を催された。この日に、忌部首首《いみべのおびとこびと》に姓を与えて連《むらじ》といった。首《こびと》は、弟色弗《しこぶち》と共に喜び、天皇を拝しまつった。

十七日に、親王《みこ》以下小建《しょうこん》までが、南門で大射《たいしゃ》の礼を行った。

二十日に、摂津国《つのくに》から、

「活田村《いくたのむら》（神戸市生田区）で桃と李《すもも》の実がなりました。」

との奏上があった。

二月十八日に、鼓《つづみ》のような音が東方から聞こえた。

二十六日に、ある人が、

「鹿の角を葛城山《かずらきのやま》で見つけました。その角は根本は二本で、先が一つになっていて肉が付いています。肉の上には、毛がはえており、毛の長さは一寸（約三センチ）です。不思議なものなので、献上いたします。」

と申し上げた。思うにこれは、麟角《りんのつの》（瑞祥）であろうか。

二十七日に、新羅《しらぎ》の仕丁《つかえのよぼろ》八人が本国に帰ることになった。それで恩情を垂れ、相応の賜禄《しろく》があった。

三月十日に、摂津国《つのくに》が白巫鳥《しろしとと》（アオジの類で白色がかった珍しい鳥で瑞祥）を貢上した。

二十三日に、莵田《うだ》の吾城《あき》に行幸された。

四月十日に、広瀬《ひろせ》・竜田《たつた》の神を祭った。

十一日に、橘寺《たちばなでら》（明日香村橘）の尼房で失火があり、十房が焼けた。

二十五日に、新羅《しらぎ》の使者項那《こうな》等を筑紫《つくし》で饗応《きょうおう》なさり、相応の賜禄《しろく》があった。

この月に、勅《みことのり》があり、

「諸寺は今後、国の大寺《おおでら》である二、三以外は官司が治めてはならない。ただし食封《へひと》のある寺は、前後三十年間と限定せよ。もし年数が三十年となったら、食封《へひと》を廃することとせよ。また考えてみると、飛鳥寺《あすかでら》は官司が治めるべきものではないと思う。しかし元から大寺として、官司が常に治めてきた。また以前に功績もあった。従って、今後も官司の治める例に入れよ。」

と仰せられた。

五月一日に、勅《みことのり》があり、絁《あしぎぬ》・綿《わた》・糸・布を京《みやこ》の中の二十四寺にそれぞれに応じて施入された。この日に、初めて金光明経《こんこうみょうきょう》を宮中及び諸寺院で説かせた。

十三日に、高麗《こま》が南部大使《なんほうだいし》卯問《もうもん》・西部大兄《さいほうだいきょう》俊徳《しゅんとく》等を派遣して朝貢した。新羅《しらぎ》は、大奈末《だいなま》考那《こうな》を派遣して高麗の使者を筑紫《つくし》まで送ってきた。

二十一日に、小錦下《しょうきんげ》秦造《はだのみやつこ》綱手《つなで》が卒去《そっきょ》した。壬申の年の功績によって、大錦上位《だいきんじょうい》を追贈した。

二十七日に、小錦中《しょうきんちゅう》星川臣《ほしかわのおみ》麻呂《まろ》が卒去した。壬申の年の功績によって、大紫位《だいしい》を追贈した。

六月五日に、新羅の客項那《こうな》等が帰国した。

八日に、灰が降った。

十四日に、激しく雷鳴が響き、雷光が走った。

七月一日に、飛鳥寺《あすかでら》の西の槻《つき》の木の枝が自然に折れて落ちた。

五日に、天皇は犬養連《いぬかいのむらじ》大伴《おおとも》の家に行幸され、病気を見舞われた。そして大恩を下された。この日に、雨乞いを行った。

八日に、広瀬《ひろせ》・竜田《たつた》の神を祭った。

十日に、朱雀（上瑞）が南門に現れた。

十七日に、朴井連《えのいのむらじ》子麻呂《こまろ》に、小錦下位《しょうきんげい》を授けられた。

二十日に、飛鳥寺の僧弘聡《ぐそう》が亡くなった。大津皇子《おおつのみこ》・高市皇子《たけちのみこ》を遣わして、弔問《ちょうもん》なされた。

二十三日に、小錦下《しょうきんげ》三宅連《みやけのむらじ》石床《いわとこ》が卒去《そっきょ》した。壬申の年の功績によって、大錦下位《だいきんげい》を追贈した。

二十五日に、納言兼宮内卿五位舎人王《とねりのおおきみ》が病気で危篤になり、高市皇子《たけちのみこ》を遣わしてお見舞いになった。その翌日に卒去した。天皇はたいそう驚かれて、すぐに高市皇子《たけちのみこ》・川島皇子《かわしまのみこ》を遣わされ、殯《もがり》にご臨席になり、哀の礼を行われた。百官の人々も、これに従って哀の礼を行った。

八月五日に、法官人《のりのつかさひと》が吉祥の稲を貢上した。この日から三日間雨が続き、大水が出た。

十四日に、大風が吹き、木を折り家屋を破壊した。

九月九日に、朝嬬《あさつま》（奈良県御所市朝妻）に行幸された。大山位《だいせんい》以下の者の馬を、長柄杜《ながらのもり》（御所市名柄）でご覧になり、騎射を催された。

二十三日に、地震があった。

二十七日に、桑内王《くわうちのおおきみ》が私邸で卒去《そっきょ》した。

十月四日に、京の中の諸寺の貧しい僧尼及び民に恵みをかけ、賑給《しんきゅう》（貧民・飢民に食糧あるいは物を与えて救済すること）が行われた。僧尼一人ごとに、絁《あしぎぬ》四匹《ひき》・綿《わた》四屯《とん》・布六端《たん》であった。沙弥《しゃみ》及び俗人には、それぞれ絁二匹・綿二屯・布四端であった。

十一月一日に、日蝕があった。

三日に、戌時《いぬのとき》（午後七時から九時）から子時《ねのとき》（午後十一時から午前一時）まで東の方角が明るかった。

四日に、高麗人《こまひと》十九人が本国に帰った。これは、斉明《さいめい》天皇の喪に派遣された弔使《ちょうし》が留まって、まだ帰国していなかった者である。

七日に、百官に詔《みことのり》して、

「もし国家のために利益となり、人民を豊かにする方策があれば、朝廷に参上して自ら申し述べよ。その提案が道理にかなっておれば、採用して法律としよう。」

と仰せられた。

十日に、西方で雷が鳴った。

十二日に、皇后がご病気になられた。そこで皇后のために誓願して、薬師寺《やくしじ》を建立しようとされた。そして、百人の僧を出家させた。これによって、皇后のご病気は平癒された。この日に、罪人を赦免《しゃめん》した。

十六日に、月蝕《げっしょく》があった。草壁皇子《くさかべのみこ》を遣わして、僧恵妙《えみょう》の病気を見舞われた。翌日に、恵妙は亡くなった。

そこで三人の皇子を遣わして、弔問なされた。

二十四日に、新羅《しらぎ》が沙飡《ささん》金《こん》若弼《にゃくひつ》・大奈末《だいなま》金《こん》原升《げんしょう》を派遣して朝貢した。通訳三人が、若弼《にゃくひつ》に従って来朝した。

二十六日に、天皇がご病気になられた。それで、百人の僧を出家させたところ、しばらくして平癒《へいゆ》なされた。

三十日に、臘子鳥《あとり》が天を覆って東南から西北に飛び渡った。

律令の編纂と帝紀の記録

十年の正月二日に、幣帛《みてぐら》を諸神祇に奉納した。

三日に、百官の人々は拝賀の礼を行った。

七日に、天皇は向小殿《むかいのこあんどの》にお出ましになり、宴会を催された。この日に、親王・諸王を内安殿《うちのあんどの》に召し入れ、諸臣は皆外安殿《とのあんどの》に侍し、共に酒を振る舞って舞楽を供された。大山上《だいせんじょう》草香部吉士《くさかべのきし》大形《おおかた》に小錦下位《しょうきんげい》を授けられ、姓を与えて難波連《なにわのむらじ》といった。

十一日に、境部連石積《さかいべのむらじいわつみ》に勅《みことのり》して食封《へひと》六十戸を与え、絁《あしぎぬ》三十匹《ひき》・綿《わた》百五十斤・布百五十端《たん》・钁《くわ》百口《こう》が下された。

十七日に、親王《みこ》以下小建《しょうこん》以上が、朝廷で大射《たいしゃ》の礼を行った。

十九日に、畿内及び諸国に詔して、天社《あまつやしろ》地社《くにつやしろ》の社殿を修理なされた。

二月二十五日に、天皇・皇后は共に大極殿《おおあんどの》にお出ましになり、親王・諸王及び諸臣を召喚し、詔して、「私は今また律令を定め、法式を改めようと思う。それゆえ、共にこの事をなしとげよ。しかし急にこの政務を行えば、公事に差し障りがあろう。分担して行うがよい。」と仰せられた。この日に、草壁皇子尊《くさかべのみこのみこと》を皇太子とした。そして、国政を執り行わせられた。

二十九日に、阿倍夫人《あへのおおとじ》が薨《こう》じた。

三十日に、小紫位《しょうしい》当麻公豊浜《たぎまのきみとよはま》が薨じた。

三月四日に、阿倍夫人《あへのおおとじ》を葬った。

十七日に、天皇は大極殿《おおあんどの》にお出ましになり、川島皇子《かわしまのみこ》・忍壁皇子《おさかべのみこ》・広瀬王《ひろせのおおきみ》・竹田王《たけだのおおきみ》・桑田王《くわたのおおきみ》・三野《みのの》王《おおきみ》・大錦下《だいきんげ》上毛野君三千《かみつけののきみみちぢ》・小錦中《しょうきんちゅう》忌部連首《いみべのむらじこびと》・小錦下《しょうきんげ》阿曇連稲敷《あずみのむらじいなしき》・難波連大形《なにわのむらじおおかた》・大山上《だいせんじょう》中臣連大島《なかとみのむらじおおしま》・大山下《だいせんげ》平群臣小首《へぐりのおみこびと》に詔して、帝紀及び上古の諸事を記録し確定なされた。大島・子首が自ら筆をとって記録した。

二十一日に、地震があった。

二十五日に、天皇は新宮《にいみや》の井のほとりにお出ましになり、試みに鼓や笛の音を発して調律し、練習させられた。

四月二日に、広瀬《ひろせ》・竜田《たつた》の神を祭った。

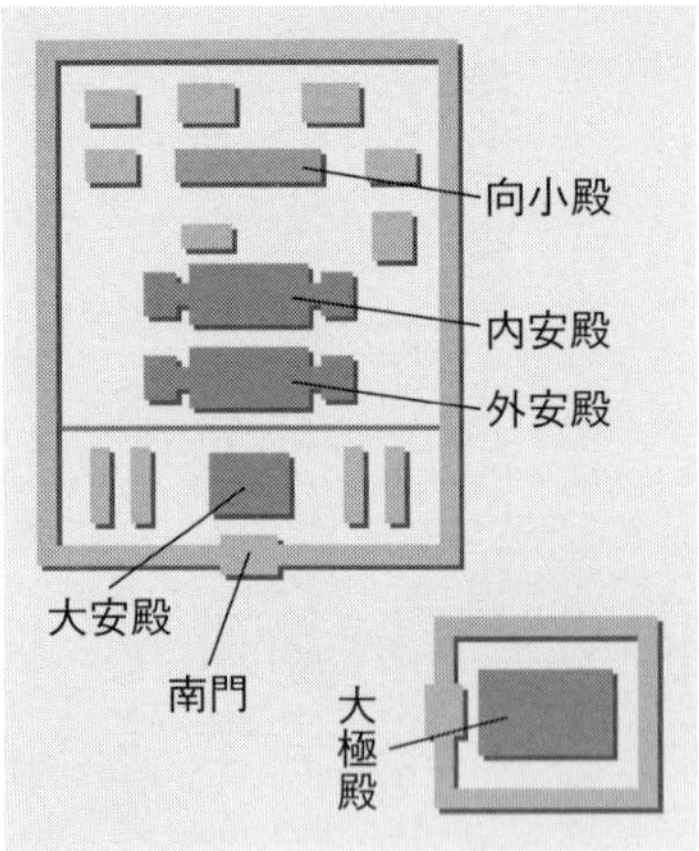

三日に、禁式九十二条を制定した。よって詔して、

「親王以下庶民に至るまで、皆が着たり用いたりしている金・銀・珠玉・紫・錦・繍《ぬいもの》・綾《あや》、及び色織りの敷物・冠・帯、併せて種々雑多な類は、それぞれ身分に応じて着たり用いたりせよ。」

と仰せられた。この事は、詳しく詔書に記されている。

十二日に、錦織造小分《にしこりのみやつこおきだ》・田井直吉麻呂《たいのあたいよしまろ》・次田倉人椹足《すきたのくらひとむくたり》・同石勝《いしかつ》・川内直県《こうちのあたいあがた》・忍海造鏡《おしぬみのみやつこかがみ》・同荒田《あらた》・同能麻呂《よしまろ》・大狛造百枝《おおこまのみやつこももえ》・同足《あし》坏《つき》・倭直竜麻呂《やまとのあたいたつまろ》・門部直大島《かどべのあたいおおしま》・宍人造老《ししひとのみやつこおきな》・山背狛烏賊麻呂《やましろのこまのいかまろ》、合わせて十四人に姓《かばね》を与えて、連《むらじ》といった。

十七日に、高麗《こま》の客卯問《もうもん》等を筑紫《つくし》で饗応《きょうおう》なさり、相応の賜禄《しろく》があった。

五月一日に、皇祖の御魂《みたま》を祭った。この日に詔《みことのり》して、

「百官の人々の、宮廷の女官に対する恭敬は、はなはだ行き過ぎがある。その門を訪れて自分の訴えごとを頼んだり、品物を贈ってその家に媚《こ》びたりしている。今後、もしこのようなことがあれば、事実に従って共に罰する。」

と仰せられた。

二十六日に、高麗《こま》の卯問《もうもん》が帰国した。

六月五日に、新羅《しらぎ》の客若弼《にゃくひつ》を筑紫で饗応なさり、相応の賜禄があった。

十七日に、雨乞いを行った。

二十四日に、地震があった。

七月一日に、朱雀が現れた。

四日に、小錦下《しょうきんげ》采女臣竹羅《うねめのおみちくら》を大使とし、当麻公楯《たぎまのきみたて》を小使として、新羅国《しらぎのくに》に派遣した。この日に、小錦下《しょうきんげ》佐伯連広足《さえきのむらじひろたり》を大使とし、小墾田臣麻呂《おはりたのおみまろ》を小使として、高麗国《こまのくに》に派遣した。

十日に、広瀬《ひろせ》・竜田《たつた》の神を祭った。

三十日に、天下に命令してことごとく大祓《おおはらえ》を行わせた。この時、国造《くにのみやつこ》等はそれぞれ祓えの代償として、奴婢《ぬひ》一人を差し出した。

閏《うるう》七月十五日に、皇后は誓願して盛大な斎会を行い、経を京の中の諸寺で説かせた。

八月十日に、三韓の人々に詔して、

「以前、十年の調《みつき》・税の免除を行うこととした。今後はさらに、初めて渡来した年に伴って来た子孫も、課役をすべて免除する。」

と仰せられた。

十一日に、大錦下《だいきんげ》上毛野君《かみつけののきみ》三千《みちぢ》が卒去《そっきょ》した。

十六日に、伊勢国《いせのくに》が白い茅鴟《いいどよ》（ふくろう）を貢上した。

二十日に、多禰島《たねのしま》に派遣した使者等が、多禰国の地図を貢上した。その国は、京《みやこ》を去ること五千余里で、筑《つく》紫《し》の南の海中にある。髪を切って、草の裳《も》を着ている。稲は常に豊かに実り、一度植えると二度収穫できる。土地の産物は、支子《くちなし》・莞子《かま》及び種々の海産物など多数ある。この日に、若弼《にゃくひつ》が帰国した。

九月三日に、高麗《こま》・新羅《しらぎ》に派遣した使者等が共に帰朝して、天皇を拝しまつった。

五日に、周芳国《すはのくに》が赤亀《あかかめ》（瑞祥）を貢上した。よって島宮《しまのみや》の池に放した。

八日に、詔して、

「諸氏の氏上《うじのかみ》が未定であれば、それぞれ氏上を定めて、理官《おさむるつかさ》（治部省）に申し送れ。」

と仰せられた。

十四日に、多禰島《たねのしま》の人々を飛鳥寺《あすかでら》の西の川辺で饗応なさり、種々の歌舞を奏した。

十六日に、彗星が見えた。

十七日に、火星が月に入った。

十月一日に、日蝕があった。

十八日に、地震があった。

二十日に、新羅《しらぎ》が沙喙一吉飡金忠平《さたくいっきつさんこんちゅうひょう》・大奈末金壱世《だいなまこんいっせ》を派遣して朝貢した。金・銀・銅・鉄・錦・絹・鹿皮・

細布《ほそぬの》（細い糸で織った高級な布）の類が数多くあった。別に、天皇・皇后・太子に献上する金・銀・霞錦《かすみにしき》（新羅の特産物）幡《はた》・皮の類がそれぞれ数多あった。

二十五日に詔して、

「大山位《だいせんい》以下小建《しょうこん》以上の人々は、それぞれ国政についての意見を申し述べよ。」

と仰せられた。

この月に、天皇が広瀬野《ひろせの》（奈良県北葛城郡河合町から生駒郡安堵町にかけての地）で猟《かり》をなさろうとして、行《かり》宮《みや》を造り終え、装束もすっかり準備された。しかし天皇は、結局行幸されなかった。ただし、親王以下及び群卿だけが皆軽市《かるのいち》（奈良県橿原市大軽付近にあった市）に行き、装束の整った飾馬《かざりうま》を検閲《けんえつ》した。小錦《しょうきん》以上の大夫《まえつきみ》は皆樹の下に列をなして坐り、大山位《だいせんい》以下は皆馬に乗って、共に大路に沿って南から北へ進んだ。

新羅《しらぎ》の使者が参上して、

「国王（文武王）が薨《こう》じました。」

と報告した。

十一月二日に、地震があった。

十二月十日に、小錦下《しょうきんげ》河辺臣小首《かわへのおみこびと》を筑紫に遣わして、新羅の客忠平《ちゅうひょう》を饗応なされた。

二十九日に、田中臣鍛師《たなかのおみかぬち》・柿本臣猨《かきのもとのおみさる》・田部連国忍《たべのむらじくにおし》・高向臣麻呂《たかむくのおみまろ》・粟田臣真人《あわたのおみまひと》・物部連麻呂《もののべのむらじまろ》・中臣連《なかとみのむらじ》大島《おおしま》・曽禰連韓犬《そねのむらじからいぬ》・書直智徳《ふみのあたいちとこ》、合わせて十人に小錦下《しょうきんげ》を授けられた。この日に、舎人造糠虫《とねりのみやつこぬかむし》・書直智徳《ふみのあたいちとこ》に姓《かばね》を与えて連《むらじ》といった。

服装・髪型の改定　新京の視察

十一年の正月九日に、大山上《だいせんじょう》舎人連糠虫《とねりのむらじぬかむし》に小錦下《しょうきんげ》位《い》を授けられた。

十一日に、金忠平《こんちゅうひょう》を筑紫《つくし》で饗応《きょうおう》なされた。

十八日に、氷上夫人《ひかみのおおとじ》（天武天皇の夫人）が宮中で薨じられた。

十九日に、地震があった。

二十七日に、氷上夫人を赤穂《あかほ》に葬った。

二月十二日に、金忠平《こんちゅうひょう》が帰国した。

この月に、小錦下《しょうきんげ》舎人連糠虫《とねりのむらじぬかむし》が卒去《そっきょ》した。壬申の年の功績によって、大錦上《だいきんじょう》位《い》を追贈した。

三月一日に、小紫《しょうし》三野王《みののおおきみ》と宮内官大夫等を新城《にいき》に遣わして、その地形を視察させた。そして都を造ろうとされた。

二日に、陸奥国《みちのくに》の蝦夷《えみし》二十三人に爵位を授けられた。

七日に、地震があった。

十三日に、境部連石積《さかいべのむらじいわつみ》等に命じて、初めて新字《にいな》一部四十四巻を作らせた。

十六日に、新城《にいき》に行幸された。

二十八日に、詔して、

「親王以下百官の人々は、今後位冠及び前裳《まえも》・褶《ひらおび》・脛裳《はばきも》（袴の一種）を着用してはならない。また膳夫《かしわで》・采女《うねめ》等の手繦《たすき》・肩巾《ひれ》はどちらも着用してはならない。」

と仰せられた。この日に詔して、

「親王以下諸臣までは、与えられた食封《へひと》はすべて停止し、改めて公に返せ。」

と仰せられた。

この月に、土師連《はじのむらじ》真敷《ましき》が卒去《そっきょ》した。壬申の年の功績により、大錦上位《だいきんじょうい》を追贈した。

四月九日に、広瀬《ひろせ》・竜田《たつた》の神を祭った。

二十一日に、筑紫大宰《つくしのおおみこともち》丹比真人島《たじひのまひとしま》等が、大鐘《おおかね》を貢上した。

二十二日に、越《こし》の蝦夷《えみし》伊高岐那《いこきな》等が、捕虜七十戸で一郡としたいと願い出て許された。

二十三日に、詔して、

「今後、男女は皆髪を結え。十二月三十日までに結い終われ。ただし髪を結う日については、また勅旨を待て。」

と仰せられた。婦人が馬に乗ることは今までにもあったが、中国の風習にならって、鞍にまたがって乗るようになったのは、この日に始まった。

五月十二日に、倭漢直《やまとのあやのあたい》等に姓《かばね》を与えて連《むらじ》といった。

十六日に、高麗《こま》に派遣した大使佐伯連《さえきのむらじ》広足《ひろたり》・小使小墾田臣《おはりたのおみ》麻呂《まろ》等が帰国して、使いの内容を天皇に奏上した。

二十七日に、倭漢直《やまとのあやのあたい》等の男女全員が参向し、姓《かばね》を賜ったことを喜んで、天皇を拝しまつった。

六月一日に、高麗《こま》王が下部《かほう》助有《じょうう》卦婁毛切《けるもうせつ》・大古昻加《だいこきょうか》を派遣して、国の産物を貢上した。新羅《しらぎ》は大那末《だいなま》金《こん》釈《じゃっ》起《き》を派遣して、高麗の使者を筑紫まで送ってきた。

六日に、男子が初めて髪を結い、漆をかけたうすぎぬの冠を着けた。

十二日に、五位殖栗王《えくりのおおきみ》が卒去《そっきょ》した。

七月三日に、隼人《はやひと》が大勢来朝して、地方の産物を貢上した。この日に、大隅隼人《おおすみのはやひと》と阿多《あたの》（鹿児島県南西部）隼人《はやひと》が、朝廷で相撲を取り、大隅隼人が勝った。

九日に、小錦中《しょうきんちゅう》　膳臣摩漏《かしわでのおみまろ》が病気になった。草壁皇子尊《くさかべのみこのみこと》・高市皇子《たけちのみこ》を遣わして、病気を見舞われた。

十一日に、広瀬《ひろせ》・竜田《たつた》の神を祭った。

十七日に、地震があった。

十八日に、膳臣摩漏《かしわでのおみまろ》が卒去《そっきょ》した。天皇はこれを聞いて驚かれ、たいそう悲しまれた。

二十一日に、摩漏臣《まろのおみ》に壬申の年の功績によって、大紫位《だいしい》の追贈と賜禄《しろく》があった。更に皇后からも、官位に準じて賜物があった。

二十五日に、多禰人《たねのひと》・掖玖人《やくのひと》（鹿児島県屋久島の人）・阿麻弥人《あまみのひと》（鹿児島県奄美大島の人）に相応の賜禄《しろく》があった。

二十七日に、隼人《はやひと》等を飛鳥寺《あすかでら》の西で饗応なさり、種々の舞楽を奏した。そして賜禄があった。僧も俗人も皆これを見た。この日に、信濃国《しなののくに》・吉備国《きびのくに》からともに、

「霜が降り、また大風が吹いて、五穀が実りません。」

との奏上があった。

八月一日に、親王以下及び諸臣に命じて、それぞれ法式に採用すべき事柄を上申させた。

三日に、高麗《こま》の客を筑紫で饗応なされた。この日の夕べに、大きな星が東から西へ渡った。

五日に、浄御原律令《きよみはらりつりょう》の編纂を進めている宮殿に、大きな虹が出た。

十一日に、灌頂幡《かんじょうばん》のような形で火の色をした物が現れ、空に浮かんで北に向かって流れて行った。どの国からもみなこれが見えた。あるいは、越《こし》の海（日本海）に入ったという。この日に、白いもやが東の山から起こった。その大きさは四囲《いだき》（一丈二尺、約三・六メートル）であった。

十二日に、大地震があった。

十三日に、筑紫大宰《つくしのおおみこともち》が、

「三本足の雀《すずめ》（上瑞）がおりました。」

と申し上げた。

十七日に、再び地震があった。この日の夜明けに、虹が空の中央に、ちょうど太陽に向き合って現れた。

二十二日に、礼儀・言語の規制についての詔《みことのり》があった。また詔して、

「人々を考課選別する者は、よくその族姓及び行状を調べた後に、確かな考課をせよ。たとえ官人としての行為と能力が顕著であるといっても、その族姓が不安定な場合は、考課選別の対象とはしない。」

と仰せられた。

二十八日に、勅《みことのり》があり、日高皇女《ひだかのひめみこ》［またの名は新家皇女《にいのみのひめみこ》］（後の元正《げんしょう》天皇）の病気のために、死罪以下の男女合わせて百九十八人全員を赦免《しゃめん》した。

二十九日に、百四十余人を大官大寺《だいかんだいじ》で出家させた。

九月二日に、勅があり、

「今後、跪礼《きれい》（ひざまずき両手を地に付けて行う礼）・匍匐礼《ほふくれい》（宮門の出入りに際し、両手を地に付け足をかがめて進む礼）はどちらも中止する。その代わりに、難波朝廷《なにわのみかど》（孝徳《こうとく》天皇朝）の立礼《りつれい》（唐の制にならったもの）を用いよ。」

と仰せられた。

十日に、正午に数百羽の鸛《おおとり》がちょうど大宮（浄御原宮《きよみはらのみや》）の上空高くを飛翔した。二時間ほどして、みな散り散りに飛び去った。

十月八日に、盛大な酒宴が催された。

十一月十六日に、詔して、

「親王・諸王及び諸臣、庶民にいたるまで皆よく聴け。およそ法を犯す者を糾弾する時は、内裏であれ政庁であれ、その過失の起こった場所で、見聞きした通りに隠すことなく糾弾せよ。重罪を犯した者があれば、報告すべきは報告し、捕捉すべきは捕捉せよ。もし抵抗して逃げようとしたら、そこの軍兵を起こして捕らえよ。杖罪《じょうざい》に該当する場合は、杖百以下、等級に応じて打て。また犯行が明らかなのに、偽って無罪を主張し、判決に従わず争い訴えたなら、犯罪を否認し抗弁したことに対する罪を本来の罪に加えよ。」

と仰せられた。

十二月三日に、詔して、

「諸氏の人等は、それぞれ氏上《うじのかみ》にふさわしい者を定めて申し送れ。またその一族が多い場合は、分割してそれぞれ氏上を定め、官司に申し送れ。その後に、官司は実情を調査して処理をせよ。氏上は、その判断に従え。ただしささいな理由によって、自分の一族ではない者を勝手に加えてはならない。」

と仰せられた。

銅銭の採用・賜姓・副都建設の詔

十二年の正月二日に、百官が賀正の礼を行った。筑紫大宰《つくしのおおみこともちたじひのまひとしま》丹比真人島等が、三本足の雀《すずめ》を貢上した。

七日に、親王以下群卿までを大極殿《おおあんどの》の前に召して、宴会を催された。その時、三本足の雀を群臣にお見せになった。

十八日に、詔して、

「明神《あきつみかみ》として大八洲《おおやしま》を統御する倭根子《やまとね》天皇《このすめらみこと》の勅命を、諸々の国司《くにのみこともち》・国造《くにのみやつこ》・郡司《こおりのみやつこ》及び人民等は皆、よく聴け。私が初めて皇位を継いで以来、天の祥瑞は一、二どころか、数多く現れた。伝え聞くところによると天の祥瑞は、政道の理が天道にかなう時に、それに応じて現れるという。今ここに、我が治世にあたって、毎年相次いで祥瑞が現れており、一方では恐れ畏み、一方では喜んでいる。従って、親王・諸王及び群卿・百官、併せて天下の人民も、共に喜び合ってほしい。そこで小建《しょうこん》以上に、相応の賜禄《しろく》をしよう。さらに死罪以下を全員赦免《しゃめん》し、また人民の課役もすべて免除する。」

と仰せられた。この日に、小墾田舞《おはりたのまい》（外来楽に対する倭舞）、高麗《こま》・百済《くだら》・新羅《しらぎ》三国の舞楽を宮殿の庭で奏した。

二月一日に、大津皇子が初めて朝政をお執りになった。

三月二日に、僧正《そうじょう》・僧都《そうず》・律師《りっし》を任命された。そして勅《みことのり》があり、

「僧尼を法の通りに統領せよ。」

と仰せられた。

十九日に、多禰《たね》に派遣した使者等が帰還した。

四月十五日に、詔して、

「今後必ず銅銭を用い、銀銭を用いてはならない。」

と仰せられた。

十八日に、詔して、

「銀を用いることは、禁止しなくてもよい。」

と仰せられた。

二十一日に、広瀬《ひろせ》・竜田《たつた》の神を祭った。

六月三日に、大伴連望多《おおとものむらじまくた》が薨じた。天皇はたいそう驚かれ、すぐに泊瀬王《はつせのおおきみ》を遣わして弔問され、壬申の

年の功績と先祖の代々の有功を挙げて顕彰し、褒賞が下された。そして大紫位《だいしい》を追贈し、鼓を打ち笛を吹いて葬った。

六日に、三位高坂王《たかさかのおおきみ》が薨じられた。

七月四日に、天皇は鏡姫王《かがみのおおきみ》（藤原鎌足《かまたり》の正室）の家に行幸され、病気を見舞われた。

五日に、鏡姫王が薨じた。

この夏に、初めて僧尼を招請し、宮中で安居《あんご》（ある期間一室にこもって修行すること）させた。よって、浄《じょう》行者《ぎょうしゃ》三十人を選んで出家させた。

十五日に、雨乞いを行った。

十八日に、天皇は京《みやこ》を巡行なされた。

二十日に、広瀬《ひろせ》・竜田《たつた》の神を祭った。

この月から八月まで、干魃《かんばつ》が続いた。百済《くだら》僧道蔵《どうぞう》が雨乞いを行い、雨が降った。

八月五日に、天下に大赦《たいしゃ》を行った。大伴連《おおとものむらじ》男吹負《おふけい》が卒去《そっきょ》した。壬申の年の功績によって、大錦中位《だいきんちゅうい》を追贈した。

九月二日に、大風が吹いた。

二十三日に、倭直《やまとのあたい》・栗隈首《くるくまのおびと》・水取造《もひとりのみやつこ》・矢田部造《やたべのみやつこ》・藤原部造《ふじわらべのみやつこ》・刑部造《おさかべのみやつこ》・福草部造《さきくさべのみやつこ》・凡河内直《おおしこうちのあたい》・川内《こうちの》漢直《あやのあたい》・物部首《もののべのおびと》・山背直《やましろのあたい》・葛城直《かずらきのあたい》・殿服部造《とのはとりのみやつこ》・門部直《かどべのあたい》・錦織造《にしこりのみやつこ》・縵造《かずらのみやつこ》・鳥取造《ととりのみやつこ》・来目舎人造《くめのとねりのみやつこ》・檜《ひの》隈舎人造《くまのとねりのみやつこ》・大狛造《おおこまのみやつこ》・秦造《はだのみやつこ》・川瀬舎人造《かわせのとねりのみやつこ》・倭馬飼造《やまとのうまかいのみやつこ》・川内馬飼造《こうちのうまかいのみやつこ》・黄文造《きふみのみやつこ》・薦集造《こもつめのみやつこ》・勾筥《まがりのはこ》作造《つくりのみやつこ》・石上部造《いそのかみべのみやつこ》・財《たからの》日《ひ》奉造《まつりのみやつこ》・泥部造《はつかしべのみやつこ》・穴穂部造《あなほべのみやつこ》・白髪部造《しらかべのみやつこ》・忍海造《おしぬみのみやつこ》・羽束造《はつかしのみやつこ》・文首《ふみのおびと》・小《お》泊瀬造《はつせのみやつこ》・百済造《くだらのみやつこ》・語造《かたりのみやつこ》、合わせて三十八氏に姓を与えて連《むらじ》といった。

十月五日に、三宅吉士《みやけのきし》・草壁吉士《くさかべのきし》・伯耆造《ははきのみやつこ》・船史《ふねのふびと》・壱伎史《いきのふびと》・沙羅羅馬飼造《さらのうまかいのみやつこ》・菟野馬飼造《うののうまかいのみやつこ》・吉野首《よしののおびと》・紀酒人直《きのさかひとのあたい》・采女造《うねめのみやつこ》・阿直史《あときのふびと》・高市県主《たけちのあがたぬし》・磯城県主《しきのあがたぬし》・鏡作造《かがみつくりのみやつこ》、合わせて十四氏に姓《かばね》を与えて連《むらじ》といった。

十三日に、天皇は倉梯《くらはし》で狩りをなされた。

十一月四日に、諸国に詔して、陣法を習わせた。

十三日に、新羅《しらぎ》が沙飡金主山《ささんこんしゅせん》・大那末金長志《だいなまこんちょうし》を派遣して朝貢した。

十二月十三日に、諸王五位伊勢王《いせのおおきみ》・大錦下《だいきんげ》羽田公八国《はたのきみやくに》・小錦下《しょうきんげ》多臣品治《おおのおみほんじ》・小錦下《しょうきんげ》中臣連大島《なかとみのむらじおおしま》、併せて判官・録史《ふびと》・工巧者《たくみ》等を遣わして天下を巡行し、諸国の境界を区切らせた。しかし、この年に国境を決め終えることはできなかった。

十七日に、詔《みことのり》して、

「諸々の文武官人及び畿内《きない》の有位の人等は、四季の初めの月（一・四・七・十月）に、必ず参朝せよ。もし重病で参朝できない場合は、所属の官司が詳しく記して、法官《のりのつかさ》に申し送れ。」

と仰せられた。また詔して、

「都城・宮殿は、一か所だけでなく、必ず二、三か所造るものである。それゆえ、まず難波《なにわ》に都を造ろうと思う。そこで百官の者は、それぞれ難波に行き、宅地を貰い受けよ。」

と仰せられた。

八色の姓の制定・副都の視察

十三年の正月十七日に、三野県主《みののあがたぬし》・内蔵衣縫造《くらのきぬぬいのみやつこ》の二氏に姓《かばね》を与えて連《むらじ》といった。

二十三日に、天皇は東の庭にお出ましになり、群卿が侍した。その時、弓の巧者及び侏儒《しゅじゅ》・左右の舎人《とねり》等を召して、大射《たいしゃ》の礼を行われた。

二月二十四日に、金主山《こんしゅせん》を筑紫で饗応なされた。

二十八日に、浄広肆《じょうこうし》広瀬王《ひろせのおおきみ》・小錦中《しょうきんちゅう》大伴連安麻呂《おおとものむらじやすまろ》及び判官・録史《ふびと》・陰陽師《おんようじ》・工巧《たくみ》等を畿内に遣わして、都を造るべき土地を視察占卜《せんぼく》させた。

この日に、三野王《みののおおきみ》・小錦下《しょうきんげ》采女臣筑羅《うねめのおみちくら》等を信濃《しなの》に遣わして、地形を調べさせた。この地に、都を造ろうと思われたのであろうか。

三月八日に、吉野人《よしののひと》宇閉直弓《うへのあたいゆみ》が白椿《しろつばき》を貢上した。

九日に、天皇は京《みやこ》を巡行されて（後の藤原京《ふじわらきょう》の地）、宮殿造営の地を定められた。

二十三日に、金主山《こんしゅせん》が帰国した。

四月五日に、徒罪《ずざい》以下（懲役・杖罪・笞罪）を、全員赦免《しゃめん》なされた。

十三日に、広瀬大忌神《ひろせのおおいみのかみ》・竜田風神《たつたのかぜのかみ》を祭った。

二十日に、小錦下《しょうきんげ》高向臣麻呂《たかむくのおみまろ》を大使とし、小山下《しょうせんげ》都努臣牛甘《つののおみうしかい》を小使として、新羅《しらぎ》に派遣した。

閏《うるう》四月五日に、詔《みことのり》して、

「来年の九月に、必ず検閲を行う。よって、百官に宮中での振る舞い・装備を教えよ。」

と仰せられた。また詔して、

「治政の要は、軍事である。それゆえ文武官の人々は、努めて武器を用い、馬に乗ることを習え。馬・武器、併《あわ》せて本人が身につける装束を、細かく点検して調え補足せよ。馬のある者は騎士とし、馬のない者は徒兵とせよ。ともに十分訓練して、軍の集結に支障があってはならない。もし詔《みことのり》の趣旨に反して、馬・武器に不都合があり、また装束に不備があれば、親王以下諸臣にいたるまで、みな処罰する。大山位《だいせんい》以下は、罰すべきは罰し、杖《むち》打つべきは打つ。よく努め習って兵術を修し得た者は、死罪になるようなことがあっても、二等級罪を減ずる。ただし、自分の才能を誇って故意に違反した者は、減免の例には入れない。」

と仰せられた。また詔して、

「男女共に、衣服は裾付きの有無や、結紐《むすびひも》・長紐の付いた衣服を任意に着用せよ。朝儀に参加する日には、裾付きの衣服を着て、長紐を付けよ。ただし男子は、烏帽子《えぼし》があれば被《かむ》り、括緒《くくりお》の褌《はかま》（裾の周りに通した紐を、くるぶしの上でくくる袴《はかま》）を着用せよ。年四十歳以上の女は、結髪または垂髪及び乗馬の縦乗りまたは横乗り、どちらも任意にせよ。別に巫《かんなぎ》・祝《はふり》の類は、結髪しなくてよい。」

と仰せられた。

十一日に、三野王《みののおおきみ》等が信濃国《しなののくに》の地図を進上した。

十六日に、宮中で斎会《さいえ》を設け、罪を犯した舎人《とねり》等を赦免《しゃめん》した。

二十四日に、飛鳥寺《あすかでら》の僧福楊《ふくよう》を処罰して獄に入れた。

二十九日に、僧福楊は自ら首を刺して死んだ。

五月十四日に、来朝した百済の僧尼及び俗人の男女、合わせて二十三人を武蔵国《むさしのくに》に住わせた。

二十八日に、三輪引田君《みわのひけたのきみ》難波麻呂《なにわまろ》を大使とし、桑原《くわはらの》連《むらじ》人足《ひとたり》を小使として、高麗《こま》に派遣した。

六月四日に、雨乞いを行った。

七月四日に、広瀬に行幸された。

九日に、広瀬・竜田の神を祭った。

二十三日に、彗星が西北に現れた。長さは一丈余（三メートル強）であった。

十月一日に、詔《みことのり》して、

「諸氏の族姓を改め、八色《やくさ》の姓《かばね》を作って、天下の万姓を整理する。第一に真人《まひと》という。第二に朝臣《あそみ》という。第三に宿禰《すくね》という。第四に忌寸《いみき》という。第五に道師《みちのし》という。第六に臣《おみ》という。第七に連《むらじ》という。第八に稲置《いなき》という。」

と仰せられた。

この日に、守山公《もりやまのきみ》・路公《みちのきみ》・高橋公《たかはしのきみ》・三国公《みくにのきみ》・当麻公《たぎまのきみ》・茨城公《うまらきのきみ》・丹比公《たじひのきみ》・猪名公《いなのきみ》・坂田公《さかたのきみ》・羽田公《はたのきみ》・息長公《おきながのきみ》・酒人公《さかひとのきみ》・山道公《やまじのきみ》の十三氏に、姓を与えて真人といった。

三日に、伊勢王《いせのおおきみ》等を遣わして、諸国の境界を定めさせた。この日に、県犬養連手繦《あがたのいぬかいのむらじたすき》を大使とし、川原連加尼《かわらのむらじかね》を小使として、耽羅《たんら》に派遣した。

十四日に、亥《い》の時（午後九時から十一時）になって大地震があった。国中で男女が叫び、惑《まど》い、山は崩れ川は溢れた。諸国の郡の官舎や人民の倉・家屋、寺院や塔・神社など、倒壊した物は数えきれない。これによって、人民や家畜が多数死傷した。この時、伊予湯泉《いよのゆ》は埋没して出なくなった。土左国《とさのくに》の田畠五十余万頃《しろ》（約千二百ヘクタール）は、陥没して海になった。古老は、

「このような大地震は、いまだかつて見たことはない。」

と言った。この夕に、鼓《つづみ》の鳴るような音が東方に聞こえた。ある人が、

「伊豆島《いずのしま》（伊豆の大島）の西と北の二面が自然に三百丈（九百九メートル）余りも広がって、別に一つの島になった。鼓のような音は、神がこの島を造る時の響きだったのだ。」

と言った。

十六日に、諸王卿等に賜禄《しろく》があった。

十一月一日に、大三輪君《おおみわのきみ》・大春日臣《おおかすがのおみ》・阿倍臣《あへのおみ》・巨勢臣《こせ》・膳臣《かしわで》・紀臣《き》・波多臣《はた》・物部連《もののべのむらじ》・平群臣《へぐりのおみ》・雀部臣《さざきべ》・

中臣連《なかとみのむらじ》・大宅臣《おおやけのおみ》・粟田《あわた》臣・石川《いしかわ》臣・桜井《さくらい》臣・采女《うねめ》臣・田中《たなか》臣・小墾田《おはりた》臣・穂積《ほづみ》臣・山背《やましろ》臣・鴨君《かものきみ》・小野臣《おののおみ》・川辺《かわへ》臣・櫟井《いちい》臣・柿本《かきのもと》臣・軽部《かるべ》臣・若桜部《わかさくらべ》臣・岸田《きした》臣・高向《たかむく》臣・宍人《ししひと》臣・来目《くめ》臣・犬上《いぬかみ》君・上毛野《かみつけの》君・角《つの》臣・星川《ほしかわ》臣・多《おお》臣・胸方君《むなかたのきみ》・車持《くるまもち》君・綾《あや》君・下道臣《しもつみちのおみ》・伊賀《いが》臣・阿閉《あへ》臣・林《はやし》臣・波弥《はみ》臣・下毛野君《しもつけののきみ》・佐味《さみ》君・道《ち》守臣《もりのおみ》・大野君《おおののきみ》・坂本臣《さかもとのおみ》・池田君《いけだのきみ》・玉手臣《たまてのおみ》・笠《かさ》臣、合わせて五十二氏に姓を与えて朝臣《あそみ》といった。

三日に、土左《とさ》国司から、

「津波が高く盛り上がり、海水が押し寄せてきました。これによって、調《みつき》を運ぶ船が、多く流失しました。」

との奏上があった。

二十一日の昏時《いぬのとき》（午後七時から九時）に、七つの星が共に東北に流れ落ちた。

二十三日の日没時《とりのとき》（午後五時から七時）に、星が東の方面に落ちた。大きさは、瓫《ほとぎ》（湯や水を入れる口の小さい胴の太い器）ほどであった。戌時《いぬのとき》（午後七時から九時）になって、天文がことごとく乱れて、星が雨のように落ちた。

この月に、ある星が天の中央で彗星のように光を放った（乱の兆）。昴星《すばるぼし》と並んで運行し、月末になって消失した。

十二月二日に、大伴連《おおとものむらじ》・佐伯《さえき》連・阿曇《あずみ》連・忌部《いみべ》連・尾張《おわり》連・倉《くら》連・中臣酒人《なかとみのさかひと》連・土師《はじ》連・掃部《かにもり》連・境部《さかいべ》連・桜井田部《さくらいのたべ》連・伊福部《いほきべ》連・巫部《かんなぎべ》連・忍壁《おさかべ》連・草壁《くさかべ》連・三宅《みやけ》連・児部《こべ》連・手繦丹比《たすきのたじひ》連・靫丹比《ゆきのたじひ》連・漆部《ぬりべ》連・大湯人《おおゆえ》連・若湯人《わかゆえ》連・弓削《ゆげ》連・神服部《かんはとり》連・額田部《ぬかたべ》連・津守《つもり》連・県犬養《あがたのいぬかい》連・稚犬養《わかいぬかい》連・玉祖《たまのおや》連・新田部《にいたべ》連・倭文《しつおり》連・氷《ひ》連・凡海《おおしあま》連・山部《やまべ》連・矢集《やつめ》連・狭井《さい》連・爪工《はたくみ》連・阿刀《あと》連・茨田《まんた》連・田目《ため》連・少子部《ちいさこべ》連・菟道《うじ》連・小《お》治田《はりた》連・猪使《いつかい》連・海犬養《あまのいぬかい》連・間人《はしひと》連・舂米《つきよね》連・美濃矢集《みののやつめ》連・諸会臣《もろあいのおみ》・布留連《ふるのむらじ》の五十氏に、姓を与えて宿禰《すくね》といった。

六日に、大唐へ留学した学生《がくしょう》土師宿禰甥《はじのすくねおい》・白猪史宝然《しらいのふびとほうねん》及び百済《くだら》の戦役の時に大唐に捕らわれた者、猪使《いつかいの》連《むらじ》子首《こびと》・筑紫三宅《つくしのみやけの》連得許《むらじとくこ》が、新羅《しらぎ》を経由して帰国した。そこで新羅は大奈末《だいなま》金物儒《こんもつぬ》を派遣して、甥等を筑紫まで送ってきた。

十三日に、死刑を除き、これ以下の罪人全員を赦免《しゃめん》した。

この年に、詔《みことのり》して、

「伊賀《いが》・伊勢《いせ》・美濃《みの》・尾張《おわり》の四国は、今後調《みつき》の年には労役を免除し、労役の年には調を免除せよ。」

と仰せられた。倭《やまと》の葛城下郡《かずらきのしものこおり》（奈良県北葛城郡北部）から、

「四本足の鶏がおりました。」

との奏上があった。また丹波国《たにはのくにの》氷上郡《ひかみのこおり》（兵庫県丹波市）から、

「十二本も角のある子牛がいます。」

との奏上があった。

天皇の発病

十四年の正月二日に、百官が賀正の礼を行った。

二十一日に、さらに爵位の名を改め、階級を増加した。明位《みょうい》二階、浄位《じょうい》四階とし、各階に大・広を置き、合わせて十二階で、これらは諸王以上の位である。正位《しょうい》四階、直位《じきい》四階、勤位《ごんい》四階、務位《むい》四階、追位《ついい》四階、進位《しんい》四階とし、各階に大・広を置き、合わせて四十八階である。これらは諸臣の位である。

この日に、草壁皇子尊《くさかべのみこのみこと》に浄広壱位《じょうこういちい》を授け、大津皇子《おおつのみこ》に浄大弐位《じょうだいにい》を授け、川島皇子《かわしまのみこ》・忍壁皇子《おさかべのみこ》に浄大参位《じょうだいさんい》を授けられた。これ以下の諸王・諸臣等に、それぞれに応じて爵位を増し加えられた。

二月四日に、大唐人《もろこしひと》・百済人《くだらひと》・高麗人《こまひと》、合わせて百四十七人に爵位を授けられた。

三月十四日に、金物儒《こんもつぬ》を筑紫《つくし》で饗応《きょうおう》なされた。そして筑紫から帰国する時、漂着した新羅人《しらぎひと》七人を物儒《もつぬ》に託して帰還させた。

十六日に、京職大夫直大参許勢朝臣辛檀努《みさとつかさのかみじきだいさんこせのあそみしたの》が卒去《そっきょ》した。

二十七日に、詔《みことのり》して、

「諸国では、家ごとに仏舎を造り、仏像・経を置いて礼拝供養せよ。」

と仰せられた。

この月に、灰が信濃国《しなののくに》に降り、草木がみな枯れた。

四月四日に、紀伊《き》国司から、

「牟婁湯泉《むろのゆ》が埋没して、湯が出なくなりました。」

との奏上があった。

十二日に、広瀬・竜田の神を祭った。

十五日に、僧尼を招請して、宮中で安居《あんご》を開始した。

十七日に、新羅人金主山《しらぎひとこんしゅせん》が帰国した。

五月五日に、南門で大射《たいしゃ》の礼を行った。天皇は飛鳥寺《あすかでら》に行幸され、珍宝を仏に奉納して礼拝なされた。

十九日に、直大肆粟田朝臣真人《じきだいしあわたのあそみまひと》は、位を父に譲ろうとしたが、勅《みことのり》があって聞き入れられなかった。この日に、直大参当麻真人広麻呂《じきだいさんたぎまのひとひろまろ》が卒去《そっきょ》した。壬申《じんしん》の年の功績によって、直大壱位《じきだいいちい》を追贈された。

二十六日に、高向朝臣麻呂《たかむくのあそみまろ》・都努朝臣牛飼《つののあそみうしかい》等が、新羅《しらぎ》から帰朝した。留学していた学問僧観常《かんじょう》・霊観《りょうかん》がこれに従って帰朝した。新羅王の献上品は、馬二頭・犬三匹・鸚鵡《おうむ》二羽・鵲《かささぎ》二羽及び種々の物があった。

六月二十日に、大倭連《やまとのむらじ》・葛城《かずらき》連・凡川内《おおしこうち》連・山背《やましろ》連・難波《なにわ》連・紀酒人《きのさかひと》連・倭漢《やまとのあや》連・河内漢《こうちのあや》連・秦《はだ》連・大《おお》隅直《すみのあたい》・書連《ふみのむらじ》、合わせて十一氏に姓《かばね》を与えて、忌寸《いみき》といった。

七月二十一日に、広瀬《ひろせ》・竜田《たつた》の神を祭った。

二十六日に、勅《みことのり》があり、明位《みょうい》以下進位《しんい》以上の朝服の色を定めた。浄位以上は、みな紅色を着る。正位《しょうい》は深紫、直位《じきい》は浅紫、勤位《ごんい》は深緑、務位《むい》は浅緑、追位《ついい》は濃い青、進位《しんい》は淡い青とした。

二十七日に、詔《みことのり》して、

「東山道の美濃《みの》以東、東海道の伊勢《いせ》以東の諸国の人々はすべて、課役を免除せよ。」

と仰せられた。

八月十二日に、天皇は浄土寺《じょうどじ》（山田寺の別名）に行幸された。

十三日に、川原寺に行幸され、僧衆に稲を施された。

二十日に、耽羅《たんら》に派遣した使者等が帰還した。

九月九日に、天皇は旧宮（飛鳥岡本宮）の安殿《あんどの》の庭で宴会を催された。この日に、皇太子以下忍壁皇子《おさかべのみこ》までに、それぞれに応じて布を賜った。

十一日に、宮処王《みやところのおおきみ》・広瀬《ひろせ》王・難波《なにわ》王・竹田《たけだ》王・弥努《みの》王（美濃王・三野王とも表記されている）を京《みやこ》及び畿《き》内《ない》に遣わして、人民の武器をそれぞれ検校した。

十五日に、直広肆《じきこうし》都努朝臣牛飼《つののあそみうしかい》を東海の使者とし、直広肆《じきこうし》石川朝臣虫名《いしかわのあそみむしな》を東山の使者とし、直広肆《じきこうし》佐味《さみ》朝臣少麻呂《あそみすくなまろ》を山陽の使者とし、直広肆《じきこうし》巨勢朝臣粟持《こせのあそみあわもち》を山陰の使者とし、直広参《じきこうさん》路真人迹見《みちのまひととみ》を南海の使者とし、直広肆《じきこうし》佐伯宿禰広足《さえきのすくねひろたり》を筑紫《つくし》の使者とした。それぞれ判官一人・史《ふびと》一人を付けて、国司・郡司、及び人民の状況を巡察させた。

この日に、詔《みことのり》して、

「諸々の歌の巧みな男女・笛の巧みな者は、その技能を自分の子孫に伝習させよ。」

と仰せられた。

十八日に、天皇は大安殿《おおあんどの》（内裏正殿）にお出ましになり、王卿《おおきみまえつきみ》等を殿の前に召して、博戯《はくぎ》（かけごと）の遊びをなさった。

この日に、宮処王《みやところのおおきみ》・難波王《なにわ》・竹田王《たけだ》・三国真人友足《みくにのまひとともたり》・県犬養宿禰大侶《あがたのいぬかいのすくねおおとも》・大伴宿禰御行《おおとものすくねみゆき》・境部宿禰石積《さかいべのすくねいわつみ》・多朝臣品治《おおのあそみほんじ》・采女朝臣竹羅《うねめのあそみちくら》・藤原朝臣大島《ふじわらのあそみおおしま》、合わせて十人に天皇の御衣と袴《はかま》を賜った。

十九日に、皇太子以下及び諸王卿、合わせて四十八人にそれぞれに応じて羆《ひぐま》の皮・山羊《かもしか》の皮を賜った。

二十日に、高麗国《こまのくに》に派遣した使者等が帰還した。

二十四日に、天皇がご病気になられたため、三日間大官大寺《だいかんだいじ》・川原寺《かわらでら》・飛鳥寺《あすかでら》で誦経《ずきょう》させた。稲をそれぞれに応じて納められた。

二十七日に、来朝した高麗人《こまひと》等に賜禄《しろく》があった。

十月四日に、百済《くだら》の僧常輝《じょうき》に食封《じきふ》三十戸を与えた。この僧は、年が百歳であった。

八日に、百済の僧法蔵《ほうぞう》・優婆塞益田直金鐘《うばそくますだのあたいこんしょう》を美濃《みの》に遣わし、白朮《おけら》（健胃薬）を煎《せん》じさせた。よって、絁《あしぎぬ》・綿・布を賜った。

十日に、軽部朝臣足瀬《かるべのあそみたるせ》・高田首新家《たかたのおびとにいのみ》・荒田尾連麻呂《あらたおのむらじまろ》を信濃《しなの》に遣わして、行宮《かりみや》を造らせた。思うに束間温湯《つかまのゆ》（長野県松本市の浅間温泉）に行幸なさろうとされたのであろうか。

十二日に、浄大肆《じょうだいし》泊瀬王《はつせのおおきみ》・直広肆《じきこうし》巨勢朝臣馬飼《こせのあそみうまかい》・判官以下、合わせて二十人を新たな都城造営事業の役に任じた。

十七日に、伊勢王《いせのおおきみ》等は再び東国に下った。よって衣と袴を賜った。

この月に、宮中で金剛般若経《こんごうはんにゃきょう》を説かせた。

十一月二日に、公の所蔵の鉄一万斤《きん》を周芳総令《すはのすぶるおさ》のもとに送った。この日に、筑紫大宰《つくしのおおみこともち》が公の所蔵の品、絁《あしぎぬ》百匹・糸百斤《きん》・布三百端《たん》・庸布四百常《じょう》（一常は一丈三尺）・鉄一万斤《きん》・箭竹《やだけ》二千連《れん》を要請してきたので、筑紫に送り下さった。

四日に、詔《みことのり》して、

「大角《はら》・小角《くだ》（いずれも軍事用の吹奏楽器）・鼓《つづみ》・笛・幡旗《はた》と弩《おおゆみ》（機械仕様の大弓）・抛《いしはじき》（石をはじきとばす機械）の類は、私宅に置いてはならない。すべて郡家《こおりのみやけ》に収めよ。」

と仰せられた。

六日に、白錦《しらにしきの》後苑《みその》に行幸された。

二十四日に、法蔵《ほうぞう》法師・金鐘《こんしょう》は、白朮《おけら》を煎《せん》じて献上した。この日に、天皇のために招魂《みたまふり》（鎮魂祭。魂が遊離していかないように人の身体の中に鎮め、長寿を祈る祭）を行った。

二十七日に、新羅《しらぎ》が波珍飡《はちんさん》金智祥《こんちしょう》・大阿飡《だいあさん》金健勲《こんごんくん》を派遣して、国政について報告し、朝貢した。

十二月四日に、筑紫《つくし》に遣わした防人《さきもり》等が海上で漂流し、皆衣服を失った。それで防人の衣服のために、布四百五十八端《たん》を筑紫に送り下された。

十日に、西から地震が起こった。

十六日に、絁《あしぎぬ》・綿・布を大官大寺《だいかんだいじ》の僧等に施された。

十九日に、皇后の命令によって、王卿等五十五人に、朝服をそれぞれ一揃い賜った。

天皇崩御と殯《もがり》

朱鳥《あかみとり》元年の正月二日に、天皇は大極殿《おおあんどの》にお出ましになり、諸王卿に宴会を供された。この日に詔して、

「私は王卿に、無端事《はしなしこと》（なぞなぞのような事か）を尋ねるが、正しく答えれば必ず賜物があろう。」

と仰せられた。こうして高市皇子《たけちのみこ》に質問され、正しく答えた。榛の木の実で染めた天皇の御衣三揃い・錦の袴二揃い、併せて絁《あしぎぬ》二十匹・糸五十斤《きん》・綿百斤・布百端《たん》が下賜された。伊勢王《いせのおおきみ》もまた、正しく答えた。黒色の御衣三揃い・紫の袴二揃い・絁七匹・糸二十斤・綿四十斤・布四十端が下賜された。この日に、摂津国《つのくに》の人百済新興《くだらのにいき》が白瑪瑙《しろめのう》を献上した。

九日に、三綱《さんごうの》（僧綱）律師《りっし》及び大官大寺《だいかんだいじ》の知事《ちじ》（寺の管理者）・佐官、合わせて九人の僧を招請し、俗人の食物を供した。そして、絁・綿・布をそれぞに応じて施した。

十日に、諸王卿それぞれに、袍袴《きぬはかま》一揃いが下された。

十三日に、諸々の技芸を有する人・博士・陰陽師《おんようじ》・医師《くすし》、合わせて二十余人を召して、食事と禄を賜った。

十四日の酉時《とりのとき》（午後五時から七時）に、難波《なにわ》の大蔵省《おおくらのつかさ》から失火して、宮殿が全焼した。あるいは、阿斗連《あとのむらじ》薬《くすり》の家の出火が、宮殿に引火したのだという。ただし、兵庫職《つわものつかさ》（武器庫）だけは焼けなかった。

十六日に、天皇は大安殿《おおあんどの》にお出ましになり、諸王卿を召して宴会を催された。それぞれに応じて、絁《あしぎぬ》・綿・布を賜った。この日に、天皇は群臣に無端事《はしなしこと》を尋ねられた。その場で正しく答えれば、重ねて絁・綿を賜った。

十七日に、後宮で宴会を催された。

十八日に、朝廷で盛大な酒宴が催された。この日に、御窟殿《みむろとの》の前にお出ましになり、俳優等に賜禄があった。また歌人等に袍《きぬ》と袴《はかま》を賜った。

十九日に、地震があった。

この月に、新羅《しらぎ》の金智祥《こんちしょう》を饗応するために、浄広肆《じょうこうし》川内王《こうちのおおきみ》・直広参《じきこうさん》大伴宿禰安麻呂《おおとものすくねやすまろ》・直大肆《じきだいし》藤原朝臣大《ふじわらのあそみおお》島《しま》・直広肆《じきこうし》境部宿禰鯯魚《さかいべのすくねこのしろ》・直広肆《じきこうし》穂積朝臣虫麻呂《ほづみのあそみむしまろ》等を、筑紫《つくし》に遣わした。

二月四日に、大安殿《おおあんどの》にお出ましになった。侍臣六人に、勤位《ごんい》を授けられた。

五日に、勅《みことのり》があり、諸国司の中で特に功績のある者九人を選び、勤位を授けられた。

三月六日に、大弁官直大参《じきだいさん》羽田真人八国《はたのまひとやくに》が病気になった。回復を祈り、僧三人を得度させた。

十日に、雪が降った。

二十五日に、羽田真人八国が卒去《そっきょ》した。壬申《じんしん》の年の功績によって、直大壱位《じきだいいちい》を追贈した。

四月八日に、侍医桑原村主訶都《くわはらのすぐりかつ》に直広肆《じきこうし》を授けられ、姓《かばね》を賜り連《むらじ》といった。

十三日に、新羅《しらぎ》の客等を饗応するために、川原寺《かわらでら》の伎楽《ぎがく》（百済から伝えられた中国の楽舞）に関わる舞人・楽人・楽器・衣装などを筑紫《つくし》に運んだ。そして、皇后宮の私用の稲五千束を川原寺に納めた。

十九日に、新羅《しらぎ》の調物《みつき》が筑紫から貢上された。良馬一匹・騾馬一頭・犬二匹、彫刻を施した金器と金・銀・霞錦《かすみにしき》・綾羅《あやうすはた》・虎と豹の皮及び薬物の類、合わせて百余種であった。また智祥《ちしょう》・健勲《ごんくん》等が別に献上した物は、金・銀・霞錦・綾羅・金器・屏風・鞍皮《くらのかわ》・絹布・薬物の類、各六十余種であった。別に、皇后・皇太子及び諸親王等への献上物も、数多くあった。

二十七日に、多紀皇女《たきのひめみこ》・山背姫王《やましろのおおきみ》・石川夫人《いしかわのおおとじ》を、伊勢神宮に遣わした。

五月九日に、多紀皇女等が伊勢から帰京した。この日に、侍医百済人億仁《くだらひとおくにん》が病気で危篤になった。すぐに勤《ごん》大壱位《だいいちい》を授けられ、食封《じきふ》百戸を与えた。

十四日に、勅《みことのり》があり、大官大寺《だいかんだいじ》に食封《じきふ》七百戸を与え、税三十万束を納めた。

十七日に、宮廷の女官等に爵位を増し加えた。

二十四日に、天皇はご病気になられた。よって、川原寺《かわらでら》で薬師経を説かせ、宮中で安居《あんご》させた。

二十九日に、金智祥《こんちしょう》等を筑紫《つくし》で饗応なさり、相応の賜禄《しろく》があった。その後智祥は、筑紫から帰国した。

この月に勅《みことのり》があり、左右の大舎人《おおとねり》等を遣わして、諸寺の堂塔を掃き清めさせた。そして天下に大赦《たいしゃ》を行った。獄舎は、すっかり空になった。

六月一日に、槻本村主勝麻呂《つきもとのすぐりかちまろ》に姓《かばね》を賜って連《むらじ》といった。そして勤大壱位《ごんだいいちい》を加え、食封《じきふ》二十戸を与えた。

二日に、工巧《たくみ》・陰陽師《おんようじ》・侍医・大唐への留学生及び一、二人の女官、合わせて三十四人に爵位を授けられた。

七日に、諸司の人々の中から功績のあった二十八人を選び、爵位を増し加えた。

十日に、天皇の病気を占卜《せんぼく》したところ、草薙剣《くさなぎのつるぎ》の祟りと出た。その日に、尾張国《おわりのくに》の熱田社《あつたのやしろ》に送って安置した。

十二日に、雨乞いを行った。

十六日に、伊勢王《いせのおおきみ》・官人等を飛鳥寺《あすかでら》に遣わし、衆僧に勅《みことのり》して、

「近頃、我が身を病んでいる。どうか仏法のご加護によって、身体の安楽を得たいと思う。僧正《そうじょう》・僧都《そうず》及び衆僧は、これを誓願してほしい。」

と仰せられた。そして、珍宝を仏に奉納した。この日に、三綱律師《さんごうのりっし》及び四寺（大官大寺《だいかんだいじ》・飛鳥寺《あすかでら》・川原寺《かわらでら》・薬《やく》師寺《しじ》の四寺か）の和上《わじょう》（衆僧の師）・知事《ちじ》、併せて現在師位である僧等に、御衣・御被《ふすま》（上着）それぞれ一揃いを施された。

十九日に、勅《みことのり》があり、百官の人々を川原寺《かわらでら》に遣わして、燃燈供養《ねんとうくよう》（たくさんの灯を燃やして仏を供養する法会）を行った。盛大な斎会《さいえ》を行い、悔過《けか》（罪過《ざいか》を懺悔《ざんげ》し罪を免れるための儀式）した。

二十二日に、名張《なばり》の厨司《くりやつかさ》（天皇の食物を貢進する施設）が火災になった。

二十八日に、僧法忍《ほうにん》・僧義照《ぎしょう》に、老後を扶養するために、それぞれ食封《じきふ》三十戸を与えた。

七月二日に、勅があり、

「以前のようにまた、男子は脛裳《はばきも》（袴の一種）を着用し、婦女は髪を背に垂らしてもよい。」

と仰せられた。この日に、僧正・僧都等は宮中に参上して悔過《けか》した。

三日に、諸国に詔して、大祓《おおはらえ》を行った。

四日に、天下の調《みつき》を半減し、さらにすべての遥役《ようえき》（労役）を免除した。

五日に、幣《みてぐら》を紀伊国《きのくに》に鎮座する国懸神《くにかかすのかみ》（和歌山市秋月鎮座）・飛鳥の四社（飛鳥坐《あすかにます》神社・飛鳥山口坐《あすかのやまのくちにます》神社・飛鳥川上坐《あすかかわかみにます》宇須多伎比売命《うすたきひめのみこと》神社・加夜奈留美命《かやなるみのみこと》神社）・住吉大神《すみのえのおおかみ》に奉納した。

八日に、百人の僧を招請して、宮中で金光明経《こんこうみょうきょう》を読ませた。

十日に、南方に雷光が走り、一度大きな雷鳴が響いた。そして、民部省《かきべのつかさ》の庸を収蔵した倉庫が火災になった。あるいは、忍壁皇子《おさかべのみこ》の宮の失火によって、民部省が延焼したという。

十五日に、勅があり、

「天下の事は大小を問わず、すべて皇后と皇太子に啓上せよ。」

と仰せられた。この日に、大赦《たいしゃ》を行った。

十六日に、広瀬《ひろせ》・竜田《たつた》の神を祭った。

十九日に、詔して、

「天下の人民で、貧しいために稲と資財とを借りた者は、十四年十二月三十日以前の分については、公私を問わずすべて免除せよ。」

と仰せられた。

二十日に、改元して朱鳥《あかみとり》元年という。そして宮を名付けて、飛鳥浄御原宮《あすかのきよみはらのみや》といった。

二十八日に、浄行者七十人を選んで出家させ、宮中の御窟院《みむろのいん》で斎会《さいえ》を設けた。

この月に、諸王等は天皇のために観世音像《かんぜおんぞう》を造り、観世音経を大官大寺《だいかんだいじ》で説かせた。

八月一日に、天皇のために八十人の僧を得度《とくど》させた。

二日に、僧尼合わせて百人を得度《とくど》させた。そして百の観世音菩薩を宮中に安置して、観世音経二百巻を読ませた。

九日に、天皇のご病気平癒を神祇《じんぎ》に祈った。

十三日に、秦忌寸石勝《はだのいみきいわかつ》を遣わして、土左大神《とさのおおかみ》に幣《みてぐら》を奉納した。この日に、皇太子・大津皇子《おおつのみこ》・高市皇子《たけちのみこ》に、それぞれ食封《じきふ》四百戸を加えられた。川島皇子《かわしまのみこ》・忍壁皇子《おさかべのみこ》に、それぞれ百戸を加えられた。

十五日に、芝基皇子《しきのみこ》・磯城皇子《しきのみこ》に、それぞれ二百戸を加えられた。

二十一日に、檜隈寺《ひのくまでら》（寺址は奈良県高市郡明日香村檜前）・軽寺《かるでら》（後の法輪寺で奈良県橿原市大軽）・大窪寺《おおくぼでら》（寺址は奈良県橿原市大久保）にそれぞれ食封百戸を、三十年間に限って与えた。

二十三日に、巨勢寺《こせでら》（寺址は奈良県御所市古瀬）に、食封《じきふ》二百戸を与えた。

九月四日に、親王以下諸王にいたるまでみな川原寺《かわらでら》に集まり、天皇のご病気平癒のために誓願した。

九日に、天皇のご病気はついに癒えることなく、正宮で崩御された。

十一日に、初めて哀《みね》の礼を奉った。そして、南庭に殯宮《もがりのみや》を建てた。

二十四日に、南庭で殯を行い、哀の礼を奉った。この時にあたり、大津皇子《おおつのみこ》は皇太子に対して謀反を起こした。

二十七日の平旦《とらのとき》（午前三時から五時）に、諸僧尼が殯の庭で哀の礼を奉って退出した。

この日に、初めて奠《てん》（死者の前に物を供えること）を進上して誄《しのびごと》（死者を慕いその霊に向かって述べる言葉）を申し述べた。最初に大海宿禰蒭蒲《おおしあまのすくねあらかま》が、天皇の幼少の事を誄した。次に浄大肆《じょうだいし》伊勢王《いせのおおきみ》が、諸王の事を誄した。三番めに直大参《じきだいさん》県犬養宿禰大伴《あがたのいぬかいのすくねおおとも》が、宮廷の事全般を誄した。四番めに浄広肆《じょうこうし》河内王《こうちのおおきみ》が、左右の大舎人《おおとねり》の事を誄した。五番めに直大参《じきだいさん》当麻真人国見《たぎまのひとくにみ》が、左右の兵衛《とねり》の事を誄した。六番めに直大肆《じきだいし》采女朝臣竺羅《うねめのあそみちくら》が、内命婦（五位以上の官位を有する婦人）の事を誄した。七番めに直広肆《じきこうし》紀朝臣真人《きのあそみまひと》が、膳職《かしわでのつかさ》の事を誄した。

二十八日に、諸僧尼が再び殯《もがり》の庭で哀《みね》の礼を奉った。この日に、まず直大参《じきだいさん》布勢朝臣御主人《ふせのあそみみあるじ》が、大政官の事を誄《しのびごと》した。次に直広参《じきこうさん》石上朝臣麻呂《いそのかみのあそみまろ》が、法官（後の式部省）の事を誄した。三番めに直大肆《じきだいし》大三輪朝臣高市《おおみわのあそみたけち》麻呂《まろ》が、理官《おさむるつかさ》（後の治部省）の事を誄した。四番めに直広参《じきこうさん》大伴宿禰安麻呂《おおとものすくねやすまろ》が、大蔵（後の大蔵省）の事を誄した。五番めに直大肆《じきだいし》藤原朝臣大島《ふじわらのあそみおおしま》が、兵政官（後の兵部省）の事を誄した。

二十九日に、僧尼が三度めの哀《みね》の礼を奉った。この日に、まず直広肆《じきこうし》阿倍久努朝臣麻呂《あへのくののあそみまろ》が、刑官（後の刑部省）の事を誄した。次に直広肆《じきこうし》紀朝臣弓張《きのあそみゆみはり》が、民官（後の民部省）の事を誄した。三番めに直広肆《じきこうし》穂積朝臣虫《ほづみのあそみむし》麻呂《まろ》が、諸国司の事を誄した。四番めに大隅《おおすみ》・阿多《あた》の隼人《はやひと》及び倭《やまと》・河内《こうち》の馬飼部造《うまかいべのみやつこ》が、それぞれ誄を申し述べた。

三十日に、僧尼が四度めの哀《みね》の礼を奉った。この日に、百済《くだら》王良虞《ろうぐ》が、百済王善光《ぜんこう》に代わって誄を申し述べた。次に国々の造《みやつこ》等が、参上してきた順にそれぞれ誄を申し述べ、種々の歌舞を奏した。

巻第三十　第四十代　高天原広野姫天皇《たかあまのはらひろのひめのすめらみこと》　持統天皇《じとうてんのう》

皇后の称制

持統天皇は、幼名は鸕野讃良皇女《うののさららのひめみこ》と申し上げ、天智《てんち》天皇の次女である。母は遠智娘《おちのいらつめ》と申し上げる［またの名は、美濃津子娘《みのつこのいらつめ》という］。天皇は落ち着いたご性格で、大きな度量をお持ちであった。斉明《さいめい》天皇の三年に、天武《てんむ》天皇に嫁がれて妃となられた。帝王の御娘でありながら、礼を重んじ、慎ましやかで、母としての徳があられた。

天智天皇の元年に、草壁皇子尊《くさかべのみこのみこと》を大津宮《おおつのみや》（筑紫《つくし》の娜大津《なのおおつ》）でお生みになった。

天智天皇十年の十月に、出家された天武天皇に従って吉野に入り、近江朝からの猜疑《さいぎ》を避けられた。この事は、天智天皇紀にある。

天武天皇元年の六月に、天皇に従って東国に難を避け、軍衆に告げて集結させ、共に謀計を定められた。そして死を辞せぬ勇者数万人を分けて命じ、諸々の要害の地に配置した。

七月に、美濃の将軍等と大倭《やまと》の豪族とは、大友皇子《おおとものみこ》を誅殺し、首を持って不破宮《ふわのみや》に参上した。

二年に、皇后となられた。皇后は、終始天皇を助けて天下を治めてこられた。天皇の執務に侍し、常に政治に言及し、よく天皇を補佐なされた。

朱鳥《あかみとり》元年九月九日に、天武天皇が崩御された。皇后は、即位の式を挙げずに政務をお執りになった。

大津皇子《おおつのみこ》の謀反

十月二日に、大津皇子《おおつのみこ》の謀反が発覚した。大津皇子を逮捕し、併せて大津皇子に欺かれた直広肆《じきこうし》八口《やくち》朝臣《のあそみ》音橿《おとかし》・小山下《しょうせんげ》壱伎連博徳《いきのむらじはかとこ》と、大舎人中臣朝臣臣麻呂《おおとねりなかとみのあそみおみまろ》・巨勢朝臣多益須《こせのあそみたやす》・新羅《しらぎ》僧行心《こうしん》、及び帳内《とねり》礪杵道作《ときのみちつくり》等三十余人を捕らえた。

三日に、大津皇子は訳語田《おさた》の家で死を賜った。時に、二十四歳であった。妃の山辺皇女《やまのべのひめみこ》（天智天皇の皇女）は髪を振り乱し、素足のまま駆けつけて殉死《じゅんし》した。見る者は耐えきれず、皆すすり泣いた。大津皇子は、天武天皇の第三子である。立ち居振る舞いは高く際立《きわだ》っており、言語は優れて明朗であり、天智天皇に愛された。成人されてからは、分別があって学才に秀で、ことに文筆を好まれた。詩賦《しふ》の興隆は、大津皇子より始まった。

二十九日に、詔《みことのり》して、

「大津皇子《おおつのみこ》は謀反を企てたが、欺かれた吏官・帳内《とねり》は、止むを得なかった。今、大津皇子はすでに死んだ。大津皇子に関わった者は、皆赦《ゆる》せ。ただし、礪杵道作《ときのみちつくり》は伊豆に流せ。」

と仰せられた。また詔《みことのり》して、

「新羅《しらぎ》の僧行心《こうじん》は、大津皇子の謀反に加わったが、私は処罰するに忍びない。そこで、飛騨国《ひだのくに》の寺院に送れ。」

と仰せられた。

十一月十六日に、伊勢神宮の斎宮に仕えていた大来皇女《おおくのひめみこ》（大津皇子の同母の姉）が、任を解かれて京《みやこ》に帰った。

十七日に、地震があった。

十二月十九日に、天武天皇のために、無遮大会《むしゃだいえ》（国王が施主となり、僧俗貴賤上下の区別なく供養布施する法会）を、大官大寺《だいかんだいじ》・飛鳥寺《あすかでら》・川原寺《かわらでら》・小墾田豊浦寺《おはりだのとゆらでら》・坂田寺《さかたでら》の五寺で営んだ。

二十六日に、京の独り暮らしの者や老齢者に、それぞれに応じて布・帛《きぬ》を賜った。

閏《うるう》十二月に、筑紫大宰《つくしのおおみこともち》が、高麗《こま》・百済《くだら》・新羅《しらぎ》の人民男女、併せて僧尼六十二人を献じた。

この年に、蛇と犬が交尾したが、しばらくして両方とも死んだ。

天武天皇の殯《もがり》と大葬

元年の正月一日に、皇太子は公卿・百官の人々を率いて殯宮《もがりのみや》に赴き、哀《みね》の礼を奉った。納言布施朝臣《ふせのあそみ》御主人《あるじ》が、誄《しのびごと》を申し述べた。礼にかなったものであった。誄が終わると、多数の人が哀の礼を奉った。次に、僧衆が哀の礼を奉った。かくて、奉膳《かしわでのつかさのかみ》（宮内省内膳司の長官）紀朝臣真人《きのあそみまひと》等が奠《みけ》を奉った。その後膳部《かしわで》・采女《うねめ》等が哀の礼を奉り、雅楽寮の楽官が楽を奏した。

五日に、皇太子は公卿・百官の人々を率いて殯宮《もがりのみや》に赴き、哀《みね》の礼を奉った。僧衆がこれに従って、哀の礼を奉った。

十五日に、京の八十歳以上の者及び重病人、貧しくて自活できない者に、それぞれに応じて絁《あしぎぬ》・綿を賜った。

十九日に、直広肆《じきこうし》田中朝臣法麻呂《たなかのあそみのりまろ》と追大弐《ついだいに》守君苅田《もりのきみかりた》等を新羅《しらぎ》に派遣して、天皇の喪を知らせた。

三月十五日に、来朝した高麗人《こまひと》五十六人を常陸国《ひたちのくに》に住まわせ、土地と食糧を給付して、生業を安泰ならしめた。

二十日に、華縵《はなかずら》（薄い金属で天女や花鳥を透き彫りにした花鬘《けまん》）を、殯宮《もがりのみや》に進上した。これを、御蔭《みかげ》という。

この日に、丹比真人麻呂《たじひのまひとまろ》が誄《しのびごと》を申し述べた。礼にかなったものであった。

二十二日に、来朝した新羅人《しらぎひと》十四人を下毛野国《しもつけのくに》に住まわせ、土地と食糧を給付して、生活を保障された。

四月十日に、筑紫大宰《つくしのおおみこともち》が来朝した新羅の僧尼と人民男女二十二人を献じた。武蔵国《むさしのくに》に住まわせ、土地と食糧を給付して、生活を保障された。

五月二十二日に、皇太子は公卿・百官の人々を率いて殯宮《もがりのみや》に赴き、哀《みね》の礼を奉った。隼人《はやひと》の大隅《おおすみ》・阿多《あた》の首長が、それぞれ自分の一族を率いて、互いに進み出ては誄《しのびごと》を申し述べた。

六月二十八日に、罪人を赦免《しゃめん》した。

七月二日に、詔《みことのり》して、

「負債者で、天武天皇十四年以前のものについては、利息を取ってはならない。もしすでに負債を労働で支払った場合は、利息を労役させることはできない。」

と仰せられた。

九日に、隼人の大隅・阿多の首長等、三百三十七人にそれぞれに応じて賞物を賜った。

八月五日に、殯宮《もがりのみや》に新穀を奉った。これを御青飯奉《あおきおものたてまつ》るというのである。

六日に、京《みやこ》の老人・男女が皆飛鳥川の橋の西に出て、哀の礼を奉った。

二十八日に、天皇は直大肆《じきだいし》藤原朝臣大島《ふじわらのあそみおおしま》・直大肆《じきだいし》黄書連大伴《きふみのむらじおおとも》に命じ、三百人の竜や象のような威力を備えた高僧等を招請して飛鳥寺《あすかでら》に集め、布施《ふせ》として袈裟《けさ》を贈られた。一人一揃えであった。そして、

「これは、天武天皇の御服を縫って作ったものである。」

と仰せられた。詔の言葉は、悲しく心を破るような内容であり、詳しく述べることができない。

九月九日に、先皇の崩日の斎会《さいえ》を、京《みやこ》の諸寺で営んだ。

十日に、殯宮《もがりのみや》で斎会を営んだ。

二十三日に、新羅《しらぎ》が王子金霜林《こんそうりん》・級飡金薩慕《きゅうさんこんさちも》及び級飡金仁述《きゅうさんこんにんじゅつ》・大舎蘇陽信《だいさそようしん》等を派遣して国政を報告し、また調賦《みつき》を献上した。学問僧智隆《ちりゅう》が、この一行に従って帰国した。筑紫大宰《つくしのおおみこともち》は、天皇崩御のことを霜林《そうりん》等に告げ

た。その日に、霜林等は皆喪服を着て、東に向かって三度礼拝し、三度哀《みね》の礼を奉った。

十月二十二日に、皇太子は公卿・百官の人々、併せて諸国司・国造《くにのみやつこ》及び男女を率いて、大内陵《おおちのみささぎ》の築造にとりかかった。

十二月十日に、直広参《じきこうさん》路《みちの》真人《まひと》迹見《とみ》を、新羅人《しらぎひと》を饗応する勅使とした。この年、太歳《たいさい》は丁亥《ていがい》であった。

二年の正月一日に、皇太子は公卿・百官の人々を率いて殯宮《もがりのみや》に赴き、哀《みね》の礼を奉った。

二日に、僧衆が殯宮で哀の礼を奉った。

八日に、薬師寺で無遮大会《むしゃだいえ》を営んだ。

二十三日に、天皇崩御のことを、新羅《しらぎ》の金霜林《こんそうりん》等に告げた。金霜林等は、三度哀《みね》の礼を奉った。

二月二日に、大宰《おおみこともち》が新羅の調賦《みつき》として、金・銀・絹・布・皮・銅・鉄の類十余種、併せて別に献上の仏像、種々の彩色した絹、鳥・馬の類十余種、また霜林が献上の金・銀・顔料、種々の珍品、合わせて八十余種の品物を献った。

十日に、霜林等を筑紫館《つくしのむろつみ》（筑紫大宰府にある迎賓館）で饗応なされ、相応の賜物があった。

十六日に、詔して、

「今後、毎年先皇の崩日には、必ず斎会《さいえ》を営むようにせよ。」

と仰せられた。

二十九日に、霜林等は帰国した。

三月二十一日に、華縵《はなかずら》を殯宮に進上した。藤原《ふじわらの》朝臣《あそみ》大島《おおしま》が、誄《しのびごと》を申し述べた。

五月八日に、百済《くだら》の敬須徳那利《きょうすとくなり》を、甲斐国《かいのくに》に移した。

六月十一日に、詔《みことのり》して、

「国中に命じて、極刑の囚人は本罪を一等減じよ。軽罪の囚人は、皆赦免《しゃめん》せよ。また、今年の調賦《みつき》は半分を納めよ。」

と仰せられた。

七月十一日に、大規模な雨乞いを行った。たいへんな干魃《かんばつ》のためである。

二十日に、百済《くだら》僧道蔵《どうぞう》に命じて、雨乞いを行わせた。すると午前のうちに、あまねく雨が降った。

八月十日に、殯宮《もがりのみや》に新穀を奉り、哀《みね》の礼を奉った。この時、大伴宿禰安麻呂《おおとものすくねやすまろ》が誄《しのびごと》を申し述べた。

十一日に、浄大肆《じょうだいし》伊勢王《いせのおおきみ》に葬儀のことを奏上宣言させた。

二十五日に、耽羅《たんら》王が佐平加羅《さへいから》を派遣し来朝して、国の産物を献上した。

九月二十三日に、耽羅の佐平加羅等を筑紫館《つくしのむろつみ》で饗応なされ、相応の賜物があった。

十一月四日に、皇太子は公卿・百官の人々と諸蕃国の賓客《ひんきゃく》とを率いて殯宮《もがりのみや》に赴き、哀《みね》の礼を奉った。そして奠《みけ》を奉り、楯節舞《たたふしのまい》（甲《よろい》を着て刀や楯を持って舞う）を奏した。諸臣は、それぞれ自分の先祖等の奉仕してきた内容を挙げ、互いに進み出て誄《しのびごと》を申し述べた。

五日に、蝦夷《えみし》百九十余人が、調賦《みつき》の荷を背負って誄《しのびごと》を申し述べた。

十一日に、布勢朝臣御主人《ふせのあそみあるじ》・大伴宿禰御行《おおとものすくねみゆき》が、互いに進み出て誄を申し述べた。直広肆当麻真人智徳《じきこうしたぎまのひとちとこ》が、皇祖等の即位の次第を誄し申し上げた。礼にかなったものであった。古《いにしえ》は、日嗣《ひつぎ》といった。これが終わると、大内陵《おおちのみささぎ》に葬りまつった。

十二月十二日に、蝦夷の男女二百十三人を、飛鳥寺の西の槻《つき》の木の下で饗応《きょうおう》なされた。そして冠位を授け、相応の賜物があった。

草壁皇子《くさかべのみこ》の薨去《こうきょ》と浄御原令《きよみはられい》

三年の正月一日に、天皇はすべての国司を前殿に集め、朝賀を行われた。

二日に、大学寮が正月の初の卯の日に悪鬼を払うための杖《つえ》八十枚を献上した。（中国の風習を取り入れたもの）

三日に、務大肆《むだいし》陸奥国優嗜曇郡《みちのくのにうきたまのこおり》（山形県の南部、米沢盆地とその西一帯）の柵を守る蝦夷脂利古《しりこ》の息子麻呂《まろ》と鉄折《かなおり》とは、鬢《ひげ》と髪を削って僧になりたいと願い出た。詔《みことのり》して、

「麻呂等は、若いが優雅であり無欲である。そして今では菜食をし、戒律を守ろうとしている。申し出のままに出家し、仏道を修めよ。」

と仰せられた。

七日に、公卿を招いて宴会を催し、袍《きぬ》と袴《はかま》を賜った。

八日に、新羅《しらぎ》へ遣わした使者田中朝臣法麻呂《たなかのあそみのりまろ》等が、帰国した。

九日に、出雲国司に詔して、嵐に遭遇して漂着した蕃国の人を上京させた。この日に、越《こし》の蝦夷《えみし》の僧道心《どうしん》に、仏像一体、灌頂幡《かんじょうばん》・鐘・鉢《はち》各一口、五色の綵《しみのきぬ》を各五尺、綿五屯《とん》（六キログラム）、布十端《たん》、鍬《すき》十枚、鞍《くら》一具が下された。筑紫大宰《つくしのおおみこともち》　粟田朝臣真人《あわたのあそみまひと》等が、隼人《はやひと》百七十四人、併せて布五十常《じょう》（約百九十七メートル）、牛皮六枚、鹿皮五十枚を献じた。

十五日に、文武の官人が御薪《たきぎ》を進上した。

十六日に、百官の人々に食物が下された。

十八日に、天皇は吉野宮《よしののみや》に行幸された。

二十一日に、天皇は吉野宮から帰京された。

二月十三日に、詔して、

「筑紫《つくし》の防人《さきもり》は、年限が満ちれば交替させよ。」

と仰せられた。

二十六日に、浄広肆《じょうこうし》竹田王《たけだのおおきみ》・直広肆《じきこうし》土師宿禰根麻呂《はじのすくねねまろ》・大宅朝臣麻呂《おおやけのあそみまろ》・藤原朝臣史《ふじわらのあそみふびと》（不比等）・務大肆《むだいし》当麻《たぎ》真人桜井《まのひとさくらい》・穂積朝臣山守《ほづみのあそみやまもり》・中臣朝臣臣麻呂《なかとみのあそみおみまろ》・巨勢朝臣多益須《こせのあそみたやす》・大三輪朝臣安麻呂《おおみわのあそみやすまろ》を判事とした。

三月二十四日に、天下に大赦《たいしゃ》を行った。ただし、規定により赦免《しゃめん》の対象にならない罪は、除外された。

四月八日に、来朝した新羅人《しらぎひと》を下毛野《しもつけの》に住まわせた。

十三日に、皇太子草壁皇子尊《くさかべのみこのみこと》が薨去《こうきょ》された。（御年二十八歳）

二十日に、新羅が級飡金道那《きゅうさんこんどうな》等を派遣して天武天皇の喪を弔問し、併せて学問僧明聡《みょうそう》・観智《かんち》等を送り届けた。別に、金銅の阿弥陀《あみだ》像・金銅の観世音菩薩《かんぜおんぼさつ》像・大勢至菩薩《だいせいしぼさつ》像を各一体、綵帛《しみのきぬ》・錦《にしき》・綾《あや》を献上した。

二十二日に、春日王《かすがのおおきみ》が薨《こう》じた。

二十七日に、詔して、諸司の仕丁《つかえのよぼろ》に一月に四日の休暇をお許しになった。

五月二十二日に、土師宿禰根麻呂《はじのすくねねまろ》を介し、新羅の弔使級飡《きゅうさん》（新羅の官位十七階の第九）金道那《こんどうな》等に詔して、

「太政官の卿《まえつきみ》等が、勅《みことのり》を承ってここに宣勅する。二年に、田中朝臣法麻呂《たなかのあそみのりまろ》等を派遣して、大行天皇（天武天皇）の喪を知らせた。その時に新羅は、

『新羅では、勅を承るのに、元来蘇判位《そはんい》（新羅の官位十七階の第三）の者を用いております。今回もまた、そのようにいたします。』

と申し上げた。これにより、法麻呂等は詔勅を告げることができなかった。

前の事を言うならば、昔、孝徳天皇の崩御の時、巨勢稲持《こせのいなもち》等を派遣して、喪を知らせた日に、翳飡《えいさん》（新羅の官位十七階の第二）金春秋《こんしゅうじゅう》が勅を承った。しかるに第三階の蘇判が勅を承ると言うのは、前の事実と違っ

ている。また、天智天皇が崩御された時、一吉飡《いっきつさん》（新羅の官位十七階の第七）金薩儒《こんさちぬ》等を派遣して、ご弔問申し上げた。それを今回、級飡《きゅうさん》（新羅の官位十七階の第九）にご弔問申させるというのは、また前の事実と違っている。また新羅は元来奏上しては、

『我が国は、日本の遥か昔の皇祖の御世から、何艘もの舟を連ね、檝《かじ》を干す間もなく、お仕え申し上げてきた国です。』

と申し上げてきた。しかるに、今回一艘《そう》だけというのは、これまた古来の法に反している。また、

『日本の遥か昔の皇祖の御世から、清く明らかな心でお仕え申し上げてきました。』

と申し上げてきた。しかるに、忠誠を尽くして本来の職務を立派に果たすことを考えてはいない。しかも清き心を損《そこ》ない、偽って媚《こ》びて果報を求めた。このゆえに、調賦《みつき》及び別に献上した物を、共に封印して返還する。しかし我が国家が、遥か昔の皇祖の御世からお前等を広い心で慈《いつく》しんできた徳は、絶えることはない。それゆえ、ますます勤め、ますます敬い、恐れ謹んでその職務を果たし、法に従い守る者を天朝は広い心で慈しまれるであろう。お前道那《どうな》等は、この勅《みことのり》をよく承《うけたまわ》って、王に伝えよ。」

と仰せられた。

六月一日に、衣服を筑紫大宰《つくしのおおみこともち》等に賜った。

二日に、施基皇子《しきのみこ》・直広肆《じきこうし》佐味朝臣宿那麻呂《さみのあそみすくなまろ》・羽田朝臣斉《はたのあそみむごへ》・勤広肆《ごんこうし》伊予部連馬飼《いよべのむらじうまかい》・調忌寸老人《つきのいみきおきな》、務大参《むだいさん》大《おお》伴宿禰《とものすくね》手拍《たうち》と巨勢朝臣多益須《こせのあそみたやす》等とを、善い説話などを集めた書物を撰進するための役に任じた。

十九日に、大唐《もろこし》の続守言《しょくしゅげん》・薩弘恪《さつこうかく》等にそれぞれに応じて稲を賜った。

二十日に、筑紫大宰《つくしのおおみこともち》栗田朝臣真人《あわたのあそみまひと》等に詔して、学問僧明聡《みょうそう》・観智《かんち》等が、新羅の師や友人に送るための綿を、それぞれに百四十斤《きん》（約八十四キログラム）賜った。

二十四日に、筑紫《つくし》の小郡《おごおり》で、新羅の弔使金道那《こんどうな》等を接待なさり、賜物があった。

二十九日に、諸司に浄御原令《きよみはらりょう》一部二十二巻を分け与えられた。

七月一日に、陸奥《みちのく》の蝦夷《えみし》の僧自得《じとく》が要請していた金銅の薬師《やくし》仏像・観世音菩薩《かんぜおんぼさつ》像各一体、鐘・沙羅《さら》（盆のような形で読経の際に打ち鳴らす）・宝帳・香鑪《こうろ》・幡《ばん》などの物を付与された。この日に、新羅の弔使金道那等が帰国した。

十五日に、左右京職及び諸国司に詔があり、官人・兵士の射技を訓練するための施設を築造させた。

二十日に、偽って兵衛《とねり》と称している河内国渋川郡《こうちのくにしぶかわのこおり》（大阪市平野区・生野区、八尾市、東大阪市の一部）の人柏《かし》原広山《はらのひろやま》を、土左国《とさのくに》に流した。柏原広山を捉えた兵衛主部連虎《みぶべのむらじとら》に、追広参《ついこうさん》を授けた。

二十三日に、越《こし》の蝦夷《えみし》八釣魚《やつりな》等に、賜物があった。

八月二日に、百官は神祇官に会集して、天神地祇《てんしんちぎ》の事について宣を承った。

四日に、天皇は吉野宮《よしののみや》に行幸《ぎょうこう》された。

十六日に、摂津国《つのくに》の武庫海《むこのうみ》（兵庫県の武庫川河口付近の海）千歩《ぶ》（約一・五キロメートル）、紀伊国阿提郡《きのくにあてのこおり》（和歌山県名草郡・那珂郡の南）の那耆野《きなの》二万頃《しろ》（四十町歩）、伊賀国伊賀郡《いがのくにいがのこおり》の身野《みの》二万頃《しろ》で漁労や狩猟を禁止し、守護人を置くことにした。これは、河内国大鳥郡《こうちのくにおおとりのこおり》の高脚海《たかしのうみ》（大阪府高石市付近の海岸）に準じた措置である。

十七日に、公卿《まえつきみ》に賞物を賜った。

二十一日に、伊予総領《いよのすべおさ》田中朝臣法麻呂《たなかのあそみのりまろ》等に詔して、

「讃岐国御城郡《さぬきのくにみきのこおり》（香川県木田郡牟礼町・三水町）で捕らえた白燕《しろつばめ》は、放し飼いにせよ。」

と仰せられた。

二十三日に、射術をご覧になった。

閏《うるう》八月十日に、諸国司に詔《みことのり》して、

「この冬に、戸籍を作成せよ。そのため九月を期限として、浮浪者を摘発せよ。兵士は、国ごとに青壮年の四人に一人と定めて、武術を習得させせよ。」

と仰せられた。

二十七日に、浄広肆《じょうこうし》河内王《こうちのおおきみ》を筑紫大宰師《つくしのおおみこともちのかみ》とし、武器を授け賜物があった。直広弐《じきこうに》丹比真人島《たじひのまひとしま》に直広壱《じきこういち》を授け、食封《じきふ》百戸を以前からの分に加えた。

九月十日に、直広参《じきこうさん》石上朝臣麻呂《いそのかみのあそみまろ》・直広肆《じきこうし》石川朝臣虫名《いしかわのあそみむしな》等を筑紫に遣わして、冠位授与の辞令を送り与えられた。また新しい城を視察させた。

十月十一日に、天皇は高安城《たかやすのき》に行幸された。

二十二日に、直広肆《じきこうし》下毛野朝臣子麻呂《しもつけののあそみこまろ》が、奴婢《ぬひ》六百人を解放したいと奏上し、許可された。

十一月八日に、京《みやこ》の市の中で、追広弐《ついこうに》高田首石成《たかたのおびといわなり》が武術（弓・剣・槍）を習得したことをほめて、賜物があった。

十二月八日に、双六《すごろく》（唐から伝来した遊戯）を禁止した。

天皇即位

四年の正月一日に、物部朝臣麻呂《もののべのあそみまろ》が大盾《おおたて》を立て、神祇伯中臣朝臣大島《かんづかさのかみなかとみのあそみおおしま》が天神寿詞《あまつかみのよごと》を読んだ。読み終えると、忌部宿禰色夫知《いみべのすくねしこぶち》が神璽《かみのしるし》の剣・鏡を皇后に奉り、こうして皇后が天皇の位に即かれた。公卿・百官が列を整え、あまねく拝礼し拍手《かしわで》を打った。

二日に、公卿・百官が、元旦の賀正の礼のように拝朝した。丹比真人島《たじひのまひとしま》と布勢朝臣御主人《ふせのあそみあるじ》とが、天皇の即位の寿詞《よごと》を奏上した。

三日に、公卿を宮中に招いて宴会を催され、衣服を賜った。

十五日に、百官が御薪《たきぎ》を進上した。

十七日に、天下に大赦《たいしゃ》を行われた。ただし規定により赦免《しゃめん》の対象にならない者は、除外された。有位の人に、爵一級を賜った。老いて妻や夫のない者・独り暮らしの者・重病の者・貧しくて自力で生活できない者に稲を賜り、調役《みつき》を免除された。

二十日に、解部《ときべ》（争訟の事実審理を担当する人）百人を、刑部省《うたえのつかさ》の役人に任じた。

二十三日に、畿内《きない》の天神地祇《てんしんちぎ》に幣《みてぐら》を分け納め、神社の封戸と神田を増加された。

二月五日に、天皇は腋上提《わきのかみのつつみ》に行幸され、公卿大夫《まえつきみたち》の馬をご覧になった。

十一日に、新羅《しらぎ》の僧詮吉《せんきち》・級飡北助知《きゅうさんほくじょち》等五十人が、来朝した。

十七日に、天皇は吉野宮《よしののみや》に行幸された。

十九日に、宮中で斎会《さいえ》を営んだ。

二十五日に、来朝した新羅の韓奈末許満《かんなまこまん》等十二人を、武蔵国《むさしのくに》に住まわせた。

三月二十日に、京《みやこ》と畿内《きない》の年八十以上の者に、島宮《しまのみや》（故草壁皇子《くさかべのみこ》の宮）の稲を、一人あたり二十束《つか》（籾で一石、今の約四斗）を賜った。有位の者には、布二端《たん》を加えて賜った。

四月三日に、使者を遣わして、広瀬大忌神《ひろせのおおいみのかみ》と竜田風神《たつたのかぜのかみ》とを祭らせた。

七日に、京《みやこ》と畿内《きない》の六十六歳以上の男女五千三十一人に、稲をそれぞれ二十束《つか》賜った。

十四日に、詔《みことのり》して、

「百官の人々及び畿内の人で、有位の者は六年を限り、無位の者は七年を限り、出仕した日数によって九等に選定せよ。四等以上は、官位の考課に関する規定により、その勤務態度や各職掌に対する適否・特別な功績や特殊な才能・その官人の姓の高下を審査して、冠位を授ける。

朝服については、浄大壱《じょうだいいち》以下広弐《こうに》以上には、黒紫。浄大参《じょうだいさん》以下、広肆《こうし》以上には赤紫。正《しょう》の八級には、赤紫。直《じき》の八級には、緋《ひ》。勤《ごん》の八級には、深緑。務《む》の八級には、浅緑。追《つい》の八級には、深縹《こきはなだ》。進《しん》の八級には、浅《あさ》縹《はなだ》とする。

別に、浄広弐《じょうこうに》以上には、一幅に一個の大きな文様のある綾羅《あやうすはた》など種々を用いることを許す。浄大参《じょうだいさん》以下直広肆《じきこうし》以上には、一幅に二個の文様のある綾羅など種々を用いることを許す。文様が斜めの帯・白い袴《はかま》は、位の上下を問わず用い、この他については、従来通りとせよ。」

と仰せられた。

二十二日に、この日を初めとして、所々で雨乞いを行った。旱《ひでり》が続いたからである。

五月三日に、天皇は吉野宮《よしののみや》に行幸された。

十日に、百済《くだら》の男女二十一人が来朝した。

十五日に、宮中で初めて安居《あんご》の講説を営んだ。

六月六日に、天皇は泊瀬《はつせ》に行幸された。

二十五日に、有位の者全員を召して、位の序列と年齢とを読みあげ知らせた。

七月一日に、公卿・百官の人々は、初めて新しい朝服を着用した。

三日に、天神地祇《てんしんちぎ》に幣《みてぐら》を分け納められた。

五日に、高市皇子《たけちのみこ》を太政大臣とした。丹比真人島《たじひのまひとしま》に正広参《しょうこうさん》を授けて、右大臣とした。併《あわ》せて八省・百官すべてを遷任した。

六日に、大宰《おおみこともち》・国司《くにのみこともち》すべてを遷任した。

七日に、詔《みことのり》して、

「公卿・百官に命じて、有位の者は今後家で朝服を着用して、まだ宮門の開かないうちに参上させよ。」

と仰せられた。思うに、昔は宮門に到着してから、朝服を着用したのであろうか。

九日に、詔して、

「朝堂の席上で、親王《みこ》を見た時は、従来通りにせよ。大臣《まえつきみ》と王《おおきみ》とを見た時は、朝堂の前に起立せよ。二人以上の王を見た時には、座から下りて跪《ひざまず》け。」

と仰せられた。

十四日に、詔して、

「朝堂の席上で、大臣を見た時には、坐を動いて跪け。」

と仰せられた。この日に、絁《あしぎぬ》・糸・綿・布を安居《あんご》を行った七寺の僧三千三百六十三人に施された。別に、皇太子（故草壁《くさかべの》皇子《みこ》）のために安居を行った三寺の僧三百二十九人に施しをされた。

十八日に、使者を遣わして、広瀬大忌神《ひろせのおおいみのかみ》と竜田風神《たつたのかぜのかみ》とを祭らせた。

八月四日に、天皇は吉野宮《よしののみや》に行幸された。

十一日に、来朝した新羅人《しらぎひと》等を下毛野国《しもつけののくに》に住まわせた。

九月一日に、諸国司等に詔して、

「戸籍の作成にあたっては、戸令《こりょう》（民生に関する法規）に従え。」

と仰せられた。

十一日に、詔して、

「私は、紀伊国《きのくに》を巡行しようと思う。それゆえ、今年の京《みやこ》の田租《たちから》・各人の賦《みつき》は徴収してはならない。」

と仰せられた。

十三日に、天皇は紀伊国《きのくに》に行幸された。

二十三日に、大唐《もろこし》に留学した学問僧智宗《ちそう》・義徳《ぎとく》・浄願《じょうがん》、兵士筑紫国上陽咩郡《つくしのくにかみつやめのこおり》（福岡県八女市・八女郡・筑後市北半分）の大伴部博麻《おおともべのはかま》が、新羅《しらぎ》の送使大奈末金高訓《だいなまこんこうくん》等に従って、筑紫に帰還した。

二十四日に、天皇は紀伊国から帰京された。

十月五日に、天皇は吉野宮《よしののみや》に行幸された。

十日に、大唐に留学した学問僧智宗等が京《みやこ》に到着した。

十五日に、使者を遣わして、筑紫大宰《つくしのおおみこともち》河内王《こうちのおおきみ》等に詔して、

「新羅《しらぎ》の送使大奈末金高訓《だいなまこんこうくん》等への饗応《きょうおう》は、学生《がくしょう》土師宿禰甥《はじのすくねおい》等を送り届けた送使の例に準じよ。その慰労や賜物については、すべて詔書に従え。」

と仰せられた。

二十二日に、兵士筑後国上陽咩郡の人大伴部博麻に詔して、

「斉明《さいめい》天皇の七年に、百済《くだら》救援の戦役で、お前は唐軍の捕虜となった。天智《てんち》天皇の三年になって、土師連《はじのむらじ》富杼《ほど》・氷連老《ひのむらじおゆ》・筑紫君薩夜麻《つくしのきみさつやま》・弓削連元宝《ゆげのむらじがんほう》の子の四人が、唐人の計略を朝廷に奏上しようと思ったが、衣服も食糧もないために、京《みやこ》まで通達することができないことを悔んだ。その時、博麻《はかま》は土師富杼《はじのほど》等に、

『私もあなたたちと一緒に本国に帰還したいが、衣服や食糧がないために、共に帰国することはできない。どうか私の身を売って、衣食にあてててほしい。』

と言った。富杼等は、博麻の提案通りに朝廷に通達することができた。お前は、一人他国に長く留まり、す

でに三十年となる。私は、お前が朝廷を尊び国を愛し、自分の身を売って、忠節なる心を表したことを喜ばしく思う。このゆえに、務大肆《むだいし》の位、併《あわ》せて絁《あしぎぬ》五匹《ひき》・綿十屯《とん》・布三十端《たん》・稲千束《つか》・水田四町を与えよう。この水田は、曾孫まで伝えよ。三族（父・子・孫の三族または父・母・妻の三族）の課役を免除して、その功績を顕彰しよう。」

と仰せられた。

二十九日に、高市皇子《たけちのみこ》が藤原の宮殿建造の地をご覧になった。公卿・百官がこれに随行した。

十一月七日に、送使金高訓《こんこうくん》等に、賞禄を賜った。

十一日に、勅《みことのり》を受けて、初めて元嘉暦《げんかれき》（宗の元嘉二十年〈四四三〉につくられた暦）と儀鳳暦《ぎほうれき》（唐の暦で、日本には儀鳳年間〈六七六～六七九〉に伝来した）とを施行した。

十二月三日に、送使金高訓等が帰国した。

十二日に、天皇は吉野宮《よしののみや》に行幸された。

十四日に、天皇は吉野宮から帰京された。

十九日に、天皇は藤原に行幸され、宮殿建造の地をご覧になった。公卿・百官が随行した。

二十三日に、公卿以下に賞禄を賜った。

食封増加　長雨　新益京の地鎮祭

五年の正月一日に、親王《みこ》（次に諸王か）・諸臣《まえつきみ》・内親王《ひめみこ》・女王《ひめおおきみ》・内命婦《うちのひめとね》等に、位を賜った。

七日に、公卿に飲食物・衣服を賜った。正広肆《しょうこうし》百済王《くだらおう》余禅広《よぜんこう》・直大肆《じきだいし》遠宝《おんほう》・良虞《ろうぐ》と南典《なんてん》とに、それぞれに応じて多くの賜物があった。

十三日に、食封《じきふ》の増加があった。高市皇子《たけちのみこ》に二千戸、以前のものと合わせて三千戸となった。浄広弐《じょうこうに》穂積皇子《ほづみのみこ》に五百戸。浄大参《じょうだいさん》川島皇子《かわしまのみこ》に百戸、以前のものと合わせて五百戸となった。正広参《しょうこうさん》右大臣丹比真人島《たじひのまひとしま》に三百戸、以前のものと合わせて五百戸となった。正広肆《しょうこうし》百済王禅広《くだらおうぜんこう》に百戸、以前のものと合わせて二百戸となった。直大壱《じきだいいち》布勢朝臣御主人《ふせのあそみあるじ》と大伴宿禰御行《おおとものすくねみゆき》とに八十戸、以前のものと合わせて三百戸となった。その他にもそれぞれに応じて食封《じきふ》を増加した。

十四日に、詔《みことのり》して、

「直広肆《じきこうし》筑紫史益《つくしのふびとまさる》は、筑紫大宰府の典に任じられて以来、今年で二十九年になる。この間、志が固く忠誠心を持って仕え、決して怠ることはなかった。それゆえ、食封五十戸・絁《あしぎぬ》十五匹《ひき》・綿十五屯《とん》・布五十端《たん》・稲五千束《つか》を与えよう。」

と仰せられた。

十六日に、天皇は吉野宮に行幸された。

二十三日に、天皇は吉野宮《よしののみや》から帰京された。

二月一日に、天皇は公卿等に詔《みことのり》して、

「お前等は、先の天皇の御世に仏殿・経蔵を造って、月ごとに六回の斎日を行った。天皇は、時々大舎人《おおとねり》を遣わしてお尋ねになった。我が世でも、そのようにしたい。それゆえ、心を慎み仏法を信奉せよ。」

と仰せられた。この日に、宮人《みやひと》に冠位授与の辞令を授けられた。

三月三日に、公卿を西の庁に招いて宴会を催された。

五日に、天皇は公私の馬を御苑《みその》でご覧になった。

二十二日に、詔して、

「人民の間で、弟が兄のために売られた場合は、良民に入れよ。子が父母のために売られた場合は、賤民に入れよ。借財の利息として賤民となった者は、良民に入れよ。その者が奴婢《ぬひ》と結婚して子供が生まれたとしても、良民に入れよ。」

と仰せられた。

四月一日に、詔して、

「氏《うじ》の祖《おや》の代に免じられた奴婢でも、すでに除籍されている者については、もとの氏の一族等があらためて訴えて、自分の奴婢であると主張することはできない。」

と仰せられた。

大学博士《だいがくはかせ》上村主百済《うえのすぐりくだら》に、大税《おおちから》（正税）千束《つか》が下された。学業を勧めた功績によるものである。

十一日に、使者を遣わして、広瀬大忌神《ひろせのおおいみのかみ》と竜田風神《たつたのかぜのかみ》とを祭らせた。

十六日に、天皇は吉野宮《よしののみや》に行幸された。

二十二日に、天皇は吉野宮から帰京された。

五月十八日に、詔《みことのり》して、

「この夏は、季節はずれの長雨が続いている。必ず農耕に大きな被害が出るだろうと案じられる。朝から夜遅くまで、政道に過失があったのではないかと考え、憂い恐れ、頭から離れることはない。公卿・百官の人々に、酒・肉を禁止し、修養し悔過《けか》（罪を懺悔《ざんげ》し、罪報を免れることを求めるための仏教の儀式）させよ。京《みやこ》及び畿内《きない》の諸寺の僧衆もまた、五日間読経せよ。どうか効果があってほしいものだ。」

と仰せられた。

五月二十一日に、百済《くだら》の淳武微子《じゅんむみし》の壬申《じんしん》の年の功績を褒めて、直大参《じきだいさん》を賜り絁《あしぎぬ》・布を賜った。

六月に、京《みやこ》及び郡国四十か所で大雨が降った。四月から雨が降り始め、この月まで続いた。

二十日に、天下に大赦《たいしゃ》を行った。ただし、盗賊はこの例に入れなかった。

七月三日に、天皇は吉野宮に行幸された。この日に、伊予《いよ》国司田中朝臣法麻呂《たなかあそみのりまろ》等が、宇和郡《うわのこおり》（愛媛県宇和島市・東西南北の宇和四郡）の御馬山《みまのやま》の白銀《しろがね》三斤《きん》八両《りょう》（約二・一キログラム）・鉱石一籠《こ》を献上した。

七日に、公卿を招いて宴会を催され、朝服を賜った。

十二日に、天皇は吉野から帰京された。

十五日に、使者を遣わして、広瀬大忌神《ひろせのおおいみのかみ》と竜田風神《たつたのかぜのかみ》とを祭らせた。

八月十三日に、十八氏［大三輪《おおみわ》・雀部《さざきべ》・石上《いそのかみ》・藤原《ふじわら》・石川《いしかわ》・巨勢《こせ》・膳部《かしわで》・春日《かすが》・上毛野《かみつけの》・大伴《おおとも》・紀伊《き》・平《へ》群《ぐり》・羽田《はた》・阿倍《あへ》・佐伯《さえき》・采女《うねめ》・穂積《ほづみ》・阿曇《あずみ》］に詔《みことのり》して、その先祖の墓記《ぼき》（先祖の事績を述べたものか）を進上させた。

二十三日に、使者を遣わして、竜田風神《たつたのかぜのかみ》、信濃《しなの》の須波《すわ》（諏訪大社、諏訪市・茅野市・下諏訪町に鎮座）、水内《みぬち》（戸隠神社か、長野市戸隠鎮座）等の神を祭らせた。

九月四日に、音博士《おんはかせ》（中国北方の標準音を教授した）大唐《もろこし》の続守言《しょくしゅげん》・薩弘恪《さつこうかく》、書博士《しょはかせ》百済《くだら》の末士善信《ばっしぜんしん》に、それぞれ銀二十両（銀一両は米一石に相当）を賜った。

九日に、浄大参《じょうだいさん》川島皇子《かわしまのみこ》が薨《こう》じた。

二十三日に、佐伯宿禰《さえきのすくね》大目《おおめ》に直大弐《じきだいに》を追贈し、併せて賻物《ふもつ》（喪主に贈って助けとする物）を賜った。

十月一日に、日蝕があった。

八日に、詔して、

「先皇の山稜を守衛する戸には、五戸以上を置け。この他の王《おおきみ》等の有功の者には、三戸を置け。もし守衛する戸が足りないなら、人民を充ててその徭役《ようえき》を免除し、三年に一度交替させよ。」

と仰せられた。

十三日に、畿内《きない》及び諸国に、それぞれ一千歩（一歩は約一坪）の殺生禁断の地を設けた。この日に、天皇は吉野宮《よしののみや》に行幸された。

二十日に、天皇は吉野から帰京された。

二十七日に、使者を遣わして、新益京《しんやくのみやこ》（藤原京、浄御原宮東北方に拡大された）の地鎮祭を行わせた。

十一月一日に、大嘗祭《だいじょうさい》が行われた。神祇伯中臣朝臣大島《かんづかさのかみなかとみのあそみおおしま》が、天神寿詞《あまつかみのよごと》を読んだ。

二十五日に、公卿に夜具を賜った。

二十八日に、公卿以下主典《ふびと》（第四等官）までを饗応《きょうおう》なされた。併せて絹などを賜った。

三十日に、神祇官《かんづかさ》の長上《ちょうじょう》（毎日出勤すべき官）以下神部《かんとものお》等まで、また大嘗祭《だいじょうさい》に供奉した悠紀《ゆき》の国の播磨《はりま》・主基《すき》の国の因幡《いなば》の国の郡司以下人民までを饗応なさり、併せてそれぞれに応じて絹などを賜った。

十二月二日に、医博士務大参徳自珍《いはかせむだいさんとくじちん》・呪禁《じゅこん》（まじない）博士木素丁武《はかせもくそていむ》・沙宅万首《さたくまんしゅ》に、それぞれ銀二十両を賜った。

八日に、詔《みことのり》して、

「右大臣に宅地四町を賜った。直広弐《じきこうに》以上には二町、大参《だいさん》以下には一町、勤《ごん》以下無位《むい》まではその戸の人数に従う。上戸《かみつへ》には一町、中戸《なかつへ》には半町、下戸《しもつへ》には四分の一町とする。王《おおきみ》等もこれに準じよ。」

と仰せられた。

伊勢行幸・祥瑞

六年の正月四日に、高市皇子《たけちのみこ》に食封《じきふ》を二千戸増加し、以前のものと合わせると五千戸である。

七日に、公卿《まえつきみ》等を饗応なさり、衣を賜った。

十二日に、天皇は新益京《しんやくのみやこ》の大路を視察された。

十六日に、公卿以下初位《しょい》以上を饗応《きょうおう》なされた。

二十七日に、天皇は高宮《たかみや》に行幸された。

二十八日に、天皇は高宮から帰京された。

二月十一日に、諸官に詔して、

「三月三日に、伊勢に行幸したいと思う。この意向を念頭に置いて、諸々の衣類を準備せよ。」

と仰せられた。陰陽博士《おんようはかせ》僧法蔵《ほうぞう》・道基《どうき》に銀二十両を賜った。

十九日に、刑部省に詔して、軽罪の者を赦免《しゃめん》した。この日に、中納言直大弐《じきだいに》三輪朝臣高市麻呂《みわのあそみたけちまろ》が上表して直言し、天皇が伊勢に行幸になり、農時の妨げになることを諫《いさ》めまつった。

三月三日に、浄広肆《じょうこうし》広瀬王《ひろせのおおきみ》・直広参《じきこうさん》当麻真人智徳《たぎまのまひとちとこ》・直広肆《じきこうし》紀朝臣弓張《きのあそみゆみはり》等を、行幸中の留守官とした。その時に、中納言大三輪朝臣高市麻呂《おおみわのあそみたけちまろ》は、その衣冠を脱いで天皇に捧げ、重ねて諫め、

「農作の時節に、天皇は行幸されるべきではありません。」

と申し上げた。

六日に、天皇は諫めに従わず、ついに伊勢に行幸された。

十七日に、通過地の神郡《かむこおり》（度会・多気両郡）及び伊賀《いが》・伊勢《いせ》・志摩《しま》の国造《くにのみやつこ》等に冠位を賜り、併せて今年の調役を免除した。また行幸に供奉した騎兵・諸国の人夫・行宮《かりみや》建造の役夫の今年の調役を免除し、天下に大赦《たいしゃ》

を行った。ただし、盗賊はその例に入れなかった。

十九日に、通過地の志摩《しま》の人民男女の八十歳以上の者に、稲をそれぞれ五十束《つか》賜った。

二十日に、天皇は宮殿に帰還なされた。行幸の先々で、郡県の役人や人民とお会いになり、丁寧にねぎらい賜物し、歌舞を催された。

二十九日に、詔《みことのり》があり、近江《おうみ》・美濃《みの》・尾張《おわり》・参河《みかわ》・遠江《とおつおうみ》などの国で、行幸に供奉した騎兵の戸及び諸国の人夫・行宮《かりみや》建造の役夫の、今年の調役を免除した。また詔があり、国中の人民で、貧しく困窮している者に、稲を賜らせた。男には三束《つか》、女には二束《つか》であった。

四月二日に、大伴宿禰友国《おおとものすくねともくに》に、直大弐《じきだいに》を追贈し、併せて賻物を賜った。

五日に、四畿内《きない》（大和《やまと》・山城《やましろ》・摂津《せっつ》・河内《こうち》）の人民で、人夫となった者の、今年の調役を免除された。

十九日に、使者を遣わして、広瀬大忌神《ひろせのおおいみのかみ》と竜田風神《たつたのかぜのかみ》とを祀らせた。

二十一日に、有位の親王以下進広肆《しんこうし》までに、それぞれに応じて難波《なにわ》の大蔵《おおくら》の鍬《すき》を賜った。

二十五日に、詔して、

「獄囚・徒刑囚は、全員赦免し解放せよ。」

と仰せられた。

五月六日に、阿胡行宮《あごのかりみや》（志摩国英虞郡）に滞在なされた時に、海産物を進上した紀伊国牟婁郡《きのくにのむろのこおり》の人、阿古志《あこしの》海部河瀬麻呂《あまのかわせまろ》等兄弟三戸に、十年間の調役・種々の徭役を免除した。また、船頭八人に、今年の調役を免除した。

七日に、相模《さがみ》国司が、赤烏《あかからす》の雛《ひな》二羽を献上して、

「御浦郡《みうらのこおり》（神奈川県三浦郡・三浦市・横須賀市・逗子市）で捕らえました。」

と申し上げた。

十二日に、吉野宮《よしののみや》に行幸された。

十六日に、天皇は宮殿に帰還なされた。

十七日に、大夫《たいふ》・謁者《えっしゃ》（取次）を遣わして著名な山河を祀らせ、雨乞いを行った。

二十日に、文忌寸智徳《ふみのいみきちとこ》に直大壱《じきだいいち》を追贈し、併せて賻物《ふもつ》を賜った。

二十三日に、浄広肆《じょうこうし》難波王《なにわのおおきみ》等を遣わして、藤原宮建造の地の地鎮祭を行った。

二十六日に、使者を遣わして、伊勢《いせ》・大倭《やまと》・住吉《すみのえ》・紀《き》伊の大神に幣《みてぐら》を奉納し、新宮のことを報告させた。

閏《うるう》五月三日に、大水が出た。使者を遣わして郡国を巡行させ、災害によって生活が困窮している者に稲を貸し与え、山林池沢での漁労や採取を許可した。詔《みことのり》があり、京《みやこ》及び四畿内《きない》に金光明経《こんこうみょうきょう》を講説させた。

四日に、僧観成《かんじょう》に絁《あしぎぬ》十五匹《ひき》・綿三十屯《とん》・布五十端《たん》を賜り、観成の作った鉛粉《えんふん》（おしろいに使う鉛白）を褒《ほう》賞《しょう》された。

十三日に、伊勢大神《いせのおおかみ》が天皇に奏上して、

「伊勢国の今年の調役を免除されました。そこで二つの神郡《かんこおり》（度会・多気郡）から納入するべき赤引糸三十五斤《きん》は神宮に納めてもらうが、それに相当する分は来年の二神郡の調庸のうちから免除していただきたい。」

と申し上げられた。

十五日に、筑紫大宰《つくしのおおみこともちのかみ》率河内王《こうちのおおきみ》等に詔して、

「僧を大隅《おおすみ》と阿多《あた》とに遣わして、仏教を伝えよ。また大唐《もろこし》の大使郭務悰《かくむそう》が、天智天皇のために造った阿弥陀像を送り届けよ。」

と仰せられた。

六月九日に、郡国の長吏《ちょうり》に勅《みことのり》して、著名な山河それぞれに祈祷させた。

十一日に、大夫《たいふ》・謁者《えっしゃ》を四畿内《きない》に遣わして、雨乞いを行わせた。

二十一日に、直丁《つかえよぼろ》（各官司に当直する仕丁）八人に官位を授けた。天武天皇陵を造った時、よく勤めて怠らなかったことを褒賞されたのである。

三十日に、天皇は藤原宮《ふじわらのみや》造営の地をご覧になった。

七月二日に、天下に大赦《たいしゃ》を行った。ただし十悪（国家社会の秩序を乱す特に重い罪）・盗賊は、その例に入れなかった。相模《さがみ》の国司布勢朝臣色布智《ふせのあそみしこふち》等・御浦郡少領《みうらのこおりのすけのみやつこ》［姓名を欠く］と、赤烏《あかからす》を捕らえた鹿島臣櫲樟《かしまのおみくす》とに、授位賜禄《じゅいしろく》があり、御浦郡の二年の調役を免除した。

七日に、公卿《まえつきみ》を招いて宴会を催された。

九日に、吉野宮《よしののみや》に行幸された。

十一日に、使者を遣わして、広瀬《ひろせ》と竜田《たつた》とを祀らせた。

二十八日に、天皇は宮殿に帰還なされた。この夜、火星と木星とが、一歩の距離内で、光ったかと思うとすぐまた隠れたりしながら、四度近づき合ったり遠ざかったりした。

八月三日に、恩赦《おんしゃ》を行った。

十七日に、飛鳥皇女《あすかのひめみこ》の別邸に行幸され、その日に宮殿に帰還なされた。

九月九日に、班田収授を行う官人を、四畿内《きない》に遣わした。

十四日に、神祇官《かんづかさ》が神宝書四巻・鍵《かぎ》九個・木印一個を、奏上とともに奉った。

二十一日に、伊勢《いせ》国司が吉祥の稲二本を献上した。越前《こしのみちのくち》国司が、白い蛾《が》を献上した。

二十六日に、詔《みことのり》して、

「白蛾は、角鹿郡《つぬがのこおり》（福井県敦賀市）の浦上《うらかみ》の浜で捕らえた。それゆえ、笥飯神《けひのかみ》（気比神宮、福井県敦賀市鎮座）に食封《じきふ》二十戸を増加する。」

と仰せられた。

十月十一日に、山田史御形《やまだのふひとみかた》に、務広肆《むこうし》を授けられた。以前僧となって、新羅《しらぎ》で学問を修めたのである。

十二日に、吉野宮《よしののみや》に行幸された。

十九日に、天皇は宮殿に帰還なされた。

十一月八日に、新羅《しらぎ》が級飡朴億徳《きゅうさんぼくよくとく》・金深薩《こんしんさち》等を派遣して朝貢した。新羅に派遣しようとしていた使者直広肆《じきこうし》息長真人老《おきながのまひとおゆ》・務大弐川内忌寸連《むだいにこうちのいみきつら》等に、賜禄《しろく》があった。

十一日に、新羅《しらぎ》の朴億徳《ぼくよくとく》を難波館《なにわのむろつみ》で饗応《きょうおう》なさり、賜禄《しろく》があった。

十二月十四日に、音博士《おんはかせ》続守言《しょくしゅげん》・薩弘恪《さつこうかく》に、それぞれ水田四町を賜った。

二十四日に、大夫《まえつきみたち》等を遣わして、新羅の調《みつき》を伊勢《いせ》・住吉《すみのえ》・紀伊《き》・大倭《やまと》・菟名足《うなたり》（高御魂神社、奈良県法華町鎮座）の五社に奉納した。

吉野行幸の継続・武備・醴泉《れいせん》

七年の正月二日に、浄広壱《じょうこういち》を高市皇子《たけちのみこ》に授け、浄広弐《じょうこうに》を長皇子《ながのみこ》と弓削皇子《ゆげのみこ》とに授けられた。この日に、詔《みことのり》があり、国中の人民に黄色の衣服を、奴《やっこ》は墨染めの衣服を着用させた。

七日に、公卿大夫《まえつきみたち》等を饗応《きょうおう》なされた。

十三日に、京《みやこ》及び畿内《きない》の有位の年八十以上の人に、寝具一領・絁《あしぎぬ》二匹・綿二屯《とん》・布四端《たん》を賜った。

十五日に、百済王善光《くだらおうぜんこう》に正広参《しょうこうさん》を追贈し、併せて賻物《ふもつ》を賜った。

十六日に、京《みやこ》の男女で、年八十以上及び貧しくて困窮している者に、それぞれに応じて布を賜った。船瀬《ふなせ》（波止場、停泊地）の僧法鏡《ほうきょう》に、水田三町を賜った。この日に、漢人《あやひと》等が蹈歌《あられはしり》（万年も繁栄あれと踊躍する歌曲）を奏した。

二月三日に、新羅《しらぎ》が沙飡《ささん》金江南《こんこうなん》・韓奈麻《かんなま》金陽元《こんようげん》等を派遣して、王（神文王）の喪を報告した。

十日に、造京司《みやこつくるつかさ》衣縫王《きぬぬいのおおきみ》等に詔して、工事で掘り出された屍《しかばね》を収容させた。

三十日に、日本に漂着した新羅人《しらぎひと》牟自毛礼《むじもれ》等三十七人を、億徳《よくとく》等に託された。

三月一日に、日蝕があった。

五日に、大学博士《だいがくはかせ》勤広弐《ごんこうに》上村主百済《うえのすぐりくだら》に、食封《じきふ》三十戸を賜った。儒道を盛んになさるためである。

六日に、吉野宮《よしののみや》に行幸された。

十一日に、直大弐《じきだいに》葛原朝臣大島《ふじわらのあそみおおしま》に、賻物《ふもつ》を賜った。

十三日に、天皇は吉野宮から帰京された。

十六日に、新羅に派遣される使者直広肆《じきこうし》息長真人老《おきながのまひとおゆ》・勤大弐《ごんだいに》大伴宿禰子君《おおとものすくねこきみ》等、及び学問僧弁通《べんつう》・神叡《しんえい》等に、それぞれに応じて絁《あしぎぬ》・綿・布を賜った。また新羅《しらぎ》王に賻物《ふもつ》を賜った。

十七日に、詔《みことのり》があり、国中に桑・紵《からむし》・梨・栗・蕪菁《あおな》などの草木を奨励して、植えさせた。五穀の助けとするためである。

四月十七日に、大夫《たいふ》・謁者《えっしゃ》を遣わして、諸々の神社に詣でて雨乞いを行わせた。また使者を遣わして、広瀬《ひろせ》大忌神《おおいみのかみ》と竜田風神《たつたのかぜのかみ》とを祀らせた。

二十二日に、詔して、

「内蔵寮允《くらのつかさのまつりごとひと》大伴《おおともの》男人《おひと》は、不当利益をはかったので、位二階を下げて、現在の官職を解任せよ。典鑰《かぎつかさ》置始多久《おきそめのおおく》と菟野大伴《うののおおとも》とは、同じく不当利益をはかった。そこで位一階を下げて、現在の官職を解任せよ。監物《おろしもののつかさ》巨勢邑治《こせのおおじ》は、物を自分の懐に入れたりはしていないが、犯意を知りながら盗みを見逃した。それゆえ位二階を下げて、現在の官職を解任せよ。しかし置始多久《おきそめのおおく》は、壬申《じんしん》の年の戦役に功労があったので赦《しゃ》免《めん》する。ただし盗んだ物は、律の通りに徴収して納めよ。」

と仰せられた。

五月一日に、吉野宮《よしののみや》に行幸された。

七日に、天皇は吉野宮から帰京された。

十五日に、無遮大会《むしゃだいえ》を宮中で営んだ。

六月一日に、高麗《こま》の僧福嘉《ふくか》に詔して、還俗《げんぞく》させた。

四日に、引田朝臣広目《ひきたのあそみひろめ》・守君苅田《もりきみのかりた》・巨勢朝臣麻呂《こせのあそみまろ》・葛原朝臣臣麻呂《ふじわらのあそみおみまろ》・巨勢朝臣多益須《こせのあそみたやす》・丹比真人池守《たじひのまひといけもり》・紀《きの》朝臣麻呂《あそみまろ》の七人に、直広肆《じきこうし》を授けた。

七月七日に、吉野宮に行幸された。

十二日に、使者を遣わして、広瀬大忌神《ひろせのおおいみのかみ》と竜田風神《たつたのかぜのかみ》とを祀らせた。

十四日に、大夫《たいふ》・謁者《えっしゃ》を遣わして、諸々の神社に詣でて雨乞いを行わせた。

十六日に、大夫《たいふ》・謁者《えっしゃ》を遣わして、諸々の神社に詣でて雨乞いを行わせた。この日に、天皇は吉野宮《よしののみや》から帰京された。

八月一日に、藤原宮《ふじわらのみや》造営地に行幸された。

十七日に、吉野宮《よしののみや》に行幸された。

二十一日に、天皇は宮殿に帰還なされた。

九月一日に、日蝕があった。

五日に、多武嶺《たむのみね》に行幸された。

六日に、天皇は宮殿に帰還なされた。

十日に、天武天皇のために、無遮大会《むしゃだいえ》を宮中で営んだ。獄囚を全員赦免《しゃめん》し解放した。

十六日に、蚊屋忌寸木間《かやのいみきこのま》に直広参《じきこうさん》を追贈し、併せて賻物《ふもつ》を賜った。壬申《じんしん》の年の戦役の功績を褒賞《ほうしょう》されたのである。

十月二日に、詔して、

「今年から、親王《みこ》をはじめとして進位《しんい》まで、装備している武器を検閲する。浄冠《じょうかん》から直冠《じきかん》までは、それぞれ甲《よろい》一領《りょう》・大刀一口《こう》・弓一張《はり》・矢一具《ぐ》・靹《とも》一枚・鞍《くら》を置いた馬、また勤冠《ごんかん》から進冠《しんかん》までは、それぞれ大刀一口・弓一張・矢一具・靹一枚、これらをあらかじめ準備せよ。」

と仰せられた。

二十三日に、この日を初めとして国々で仁王経《にんのうきょう》を講じさせた。四日間で終わった。

十一月五日に、吉野宮《よしののみや》に行幸された。

七日に、耽羅《たんら》王子・佐平《さへい》等に、賜物があった。

十日に、天皇は宮殿に帰還なされた。

十四日に、僧法員《ほういん》・善往《ぜんおう》・真義《しんぎ》等を遣わして、近江国益須郡《おうみのくにやすのこおり》（滋賀県近江八幡市西部・守山市・野洲市）の醴泉《れいせん》（甘酒のような味のする泉、瑞祥）を試飲させられた。

二十三日に、直広肆《じきこうし》引田朝臣少麻呂《ひけたのあそみすくなまろ》に、直大肆《じきだいし》を授けられ、食封《じきふ》五十戸を賜った。

十二月二十一日に、陣法博士《じんぽうはかせ》等を遣わして、諸国に教習させた。

藤原京遷都

八年の正月二日に、直大壱《じきだいいち》布勢朝臣御主人《ふせのあそみあるじ》と大伴宿禰御行《おおとものすくねみゆき》とに、正広肆《しょうこうし》を授けられた。それぞれに食封《じきふ》を二百戸増加され、以前のものと合わせると五百戸になる。二人を氏上《うじのかみ》とした。

七日に、公卿《まえつきみ》等を饗応《きょうおう》なされた。

十五日に、御薪《たきぎ》を進上した。

十六日に、百官の人々を饗応なされた。

十七日に、漢人《あやひと》が踏歌《あられはしり》を奏した。五位以上が大射《たいしゃ》の礼を行った。

十八日に、六位以下が大射の礼を行い、四日間で終わった。

十九日に、唐人《もろこしひと》が踏歌を奏した。

二十一日に、藤原宮《ふじわらのみや》に行幸された。その日に宮殿に帰還なされた。

二十三日に、大唐《もろこし》の七人と粛慎《みしはせ》二人とに、務広肆《むこうし》などの位を授けられた。

二十四日に、吉野宮《よしののみや》に行幸された。

三月一日に、日蝕があった。

二日に、直広肆《じきこうし》大宅朝臣麻呂《おおやけのあそみまろ》・勤大弐《ごんだいに》台忌寸八島《うてなのいみきやしま》・黄書連本実《きふみのむらじほんじつ》等を、鋳銭司《ぜにのつかさ》に任じた。

十一日に、詔《みことのり》して、

「無位《むい》の人を郡司《こおりのみやつこ》に任用する時は、大領《こおりのみやつこ》には進広弐《しんこうに》を授け、小領《すけのみやつこ》には進大参《しんだいさん》を授けよ。」

と仰せられた。

十六日に、詔して、

「この七年に、醴泉《れいせん》が近江国益須郡《おうみのくにやすのこおり》の都賀山《つがやま》から涌出した。多くの病人が、益須寺《やすでら》に逗留して療養し、治癒した人が多かった。そこで益須寺に水田四町・布六十端《たん》を施入し、益須郡の今年の課役・雑徭《ぞうよう》を免除し、国司の長官から主典《さかん》までの四等官は、位一階を進めさせた。この醴泉《れいせん》の効験を発見した葛野《かずのの》羽衝《はつき》・百済《くだらの》土《つ》羅《ら》々女《め》に、それぞれ絁《あしぎぬ》二匹《ひき》・布十端《たん》・鍬《すき》十口を賜る。」と仰せられた。

二十二日に、幣《みてぐら》を諸々の神社に奉納した。

二十三日に、神祇官《かんづかさ》の長官から祝部《はふり》等まで百六十四人に、それぞれに応じて絁《あしぎぬ》・布を賜った。

四月五日に、筑紫大宰《つくしのおおみこともち》率河内王《こうちのおおきみ》に浄大肆《じょうだいし》を追贈し、併せて賻物《ふもつ》を賜った。

七日に、吉野宮《よしののみや》に行幸された。

十三日に、使者を遣わして、広瀬大忌神《ひろせのおおいみのかみ》と竜田風神《たつたのかぜのかみ》を祀らせた。

十四日に、天皇は吉野宮から帰京された。

十七日に、律師道光《りっしどうこう》に賻物を賜った。

五月六日に、公卿大夫《まえつきみたち》を宮中で饗応《きょうおう》なされた。

十一日に、金光明経《こんこうみょうきょう》百部を、諸国に送り届けた。そして毎年必ず正月七、八日頃読誦させ、その布施はそれぞれの国の官物から充当させた。

六月八日に、河内国更荒郡《こうちのくにさらのこおり》が、白山鶏《しろやまどり》（瑞祥）を献上した。更荒郡の長官・次官に、それぞれ位一級を賜り、併せて賜物があった。山鶏を捕らえた刑部造《おさかべのみやつこ》韓国《からくに》に進広弐《しんこうに》を賜り、併せて賜物があった。

七月四日に、巡察使を諸国に遣わした。

十五日に、使者を遣わして、広瀬大忌神《ひろせのおおいみのかみ》と竜田風神《たつたのかぜのかみ》とを祀らせた。

八月十七日に、飛鳥皇女《あすかのひめみこ》（天智《てんち》天皇の皇女）のために、僧百四人を得度させた。

九月一日に、日蝕があった。

四日に、吉野宮《よしののみや》に行幸された。

二十二日に、浄広肆《じょうこうし》三野王《みののおおきみ》（栗隈王《くるくまのおおきみ》の子）を、筑紫大宰率《つくしのおおみこともちのかみ》に任じた。

十月二十日に、白蝙蝠《しろこうもり》（長寿の象徴）を捕らえた飛騨国荒城郡《ひだのくにあらきのこおり》（岐阜県高山市・飛騨市）の弟国部弟日《おとくにべのおとひ》に進大《しんだい》肆《し》を賜り、併せて絁《あしぎぬ》四匹《ひき》・綿四屯《とん》・布十端《たん》を賜った。弟日の戸の課役は、その一代に限ってすべて免除された。

十一月二十六日に、斬刑以下の者を赦免《しゃめん》した。

十二月六日に、藤原宮《ふじわらのみや》に遷都なされた。

九日に、百官が天皇を拝しまつった。

十日に、親王《みこ》以下郡司等までに、それぞれに応じて絁《あしぎぬ》・綿・布を賜った。

十二日に、公卿大夫《まえつきみたち》を饗応《きょうおう》なされた。

年賀行事・新羅との交流

九年の正月五日に、舎人《とねりの》皇子《みこ》に浄広弐《じょうこうに》を授けられた。

七日に、公卿大夫《まえつきみたち》を宮中で饗応なされた。

十五日に、御薪《たきぎ》を進上した。

十六日に、百官の人々を饗応なされた。

十七日に、大射《たいしゃ》の礼を行われ、四日間で終わった。

閏《うるう》二月八日に、吉野宮《よしののみや》に行幸された。

十五日に、天皇は宮殿に帰還なされた。

三月二日に、新羅《しらぎ》が王子金良琳《こんろうりん》・補命《ふみょう》薩湌《さつさん》朴強国《ぼくごうこく》等及び韓奈麻《かんなま》金周漢《こんしゅうかん》・金忠仙《こんちゅうせん》等を派遣して、国政を奏上した。そして調《みつき》を進上し、物を献上した。

十二日に、吉野宮《よしののみや》に行幸された。

十五日に、天皇は吉野から帰京された。

二十三日に、務広弐《むこうに》文忌寸博勢《ふみのいみきはかせ》・進広参《しんこうさん》下訳語諸田《しもおさのもろた》等を多禰《たね》に遣わして、南蛮の居所を捜させた。

四月九日に、使者を遣わして、広瀬大忌神《ひろせのおおいみのかみ》と竜田風神《たつたのかぜのかみ》とを祀らせた。

十七日に、賀茂朝臣蝦夷《かものあそみえみし》に直広参《じきこうさん》を追贈し、併せて賻物《ふもつ》を賜った［もとの位は、勤大壱《ごんだいいち》である］。文忌寸赤《ふみのいみきあか》麻呂《まろ》に、直大肆《じきだいし》を追贈し、併せて賻物《ふもつ》を賜った［もとの位は、大山中《だいせんちゅう》である］。

五月十三日に、大隅《おおすみ》の隼人《はやひと》を饗応《きょうおう》なされた。

二十一日に、隼人の相撲を、飛鳥寺《あすかでら》の西の槻《つき》の木の下でご覧になった。

六月三日に、大夫《たいふ》・謁者《えっしゃ》を遣わして、京《みやこ》及び四畿内《きない》の諸神社に詣でて雨乞いを行わせた。

十六日に、諸臣の年八十以上及び長患いの者に、それぞれに応じ賞物を賜った。

十八日に、吉野宮《よしののみや》に行幸された。

二十六日に、吉野から帰京された。

七月二十三日に、使者を遣わして、広瀬大忌神《ひろせのおおいみのかみ》と竜田風神《たつたのかぜのかみ》とを祀らせた。

二十六日に、新羅《しらぎ》に派遣する使者の、直広肆《じきこうし》小野朝臣毛野《おののあそみけの》・務大弐《むだいに》伊吉連博徳《いきのむらじはかとこ》等に、賜物があった。

八月二十四日に、吉野宮に行幸された。

三十日に、吉野から帰京された。

九月四日に、在獄の罪人を赦免して解放した。

六日に、小野朝臣毛野《おののあそみけの》等が、新羅に出発した。

十月十一日に、菟田《うだ》の吉隠《よなばり》（奈良県桜井市吉隠）に行幸された。

十二日に、吉隠から帰京された。

十二月五日に、吉野宮に行幸された。

十三日に、吉野から帰京された。浄大肆《じょうだいし》泊瀬王《はつせのおおきみ》に、賻物《ふもつ》を賜った。

高市皇子《たけちのみこ》薨去《こうきょ》

十年の正月七日に、公卿大夫《まえつきみたち》を饗応《きょうおう》なされた。

十一日に、百済王南典《くだらおうなんてん》に直大肆《じきだいし》を授けられた。

十五日に、御薪《たきぎ》を進上した。

十六日に、公卿・百官の人々を饗応《きょうおう》なされた。

十八日に、公卿・百官が南門で大射《たいしゃ》の礼を行った。

二月三日に、吉野宮《よしののみや》に行幸された。

十三日に、吉野から帰京された。

三月三日に、二槻宮《ふたつきのみや》に行幸された。

十二日に、越《こし》の度島《わたりのしま》の蝦夷伊奈理武志《えみしいなりむし》と、粛慎《みしはせ》の志良守叡草《しらすえそう》とに、錦《にしき》の袍袴《きぬはかま》・緋《ひ》と紺《はなだ》の絁《あしぎぬ》・斧《おの》などを賜った。

四月十日に、使者を遣わして、広瀬大忌神《ひろせのおおいみのかみ》と竜田風神《たつたのかぜのかみ》とを祀らせた。

二十七日に、伊予国《いよのくに》の風速郡《かざはやのこおり》（愛媛県松山市）の物部薬《もののべのくすり》と、肥後国《ひのみちのしりのくに》の皮石郡《かわしのこおり》（熊本県合志市）の壬生諸石《みぶのもろし》とに、追大弐《ついだいに》を授けられ、併せてそれぞれに絁《あしぎぬ》四匹《ひき》・糸十絇《く》・布二十端《たん》・鍬《すき》二十口《こう》・稲千束《つか》・水田四町を賜り、戸の調役を免除した。これは、百済救援の役に捕虜となり、久しく唐《もろこし》の地で苦しんだことを慰労されてのことであった。

二十八日に、吉野宮《よしののみや》に行幸された。

五月三日に、大錦上《だいきんじょう》秦造《はだのみやつこ》綱手《つなて》に詔《みことのり》があり、姓《かばね》を賜って忌寸《いみき》とされた。

四日に、吉野から帰京された。

八日に、尾張宿禰大隅《おわりのすくねおおすみ》に直広肆《じきこうし》を授け、併せて水田四十町を賜った。

十三日に、大狛連百枝《おおこまのむらじももえ》に直広肆《じきこうし》を追贈し、併せて賻物《ふもつ》を賜った。

六月十八日に、吉野宮に行幸された。

二十六日に、吉野から帰京された。

七月一日に、日蝕があった。

二日に、罪人を赦免した。

八日に、使者を遣わして、広瀬大忌神《ひろせのおおいみのかみ》と竜田風神《たつたのかぜのかみ》とを祀らせた。

十日に、後皇子尊《のちのみこのみこと》（高市皇子《たけちのみこ》）が薨去《こうきょ》された。

八月二十五日に、多臣品治《おおのおみほんじ》に直広壱《じきこういち》を授けられ、併せて賜物があった。当初から付き従い申し上げた功労と、堅く関を守った事績とを褒賞《ほうしょう》されたのである。

九月十五日に、若桜部朝臣五百瀬《わかさくらべのあそみいおせ》に直大壱《じきだいいち》を追贈し、併せて賻物《ふもつ》を賜った。当初から付き従い申し上げた功労を顕彰されたのである。

十月十七日に、右大臣丹比真人《たじひのまひと》に輿《こし》・杖《つえ》を賜った。退官を哀《かな》しまれたのである。

二十二日に、正広参位《しょうこうさんい》右大臣丹比真人《たじひのまひと》に従者百二十人、正広肆《しょうこうし》大納言阿倍朝臣御主人《あへのあそみあるじ》・大伴宿禰御行《おおとものすくねみゆき》に八十人、直広壱《じきこういち》石上《いそのかみの》朝臣《あそみ》麻呂《まろ》・直広弐《じきこうに》藤原《ふじわらの》朝臣《あそみ》不比等《ふひと》に五十人を賜った。

十一月十日に、大官大寺《だいかんだいじ》の僧弁通《べんつう》に食封《じきふ》四十戸を賜った。

十二月一日に、勅使によって金光明経《こんきょうみょうきょう》を読ませるために、毎年十二月の晦日《みそかのひ》に、浄行者《じょうぎょうしゃ》十人を得度《とくど》させた。

文武天皇へ譲位

十一年の正月七日に、公卿大夫《まえつきみたち》等を饗応《きょうおう》なされた。

十一日に、国中の妻や夫を亡くした者、一人暮らしの者、重病人・貧しくて困窮している者に、それぞれに応じて稲を賜った。

十六日に、公卿・百官を饗応なされた。

二月二十八日に、直広壱《じきこういち》当麻真人国見《たぎまのまひとくにみ》を東宮大傅《みこのみやのおおきかしずき》とし、直広参《じきこうさん》路真人跡見《みちのまひととみ》を春宮大夫《みこのみやのつかさのかみ》とし、直大肆《じきだいし》巨勢朝臣粟持《こせのあそみあわもち》を、亮《すけ》（次官）とした（軽皇子《かるのみこ》、後の文武天皇が皇太子となったことによる）。

三月八日に、無遮大会《むしゃだいえ》を春宮《みこのみや》で営んだ。

四月四日に、考課選抜された者に、それぞれに応じて浄位《じょうい》から直位《じきい》までを授けられた。

七日に、吉野宮《よしののみや》に行幸された。

十四日に、使者を遣わして、広瀬《ひろせ》と竜田《たつた》とを祀らせた。この日に、吉野から帰京された。

五月八日に、大夫《たいふ》・謁者《えっしゃ》を遣わして、諸々の神社に詣でて雨乞いを行わせた。

六月二日に、罪人を赦免した。

六日に、詔《みことのり》があり、京《みやこ》と畿内《きない》の諸寺で読経させた。

十六日に、五位以上を遣わして、京の寺院を掃き清めさせた。

十九日に、幣《みてぐら》を神祇《じんぎ》に奉献された。

二十六日に、公卿・百官は、天皇のご病気平癒のために、発願して仏像を造り始めた。

二十八日に、大夫・謁者を遣わして、諸々の神社に詣でて雨乞いを行わせた。

七月七日の夜中に、足や手を捕縛されている盗賊百九人を赦免《しゃめん》した。そして、それぞれに布四常《じょう》を賜った。ただし外国の人は、それぞれ稲二十束《つか》であった。

十二日に、使者を遣わして、広瀬と竜田とを祀らせた。

二十九日に、公卿・百官は、薬師寺《やくしじ》で仏像の開眼会《かいげんえ》を営んだ。

八月一日に、天皇は宮中で政策を定めて、御孫の皇太子（文武《もんむ》天皇、御年十五歳）に天皇の位をお譲りになった。

あとがき

ここまでお読みいただきまして、まことにありがとうございます。

全文を読了された時、皆様方が抱く所感は、湧き出る泉のようなものがあると察します。そのような思いを、友人や先輩、後輩、周りにいる多くの方々と語り合っていただきたいと思います。それが訳者としての第一の願いです。

次に〝百聞は一見にしかず〟と申します。関わりのある、ゆかりのある場所に出かけたいと思います。順序はかまいませんが、まず日本国内から始めてもいいでしょう。

次には、漢字や仏教をはじめ、学問・芸術・技術など、現在に続くたいへん貴重な文化を、朝鮮半島を経由して、あるいは直接中国大陸から伝えてくれた人々に思いをはせます。逆に、わが国からかの地へ渡り、わが国の文化を伝え、異国の地に骨を埋めた方々も数多くいます。

とするならば、私共もかの地に赴いたり、大陸・半島の方々も、わが国に来てほしいと願います。行ったり来たりする、これが交流の基本なのでしょう。この訳書が、そのような交流の一助となれば、まことに幸いです。一時の恩讐《おんしゅう》を乗り越えて、千年の交流に思いを致す。これが今、訳者の最も願うことです。

〔読み・語り・出かける〕これがキーワードです。

この訳書を上梓するにあたりまして、多くの方々からのご理解・ご支援・ご尽力を賜りました。特に、歴代天皇の御肖像画掲載の許可をいただきました財団法人日本歴史館理事長高野博夫様、格別なご支援を寄せてくださった今井恭介医師、関西での体験・情報をはば広くもたらしてくださった岡崎忠男氏、髙野英雄氏。戸隠へも来講され、本書に力強い推せんをたまわりました、元産業能率大学教授・安本美典博士、衆議院議員・務台俊介氏、エリコF奉仕団理事・片山エリコ・知昭夫妻。天井画絵師・斉藤暁（サトル）氏、日本画家・川崎日香浬氏。水輪の会常務理事・塩澤研一氏、若穂立岩医院・立岩孝之医師、誠慎会書道研究所主宰・塚田悠碩氏、修験道別格寺戸隠山公明院住職・市川宗廣氏、中学の同級生・清水治郎氏、大学からの畏兄・森達次氏、熱心に出版に関わってくださった児林眞文様、木戸ひろし様をはじめとするほおずき書籍の方々、すべての皆様方に感謝申しあげます。ありがとうございました。

令和二年三月三十一日　記す

訳　者

主な参考文献

○新編　日本古典文学全集　日本書紀　①・②・③
一九九四・九六・九八年　小学館
校注・訳者　小島憲之・直木孝二郎・西宮一民・蔵中進・毛利正守

○日本古典文学大系　日本書紀　上・下
一九六五・六七年　岩波書店
校注者　坂本太郎・家永三郎・井上光貞・大野晋

○日本書紀　(上)・(中)・(下)
一九九二年　教育社新書〈原本現代語訳〉
訳者　山田宗睦

○日本書紀　(上)・(下)　全現代語訳
一九八八年　講談社学術文庫
訳者　宇治谷孟

○NIHONGI　日本書紀
一九七二年　TUTTLE PUBLISHING
訳者　W・G・アストン

○日本歴代天皇大鑑　御肖像・御事蹟・皇統譜
一九九七年　日本皇室図書刊行会
本文総編集　肥後和男

○御歴代天皇肖像画御写真帳《転載》
財団法人　日本歴史館

訳者略歴

宮澤 豊穂［みやざわ とよほ］

昭和25年（1950）12月、上水内郡戸隠村（現長野市戸隠）で出生。

戸隠小・中学校を経て、長野高校へ進学。皇學館大学卒業後、長野県内の中学校で教諭として勤務。現在は長野市戸隠神社聚長。

平成４年（1992）より『日本書紀』の現代語訳に取り組み、今回の上梓に至る。

平成22年（2010）５月28日、神社本庁内 財団法人神道文化会より出版功績表彰を受ける。

日本書紀　全訳　　定価はカバーに表示

2009年４月10日　第１刷発行
2020年６月27日　第３刷発行

訳　者　宮 澤　豊 穂
発行者　木戸 ひろし
発行元　ほおずき書籍株式会社
〒381-0012　長野市柳原2133-5
TEL（026）244-0235㈹
http://www.hoozuki.co.jp/
発売元　株式会社星雲社（共同出版社・流通責任出版社）
〒112-0005　東京都文京区水道1-3-30
TEL（03）3868-3275

ISBN978-4-434-12925-4